잃어버린 시절을 찾아서 7

소돔과 고모라 1

마르셀 프루스트

잃어버린 시절을 찾아서 7

소돔과 고모라 1

이형식 옮김

펭귄클래식코리아

옮긴이 이형식

서울대학교 불어교육과를 졸업하고 파리대학에서 마르셀 프루스트에 대한 연구로 석사, 박사학위를 받았다. 현재 서울대학교 명예교수이다. 지은 책으로는 『마르셀 프루스트』, 『프루스트의 예술론』, 『작가와 신화-프루스트의 신화 세계』, 『프랑스 문학, 그 천년의 몽상』, 『그 먼 여름』이 있다. 옮긴 책으로는 『레 미제라블』, 『자디그·깡디드』, 『모빠상 단편집』, 『웃는 남자』, 『93년』, 『미덕의 불운』, 『사랑의 죄악』, 『중세의 연가』 등이 있다.

잃어버린 시절을 찾아서 7 소돔과 고모라 1

초판 1쇄 발행 2015년 11월 20일
초판 4쇄 발행 2022년 4월 18일

지은이 | 마르셀 프루스트 옮긴이 | 이형식

발행인 | 이재진 단행본사업본부장 | 신동해
편집장 | 김경림 마케팅 | 최혜진 이은미
홍보 | 최새롬 국제업무 | 김은정 제작 | 정석훈

브랜드 펭귄클래식 코리아
주소 경기도 파주시 회동길 20
문의전화 031-956-7066 (편집) 02-3670-1123 (마케팅)
홈페이지 http://www.wjbooks.co.kr
페이스북 www.facebook.com/wjbook
포스트 post.naver.com/wj_booking
발행처 ㈜웅진씽크빅
출판신고 1980년 3월 29일 제406-2007-000046호

펭귄클래식 코리아는 유리장 에이전시를 통해 펭귄북스와 제휴한 ㈜웅진씽크빅 단행본사업본부의 브랜드입니다. 펭귄 및 관련 로고는 펭귄북스의 등록 상표입니다. 허가를 받아야만 사용할 수 있습니다.
Penguin Classics Korea is the Joint Venture with Penguin Books Ltd.
arranged through Yu Ri Jang Literary Agency. Penguin and the associated logo
are registered and/or unregistered trade marks of Penguin Books Limited.
Used with permission.
이 책의 한국어판 저작권은 시빌 에이전시를 통해 프랑스 Fallois 사와의 독점 계약으로 ㈜웅진씽크빅에 있습니다. 이 책은 저작권법에 따라 보호받는 저작물이므로 무단 전재와 무단 복제를 금하며, 이 책 내용의 전부 또는 일부를 이용하려면 반드시 저작권자와 ㈜웅진씽크빅의 서면 동의를 받아야 합니다.

한국어 판 ⓒ ㈜웅진씽크빅, 2015
ISBN 978-89-01-20504-5 04800
ISBN 978-89-01-08204-2 (세트)

* 잘못된 책은 바꾸어 드립니다.
* 책값은 뒤표지에 있습니다

차례

1부 · 9
2부 1장 · 61
2부 2장 · 284

옮긴이 주 · 407

"여자는 고모라를,
그리고 남자는 소돔을 가지리라."*

―알프레드 드 비니

---

* 알프레드 드 비니(1797~1863)의 시집 『운명들』(1864)은, 〈늑대의 죽음〉, 〈목동의 집〉, 〈플루트〉, 〈야만인〉, 〈바다에 띄운 병〉, 〈운명〉, 〈삼손과 달릴라〉 등 총 11편으로 이루어졌는데, 〈삼손과 달릴라〉는, 여인(달릴라)의 배신과 그로 인한 남자(삼손)의 노여움(『판관기』, 14~16장) 내지 남녀 간의 사랑에 대한 비관적 상념, 그리고 결국 남녀가 각각 자기의 구석에서(즉 소돔과 고모라에서), 상대에 대한 증오심을 품은 채 죽어갈 수밖에 없게 된 운명을 노래한(총 136행) 시편이며, 프루스트가 인용한 이 구절은 그 시편의 제78행이다.

▶ 일러두기

1. 모든 외래어는 현지 발음에 가깝도록 표기하고, 라틴어는 추정되는 고전 라틴어 발음 규범을, 고대 그리스어는 에라스무스의 발음 체계를 따른다.
2. [f]음은 한글 음운 체계에 존재하지 않는지라, 혼동 여지의 유무, 인접한 철자와의 관련 및 관행 등을 고려하여 [ㅎ]음이나 [ㅍ]음으로 표기한다.
3. [th]음 또한 [f]음과 같은 기준으로 고려하여 [ㄸ]음이나 [ㅆ]음 혹은 [ㅌ]음으로 표기한다.
4. 특정 교단들이 변형시켜 사용하는 어휘들(수단, 가톨릭, 그리스도, 모세 등)은 원래의 발음에 가깝게 적는다(쏘따나, 카톨릭, 크리스토스, 모쉐 등).
5. 우리말 어휘들 중 많은 것들은 실제로 통용되는 형태로 적는다(숫소, 생울타리, 우뢰 등).

1부

내가 앞서 술회한 바와 같이, 그날 (게르망뜨 대공 부인이 베푸는 야연이 예정된 날) 공작 내외를 방문하기[1] 훨씬 앞서, 나는 외출하였던 그들이 돌아올 때를 숨어서 애타게 기다렸고, 그러한 망보기가 이어지는 동안, 특히 샤를뤼스 씨와 관련된 현상 하나를 발견하였으나, 그 현상이 자체로 하도 중요해, 이제까지, 즉 합당한 게제와 지면을 그것에 할애할 수 있을 순간까지, 그 이야기를 미루어 왔다. 나는, 이미 말한 바와 같이, 건물 높직한 곳에 어찌나 편안하게 마련되었던지, 브레끼니 저택으로까지 이어지는, 그리고 후레꾸르 후작 소유의 차고 지붕 위에 솟은 분홍색 종탑[2]에 의해 이딸리아 풍경처럼[3] 명랑하게 치장된, 기복 심한 비탈들이 한 눈에 보이는 그 경이로운 전망대를 떠났다. 공작 내외가 곧 돌아올 것이라 생각하는 순간, 그곳보다는 층계에 자리를 잡고 기다리는 것이 더 실용적이라 여겨졌기 때문이다. 그 높은 전망대를 떠나는 것이 조금은 섭섭했다. 그러나 한편, 점심시간이 지난 그 시각에는 그래도 나의 애석함이 비교적 약했으니, 그 시각에는 어차피 멀리서 보면 화폭 속의 미세한 인물들[4]로 변하는 브레끼니 저택의 시종들이, 손에 총채를 들고 붉은색 지맥들 위로, 그토록 쾌적하게 부각되어 돋보이는 넓고 투명한 운모편(雲母片)들[5] 사이를 따라, 가파른 경사면을 천천히 오르는 것이 보이지 않았을 것이기 때문이다. 그리하여 내가, 비록 지질학자의 응시 대상으로부터는 멀어졌지만, 적어도 식물학자의 관찰 대상은 얻게 되어, 혼인 적령기에 이른 젊은 이들을 억지로라도 자주 외출 시키듯 고집스럽게 안뜰에 내놓곤 하던, 공작 부인의 그 작은 관목과 희귀한 식물을 층계의 덧창을 통해 바라보게 되었고, 그러면서, 천우신조 같은 우연에 의해, 도저히 있음직하지 않은 어떤 곤충이 혹시, 그렇게 내맡기듯 드러내 놓은 암술을 방문할까 내 자신에게 질문을 던지고 있었다. 호기심에 이끌려 점점 더 대담해진 내가, 역시 열려 있었고 덧창이 반 쯤 밖에 닫혀 있지 않던 바닥층 창문 가까이까지 내려갔다. 쥐삐앵이 외출 준비하는 소리가 선명히 드렸으나, 그가 차양용 발 뒤에 있던 나를 발견할 수 없었던지라 나는 그곳에 꼼짝도 하지 않은 채 머물러 있었고, 그러다 어느 순간, 배 불룩하고 한낮의 햇볕 때문에 더 늙어 보이며, 머리 희끗희끗한 모습으로 안뜰을 천천히 가로질러 빌르빠리지 부인 댁으로 가던 샤를뤼스 씨의 눈에 띌까 두려워, 내가 급히 옆으로 비켜섰다. 샤를뤼스 씨가, 빌르빠리지 부인의 몸이 불편했기 때문이었는지 (그와 개인적으로 심하게 불화하여 불구대천의 관계가 된 휘에르부와 후작의 질환에서 비롯된 일이었다,[6]) 그 시각에 누구를 방문한 것은 아마 자기 생애에 처음이었을 것이다. 사교계 생활에 순응하는 대신 자기들의 개인적 습관에 (그들은 그 습관들을 사교계의 것이 아니라 믿었고, 따라서 사교계 예절이라는 그 무가치한 것을 그것들 앞에서 모독해도 무방하다고 생각하였으며, 그리하여 마르상뜨 부인은, 아예 접견일을 별도로 정해 두지 않은 채, 매일 아침 열 시부터 정오까지 자기의 친구 여인들을 집에서 맞았다) 준하여 사교계의 관례를 멋대로 변모시키던 게르망뜨 가문 사람들 특유의 그 기이함을 드러내면서, 남작이 그러한 시간을 독서나 골동품 수집 등에 할애한 다음, 오후 네 시와 여섯 시 사이에만 누구를 방문하는 것이 철칙이었으니 말이다. 오후 여섯 시에는 그가 죠키 클럽에 가거나 불론뉴 숲에서 산책을 하였다. 잠시 후 나는 쥐삐앵의 눈에 띄지 않으려고 다시 뒤로 물러섰다. 그가 곧 자기의 사무실로 떠날 시각이었고, 그는 저녁 식사를 하기 위해서나 그곳으로부터 돌아오곤 하였으되, 자기의 조카딸이 어느 고객의 드레스를 마무리하기 위하여 견습공들을 데리고 한 주 전 시골에 간 이후로는, 날마다 그 시각에 돌아오지도 않았다. 그 다음 순간부터는, 아무도 나를 볼 수 없다는 사실을 깨달았던지라, 혹시 기적이 일어날 경우, 그토록 오래 전부터 기다림을 거듭 연장하고 있던 그 처녀 꽃에게 혼인 사절 자격으로 파견된 곤충의, 기대하기 거의 불가능한 도래 (그 숱한 장애물과 먼 거리와 역경과 위험들을 극복한) 장면을 놓칠까 저어되어, 나는 더 이상 내가 있던 자리를 떠나지 않으리라 결심하였다. 나는, 처녀 꽃의 그러한 기다림이, 곤충으로 하여금 자기를 더 용이하게 맞이할 수 있도록 하기 위하여 수술들을 기꺼이 곤충 쪽으로 돌렸을 수컷 꽃의 기다림보다 더 수동적이지 않았음을 알고 있었으니, 그곳 안뜰에 있던 암컷 꽃 또한 마찬가지로, 곤충이 도래할 경우, 자기의 '암술대들'을 요염하게 구부린 다음, 곤충이 자기 속으로 더 완벽하게 침투하도록 하기 위하여, 앙큼하지만 열렬한 어느 아가씨처럼, 보이지 않게 마중길에 나섰을 것이다. 식물 세계의 법칙들도 한없이 더 고차원적인 법칙들의 지배를 받는다. 곤충의 방문이, 즉 다른 꽃으로부터 가져온 꽃가루가, 대개의 경우 꽃을 수태시키는데 필요한 것은, 곤충들에 의존해 이루어지는 교잡 수정이 그 종의 다음 세대에, 일찍이 볼 수 없었던 생명력을 주는 반면, 자가수정(自家受精)은, 즉 자화수분(自花受粉)에 의한 수정은, 반복된 근친 혼인처럼 퇴화 및 불임(不姙)을 초래할 것이기 때문이다. 하지만 교잡 수정으로 말미암은 활력이 과도해질 수 있고, 따라서 그 종의 발육이 정상을 벗어날 수 있는데, 그럴 경우, 항독소(抗毒素)가 우리를 질병으로부터 보호하듯, 갑상선이 우리의 비만을 통제하듯, 패배가 오만을 혹은 피곤이 우리의 쾌락을 벌하듯, 수면이 피곤해진 우리에게 휴식을 주듯, 자가 수정이라는 예외적인 행위가 적시에 개입하여 나사를 조이고 제동을 걸어, 과도하게 이탈하였던 꽃으로 하여금 자기의 규범 안으로 다시 돌아오게 한다. 내가 훗날 상세하게 기술할 방향을 따라 나의 사념이 이미 상당히 진척되어, 꽃들의 그 명백한 간계로부터, 문예 작품의 무의식적인 부분에 관한 결론 하나를 이미 도출하였는데,[7] 바로 그 순간, 후작 부인 댁으로부터 다시 나오는 샤를뤼스 씨가 내 눈에 띄었다. 그가 들어간 이후 단 몇 분밖에 흐르지 않은 때였다. 약간의 불편함에 지나지 않았던 빌르빠리지 부인의 환후가 호전되었거나 아예 완쾌되었음을, 그가 노부인으로부터 직접 들어 알게 되었거나, 혹은 단지 어느 하인으로부터 아마 들었을 것이다. 아무도 자기를 바라보지 않는다고 그가 믿고 있었을 그 순간, 햇볕을 막으려고 두 눈꺼풀을 차양막처럼 내린 채, 샤를뤼스 씨는, 평소 대화의 활기와 의지의 힘이 지탱시켜 주던 그 독특한 긴장과 부자연스러운 생기를, 그의 얼굴 속에서 이미 느슨하게 풀어 약화시켜 놓고 있었다. 햇볕으로 인해 대리석 조각상처럼 창백해진 그의 모습을 보자니 코는 우뚝했으며, 용모의 섬세한 윤곽선들 또한 어떤 의지 가득한 시선으로부터 그것들의 아름다움을 변질시킬 다른 의미를 더 이상 받아들이지 않아, 이제는 단지 게르망뜨 가문의 일원일 뿐, 그가, 빨라메드 15세라는 이름으로, 이미 꽁브레 교회당의 예배소에 조각되어 있는 것처럼 보였다.[8] 하지만 게르망뜨 가문 사람들의 보편적인 특징이었던 그 윤곽선들이, 샤를뤼스 씨의 얼굴에서는 더욱 정련된 섬세함을, 특히 더욱 다정한 섬세함을 띠고 있었다. 그가 빌르빠리지 부인 댁으로부터 나오던 순간, 온화함과 선량함이 그의 안면에 그토록 천진스럽게 펼쳐지는 것을 본 나는, 그가 평소에 그토록 숱한 포악스러움과 불쾌감 주는 기이함, 험구, 냉혹함, 격하기 쉬운 과민성 및 방약무인함 등으로 그것들을 변질시키거나, 짐짓 꾸민 난폭함으로 그것들을 감추곤 하였다는 사실을, 몹시 애석해하였다. 햇볕 때문에 눈을 깜박이던 그가 거의 미소를 짓는 것 같았고, 그렇게 휴식 상태로 그리고 자연 상태로 드러난 그의 얼굴에서 내가 어찌나 다정하고 누그러진 무엇을 발견하였던지, 나는, 샤를뤼스 씨가 만약, 누가 자신을 그렇게 바라보았음을 알 수 있었다면, 얼마나 화를 내었을까 하는 생각을 하지 않을 수 없었다. 왜냐하면, 남성다움을 그토록 좋아하였고, 자신이 남성적이라고 그토록 자부하였으며, 모든 남자들이 추악하게 여성화되었다고 여기던 그 남자가, 나로 하여금 그 순간 문득 뇌리에 떠올리게 하였던 것은—잠시 그에게 나타난 윤곽선들과 표정과 미소 등이 어찌나 여성다웠던지—하나의 여인이었기 때문이다.

그가 나를 발견하지 못하도록 내가 다시 비켜서려 하였으나, 그럴 틈도 필요도 없었다. 그 순간 내 눈에 보인 것이 무엇이었던가! 일찍이 단 한 번도 서로 마주친 적이 없었을 그 안뜰에서 (샤를뤼스 씨가 게르망뜨 저택에는 쥐삐앵이 자기의 사무실에 있던 오후 늦은 시각에만 오곤 하였던지라) 문득 서로를 정면으로 마주하게 되자, 남작이 반쯤 감겨 있던 두 눈을 별안간 크게 뜨더니, 자기의 점포 입구에 서 있던 지난날의 조끼 재단사를 극도로 유심히 바라보았고, 그러는 동안 조끼 재단사는, 샤를뤼스 씨 앞에 순식간에 못박힌 듯, 혹은 한 그루 식물처럼 그 자리에 뿌리를 내린 듯 꼼짝도 못한 채, 늘그막에 들어선 남작의 비대한 몸집을 경이로움에 사로잡힌 기색으로 응시하였다. 하지만 더욱 놀라운 일은, 샤를뤼스 씨의 태도가 바뀌기 무섭게 쥐뻬앵의 태도 역시, 마치 어떤 비술의 법칙 아래에 놓인 듯, 그것과 즉시 조화를 이루었다는 사실이다. 자기가 받은 인상을 이제 감추려 노력하고 있었으되, 짐짓 꾸민 무관심에도 불구하고 마지못해 물러가는 듯한 기색 띤 남작이, 오락가락 하면서, 스스로 생각하기에 자기의 눈동자를 한껏 아름답게 돋보이도록 할 수 있을 방법으로 허공을 응시하다가는, 건방지고 무심하며 우스꽝스러운 기색을 띠곤 하였다. 그러자 쥐뻬앵이, 내가 전부터 일상 그에게서 발견하곤 하던 겸허하고 선량한 기색을 즉시 상실하더니―남작과 완벽한 대칭적 조화를 이루면서―자신의 고개를 번쩍 쳐들었고, 그런 다음 자신의 허리에 거만한 태도를 부여하는가 하면, 기괴할 만큼 무례하게 주먹을 엉덩이 위에 올려놓은 다음 꽁무니를 뒤로 불쑥 돌출시켜, 천우신조로 문득 도래한 뒝벌을 위하여 난초꽃이 그럴 수 있었을 것처럼 교태 가득한 자세를 취하였다. 나는 그가 그토록 매정한 기색을 띨 수 있으리라는 사실을 몰랐다. 그러나 또한, 오랫동안 무수히 반복되었던 것처럼 보이던 (그가 비록 처음으로 샤를뤼스 씨와 조우하였건만), 두 벙어리가 펼치는 그러한 종류의 장면에서, 그가 즉흥적으로 자기의 역할을 수행할 수 있으리라는 사실도 까맣게 모르고 있었다. 무의식적으로 그러한 완벽성에 이르는 것은 외국에서 자국인과 마주칠 때일 뿐이니, 그럴 경우, 일찍이 서로 만난 적 없다 할지라도, 표현 수단이 같은지라, 소통은 저절로 이루어진다.

하지만 그러한 장면이 정확히 말해 희극적이지는 않았고, 그것에는 일종의 기이함이, 달리 말하자면 그 아름다움이 점증되던 자연스러움이 감돌고 있었다. 샤를뤼스 씨가 무심한 기색을 띠고 눈꺼풀을 건성으로 내려도 소용없었으니, 그가 이따금씩 다시 눈을 치켜뜰 때마다 쥐피앵에게 주의 깊은 시선을 던지곤 하였으니 말이다. 하지만 (의심할 나위 없이, 우리가 훗날 이해하게 될 이유들 때문이건, 혹은 우리로 하여금 각 행위가 목표에 적중하기를 바라게 하며 모든 사랑의 광경을 따라서 그토록 감동적으로 만드는 절실한 감정에 이끌려서건, 즉 매사가 순식간에 지나간다는 그 절박한 감정에 이끌려서건, 그러한 장면이 그 장소에서는 한없이 연장될 수 없다고 생각하였기 때문에), 샤를뤼스 씨가 쥐피앵을 바라볼 때마다, 그는 자기의 시선에 어떤 말 한 마디가 수반되도록 하였고, 그로 인하여 그 시선이, 우리가 아는 사람에게나 혹은 모르는 사람에게로 일상 던지는 시선들과는 전혀 달랐으니, 그는 마치 다음과 같은 말을 하려는 사람처럼 쥐피앵을 매우 특이한 시선으로 응시하였다. "저의 조심성 없음을 용서해 주시기 바라옵거니와, 귀하의 등에 긴 흰색 실 한 가닥이 매달려 있습니다." 혹은 이렇게 말하려는 것 같기도 하였다. "제가 착각할 리는 없는데, 귀하께서도 쥐리히에서 오신 것 같으며, 그곳 골동품 상점에서 제가 귀하를 자주 뵈온 것 같습니다." 그러한 질문을, 일정한 간격을 두고, 또한—과도하게 화려한 준비음들로—하나의 새로운 모티프, 음조의 변화 혹은 '복귀'를 이끌어 올 목적으로 무한히 반복되는 베토벤 특유의 질문하는 듯한 악절들처럼, 매 2분마다 샤를뤼스 씨의 눈짓이 같은 형태로, 쥐피앵을 향해 강렬하게 던지는 것 같았다. 그러나 샤를뤼스 씨와 쥐피앵의 시선에 나타난 아름다움이, 적어도 감정적으로는, 그들의 시선에 상대방을 어떤 것에 이르게 할 목적이 없어 보인다는 바로 그 사실에서 비롯되었다. 남작과 쥐삐앵이 그러한 아름다움 표출하는 것을 내가 본 것은 그 때가 처음이었다. 그 두 사람의 눈에 방금 떠올라 펼쳐진 것은 쮜리히의 하늘이 아니라, 내가 아직은 그 명칭을 짐작하지 못한 동방 어느 도시의 하늘이었다. 샤를뤼스 씨와 조끼 재단사를 그렇게 붙잡아둘 수 있었을 관심사가 무엇이었든, 그들 간에 이미 합의가 이루어진 것 같았고, 따라서 그 불필요한 눈짓들은, 확정된 혼례식에 앞서 베푸는 잔치와 유사한 의식적 전주곡에 불과한 것 같았다. 게다가 (그 행태가)[9] 자연에 더 가까웠던지라―또한 하나의 같은 사람을 단 몇 분 동안만 관찰해도, 그가 하나의 인간이었다가 '조류 인간'으로, 그리고 다시 '곤충류 인간' 등으로 연속하여 탈바꿈하는 것처럼 보이는지라, 이러한 비유들의 다양성 자체가 그만큼 더 자연스럽다― 누구든 그들을 보면, 수컷이 다가가려 궁리하건만 암컷은―쥐삐앵―그러한 수작에 더 이상 어떤 신호로도 응답하지 않은 채, 수컷이 이미 첫 걸음을 내디뎠으니, 그러는 것이 틀림없이 상대방의 관능을 더 자극하는 유일한 방법이라 판단하여, 자기의 새로운 짝을 놀라는 기색 없이 무심한 시선으로 응시하면서, 자신의 깃들을 매끄럽게 가다듬는 것으로 만족하는, 암수 두 마리 새라 하였을 것이다. 이윽고 쥐삐앵의 짐짓 꾸민 무관심이, 자기가 보기에도 충분치 못한 것 같았던지, 그리고 상대방의 마음을 사로잡았다는 확신으로부터 자신을 따라오게 하고 갈망하게 하는 데까지는 기껏 한 걸음 움직이는 것으로 족한지라, 쥐삐앵이 자기의 일터로 떠나기로 작정한 듯한 기색으로 안뜰의 정문 밖으로 나섰다. 하지만 그가 도망치듯 길로 나선 것은, 먼저 고개를 두세 번 돌려 뒤를 힐끔힐끔 살핀 후였으며, 남작은 그의 종적을 잃을까 부들부들 떨면서 (그 경황에도 허세 가득한 기색으로 휘파람을 부는가 하면, 부엌 뒷방에서 반쯤 취한 상태로, 초대한 사람들에게 음식을 대접하던, 그리하여 그가 하는 말은 듣지도 못하였을 수위에게, '또 만나자'고 외치는 것도 잊지 않고), 그를 따라잡으려고 힘차게 돌진하였다. 샤를뤼스 씨가 뚱뚱한 뒝벌처럼 휘파람을 불면서 정문 밖으로 나간 바로 그 순간, 다른 뒝벌 한 마리가—진정한 뒝벌이었다—안뜰로 들어왔다. 그 뒝벌이 혹시 그토록 오래전부터 난초꽃이 기다리던, 그리고 난초꽃이 영영 처녀로 남게 될 처지를 면하게 해줄 그 희귀한 꽃가루를 가지고 온, 그 뒝벌 아니었을지 누가 알겠는가? 하지만 나의 시선이 그 곤충의 활발한 움직임을 이내 놓치고 말았으니, 몇 분 후, 그 곤충보다 나의 관심을 더 자극하면서, 쥐삐앵이 (아마 샤를뤼스 씨의 출현이 그에게 야기시킨 감동으로 인해 깜빡 잊었던—그래서 나중에 가지고 떠난—보따리를 가지러, 혹은 단지 더 자연스러운 이유 때문에) 남작을 뒤따르게 한 채 되돌아 왔기 때문이다. 남작이, 일을 서둘러 앞당기기로 작정한 듯, 조끼 재단사에게 불을 좀 빌리자고 하더니, 즉시 이렇게 고쳐 말하였다. "내가 당신에게 불을 빌리자고 하였지만, 이제 보니 엽궐련 가져오는 것을 잊었소." 정중한 환대의 준칙이 교태의 통례를 제압하였다. "들어가시지요, 원하시는 모든 것을 드리겠습니다." 그렇게 말하는 조끼 재단사의 얼굴에서 어느새 건방짐이 기쁨에게 자리를 양보하였다. 두 사람이 점포 안으로 들어간 다음 그들 뒤로 문이 다시 닫혀, 나는 더 이상 아무 말도 들을 수 없었다. 안뜰에 들어온 뒝벌이 나의 시야에서 완전히 사라졌고, 그 벌이 난초꽃에 긴요했던 바로 그 곤충이었는지는 알 수 없었으되, 여하튼 매우 드문 곤충 한 마리와 포로 상태에 있던 꽃 사이에 만남이 이루어질 기적적인 가능성에 대해 내가 더 이상 의심하지 않게 되었는데, 한편 그 동안, 여러 해 전부터 쥐삐앵이 점포에 없는 시각에만 그댁에 오곤 하던 샤를뤼스 씨는 (그것들의 본질이 무엇이었든, 천우신조 같은 우연들이었다는 점에서 단지 비교하는 것일 뿐, 식물학적 특정 법칙들과, 사람들이 가끔 동성애라는 지극히 부정확한 말로 지칭하는 것을,[10] 나란히 놓고 비교하려는 과학적 허세는 결코 아니다), 빌르빠리지 부인의 몸이 편찮다는 우연 덕분에 그 조끼 재단사를, 그리고 그와 아울러, 훗날 모두들 알게 되겠지만, 쥐뻬앵보다 훨씬 더 젊고 용모 수려할 수도 있는 존재들 중 하나에 의해, 즉 그러한 존재들이 이 지상에서 자기들 몫의 관능적 쾌락을 누리도록 해줄 운명 타고난 남자에 의해, 다시 말해 늙은 신사들만을 좋아하는 남자에 의해, 남작과 같은 부류의 남자들을 위하여 예비된 행운[11]도 함께 만났다.

하지만 이제 막 이야기한 것을 내가 몇 분 후에나 이해하게 되어 있었으니, 보이지 않는 존재의 그 속성들이, 어떤 상황에 의해 현실로부터 제거될 때까지는, 현실에 밀착되어 그것을 뒤덮고 있기 때문이다. 여하튼 그 순간에는, 지난날의 조끼 재단사와 남작 사이에 오가던 대화가 들리지 않아, 내가 심한 조바심증에 사로잡혔다. 그리하여 나는, 쥐뻬앵의 점포와 매우 얇은 칸막이로 분리되어 있을 뿐인, 그리고 임대하기로 되어 있던 점포를 뇌리에 떠올렸다. 그곳으로 가기 위해서는, 우리의 아파트로 다시 올라가 부엌으로 가서, 지하 저장고들이 있는 곳까지 하인 전용 층계를 따라 내려간 다음, 저장고들을 지나 지하로 안뜰을 가로질러, 몇 달 전까지도 고급 목재 가구 세공인이 자재들을 쌓아 두었고, 쥐뻬앵이 땔감용 석탄을 저장해 두기로 요량하고 있던, 그 지하실에 이른 후, 비워 둔 점포로 연결되는 계단 몇만 오르면 그만이었다. 그렇게 하면 그곳까지 이르는 도정이 완전히 은폐되어, 내가 그 누구의 눈에도 띄지 않을 것이다. 그것이 가장 신중한 방법이었다. 하지만 내가 선택한 것은 그 방법이 아니라, 사람들의 눈에 띄지 않으려 노력하면서, 벽면을 따라 노출된 상태로 안뜰을 우회하였다. 내가 사람들의 눈에 띄지 않은 것은, 이제 생각해 보거니와, 나의 지혜로움보다는 우연 덕분이었다. 또한 지하도를 따라가는 방법이 그토록 안전했음에도 불구하고 내가 그토록 경솔한 편을 택한 데는, 그것들 중 그럴싸한 것이 있을지 모르나, 세 가지 이유가 있었던 듯하다. 나의 조바심이 첫 번째 이유였다. 그 다음에는, 뱅뙤이유 아가씨의 창문 앞에 숨어서 본 몽쥬뱅의 광경이 아마 희미하게 되살아났기 때문일 것이다.[12] 사실 내가 현장에서 목격한 그러한 종류의 일들은, 항상 그 연출 속에, 가장 경솔하고 개연성 가장 희박해 보인다는 성격을 가지고 있어, 그러한 뜻밖의 발견이란, 비록 부분적으로는 은밀히 수행되더라도, 위험 가득한 행위를 통해서만 얻어지는 보상일 수밖에 없을 듯했다. 마지막으로, 그 유치한 성격 때문에 마지못해, 그러나 감히 세 번째 이유를 고백하거니와, 그것이 내가 확신하기로는 무의식적으로 나로 하여금 결단을 내리게 한 이유였다. 일찍이 쌩-루가 펼치던 군사적 원칙들을[13] 따라가기 위하여—그러다가 그것들이 모순됨을 발견하게 되었지만—내가 부르의 전쟁[14] 과정을 상세하게 되짚어보던 중, 나는 옛 사람들의 탐험기와 여행기들을 다시 읽게 되었다. 나의 병세가 악화되어, 여러 날 동안 밤낮을 가리지 않고 연속적으로, 잠을 이룰 수 없을 뿐만 아니라 자리에 눕지도, 마시지도, 먹지도 못하여, 기운이 소진되고 괴로움이 극도에 달한 나머지, 그러한 상태에서 영영 벗어나지 못할 것이라는 상념에 휩싸이게 되는 순간이면, 나는 해로운 풀에 중독된 채, 바닷물에 흠뻑 젖은 옷을 입고 신열 때문에 오들오들 떨며 해안 모래톱에 던져진, 그러나 이틀 후에는 원기가 조금 회복되었음을 느끼고, 아마 식인종들일지도 모를 주민들을 찾아무작정 다시 길을 떠나는, 어느 나그네를 뇌리에 떠올리곤 하였다. 그들의 행적이 나에게 활력을 주었고, 희망을 되돌려주었으며, 나는 잠시나마 용기를 잃었다는 사실에 수치심을 느꼈다. 정면에 영국 군대가 있건만, 빽빽한 관목숲에 도달하기 전, 풀 한 포기 없는 개활지를 가로질러야 할 순간에 자신들을 두려움 없이 노출시키던 부르 농민군들을 뇌리에 떠올리면서, 나는 이러한 상념에 잠겼다. '드레퓌스 사건으로 인하여 여러 차례 두려움 없이 결투를 벌였던 내가, 작전의 무대라야 기껏 우리가 사는 건물의 안뜰에 불과하고, 두려워할 칼이라야 고작, 안뜰 내려다보는 것보다 다른 할 일 더 많은 이웃들의 시선뿐인데, 내가 더 겁을 먹는다면 정말 꼴불견이겠다!'

그러나, 바닥의 마루 삐걱거리는 소리가 나지 않도록 극도로 조심하면서 빈 점포 안으로 들어갔을 때, 쥐삐앵의 점포로부터 가장 가벼운 소음까지 선명히 들려오는 것을 깨달았으며, 나는 그 순간, 쥐삐앵과 샤를뤼스 씨가 얼마나 신중하지 못했으며, 얼마나 큰 요행이 그들을 도왔나 하는 생각에 잠겼다.

나는 감히 움직이지도 못하였다. 게르망뜨 댁 마부들이, 필시 주인들이 집을 비운 틈을 이용해, 차고에 있던 가로장 촘촘한 사다리를 내가 들어간 그 점포에 옮겨 놓았던 모양이다. 그리하여 내가 만약 그 사다리를 타고 올라갔다면, 벽 상단에 있는 구멍창을 열고, 마치 쥐삐앵의 점포 안에 들어가 있는 것처럼 모든 말을 들을 수 있었을 것이다. 그러나 혹시 소음을 내지 않을까 염려스러웠다. 게다가 그럴 필요조차 없었다. 그 점포에 도달하기 위하여 소요된 몇 분 간의 시간도 아까워할 필요가 없었다. 왜냐하면, 쥐삐앵의 점포로부터 처음 들려온, 그리고 발음 명료하지 않은 소리들에 준해 추측해 보니, 그들의 입에서 거의 아무 말도 나오지 않은 것 같앉기 때문이다. 그 발음 불분명한 소리가 어찌나 강렬했던지, 그것과 병행되던 신음 소리에 의해 그것이 지속적으로 한 옥타브씩 높아지지 않았다면, 정말이지 나는, 내 곁에서 어떤 사람이 다른 사람의 목을 딴 다음, 그 살해자와 부활한 희생자가, 범행 흔적을 말끔히 지우기 위하여 함께 목욕을 한다고 믿을 수 있었을 것이다. 나는 훗날 그 사실에 입각하여, 고통만큼 소란스러운 것이 있다면 그것은 쾌락일 것이며, 특히 쾌락에―『황금빛 전설』에 보이는 별로 믿을 수 없는 전례[15]에도 불구하고 이번 경우에는 같은 경우일 수 없는, 즉 임신의 두려움이 없는 경우―청결이라는 즉각적인 근심거리가 추가될 때 더욱 소란스럽다는 결론을 내렸다.[16] 이윽고 반 시간쯤 후 (그 동안 나는 사다리를 타고 살금살금 올라가 구멍창을 통해 들여다보러 하였으나, 결국 창문은 열지 않았다), 두 사람 사이에 대화가 시작되었다. 쥐삐앵은 샤를뤼스 씨가 주려고 하는 돈을 극구 사양하였다.

그 다음 샤를뤼스 씨가 점포 밖으로 다시 나갔다.

"왜 턱에 그렇게 면도질을 하셨습니까?" 쥐삐앵이 응석투의 어조로 남작에게 말하였다. "아름다운 턱수염이 그토록 멋있는데!"―"쳇! 불결한 물건이오." 남작이 대꾸하였다.

그러면서 그가 문간에서 지체하였고, 그 동네에 관해 쥐삐앵에게 이것저것을 물었다. "저쪽 모퉁이에 있는, 왼쪽 모퉁이의 그 추물 말고, 짝수 번지 쪽에 있는 체구 거대하고 시커먼, 그 군밤 장수에 관해 아는 것 없소? 그리고 맞은편 약국 주인에게는, 자전거를 타고 약품 배달하는 참한 녀석이 있더군." 그러한 질문들에 쥐삐앵의 마음이 상했던 모양이다. 왜냐하면, 교태 넘치되 배신 당한 여인의 앙앙불락하는 기색으로 그가 고개를 번쩍 처들면서 이렇게 대꾸하였으니 말이다. "당신의 마음이 한결같지 않음을 알겠습니다." 구슬프고 냉랭하며 꾸민 어조 감도는 그 나무람이 틀림없이 샤를뤼스 씨의 마음에 걸린 듯, 자기의 호기심이 안겨준 나쁜 인상을 지우기 위하여 그가 쥐삐앵에게, 너무 나지막하여 내가 단어들을 선명히 알아듣지는 못하였으나, 그들이 점포 안에 더 오래 머무는 것을 불가피하게 만들었을, 그리고 조끼 재단사의 슬픔을 불식시켜 줄 만큼 그를 감동시킨, 간청하는 듯한 말을 하였음이 틀림없었으니, 그가 자존심 충족된 사람의 행복감에 잠긴 기색으로, 희끗희끗한 머리카락 아래로 보이는 남작의 살집 좋고 상기된 얼굴을 유심히 살핀 다음, 샤를뤼스 씨가 자기에게 요청한 것을 베풀어 주기로 작정한 듯, '꽁무니가 실하기도 하지!' 등과 같은 우아함 결여된 논평을 늘어놓은 다음, 미소 어리고 감동된 그리고 우쭐하면서 동시에 고마워하는 기색으로, 이렇게 대꾸하였으니 말이다. "좋아요, 그럽시다, 커다란 아가!"

"전차 운전사에 관한 이야기로 되돌아오거니와," 샤를뤼스 씨가 집요하게 다시 이야기를 꺼냈다.[17] "다른 모든 것은 제쳐두고라도, 그것이 집으로 돌아가는 도중에 약간의 흥밋거리를 제공할 수 있다는 사실 때문이오. 사실 나에게도, 평범한 상인으로 변장하고 바그다드 거리를 쏘다니는 칼리프처럼, 어떤 미미한 인물의 모습이 나의 관심을 자극할 경우, 나 자신을 낮추어 그 인물을 따라가는 일이 생긴다오."[18] 그 말을 듣는 순간 나는 그 말 속에서 일찍이 베르고뜨에게서 발견한 것과 같은 특징을 간파하였다. 만약 베르고뜨가 재판정에서 답변해야 할 일이 있다면, 그는 재판관들을 설득하기에 합당한 구절들 대신, 그의 특이한 문학적 기질이 그의 뇌리에 자연스럽게 떠오르게 하는, 그리하여 그로 하여금 사용하면서 기쁨을 느끼게 하는, 베르고뜨 특유의 구절들을 사용할 것이다. 마찬가지로 샤를뤼스 씨 역시, 조끼 재단사를 상대로 이야기를 하면서, 자기와 같은 계층에 속하는 사람들을 상대할 때와 같은 언어를 사용하였고, 심지어, 자기가 힘겹게 맞서 싸우고 있던 소심함이 그를 지나친 오만으로 내몰았음인지, 혹은 그 소심함이 그로 하여금 자신을 제어하지 못하게 하여 (자기 계층에 속하지 않는 사람 앞에서는 더 동요되기 때문이다), 그가 게르망뜨 공작 부인이 말하곤 하던 정말 오만하고 조금은 미친 자기의 천성을 적나라하게 드러낼 수밖에 없게 되었음인지, 심지어 자기 고유의 우스꽝스러운 버릇들까지 과장하여 드러냈다. 그가 이야기를 계속하였다. "그의 종적을 놓치지 않기 위하여, 내가 어느 평범한 학교 선생처럼 혹은 어느 젊고 잘생긴 의사처럼, 그 미미한 인물이 탄 전차 안으로 뛰어 오른다오 (어떤 왕자에 대해 말하면서 '전하께서는 강녕하십니까?'라고 하듯, 오직 문법적 규칙을 따르기 위하여 그 인물을 여성형 명사로 지칭하는 것이오).[19] 그 인물이 전차를 갈아 타면, 내가, 아마 흑사병 병원균도 함께, '환승권'이라는 그 괴상한 물건의 번호 하나를 받아 드는데, 그것이 '나'와 같은[20] 사람에게 주어지건만 항상 1번은 아니라오! 내가 그렇게 심지어 서너 차례까지 차를 바꾸어 탄다오. 때로는 저녁 열한 시에 오를레앙 역에까지[21] 가서 좌초하였다가 돌아오기도 한다오! 오를레앙 역에까지만 가는 경우는 그래도 다행이오! 하지만 언젠가 한 번은, 예를 들어, 그 인물과 미처 대화를 시작하지 못하여, 시야에 들어오는 것이라야 고작, 그물선반이라고들 부르는 삼각형 모양의 물건들 사이로, 그 철로가 경유하는 지역의 주요 건축물 사진들밖에 보이지 않는, 그 끔찍한 객차들 중 하나 속에 갇혀 오를레앙까지 가기도 하였다오. 빈 좌석은 하나뿐인데, 나의 정면에 보이는 역사적 기념물이라곤 프랑스에서 가장 못생긴 오를레앙 주교좌 대교회당 사진밖에 없었고, 나의 뜻과는 상관없이 마지못해 그것을 바라보는 것이, 안질을 유발시키는 렌즈 달린 펜대의 유리 구슬 속에 그 교회당의 종탑들을 억지로 고정시키는 짓만큼이나 피곤하였다오. 내가 오브레 역[22]에서 그 젊은이와 동시에 내렸는데, 애석하게도 (그에게 모든 단점들이 있으리라 가정하면서도 가족이 있으리라는 단점만은 제외시켰건만) 그의 가족이 플렛폼에서 그를 기다리고 있었소! 나를 다시 빠리로 데려다 줄 기차를 기다리면서 내가 위안거리로 삼은 것은 디안느 드 뿌와띠에의 저택[23]뿐이었소. 그 저택이 왕족이신 나의 선조들 중 한 분을 매료하였을지는 모르나, 나였다면 더 생생한 아름다움을 택하였을 것이오. 그러한 이유 때문에, 홀로 돌아오는 무료함을 달래기 위해서는, 내가 침대차 종사원 녀석이나 합승마차 마부 하나를 알고 있었으면 더 좋았을 것이오. 여하튼 놀라지 마시오, 그 모든 것은 계층적 문제요." 남작이 결론삼아 말하였다. "예를 들어 사교계 젊은이들의 경우, 내가 그들을 육체적으로 수중에 넣을 생각은 전혀 없으나, 그들을 건드려야만, 물리적으로가 아니라 그들의 심금(心琴)을 건드려야만, 마음이 편안해지오. 어떤 젊은이가 나의 편지들에 답장을 하지 않는 대신, 나에게 편지쓰기를 멈추지 않게 되어 그가 나의 정서적 재량권에 속하게 되면, 내가 평온을 얻게 되오. 아니, 내가 이내 다른 젊은이에 대한 근심에 사로잡히지 않으면 그렇게 될 것이오. 상당히 기이한 일 아니오? 마침 사교계 젊은이들 이야기가 나왔으니 말이오만, 이곳에 오는 젊은이들 중 아는 사람 없소?" – "없어요, 나의 아가. 아! 있어요, 갈색 머리에 키 훌쩍 크고 외알박이 안경을 썼으며, 웃기 잘 하고 뒤를 자주 돌아보는 젊은이가 있어요." – "당신이 누구 이야기를 하려는 것인지 모르겠군." 쥐삐앵이 젊은이의 모습에 대한 보충 설명을 하였으나 샤를뤼스 씨는 그것이 누구와 관련된 것인지 알아내지 못하였다. 지난날의 조끼 재단사가, 모르는 이들의 모발 색깔을 기억하지 못하는, 우리들이 생각하는 것보다 훨씬 흔한, 그런 사람들 중 하나였음을 샤를뤼스 씨가 몰랐기 때문이다. 그러나 쥐 삐앵의 그러한 인지적 결함을 잘 알고 있었던지라 그가 사용한 '갈색'이라는 말을 '금발'로 대체하여 들은 나에게는, 그 젊은이의 모습이 샤뗄르로 공작의 모습과 정확히 일치하는 것처럼 보였다. "하층 계급에 속하지 않는 젊은이들에 관한 이야기로 되돌아오자면," 남작이 다시 말하였다. "현재 나의 머리가, 나에게 엄청난 무례함을 보이는 어느 기이한 애송이 녀석, 제법 영리한 소시민 축에 속하는 그 녀석 때문에, 뒤죽박죽이 되어 버렸소. 녀석은 내가 얼마나 굉장한 인물인지, 그리고 반면 자기의 꼴이 얼마나 미세한 비브리오균에 불과한지, 전혀 짐작조차 하지 못하오. 하지만 결국 무슨 상관이겠는가. 그 어린 당나귀가 나의 숭고한 주교복 앞에서 마음껏 울부짖어 보라고 하지." ― "주교라니!" 샤를뤼스 씨가 한 말들을 전혀 이해하지 못하였으나 '주교'라는 말에 아연실색한 쥐삐앵이 놀라 그렇게 소리치고 나서 다시 말하였다. "하지만 그것이 종교와는 별로 상관이 없어요." ― "우리 가문에는 교황 셋이 있었고, 추기경이셨던 내 종조부님의 조카따님이 내 조부님에게 공작 작위로 대체된 그 지위를 가져오셨던지라, 나는 붉은색 옷 걸칠 권리를 가지고 있소. 이제 보자니 당신이 은유라는 것에는 도무지 귀머거리이고 프랑스 역사에 무관심한 것을 알겠소. 게다가," 결론이라기 보다는 경고적 성격 더 짙은 어투로 그가 덧붙였다. "오직 존경심만이, 나를 좋아한다고 소리치려는 그들의 입을 틀어막는지라, 틀림없이 두려움 때문에 나를 피하는 젊은 사람들이 나에게 발산하는 그 매력은, 그들에게 각별한 사회적 지위를 요구하오. 그들의 짐짓 꾸민 무관심이 오히려 그럼에도 불구하고 정반대의 결과를 초래할 수 있소. 미련스럽게 길어지는 그 거짓 무관심에 내가 구역질을 느끼오. 당신에게 더 친숙하게 여겨질 계층에 속하는 사람들 중에서 예를 하나 들겠는데, 나의 저택을 수리할 때, 나에게 거처를 제공하였노라고 말할 수 있는 명예를 놓고 다투던 공작 부인들 중, 서로 질투하는 여인들이 생기지 않도록 하기 위하여, 내가 흔히들 '호텔'이라고 부르는 곳에 가서 며칠 동안 기거한 적이 있소. 객실 담당 웨이터들 중 하나가 나와 초면이 아니었던지라, 마차 문을 열어 주는 등 잔 심부름 하는 제복 입은 어린 종업원 하나를 내가 그에게 지목하였으나, 고 어린 녀석이 나의 제안에 응하지 않았소. 급기야 몹시 역정이 나서, 나의 의도가 순수하다는 것을 녀석에게 입증하기 위하여, 나의 방에 와서 나와 오 분 동안만 이야기를 나눈다는 조건으로, 내가 터무니없이 큰 금액을 지불하겠다고 하였소. 그러고 나서 기다렸으나 허사였소. 그 이후 녀석에 대해 느끼던 나의 역겨움이 어찌나 컸던지, 나는 그 우스꽝스러운 꼬마 천민의 애송이 낯짝을 보지 않으려고 하인 전용 층계를 이용하여 외출하곤 하였소. 나는 후에 녀석이 나의 편지들을 단 하나도 받지 못하였다는 사실을 알게 되었는데, 첫 편지는 시기심 많은 객실 담당 웨이터가, 두 번째 편지는 미덕을 중시하는 주간 문지기가, 세 번째 편지는 그 어린 종업원을 사랑하며 여신 디아나가 잠에서 깨어날 시각[24]이면 그와 함께 침소에 들곤 하던 야간 문지기가 가로챘소. 하지만 그렇다 해도 녀석에 대한 나의 혐오감은 줄어들지 않아, 그 종업원 녀석을, 잡은 사냥감처럼 은쟁반 위에 올려 나에게 바친다 해도, 나는 심한 구토증을 일으키며 녀석을 거절할 것이오. 하지만 이게 무슨 꼴인가! 우리가 진지한 일들에 관한 이야기를 나누었는데, 이제 내가 기대하던 것에 있어서는 우리들 간의 관계가 끝났소. 그러나 당신이 나에게 큰 봉사를 할 수도 있으리니, 그것은 알선책을 맡는 일이오. 그러면, 아니오, 그러한 생각

자체가 나에게 다소간의 활기를 되돌려 주며, 아직은 아무것도 끝나지 않았음을 느끼오."

두 사람이 조우하던 장면 초기부터, 비로소 뜨인 나의 눈이 보기에, 샤를뤼스 씨 속에서는, 마치 누가 마법의 지팡이로 그를 건드리기라도 한 듯, 완벽하고 즉각적인 변혁이 일어났다. 그 순간까지는 내가 이해하지 못하였기 때문에 볼 수 없었던 것이다. 악벽이란 (언어적 편의를 위하여 그렇게들 말한다), 다시 말하거니와 각자의 악벽이란, 사람들이 그 존재를 모르는 동안에는 그들의 눈에 보이지 않던 각자 특유의 정령[25]처럼, 그 사람을 따라다닌다. 선량함, 음험함, 저명함, 사교적 관계 등은 겉으로 드러나지 않아, 사람들은 그것들 감추어 지니고 다닌다. 오뒷세우스 자신조차도 처음에는 아테나를 알아보지 못하였다.[26] 그러나 신들은 즉시 다른 신들을 알아보고, 쥐뻬앵이 샤를뤼스 씨를 보고 그랬듯이, 동류들은 다른 동류들을 못지않게 신속하게 알아본다. 그 때까지 나는 샤를뤼스 씨 앞에서 어느 방심한 젊은이처럼 처신하였는데, 그 젊은이는, 어떤 여인이 '그래요, 제가 지금 약간 피곤해요'라고 거듭 대꾸하였건만, 그 임신한 여인의 둔중해진 몸매를 간파하지 못하였던지라, 조심성 없이 또 고집스럽게 이러한 질문을 던진다. "도대체 무슨 일입니까?" 하지만 어떤 이가 그에게 그녀가 임신하였다고 귀띔해 주기 무섭게, 그는 즉시 그녀의 복부를 보게 되고, 오직 그것만이 보이게 된다. 우리의 눈을 열어주는 것은 이성이며, 오류 하나가 제거되면 우리에게 감각 하나가 더 생긴다.

다른 이들과 조금도 다름없는 어떤 사람의 평범한 표면에, 그 때까지는 보이지 않던 잉크로 형체가 그어진, 옛 그리스인들에게 소중했던 단어[27]를 구성하는 철자들이 드디어 모습을 드러내게 된 날까지는, 그러한 법칙의 예로, 오랜 세월 동안 의심하지 않던 그리고 자기들과 친교를 맺고 지내던 샤를뤼스와 같은 부류의 신사들을 선뜻 뇌리에 떠올리려 하지 않는 사람들이 혹시 있다면, 그들이, 자기들을 둘러싸고 있는 세계가 처음에는 아무것 없이 헐벗은 것처럼, 그리고 더 교양 있는 사람들에게만 제공되는 수천의 장식물들도 없는 것처럼보인다는 사실을 확신하기 위해서는, 자기들의 생애에서 무례한 실수 저지를 순간에 놓인 적이 얼마나 많았는지를 돌이켜보는 것으로 족하다. 그들이 어떤 사람 앞에서 어느 여인을 가리키며 마침 '몹쓸 낙타[28]!'라고 하려던 찰라에, 이런 혹은 저런 특정인의 성격 결여된 얼굴에 나타난 그 무엇도, 자기들 앞에 있는 그 사람이 바로 그 여인의 오라비나 약혼자나 정인이었음을 그들로 하여금 짐작하게 해줄 수 없었다. 하지만 바로 그 순간, 다행히, 곁에 있던 어떤 사람이 그들의 귀에 속삭여 주는 한 마디가 그 치명적인 말을 그들의 입술 위에 멈춰 세운다. 그리고 곧이어 마치 '마네, 테켈, 파레스'[29]처럼, 다음과 같은 말들이 나타난다.[30] "그는 그 여인의 약혼자요." 혹은, "그는 그 여인의 오라비라오.", 혹은 "그는 그 여인의 정인이라오." 따라서 그 사람 앞에서 그녀를 가리켜 '낙타'라고 하는 것은 적절치 못하다. 그리고 단 하나의 그 새로운 개념이, 그 가문의 나머지 사람들에 대하여 우리가 가지고 있던 개념들의 편린을 감하거나 증대시키는 등, 그리하여 이제부터는 보완된, 그 개념들의 전반적인 재편을 초래할 것이다.[31] 샤를뤼스 씨 속에서, 그를 다른 사람들과 구별시켜 주던 하나의 존재가, 마치 켄타우로스 속의 말처럼 그와 짝을 이루었어도, 즉 그 존재가 남작과 한 몸을 이루었어도, 나는 일찍이 그 존재를 전혀 알아채지 못하였다. 그러나 이제, 추상적이었던 것이 질료화 되어, 마침내 이해된 존재가 보이지 않는 상태로 머물 수 있는 자기의 능력을 즉시 상실하였고, 샤를뤼스 씨가 새로운 인물로 바뀌는 그 변신이 어찌나 완벽했던지, 그의 얼굴과 음성뿐만 아니라, 문득 돌이켜본 그와 나 사이에 맺어졌던 관계의 기복들 사이에 나타난 대조들 및 그 때까지 나의 오성에 기괴하게 보이던 모든 것들이, 아무렇게나 배열된 글자들 형태로 분해되어 있는 동안에는 아무 의미도 제시하지 않으나 글자들이 합당한 순서대로 다시 놓이면 우리가 더 이상 잊을 수 없는 하나의 사념을 표현하게 되는 어느 구절처럼, 이해 가능해지고 자명해졌다.

게다가 나는 이제, 조금 전 빌르빠리지 부인 댁에서 나오는 그를 보았을 때, 샤를뤼스 씨가 한 여인의 기색을 띠었다고 여길 수 있었던 까닭을 이해하게 되었는데, 그는 정말 하나의 여인이었다! 그는, 기질이 여성적이기 때문에 남성적인 것을 이상으로 삼는, 그리고 일상생활에서는 오직 외형적으로만 다른 이들과 유사한, 따라서 겉으로 드러난 것보다 실제로는 덜 모순된 그 특이한 존재들의 족속에 속하여 있었으며, 우리들 각개가, 세계 속의 모든 것을 보게 하는 눈에 새겨진 상태로 눈동자의 작은 면(面)에 음각된 모습 하나를 가지고 있는 바, 그 존재들에게는 그것이 님파의 모습이 아니라 사춘기 소년의 모습이다. 결국, 하나의 저주가 짓누르고 있는, 그리고 거짓말과 거짓 맹세 속에서 살아야 하는 족속이니, 어떠한 피조물에게든 삶의 가장 큰 즐거움의 소이연인 자기들의 욕정이, 처벌 받을 대상이고 수치스러우며 고백할 수 없는 것으로 간주됨을 알고 있기 때문이고, 아울러 자기의 신을 부인해야 하는 족속이니, 그들이 비록 구세주에 대한 신앙을 가지고 있더라도 재판정에 피고인으로 출석할 때에는, 자기들의 생명 그 자체인 것을 상대로, 마치 부당한 비방에 맞서며 그러듯, 구세주 앞에서 또 그의 이름으로 자신을 변호해야 하기 때문이며, 또한 자기들 모친의 눈을 마지막으로 감겨 드리는 순간에도 모친에게 거짓말을 할 수밖에 없는, 이를테면 어미 없는 아들들의 족속이고, 더 나아가, 자주 인정된 그들의 매력이 불러 일으키고 대개는 선량한 그들의 심정이 느끼는 우정에도 불구하고, 우정 없는 친구들의 족속인데—그러나 오직 거짓말 덕분에 척박한 땅에 서식하는 식물처럼 근근이 존속하는 그러한 관계들을, 그리고 그들이 처음 품으려 하였을 신뢰와 진정성의 최초 열망으로 인해, 그들이 공평할 뿐만 아니라 우호적인 어느 지성을 상대로 하지 않는 한 (그러나 그 경우에도 그들을 대하는 그 지성이 인습적 심리에 의해 방향을 잃어, 일부 재판관들이 성도착자들에 의해 저질러진 살인 행위나 유대인들의 반역 행위가 원죄 및 종족의 숙명성에 말미암은 이유들 때문이라 추측하고 더 쉽사리 용서하듯, 자신에게도 지극히 낯선 그 애정이, 고백된 악벽에 기인한다고 믿을 것이다), 그들에게서 혐오감을 느끼며 그들을 배척할 그러한 관계들을, 과연 우정이라 지칭할 수 있을까? 요컨대 그들은—적어도 내가 당시에 개괄적으로 묘사하였고 장차 스스로 수정될, 그리고 그 속에서, 만약 그들로 하여금 보게 하고 겪게 하던 환상으로 그들의 눈에 그 모순이 감추어지게 하지 않았다면 그 무엇보다도 그들을 화나게 하였을, 그 첫 이론에 따르면—그 희망만으로도 숱한 위험과 고독을 견딜 수 있는 힘을 얻게 해주는 사랑의 가능성이 거의 차단된 연인들이니, 그들이 공교롭게도, 여인다운 것은 아무것도 없을 남자, 성적으로 도착되지 않았을 남자, 따라서 자기들을 사랑할 수 없는 남자에게 연정을 품었기 때문이며, 그리하여 만약 금전이 그들에게 진정한 남자들을 안겨주지 않는다면, 그리고 상상력이 급기야 그들로 하여금, 자기들이 함부로 상대하면서 몸뚱이를 내맡긴 성도착자들을 진정한 남자들로 간주하도록 해주지 않는다면, 그들의 욕정은 영영 충족되지 못할 것이다. 유일한 명예라야 고작 덧없는 것뿐, 유일한 자유라야 고작 죄가 들통날 때까지만 보장되는 잠정적인 것뿐, 유일한 지위라야 고작, 전날에는 모든 응접실에서 환대 받고 런던의 모든 극장에서 박수갈채 받다가 다음날에는 자신의 머리 얹어놓을 베개 하나 구하지 못하고 모든 셋방으로부터 쫓겨나 삼손처럼 맷돌을 돌리면서 역시 그처럼 '자웅이 각자 자기의 구석에서 죽어가리라'[32]고 구슬프게 탄식하는 시인의 것처럼, 불안정한 것에 불과하고[33]… 유대인들이 드레퓌스 주위에 집결하듯 최대의 다수가 희생자 주위에 몰려드는 커다란 불운의 날들을 제외하고는 심지어, 더 이상 자신들의 비위를 맞추지 않고, 자신들 속에 있으되 외면하려 하던 모든 결점들을 고발하듯 낱낱이 드러내 보여주며, 자기들로 하여금 자기들이 자기들 고유의 사랑이라 지칭하는 것이 (또한 그들은 일찍이 말장난을 하면서, 사회적 의미에 입각하여, 시와 회화와 음악과 기사도와 금욕주의 등이 사랑에 덧붙일 수 있었던 모든 것을 그것에 첨가하였다), 자기들이 선택한 미의 이상형으로부터가 아니라 하나의 불치병에서 유래한다는 사실을 깨닫게 해준 거울 속에 생생히 그려진 자신들의 실체를 보고 역겨움을 느끼는, 동류들의 호의로부터―때로는 그 집단으로부터도―축출되고… 역시 유대인들처럼 (오직 자기들 종족에 속하는 이들 하고만 교류하고 제례적인 단어들과 신성한 농담들을 입에 달고 다니는 몇몇을 제외한) 서로 회피하면서, 자기들에게 가장 적대적이고 자기들과 상종하려 하지 않는 이들과 친해지려 애쓰면서, 그들의 매정한 거절을 용서하면서, 그들의 배려에 도취되면서… 그러나 또한 이스라엘 민족에 가해진 것과 유사한 박해로 인하여, 하나의 종족이 가지고 있는 더러 아름답되 대부분은 소름끼치는, 신체적 그리고 심리적 성격들을 결국 얻는 것으로 귀결되었고, 자기들에게 내려진 추방령과 들씌워진 치욕에 의해 재집결되어, (적대적인 족속과 더 자주 어울리고 더 동화되어 겉보기에 상대적으로 덜 도착된 사람이 더 도착된 상태에 머문 이에게 마구 퍼붓는 온갖 조롱에도 불구하고) 동류들과의 빈번한 교제에서 일종의 휴식을, 그리고 살아가는데 필요한 하나의 지지대까지 발견하는지라, 그러다 보니, 자기들이 하나의 특이한 족속임을 부인하면서도 (그 명칭 자체가 가장 큰 모욕이다), 자신들의 실체를 감추는데 성공한 이들의 탈을, 그들에게 해를 끼치기 위해서 보다는, 그것도 실은 마다하지 않지만, 자신들을 변론하기 위하여 벗기며, 그러다 보니, 유대인들이 예수가 유대인이라고 말하듯, 쏘크라테스가 자기들 족속의 일원이었음을 상기하는 즐거움을 맛보면서, 의사가 맹장염 찾아내듯, 역사 속에서까지 동성애를 찾아내기에 이르지만, 동성애가 표준이었던 시절에는 비정상적인 사람들이 없었고, 구세주 출현 이전에는 예수교도들을 적대시하는 이들이 없었으며, 하도 특별하여, 그것과 상반되는 도둑질이나 잔혹성이나 기만 등, 보통 사람들이 더 쉽게 이해하며 더 너그럽게 용서하는 몇몇 악벽들 보다 사람들에게 더 심한 혐오감을 느끼게 하는 (고도의 윤리적 장점들을 수반할 수 있음에도 불구하고) 타고난 기질이라는 명목으로, 일체의 설교와 온갖 모범과 어떠한 처벌 앞에서도 고분고분하지 않은 이들을 존속하게 내버려두었던지라, 불명예만이 죄를 만든다는 사실은 생각하지 못하며… 일정한 집회소를 가지고 있는 프리메이슨단보다 더 광범위하고 더 효율적이며 덜 의심 받는 하나의 프리메이슨단을 형성하니, 그것이 취향과 욕구와 습관과 온갖 위험과 배움과 지식과 거래 양태와 항용 어휘 등의 동일성에 기초를 두기 때문이며, 따라서 그 속에서는 서로 교분 맺기를 원하지 않는 회원들도, 자기 마차의 출입문을 선뜻 열어 반길 리 없는 지체 높은 나리 속에 있는 동류들 중 하나를 거지에게, 딸의 약혼자 속에 있는 동류를 아버지에게, 만나러 간 의사나 사제나 변호사 속에 있는 동류를, 치료를 받거나 고해를 하고 싶어하였거나 자신을 변호해야 할 사람에게 알려주는, 자연적인 혹은 관례적인, 무의식적인 혹은 의도적인 징후들에 미루어, 즉시 서로를 알아보며… 모두들 자기네의 비밀을 보호해야 할 처지로되, 자기들 이외의 나머지 인류는 존재하리라고 짐작조차 하지 못하며, 가장터무니없는듯한 모험소설들도 자기들의 눈에는 진실처럼 보이게 해주는, 다른 동류들의 비밀 중 한 몫을 각자 간직하고 있으니… 소설적이고 시대착오적인 그 삶에서는, 한 나라의 대사가 도형수의 친구이고… 귀족적 교육이 주는, 그리하여 겁에 질린 소시민에게는 없는, 거조의 특이한 자유로움을 드러내면서, 이제 막 공작 부인 댁에서 나온 대공이 아파치족 같은 무뢰한과 무슨 일을 협의하러 가기 때문이라… 인류 집단으로부터 배척당한 부분이로되 중요한 부분이며, 없는 곳에 있으리라 의심 받고, 짐작조차 못하던 곳에 버젓이 거만하게 나타나되 처벌 받지 않는 부분이… 백성들 속에, 군대 속에, 사원에, 도형장에, 옥좌 위에 등, 사방에 회원들이 분포되어 있으며… 결국, 그들 중 적어도 상당수는, 다른 족속에 속하는 남자들과 다정하고 위험한 친밀함 속에서, 그들을 도발적으로 자극하고, 자기들의 악벽에 대하여, 그것이 마치 자기들의 것이 아닌 양 그들과 이야기를 하며 장난을 치는데, 그것은, 다른 남자들의 무분별과 허위로 인해 용이해지고, 그 야수 조련사들이 잡아먹히는 소동이 일어나는 날까지 여러 해 동안 연장될 수 있는 장난이니… 그날까지, 자기들의 삶을 감추어야 하고, 자기들의 시선이 언제까지라도 머물고자 하는 곳으로부터 그 시선을 돌려야 하고, 외면하고 싶은 것에 자기들의 시선을 고정해야 하고, 사용하는 어휘들 중 많은 형용사들의 성(性)을 바꾸어야 하는데, 그러한 것들은, 자기들의 악벽이, 혹은 흔히들 부적절하게 그러한 명칭으로 부르는 그것이, 다른 이들 때문이 아니라 자신들을 감안하여 그렇게 지칭한, 따라서 자기들에게는 악벽으로 보이지 않는 그것이, 자기들에게 강요하는 내면적인 제약에 비하면 가벼운 제약들이다. 그러나 더 실용적이고 더 조급중 느끼되 직접 거래 대상을 찾아 나설 시간이 없어, 협동으로부터 초래될 수 있는 생활의 단순화와 시간의 절약을 포기할 처지에 놓인[34] 특정 부류들은, 스스로 두 집단을 분리 형성하였고, 그것들 중 두 번째 집단은 오직 자기들과 유사한 존재들로만 구성되었다.

교분도 없이, 언젠가는 의사나 유명한 변호사가 되겠다는 야심 이외에 아무것도 없이, 아직 아무 견해 없는 뇌수와, 자신들도 그 범주에 들어가 저명해지기 희원하는 유익하고 진지한 직업에 이미 '도달한' 이들 집에서 눈여겨 보았다가 그대로 본뜨기 위하여 까르띠에 라땡[35]에 있는 자기들의 작은 방을 위해 가구들 구입하듯, 신속하게 치장할 작정인 우아함 결여된 몸뚱이 하나만 가지고 있는, 가난하며 시골에서 온 이들 사이에서 그러한 현상이 두드러지는데, 그러한 이들 속에서는, 그림이나 음악에 대한 소질 혹은 소경이 될 체질처럼 자신들도 모르는 사이에 유전적으로 물려받은 그들의 특이한 취향만이 아마 뿌리 깊고 폭군적인 유일한 독특성일 것이며, 따라서 그것이 어떤 날 저녁에는, 화법이나 사고방식, 의복, 머리 모양 등 다른 분야에서는 그들의 모범이 되며, 장차 그들의 이력에 유익할 사람들과의 이런 혹은 저런 모임에조차 그들이 불참하도록 강요하는 일도 생긴다. 그 특이한 취향이 없다면 학우들과 스승들 혹은 성공하여 자기들의 후견인 역할 하는 동향인들만 자주 만날 그 구역에서, 마치 어느 소도시에서 실내악과 중세의 상아 공예품들 좋아하는 중등학교 교사와 공증인이 친분을 맺듯, 특이한 취향이 자기들 가까이에 이끌어다 놓는 다른 젊은이들을 그들이 이내 발견하게 되는데, 그러면 자기들의 그 파적거리에, 자기들의 인생 행로에서 자기들을 안내하는 것과 똑같은 실리적인 본능과 직업적인 성향을 온통 집중시키면서, 골동품 코담배갑이나 일본의 판화나 희귀종 꽃 등을 좋아하는 애호가들이 모이고, 지식을 얻는 즐거움, 교환의 유용성, 초조한 경쟁심 등 때문에, 어느 우표 경매장에서처럼, 전문가들의 긴밀한 공모와 수집가들의 표독스러운 경쟁이 지배하는 정기적인 행사장보다도 문외한들에게는 더 폐쇄적인 회합에서, 그 젊은이들을 다시 만난다. 하지만 그들이 식탁 하나를 점하고 있는 까페에 들어온 고객들 중, 그들의 옷차림이 하도 단정하고, 그들의 기색이 하도 신중하며 냉정해서, 그것이 어떤 모임인지, 낚시 동호인들의 모임인지, 출판사 편집부 직원들 모임인지, 혹은 앵드르[36] 지방 출신 젊은이들의 모임인지, 아무도 모르고, 또한 그들이, 불과 몇 미터 떨어진 곳에서 자기네들의 정부들 이야기를 하며 소란을 피우는 멋쟁이 젊은이들, 그 젊은 '사자들'을 감히 바라보지 못하고 몰래 훔쳐볼 뿐인지라, 그들 중 감히 눈을 처들지 못한 채 그 젊은이들을 찬미하는 이들은, 스무 해가 지나서야, 즉 그들 중 어떤 이들은 어느 아카데미 회원이 되기 직전에야, 그리고 어떤 이들은 어느 클럽의 늙은 회원이 된 후에야, 그 젊은이들 중 가장 매력적인 젊은이가 (지금은 비대하고 머리 희끗희끗한 하나의 샤를뤼스이지만), 실제로는 자기들과 같은 부류였으되, 다른 곳에, 다른 세계에, 다른 외형적 상징 밑에, 낯선 징표들과 함께 있었던지라, 그러한 차이점이 자기들을 오류로 인도하였음을 깨닫게 될 것이다. 하지만 그 집단들은 다소나마 진보한 집단들이고, '좌파 연합'[37]이 '사회주의 연맹'[38]과 다르듯, 그리고 어느 멘델스존 음악 협회가 스콜라 칸토룸[39]과 다르듯, 어떤 날 저녁에는 또 다른 식탁에, 소매 밑으로 팔찌가 드러나 보이게 하거나, 때로는 벌어진 셔츠 깃 사이로 목걸이가 드러나게 하고, 집요한 시선과 암탉처럼 구구거리는 소리, 웃음 소리, 자기들끼리 주고 받는 애무 등으로 순진한 학생들 한 무리가 기겁하여 도망치듯 까페를 떠나게 하며, 팁을 챙길 수 있다는 이점만 없다면 드레퓌스파들의 시중을 들던 날 저녁처럼 기꺼이 경찰을 부르러 갔을, 하지만 공손함 밑에서 분개한 감정이 이글거리도록 내버려둔 종업원의 시중을 받는, 극단적인 무리도 있다.

그러한 전문가 조직들에 맞서도록 지성이 내세우는 것은 은둔적인 외톨이들의 취향이지만, 그러면서도 어떤 면에서는 인위적인 술책을 개입시키지 않는다고 할 수 있으니, 그러는 것이 실은, 자기들이 보기에 이해 받지 못하는 것으로 여겨지는 그 사랑보다, 조직된 악벽과 더 현격하게 다른 것은 없다고 믿는 외톨이들을 그대로 모방하는 것에 불과하기 때문이고, 하지만 얼마간의 인위적인 술책이 개입된다고도 할 수 있으니, 조직에 속해 있는 여러 다른 부류들이, 다양한 생리적 유형들에 못지않게, 하나의 병리학적 혹은 단지 사회적 변화의 연속적인 순간들에 응하기 때문이다. 그리고 사실, 가끔이나마, 외톨이들이, 때로는 지쳐서, 때로는 편리함 때문에 (가장 적대적이었던 이들이 결국에는 자기들의 집에 전화를 놓거나, 예나 가문 사람들을 받아들이거나, 혹은 뽀땡의 상점에서 물건을 구입하듯[40]), 스스로 찾아와 그러한 조직에 융합되지 않는 경우는 매우 드물다. 하지만 그들이 일반적으로 그러한 조직들 속에서 상당히 냉대를 받는데, 그 까닭은, 그들이 상대적으로 순결한 삶을 영위하는 동안, 경험의 결여와 불가피했던 몽상을 통해 얻던 충족감이, 조직을 이룬 전문가들이 지워 없애려 하던 바로 그 특이한 여성적 성격의 흔적을 그들 속에 더 강하게 남겼기 때문이다. 또한, 그 새로 합류한 이들 중 몇몇 속에서는, 여인이 내적으로만 남자에 결합되어 있지 않고, 그들의 무릎과 손이 부들부들 떨리게 하는 자지러질 듯 날카로운 웃음에 의해 히스테리 환자의 경련에 사로잡혀 심하게 동요될 경우, 우수에 잠기고 언저리 거무스름해진 눈에, 발을 잔뜩 웅크리고, 약식 야회복과 검은색 넥타이로 치장한 원숭이만큼도 보통 남자들을 닮지 않은 그들 속에, 그 여인이 흉측하게 드러난다는 사실을 시인해야 하고, 따라서 그 신입 회원들이, 그들보다 오히려 덜 순결한 이들에 의해, 교류하기에 위험하여 받아들이기 어렵다고 간주되지만, 그럼에도 불구하고 결국 받아들여지며, 그럴 경우 그들은, 상업이나 큰 사업이 개인들의 삶을 변형시키고, 그 때까지는 얻는데 비용이 너무 많이 들 뿐만 아니라 발견하기조차 어려웠던 식료품들을 수중에 넣게 해주는, 그리하여 이제는, 아무리 큰 군중 속에서도 그들 홀로 일찍이 찾아낼 수 없었던 것의 넘치는 잉여분에 자신들이 잠겨 뒤덮어 버리게 해주는 온갖 편익들의 혜택을 누린다.

하지만 그렇게 생긴 무수한 배출구를 가지고 있으면서도, 특히 정신적 제약에 훈련되지 않아, 자기들 부류의 사랑을 실제 이상으로 희귀하게 여기는 이들 중에서 충원된 특정인들에게는, 아직도 사회적 제약이 너무 무겁게 느껴진다. 성향의 예외적인 성격으로 인해 자신들이 여인들보다 우월하다고 믿는지라 여인들을 멸시하고, 동성애를 위대한 천재들이나 영광스러운 시대의 특권적 특성으로 여기며, 따라서 자기들의 취향을 누구와 더불어 나누려고 할 때에는, 모르핀에 이끌리는 모르핀 중독자처럼 그러한 경향을 타고난 사람들보다, 시온주의[11], 군복무 거부, 쌩-시몽주의[12], 채식주의, 무정부주의 등을 역설하는 사람들처럼 사도들의 열의를 보이는, 그리하여 자기들이 보기에 취향을 더불어 나눌 자격이 있다고 여겨지는 이들을 택하는, 그러한 사람들은 일단 차치하기로 하자.

어떤 이들은, 아침에 그들이 아직 침대에 누워 있을 때 불시에 바라볼 경우, 여인의 찬탄할만한 얼굴을 드러내는데, 표정이 그토록 보편적이고 여성 전체를 상징하며, 머리카락들도 그러한 사실을 확언해 주고, 그것들의 굴절이 어찌나 여성적인지, 그것들이 펼쳐지면 어찌나 자연스럽게 타래를 이루며 볼 위로 흘러내리는지, 그 젊은 여인이, 그 소녀가, 자신을 가두고 있던 남자의 무의식적인 몸뚱이 속에서 겨우 깨어나는 그 갈라테이아[43]가, 그토록 능란하게, 스스로의 힘으로, 아무에게서도 배우지 않았건만, 그 감옥의 가장 작은 출구들을 이용할 줄 알게 되었고, 자기의 생명에 필요한 것을 찾아낸 사실에, 누구나 경이로움을 느낀다. 물론 그 감미로운 얼굴을 가진 젊은이가 이렇게 말하지는 않는다. "나는 여인이오." 그가 비록 어떤 여인과—그토록 많은 그럴듯한 이유 때문에—함께 산다 하여도, 그는 그녀에게 자기가 여인이 아니라 부인할 수 있고, 남자들과는 결코 관계를 갖지 않았노라 맹세할 수 있다. 그러나, 우리가 이제 막 묘사한 것처럼, 헐렁한 잠옷 차림에 두 팔을 드러내고 검은 머리채 밑으로 목이 훤히 보이는 상태로 침대에 누워 있는 그를, 그 여인이 유심히 바라본다고 가정해 보자. 그의 잠옷은 여인의 캐미솔로, 얼굴은 귀여운 에스빠냐 여인의 얼굴로[44] 즉각 변할 것이다. 그와 함께 사는 여인은, 자기의 시선에게 털어놓는, 말이나 심지어 행위보다도 더 진실할 수 있을, 그리고 아직 행위들이 이루어지지 않았더라도, 모든 존재는 자기의 쾌락을 따르는지라, 그리고 그 존재가 지나치게 변태적이지 않을 경우 자기와 반대되는 성(性)에서 그것을 찾는지라, 행위들이 어김없이 확증해 줄 그 속내 이야기에 아연해진다. 그런데 성도착자의 경우, 변태적 악벽은 그가 사람들과의 관계를 맺을 때가 아니라 (너무나 많은 사유들이 관계들을 지배하기 때문이다) 그가 여인들과 어울러 쾌락을 취할 때 시작된다. 우리가 조금 전 묘사하려 시도하였던 그 젊은이가 어찌나 명백하게 여인이었던지, 욕정에 사로잡혀 그를 바라보던 여인들은 (특이한 취향을 가지고 있지 않는 한), 셰익스피어의 희극들 속에서 소년 취급 받는, 변장한 소녀로 인해 환멸을 맛본 여인들[45]과 같은 실망을 맛볼 운명에 놓여 있었다. 두 경우 모두 속임수는 같으며, 성도착자도 그 사실을 알 뿐만 아니라, 변장이 제거되었을 때 여인이 겪을 환멸이 어떨지 짐작하고, 나아가 그러한 성별의 착각이 얼마나 풍요로운 몽상적 시의 원천이 되는지를 직감한다. 게다가, 자기와 함께 사는 까다로운 여인에게 자신이 여자라고 고백하지 않아도 (그녀가 고모라의 여인[46]이 아닐 경우) 소용없으니, 그의 속에서 무의식적이되 훤히 드러나는 여인이, 남성의 생식기를 찾기 위하여, 어떠한 간계와, 어떠한 날렵함과, 덩굴 식물의 어떠한 고집스러움을 동원하는가! 저녁에 그 젊은이가, 자기 부모의 뜻에도 불구하고, 자신의 뜻에도 불구하고, 부모님의 손가락들 사이로 미끄러져 나오는 것이 여인들을 다시 만나러 가기 위함이 아님을 깨닫기 위해서는, 그의 하얀 베개 위에서 굼실거리는 그의 곱슬곱슬한 머리카락들을 유심히 바라보는 것으로 족하다. 그와 함께 사는 여인이 그를 징벌하고 유폐시킬 수 있으되, 다음 날이면 그 남자 탈 쓴 여인이, 메꽃과 식물이 곡괭이건 쇠스랑이건 가리지 않고 자기의 덩굴손으로 휘감듯, 하나의 남자에게 가서 들러붙을 방법을 찾아낼 것이다. 도대체 왜, 그 남자의 얼굴에서 우리를 감동시키는 섬세함을, 그리고 일반 사람들에게는 없는 우아함과 자연스러움을 그의 친절에서 발견하고 찬탄하면서, 그 젊은이가 권투선수들을 찾아다닌다는 사실에 우리가 왜 유감스러워한단 말인가? 그것들은 하나의 같은 실체가 가지고 있는 서로 다른 면모들이다. 그리고 심지어, 우리에게 혐오감을 주는 면모가 가장 감동적이고, 어떠한 섬세함보다도 더 감동적이니, 그것이 자연의 찬탄할만한 무의식적 노력 하나를 표상하기 때문이며, 숱한 성의 속임수에도 불구하고 그 실체가 수행하는 성의 분별은, 사회의 최초 실수 하나가 자기로부터 멀리 위치시킨 것을 향해 탈출하려는, 자신도 미처 깨닫지 못한 시도처럼 보인다. 어떤 이들은, 의심할 나위 없이 가장 소심한 유년시절을 보낸 이들일 것이려니와, 자기들이 얻는 육체적 쾌락을 어떤 남성의 얼굴과 연관시킬 수만 있으면, 그것이 어떤 종류의 쾌락인지에 대해서는 별로 마음을 쓰지 않는다. 반면 다른 이들은, 의심할 나위 없이 더 격렬한 감각을 소유한 이들일 것이려니와, 자기들의 육체적 쾌락에 합당한, 거역할 수 없는 위치를 지정해 준다. 그들이 그러한 사실을 고백하면 대다수 평범한 사람들은 충격을 받을 것이다. 그들은 아마 토성의 위성에 외곬으로 복속되어 사는[47] 정도가 상대적으로 약하리니, 왜냐하면 그들의 경우, 첫 번째 부류 사람들이 대화나 교태 그리고 뇌리에서만 이루어지는 사랑 따위를 제외하면 아예 존재하지도 않는 것처럼 간주하는 여인들도, 그들로부터는 완전히 배제되지 않았기 때문이다. 그 두 번째 부류에 속하는 이들은 따라서, 여인들 좋아하는 여인들을 추구하고, 그녀들은 그들에게 하나의 젊은이를 공급할 수 있으며, 그들이 그 젊은이와 어울리는 쾌락을 증대시켜 줄 수 있을 뿐만 아니라, 더 나아가 그들이, 같은 식으로, 그녀들과 어울리면서 어느 젊은이와 어울릴 때와 같은 쾌락을 얻을 수 있다. 첫 번째 부류 사람들을 좋아하는 이들의 경우, 질투가, 그들이 어느 젊은이와 어울려 취할 수 있을, 그리고 그들에게 유일한 배신으로 보이는, 그 쾌락에 의해서만 유발되는 것은 그러한 특성에서 연유하는데, 그들이 실은 여인들과 나누는 사랑과는 아무런 관계가 없고, 오직 관습에 따라 그리고 결혼의 가능성을 확보해 두기 위해서만 그것을 실행하였으며, 그러한 사랑이 줄 수 있는 쾌락이 하도 보잘것없었다고 상상한 나머지, 자기들이 좋아하는 젊은이가 그러한 쾌락 따위에 잠긴다는 사실을 견딜 수 없기 때문이다. 반면, 두 번째 부류에 속하는 이들은, 자기들이 여인들과 나누는 사랑으로 인해 자주 질투를 유발시킨다. 왜냐하면, 그들이 여인들과 맺는 관계에서, 그들은 여인들만 좋아하는 여인을 위해 다른 여인의 역할을 수행하고, 그 여인은 동시에 그들이 남자에게서 발견하는 것과 거의 비슷한 것을 그들에게 제공하여, 결국 질투심에 휩싸인 그들의 짝은, 사랑하는 이가 자기의 눈에는 거의 남자와 다름없이 보이는 여인에게 접착되어 있다고 느끼면서, 동시에 그가 자기로부터 거의 멀어진다고 느끼면서 괴로워하는데, 그러한 여인들에게는 자기가 사랑하는 이가, 자기는 모르는 무엇 즉 일종의 여인이기 때문이다. 일종의 치기에 이끌려, 친구들을 짓궂게 괴롭히거나 부모님에게 충격을 드리기 위하여, 드레스와 유사한 의복을 택하고 입술을 붉게 칠하며 눈 언저리를 검은색으로 칠하는 짓에서 일종의 악착스러움을 보이는 그 젊은 미치광이들에 대한 언급은 그만두자. 그들은 일단 제쳐 두자. 왜냐하면, 쌩-제르맹 구역에 사는 상류층의 젊은 여인들로 하여금, 일찍이 그녀들이 미끄러져 내려가면서 그토록 재미있어하던, 아니 자신들이 미끄러지는 것을 막을 수 없었던, 그 내리막길을 끈덕지게 그러나 헛되이 다시 오르기 시작하는 날까지, 추문에 휩싸여 살고 일체의 관례를 무시하며 자기들의 가문을 우롱하도록 그녀들을 부추기는, 바로 그 악마에게 이끌려가 자신들이 일찍이 저지른 잘못을, 엄격하고 개신교도적인 품행으로 속죄하려는, 그러나 보람 없는, 노력으로 평생을 보내면서, 그 부자연스러운 가식에 대해 지나치게 가혹한 벌을 받고 난 후에나 우리가 다시 이야기하게 될 이들은 그 젊은이들이기 때문이다. 또한 고모라와 하나의 협약을 맺은 이들[48]에 대한 이야기도 뒤로 미뤄 두자. 그들에 대해서는 샤를뤼스 씨가 그들과 사귀게 될 때 이야기하도록 하자. 자기들의 차례가 되면 등장할, 이런 혹은 저런 변종에 속하는 그 모든 이들은 일단 제쳐 두고, 이 첫 설명을 마무리하기 위하여, 조금 전 우리가 이야기하기 시작하였던 그 외톨이들에 대해서만 한 마디 해두자. 그러한 사실을 모르는 채 오랫동안, 단지 다른 이들에 비해 더 오랫동안, 자신들의 악벽을 지니고 살다가, 그것을 발견한 날부터, 그것을 실제보다 더 예외적인 것으로 간주하면서, 그들은 다른 사람들로부터 멀어져 홀로 살게 되었다. 초기에는 그가 성도착자인지, 시인인지, 태부림꾼인지, 혹은 심보 사나운 사람인지 아무도 모르기 때문이다. 사랑을 노래한 시구들을 배우거나 음란한 판화들을 바라보던 어느 중학생이 자기의 급우에게 바짝 다가섰을 경우, 그는 자기가 단지 여인에 대한 욕망에 있어서 급우와 공감할 뿐이라고 생각하였을 것이다. 자기가 그 순간 느끼는 것의 본질을, 라 화이예뜨 부인이나 라씬느, 보들레르, 월터 스콧 등의 작품들을 읽으면서 그것들 속에서도 발견할 수 있는데, 순전히 자기의 망상에 입각하여 덧붙이고 있는 것을 가늠할 만큼, 그리고 감정은 같으되 대상은 다르며, 자기가 갈망하는 것이 다이애나 버논이 아니라 로브-로이라는 사실을 깨달을 만큼,[49] 자신을 객관적으로 관찰할 능력이 아직은 터무니없이 부족한데, 그가 도대체 어떻게 자신이 다른 모든 사람들과는 같지 않다고 생각할 수 있겠는가? 많은 이들의 경우, 지성의 더 명료한 눈에 앞서 나타나는 본능의 방어적 신중함 때문에, 그들의 방에 있는 거울들과 벽들이, 여배우들 그려 넣은 채색 판화들 밑으로 사라지고, 그들은 가령 이러한 구절들을 짓기도 한다.

나는 오직 클로에만을 사랑하네,
그녀는 신성하고, 금발이네,
내 가슴에 사랑이 흥건하네.

그렇다 해서 그러한 이들의 생애 초기에, 훗날 가장 짙은 갈색으로 변하게 되어 있는 아이들의 황금빛 곱슬머리처럼 얼마 후에는 그들에게서 다시 발견할 수 없게 되어 있는, 하나의 취향이 있으리라 가정해야 할까? 그 여인들을 그린 판화들이 위선적인 행위의 시작이 아닐지, 또한 다른 성도착자들에 대한 심한 혐오의 시작이 아닐지 누가 알겠는가? 그러나 위선적인 행위를 고통스럽게 여기는 이들은 바로 외톨이들이다. 교육이 그 외톨이들에게 얼마나 영향력을 행사하지 못하는지, 그리고 그들이 도대체 어떤 수완을 동원하여, 아마 자살처럼 단지 끔찍할 뿐인 무엇을 향해서가 아니라 (미치광이들은, 우리가 어떠한 예방책을 강구한다 해도 다시 자살을 시도하며, 투신하였던 강에서 구출된 다음에도, 음독하거나 권총을 구입하는 등의 짓을 계속한다), 다른 족속에 속하는 이들은 그 불가결한 즐거움을 이해하지 못하고 상상조차 하지 못하며 증오할 뿐만 아니라, 그 잦은 위험과 끊임없는 수치가 그 다른 족속에게는 혐오감을 일으킬, 그러한 삶을 향하여 되돌아오는데 성공하는지, 아마 상이한 이주 집단에 속하는 유대인들의 예라도, 아마 그 현상을 설명하기에 충분할 만큼은 심하지 않을 것이다. 그들을 묘사하기 위해서는 아마, 결코 가축으로 변할 수 없는 짐승들, 가령 길들여졌다고들 하지만 여전히 사자로 남은 새끼 사자들에 대해서는 아니더라도, 백인들의 편리한 생활 방식 앞에서 절망하고, 원시적인 생활의 위험들과 그것의 이해할 수 없는 즐거움들을 선호하는 흑인들에 대해서나마 생각해야 할 것이다. 자기들이 다른 이들에게도 또 자신들에게도 더 이상 거짓말을 할 수 없다는 것이 발각될 날이 도래하면, 흉측함에 대한 혐오감과 유혹에 대한 두려움 때문에, 그들이, 자기들의 동류들 (별로 많지 않다고 믿는)을, 그리고 수치심 때문에 나머지 다른 인간들을 피하여, 시골에서 살기 위하여 떠난다. 진정한 원숙함에는 결코 도달하지 못하였던지라 가끔 우수에 잠기고, 어느 달빛 없는 밤에 시골길을 따라 산책을 하다가 어느 교차로에 이르면, 사전에 단 한 마디 말로도 서로 약속을 하지 않았건만, 이웃 성에 사는 유년시절 친구들 중 하나가 이미 와서 그들을 기다리고 있다. 그리하여 그들은, 풀밭 위에서, 어둠 속에서, 단 한 마디 말도 주고 받지 않고, 지난 세월의 놀이를 다시 시작한다. 그리고 다음 주 내내, 그들의 관계에 약간의 냉랭함과 조롱기와 과민성과 원한과 때로는 증오 등이 감돈다는 것 이외에는, 마치 그들이 아무 짓도 아니 하였고 다시는 아무 짓도 아니 할 것처럼, 서로의 집으로 찾아가 만나고, 둘 사이에 일어난 일에 대해서는 함구한 채, 무엇에 관해서든 가리지 않고 한담을 나눈다. 그러다가 이웃 성에 사는 친구가 말을 타고 험한 여행길을 떠나, 다시 노새로 갈아탄 다음 높은 산들의 정상에 오르는가 하면, 그런 곳들에 쌓인 눈 속에서 여러 날 밤을 보내게 되고, 자신의 악벽을 기질의 허약함 혹은 집안에 틀어박혀 지내기 좋아하며 소심한 삶과 동일시하게 된 그의 친구는, 해발 수천 미터 고지에서 모든 것 훌훌 떨쳐버리고 해방된 자기의 친구 속에 그 악벽이 더 이상 존속할 수 없으리라는 것을 깨닫는다. 또한 실제로, 여행에서 돌아온 친구가 결혼을 한다. 내버려진 다른 친구는 그럼에도 불구하고 자신의 악벽을 치유하지 않는다 (우리가 보게 될, 치유될 수 있는 성도착증의 경우가 있음에도 불구하고). 그리하여 아침이면, 유제품 상점에서 일하는 소년이 가져오는 생크림을 자기가 부엌에서 직접 받겠노라 억지를 부리고, 욕정이 그를 지나치게 뒤흔드는 저녁이면, 주정꾼이 길을 잃지 않게 해준다든가, 어느 소경의 헐렁한 상의를 여며 줄 지경으로 방황한다. 물론 어떤 성도착자들의 생활은 가끔 변하는 것 같아, 그들의 악벽(흔히들 말하는)이 더 이상 그들의 일상적인 습관에 나타나지 않지만, 이 세상 그 무엇도 영영 상실되지 않는 법, 은닉된 보석도 결국에는 다시 발견되고, 어느 환자의 배뇨량이 감소하면 그가 땀을 더 흘리지만, 여하튼 언제나 배설은 이루어져야 한다. 어느 날 그 동성애자가 젊은 사촌 하나를 잃었을 때, 그의 비탄에 빠진 모습을 보고 우리는, 하나의 예산에서 총액은 전혀 증감되지 않은 채 특정 지출이 다른 사업에 전용되듯, 욕정이 이체 형식으로 건너가곤 하던 곳이, 아마 순결하고 또 육체적 소유보다는 존경심 간직하는 것을 더 중시하던 그 사랑이었음을 깨닫게 된다. 갑작스러운 두드러기가 지병을 한 동안 사라지게 하는 현상을 보이는 환자들의 경우처럼, 그 성도착자에게는 젊은 친척에게로 향한 순수한 사랑이, 대리자 성격을 띤 그리고 치유된 질환의 자리에 언제곤 다시 들어설 악벽들을, 환부의 이동을 통해 잠정적으로 대체한 것처럼 보인다.

어느덧 결혼한 이웃 친구가 외톨이의 집에 다시 왔고, 그 내외를 저녁 식사에 어쩔 수 없이 초대한 날, 젊은 아내의 아름다움과 남편이 그녀에게 표하는 애정 앞에서, 외톨이는 지난 일을 생각하며 수치심을 느낀다. 하지만 벌써 임신한 아내는 남편을 남겨둔 채 일찍 집으로 돌아가야 하고, 남편은 자신이 돌아갈 시각이 되자 친구에게 잠시 함께 걷자고 요청하며, 처음에는 어떠한 의구심도 느끼지 못하던 그 친구가, 교차로에 이르러, 머지않아 아비가 될 등산가 녀석에 의해 자신이 불문곡직 풀밭 위에 눕혀짐을 발견한다. 그렇게 두 사람의 만남이 다시 시작되고, 그러한 만남은 젊은 여인의 사촌 오라비 하나가 인근에 와서 정착하는 날까지 계속되다가, 여인의 남편이 그 이후부터는 여인의 사촌과 항상 산책에 나선다. 그러면서 혹시 그 버려진 외톨이가 자기를 만나러 오거나 자기에게 접근하려 하면 즉시 노기등등해져, 이제부터는 자기에게 역겨움만 느끼게 해준다는 사실을 감지할 촉각이 없다는 점에 분개하면서 그를 배척한다. 그러나 언젠가 한번, 그 신의 없는 이웃이 보낸 낯선 사람 하나가 그의 앞에 나타나지만, 너무 바쁜 탓에 외톨이가 그를 접견하지 못하고, 그 낯선 사람이 무슨 목적으로 왔었는지는 훨씬 훗날에야 깨닫는다.

그러면 외톨이는 홀로 시들어간다. 그에게는, 인근 해수욕장에 가서, 철도회사의 어느 고용원에게, 이런 혹은 저런 것을 묻는 것 이외에 다른 즐거움은 없다. 하지만 그 고용원이 승진하여 프랑스 땅의 다른 쪽 끝으로 발령을 받아 떠난지라, 외톨이는 더 이상 기차 시간이나 일등칸 승차권 가격을 물으러 그에게 갈 수 없게 되어, 그리셀리디스[50]처럼 자기의 탑 속에서 몽상에나 잠기러 돌아가기 전에, 전함 아르고를 타고 떠났던 어느 용사도 해방시키러 오지 않을 기이한 안드로메다처럼,[51] 모래 위에서 불임 상태로 헛되이 죽어갈 해파리 처럼, 해변에 남아 주춤거리든가, 혹은 기차가 출발하기 전, 여행객들의 무리 위로 시선을 던지면서 플렛폼 위에서 한껏 게으름을 피우며 서성거리는데, 그 시선이 그와 다른 족속에 속하는 여행객들에게는 그저 무심하고 거만하며 멍청한듯 보일 수 있겠으나, 같은 종에 속하는 무리들을 유혹하기 위하여 특정 곤충들이 자신들을 치장하는데 사용하는 발광체나, 자기들을 수태시켜 줄 곤충들을 유혹하기 위하여 특정 꽃들이 제공하는 꿀과 같은 그 시선을, 등급 매길 수 없을 만큼 진귀하고 얻기 어려운 쾌락을 추구하는, 거의 발견할 수 없을 만큼 희귀한, 하지만 그 순간 그에게 제공된 그 애호가는, 즉 우리의 전문가[52]께서 더불어 기이한 언어[53]로 이야기 나눌 수 있을 그 동업자[54]는, 결코 놓치지 않을 것이로되, 기껏 플랫폼에 상주하는 누더기 걸친 어떤 녀석이나 그 기이한 언어에 관심을 표하는 척하겠지만, 그것은 마치, 산스크리트어 전문 교수가 청강생도 없이 홀로 지껄이고 있는 꼴레쥬 드 프랑스[55]의 강의실에 꼬박꼬박 출석하되 오직 추운 몸을 녹이기 위해서만 그곳에 가는 이들처럼, 오직 물질적 소득만을 위해서이다. 해파리! 난초! 발백에서 내가 나의 본능에만 순응하던 때에는 해파리가 나에게 혐오감을 주었으나, 그것을 미슐레처럼[56] 자연과학[57] 및 미학의 관점에서 바라볼 줄 알게 되었을 때에는 그것이 감미로운 창해의 꽃송이처럼 보였다. 그것의 꽃잎들[58]을 이루고 있는 투명한 벨벳이 바다의 연보라색 난초 같지 않은가? 동물계와 식물계의 그 숱한 생물체들처럼, 바닐라를 생산하되, 그것의 꽃 속에서는 남성 생식기가 하나의 칸막이에 의해 여성 생식기로부터 격리되어 있는지라, 만약 벌새들이나 체구 작은 특정 꿀벌들이 꽃가루를 운반해 주지 않을 경우, 혹은 인간이 인위적으로 그것들을 수태시키지 않을 경우, 불임 상태에 머무는 바닐라 덩굴처럼, 샤를뤼스 씨는 (또한 여기에서는 수태라는 어휘가 심리적인 의미로 받아들여져야 하리니, 육체적 의미로 수컷들 간의 결합은 불임성이로되, 하나의 개인이 자신이 맛볼 수 있을 법한 유일한 쾌락을 만날 수 있다는 것과, 이 '지상에서는 모든 영혼이' 어떤 이에게 '자기의 음악과 자기의 불꽃 혹은 자기의 향기'를 줄 수 있다는 것이,[59] 무시할 수 없을 만큼 중요하기 때문이다), 다시 말하거니와 샤를뤼스 씨는, 비록 그 수가 많다 하더라도, 다른 이들에게는 그토록 수월한 성욕의 충족이, 그들의 경우, 지나치게 많으나 만나기 지나치게 어려운 조건들이 전제된 우연한 일치에 의해 좌우되는지라, 예외적인 존재들이라고 지칭될 수 있는 남자들에 속해 있었다. 샤를뤼스 씨와 같은 남자들의 경우 (또한 반쯤의 승낙이라도 마지못해 감수하는 쾌락에 대한 욕구에 의해 강력히 요구되어, 조금씩 나타날 것이고 또 우리가 예감할 수 있었던 타협이 이루어진다는 조건에서), 상호적인 사랑이라는 것이, 평범한 사람들 속에서 조우하는 그토록 크며 때로는 극복 불가능한 난관들 이외에, 그러한 남자들에게는 어찌나 특별한 난관들을 덧붙여 주는지, 모든 사람들에게 항상 매우 드물 뿐인 것이 그들에게는 거의 불가능하며, 그리하여 그들이 보기에 진정 행복한 혹은 자연이 그들의 눈에 그렇게 보이도록 하는 하나의 만남이 이루어지면, 그들의 행복은 평범한 연인들의 행복보다 훨씬 더 많은, 특별하고 정선되었으며 심오하게 필연적인 무엇을 갖게 된다. 현명하게 자기의 사무실로 떠날 생각이었던 지난날의 조끼 재단사 하나가, 나이 오십 줄에 들어선 뚱뚱한 남자 앞에서 황홀해져 비틀거리기에 앞서, 극복된 온갖 유형의 장애물들과, 사랑을 이끌어오는 이미 평범하지 않은 우연들로 하여금 자연이 감수하게 하였을 그 특별한 배제 작용들에 비하면, 까뺄레띠 가문과 몬떼키 가문 사이의 증오[60] 따위는 아무것도 아니다. 그 로미오와 줄리엣은 따라서 당연히, 자기들의 사랑이 한 순간의 일시적 변덕이 아니라, 자기들의 기질적 조화에 의해, 또한 단지 자신들만의 기질이 아니라 자기네 선조들의 기질 즉 가장 먼 과거로부터 내려오는 유전적 요인에 의해 준비된 하나의 진정한 운명이라고 믿을 수 있으며, 그 믿음이 어찌나 확고한지, 자기들과 결합하는 사람은 탄생 이전부터 자기들에게 속하고, 따라서 우리의 전생들[61]이 거쳐 온 모든 세계들을 지배하는 힘에 비견할만한 힘으로 자기들을 가까이 이끌어 갔다고 믿을 수 있다. 샤를뤼스 씨가 나의 주의를 분산시키는 바람에, 나는 안뜰로 들어온 그 뒹벌이,

그곳에 내놓은 난초가 그토록 오래전부터 기다리던, 하지만 하도 발생할 법하지 않아 일종의 기적이라고 칭할 수 있을 어떤 우연이 개입하지 않고는 받을 가망 전혀 없던, 그 꽃가루를 난초에게 가져왔는지 살피지 못하였다. 그러나 내가 그것 대신 목격하게 된 것 역시, 거의 같은 종류에 속하는, 그리고 못지않게 경이로운 기적이었다. 그 조우를 내가 그러한 관점에서 바라보기 무섭게, 그것 속에 있는 모든 것이 아름다움의 흔적을 지닌 것 같았다. 수꽃이 암꽃으로부터 너무 멀리 떨어져 있어, 곤충들 없이는 수태할 수 없을 꽃들의 수태를 그것들로 하여금 확실히 이행토록 하기 위하여 자연이 고안해 낸 가장 놀라운 간계, 혹은 꽃가루의 운반을 바람이 책임져야 할 경우, 곤충들을 유혹할 필요가 없는지라 더 이상 유용하지 않은 꿀의 분비를 중단시키면서, 그리고 심지어 곤충들을 유혹하는 꽃부리의 화사함 마저 없애 버리면서, 꽃가루가 수꽃으로부터 더 쉽게 떨어져 나오도록 만들고, 그것이 곁으로 지나가는 순간에 암꽃이 더 수월하게 그것을 붙잡도록 해주는 간계, 그리고 암꽃이, 자기 속에서만 열매를 맺을 수 있는 그 필요한 꽃가루의 예비된 공간으로 남겨지도록, 그 암꽃으로 하여금 자신이 다른 꽃가루들에는 무감각해지도록 해줄 액체를 분비토록 하는 간계 등, 그 모든 간계들도, 내가 보기에는, 늘그막에 들어선 성도착자에게 사랑의 즐거움을 확보해 주는 용도로 마련된 아변종(亞變種)[12] 성도착자가 존재한다는 사실보다 더 경이로운 것 같지 않았으니, 그러한 아변종이란, 모든 남자들에게 이끌리지 않고—가령 '리트룸 쌀리카리아'[13]와 같은 '세가지 돌연변이적 이형(異形)이 나타나는 꽃들'[14]의 수태를 지배하는 상응과 조화 현상에 비견할만한 현상에 의해—오직 자기들보다 훨씬 더 연상인 남자들에게만 이끌리는 사람들이다. 그러한 아변종의 예를 쥐뻬앵이 조금 전 나에게 제공하였고, 그러한 예가, 식물 채집하듯 인간들을 관찰하거나 인간의 심리를 식물학자처럼 관찰하는 이라면 누구나, 비록 그것들이 희귀함에도 불구하고, 발견할 수 있을 다른 예들보다 덜 충격적이로되, 암술대 긴 '프리뮬라 베리스'[65]의 꽃가루를 즐겁게 받아들이면서도, 자신들처럼 암술대 짧은 다른 '프리뮬라 베리스'들에 의해서 수태되지 않는 한 불임상태에 머무는 '프리뮬라 베리스'의 암술대 짧은 양성화(兩性花)들만큼이나 다른 젊은이들의 은근한 수작에 무심한 채, 건장하고 뚱뚱한 오십대 남자를 기다리던 가냘픈 젊은이를, 그러한 관찰자들에게 보여줄 것이다. 샤를뤼스 씨와 관련해서도 아울러 말하자면, 나는 그 이후 그에게 적합한 다양한 종류의 '결합'[66]들이 있었음을 간파하였고, 그 결합들 중 어떤 것들은, 그 빈번한 반복성과 겨우 보일 정도의 순간성과 특히 두 당사자 간의 육체적 접촉 결여 등으로 인해, 어느 정원에서 영영 접촉할 일 없을 이웃 꽃의 꽃가루에 의해 수태되는 그러한 꽃들을 오히려 더 연상시켰다. 사실, 자기의 집으로 불러 몇 시간 동안 자기가 쏟아내는 말의 지배하에 두기만 해도, 어느 우연한 마주침 동안에 점화되었던 그의 욕정을 진정시켜 주기에 충분한, 특정 부류의 존재들이 있었다. 단순한 말 몇 마디로, 원생동물들 속에서 이루질 수 있을 만큼 단순하게 '결합'이 이루어졌다. 때로는, 게르망뜨 댁 만찬 후에 자기의 집에 와 달라고 나에게 부탁하였던 날 저녁, 나를 상대하는 동안 틀림없이 그에게 발생하였을 것처럼, 남작이 방문객의 얼굴에 퍼붓던 난폭한 비난 덕분에 욕정의 충족이 이루어지기도 하였는데, 그것은 특정 꽃들이 자체 속에 있는 일종의 확산력을 이용하여, 상당한 거리에서도, 자신도 모르게 공모자가 되어 당황한 곤충에게 꽃가루를 분무하는 것과 같았다.[67] 피지배자에서 지배자로 변한 샤를뤼스 씨는, 심적 동요가 말끔히 정화되어 자신이 평온해졌음을 느끼곤 하였고, 그 순간 문득 더 이상 욕망의 대상으로 보이지 않게 된 방문자를 돌려보내곤 하였다. 요컨대, 성도착 현상 자체가, 한 여인과의 유용한 관계를 가질 수 없을 만큼 성도착자가 그 여인에게 지나칠 정도로 접근하는 것에 기인하는지라, 그 현상은, 그 숱한 양성화들이 수태하지 못한 상태에 머물게 하는, 다시 말해 자화수정(自花受精)에 기인한 불임 상태에 머물게 하는, 더 유구한 법칙과 관련되어 있다. 수컷을 찾으러 애쓰는 성도착자들이 자기들과 같은 수준으로 여성화된 성도착자 하나로 만족하는 경우가 잦은 것은 사실이다. 하지만 그들이 여성에 속하지 않는 것으로 충분하고, 그들은 자신들 속에 이용할 수 없는 여성의 배자(胚子)를 가지고 있는데, 그러한 현상이 숱한 양성화들에게서 발견되고, 심지어 달팽이와 같은 몇몇 자웅동체 동물들에게서도 발견되며, 그러한 동물들은 스스로 수태되지 못하고 다른 자웅동체에 의해 수태될 수 있다. 자신들을 태곳적 동방[68]이나 그리스의 황금기[69]와 기꺼이 연관시키는 성도착자들은, 그리하여, 더 먼 옛날로, 자웅이주화(雌雄異株花)[70]도 단성동물(單性動物)도 존재하지 않던 최초의 실험이 이루어지던 시기로, 여인의 해부학적 구조 속에 있는 수컷 생식기와 남자의 해부학적 구조 속에 있는 암컷 생식기의 퇴화된 기관들이 그 흔적을 간직하고 있는 듯한 그 태초의 양성구유(兩性具有) 시대[71]로, 거슬러 올라가서 자신들의 기원을 찾으려 할 것이다. 처음 나에게는 불가사의하게 보이던 쥐삐앵과 샤를뤼스 씨의 몸짓이, 다윈의 견해이거니와,[72] 이른바 복합화(複合花)[73]라고들 지칭하는 꽃들이 곤충들에게 길을 열어 주기 위하여 수술들의 방향을 돌려 살짝 구부리는, 혹은 그것들에게 수족(手足) 세정(洗淨) 의식을, 그리고 꿀의 향기만큼이나 간단하게 마침 그 순간 안뜰로 곤충들을 이끌어들이고 있던 꽃부리들의 화려함도 제공하는, 어느 돌연변이적 이형화(異形花)⁷⁴⁾처럼, 멀리서도 보이도록 자기들의 두상화서(頭狀花序)⁷⁵⁾로부터 설상화관(舌狀花冠)⁷⁶⁾들을 높지감치 쳐들면서 곤충들에게 보내는 그 유혹하는 동작들만큼이나 나에게는 신기하게 여겨졌다. 그 날 이후부터는 샤를뤼스 씨가 빌르빠리지 부인 방문하는 시각을 틀림없이 바꾸었으리니, 그것은 그가 쥐삐앵을 다른 곳에서 또 더 편안히 만날 수 없어서가 아니라, 나에게와 못지 않게, 오후의 태양과 관목의 꽃들이 의심할 나위 없이 그의 추억에 연관되었기 때문일 것이다. 게다가 그는 쥐삐앵의 양장점을 빌르빠리지 부인에게, 게르망뜨 공작 부인에게, 일단의 상류층 고객들에게 추천하는 것으로 만족하지 않았으니, 그의 추천에 응하지 않았거나 응하기를 지체한 몇몇 귀부인들이—그녀들을 본보기로 삼기 위하였음인지 혹은 그녀들이 그의 불같은 노여움을 일깨우고 그의 지배자적 의지에 맞섰기 때문인지—남작의 무시무시한 보복 대상으로 변할수록, 그 고객들이 그만큼 더 열성적으로 그 아가씨 재단사를 찾았으니 말이다. 또한 그가 쥐삐앵의 입지를 점점 더 소득 크게 만들더니, 급기야 그를 자기의 비서로 채용한 다음, 우리가 후에 보게 될 조건에 정착시켰다. "아! 쥐삐앵이 정말 행운아예요." 어떤 사람의 선량함이 자기에게로 향하느냐 혹은 다른 이들에게로 향하느냐에 따라, 그 선량함을 축소하기도 하고 과장하기도 하는 경향을 보이던 프랑수와즈가 하던 말이다. 하지만 그 경우를 두고는, 그녀가 과장할 필요를 느끼지 않았고, 진정으로 쥐삐앵을 좋아하였던지라, 부러워하는 마음도 품지 않았다. "아! 남작은 정말 선량한 사람이에요!" 그녀가 덧붙였다. "정말 착하고 독실하며 나무랄 데 없는 사람이에요! 저에게 혼인시켜야 할 딸이 있고, 제가 부유층에 속한다면, 저는 그 딸을 눈 딱 감고 남작에게 줄 거예요."—"하지만 프랑수와즈, 그러면 자네의 그 딸에게 많은 남편이 생기겠군." 나의 어머니가 부드럽게 말씀하셨다. "자네가 그 딸을 이미 쥐삐앵에게 주겠노라고 한 말을 상기해 보시게."—"아! 맙소사," 프랑수와즈가 대꾸하였다. "그 역시 한 여인을 매우 행복하게 해줄 사람이기 때문이에요. 부자들이 있고 비참한 가난뱅이들이 있지만, 그것은 아무 상관 없어요. 그러한 차이가 천성을 바꾸지는 못해요. 남작과 쥐삐앵은 똑같은 부류의 사람들이에요."

그런데 나에게 처음으로 주어진 그 뜻밖의 발견 앞에서, 나는 그 순간 그 엄신된 결합의 선별적 성격을 심하게 과장하고 있었다. 물론, 샤를뤼스 씨와 유사한 남자들 각개는 매우 특이한 존재이니, 비록 삶이 제시하는 여러 기회들을 양보하지 않으면서도 그가 다른 족속에 속하는 남자의, 다시 말해 여인들을 사랑하는 (따라서 자기를 사랑할 수 없을) 남자의 사랑을 추구하기 때문인데, 내가 조금 전, 난초가 뒝벌에게 은근한 수작을 걸 듯 쥐삐앵이 샤를뤼스 씨 주위를 서성서리는 것을 보고 안뜰에서 생각하던 것과는 반대로, 사람들이 딱하게 여기는 그 특이한 존재들이, 이 작품이 전개됨에 따라 누구나 알게 되겠지만, 작품의 끝에 가서야 드러날 이유로 인해 하나의 거대한 무리를 이루고 있으며, 그들 자신들조차, 그 수효가 너무 적어서가 아니라 오히려 너무 많아서 불평을 한다. 왜냐하면, 그곳 주민들이 정말, '영원한 아버지'에게 들려오는 아우성과 같은 짓들을 하였는지 알아보라고 (「창세기」가 전하는 말이다)[77] 소돔 입구에 배치하였던 두 천사가, 모두들 기뻐할 수밖에 없는 일이려니와, 주님에 의해 매우 잘못 선택되었기 때문이며, 주님께서는 그 일을 소돔 주민에게만 맡기지 않으셨어야 했다.[78] 예를 들어 '여섯 아이들의 아비이며 정부 둘을 두었다'는 따위의 변론은, 주님으로 하여금 불꽃 이글거리는 검을 선선히 내려놓으시고 형벌을 감하시게 하지 못하였을 것이다. 주님은 그 변론에 이렇게 대꾸하였을 것이다. "그래, 따라서 너의 처는 고문과 같은 질투심에 시달리지. 그러나 네가 그 정부들을 고모라에서 고르지 않았다 해도,[79] 너는 헤브론[80]의 어느 목동과 어울려 많은 밤들을 보내지." 그런 다음 주님께서는 즉시, 그 사람으로 하여금, 불과 유황이 빗발처럼 쏟아져 파괴할 그 도시로 발길을 돌리게 하셨을 것이다. 그런데 반대로, 어떤 이가 모든 수치스러운 소돔 주민들을 도망치게 내버려두었고, 심지어 그들이 소년 하나를 발견하고 롯의 아내처럼 그에게로 고개를 돌렸어도, 그들은 그녀처럼 소금 조각상으로[81] 변하지도 않았다. 그리하여 그들이 많은 후손들을 남겼고, 그 후손들 속에는, 유리창 뒤에 진열된 신발들을 바라보는 척하면서 지나가는 대학생에게로 고개를 돌리는, 음탕한 여인들의 것과 유사한 그 동작이 버릇처럼 남아 있다. 그 수가 하도 많아 '혹시 이 지상의 먼지를 능히 헤아릴 수 있는 이가 있다면, 그 사람만이 (그의) 후손들 수를 헤아릴 수 있으리라'고 한 「창세기」의 또 다른 구절[82]을 적용할 수 있을 소돔 성 주민의 그 후손들이, 이 지상 모든 곳에 정착하여, 모든 종류의 직업에 종사하고, 가장 폐쇄적인 클럽에도 어찌나 자유롭게 드나드는지, 그러나 자기들의 선조들로 하여금 저주 받은 성을 빠져나오게 해준 그 거짓말을 유산으로 물려받았던지라, 소돔 사람들 특유의 행태[83]를 비난하는데 어찌나 정성을 쏟는지, 소돔의 어느 후예 하나가 그 클럽의 회원이 되지 못하는 경우, 그를 거부하는 대부분의 반대표는 그들이 던진 것들이다. 그들이 언젠가는 그곳[84]으로 돌아갈 수도 있다. 물론 그들이 모든 나라에서 매력적인 장점들과 끔찍한 단점들을 아울러 가지고 있는, 동방적이고, 교양 있고, 음악을 잘 알고, 헐뜯기 좋아하는 집단[85]을 형성하고 있다. 뒤따를 이야기들이 전개되는 동안 우리가 그들을 더 깊이 관찰하게 될 것이지만, 나는 임시로나마, 사람들이 시온주의 운동을 격려하였던 것처럼 소돔주의 운동을 창시하고 소돔을 재건하려는 따위의 치명적인 오류에 경고를 보내려고 하였다. 그런데, 그 재건된 소돔에 겨우 도착하기 무섭게, 소돔의 후예들은 그곳 주민이 아닌 척하기 위하여 그 도시를 떠날 것이고, 아내를 얻을 것이며, 다른 여러 도시에 정부들을 둘 뿐만 아니라, 그곳에서 나무랄 데 없는 파적거리들도 발견할 것이다. 그러다가, 자기들의 도시가 텅 비었을 때, 허깃증이 늑대를 숲에서 몰아낼 때, 즉 매사가 요컨대 런던이나 베를린, 로마, 뻬트로그라드[86] 혹은 빠리에서와 다름없이 진행되어,[87] 자기들이 절체절명의 필요를 느낄 날에나, 그 소돔으로 돌아갈 것이다.

여하튼 그날에는, 공작 부인을 방문하기 전에, 내가 그토록 멀리까지는 몽상을 연장하지 못하였고, 쥐뻬앵과 샤를뤼스 간에 이루어진 결합에 정신이 팔려, 뒹벌에 의한 꽃의 수태 장면을 아마 놓쳤으리라는 것만을 유감스럽게 여겼다.

2부

1장

 내가 정말 초대되었는지 확신할 수 없었던 게르망뜨 대공댁의 그 야연에 가는 것이 급하지 않았던지라, 내가 밖에서 한가하게 빈둥거렸지만, 여름날의 해 또한 나보다 더 서둘러 움직이고 싶은 것 같지 않았다. 저녁 아홉 시가 지났건만, 꽁꼬르드 광장에서 룩쏘르의 오벨리스크[1]를 분홍색 누가처럼[2] 보이게 하던 것도 그 태양이었다. 그러더니 다음에는 태양이 그것의 색조를 바꾸어 그것을 금속성 물질로 변화시켰던지라, 오벨리스크가 더 진귀하게 보일 뿐만 아니라 더 가늘어지고 거의 낭창낭창해진 것처럼 보였다. 어떤 사람이 그것을 비틀 수도 있었을 것이고, 따라서 벌써 그 보석을 조금은 망가뜨렸을 것이라고 상상할 수도 있었다. 이제, 조금 흠집이 나긴 했지만 섬세하게 껍질을 벗긴 오렌지 한 조각처럼, 달이 하늘에 떠 올라 있었다. 하지만 그것이 조금 후에는 가장 단단한 황금으로 만들어지게 되어있었다. 홀로 달 뒤에 웅크리고 있던 가련한 작은 별 하나가 외로운 달의 유일한 반려자 역할을 할 것이지만, 그 동안 달은, 자기의 그 친구를 보호하는 한편, 더욱 과감하게 전진하면서, 자기의 날 넓고 경이로운 황금낫을, 무적의 무기인양, 동방의 상징인양, 휘두를 것이다.

게르망뜨 대공 부인의 저택 앞에서 내가 샤뗄르로 공작과 마주쳤고, 그 순간 나는 초청도 받지 않았는데 그곳에 오는 것이 아닌가 하는 두려움이 반시간 전까지도—그러나 곧 다시 나를 사로잡을 그 두려움이—나를 심하게 괴롭혔다는 사실을 뇌리에 떠올리지 못하였다. 우리가 근심에 휩싸이지만, 때로는 위험한 순간이 지나간지 한참 후에야, 다른 것에 정신이 팔린 덕분에 잊었던 근심을 다시 기억해낸다. 나는 젊은 공작에게 인사를 건넨 후 저택 안으로 들어섰다. 하지만 여기에서 먼저, 사소하지만 곧 이어 생길 일을 이해하게 해줄 사건 하나를 이야기해 두어야겠다.

그날 저녁, 지나간 며칠 저녁과 다름 없이, 그가 누구인지 짐작조차 하지 못하면서, 샤뗄르로 공작 생각에 몰두하던 사람 하나가 있었으니, 그는 게르망뜨 대공댁의 손님 안내 담당 하인(그 시절에는 '짖는 개'[3]라고 칭하였다)이었다. 대공 부인의 사촌들 중 하나였음에도 불구하고 그녀의 측근들 중 하나이기에는 터무니없었던 샤뗄르로 씨가, 그녀의 응접실에 처음으로 초대되었다. 십 년 전부터 그녀와 불화를 빚은 그의 양친이 보름 전에 화해를 하였으나, 그날 저녁 불가피하게 빠리를 떠나야 할 일이 생겨, 대신 자기들의 아들을 보낸 것이다. 그런데 그 며칠 전, 대공 부인 댁 손님 안내 담당 하인이 샹젤리제에서 어느 젊은이 하나와 마주쳤고, 그 젊은이가 매력적이라고 생각하였으나 그가 누구인지 알아낼 수가 없었다. 그 젊은이가 너그러운 것만큼 친절하지 않았기 때문이 아니다. 안내 담당 하인이, 그토록 젊은 신사분께 베풀어야 한다고 내심 생각하였던 호의를, 반대로 자신이 받았다. 그러나 샤뗄르로 씨가 신중하지 못한 것에 못지않게 겁이 많았던지라, 자기가 누구를 상대하고 있는지 모르는 한 그만큼 자기의 익명성을 고수하겠노라 작정하였고, 만약 그가 누구인지 알았다면—비록 터무니없는 이유에서지만—훨씬 더 두려워했을 것이다. 그리하여 그는 고집스럽게 자기가 영국 사람인 척하였고, 그토록 큰 기쁨과 후한 인심을 베푼 사람과 다시 만나기를 갈망하던 안내 담당 하인이 열렬히 던지는 모든 질문에, 가브리엘 대로[4] 끝에 이를 때까지 이러한 대답으로 일관하였다. "I do not speak french(프랑스어를 몰라요)."[5]

비록 게르망뜨 공작이, 누가 뭐라고 하든, 자기 사촌의 모계 혈통 때문에,[6] 게르망뜨-바이에른 대공 부인의 응접실에 꾸르부와지에 가문적인 것이 감돈다고 노골적으로 빈정거려도, 사람들은 그 귀부인의 진취적인 사고방식과 지적 우월성을, 상류 사교계의 다른 곳에서는 볼 수 없는 일종의 혁신에 입각해 평가하곤 하였다. 만찬 후, 그것에 이어질 모임이 아무리 중요하다 해도, 게르망뜨 대공 부인 댁에서는 좌석들이 작은 무리들을 이루며 배치되었고, 따라서 경우에 따라서는, 사람들이 서로에게 등을 돌리고 앉게 되어 있었다. 그럴 때면 대공 부인이, 그 무리들 중 하나를 특별히 선택한 양 그곳에 가서 앉음으로써, 사교적 감각을 드러내곤 하였다. 하지만 그러면서도 다른 무리에 있는 특정인을 골라 그 사람의 주의 끌기를 주저하지 않았다. 예를 들어 그녀가 데따이유 씨에게, 다른 무리에 섞여 자기 쪽으로 등을 돌리고 있던 빌르뮈르 부인의 목을 가리키면서 그것이 얼마나 아름다우냐고 하여, 당연한 일이지만 그가 동감을 표하면, 대공 부인이 주저하지 않고 큰 소리로 말하였다. "빌르뮈르 부인, 데따이유 씨가, 위대한 화가로서, 당신의 목을 찬미하고 계십니다." 빌르뮈르 부인은 그 말이 대화에 참여해 달라는 직설적인 권유임을 직감하였고, 그리하여 승마에 익숙한 여인답게, 자기의 의자를 제자리에서 원의 사분의 삼만큼 호

(弧)를 그리며 빙그르르 돌려, 그러나 곁에 있던 사람들에게는 조금도 불편을 끼치지 않고, 대공 부인과 거의 정면으로 마주 앉았다. "데따이유 씨를 모르시나요?" 초대된 여인이 능숙한 솜씨로 얌전하게 돌아앉은 것만으로는 만족하지 못한 듯, 저택 안주인이 물었다. "인사를 나눈 적은 없으나 그분의 작품들과는 친숙합니다." 빌르뮈르 부인이 공손하고 상냥하게 그리고 모든 사람들이 부러워할 만큼 적절하게 대답하였는데, 그러면서도 그녀는, 자기를 큰 소리로 부른 것만으로는 자기를 그 유명한 화가에게 정식으로 소개한 것이 아니라고 여겼음인지, 거의 보이지 않는 인사를 화가에게 보냈다. "저를 따라오세요, 데따이유 씨, 제가 당신을 빌르뮈르 부인께 소개하겠어요." 대공 부인이 말하였다. 그러자 빌르뮈르 부인은, 「꿈」[7]이라는 작품을 그린 화가에게 자리를 마련해 주기 위하여, 조금 전 돌아앉을 때처럼 능란한 솜씨를 발휘하였다. 그리고 대공 부인은 자신을 위해 의자 하나를 자기 앞으로 끌어당겼는데, 그녀가 빌르뮈르 부인을 큰 소리로 부른 것이 사실은, 자기가 통상적으로 그러듯 십 분 동안 어울렸던 첫 무리를 떠나, 두 번째 무리에게로 옮겨 가 같은 시간을 할애하기 위한 명분일 뿐이었다. 그렇게 단 사십오 분 동안에 모든 무리들이 그녀의 방문을 받았고, 그 방문이 매번 뜻밖에 그리고 각별한 호의에 이끌려 이루어진 것처럼 보였으되, 특히 그러한 방문의 목적은, 하나의 지체 높은 귀부인이 얼마나 자연스럽게 손님을 접대할 줄 아는지를 부각시키기 위함이었다. 그러나 마침내 야회에 초대된 사람들이 도착하기 시작하였고, 그러나 저택의 안주인이, 응접실 입구로부터 멀지 않은 곳에―거의 제왕과 같은 위엄을 보이며 꼿꼿하고 당당한 자세로 작열하는 눈빛을 발산시키면서―아름다운 구석 없는 두 왕족 여인과 에스빠냐 대사 부인을 양쪽에 거느리고 자리를 잡았다.

나는 나보다 먼저 도착한 몇몇 초대객들 뒤에 가서 줄을 섰다. 나의 정면에 대공 부인이 보였고, 다른 숱한 아름다움들 중 유독 그녀의 아름다움만이 나로 하여금 그 야회를 각별히 뇌리에 떠올리게 하는 것은 물론 아니다. 하지만 그 저택 안주인의 얼굴이 어찌나 완벽했던지, 그것이 아름다운 메달처럼 어찌나 정교하게 주조되었던지, 나에게는 적어도, 그것이 기념비적 효능을 간직하고 있다. 그러한 야회 며칠 전에 초대한 사람들과 우연히 마주칠 경우, 마치 그들과 한담 나누기를 간절히 원한다는 듯, 대공 부인은 그들에게 이러한 말 하는 버릇을 가지고 있었다. "저의 집에 오실 것이죠, 그렇지 않아요?" 그러나 반대로 그들에게 할 말이 전혀 없었던지라, 그들이 자기 앞에 이르면, 그녀가 자리에서 일어서지도 않은 채, 두 왕족 여인 및 대사 부인과 하던 잡담을 중단하고 이렇게 감사의 말을 하는 것으로 만족하였다. "친절하게도 와 주셨군요." 초대객이 초대에 응하여 자기에게 친절을 베풀었다고 생각한다는 뜻이 아니라, 그가 자기의 친절을 돋보이게 하였다는 말이었다. 그런 다음 즉시, 손님을 개천에 던져 버리듯, 한 마디 덧붙이곤 하였다. "정원 입구에 가시면 게르망뜨 씨가 계실 거에요." 그러면 초대객이 그 자리를 떠나 저택 방문길에 오르고 그녀를 편안히 내버려두곤 하였다. 심지어 어떤 사람들에게는 그녀가 아무 말도 하지 않은 채, 그들이 마치 보석 전시회에 오기라도 한 것처럼, 자기의 줄무늬 마노(瑪瑙)같은 아름다운 두 눈을 그들에게 보여주는 것으로 만족하곤 하였다.

바로 내 앞에서 줄을 서고 있던 사람은 샤뗄르로 공작이었다. 응접실로부터 그에게 미소로 혹은 손짓으로 보내는 모든 인사에 답례하느라고, 그가 손님 안내 담당 하인을 미처 알아보지 못하였다. 하지만 안내 담당 하인은 그를 첫 순간에 알아보았다. 일찍이 그토록 알아내고자 하였던 그의 정체를 잠시 후면 알게 되어 있었다. 며칠 전 우연히 만난 자기의 그 '영국인'에게, 누구시라 고해야 하느냐면서 그의 이름을 묻는 순간, 안내 담당 하인은 단지 감격하였을 뿐만 아니라 자신이 조심성 없고 상스럽다고 생각하였다. 자기가 마치, 그렇게 적발하여 공공연하게 드러내서는 아니 될 하나의 비밀을, 모든 이들에게(하지만 아무것도 짐작하지 못할 이들이었다) 폭로하는 것처럼 여겨졌기 때문이다. 그 초대객의 '샤멜르로 공작'이라는 대답을 듣는 순간, 그가 어찌나 큰 자부심에 뒤흔들린 자신을 느꼈던지, 그는 잠시 벙어리가 되었다. 공작이 그를 유심히 바라보았고, 그를 알아보았으며, 자신이 끝장났다고[8] 생각하였던 반면, 다시 정신을 수습한, 그리고 지나치게 초라한 호칭을 자기 임의로 보충할 수 있을 만큼 공작의 가계보를 상당히 알고 있었던 하인은, 은밀한 다정함으로 부드럽게 감싸인 자기의 직책에 어울리는 힘찬 음성으로 울부짖듯 소리쳤다. "샤멜르로 공작 각하 전하!"[9] 그러나 이제 내가 통보될 차례가 되었다. 나는, 아직 나를 보지 못한 저택 안주인을 바라보는 데 열중한 나머지, 불청객을 사정없이 거머잡아 밖으로 내칠 준비가 되어 있던 지극히 쾌활하고 건장한 정복 차림 시종들의 호위를 받는, 망나니처럼 검은색 정장을 한 그 안내 담당 하인의, 나에게는 무시무시하게 여겨지던―비록 샤멜르로 씨에게와는 다른 식이었지만―역할에 대해서는 미처 생각하지 못하였다. 안내 담당 하인이 나의 이름을 물었고, 나는 사형수가 단두대의 모루받침 위에 자기의 머리가 고정되도록 내버려둘 때처럼, 기계적으로 대답하였다. 그가 엄숙하게 고개를 쳐들더니, 혹시 내가 초대를 받지 않았다면 나의 자존심을 배려하여, 그리고 정말 초대되었다면 게르망뜨 대공 부인의 자존심을 배려하여,[10] 나의 이름을 나지막한 음성으로 통보해 달라고 내가 그에게 부탁할 겨를도 주지 않고, 내 이름의 그 근심스러운 음절들을 저택의 천장이 뒤흔들릴 만큼 힘차게 부르짖었다.

저명한 헉슬리가(조카가 현재 영국 문단에서 지배적인 자리를 점하고 있는 그 사람이다) 이야기하기를, 자기의 여성 환자들 중 하나가 더 이상 감히 사교계에 가지 못하는데, 자기에게 정중한 손짓으로 권하는 안락의자 위에 이미 어느 노신사 하나가 앉아 있는 것이 보일 때가 잦기 때문이라고 하였다. 그녀가, 정중히 권하는 손짓이나 노신사 중 하나는 환영일 것이라 확신한다고 하였으며, 그 이유는, 누가 이미 앉아 있는 안락의자를 자기에게 권할 리 없기 때문이라는 것이었다. 그리하여 헉슬리가, 그녀의 병을 치유하기 위하여, 다시 야회에 참석하라고 그녀에게 강권하였으며, 의사의 권유에 따라 다시 야회에 참석하게 된 그녀는 한 동안, 사람들이 자기에게 보이는 친절한 동작이 정말 존재하는 것인지, 혹은 노인이 존재하지 않는 환영이라 믿고, 사람들 앞에서 낯선 신사의 무릎 위에 앉아야 할지 자신에게 물으면서, 괴로운 의혹에 사로잡혔다고 한다. 그녀의 짧은 의구심이 혹독했을 것이다. 그러나 내가 겪고 있던 것만은 못했을 것이다. 곧 일어날 지각변동의 전조음처럼 으르렁거리는 나의 이름이 들려오는 순간, 여하튼 나의 정직성을 변론하기 위하여, 그리고 내가 어떠한 의구심에도 시달리지 않는다는 듯, 단호한 기색으로 대공 부인을 향하여 나아갈 수밖에 없었다.

내가 몇 걸음 앞으로 다가갔을 때 그녀가 나를 발견하였고, 나로 하여금 내가 어떤 못된 장난의 희생물일지도 모른다는 의구심을 더 이상 품지 않게 해준 것은, 그녀가 다른 손님들을 맞을 때처럼 그대로 앉아 있지 않고, 벌떡 일어나 나에게로 다가왔다는 사실이다. 그 다음 순간 나는, 권하는 안락의자에 앉는 편을 택한 후 그것이 비어있음을 알았고 따라서 자기의 눈에 보이던 노신사가 환영이었음을 깨달은 헉슬리의 환자처럼, 안도의 한숨을 내쉴 수 있었다. 대공 부인이 미소를 지으면서 나에게 손을 내밀었던 것이다. 그녀는 다음과 같이 끝맺음되는 말에르브의 종교시에서 발견되는 특유의 우아함과 같은 유형의 우아함을 발산하며 잠시 서 있었다.

또한 그들에게 영광 베풀기 위해 천사들 일어서니![12]

그녀는, 내가 마치 게르망뜨 공작 부인이 없으면 지루해할 수밖에 없다는 듯, 그녀가 아직 도착하지 않은 것에 대해 나에게 사과하였다. 그러한 인사를 하기 위하여 그녀가 나의 손을 잡고 우아하게 선회하였으며, 나는 그 소용돌이에 내가 휩쓸려감을 느꼈다. 나는 그녀가, 꼬띠용 춤 인도하는 어느 여인처럼, 나에게 상아 손잡이 단장이나 손목시계 하나를 건넬 것이라 기대할 지경이 되었다.[13] 사실 그녀가 나에게 그런 것들 중 아무것도 주지 않았고, 마치 보스톤 왈츠를 추는 대신,[14] 그 숭고한 음조를 뒤흔들지 않을까 그녀가 저어하였을 베토벤의 신성하고도 신성한 사중주곡을 경청하기라도 한 듯, 그녀가 그 순간 대화를 멈추었다. 아니 그보다는, 그것을 시작하지 않은 채, 내가 들어서는 모습을 본 것이 아직도 행복해, 다만 대공이 있던 곳을 나에게 말해 주는 것으로 그쳤다.[15]

그녀가 나에게 아무 할 말 없음을 직감하였던지라, 아울러 경이롭게 키 크고 아름다우며, 일찍이 단두대 위로 의연하게 올라간 숱한 지체 높은 귀부인들처럼 고결한 그 여인이,[16] 자기의 한량없는 선의 때문에, 나에게 감히 멜리싸 증류수를 권하지 못하고[17] 자기가 이미 두 번이나 한 다음 말을 나에게 반복할 수밖에 없었음을 직감하였던지라, 내가 그녀 곁을 떠나 감히 다시 다가가지 못하였다. "정원에 가시면 대공을 만나실 수 있어요." 그런데 대공 곁으로 간다는 것은, 나의 의구심이 다른 형태로 되살아남을 느끼는 것 자체였다.

여하튼 나를 그에게 소개할 사람을 찾아야 했다. 다른 모든 대화를 압도하는 샤를뤼스 씨의 고갈될 수 없을 듯한 수다가 들렸는데, 그는 얼마 전 알게 된 시도니아 공작 각하와 한담을 나누고 있었다. 같은 직업에 종사하는 이들이 그러듯, 같은 악벽 가진 사람들도 즉각 서로를 알아보다. 샤를뤼스 씨와 시도니아 씨가 즉각 서로의 악벽을 직감하였고, 두 사람의 악벽이란, 어떤 모임에서든 그들이 장광설꾼들이며, 아무도 그들의 장광설을 중단시킬 수 없을 지경이었다는 것이다. 어느 유명한 노래 가사가 이르듯 그 질환에 치유책이 없음을 즉각 판단하였던지라,[18] 두 사람은 각자, 입을 다무는 것이 아니라, 상대방이 하는 말에 개의치 않고 말을 계속하기로 결단을 내렸다. 그러한 결단이, 몰리에르의 희극들[19] 속에서, 서로 다른 것들에 대하여 여러 인물이 한꺼번에 이야기함으로써 생기는 어수선한 소음을 만들어냈다. 그러나 음성이 귀청을 찢는 듯했던 남작은, 자기의 음성이 우위를 점하여, 시도니아 씨의 약한 음성을 뒤덮을 것이라 확신하였고, 그러면서도 그것이 시도니아 씨를 의기소침하게 만들지는 않을 것이라 믿고 있었으니, 샤를뤼스 씨가 잠시 숨을 돌릴 때에는, 그 간격이, 흔들림 없이 자기의 수다를 계속하고 있던 에스빠냐 대공[20]의 속삭임으로 채워졌기 때문이다. 나는, 샤를뤼스 씨에게, 나를 게르망뜨 대공에게 소개 시켜 달라고 요청하고 싶었으나, 그가 나에 대해 노여움을 품지 않았을까 두려워하고(그럴 만한 이유가 있었다) 있었다. 내가 그의 제안들을 두 번째로 저버렸고, 그가 나를 집에까지 그토록 다정하게 데려다준 날 저녁 이후 그에게 아무 소식도 보내지 않는 등, 내가 몹시 배은망덕하게 처신하였기 때문이다. 또한 그렇게 처신하였으되, 그 날 오후 내가 목격한, 그와 쥐삐앵 사이에 벌어진 장면과 같은 구실들을 예견하였던 것은 전혀 아니었다. 그 장면과 유사한 것은 아예 상상조차 하지 않았다. 하지만 바로 얼마 전, 나의 부모님께서, 내가 샤를뤼스 씨에게 아직도 짤막한 편지 한 장 쓰지 않았다고 나의 게으름을 나무라셨을 때, 나로 하여금 그토록 추잡한 제안들을 수락하게끔 하려 하신다고, 내가 두 분에게 맹렬한 비난을 퍼부었던 것은 사실이다. 하지만 그 순간에는, 오직 나의 노기와, 두 분이 들으시기에 가장 불쾌할 수 있을 말을 찾으려는 욕구만이, 나에게 그 거짓 핑계를 구술해 주었다. 사실은 내가 남작의 제안 밑에 숨겨져 있었을 어떤 관능적인 것도, 심지어 감상적인 것조차, 아예 상상조차 하지 못하였다. 나는 부모님에게 그것이 완전히 미친 짓이라고 말씀드렸다. 그러나 때로는 우리가 모르는 사이 미래가 우리 속에 거처를 정하며, 스스로 거짓이라고 믿는 우리의 말이 가까이에 있는 현실의 윤곽을 그리는 법이다.

   샤를뤼스 씨가 틀림없이, 나에게 결핍된 감사하는 마음과 관련해서는, 나를 용서하였을 것이다. 그러나 그를 맹렬한 노기에 휩싸이게 하였을 것은, 얼마 전 그의 사촌 누이 댁에처럼, 그 날 저녁 내가 게르망뜨 대공 부인 댁에 나타난 사실이, 그의 다음과 같은 엄숙한 선언을 비웃는 것처럼 보였다는 것이다. "나를 통하지 않고는 그러한 응접실에 드나들 수 없소." 내가 위계상의 경로를 따르지 않는 것은 중대한 잘못이며, 아마 속죄 받을 수 없는 범죄였을 것이다. 샤를뤼스 씨는, 자기의 명령에 순종하지 않는 이들이나 자기가 증오하게 된 이들을 향하여 자기가 휘두르던 천둥이, 그것에 어떤 노기를 포함시키더라도, 많은 이들에게는 판지로 이루어진 천둥으로 보이기 시작하였으며, 누구든 어느 곳에서건 내쫓던 위력을 더 이상 가지고 있지 않다는 사실을 잘 알고 있었다. 그러나 아마, 아직도 큰 자기의 축소된 세력이, 나와 같은 신참들의 눈에는 온전히 남아있는 것처럼 보일 것이라고 생각하였을 것이다. 그리하여 나는, 오직 나의 출현만이 그의 허세에게는 빈정거리는 반박처럼 보일 그 연회에서, 그에게 도움을 청하는 것은 그리 좋은 선택이 아니라고 판단하였다.

그 순간 상당히 저속해 보이는 남자 하나가 나를 멈춰 세웠고, 그는 E 교수였다. 내가 게르망뜨 댁에 와 있는 것을 보고 그가 놀랐다. 나 또한 그 댁에서 그를 발견하고 못지않게 놀랐으니, 대공 부인 댁에서 그러한 종류의 인물이 일찍이 눈에 띈 적 없으려니와, 그 이후에도 그런 일이 없었기 때문이다. 그가 얼마 전, 전염성 폐렴에 걸려 이미 종부성사까지 받았던 대공을 완치하였고, 대공 부인이 그에 대하여 품게 되었던 각별한 고마움이, 관례를 깨고 그를 초대한 원인이었다. 그러한 응접실에는 아는 사람이 전혀 없고, 그곳에서 저승사자[21]처럼 홀로 한없이 배회할 수도 없었던지라, 나를 알아보는 순간, 자기 생애에 처음으로 나에게 이야기할 것들이 무한히 많음을 느꼈으며, 그것이 그로 하여금 태연한 척할 수 있게 해주었으니, 그가 나에게로 다가온 이유들 중 하나였다. 다른 이유도 하나 있었다. 그는 진단의 오류를 범하지 않는 것에 큰 중요성을 부여하였다. 그런데 그에게 배달되는 우편물이 하도 많아, 자기가 어느 환자를 단 한 번만 진찰하였을 경우, 그의 질환이 자기가 진단한 바와 같이 진전되었는지 여부를 항상 정확히 기억하지 못하였다. 내 할머니의 병세가 갑자기 악화되었을 때, 내가 할머니를 모시고 그의 집에 갔었고, 그 저녁나절, 그가 하녀로 하여금 자기의 정장에 그토록 많은 훈장들을 달도록 했던 일을,[22] 아마 모두들 잊지 않았을 것이다. 그 이후 상당한 세월이 흘렀던지라, 그는 당시 우리가 보낸 통지서를 더 이상 기억하지 못하고 있었다. "당신의 할머님께서 정말 돌아가셨지요, 그렇지 않은가요?" 그런 말을 나에게 하는 그의 음성에서는, 확신에 가까운 무엇이 가벼운 근심을 진정시켜 주고 있었다. "아! 정말이지! 게다가 그 분을 처음 뵙는 순간부터 나의 예측이 몹시 비관적이었지요. 제가 생생히 기억하고 있어요."

내가 마땅히 그를 찬양하는 뜻에서(그 찬양은 의료계 전체로 향한 것이기도 하다) 이 말을 해야 하거니와, E 교수가 만족감을 드러내지 않고, 또한 아마 그것을 느끼지도 않으면서, 내 할머니의 죽음을 알게 된 것은, 혹은 다시 알게 된 것은, 그러한 예측을 통해서였다. 의사들이 범하는 오류는 헤아릴 수 없을 만큼 많다. 그들은 대개, 식이요법에 있어서는 낙관주의 때문에, 그 결과에 있어서는 비관주의 때문에 과오를 범한다. "포도주요? 적당량만 드시면 그것이 해를 끼칠 수 없어요. 여하튼 그것은 일종의 활력소이니까요… 육체적 쾌락이요? 누가 뭐라 해도 그것은 하나의 기능입니다. 따라서 저는 과하지 않은 한도에서 그것을 허용합니다. 무슨 말인지 잘 아실 겁니다. 어떠한 일에서건 지나침은 하나의 단점입니다." 그러한 말을 듣는 순간, 환자가 물과 금욕이라는 그 두 소생시키는 요소들 포기하고 싶은 유혹을 얼마나 심하게 느끼겠는가! 반면 심장에 문제가 있다든가 단백뇨가 나타나면 그리 오래 가지 못한다. 그럴 경우, 위중하지만 기능적인 장애들을 선뜻 어떤 상상적인 암의 탓으로 돌린다. 불가피한 질환의 진행을 막을 수 없는 왕진을 계속하는 것은 부질없는 짓이다. 그리하여 내버려진 환자는 자신에게 무자비한 식이요법 및 건강 관리법을 강요하여, 머지않아 병을 떨쳐버리거나 적어도 살아남으며, 그가 이미 오래 전부터 뻬르-라쉐즈[23]에 가 있으리라 믿고 있던 의사는, 오페라 대로에서 그의 인사를 받을 경우, 그 인사 동작을 빈정거리는 건방짐의 동작으로 간주할 것이다. 두 해 전, 전혀 두려워하는 기색 없던 멍청한 건달에게 사형언도를 내렸건만, 그 녀석이 태연히 자기의 코와 수염 앞으로 어슬렁거리며 지나갈 경우, 그 중죄 재판소 재판장이 느낄 노여움도, 여전히 살아 있는 자기의 환자를 바라보는 의사의 노여움만은 못할 것이다. 의사들은(물론 모두가 그렇지는 않으며, 내가 마음 속에서나마 그 찬탄할만한 예외적인 존재들은 간과하지 않는다) 대개, 자기들의 판결이 집행될 때 즐거워하는 것보다, 그것이 파기되었을 때 불만스러워하고 화를 내는 정도가 더 심하다. 자신이 결국 틀리지 않았음을 알게 되어, 의심할 나위 없이 느꼈을 지적 만족감이 어떠했다 하더라도, E 교수가 우리에게 닥친 불행에 대하여 나에게 슬픈 어조로만 말할 줄 알았던 것이 그러한 현상을 설명해 준다. 그는 우리 두 사람의 대화를 간략하게 끝내려 하지 않았다. 그 대화가 그에게 태연함과 그 댁에 머물 이유를 제공하고 있었기 때문이다. 그가 그 무렵의 심한 더위 이야기를 나에게 늘어놓으면서, 비록 교양 풍부하여 세련된 프랑스어를 구사할 수 있을 법했건만, 이렇게 말하였다. "이 열병[20]이 고통스럽지 않은가요?" 몰리에르 시절 이후 의학이 그 지식에 있어서는 약간의 발전을 이루었으되, 용어에 있어서는 전혀 그러지 못하였기 때문이다. 나의 대화 상대자가 다시 덧붙였다. "필요한 것은, 이러한 날, 특히 과도하게 덥혀진 응접실에서는, 발한(發汗)요법[25]을 피하는 것입니다. 댁에 돌아가셔서 무엇을 마시고 싶으시면, 열기(뜨거운 음료를 뜻함이 분명했다)로 그것을 치유하실 수 있습니다."

할머니가 돌아가신 경위 때문에 그 주제가 나의 관심을 끌었고, 또 얼마 전 나는 어느 저명한 학자의 책에서, 발한이, 다른 출구로 배출시켜야 할 것을 피부를 통해 배출시키는지라, 신장에 해롭다는 글을 읽었다. 그리하여 할머니께서 돌아가실 때 맹위를 떨치던 그 폭염을 심히 유감스럽게 여긴 나머지 그것에게 죄를 전가할 지경까지 되었었다. 내가 의사 E에게 그 이야기를 하지 않았으나, 그 스스로 나에게 이런 말을 하였다. "땀을 많이 흘릴 수밖에 없는, 요즘처럼 무더운 날씨의 이점은, 신장의 부담이 그만큼 줄어든다는 것입니다." 의학은 정밀과학이 아니다.

나에게 매달린 채, E 교수는 내 곁을 떠나려 하지 않았다. 하지만 조금 전 내가, 한 걸음 뒤로 물러선 다음 상체를 깊숙이 숙여, 좌우로 한 번씩 게르망뜨 대공 부인에게 예를 표하는 보구베르 후작을 발견하였다. 얼마 전 노르뿌와 씨가 나를 그에게 소개하였던지라, 나는 그가 나를 저택의 주인에게 소개할 수 있으리라 기대하였다. 이 작품의 전체적인 균형 때문에, 젊은 시절의 어떠한 사건들로 말미암아 보구베르 씨가, 소돔에서 흔히들 말하듯, 샤를뤼스 씨와 속내 이야기를 나누는 사교계의 희귀한 남자들 중 하나가(아마 유일한) 되었는지는, 내가 여기에서 세세히 설명할 수 없다. 그러나 떼오도즈 국왕 곁에 파견된 우리의 전권공사[26]가 비록 남작에게 있는 것과 같은 몇몇 단점들을 가지고 있었다 해도, 그것들은 지극히 창백한 그림자 상태에 불과했다. 그가 호감과 증오를 번갈아 내보인 것은 오직 한없이 누그러지고 감상적이며 어리숙한 형태로였으며, 매료하고 싶은 열망이, 그리고 뒤이어, 무시당하지 않을까 하는 두려움이 아니라면 적어도 발각되지 않을까 하는 두려움이—역시 가공의 두려움이었지만—남작으로 하여금 느끼게 하였던 것은 그 호감과 증오였다. 일종의 금욕과, 플라톤적 사랑과 (야망 큰 사람이었던지라, 외교관 시험에 응시할 나이가 된 이후부터는, 그가 모든 쾌락을 그것들을 위해 희생시켰다), 특히 지적 무능으로 인해 우스꽝스러워진 그 호감과 증오를, 그럼에도 불구하고 보구베르 씨가 번갈아 드러냈다. 그러나 샤를뤼스 씨의 경우, 무절제한 찬사들이 진정한 웅변적 굉음 형태로 그의 입에서 터져 나오곤 하였으며, 그것들이 가장 예리하고 깨무는듯한 빈정거림으로 조미되어, 한 사람에게 영영 지워지지 않을 흔적을 남기던 반면, 보구베르 씨의 경우는 반대로, 그의 호감이, 최하등급에 속한 사람이나 상류 사교계 인사나 어느 공무원 등의 진부함을 띠고 표출되었으며, 불평들 마저도 (대개는 남작의 것들처럼 모두 멋대로 벼리듯 꾸며낸 것들이었다), 간단없으되 기지 결여되어 있을 뿐만 아니라, 그 전권공사가 여섯 달 전에 한 혹은 머지않아 다시 할 말들과 항상 모순되어, 그만큼 더 충격을 주는 악의에 의해 표출되었던 바, 그것은 다양한 양상을 보이던 보구베르 씨 생애의 여러 시기에―그러한 점이 없었다면 그가 그 누구보다도 하나의 천체를 연상시키지 못하였을 것임에도 불구하고―거의 천문학과 같은 일종의 시(詩)를 부여하는, 변화의 주기적인 규칙성이었다.

　나의 인사에 대한 답례에는 샤를뤼스 씨의 답례 속에 있을 법한 것이 전혀 없었다. 그 답례에 보구베르 씨가, 자신이 믿기에 사교계와 외교계의 것이라 여기던 수천 가지 태깔 이외에, 쾌활하고 경쾌하며 미소 가득한 기색도 덧붙였는데, 그것은 우선, 자신이 삶에 매료된 척하기 위함이었으며―그가 속으로는, 승진도 없이 은퇴 위협을 받고 있던 이력의 좌절을 곱씹고 있었건만―다른 한편으로는, 자신이 매력 가득한 상태로 보존하고 싶었을 얼굴 둘레에 굳게 자리잡은 주름살들이 자기의 눈에도 보이건만, 그리하여 더 이상 감히 거울 앞에 서지 못하건만, 자기가 아직도 젊고 남성적이며 매력적인 척하기 위함이었다. 물론 그가 실제로 연인들 얻기를 희원하였을 것이라는 뜻은 아닌 바, 그러한 생각만 해도, 구설수와물의와 온갖 협박 등 때문에 그가 두려움에 사로잡히곤 하였으니 말이다. 그가 오르세 강변로[27]를 염두에 둔 날부터, 그리고 화려한 경력 쌓기를 원하던 날부터, 거의 유치한 수준에 있던 난봉질을 그만두고 절대적인 금욕생활로 접어들었던지라, 이제 그는, 우리 속에 갇혀, 두려움과 강한 욕망과 멍청함 드러내는 시선으로 사방을 두리번거리는 야수의 기색을 띠게 되었다. 그가 느끼던 두려움이 어찌나 심했던지, 소년시절에 알고 지내던 불한당 녀석들이 이제 더 이상 개구쟁이들이 아니라는 생각조차 못하여, 어느 신문팔이 소년 하나가 불쑥 나타나 〈라 프레쓰!〉[28]라고 외치면, 자기의 정체가[29] 들통나 추적을 받았다고 믿은 나머지, 욕정보다는 두려움에 전율할 지경이 되었다.

그러나 외무성의 배은망덕함에 희생시킨 쾌락들을 누리지 못한 보구베르 씨가 불현듯 격렬한 심장의 박동을 느끼게 되었고, 그가 아직도 매력적으로 보이고 싶어하였던 것은 그 때문이었다. 아무 자격 없는 젊은이 하나를, 이렇다 할 하등의 이유도 없이, 자기가 이끄는 사절단의 일원으로 받아들이기 위하여, 그가 얼마나 많은 편지로 외무성 사람들을 들볶았고, 어떠한 간계들을 동원하였으며, 보구베르 부인의 (그녀의 당당한 체격과 명망 높은 가문과 남성적인 기색과, 특히 남편의 변변찮음 때문에, 사람들은, 그녀가 탁월한 능력을 소유하고 있으며 전권공사의 직책도 실은 그녀가 수행한다고 생각하였다) 이름으로 몇 차례나 대출을 받았는지는, 오직 신만이 알 것이다. 하지만 몇 개월 혹은 몇 년 후, 그 보잘 것 없는 보좌관이, 못된 의도는 추호도 없었건만, 자기의 우두머리에게 조금이라도 냉랭한 기색을 보이기만 하면, 그 우두머리는, 자기가 무시당하거나 배신당하였다고 생각하여, 지난날 젊은이에게 베풀 때와 같은 히스테릭한 열의로 그를 처벌하는 것이 사실이다.

그 보좌관이 본국으로 소환되도록 하기 위하여 그가 하늘과 땅을 몽땅 들쑤셨고, 외무성 행정 담당 국장은 날마다 이러한 편지를 받았다. "내 곁에 있는 저 인도 선원[30]을 치워 주지 않고 무엇을 기다리십니까? 그 자신을 위해서라도 녀석을 좀 조련시키십시오. 그에게 필요한 것은 미친 암소 고기를 조금 먹는[31] 것입니다." 그의 그러한 버릇 때문에, 떼오도즈 국왕에게 파견된 전권공사의 보좌관 자리가 별로 매력적이지 못했다. 그러나 여타 모든 면에 있어서는, 그가 가지고 있던 사교계 인사의 완벽한 양식 덕분에, 보구베르 씨가, 해외에 파견된 가장 탁월한 프랑스 정부 대표들 중 하나로 여겨졌다. 훗날, 매사에 유식하고 스스로 우월하다고 자부하던 급진파 인사가 그 대신 부임하자, 얼마 아니 되어, 프랑스와 떼오도즈 국왕이 다스리던 나라[32] 사이에 전쟁이 터졌다.

보구베르 씨는 샤를뤼스 씨처럼 먼저 누구에게 인사하기를 좋아하지 않았다. 두 사람 모두 다른 이의 인사에 '답례하는' 편을 택하였는데, 자기들이 인사를 받기 전에 먼저 악수를 청하려 해도, 혹시 상대가, 마지막으로 만난 이후, 자기네들에 관한 잡다한 험담들을 듣지 않았을까 항상 염려하였기 때문이다. 나를 대함에 있어서는 보구베르 씨가 그러한 의문을 품을 이유가 없었고, 큰 연령차이만을 고려하더라도 그것이 마땅하여, 내가 먼저 다가가서 인사를 하였다. 그가 나의 인사에 경이로워지고 황홀해진 기색으로 답례하였고, 그러는 동안 그는 두 눈을, 양쪽에 뜯어먹는 것 금지된 개자리라도 있는 듯, 끊임없이 힐끔거렸다.[33] 나는 대공에게보다 보구베르 부인에게 먼저 나를 소개시켜 달라고 그에게 정중히 요청하는 것이 예의에 합당하다고 생각하였으며, 대공에 관해서는 그런 다음에나 이야기를 꺼낼 작정이었다. 나를 자기의 아내에게 소개한다는 생각이, 자기를 위해서나 그녀를 위해, 그에게 기쁨을 안겨준 듯, 그가 나를 결연한 발걸음으로 후작 부인에게 데리고 갔다. 그녀 앞에 당도하여, 최대한의 경의를 갖춰 손과 눈으로 나를 가리키면서도, 그는 벙어리처럼 아무 말도 하지 않았고, 잠시 후 활기찬 기색으로 물러가, 나를 자기의 아내 곁에 홀로 내버려두었다. 그녀가 즉시 나에게 손을 내밀어 악수를 청하였으나, 그러한 친절의 표시가 누구에게로 향하는 것인지는 몰랐으니, 내가 이해한 바로는, 보구베르 씨가 나의 이름을 잊었고 심지어 아마 나를 알아보지도 못하였으되, 예의상 그러한 사실을 나에게 고백하고 싶지 않아, 무언극의 간단한 동작으로 나를 소개하였기 때문이다. 그리하여 내 의도가 조금도 진전을 이루지 못하였으니, 나의 이름조차 모르는 여인을 통해 저택 주인에게 소개된다는 것이 어찌 가능했겠는가? 게다가 나는, 보구베르 부인과 어쩔 수 없이 잠시 동안이나마 한담을 나눌 수밖에 없었다. 또한 그것이 나를 두 가지 측면에서 성가시게 하였다. 나는 그 연회에 한없이 오래 머물 생각이 아니었던 바, 알베르띤느가 자정 조금 전에(내가 그녀에게 『화이드라』 공연을 관람하라고 칸막이 좌석표 하나를 마련해 주었다) 나를 보러 오기로 하였기 때문이다. 물론 내가 그녀에게 반해 있었던 것은 아니다. 해방된 관능이 미각 기관들을 더 즐겨 방문하고, 특히 시원함을 추구하는, 연중 가장 무더운 시기였음에도 불구하고, 내가 그녀를 부른 것은 전적으로 관능적인 욕구에 복종하였기 때문이다. 그 관능이, 젊은 아가씨의 입맞춤보다는, 한잔의 오랑쟈드나, 목욕, 또는 하늘의 갈증을 풀어주는 그 껍질 벗긴 그리고 즙 그득한 달[34] 바라보기를 더 갈망한다. 하지만 그럼에도 불구하고 나는, 그 많은 매력적인 얼굴들이 나에게 남길 아쉬움을(대공 부인이 귀부인들뿐만 아니라 젊은 아가씨들도 초대한 야회였으니 말이다) 알베르띤느 쪽으로―게다가 그녀는 나에게 물결의 시원함을 상기시켜 주곤 하였다—털어버릴 작정이었다.[35] 나를 성가시게 한 또 다른 측면은, 당당한 보구베르 부인의 부르봉 왕가적 특징 뚜렷하고 침울한 얼굴에, 매력적인 점이 전혀 없었다는 사실이다.

외무성 내에서는, 전혀 어떤 악의도 없이 하던 말이지만, 그 부부의 관계에서 남편이 치마를 입고 아내가 바지를 입는다고들 하였다. 그런데 그러한 말 속에는 사람들이 생각하던 것보다 더 많은 진실이 내재되어 있었다. 보구베르 부인은 누가 뭐라 해도 남자였다. 그녀가 원래부터 그랬는지, 혹은 후천적으로, 내 눈에 보이던 모습으로 변하였는지, 그 구별은 별로 중요하지 않으니, 우리가 그 두 경우 모두에서 자연의 가장 감동적인 기적들 중 하나와 마주하게 되기 때문이며, 특히 후자의 경우에서는, 그 기적들이 인간 세계를 꽃들의 세계를 닮게 만든다. 첫 번째 경우에서는, 즉 미래의 보구베르 부인이 원래부터 그토록 육중하게 남자다웠다면, 자연이 마법과 같은 그러나 유익한 간계를 동원하여, 젊은 아가씨에게 남자의 눈속임용 외모를 부여한다. 그러면, 여자들을 좋아하지 않아 위로 받기를 원하는 젊은 약혼자는, 자기의 눈에 장터의 건장한 짐꾼처럼 여겨지는 약혼녀 하나를 찾아내는, 그 기만술책을 발견하며 기뻐한다. 반대의 경우에는, 즉 여인이 처음부터 남성적 성격들을 가지고 있지 않을 경우에는, 특정 꽃들로 하여금 자기들이 유혹하기 원하는 곤충들의 외양을 띠게 하는 일종의 모방 행위를 통하여, 무의식적으로라도, 남편의 호감을 얻기 위하여, 그녀가 조금씩 남성적 성격들을 띠게 된다. 즉, 사랑 받지 못한다는 애석함이, 남자가 아니라는 애석함이, 그녀를 남성적으로 만든다. 우리가 하고 있는 이야기와 관련 없는 경우에 있어서도, 가장 정상적인 부부가 결국에는 서로 비슷해지고, 때로는 심지어 자기들의 장점들을 호환하는 예를 목격하지 못한 사람 있는가? 도이칠란트의 수상을 역임한 뷜로프 대공이 이딸리아 여인과 결혼하였다.[36] 결국에는, 삔치오 동산[37]에서 그 내외를 본 사람들이, 그 게르만 남편에 스며든 이딸리아적 섬세함과 이딸리아 대공녀에 스며든 게르만적 무뚝뚝함을 간파하게 되었다. 우리가 대략 묘사하고 있는 법칙들로부터 벗어나 하나의 기이한 점에 대하여 말하거니와, 그 혈통이 동방에서 가장 찬연한 성씨들 중 하나였던 그의 성씨에 의해서만 상기되던, 프랑스의 걸출한 외교관을 누구나 알 것이다.[38] 원숙해짐에 따라, 그리고 늙어감에 따라, 일찍이 아무도 짐작조차 못하던 동방인이 그에게서 모습을 드러냈고, 따라서 사람들은 그를 바라보면서, 그가 자신의 모습을 더욱 완벽하게 만들어 줄 터키 모자를 쓰지 않은 것에 아쉬워하였다.

  우리가 조금 전 그 조상 전래의 뚱뚱한 몸매에 대해 잠깐 언급한, 전권공사 부인[39]의 전혀 알려지지 않은 습관들에 관한 이야기로 돌아오자면, 보구베르 부인은, 후천적으로 얻은 혹은 숙명적인, 하나의 전형을 구현하고 있었으며, 그 전형을 표상하는 불멸의 영상은, 항상 승마복 차림에, 남편에게서 남성다움 이상의 것을 얻었던지라 여인들 좋아하지 않는 남자들의 단점들을 받아들이면서, 수다스런 아낙네가 쓴 것 같은 자기의 편지들 속에다, 루이 14세 조정의 모든 지체 높은 나리들이 맺고 있는 관계들을 폭로하는, 팔라틴 대공녀[40]이다. 보구베르 부인과 같은 여인들의 남성적인 기색을 더욱 증대시켜 주는 요인들 중 하나는, 남편으로부터 방치된 그녀들의 처지와 그것으로 인해 그녀들이 느끼는 수치심 등이, 그녀들 속에 있는 모든 여성적인 것을 조금씩 시들게 한다는 것이다. 그녀들은 결국 남편에게 없는 장점들과 단점들을 모두 갖게 된다. 남편이 더 경박하고 더 여성화 되며 더 조심성 없어질수록, 그녀들은 남편이 당연히 실천해야 할 미덕들의 매력 결여된 초상 같은 것으로 변한다.

치욕과 권태와 분개 등의 흔적들이 보구베르 부인의 단정한 얼굴을 퇴색시키고 있었다. 애석한 일이었으니, 나는 그녀가, 보구베르 씨의 호감을 얻고 있던, 그리고 이제 늘그막에 들어선 자기의 남편이 젊음을 선호하는지라 자기도 그 일원이기를 간절히 바랐을, 젊은 남자들 중 하나인 듯, 나를 관심과 호기심을 가지고 살피고 있음을 직감하였다. 그녀는 나를, 신상품 파는 상점의 카탈로그에서, 그 속에 그려진 예쁜 여자(실제로는 모든 페이지에 그려진 여자가 동일인이지만, 자세의 차이와 치장물의 다양성으로 인해 서로 다른 여자들이라는 착각을 일으켜 다수로 보이는)에게 잘 어울리는 맞춤 드레스를 베끼는 시골 여인들처럼, 나를 세심하게 살폈다. 보구베르 부인을 나에게로 떠밀고 있던 식물성 성향[11]이 어찌나 강력했던지, 그녀가 심지어 나의 팔을 움켜잡기까지 하였으며, 그러면서 오랑쟈드 한 잔 마실 곳으로 자기를 안내해 달라고 하였다. 그러나 나는, 곧 그곳을 떠나야 하건만 아직 저택 주인에게 인사도 드리지 못하였다는 핑계를 대면서, 그녀의 손을 뿌리쳤다.

저택 주인이 몇몇 사람들과 한담을 나누고 있던 정원 입구까지의 거리는 그리 멀지 않았다. 하지만 그 간격을 건너가는 것이 나에게는, 연속 사격이 집중되는 곳에 몸을 노출시키는 것만큼이나 두려웠다.

저택 주인에게 나를 소개시켜 달라고 내가 부탁할 수 있을 듯 보이는 많은 여인들이 정원에 있었는데, 그녀들은 열광적으로 찬탄하는 척하면서도 마땅히 할 바가 무엇인지 모르는 것 같았다. 그러한 종류의 연회들은 일반적으로 미리 앞당겨진 성격을 갖는다. 그것들이, 초대받지 못한 이들의 관심이 집중되는 다음 날이 되기 전에는, 별로 현실성을 갖지 못한다. 숱한 문인들의 멍청한 자존심 따위는 가지고 있지 않은 어느 진정한 문인에게는, 자기에게 항상 최대의 찬미를 표하던 어느 평론가의 글을 읽던 중, 변변찮은 작가들의 이름은 보이되 자기의 이름은 보이지 않더라도, 그에게 놀라움의 이유가 될 수 있을 그 사실에 마음 쓸 한가함이 없다. 쓰고 있는 책들이 그를 급히 부르기 때문이다. 그러나 사교계 여인은 아무 할 일이 없는지라, '어제 게르망뜨 대공 내외가 성대한 연회를 베풀었다…' 는 기사를 〈르 휘가로〉지에서 읽으면, 부르짖듯 이렇게 중얼거린다. "어찌 이럴 수가 있어! 내가 사흘 전에 마리-질베르와 한 시간 동안이나 한담을 나누었지만, 그녀가 연회에 대해서는 아무 말도 하지 않았어!" 그리고 이내 그녀는, 자기가 게르망뜨 대공 내외에게 무슨 잘못을 저질렀을까 알아내기 위하여, 자기의 머리가 깨지도록 골돌히 생각에 잠긴다. 대공 부인이 베푸는 연회들에 관해서는, 초대 받은 이들이 겪는 놀라움이 때로는 초대 받지 못한 이들의 놀라움에 못지않게 크다고 해야 할 것 같다. 왜냐하면, 그 연회들이 전혀 예상하지 못하던 순간에 폭발하듯 출현하곤[42] 하였고, 또한 게르망뜨 대공 부인이 여러 해 동안 잊고 지내던 이들을 부르곤 하였기 때문이다. 또한 거의 모든 사교계 사람들이 하도 평범하여, 그들 중 누구든, 자기의 동류들을 평가하기 위하여 그들의 친절만을 척도로 삼는지라, 자기가 초대를 받으면 그들을 귀하게 여기고, 초대 받지 못하면 그들을 싫어한다. 초대 받지 못한 사람들의 경우, 그들이 대공 부인의 친구들임에도 불구하고 그녀가 정말 그들을 초대하지 않았다면, 그것은 그들을 파문한 '빨라메드'가 혹시 불만을 품지 않을까 하는 우려 때문인 경우가 잦았다. 그리하여 나는 그녀가 샤를뤼스 씨에게 나에 관한 이야기를 하지 않았다고 확신하였으며, 만약 그 반대였다면 내가 그곳에 갈 수 없었을 것이다. 그가 이제는 저택 입구의 커다란 층계 난간에 팔꿈치를 괴고 도이칠란트 대사 옆에서 정원을 바라보고 있었던지라, 그를 찬양하는 여인들 서넛이 주위에 모여 그를 거의 가리고 있었음에도 불구하고, 초대 받은 사람들이 모두 그에게 와서 인사를 할 수밖에 없었다. 그 인사에 그가 그들의 이름을 부르면서 답례하였고, 따라서 이런 소리가 연속적으로 들렸다. "안녕하시오, 아제 씨. 안녕하십니까, 라 뚜르 뒤 뺑-베르끌로즈 부인. 안녕하십니까, 라 뚜르 뒤 뺑-구베르네 부인. 안녕하신가, 필리베르. 안녕하십니까, 나의 다정한 대사 부인…" 그 소리가 짐승의 연속적인 울부짖음을 연상시켰고, 호의적인 당부의 말이, 혹은 샤를뤼스 씨가 더욱 부드러워진 그리고 무관심을 보이기 위해 억지로 꾸민 하지만 관대한 어조로 던지는 질문들(그것들에 대한 답변을 그는 아예 듣지도 않았다)이, 그 울부짖음을 이따금씩 중단시키곤 하였다. "정원들이란 항상 조금 습하니, 어린 아가씨께서 감기에 걸리지 않도록 조심하십시오. 안녕하십니까, 브랑뜨 부인. 안녕하십니까, 메클렘부르크 부인. 어린 따님도 왔나요? 그 고혹적인 분홍색 드레스를 입었나요? 안녕하신가, 쌩-제랑." 물론 그러한 태도 속에는 의심할 나위 없이 오만이 섞여 있었다. 샤를뤼스 씨는 자기가 그 연회에서 지배적인 위치를 점유하고 있는 게르망뜨 가문 사람임을 잘 알고 있었다. 하지만 그의 태도 속에 오직 오만함만 있었던 것은 아니고, 연회라는 단어 자체가, 사교계 사람들의 집이 아닌 까르빠쵸나 베로네세의 어느 화폭[43] 속에서 열리는 연회의 경우에 가지게 되는 화려하고 신기한 의미를, 미학적 천품을 타고난 그 사람에게 환기시켜 주고 있었다. 또한 더 나아가, 게르만 왕족의 후예였던 샤를뤼스 씨가, 『탄호이저』[44]에서 펼쳐지는 축제를 뇌리에 떠올렸을 것이고, 자신 역시 마르크그라프처럼 바르트부르크 성의 입구에 서서,[45] 초대된 사람들이 성 안에서 혹은 넓은 정원에서 물결을 이루어 수백 번 반복 연주되는 그 유명한 '행진곡'[46]의 인사를 받는 동안, 초대객 한 사람 한 사람에게 일일이 친절한 말을 건네는 중이라고 상상하고 있었을 가능성이 더 크다.

하지만 내가 결단을 내려야 했다. 나와 다소나마 친분이 있던 여인들이 나무 밑에 있음을 내가 분명히 알아차렸으나, 그녀들이 대공 부인의 사촌 동서의 집이 아닌 그녀의 집에 있기 때문에, 또한 내 눈에 보이던 것은, 작센 지방산 접시 앞이 아니라 한 그루 마로니에의 가지들 밑에 앉아 있는 그녀들이었던지라, 그녀들이 변형된 것 같았다. 장소의 우아함 자체는 아무 역할도 수행하지 못하였다. 그곳의 우아함이 '오리안느'의 집에 감도는 우아함보다 까마득히 뒤졌다 해도, 나의 내면에는 같은 동요가 존재하였을 것이다. 응접실의 전등이 갑자기 꺼져, 그것을 석유 램프로 대체할 경우, 모든 것이 변한 것처럼 보인다. 나를 불확실성으로부터 이끌어내 준 사람은 쑤브레 부인이었다. "안녕하세요." 그녀가 나에게로 다가오며 말하였다. "게르망뜨 공작 부인을 만나신지 오래 되었나요?" 그녀는 그러한 종류의 말에, 무슨 이야기를 해야 좋을지 몰라 대개는 매우 막연한 공동의 친분을 들먹이면서 수없이 우리에게 접근하는 사람들처럼 순전한 어리석음에 이끌려 그 말을 하는 것이 아님을 입증하는 어조를 부여하는, 뛰어난 재능을 가지고 있었다. 그러한 사람들과는 반대로, 그녀가 다음과 같은 의미 내포된 섬세한 시선을 나에게 던졌다. '제가 당신을 알아보지 못했으리라고는 생각하지 마세요. 당신은 제가 게르망뜨 공작 부인 댁에서 본 그 젊은이에요. 정확히 기억하고 있어요.' 외양 멍청하되 의도 우아한 그 말이 내 위로 펼치던 보호막이 불행하게도 극도로 연약하여, 내가 그것을 이용하고자 하기 무섭게 즉시 스러져 버렸다. 쑤브레 부인은, 어떤 이가 세력가에게 낸 청원을 뒷받침해 주어야 할 경우, 청원자의 눈에는 자기가 그를 적극적으로 부탁하는 것처럼 보이게 하는 동시에, 그 세력가의 눈에는 청원자를 전혀 부탁하지 않는 것처럼 보이게 하는 기술을 가지고 있었던지라, 이중의 의미를 내포한 그러한 처신이, 청원자에게는 자기에 대한 보은의 채무를 짊어지게 하면서도, 자기는 세력가에게 어떠한 빚도 지지 않게 하였다. 그 귀부인의 친절에 고무되어 나를 게르망뜨 대공에게 소개시켜 달라고 요청하자, 그녀는 그 저택 주인의 시선이 우리 두 사람 쪽으로 향하고 있지 않던 어느 순간을 이용하여, 모성애 가득한 동작으로 나의 양쪽 어깨를 잡더니, 그녀를 볼 수 없었던 대공의 다른 쪽을 향하고 있던 얼굴을 향해 미소를 지으면서, 후건인을 자처하되 의도적으로 효력 없앤 동작으로 나를 그가 있던 쪽으로 밀었으나, 그 동작이 나를, 고장난 기계처럼 거의 같은 자리에 머물게 하였다. 사교계 사람들의 비겁함이 그러하다.

하지만 나의 이름을 부르면서 나에게로 다가와 인사를 한 어느 귀부인의 비겁함은 그녀의 것보다 더 컸다. 나는 말을 하면서 그녀의 이름을 다시 뇌리에 떠올리려 애를 썼다. 그녀와 함께 어느 만찬에 참석하였다는 사실과 그녀가 한 말들을 명료하게 기억하고 있었으니 말이다. 하지만, 그녀와 관련된 추억들이 있던 내면 지역으로 잔뜩 향하고 있던 나의 첨예한 관심도, 그곳에서 그 이름을 발견할 수 없었다. 하지만 그 이름이 분명 그곳에 있었다. 나의 사념[7]은 이미, 그것의 윤곽과 첫 글자를 포착하여 그것을 몽땅 밝히기 위하여, 그 이름과 일종의 경기 같은 것을 개시하였다. 하지만 그것은 헛수고였으니, 내가 그것의 체적과 중량은 대략적으로 감지하였으나, 포로 상태로 내면의 어둠 속에서 웅크리고 있던 모호한 존재와 그것의 형태를 대조하면서, 이렇게 내 자신에게 말할 수밖에 없었기 때문이다. "이것은 아니야." 물론 나의 오성이 더 어려운 이름들을 만들어낼 수는 있었을 것이다. 불행하게도 나의 오성에게는 만들어 낼 것이 아니라 재생시켜야 할 것이 있었다. 오성의 모든 행위가 현실에 종속되지 않았다면, 그것이 수월하다. 나는 현실에 복종할 수밖에 없었다. 이윽고 이름의 전체 모습이 문득 다가왔다. '아르빠종 부인'이었다. 그 이름이 다가왔다고 말하는 것은 옳지 않다. 내가 믿기로는 그것이 자발적인 사출(射出) 형태로 내 앞에 나타나지 않았기 때문이다. 또한 그렇다 하여 내가, 그 귀부인과 관련되어 있었고 따라서 내가 끊임없이 도움을 청하던 (가령 이러한 격려의 말로 — "내 말 들어 보세요. 빅또르 위고에게로 향한, 그 엄청난 두려움과 혐오감 섞인 그토록 순진한 찬미의 정을 느끼는, 쑤브레 부인의 친구이기도 한 그 귀부인이에요") 숱한 가벼운 추억들, 나와 그 이름 사이에서 나풀거리는 그 모든 추억들이, 그 이름으로 하여금 표면으로 다시 떠오르게 하는데 하등의 도움을 주었으리라 생각하는 것은 아니다. 어떤 이름 하나를 되찾으려 할 때 우리의 기억 속에서 펼쳐지는 그 위대한 '숨박꼭질' 속에, 일련의 단계적인 근사치들이 있는 것은 아니다. 아무것도 보이지 않다가, 정확한 그리고 우리가 알아맞히었다고 믿던 것과는 전혀 다른, 바로 그 이름이 문득 나타난다. 하지만 그것이 우리에게 다가온 것은 아니다. 결코 그렇지 않고, 그보다는 내가 믿거니와, 우리가 살아갈수록 우리는 하나의 이름이 선명하게 남아 있는 구역으로부터 점점 멀어지느라고 우리의 시간을 보내는 법, 따라서 내가 문득 흐릿한 장막을 뚫고 명료하게 볼 수 있었던 것은, 나의 내면적 시선의 날카로움을 증대시켜 주던, 내 의지와 관심의 훈련을 통해서였다. 여하튼 망각과 추억 사이에 이행단계들이 있다면, 그것들은 무의식적으로 이루어지는 변천들이다. 왜냐하면, 진정한 이름을 발견하기 전에 우리가 거치는 중간단계의 이름들은 모두 거짓 이름들이며, 따라서 우리들을 그 진정한 이름 곁으로 전혀 이끌어가지 못하기 때문이다. 엄밀히 말해 그것들은 이름도 아니며, 대개의 경우, 되찾은 이름 속에서 발견할 수조차 없는 단순한 자음들에 불과하다. 그러나 한편, 허무로부터 실체로 건너가는 오성의 그 작업이 하도 신비로워, 그 거짓 자음들이, 누가 뭐라 해도, 우리가 정확한 이름에 결국 매달리도록 도와주기 위하여 우리에게 서투르게 내민 전제조건적인 장대일 수 있다.[49] 독자께서는 이렇게 말씀하실 것이다. "당신이 펼치시는 이 모든 이야기가, 그 귀부인에게 호의가 결여되었던 곡절에 대해서는 우리에게 아무것도 알려주지 않소. 하지만 기왕 당신이 이토록 오랫동안 지체하셨으니, 작가 양반, 당신처럼 아직 젊은 분께서(혹은 당신이 아니라면 당신의 책 주인공처럼 아직 젊은 사람이) 벌써 기억력이 그토록 약하여, 당신이 잘 알고 지내던 귀부인의 이름을 기억해낼 수 없다는 것은 애석한 일이라는 말을 당신에게 하기 위하여, 내가 당신으로 하여금 일 분 쯤 더 낭비하시게 하도록 나를 내버려두시오." — "사실 그것은 매우 애석한 일이오, 독자 양반. 게다가, 그러한 현상에서 우리가, 장차 이름들과 단어들이 사념의 명료한 구역으로부터 사라져, 가장 친숙했던 이들의 이름조차 기억 속에 떠올리기를 영영 포기해야 할 시기의 전조를 예감할 때에는, 당신이 생각하시는 것보다 더 슬프다오. 젊은 시절부터 우리가 잘 아는 이름들을 되찾기 위하여 이러한 노고를 감당해야 한다는 것은 정말 애석한 일이오. 하지만 그러한 기억 장애 현상이 비록, 우리에게 겨우 알려져 지극히 자연스럽게 망각된, 그리하여 우리가 기억해내려는 노고를 감당하려 하지 않을, 그러한 이름들의 경우에만 발생한다 해도, 그 기억 장애가 가져다주는 이점들이 없지는 않을 것이오." — "그 이점들이 무엇인지, 간곡히 청하거니와, 나에게 말씀해 주시오." — "들어 보시오, 독자 양반, 오직 질환만이 우리로 하여금 간파하게 하여, 그러지 않는다면 영영 알지 못할 기능들 분석하는 것을 허락한다오. 매일 저녁 하나의 덩어리처럼 침대 속에 쓰러져, 잠을 깨어 기상할 때까지는 살아 있지 않는 사람이, 위대한 발견들은 고사하고, 잠에 대한 소소한 관찰이나마 염두에 둘 수 있겠소? 그는 자신이 잔다는 것을 겨우 알 수 있을 뿐이오. 약간의 불면증은 잠의 가치를 아는 데, 그리고 그 암흑세계에 한 가닥 빛을 던지는 데, 무용한 것이 아니오. 결함 전혀 없는 기억력은, 기억 현상을 연구하는 데 필요한 강력한 자극제가 될 수 없소." — "결국 아르빠종 부인이 당신을 대공에게 소개하였나요?" — "아니오, 하지만 이제 아무 말씀 마시고, 제가 다시 이야기를 속개하도록 내버려두시오."50)

아르빠종 부인이 쑤브레 부인보다 더 비겁했으나, 그녀의 비겁함에는 더 많은 사유가 있었다. 그녀는 자기가 사교계에서 항상 영향력을 거의 행사하지 못함을 알고 있었다. 그 미약한 영향력 마저 그녀가 게르망뜨 공작과 맺었던 관계로 인해 더욱 약해졌고, 공작이 그녀를 버린 사실이 그 영향력에 마지막 일격을 가하였다. 대공에게 소개시켜 달라는 나의 요청이 그녀의 내면에 야기시킨 불편한 심기가, 그녀로 하여금 아예 입을 다물기로 작정하게 하였고, 그녀는 순진하게도 내가 한 말을 듣지 못한 척하였다. 그녀는 심지어 노여움으로 인하여 자기의 눈살이 찌푸려진 것도 알아차리지 못하였다. 혹은 아마 반대로, 그것을 알아차렸으되, 자신이 보인 두 반응 간의 모순은 개의치 않은 채, 그것을, 자기가 나에게 지나친 무례를 범하지 않고 베풀 수 있던 조심성에 대한 교훈으로, 다시 말해 침묵적이로되 그것으로 인해 덜 웅변적이지 않은 교훈으로 삼았을 것이다.

　게다가, 아르빠종 부인의 심기가 몹시 상해 있었다. 많은 시선들이 르네쌍스 양식의 발코니를 향하고 있었는데, 그 귀퉁이에는, 그 시절 흔히들 그 자리에 설치하던 거대한 조각상들 대신, 장엄하게 아름다운 쒸르지-르-뒥 공작 부인이, 즉 얼마 전 바쟁 드 게르망뜨의 가슴 속에서 아르빠종 부인의 자리를 승계한 그 여인이, 상체를 비스듬이 숙여 아래를 내려다보고 있었기 때문이다. 야간의 선선함으로부터 그녀를 보호해 주고 있던 얇은 백색 망사 밑으로, 유연하여 날아오르는 듯한 그녀의, 승리의 여신상[51]을 연상시키는 몸매가 보였다.

　나는 정원으로 통하는 아래층 방으로 들어가 있던 샤를뤼스 씨에게 도움을 청할 수밖에 없었다. (그가 사람들을 보지 못한 것처럼 가장하기 위하여 휘스트 게임에 몰두한 척 했던지라) 나는 충분한 시간을 가지고 그가 입고 있던 연미복의 의도적이고 예술적인 단순미를 감상할 수 있었는데, 그 연미복은 오직 재단사만이 식별해낼 수 있을 법한 지극히 하찮은 부분으로 인해서, 휘슬러가 그린 「흑과 백의 조화」[52]처럼 보였다. 아니 그보다는 흑과 백과 적 삼색의 조화라고 함이 옳을 듯한데, 샤를뤼스 씨가 상의 가슴 장식으로부터 늘어뜨린 넓은 리본 끝에, 백색과 흑색 그리고 적색 에나멜로 만든, 몰타 기사단의 십자 훈장을 달고 있었기 때문이다. 그 순간 남작의 카드놀이가, 자기의 조카 꾸르부와지에 자작을 데리고 나타난 갈라르동 부인에 의해 중단되었는데, 그녀의 조카는 용모 예쁘장하고 버릇없어 보이는 젊은이였다. 갈라르동 부인이 말하였다. "나의 사촌이시여, 제가 당신에게 저의 조카 아달베르 소개하는 것을 허락해 주세요. 아달베르, 항상 이야기하는 것을 들어 자네도 익히 아는, 그 유명하신 빨라메드 숙부시라네." — "안녕하세요, 갈라르동 부인." 샤를뤼스 씨가 답례하였다. 그런 다음 젊은이는 처다보지도 않은 채 다음과 같이 덧붙였는데, 그 기색이 어찌나 무뚝뚝한지, 또한 음성이 어찌나 난폭하게 무례한지, 모든 사람들이 어안이 벙벙해졌다. "안녕하신가, 신사 양반." 아마 샤를뤼스 씨가, 갈라르동 부인이 일찍이 그의 성향에 대하여 의혹을 품고 사람들 앞에서 넌지시 그것을 내비치는 즐거움을 한 번 맛본 사실을 아는지라, 그녀의 조카를 친절하게 맞을 경우 그녀가 과장하여 유포시킬 수도 있을 소문을 차단하면서 동시에, 젊은 남자들에 대한 자기의 무관심을 그렇게 공표하려 하였거나, 그 아달베르라는 청년이 자기 숙모가 한 말에 충분히 정중한 기색을 나타내지 않았다고 여겼거나, 혹은 그토록 마음에 드는 그 젊은 친척에게 훗날 더 효과적인 공격을 가하고 싶어, 외교적 절차에 착수하기 전에 군사적 행동으로 그것을 지원하는 군주들처럼, 선제 공격으로 유리한 조건을 확보하려 하였을지도 모른다.

나를 대공에게 소개시켜 달라는 요청을 샤를뤼스 씨가 수락할 가능성이, 내가 생각하던 것만큼은 희박하지 않았다. 우선, 최근 이십 년 동안, 그 돈 끼호떼가 하도 많은 풍차들[53]을(자기에게 못되게 굴었다고 그가 주장하던 친척들인 경우가 대부분이었다) 상대로 싸웠던지라, 또한 그가 게르망뜨 가문의 특정 여인들이나 남자들 댁에 사람들이 초대되는 것을, 마치 '결코 받아들여서는 아니 될 인물들처럼', 하도 자주 금지하였던지라, 그러한 게르망뜨 가문 사람들이, 자기를 위해 아내와 형제와 자식들 마저 버리기를 바랐을[54] 그 시동생뻘 혹은 사촌뻘 되는 사람의 천둥처럼 요란한 그러나 설명되지 않은 원한에 동조하느라고, 자기들이 좋아하는 모든 사람들과 불화하고, 그들의 호기심을 끌던 몇몇 새로운 인사들과 죽을 때까지 교분 맺는 것을 포기해야 되지 않을까 우려하기 시작하였다. 게르망뜨 가문의 다른 사람들보다 더 영리했던 샤를 뤼스 씨가, 자기의 거부권을 어느덧 그들이 두 번 중 한 번밖에 고려하지 않게 되었다는 사실을 간파하게 되었던지라, 미래를 예건하고 또 언젠가는 그들이 오히려 자기를 포기하지 않을까 두려워하면서, 구제할 가능성 희박한 것은 희생시키고, 흔히들 말하듯, 자기의 가격을 낮추기 시작하였다. 게다가 자신이 싫어하는 어떤 사람의 삶이 항상 여일하리라고, 여러 달, 아니 여러 해 동안, 계속 상상할 능력이 그에게 있었던 반면―그리하여 누가 그러한 사람에게 초청장 보내는 것을 결코 용납하지 않았을 것이며, 그러느니 차라리, 자기에게 장애가 되는 것의 신분 따위는 더 이상 중요시하지 않았던지라, 여왕을 상대로 일개 짐꾼 녀석이 그러듯, 싸움 벌이는 편을 택하였을 것이다―그가 너무 자주 노여움을 폭발시켰던지라, 그 폭발이 상당히 단편적이지 않을 수 없었다. "멍청한 녀석, 못된 건달! 내가 녀석을 자기의 자리에 되돌려 놓겠어, 그것을 쓸어 하수구에 처박겠어, 하지만 불행하게도 그것이 그 속에서도 도시의 위생에 무해하지는 않을 거야!" 자기의 집에 홀로 있을 때에도, 자기가 보기에 예의 결여된 편지를 읽으면서, 혹은 어떤 사람이 자기에게 넌지시 옮긴 말을 상기하면서, 그렇게 울부짖듯 노여움을 터뜨리곤 하였다. 그러나 두 번째 '멍청이'를 상대로 터뜨린 새로운 노여움이 전의 노여움을 안개처럼 걷히게 하였고, 따라서 첫 번째 '멍청이'가 조금만 공손하게 굴어도, 일찍이 녀석으로 인하여 야기되었던 그 광증 같은 노여움이, 증오의 초석으로 변할 만큼 충분히 오랫동안 지속되지 않았던지라, 잊혀지곤 하였다. 그리하여, 내가, 가책감에 이끌려, 그리고 자기가 나로 하여금 그곳에 남아 있도록 해주리라 믿어 무턱대고 그곳에 들어서는 무례를 저질렀으리라고 그가 추측할 수 없도록 하기 위하여, 다음과 같은 말 덧붙이는 불운한 생각을 하지 않았다면, 나에게로 향한 그의 편찮은 심기에도 불구하고, 나를 대공에게 소개시켜 달라고 그에게 요청하였을 때, 내가 아마 그의 덕분에 뜻을 이루었을 것이다. "아시다시피 제가 두 분을 잘 알며, 조금 전 대공 부인께서 저를 매우 친절하게 맞아 주셨습니다." — "그렇다면, 즉 당신이 그들을 잘 안다면, 무슨 이유로 내가 당신을 그들에게 소개할 필요가 있겠소?" 그가 건조하고 난랑한 어조로 그렇게 대꾸한 다음, 나에게로 등을 돌려 앉더니, 교황의 특사와 도이칠란트 대사 그리고 내가 모르는 인물 하나와 함께, 그의 시늉뿐인 카드놀이를 속개하였다.

그때, 옛날 에귀용 공작이 희귀 동물들을 사육하던 정원 안쪽으로부터, 그 숱한 우아함들의 냄새를 맡으면서 그것들 중 단 하나도 놓치지 않으려 코를 킁킁거리는 소리가, 활짝 열어 놓은 문들을 통해 나에게까지 들려왔다. 그 소리가 점점 가까워졌고, 내가 우연히 그것 쪽으로 발길을 옮기고 있었는데, 브레오떼 씨가 나에게 던진 인사말이, 날을 세우기 위하여 가는 칼의 이 빠진 금속성처럼은 물론, 경작지를 유린하는 새끼 멧돼지의 고함처럼은 더욱 아니고,[55] 잠재적인 구원자의 음성처럼, 나의 귓전에 속삭이듯 들렸다. 그가 쑤브레 부인보다 영향력 적었으되 선천적으로 타인 돕는 데 있어서는 그녀보다 덜 인색했고, 아르빠종 부인보다는 대공과 훨씬 격의없는 관계였으며, 내가 게르망뜨 가문 사람들 사이에서 누리고 있던 입지에 대해 아마 환상을 품고 있었거나 혹은 나보다도 아마 그것을 오히려 더 잘 알고 있었겠으나, 그럼에도 불구하고 내가 첫 순간에는 그의 관심을 사로잡는데 약간의 어려움을 겪었으니, 그가 코의 돌기물들을 파닥거리게 하고 콧구멍을 벌름거리면서, 또한 마치 자기 앞에 오백여 점의 걸작품들이 전시되어 있기라도 한 듯, 외알박이 안경 쓴 눈을 호기심에 이끌려 찢어져라 크게 뜨면서 사방을 두리번거렸기 때문이다. 그러나 나의 요청하는 말을 듣더니 나의 청을 흔쾌히 받아들여, 나를 대공에게로 데려간 다음, 마치 과자 접시를 건네주면서 과자들을 적극 권하듯, 열렬히 좋아한다는 기색으로, 동시에 의식을 치르는 듯하면서도 상스러운 기색으로, 나를 그에게 소개하였다. 사람을 접대하는 게르망뜨 공작의 태도가, 자신이 원할 경우, 상냥하고 화기애애하며 다정할 뿐만 아니라 격의없었던 반면, 대공의 태도는 내가 보기에 어색하고 엄숙하며 거만했다. 그가 나에게 겨우 미소 한 가닥 보인 다음, 나를 '신사분'이라고 엄숙하게 지칭하였다. 나는 일찍이 게르망뜨 공작이 자기 사촌의 거만함을 놓고 빈정대는 말 하는 것을 자주 들었다. 그러나 대공이 나에게 한, 그리고 그 냉랭함과 진지함에 있어서 바쟁[50]의 언어와 극도의 대조를 보인, 그 첫 마디 말을 듣는 순간, 선천적으로 거만한 사람은, 처음 자기를 방문한 사람에게도 대뜸 '동료 대하듯' 하는 언사를 사용하곤 하던 공작이었고, 그 두 사촌들 중 진정 순박한 사람은 대공이었음을, 내가 즉각 간파하였다. 그의 유보적인 언행에서 내가 공작의 것보다 더 위대한 감정 하나를 발견하였고, 그것이 평등의 감정이라 할 수는 없으나―대공의 뇌리에는 어른거리지도 않았을 감정이니 말이다―적어도 아랫사람에게로 향할 수 있는 배려라 여겨지며, 그러한 현상은 철저하게 계급적인 모든 사회 집단에서 발견되는 바, 예를 들어 어느 법원이나 대학에서, 자기들의 중차대한 책무를 의식하고 있는 검사장이나 학장이, 아마 실질적인 소박함을, 그리고 그들을 더 깊이 알게 되면 드러나는 선량함과 진정한 소박함과 친절함을, 가장 현대적인 척하는 이들이 내세우는 가벼운 동료애 속에 있는 것보다, 자기들의 전통적인 오만함 속에 아마 더 많이 감추고 있을 것이다. "신사분께서도 부친과 같은 직업에 종사하실 생각인가요?" 그가 냉담하지만 관심 어린 기색으로 나에게 말하였다. 나는 그가 호의로 그렇게 물었음을 깨닫고 그의 질문에 간략하게 대답한 후, 그가 새로 도착한 사람들을 접견할 수 있도록, 그의 곁을 떠났다.

어느 순간 스완이 보이길래 내가 그에게 말을 건네려 하였는데, 바로 그 때, 게르망뜨 대공이, 자기의 자리에 머물러 오데뜨의 남편으로부터 인사를 받는 대신, 흡입용 펌프의 기세로 그를 즉시 낚아채듯 이끌어 정원 끝으로 갔고, 그러나 몇몇 사람들은 나에게 말하기를, 그것이 스완을 내쫓기 위해서라고 하였다.

내가 사교 모임에서는 하도 방심하는지라, 체코 관현악단이 그날 저녁 내내 연주를 하였고, 일 분 간격으로 아름다운 채색 불꽃들이 치솟았다는 사실을, 이틀 후에나 신문에서 관련 기사를 읽고서야 알았을 지경이었으나, 위베르 로베르의 그 유명한 분수[57]를 보러 가야겠다는 생각이 나서 약간의 주의력이나마 되찾았다.

더러는 못지않게 고풍스러운 아름다운 나무들로 둘러싸인 공터 한 길체에 '박힌' 분수가, 멀리서는 날씬하고 부동의 상태로 응고된 듯 보였으며, 자기의 창백하고 전율하는 상단의 군모 깃털 장식에서 늘어진 가벼운 가닥만이 미풍에 의해 흔들리게 내버려두고 있었다. 18세기[58]가 그것의 선들을 세련되게 정화시켰으나, 솟구침의 양식을 고정시키면서 그것의 생명을 정지시킨 것 같았던지라, 그러한 거리를 두고 보니 물이라는 느낌보다는 예술품이라는 인상이 더 짙었다. 그것의 꼭대기에서 끊임없이 뭉게뭉게 피어오르던 습한 구름조차도, 베르사이유 궁의 전각들 주위 하늘에 몰려드는 구름 덩이들처럼, 그 세기의 성격을 간직하고 있었다. 그러나 가까이에서 보면, 도약하여 옛 건축가의 명령에 복종하려 하면서도, 그 무수히 뒤얽힌 도약들이 오직 멀리서만 단일화된 비약인 듯한 인상을 줄 수 있는지라, 어느 태곳적 궁궐의 돌들처럼 미리 그러 놓은 설계도를 존중하면서도, 그 명령을 어기려는 듯 보이는 상태에서만 명령을 정확히 이행하는 것은, 항상 새로 등장하는 물줄기들임을 깨달을 수 있었다. 단일화된 비약처럼 보이는 그것이 실제로는 추락 순간의 흩어짐만큼이나 자주 중단되었건만, 내가 멀리 있었을 때에는, 그것이 휘어질 수 없고 밀도 높으며 간단없는 연속성을 가진 것처럼 보였다. 조금 더 가까이에서 보면, 외견상 하나의 선처럼 보이는 그 연속성이, 솟구치는 물줄기의 모든 상승점에서, 즉 물줄기의 솟구침이 한계를 맞게 되어 있는 모든 지점에서, 첫 번째 것과 병렬을 이루면서 더 높이 올라가고 있던 다른 물줄기의 합류에 의해, 즉 측면 덧댐에 의해, 확보되고, 그 두 번째 물줄기는 그러나 자신에게도 힘겨운 더 높은 곳에서 세 번째 물줄기에 의해 다시 끌어올려지는 것이 보였다. 그리고 아주 가까이 다가가면, 힘을 잃은 물방울들이, 올라오고 있던 자매들과 엇갈리면서 다시 떨어지고, 때로는 중단 없는 그 분출에 의해 동요된 공기 속에 찢긴 상태로 휩쓸려 들어가, 분수대 위로 전복되기 전에 둥둥 떠다니는 것이 보였다. 또한 그 물방울들은, 자신의 꼭대기에, 무수한 작은 물방울들로 이루어졌으되 겉보기에는 황갈색 칠한 것 같고 확고부동한 듯한, 그리고 견고한, 부동의, 도약하는, 신속한 기세로 치솟아 하늘의 구름과 합류하는 길쭉한 구름 덩이 하나를 이루고 있는, 그 줄기의 꼿꼿함과 팽팽함을, 자기들의 멈칫거림과 역방향의 도정으로 위축시키거나, 자기들의 나긋나긋한 물안개로 희미하게 지우고 있는 것이 보였다. 불행하게도, 바람이 한 번만 몰아쳐도 그 물줄기를 지면 위로 비스듬히 기울게 하기에 충분했고, 때로는 고분고분하지 않은 물줄기 하나만 갈라져 나와도, 그것이 혹시 조심성 없고 관조하느라 넋 잃은 사람들이 그것과 적당한 거리를 유지하지 않을 경우, 그들을 골수까지 적셨을 것이다.[50]

바람이 거세질 때 이외에는 거의 발생하지 않던 그러한 사고들 중 하나가, 사람들에게 상당한 불쾌감을 주었다. 어떤 사람이 아르빠종 부인에게, 게르망뜨 공작이―실은 아직 그곳에 도착하지도 않은―쒸르지 부인과 함께 분홍색 대리석 갤러리 안에 있는 것처럼 말하였고, 그곳으로 들어가려면 분수대 가장자리로부터 시작되는 두 줄로 세워진 기둥들 사이를 통해야 했다. 그런데, 아르빠종 부인이 그 주랑(柱廊)들 중 하나 사이로 들어서려는 순간, 몹시 거센 더운 바람 한 가닥이 분수의 물줄기를 비틀어 그 아름다운 귀부인에게 어찌나 심한 물벼락을 퍼부었던지, 목과 가슴팍으로부터 드레스 속으로 흥건하게 스며드는 물로 인하여, 그녀를 누가 욕조 속에 넣었다가 꺼낸 것 같았다. 그런데, 그녀가 있던 곳으로부터 멀지 않은 곳에서, 대규모 군대 전체에 들릴 만큼 충분히 우렁차지만 부대 전체를 향하지 않고 각 단위부대를 향해 연속적으로 일정한 간격을 두고 터지는 듯, 박자에 맞춘 듯한 으르렁거리는 소리가 들렸고, 그것은 아르빠종 부인이 물벼락 맞은 것을 보고 유쾌하게 웃던 블라디미르 대공작[60]이 내던 소리였으며, 그 이후 그는, 평생 구경하여도 좋을 재미있는 것들 중 하나라고 즐겨 말하곤 하였다. 인정많은 몇몇 사람이 그 모스끄바 양반에게 귀뜀해 주기를, 그가 위로의 말 한 마디 해주는 것이 아마 합당할 것이며, 나이 이미 마흔에 이르렀거만 아무에게도 도움 요청하지 않은 채 스카프로 몸의 물기를 닦으면서, 심술궂게 분수대 가장자리를 흥건히 적시고 있던 물에서 빠져나오고 있던 그 여인에게 그 말이 기쁨을 줄 것이라고 하자, 그 심성 착한 대공작이 그래야 한다고 믿었고, 그리하여 군악대의 북 소리 같은 웃음 소리가 잦아들기 무섭게, 앞서 듣던 것보다 더 격렬한 새로운 으르렁거림이 들려왔다. "브라보, 할망구!"[61] 그가 극장에서처럼 박수를 치면서 그렇게 외쳤다. 아르빠종 부인은 그가 자신의 젊음에 상처를 주면서 자기의 솜씨를 추켜세우는 것에 달가워하지 않았다. 그리하여 분수의 소음—하지만 대공작 각하의 천둥 소리가 압도하던—때문에 귀가 멍멍해진 어떤 사람이 그녀에게, '전하께서 부인에게 무슨 말씀을 하신 것 같아요'라고 하자, 그녀가 이렇게 대꾸하였다. "아니에요! 쑤브레 부인에게 하신 말씀이에요."

내가 정원을 가로질러 다시 층계를 따라 올라갔고, 스완과 함께 한 길체로 사라진 대공이 자리를 비운 그곳에서는, 루이 14세가 베르사이유 궁을 비울 때마다 그의 아우님 전하[62] 댁에 더 많은 사람들이 모이곤 하였던 것처럼, 샤를뤼스씨 주위로 손님들이 몰려들고 있었다. 지나가는 나를 남작이 멈춰 세웠고, 마침 내 뒤에서 귀부인 둘과 젊은이 하나가 그에게 인사를 드리러 다가오고 있었다.

"당신을 여기에서 보게 되다니, 고마운 일이오." 그가 악수를 청하면서 나에게 말하였다. "안녕하십니까, 라 트레무이유 부인, 잘 오셨네, 나의 사랑스러운 에르미니." 그러나 게르망뜨 저택에서 자기가 차지하고 있다는 우두머리 역할에 대하여 나에게 말한 것의 추억이 틀림없이, 자기에게 불만을 안겨주었으되 자기가 막지 못한 그 존재를 대하면서 만족감을 느끼는 것처럼 보이고 싶어할 욕구를 주었고, 지체 높은 나리들의 속성인 그의 무례함과 히스테릭한 즐거움이 그 만족감에 과도한 조롱의 형태를 즉각 부여하였다. "고마운 일이지만 특히 우스꽝스럽소." 그가 덧붙인 말이다. 그러고 나서 그가 요란한 웃음을 터뜨리기 시작하였는데, 그 웃음은, 그의 즐거움을 증언함과 동시에, 즐거움을 표현함에 있어 인간의 언어가 얼마나 무력한지를 증언하는 것처럼 보였고, 그러는 동안, 그에게 접근하는 것이 몹시 어려우며, 아울러 그가 무례한 '언사'를 서슴지 않는다는 사실을 아는 몇몇 사람들은, 호기심에 이끌려 잠시 다가왔다가, 거의 결례가 될 만큼 부리나케 줄행랑을 놓았다. "자, 이제 그만 노여움을 거두시오." 그가 나의 어깨를 부드럽게 건드리면서 나에게 말하였다. "어서 오시게, 앙띠오슈, 어서 오시게 루이-르네. 분수를 구경하셨지요?" 질문이라기 보다는 그랬으리라고 단정하는 투로 그가 나에게 물었다. "정말 아름다워요, 그렇지 않은가요? 경이로워요. 몇몇 물건들만 제거하면 물론 더 나을 수도 있을 것이고, 그러면 프랑스에는 그것과 견줄 것이 없을 것이오. 하지만 현재의 상태로도 가장 탁월한 것들 중에 속하지요. 브레오떼는 초롱불들을 설치한 것이 잘못이라고 말하겠지만, 그것은 그 터무니없는 생각을 해낸 사람이 자신이라는 사실을 사람들이 잊도록 하기 위해서일 것이오. 하지만 결국 그가 그것을 추하게 만드는 짓에 있어서는 아주 작은 성공밖에 거두지 못하였소. 하나의 걸작품을 탄생시키는 것보다 그 작품의 모습을 흉하게 만드는 것이 훨씬 더 어려운 법이에요. 우리는 이미 어렴풋이나마, 브레오떼가 위베르 로베르에 비해 능력이 약하다는 점을 짐작하고 있었다오."[63]

나는 저택 안으로 들어가는 손님들의 대열에 다시 합류하였다. "저의 매력적인 사촌 동서 오리안느를 보신지 오래 되었나요?" 조금 전, 입구에 있던 안락의자를 떠나, 나와 함께 응접실로 들어가던 대공 부인이 나에게 물었다. "그녀가 오늘 저녁에 오기로 되어 있어요. 제가 오늘 오후 그녀를 보았어요." 저택 안주인이 덧붙였다. "그녀가 저에게 그러겠다고 약속하였어요. 또한 당신이 우리 두 사람과 함께 이딸리아 왕비 댁에서, 즉 대사관에서, 목요일에 저녁 식사를 하시는 것으로 알고 있어요. 가능한 모든 왕족들이 모일 것이고, 따라서 심하게 주눅들 거예요." 그러나 왕족들이 게르망뜨 대공 부인을 주눅들게 할 가능성은 전혀 없었으니, 그녀의 응접실에 왕족들이 우글거리고 있을 뿐만 아니라, 그녀가 '나의 어린 코부르크 신사들'[64]이라고 말할 때에는, 마치 '나의 강아지들'이라고 말하는 듯 들렸기 때문이다. 따라서 게르망뜨 대공 부인이 '몹시 주눅들게 할 것'이라고 말한 것은 단순한 멍청함에서 비롯되었으며, 그러한 멍청함이 사교계 사람들 속에서는 허세보다도 더 뚜렷이 나타난다. 그녀가 자기의 족보에 대해서는 역사 선생 자격증 가진 사람만큼도 아는 것이 없었다. 자기와 교분이 있는 사람들에 관해서는, 다른 이들로부터 들은 그들의 별명을 자기가 알고 있다는 점 과시하는 것을 중시하였다. 흔히들 '라 뽐므'[65]라고 부르는 뽐블리에르 후작 부인 댁의 다음 주 만찬에 나도 참석하느냐고 물은 후, 내가 아니라고 대꾸하자, 대공 부인이 잠시 아무 말도 하지 않았다. 그러더니, 무심중에 얻어 들은 지식과 진부한 말과 보편적인 사고방식에의 순응 등을 의도적으로 과시하려는 것 이외의 다른 이유 없이, 이렇게 덧붙였다. "라 뽐므, 상당히 마음에 드는 여인이에요!"

대공 부인이 나와 한담을 나누고 있던 바로 그 순간에 게르망뜨 공작 내외가 등장하였다. 그러나 내가 먼저 그들 앞으로 가서 인사를 할 수 없었으니, 내가 지나가던 중 터키 대사 부인에게 덥석 붙잡혔기 때문이며, 그녀는 내가 막 그 곁을 떠난 저택 안주인을 가리키며, 그리고 나의 팔을 움켜잡으며, 호들갑스럽게 외쳤다. "아! 대공 부인이 얼마나 매력적인 여인인가요! 그 누구보다도 탁월한 존재예요!" 그러더니 동방의 저속함과 관능 감도는 어조로 이렇게 덧붙였다. "제가 만약 남자였다면, 저 천상의 여인에게 저의 생애를 바칠 거예요." 나는, 그녀가 나에게도 매력적으로 보이는 것은 사실이지만, 내가 그녀의 사촌 동서인 공작 부인을 더 잘 안다고 대꾸하였다. "하지만 두 사람을 비교할 수는 없어요." 터키 대사 부인이 말하였다. "오리안느가, 자기의 기지를 메메와 바발에게서 얻는, 사교계의 매력적인 여인에 불과한 반면, 마리-질베르는 정말 특별한 여인이에요."

나는 어떤 사람이, 내가 아는 이에 대하여, 반박도 못하는 상태에서, 이렇게 혹은 저렇게 생각해야 한다고 나에게 말하는 것을 결코 좋아하지 않는다. 또한 게르망뜨 공작 부인의 인품에 대하여, 터키 대사의 부인이 나보다 더 정확한 평가를 내릴 수 있을 것이라고 생각할 하등의 이유도 없었다. 다른 한편으로는, 대사 부인에 대하여 내가 느끼던 역정을 설명해 줄 수 있는 현상이거니와, 단순히 알고 지내는 사람의 단점들이, 심지어 친구의 단점들도, 우리에게는 진정한 독물질이며, 다행히 우리가 그것에 '점차적으로 면역이 되어 있다'는 사실이다. 그러나, 최소한의 과학적 비교 도구를 동원하거나 과민증에 대한 이야기를 꺼낼 필요 없이, 우리의 우정 관계나 순전한 사교적 관계 속에는, 잠정적으로 치유되었다가 발작적으로 다시 나타나는 회귀성 반감이 있다는 사실을 말해 두자. 사람들이 '자연스러운' 한, 우리가 일상적으로는 그러한 독물질들 때문에 괴로워하지 않는다. 자기가 알지도 못하는 사람들을 지칭하기 위하여 '바발'이니 '메메'니 하는 별명들을 입에 담음으로써, 터키 대사의 부인이, 평소 나로 하여금 그녀를 너그럽게 대할 수 있도록 해주던 그 '항독 면역법'의 효과를 정지시켰다. 내가 그녀에 대해 짜증을 느꼈는데, 그녀가 그러한 식으로 말한 것이, 자신이 '메메'와 친밀하다고 사람들로 하여금 믿도록 하기 위해서가 아니라, 그 지체 높은 귀족들을 그녀로 하여금 이 나라의 관습이라 여겨지는 식으로 지칭하게 한, 너무 신속하게 터득한 교양 때문임을 감안한다면, 나의 짜증이 부당했다. 그녀가 사교계 수업 과정을 단 몇 달 동안에 완료하였고, 게다가 정상적인 단계도 밟지 않았다. 하지만 곰곰이 생각해 보니, 대사 부인 곁에 머무는 것이 불쾌했던 또 다른 이유 하나가 나의 뇌리에 떠올랐다. 그 외교가의 인물이 '오리안느'의 집에서 나에게 작심한 듯 진지한 기색으로 말하기를, 솔직히 게르망뜨 대공 부인에 대해 자기가 반감을 품고 있다 하였으며, 그것이 별로 오래 전 일이 아니었다. 나는 그러한 태도의 돌변 자체를 곱씹지 않는 것이 좋다고 생각하였다. 그 날 저녁 연회에의 초대가 그 돌변을 초래하였으니 말이다. 게르망뜨 대공 부인이 탁월한 여인이라고 나에게 말할 때, 대사 부인은 매우 진지했다. 자기는 항상 그렇게 생각하였노라고 하였다. 그러나 그때까지는 대공 부인 댁에 단 한 번도 초대되지 않았던지라, 자기는 그러한 종류의 불초청(不招請)을 미리 정해진 원칙에 따른 의도적 불간섭으로 간주해야 한다고 생각하였다는 것이다. 하지만 이제 자기가 초대를 받았고 차후로도 필시 초대를 받을 것이니, 자기의 호의가 자유롭게 표출될 수 있을 것이라 하였다. 사람들에 대하여 품는 견해들 중 사분의 삼을 설명하기 위해, 그 근거를 찾으러 구태여 앙앙불락하는 연정이나 정권으로부터의 소외까지 갈 필요는 없을 것 같다. 우리의 평가는 불확실한 상태에 머물다가, 우리가 초대를 받든가 그렇지 않은가에 따라 그 형태가 결정된다. 게다가, 나와 함께 응접실들을 둘러보던 게르망뜨 공작 부인이 나에게 말하였듯이, 터키 대사의 부인이 '처신을 잘 하고' 있었다. 특히 그녀가 매우 유용했다. 사교계의 진정한 별들은 그곳에 모습 드러내는 일에 지쳤다. 그 진정한 별들을 보고 싶은 사람은, 그녀들이 거의 홀로 있는 다른 반구(半球)로 이주해야 할 경우가 잦다. 그러나 터키 대사의 부인처럼 사교계에 들어선지 일천한 모든 여인들은, 사교계 어디에서든 반짝이기를, 즉 모든 곳에서 반짝이기를 게을리하지 않는다. 그녀들은 야회 혹은 사교적 연회라고들 부르는 그러한 종류의 공연에 유용한 존재들로, 빈사 상태가 되어서도, 그것에 참가하기를 포기하기 보다는, 타인에 의해서 끌려가는 편을 택할 것이다. 그녀들은 언제나 믿을 수 있는 단역들이며, 어떠한 연회건 결코 놓치지 않을 열렬한 인물들이다. 그리하여 어리석은 젊은이들은, 그녀들이 가짜 별들이라는 사실을 모르는지라, 그녀들 속에서 멋의 여왕들을 발견하지만, 그들에게 알려져 있지 않으며 사교계로부터 멀리 떨어져 방석들을 그리고 있는 스땅디슈 부인이, 어떤 이유로 인해 적어도 두드빌 공작 부인 못지않게 고귀한 부인인지를 그들에게 설명하려면, 강의 하나를 개설해야 할 것이다.[66]

평소에는 게르망뜨 공작 부인의 눈이 방심한 듯하고 조금 우수에 잠겨 있곤 하였고, 단지 어떤 친구에게 인사를 할 때에만, 마치 그 친구가 하나의 기지 넘치는 단어인 듯, 어떤 재담인 듯, 시식을 하는 순간 감정사의 얼굴에 섬세함과 즐거움의 표정이 어리게 하는 까다로운 미식가를 위해 마련한 요리인 듯, 그녀가 그것을 발랄한 불꽃으로 반짝이게 하였다. 하지만 성대한 야회에서는, 인사해야 할 사람들이 너무 많았던지라, 매번 인사를 하고 나서 그 불꽃을 끄는 것이 피곤한 일이라고 여겼다. 그리하여, 무대예술의 대가 하나가 새로 무대에 올린 작품을 감상하러 가면서, 극장의 좌석 안내원 아가씨에게 휴대품을 맡기는 한편, 자신이 던질 명민한 미소에 적합하게 입술 모양을 조절해 놓고, 짓궂은 칭찬에 적합하도록 이미 자기의 시선에 활기를 부여해 놓았던지라, 하찮은 저녁시간을 보내지는 않을 것이라는 확신을 드러내는 어느 문학에 조예 깊은 사람처럼, 공작 부인 또한, 도착하기 무섭게, 저녁 내내 지속적으로 반짝일 불꽃을 자기의 눈에 당겼다. 그리고 띠에뽈로 특유의 화려한 주홍색[67] 야간용 외투를—그것을 벗자 그녀의 목을 죄고 있던 루비 사슬 하나가 보였다—시중꾼들에게 건네는 동안, 자신의 드레스 위로 신속하고 면밀하며 완벽한, 사교계 여인의 것이기도 한 재단사의 마지막 시선을 던진 다음, 오리안느가 자기의 다른 보석들 못지않게 자기 두 눈의 반짝임을 다시 확인하였다. 주빌 씨처럼 '선의적인' 몇몇 사람들이 서둘러 공작에게로 달려가 그가 들어오지 못하게 막았으나 소용없었다. "가엾은 마마가 사경을 헤매고 있음을 모른다는 말씀이오? 그에게 조금 전 종부성사를 행하였소."—"나도 알아요, 알고 있소." 들어서기 위하여 그 귀찮은 방해꾼을 떠밀면서 공작이 대꾸하였다. "마지막 영성체가 좋은 효과를 내었소." 대공 댁 야회 후에 놓치지 않기로 작정한 무도회 생각에, 즐거운 미소를 지으면서 그가 덧붙였다. "우리가 돌아온 사실이 사람들에게 알려지는 것을 우리 두 사람은 원치 않았어요."(88) 공작 부인이 나에게 말하였다. 그녀는, 대공 부인이 잠시 자기의 사촌 동서를 만났고, 또 야회에 참석하겠노라 약속하였다는 사실을 나에게 이야기함으로써, 이미 그러한 말의 효력을 약화시켰다는 사실은 짐작도 못하고 있었다. 공작이 오 분 동안이나 자기의 아내를 짓누르듯 쏘아본 후에 나에게 말하였다. "당신이 품었던 의혹(89)에 대하여 내가 오리안느에게 이야기를 하였소." 그러한 나의 의혹이 근거 없었음을 알게 되었고, 따라서 의혹을 불식시킬 어떠한 조치도 취할 필요가 없음을 깨닫게 된 그녀가, 모두 터무니없는 의혹이었다고 하면서, 나에게 한 동안 농담을 던졌다. "당신이 초대 받지 않았으리라 믿을 생각을 하시다니! 언제든 초대 받으실 수 있어요! 게다가 제가 있었어요. 제가 당신을 저의 사촌 동서 집에 초대되게 할 수 없었으리라 생각하세요?" 그녀가 그 이후에도 자주 나를 위하여 더 어려운 일들도 하였다는 말은 해야겠다. 그럼에도 불구하고 나는 그녀의 말을 내가 지나치게 신중했다는 뜻으로 받아들이지 않으려 조심하였다. 내가 귀족적 친절의 명시적인 혹은 묵시적인 언어의 정확한 가치를 알아차리기 시작하였고, 그 친절이란, 그것이 향하는 이들의 열등감에 위로의 향긋한 진통제를 투여하면서 행복해하지만 그 열등감을 말끔히 씻어 주기에는 이르지 못하는―그것을 완전히 씻어 줄 경우 더 이상 존재 이유가 없어지는지라―친절이다. '하지만 당신은, 혹시 우리들보다 우월하지 않을지는 몰라도, 우리들과 대등한 분입니다.' 게르망뜨 가문 사람들이 그들의 모든 행동으로 그렇게 말하는 것 같았고, 그 말을 상상할 수 있는 가장 친절한 방식으로 하였던 것은, 사랑 받고 찬양 받기 위해서일 뿐, 우리가 그 말을 그대로 믿도록 하기 위함이 아니었던지라, 우리가 그러한 친절의 허구적인 성격을 분별해 내는 것이 곧 그들이 일컬어 교양이라는 것이며, 실재적인 친절이라 믿는 것은 그들이 보기에 교양 없음을 뜻하였다. 나는 게다가, 그 이후 얼마 아니 되어, 귀족적 친절이 가지고 있는 특정 형태의 폭과 한계를 가장 완벽하다 할 만큼 정확한 형태로 나에게 가르쳐 준 교습을 한 차례 받았다. 그것은 잉글랜드의 왕비를 위하여 몽모랑씨 공작 부인이 베푼 오후 연회에서였는데, 일종의 작은 행렬을 이루어 사람들이 뷔페 쪽으로 향할 참이었고, 행렬의 선두에는 왕비가 게르망뜨 공작의 한쪽 팔에 의지해 걷고 있었다. 내가 바로 그 순간에 도착하였다. 공작이 자기의 나머지 자유로운 손을 쳐들어, 마치 나를 부르는 듯, 적어도 사십 미터는 떨어진 곳에서 나에게 우정 어린 신호를 보냈고, 그 신호는, 내가 아무 두려움 없이 자기에게 다가갈 수 있으며, 그런다 해도 내가 쌘드위치 대신 먹힐 염려가 없다는 말을 하고 싶은 기색이었다. 그러나 궁정의 언어에 익숙해지기 시작한 나는, 단 한 걸음도 그에게로 다가가지 않은 채, 대신 사십 미터 떨어진 곳에서 상체를 깊숙이 숙여 예의를 표하였고, 그러면서도 마치 겨우 지면이나 있는 사람 앞에서처럼 미소도 짓지 않았으며, 그런 다음 반대 방향으로 나의 걸음을 계속하였다. 내가 비록 걸작품 하나를 썼다 하더라도, 게르망뜨 가문 사람들이, 나의 그 인사에 대해서 만큼은 나에게 경의를 표하지 않았을 것이다. 나의 그 정중한 인사가, 그 날 오백여 사람의 인사에 일일이 답례해야 할 처지에 있던 공작의 눈에만 띄지 않고 공작 부인의 눈에도 띄었고, 그녀는, 후에 나의 어머니를 만났을 때 어머니에게 그 인사 이야기를 하였으며, 그러면서도, 내가 공작의 손짓에 응하여 그에게 다가가지 않은 것이 잘못이라고는 하지 않은 채, 자기의 남편이 나의 그러한 인사에 경탄하였노라고, 또한 그 인사에 더 이상 많은 것을 담을 수는 없었을 것이라 하였다. 그들이 그 인사에서 온갖 뛰어난 자질들을 끊임없이 발견하여 이야기하였지만, 그러면서도 그들 보기에 가장 소중한 장점에 대해서는, 즉 그것이 다른 이들의 이목을 끌지 않았다는 장점에 대해서는 언급하지 않았고, 칭찬 또한 멈추지 않았으되, 나는 그 칭찬이 지난 일에 대한 보상이 아니라 미래를 위한 지침이라는 사실을 깨달았으니, 그것은 어느 교육기관의 우두머리가, 다음과 같이 생각하면서 자기의 학생들에게 정교하게 내리는 지침과 같은 양상을 띠었다. '나의 귀여운 아이들아, 이 상들이 너희들보다는 너희들의 부모님들에게 돌아가는 것임을 잊지 말아야 할지니, 그 분들께서 다음 해에도 너희들을 다시 이곳에 보내시도록 하기 위함이니라.' 그것은 다른 계층에 속하는 사람이 자기의 무리에 처음 발을 들여놓을 경우, 마르상뜨 부인이 그 사람 앞에서, 마치 체취 고약한 하인에게 목욕이 건강에 아주 좋다고 간접적으로 경고하듯, '부르러 가면 언제나 만날 수 있으되 나머지 다른 때에는 잊혀진 상태에 머무는' 소위 '이목 끌지 않는' 사람들을 추켜세우며 칭찬하는 것과 같았다.

 게르망뜨 공작 부인이 미처 현관을 떠나기 전부터 시작된, 나와 그녀 간의 대화가 계속되는 동안, 내가 장차 추호의 오류도 범하지 않고 분별해내게 되어 있던 종류의 음성 하나가 들려왔다. 그것은, 그 특별한 상황에서, 샤를뤼스 씨와 한담을 나누던 보구베르 씨의 음성이었다. 임상의사에게는, 자기가 진단하는 환자가 셔츠를 벗거나, 환자의 숨소리를 유심히 들어 보는 것 따위가 필요 없고, 환자의 음성이면 족하다. 훗날 어떤 사교적 응접실에서, 자기 직업 특유의 언어나 자기 계층 특유의 태도를 엄격한 우아함이나 격의 없는 상스러움으로 가장하면서 정확히 모방하지만, 그 사람의 거짓 음성이, 조율사의 소리굽쇠처럼 숙련된 나의 귀에,[70] 그가 '샤를뤼스의 부류'라고 알려주기에 충분한 이런 혹은 저런 사람의 어조나 웃음 소리에, 내가 놀란적 얼마나 많았던가! 마침 어느 대사관의 직원 일행이 우리 곁을 지나갔고, 그들이 샤를뤼스 씨에게 인사를 하였다. 여기에서 이야기하고 있는 종류의 질환[71]을 내가 처음 발견한 것이 비록 바로 그 날이었으되(샤를뤼스 씨와 쥐삐앵 간의 조우 장면을 목격하였을 때), 진단을 내림에 있어서, 나라면 이런 혹은 저런 질문을 하거나 청진기를 사용할 필요도 없었을 것이다. 그러나 샤를뤼스 씨와 한담을 나누고 있던 보구베르 씨는 확신을 갖지 못하는 기색이었다. 하지만 그가 소년기의 의구심에서 벗어난 후에는 실상을 알았어야 하는 것이 당연했다. 성도착자는 이 세상에 자기와 같은 부류가 자기 하나뿐이라고 생각하며, 훗날에 이르러서야—또 다른 과장이지만—정상적인 남자만이 유일한 예외적 존재라고 생각한다. 그러나 보구베르 씨는, 야심 많았고 소심했던지라, 자신에게 즐거움이었을 것에 오래 전부터 자신을 내맡기지 못하였다. 외교관이라는 이력이 그의 삶에, 어느 수도회에 들어간 것과 같은 영향을 끼쳤다. 빠리 '정치학 학교' 시절에 드러나던 근면성과 결합된 그러한 이력이, 그의 나이 이십대 시절부터 그를 예수교도의 금욕적인 생활로 이끌었다. 그리하여, 어떠한 감각이든 그것이 더 이상 사용되지 않으면 그 능력과 민첩함을 상실하여 퇴화되듯, 보구베르 씨가, 육체적인 힘이나 동굴 속에 살던 인간의 청각적 예민함을 더 이상 발휘할 수 없게 된 문명인처럼, 샤를뤼스 씨 속에서는 거의 실수를 범하지 않는 그 특별한 혜안을 일찍이 상실하였고, 그리하여 빠리에서건 외국에서건, 여러 공식 만찬 석상에서, 그 전권공사가, 제복이라는 변장 밑에 있는 이들이 실은 자기와 같은 부류라는 사실조차도 더 이상 알아채지 못하였다. 자신의 특이한 취향 때문에 누가 자기를 예로 들면 분개하면서도, 다른 이들의 그러한 취향을 항상 즐겨 폭로하던 샤를뤼스 씨가, 자기의 그러한 버릇 덕분에 보구베르 씨의 내면에 감미로운 놀라움을 야기시켰다. 그토록 오랜 세월 동안 금욕생활을 영위해 오던 그가, 어떠한 요행이나마 이용할 생각을 그 순간에 품었으리라는 말은 결코 아니다. 그러나 라씬느의 비극 작품들 속에서, 아달리야와 아브네르에게 요아스가 다윗의 혈통임을 알려주고,[72] 화려한 진주홍빛 의상에 감싸여 있는 왕비 에스테르가 유뺑[73]의 혈족임을 알려주는, 뜻밖의 새로운 폭로들처럼 신속히 이루어진 그 발견이, 그의 눈에 비친 X국 외교 사절단이나 프랑스 외무성의 이런 혹은 저런 부서의 면모를 문득 변화시키면서, 그들이 기거하던 관저들이 새삼 예루살렘의 신전[74]이나 수사의 알현실[75]만큼이나 신비해 보이도록 해주었다. 그 외교 사절단의 젊은이들이 일제히 샤를뤼스 씨에게 다가와서 그와 악수 나누는 장면을 바라보던 보구베르 씨는, 『에스테르』에서 다음과 같이 소리치는 엘리쉐바의 경탄한 기색을 드러냈다.

맙소사! 순결한 아름다움들 무수히
내 앞에,
무리 지어 사방에서 나타나도다!
그들의 얼굴에 어린 사랑스러운 수줍음이여![76]

그러더니 더 많은 것을 '알고 싶어진' 그가 미소를 지으면서, 고지식하게 묻는 듯한 그리고 음탕한 시선을 샤를뤼스 씨에게 던졌다. "이것 보시오, 그야 물론이지." 샤를뤼스 씨가, 무지한 사람에게 대꾸하는 박식한 사람의 현학적인 기색을 띠면서 말하였다. 그 말을 듣자 보구베르 씨가(그것이 샤를뤼스 씨의 짜증을 심하게 돋구었지만), 늙은 누범자인[77] X국 대사가 아무렇게나 고르지 않은 젊은 비서관들로부터, 더 이상 눈을 떼지 못하였다. 그러나, 어린 시절부터 말 못하는 대상에게도 고전 작품들의 언어를 부여하는 습관을 가지고 있던 나는, 보구베르 씨의 그러한 눈에서, 모르데카이가 자기의 종교에 대한 열성에 이끌려, 왕비 주위에 그 종교를 믿는 아가씨들만을 배치하였노라고 에스테르가 엘리쉐바에게 설명하는,[78] 다음과 같은 구절들을 발견하였다.

하지만 우리 민족에 대한 '그의' 사랑이
이 궁전을 시온의 딸들로 가득 채웠나니,
나처럼 타국 땅에 옮겨 심어져,
운명에 시달리는 어리고 연약한 꽃들이라.
불경한 증인들로부터 격리된 곳에서,
'그가' (멋진 대사가) 노력과 정성을 쏟아
그들을 기르도다.[79]

이윽고 보구베르 씨가 시선의 언어 아닌 다른 식으로 말을 시작하였다. "제가 주재하는 나라에도 같은 것이 존재하지 않을지 누가 알겠습니까?" 그의 어조에 우수가 서려 있었다. ─ "그럴 개연성이 있소." 샤를뤼스 씨가 대꾸하였다. "내가 그에 대해 명백하게 아는 것은 전혀 없으나, 우선 떼오도즈 국왕이 그렇지 않을지 모르겠소." ─ "오! 전혀 그렇지 않습니까!" ─ "그렇다면 그토록까지 그런 기색을 보여서는 아니 되오. 또한 그가 때깔을 부리오. 그는 '사랑스러운 계집'의 태도를 드러내는데, 내가 가장 싫어하는 태도요. 나는 차마 그와 함께 거리에 나서지 못할 것 같소. 게다가 당신도 그가 어떤 사람인지 틀림없이 알고 계시겠지만, 그는 흰 늑대처럼이나 널리 알려진 사람이오."[80] ─ "공께서는 그에 대해 완전히 잘못된 견해를 가지고 계십니다. 그는 하지만 매력적인 분입니다. 프랑스와의 협약이 조인되던 날 국왕께서 저를 포옹하셨습니다. 제가 일찍이 그토록 감동한 적은 없었습니다." ─ "당신이 갈망하던 것을 그에게 털어놓을 순간이었소." ─ "오! 맙소사, 그 무슨 끔찍한 말씀을, 그가 단지 그러한 의혹만 품었어도! 하지만 그러한 점에 관해서는 두렵지 않습니다." 내가 그들로부터 가까운 곳에 있었던 지라 내 귀에 들려온 그러한 말들이, 나로 하여금 다음 구절들을 속으로 읊조리게 하였다.

> 왕께서는 아직까지도 내가 누구인지 모르시며,
> 그 비밀이 항상 나의 혀를 결박한다네.[81]

반은 침묵의 언어로 그리고 반은 유성 언어로 이어진 그 대화가 잠시 동안만 계속되었고, 내가 게르망뜨 공작 부인과 함께 응접실에서 겨우 몇 걸음 옮겼을 때, 체구 자그마하고 갈색 머리에 용모

극히 귀여운 어느 귀부인 하나가 공작 부인을 불러 세운 다음 이렇게 말하였다. "부인을 댁으로 찾아뵙고 싶어요. 다눈치오[82]가 어느 칸막이 관람석에 앉았다가 부인을 먼 발치에서 뵈었고, 그 이후 T 대공 부인에게 편지를 보냈는데, 그 편지에 이르기를, 자기가 그토록 아름다운 것을 일찍이 본 적 없다고 하였다는군요. 부인과 단 십 분 동안만 이야기를 나눌 수 있다면, 자기의 전생애를 바치겠다고 하였답니다. 여하튼, 부인께서 그를 만나실 수 없건 혹은 원하시지 않건, 그 편지가 저의 수중에 있어요. 부인께서 저를 만나 주시겠다는 약속을 잡으셔야 해요. 제가 여기에서는 말씀드릴 수 없는 비밀들이 있어요… 당신이 저를 알아보시지 못하는군요." 그녀가 나를 향해 그렇게 덧붙였다. "제가 빠르마 대공 부인 댁에서 당신과 인사를 나누었어요(나는 대공 부인 댁에 간 적이 없었다). 러시아 황제께서는 당신의 부친이 뻬쩨르부르그에 판견되시기를 원하세요. 화요일에 오실 수 있으면, 마침 이스볼스끼[83]도 올 것이니, 그가 당신과 함께 그 이야기를 나눌 수 있을 거예요." 그러더니 다시 공작 부인을 향해 고개를 돌리면서 이렇게 덧붙였다. "사랑스러운 이여, 부인께 드릴 선물 하나가 저에게 있어요. 부인 이외의 그 누구에게도 주지 않을 선물이에요. 입센이 자기의 간병인을 시켜 저에게 보낸, 그의 극작품 세 편의 초고예요. 한 편은 제가 간직하고, 나머지 둘은 부인께 드리겠어요."

게르망뜨 공작은 그러한 제의를 달가워하지 않았다. 입센이나 다눈치오가 죽었는지 혹은 생존해 있는지 확실히 알지 못했던 그는, 벌써부터, 문인들이 혹은 극작가들이, 자기 부인을 방문하고 그녀를 자기들의 작품 속에 등장시키는 경우를 뇌리에 떠올리고 있었다. 사교계 사람들은, 책들을 한 면이 없어진 일종의 입방체로 즐겨 상상하고, 그런 나머지, 저자가 자신이 만난 인물들로 그 자리를 서둘러 채운다고 생각한다. 그러한 짓이 비열함은 분명하고, 저자가 만나는 사람들 또한 변변찮은 인물들이다. 물론 그러한 인물들을 '지나는 길에' 언뜻 일별하는 것이 지루하지만은 않으니, 우리가 어떤 책이나 신문 기사를 읽게 될 경우, 그러한 인물들 덕분에 '카드의 이면'을 알 수 있고, '너울들을 벗길 수' 있기 때문이다. 그러나 여하튼, 이미 타계한 작가들로 만족하는 것이 가장 현명한 처신이다. 게르망뜨 씨는 〈르 골루와〉지의 부고란을 담당하는 신사만이 '완벽하게 예의바른' 사람이라고 여겼다. 그는 적어도, 공작이 참석하여 방명록에 서명한 장례식에서 '특히' 눈에 띈 인물들 목록 허두에다, 게르망뜨 씨라는 이름만을 적는 것으로 만족하였다. 혹시 공작이 그 방명록에 자기의 이름을 남기고 싶어하지 않을 경우, 그는 방명록에 서명하는 대신, 자기의 진정 슬픈 마음을 담은 문상 편지를 고인의 가족에게 보내곤 하였다. 그러나 혹시 그 가족이 부고란 담당자를 시켜, '문상 편지들 중 게르망뜨 공작의 편지를 예로 들어 보자… 등'과 같은 기사를 쓰게 할 경우, 그것은 그 잡담 기사 담당자의 잘못이 아니라, 고인이 된 여인의 아들이나 오라비 혹은 부친의 잘못인지라, 공작이 그들을 가리켜 출세 제일주의자들이라 하였고, 그들과는 더 이상 교제하지 않기로 (그는, 관용구의 뜻을 정확히 몰랐던지라, 자기의 그러한 결심을 가리켜 '그들과 한 마이유를 나누게 되었다'[84]고 하였다) 작정하였다. 입센과 다눈치오라는 이름들 및 그들의 생존 여부에 대한 불확실성이, 띠몰레옹 다몽꾸르 부인[85]의 잡다하게 친절한 말이 들리지 않을 만큼 아직은 우리들로부터 충분히 멀리 있지 않던 공작의 눈살이 찌푸려지게 하였다. 그녀는 매력적인 용모처럼 기지 또한 어찌나 고혹적이었던지, 그 둘 중 하나만으로도 사람들의 호감 사는데 성공하였을 것이다. 하지만 그녀가 현재 살고 있던 계층 밖에서 태어났고, 처음에는 문학적 사교계만 열망하여, 그녀에게 자기의 초고를 주는가 하면 그녀를 위해 책들을 쓰던, 이런 혹은 저런 유명 문인의 절대적인 친구 노릇을 연속적으로—결코 정부 노릇은 아니었으니, 그녀는 매우 정숙했다—하였던지라, 우연이 그녀를 쌩-제르맹 구역 사교계에 입문시키자, 그 문학적 특전들이 그녀에게 많은 도움을 주었다. 그녀가 이제는, 그녀의 참석 자체가 발산하는 우아함 이외의 다른 우아함들을 발산할 필요가 없는, 하나의 지위를 누리고 있었다. 그러나 지난 세월에, 능란한 사교와 술책과 도움 주는 것 등에 익숙해졌던지라, 그런 것들이 더 이상 필요치 않음에도 불구하고, 그러한 버릇을 고수하고 있었다. 그리하여 그녀에게는 항상, 폭로할 국가 기밀과 소개할 세력과 그리고 선사할 어느 대가의 수채화 등이 준비되어 있었다. 그 모든 불필요한 유혹들 속에 약간의 거짓말이 섞여 있었던 것은 분명하나, 그것들이 그녀의 삶을 반짝이는 복잡함으로 짜인 한 편의 희극으로 변화시켰으며, 그녀 덕분에 도지사나 경찰청장 혹은 장군으로 임명된 사람들이 있음도 사실이다.

시종 내 옆에서 걸으면서도, 게르망뜨 공작 부인은, 교분 맺고 싶지 않은, 하지만 멀리서도 가끔 위협적인 암초처럼 그녀의 눈에 띄는, 그러한 사람들을 피하기 위하여, 자신의 푸른 눈빛이 자기의 앞에서, 그러나 허공에서, 부유하게 내버려두고 있었다. 우리들이 손님들로 이루어진 이중 울타리 사이로 나아가고 있었는데, 그들은, '오리안느'와 결코 교분 맺을 수 없음을 아는지라, 그녀가 마치 진기한 물건인듯, 자기들의 아내들에게 적어도 구경이나마 시켜 주고자 하였다. "위르쉴르, 어서, 어서, 저 젊은이와 이야기 나누고 있는 게르망뜨 부인을 와서 좀 보시오." 그리하여, 7월 14일의 열병식[86]이나 경마장에서처럼, 그들이 자칫, 더 자세히 보려는 욕심에, 의자 위로 올라설 기세였다. 그렇다 하여 게르망뜨 공작 부인의 응접실이 그녀 사촌 동서의 응접실보다 더 귀족적이었다는 뜻은 아니다. 공작 부인 댁 응접실에는, 그녀의 사촌 동서가, 특히 남편 때문에, 결코 초대하려 하지 않았을 사람들이 빈번히 드나들었다. 그녀의 사촌 동서는, 오리안느처럼 라 트레무이유 부인 및 싸강 부인과 가까운 친구였고, 오리안느의 집에 자주 드나들던, 알퐁스 드 로췰트 부인을 결코 자기의 응접실에 받아들이지 않았을 것이다.[87] 일찍이 웨일스 대공이 오리안느의 집에는 데려왔으되 대공 부인에게는 혹시 그녀에게 불쾌감을 줄지도 몰라 데려가지 않았던 히르슈 남작,[88] 그리고 공작 부인의 관심을 끌었으되, 확신에 찬 왕정주의자였던 대공은 원칙적으로 초대하기를 원하지 않았을, 몇몇 저명한 보나빠르뜨파 인물들 혹은 공화파 인물들도 그러했다. 대공의 유대인 배척주의가, 역시 원칙에 입각했던지라, 어떠한 우아함 앞에서도(그것이 아무리 명성 높다 하더라도) 누그러질 줄 몰랐으되, 그가 오랜 친구였던 스완을 자기 집에 받아들인 것은(하지만 게르망뜨 가문 사람들 중 그를 샤를르라 부르지 않고 스완이라 부르던[89] 유일한 사람이었다), 어느 유대인과 결혼한 개신교도였던 스완의 조모께서 일찍이 베리 공작[90]의 정부였었다는 사실을 아는지라, 그가 가끔은, 스완의 부친이 그 왕자의 혼외 아들이라고들 하던 전설을 애써 믿으려 하였기 때문이다. 그러한 가정 하에서 보면, 물론 그 가정이 억측이었지만, 부르봉 왕가의 왕자와 카톨릭교도 여인[91] 사이에서 태어난 아들이었다는 그 카톨릭 신자의 아들인 스완에게는, 오직 예수교적인 것밖에 없었을 것이다.

"도대체, 이 화려한 것들을 어떻게 아직까지 모르셨어요?" 우리가 함께 있던 저택에 대해 말하면서 공작 부인이 나에게 물었다.

하지만, 자기 사촌 동서의 '대저택'을 찬양한 다음, 자기의 '검소한 소굴'을 천 배 더 좋아한다고 서둘러 덧붙였다. "이곳이 '구경하기에는' 멋져요. 그러나 만약 제가, 그토록 많은 역사적 사건들이 일어난 이곳의 방들에 남아 잠을 자야 한다면, 저는 슬픔에 사로잡혀 죽을 지경이 될 거예요. 블루와 성이나 퐁뗀느블로 성 혹은 루브르 궁이 닫힌 후, 잊혀진 채 그 속에 홀로 남아, 저의 슬픔을 달랠 유일한 방법이라곤, 모날데스키[92]가 암살당한 방에 들어와 있다는 생각에나 잠기는 것과 같을 거예요. 하지만 그러한 생각은 카모밀라[93]처럼 효능이 불충분해요. 보세요, 저기 쎙-으베르뜨 부인이 있어요. 우리가 조금 전 그녀의 집에서 저녁 식사를 하였어요. 그녀가 내일 그 요란한 연례 행사를 벌이기로 되어 있기 때문에, 저는 저 여인이 집으로 돌아가 잠자리에 들었을 것이라 생각하였어요. 하지만 그녀는 단 하나의 연회라도 놓칠 수 없는 여자예요. 만약 이 야회가 전원 지역에서 열렸다면, 그곳에 가지 못하는 것보다는 가구 운반용 마차에라도 기어오르는 편을 택하였을 거예요."

사실은, 그 날 저녁 쎙-으베르뜨 부인이 그곳에 왔던 것이, 다른 집 연회를 놓치지 않는 기쁨을 위해서 보다는, 자기가 베푸는 연회의 성공을 확보하려고 마지막 참석자들을 모집하기 위해서, 그리고 어떤 면에서 보면, 다음 날 자기가 베푸는 가든 파티에서 화려하게 기동하게 되어 있던 부대들을, 마지막 순간에 점검하기 위해서였다. 왜냐하면, 상당히 여러 해 전부터, 쎙-으베르뜨 부인 댁 연회에 초대된 사람들이 종전과는 판이하게 달랐기 때문이다. 종전에는 매우 드물었던, 게르망뜨 가문 사람들 무리에 속하는 유력한 여인들이―쎙-으베르뜨 저택 안주인의 정중함에 감동하여―자기들의 친구 여인들을 조금씩 그곳으로 데려왔다. 그와 동시에, 병행

된 그러나 반대 방향으로 진행된 단계적 작업을 통하여, 쌩-으베르뜨 부인이, 우아한 사교계에 알려지지 않은 인물들의 수효를 해마다 점진적으로 줄였다. 그리하여 한 여인이 보이지 않는가 했는데, 다음에도 또 다른 여인 하나가 자취를 감추곤 하였다. 또한 초기에는 한 동안, '도자기나 기와를 한 가마분씩 구워내는 체제'를 작동시켰고, 사람들의 관심을 끌지 않는 연회들이었던지라, 그 체제가 배척당한 사람들을 모두 불러 자기들끼리 즐기도록 할 수 있었으며, 따라서 그들을 어엿한 사람들과 함께 초대하지 않아도 무방했다. 그들이 무슨 불평을 할 수 있었겠는가? 그들에게 작은 과자들과 아름다운 음악이 (이를테면 '파넴 에트 키르켄쎄스'[94]가) 있지 않았던가? 그리하여, 지난날 쌩-으베르뜨 부인의 응접실이 처음 등장하였을 때, 무너져내릴듯 흔들거리던 그 응접실의 용마루를 떠받치던 두 카뤼아티스[95] 같던, 그러나 이제는 축출된, 두 공작 부인[96]과 어떤 면에서는 확연한 대조를 이루면서, 최근 수년 동안 화려한 인사들 속에 섞여 눈에 띄던 변변찮은 인물 둘밖에 보이지 않았으니, 늙은 깡브르메르 부인과, 음성 아름다워 사람들이 자주 노래를 청하여 듣곤 하던 어느 건축가의 아내가 그들이었다. 그러나 쌩-으베르뜨 부인 댁에 가도 더 이상 아는 이 없어, 사라진 옛 동료들을 애도하는 한편, 자신들이 이제는 거추장스러운 존재라는 감회에 스스로 사로잡혀, 그녀들은 때맞춰 따뜻한 고장으로 이동하지 못한 두 마리 제비들처럼 얼어죽기 직전에 이른 기색을 띠고 있었다. 또한 다음 해에는 그녀들이 초대도 받지 못하여, 프랑끄또 부인이 그토록 음악 좋아하던 자기의 사촌을 위하여 한 차례 교섭을 시도하였다. 하지만 그녀는 자기의 사촌을 위해 다음과 같은 답변보다 더 명시적인 답변은 얻지 못하였고, 깡브르메르 부인은 그러한 초대에 절실함이 결여되었다고 여겨 포기하였다. "그것이 재미있으면 언제든지 음악을 들으러 이 집에 들어올 수 있고, 그러는 것에 범죄적인 요소는 전혀 없다고 생각해요!"

문둥이들97)이 모이던 응접실이 쌩-으베르뜨 부인에 의해 귀부인들이 모이는 응접실(표면적으로는 극도로 세련된 최근의 형태였다)로 면모하였던지라, 그 사교철에 가장 화려한 연회를 바로 다음 날에 베풀게 되어 있는 그 사람이, 그 날 저녁 그곳에 와서, 자기의 무리에게 비상 소집령을 내릴 필요를 느꼈다는 것에 모두들 놀랄 수 있었을 것이다. 하지만 쌩-으베르뜨 부인 댁 응접실의 탁월함이라는 것이, 어떤 연회에도 참석하지 못한 채, 〈르 골루와〉지나 〈르 휘가로〉지의 오후 연회와 야회 관련 기사나 읽고, 그러는 것이 사교계 생활이라고 생각하는 이들에게만 존재하는 무엇이었다. 오직 신문을 통해서만 사교계를 보는 그러한 사교계 애호가들의 경우, 잉글랜드와 오스트리아 대사 부인들 혹은 위제스 공작 부인과 라 트레무이유 공작 부인 등의 이름이 열거된 것만 보아도, 그들은 쌩-으베르뜨 부인의 응접실이 빠리에서 최상급이라고 상상하곤 하였다. 하지만 실은 최하급이었다. 물론 사교계 관련 기사들이 허위였다는 말은 아니다. 신문에 거명된 인사들이 대부분 실제로 연회에 참석하였다. 하지만 그 각각의 인사들이 참석한 것은, 간곡한 소청이나 지극한 예의 혹은 자기들이 받은 도움 등에 이끌려, 쌩-으베르뜨 부인에게 '무한한 영광을 안겨주기'98) 위해서였다. 사람들이 즐겨 찾기보다는 회피하며, 이를테면 의무감에 이끌려 마지못해 가는 그러한 응접실들은, 신문의 '사교계 소식란'이나 읽는 연인들에게만 환상을 준다. 그녀들이 하지만 진정 우아한 연회는, 즉 모든 공작 부인들을 초대할 수 있고 또 그녀들 역시 '선민의 일원 되기를 갈망하건만' 저택 안주인이 두세 사람만 초대하는, 그리고 초대된 손님들의 이름을 신문에 공표하지 않는, 정작 그러한 연회는 그 위로 미끄러지듯 스쳐 지나간다. 연회에 참석한 여인들 또한, 즉 오늘날에 이르러 광고가 얻게 된 영향력을 아예 모르거나 무시하는 그녀들 또한, 에스빠냐의 왕비[99]가 보기에나 우아할 뿐, 대중의 눈에는 그렇지 않은 바, 왕비는 그녀들이 누구인지 아는 반면, 대중은 까맣게 모르기 때문이다.

쌩-으베르뜨 부인은 그러한 여인들 축에 들지 못하였으나, 다음 날을 위하여 부지런한 꿀벌처럼, 초대된 사람들을 모으기 위하여 그곳에 와 있었다. 샤를뤼스 씨는 그녀의 초대를 받지 못하였는데, 그가 항상 그녀 집에 가기를 거절하였기 때문이다. 하지만 그가 하도 많은 사람들과 불화하였던지라, 쌩-으베르뜨 부인은 자기가 그를 초대하지 않은 것을 그의 성격 탓으로 돌릴 수 있었다.

물론 그곳에 오리안느만 와 있었다면 쌩-으베르뜨 부인이 그 번거로운 걸음을 생략할 수도 있었으리니, 그녀를 직접 대하여 구두로 초청하였을 뿐만 아니라, 자기의 초청을 그녀가 특유의 매력적인 호의를 보이며 수락하였기 때문이다(그 매력적인 호의가 속임수 가득하고, 학술원 회원들이 그것에 특히 능하여, 학술원 회원 후보자로 나선 어떤 사람이 그들의 집에서 나오는 순간에는, 매우 감동하여 그들의 지지를 의심치 않게 된다).[100] 하지만 그 야회에 오리안느만 와 있었던 것은 아니다. 아그리쟝뜨 대공도 참석하게 되어 있지 않을까? 뒤포르 부인 역시 그렇지 않을까? 그리하여, 예측하지 못한 사태에 대비하기 위하여, 쌩-으베르뜨 부인은 자신이 몸소 그곳에 오는 것이 적절한 조치라 생각하였고, 일단 와서는, 어떤 이들에게는 구스르는 듯한 어조로, 또 다른 이들에게는 명령조로, 두 번 다시 볼 수 없을, 상상을 초월하는 여흥거리를 모든 이들에게 넌지시 예고하면서, 자기 집에 오면, 보기를 열망하던 사람이나 만날 필요를 느끼던 인사를 대면하게 될 것이라는 약속을 이 사람 저 사람에게 흘렸다. 또한, 다음 날 그 사교철에 가장 괄목할 만한 가든 파티를 베풀 사람에게—고대 사회의 특정 판관들[101]에게 처럼—모처럼 부여된 그러한 종류의 임무가, 그녀에게 일종의 잠정적인 권위도 부여하였다. 초대할 사람들의 명부가 이미 작성되고 마감되었던지라, 마주치는 사람들의 귀에 '내일 저를 잊지 말아요'라고 연속적으로 속삭이기 위하여 대공 부인 댁 응접실들을 이리저리 두루 천천히 거닐면서도, 회피해야 할 어느 '못생긴 녀석'이나, 중등학교 시절의 교분 덕분에 '질베르'[102]의 저택에 초대된, 하지만 자기의 가든 파티에 참석한다 해도 하등의 도움이 되지 못할, 한미한 시골 귀족 등을 발견할 경우, 그녀는 계속 미소를 지으면서도 고개를 다른 쪽으로 돌리는 일시적인 영광을 누렸다. 그녀가 그러한 사람에게 말을 건네지 않는 편을 택하였던 것은, 후에 다음과 같이 말할 수 있도록 하기 위함이었다. "제가 손님들을 구두로 초청하였는데, 불행하게도 당신과는 마주치지 못하였군요." 그렇게, 일개 쎙-으베르뜨 부인에 불과한 그녀가, 땅굴 속 토끼를 찾아내는 흰족제비의 눈으로, 대공 부인 댁 야회에 참석한 사람들 속에 섞여 일종의 '선별 작업'을 하였다. 그녀는, 그렇게 처신하면서, 자기가 하나의 진정한 게르망뜨 공작 부인[103]이라고 생각하였다.

하지만 게르망뜨 공작 부인 또한, 사람들이 생각할 수 있을 것만큼은, 누구에게 인사를 하거나 미소를 짓는 자유를 누리지 못하였음을 말해 두어야 할 것 같다. 물론 그녀가 인사와 미소를 거부하던 것이 부분적으로는 그녀의 의지에서 비롯되었고, 따라서 이렇게 말하곤 하였다. "하지만 그녀가 몹시 귀찮아요. 제가 한 시간 동안 내내 그녀가 베푼 야연에 대해 찬사를 늘어놓아야 하나요?"…[추한 용모와 우둔함 및 몇몇 탈선적인 행동으로 인하여, 사교계로부터는 아니지만 우아한 이들의 친밀한 모임으로부터 배제된, 피부 매우 검은 공작 부인 하나가 우리들 앞으로 지나갔다. "아! 여기에 저것을 받아들이다니!" 누가 보여주는 모조 보석 앞에서, 정확한 감식안을 가진 그래서 실망한 감정사가 그러듯, 게르망뜨 공작 부인이 속삭이듯 중얼거렸다. 결함 투성이에다, 얼굴이 온통 검은 솜털 돋은 반점으로 뒤덮인 그 귀부인만을 보고도, 게르망뜨 공작 부인은 그 야회의 가치를 변변찮게 여겼다. 자기가 그 귀부인과 함께 자랐으되 일찍이 모든 관계가 단절되었다고 하였으며, 그 귀부인의 인사에 극도로 냉랭하게 머리만 까딱하는 것으로 그쳤다. "마리-질베르가 우리들을 이 모든 재강과 함께 초대하는 것을 이해할 수 없어요." 마치 사과라도 하는 듯한 어조로 그녀가 나에게 말하였다. "여기에 한 교구의 온갖 잡동사니가 몽땅 집결하였다고 할 수 있겠어요. 멜라니 뿌르딸레스의 집에서는 훨씬 능란하게 초대 손님들을 분별했어요. 그녀가, 내키기만 하면, 러시아 정교의 최고 사제 회의[104] 회원들이나 오라토리오 수도회[105]사람들을 몽땅 집에 부를 수도 있는 사람이지만, 적어도 그러한 날에는 우리를 부르지 않았어요."][106]… 그러나 대개의 경우에는, 그녀가 예술가들이나 그 유사한 부류들을 집에 받아들이는 것에 동의하지 않던 남편과 언쟁 벌이기를 두려워하는 소심함 때문이었고 ('마리-질베르'가 많은 예술가들을 후원하고 있었던지라, 도이칠란트의 어느 유명한 여가수가 혹시 그녀에게 접근하지 않을까 조심해야 할 지경이었다), 또한 아울러, 샤를뤼스 씨처럼 게르망뜨 가문 특유의 기질을 가진 사람으로서, 그녀가 사교계적 관점에서는 멸시하지만 (이제는 총참모부에 영광을 돌리기 위하여 몇몇 공작들보다도 일개 평민 출신 장군에게 우선권이 주어질 지경이었다), 자신이 사상 불순한 사람으로 정평이 난 사실을 알고 있었던지라, 유대인에 대한 반감이 지배하는 그 저택에서는, 자신이 스완에게 악수 청하는 일이 생기지 않을까 지레 겁을 낼 정도로 그 앞에서는 대폭적인 양보가 불가피했던, 그 국가주의에 대한 두려움 때문이기도 했다. 하지만 그러한 점에서는 그녀가 신속히 안심하게 되었으니, 대공이 스완을 들여보내지 않았고 두 사람 사이에 '일종의 언쟁이' 있었다는 사실을 알게 되었기 때문이다. 그리하여, 자기가 사석에서 다정하게 대하는 편을 더 좋아하던 그 '가엾은 샤를르'와 공개적으로 대화를 나누어야 하는 위험은 면하게 되었다.

"저 여인은 또 무엇이란 말인가?" 기색 조금 기이하고, 하도 소박한 검은색 드레스 차림이라 몹시 빈궁하다고 할 수 있을, 체구 자그마한 귀부인 하나가 남편과 함께 자기에게 정중한 인사를 올리자, 게르망뜨 공작 부인이 소스라치듯 말하였다. 그녀가, 그 귀부인이 누구인지 알아보지 못하였던지라, 특유의 오만한 태도를 취하면서 마치 불쾌한 일이라도 당한듯, 인사에 답례하지 않은 채 그녀를 쏘아보았다. "바쟁, 도대체 저 사람은 무엇이에요?" 오리안느가 저지른 결례를 무마하기 위하여 게르망뜨 씨가 그 낯선 부인에게 인사를 하고 그녀의 남편에게 악수를 청하는 동안, 오리안느가 놀란 기색으로 물었다. "보시다시피 쇼쓰뻬에르 부인이시오. 당신이 심한 결례를 범하셨소." — "저는 쇼스뻬에르가 무엇인지 몰라요." — "샹리보 노마님의 조카라오." — "저는 그 모든 것에 전혀 아는 것이 없어요. 저 여인은 누구이며, 그녀가 왜 저에게 인사를 하지요?" — "하지만 당신도 잘 아시다시피, 샤를르발 부인의 따님이신 앙리에뜨 몽모랑씨라오." — "아! 하지만 제가 그녀의 모친은 잘 알며, 매력적이고 재치 발랄하셨어요. 그런데 왜 그녀가 저에게 생소한 가문 사람과 혼인을 하였지요? 당신이 조금 전에 쇼스뻬에르 부인이라고 하셨지요?" '쇼스뻬에르'라는 단어의 철자들을 또박또박 떼어 발음하면서, 그녀가 의아하다는 듯한 그리고 잘못 듣지 않았을까 저어하는 듯한 기색으로 말하였다. 공작이 그녀에게로 사나운 시선을 한번 던졌다. "쇼스삐에르라는 성씨가 당신이 생각하는 것처럼 그토록 우스꽝스럽지는 않소! 여기 계신 쇼스삐에르 씨의 부친은, 이미 말한 샤를르발 부인과 쎈느꾸르 부인 및 메를르로 자작 부인의 오라버님이셨소. 모두 점잖은 분들이오." — "아! 이제 그만 하세요!" 야수의 삼킬듯한 시선에 자신이 위축되는 듯한 기색 보이기를 결코 바라지 않던, 조련사 같은 공작 부인이 소리쳤다. "바쟁, 당신이 저를 즐겁게 해주시는군요. 그 모든 성씨들을 도대체 어디에 가서서 찾아내셨는지는 모르겠으나, 당신에게 아낌없는 찬사를 보내야겠어요. 제가 비록 쇼스삐에르라는 성씨는 까맣게 모르고 있었다 하더라도, 저 또한 발작의 작품을 읽었고,[107] 당신만 읽은 것이 아니에요, 저는 심지어 라비슈의 작품들도 읽었어요.[108] 저는 샹리보도 괜찮다 생각하고 샤를르발 또한 싫어하지 않으나, 솔직히 말씀드리거니와 메를르로는 정말 걸작품이에요. 게다가, 쇼스삐에르 역시 괜찮다는 점을 인정합시다. 당신이 그 모든 것들을 수집하셨다니, 정말 있을 수 없는 일이에요." 그리더니 다시 나에게 말하였다. "장차 책을 한 권 쓰려 하시는 당신은 특히 샤를르발과 메를르로[109]를 잘 기억해 두서야 할 거예요. 더 나은 것을 발견하시기는 어려울 거예요." — "젊은이께서 그러면 소송질에 말려들 것이고, 곧이어 투옥될 것이오. 오리안느, 당신이 젊은 신사분께 몹시 해로운 조언을 하고 계시오."[110] — "이 젊은이께서 해로운 조언을 요청하시고 싶어하신다면, 특히 그러한 조언을 따르고 싶어하신다면, 이 신사분 곁에 저보다 젊은 사람들을 확보해 두실 수 있기를 바래요. 하지만 책 한 권 쓰는 것 이상의 못된 짓은 아니 할 생각이라면, 전혀 다른 이야기에요!"

우리들로부터 상당히 떨어진 곳에서, 다이아몬드와 망사로 치장하고 하얀 드레스를 입은, 경이롭고 자태 의연한 젊은 여인 하나가 서서히 뚜렷한 모습을 드러내고 있었다. 그녀의 우아함에 매혹된 한 무리 사람들 앞에서 말을 하고 있던 그녀를, 게르망뜨 공작 부인이 유심히 쳐다보았다.

"당신의 누이는 어디에서든 가장 아름다우며, 오늘 저녁에는 매력적이군요." 공작 부인이 의자에 앉으면서 마침 우리 곁으로 지나가던 쉬메 대공에게 말하였다. 프로베르빌 대령이(같은 성씨를 가진 그의 숙부는 장군이었다) 브레오떼 씨처럼 우리들 곁으로 와서 앉았고, 그 동안 보구베르 씨는 매달린 방울처럼 몸을 뒤뚱거리면서 (심지어 테니스 경기를 할 때에도 고수하던 지나친 예의 때문이었는데,[111] 그는 경기 도중에도, 저명 인사들이 참관할 경우, 공을 받아치기 전에 그들에게 허락을 요청하곤 하던 나머지,[112] 자기의 편이 필연적으로 패하는 결과를 초래하였다) 샤를뤼스 씨 곁으로 돌아가고 있었으며 (샤를뤼스 씨는 그 순간까지, 자기가 모든 여인들 중 가장 찬미한다고 공언하던 몰레 백작 부인의 넓은 치마폭에 반쯤은 감싸여 있었다), 그 순간 우연히, 마침 빠리에 새로 부임한 외교 사절의 단원 몇 사람이 남작에게 인사를 드리고 있었다. 유난히 영리해 보이는 젊은 비서관 하나가 보이자, 보구베르 씨가 샤를뤼스 씨를 향하여 고집스럽게 미소를 흘렸고, 그 미소에는 명백하게 단 하나의 질문만이 피어나고 있었다. 샤를뤼스 씨가 아마 다른 이의 평판은 즐겨 위태롭게 하였을 것이나, 자기 아닌 타인으로부터 오는 그리고 단 하나의 의미밖에 가질 수 없는 그 미소에 의해, 자기의 평판이 위험에 처할 수 있음을 느끼는 순간, 몹시 화가 났다. "그 점에 관해서는 전혀 모르겠으니, 부탁하거니와, 당신이나 잔뜩 호기심을 품도록 하시오. 당신의 호기심 따위에는 아무

관심 없소. 게다가 이 경우에서는 당신이 중대한 실수를 범하는 것이오. 내 생각에는 저 젊은이가 정반대일 듯하오." 멍청이에 의해 자신의 정체가 드러난 것에 몹시 짜증이 난 샤를뤼스 씨가, 그 순간 진실을 말하지 않았다. 남작의 말이 사실이었다면 그 젊은 비서관이 그 대사관에서는 예외적인 존재였을 것이다. 사실 그 대사관은 지극히 색다른 인물들로 구성되어 있었고, 그들 중 여러 사람들은 극도로 무능하여, 도대체 왜 그러한 인물들을 선발하였을까 하는 생각으로 누가 그 동기를 조사하였다면, 그가 발견한 것은 아마 성도착 증세밖에 없었을 것이다. 그 작은 외교적 소돔 성의 정상에, 자기들과는 반대로, 변장한 남자들로 구성된 무리를 규칙에 따라 일사불란하게 지휘하는, 풍자 희극 속의 바람잡이처럼 우스꽝스럽게 과장하며 여인들을 좋아하는 대사를 앉힘으로써, 그들이 대조의 법칙[113]에 순응한 것처럼 보였다. 그 대사는 자기의 눈에 뻔히 보임에도 불구하고 성도착 증세라는 것을 믿지 않았다. 그는 '암탉[114]사냥꾼'이라고 자기가 잘못 짚은 어느 참사관과 자기의 누이를 혼인시킴으로써, 자기의 그러한 생각을 즉각 입증해 보였다. 그 이후 그가 다른 사람들에게 조금 거북한 존재가 되었고, 따라서 머지않아 새로운 '대사 각하'로 교체되었으며, 그 새로운 각하께서 전체적 균질성을 확보하였다. 다른 대사관들이 그 대사관과 경쟁하려 하였으나,[115] 그 대사관을 상대로 일등상을 다툴 수는 없었으며 (특정 고등학교가 항상 그것을 차지하는 전국 고교 작문대회에서처럼), 따라서―이질적인 대사관원들이 그토록 완벽했던 그 '전체' 속에 진입하게 되었던지라―다른 대사관이 마침내 그 대사관으로부터 그 치명적인 명예를 빼앗아 선두에 나서기 위해서는 십 년 이상이 흘러야 했다.

스완과 대화를 나누어야 할 근심에서 벗어난지라, 게르망뜨 공작 부인에게는, 스완이 저택의 주인과 나누었다는 대화의 주제에 대한 호기심밖에 없었다. "무슨 이야기를 나누었는지 아시오?" 공작이 브레오떼 씨에게 물었다. ㅡ"제가 들은 바로는," 브레오떼 씨가 대답하였다. "문인 베르고뜨가 스완의 집에서 공연케 한 짧은 단막극에 관한 이야기였다고 합니다. 여하튼 재미있었다고 합니다. 그런데 배우가 질베르의 모습을 흉내내었던 모양이고, 베르고뜨라는 그 나리께서도 실제로 질베르를 묘사하려 하였던 것 같습니다." ㅡ"저런, 질베르의 모습 흉내내는 것을 저도 보았다면 재미있었을 거예요." 공작 부인이 몽상에 잠긴듯한 미소를 지으면서 말하였다 ㅡ"그 촌극 공연에 대하여 질베르가 스완에게 해명을 요구하였고," 브레오떼 씨가 설치류의 턱을 앞으로 내밀면서 이야기를 속개하였다. "스완이 이렇게 대꾸하는 것으로 그쳤답니다. '하지만 당치도 않소. 그것이 당신과는 전혀 닮지 않았소. 그것보다 당신의 모습이 훨씬 더 우스꽝스럽소!' 모든 사람들이 스완의 그러한 대꾸를 재치있다고 여겼답니다. 게다가 그 촌극이 매력적이었던 것 같습니다. 몰레 부인이 그곳에 있었는데, 공연을 보면서 무척 즐거워하였답니다." ㅡ"뭐라고요? 몰레 부인이 그 집에 드나들어요?" 공작 부인이 놀라면서 말하였다. "아! 메메가 주선하였을 거예요. 항상 그런 곳들로[116] 귀착되고 마는군요. 모든 사람들이 어느 날 문득 그곳에 드나들기 시작하는데, 저의 원칙 때문에 기꺼이 그들로부터 스스로를 배제시킨 저는, 저의 구석에서 홀로 무료함에 사로잡혀 있어요." 브레오떼 씨가 그들에게 이야기를 들려준 순간부터 이미, 게르망뜨 공작 부인은 (스완에 대해서는 아니더라도, 잠시 후 스완과 마주친다는 가정에 대해서나마), 누가 보아도 그렇듯, 하나의 새로운 관점을 취하여 두었다. "공께서 우리들에게 들려주신 그 해명이라는 것은 처음부터 끝까지 날조된 것입니다." 프로베르빌 대령이 브레오떼 씨에게 말하였다. "제가 그렇게 생각할 나름대로의 이유가 있습니다. 대공께서는 단지 스완에게 호통을 치셨을 뿐, 그리고 우리 선조들의 표현을 빌리거니와, 그가 버젓이 드러낸 견해들로 인해 ― 더 이상 당신 댁에 모습 드러낼 일 없다고 통보하신 것입니다. 그리고 저의 견해로는, 질베르 숙부님께서 호통을 치신 것은 물론, 이미 여섯 달 전부터라도 그토록 명백하게 입증된 드레퓌스파와 관계를 끊으셨어야 함은, 천 번 옳은 일입니다."

이번에는 지나치게 굼뜬 테니스 선수로부터 사람들이 사정없이 마구 처대는 무기력한 테니스 공으로 변한 가엾은 보구베르 씨가, 게르망뜨 공작 부인 쪽으로 던져지는 처지에 놓여, 그녀에게 정중한 인사를 올렸다. 그가 상당히 냉랭한 대접을 받았다. 오리안느가 항상, 자기 계층에 속하는 모든 외교관들이나 정치인들이 멍청이라는 확신을 가지고 있었기 때문이다.

프로베르빌 씨는, 근자에 이르러 군인들에게로 향한 사회의 호의적인 분위기 덕을 필연적으로 입게 되었다. 불행하게도, 그가 아내로 맞아들인 여인이 틀림없는 게르망뜨 사람이긴 했으나 극도로 가난한 집 딸이었고, 그 역시 일찍이 재산을 탕진하였던지라, 두 내외와 교분 맺은 사람들이 거의 없어, 가문에 초상이 나거나 혼례식을 거행하는 등과 같은 중대사가 생길 경우를 제외하고는, 가문에서 한 쪽에 방치해 두는 그런 사람들이었다. 그리하여, 이름뿐인 카톨릭 신자들이 한 해에 단 한 번 주제단 앞에 다가가듯, 그럴 때나 모처럼 두 내외가 상류층이라는 그 교단의 진정한 일원이 되곤 하였다. 또한 고 프로베르빌 장군에 대하여 한결같은 애정을 간직하고 있던 쌩-으베르뜨 부인이, 그 내외의 어린 두 딸에게 의상과 놀이기구들을 마련해 주는 등, 갖은 방법으로 그들을 돕지 않왔다면, 그들의 물질적 형편이 몹시 비참했을 것이다. 그러나, 성품 좋은 사람으로 알려진 대령에게는 고마워할 줄 아는 영혼이 결여되어 있었다. 그는, 자기에게 은혜를 베푼 여인이 끊임없이 그리고 무절제하게 과시하던 화려함을 부러워하였다. 그 연례 가든 파티가, 그와 그의 아내 그리고 그의 아이들에게는, 이 세상의 모든 황금을 준다 해도 놓치려 하지 않을 경이로운 즐거움이었으되, 쌩-으베르뜨 부인이 그것에서 자부심 가득한 기쁨을 얻을 것이라는 상념에 의해 오염된 즐거움이었다. 그 가든 파티 소식을 상세하게 전한 후, '이 아름다운 연회에 대해 다시 언급할 것'이라고 하면서, 여러 날 동안 연속적으로 의상들에 대한 보충 사항들을 마키아벨리적으로[117] 추가하는 신문들의 기사 등, 그 모든 것들이 프로베르빌 내외의 마음에 어찌나 큰 상처를 주곤 하였던지, 즐거움에 대해 상당한 갈증을 느끼고 또 자기들이 그 오후 연회를 기대할 수 있음을 잘 알건만, 그 두 내외가 매년 그 무렵이면, 궂은 날씨가 연회의 성공적 개최를 저해하기를 희원한 나머지, 수시로 청우계를 들여다보고, 그러다가 연회를 망치게 할 심한 뇌우의 시작을 감미롭게 예측하기에 이르기도 하였다.

"프로베르빌, 내가 당신과 정치에 관해서는 토론하지 않겠으나, 스완에 대해서는 그의 처신이 언어도단이었노라고 솔직히 말할 수 있소." 게르망뜨 씨가 말하였다. "지난날 사교계에서 우리들과 샤르트르 공작[118]의 비호를 받은 그가, 사람들이 나에게 말하기를, 공공연한 드레퓌스파라 하오. 예민한 식도락가이고, 실증적인 지성이고, 수집가이고, 고서 애호가이고, 죠키 클럽 회원이고, 모든 이들의 존경을 받는 사람이고, 믿을만한 주류 공급처를 잘 알아 우리가 마실 수 있는 가장 좋은 뽀르또를 우리에게 보내주던 사람이고, 예술 애호가이며, 한 가정의 아버지인 그가 그러리라고는 도저히 생각할 수 없었소. 아! 내가 감쪽같이 속았소. 내가 나를 염두에 두고 이런 말 하는 것이 아니오. 내가 그 견해 따위는 고려할 필요조차 없는 한 마리 늙은 짐승이고, 일종의 거지라 치더라도, 다른 모든 것 제쳐두고 오직 오리안느만을 위해서라도, 그가 그렇게 처신하지 말았어야 하며, 유대인들과 그 죄인의 신봉자들을 공개적으로 비난했어야 하오."

"그렇소, 나의 아내가 항상 자기에게 보여준 우정을 생각해서라도 그가 그 집단과 결별했어야 하오." 내심 드레퓌스의 유죄성에 대해서는 어떤 견해를 가지고 있다 할지라도, 그를 반역자로 단죄하는 것 자체가 곧 쌩-제르맹 구역 사교계에 징중하게 받아들여진 사실에 대한 일종의 사례라고 여기는 듯한 공작이 다시 말을 계속하였다. "왜냐하면, 오리안느에게 직접 물어 보시오, 그녀가 그에 대한 진정한 우정을 간직하고 있었소." 순진하고 잔잔한 어조가 자기의 말에 더 극적이고 진지한 가치를 준다고 생각하였음인지, 공작 부인이 자기의 입으로부터 진실이 소박하게 흘러나오게 내버려두는 투로, 그리고 단지 자기의 눈에만 약간의 우수가 어리게 하면서, 어린 여학생의 음성으로 말하였다. "정말이에요, 제가 샤를르에게로 향한 진정한 애정을 간직하고 있었다는 사실을 감출 이유가 전혀 없어요!"―"보시오, 내가 저 사람에게 시킨 말이 아니오. 그런데도 불구하고, 그의 배은망덕함이 드레퓌스파로 변신하기에까지 이르렀소!"

"드레퓌스파들에 관해 말하자면, 폰 대공도 그런 것 같습니다." 내가 말하였다.―"아! 나에게 그 사람 이야기 꺼내시기를 잘 하셨소." 게르망뜨 씨가 동요된 음성으로 말하였다. "그가 월요일에 저녁 식사 하러 오라고 한 사실을 자칫 잊을뻔하였소. 하지만 그가 드레퓌스파이건 아니건 나에게는 아무 상관 없소. 그가 외국인이기 때문이오. 나는 조금도 개의치 않소. 하지만 프랑스인의 경우는 다르오. 물론 스완이 유대인임은 사실이오. 그러나 오늘날까지―미안하오만, 프로베르빌―내가 마음 약하게도 유대인 또한 프랑스 사람일 수 있으리라 믿었소. 물론 명예로운 유대인, 사교계 인사를 두고 하는 말이오. 그런데 스완은 바로 그러한 사람이었소. 그렇건만! 그가 이제 나로 하여금 내가 잘못 짚었음을 시인하도록 강요하오. 그가, 자신을 입양하여 어엿한 일원으로 대우해 준 사회에 맞서, 그 드레퓌스 (죄가 있건 없건, 자기 계층에는 전혀 속하지 않으며 그와 영영 마주치지 않았을) 편에 서니 말이오. 할 말이 없소. 우리 모두 스완의 보증을 섰고, 나는 그의 애국심을 나의 애국심처럼 보증하였을 것이오. 아! 그가 우리에게 정말 형편없이 보답하고 있소. 고백하거니와, 내가 그로부터 그따위 보답은 꿈에도 기대하지 못하였을 것이오. 나는 그를 훨씬 더 호의적으로 평가하였소. 그에게는 기지가 있었소 (물론 그 나름대로). 나는 그가 일찍이 그 수치스러운 혼인으로 이미 미치광이 짓 저지른 것을 알고 있소. 보시오, 스완의 그 결혼이 누구에게 많은 괴로움을 주었는지 아시오? 나의 아내에게였소. 오리안느가 자주 내가 가장된 무심함이라 칭하는 것을 드러낸다오. 하지만 사실은 그녀가 엄청난 괴로움을 느끼고 있소." 자신의 성격에 대한 그러한 분석에 황홀해진 게르망뜨 부인은, 그러한 찬사에 동조하는 것처럼 비칠까 조심되어, 특히 남편의 말을 중단시킬까 저어하여, 겸허한 기색으로 경청할 뿐, 단 한 마디 말도 하지 않았다. 게르망뜨 씨가 그 이야기를 한 시간 동안 계속하였다 할지라도, 그녀는 마치 누가 자기 앞에서 음악을 연주하기라도 하는 듯, 미동조차 하지 않았을 것이다. "그렇소! 스완의 그 혼인 소식을 들었을 때, 그녀가 자존심에 가벼운 상처를 입었던 것을 내가 아직도 기억하는데, 그녀는, 우리가 그토록 큰 우정으로 대하였건만 그런 짓을 저지른 것은 옳지 않은 처사라 여겼소. 그녀가 스완을 매우 좋아하였던지라, 그녀의 괴로움이 컸소. 그렇지 않소, 오리안느?" 게르망뜨 부인은, 자기가 느끼기에 곧 끝날 것 같은 그 찬사에 자신으로 하여금 태연히 동조할 수 있게 해줄 사안에 대한, 그토록 단도직입적인 질문에는 대답을 해야 할 것이라 생각하였다. 그리하여, 수줍고 소박한 어조로, 또한 '절감한' 것처럼 보이고 싶었던지라 그만큼 더 꾸민 기색으로, 그녀가 부드럽고 조심스럽게 말하였다. "사실이에요, 바쟁의 생각이 틀리지 않아요."—"그렇더라도 게다가 그의 경우는 전혀 달랐소. 비록 내 견해로는 그것이 일정한 한계에 머물러야 하지만, 어찌 하겠소, 사랑은 사랑이니. 그리고, 젊은이었다면, 온갖 유토피아에 현혹되는 어린 코흘리개였다면, 내가 너그럽게 보아줄 수도 있을 것이오. 하지만 스완은 이지적이고 극도로 섬세한 사람인데다, 그림에 정통한 감정가이며, 샤르트르 공작과 질베르와도 친숙한 사이오!" 그런 말을 하는 게르망뜨 씨의 어조는 하지만 매우 호의적이었고, 그에게서 자주 발견되던 상스러움은 그 그림자조차 비치지 않았다. 그의 말에 약간 분개한 듯한 구슬픔이 감돌았지만, 그의 속에서는 모든 것이, 읍장 씩스[119]등, 렘브란트의 화폭 속에 그려진 몇몇 인물들의, 경건하고 너그러운 매력을 형성하는 그 특이한 엄숙함을 발산하고 있었다. 드레퓌스 사건을 겪으면서 스완이 드러낸 부도덕성의 문제가 공작의 내면에서는 제기조차 되지 않았음을 누구나 감지할 수 있었으니, 그 부도덕성에 의심의 여지가 없었기 때문인데, 공작은 그러한 현상 앞에서, 가장 큰 온갖 희생을 감수하면서 교육시킨 자식 하나가, 자신에게 마련해 준 화려한 처지를 자의로 무너뜨릴 뿐만 아니라, 가문의 원칙들이나 편견들이 결코 용납할 수 없는 무분별한 짓들로, 존경 받던 가문의 명예를 더럽히는 꼴을 바라보는 어느 아버지의 괴로움을 느끼고 있었다. 일찍이 쌩-루가 드레퓌스파라는 사실을 알게 되었을 때에는, 게르망뜨 씨가 그토록 심각하고 괴로운 놀라움을 드러내지 않았던 것이 사실이다. 하지만 우선, 그는 자기의 조카를 그저 못된 길로 들어선 젊은이로만 생각하였던지라, 그 젊은이가 전반적으로 행실을 고칠 때까지는, 무슨 짓을 저질러도 그에게는 그것이 놀랄 일 아니었으나, 반면 스완은 게르망뜨 씨가 '균형잡힌 사람이며 최상층 지위를 누리는 사람'이라고 부르던 존재였다. 그 다음, 그리고 특히, 상당히 오랜 세월이 흘렀고, 그 동안, 역사적 관점에서 보면, 여러 사건들이 부분적으로는 드레퓌스파들의 주장을 정당화시키는 것처럼 보였다면, 그 동안 반드레퓌스파들의 저항이 두 배로 격렬해져, 처음에는 단순한 정치적 성격만을 띠었던 그것이 사회적 저항으로 변해 있었다. 그리하여 이제는 군국주의 내지 애국주의가 문제로 등장하였고, 사회 속에 일어난 분노의 물결이, 폭풍우 초기에는 결코 갖지 못하는, 그 특유의 위력 얻을 시간을 갖게 되었다. "보시다시피, 그가 아끼는 유대인들의 관점에서 보더라도—그가 기필코 그들을 지지하니 말이오—스완은 이루 헤아릴 수 없는 파급력을 가진 심각한 실수를 범하였소." 게르망뜨 씨가 말을 계속하였다. "유대인들 모두가 은밀히 연합되어 있고, 따라서 그들이 어떤 의미로는, 자기들이 모르는 사람일지라도, 자기들 종족에 속하기만 하면 그를 도와야 할 처지에 놓여 있음을 그가 입증하고 있소. 그것은 공공의 위험이오. 우리가 지나치게 관대했던 것은 분명하며, 따라서 스완이 저지르는 그 심각한 실수가, 그가 존경 받고 심지어 우리들 사이에 받아들여졌으며 우리가 알고 지내던 거의 유일한 유대인이었다는 사실 때문에, 그만큼 더 큰 반향을 일으킬 것이오. 사람들이 속으로 이렇게 중얼거릴 것이오. '아브 우노 디스케 옴네스.' [120]" (때마침 자신의 기억 속에서 그토록 적절한 인용구 하나를 발견하였다는 만족감만이, 배신 당한 지체 높은 나리의 우수를 오만한 미소로 밝혀 주었다.)

나는 대공과 스완 사이에 정확하게 어떤 일이 있었는지, 몹시 궁금했으며 그리고 스완이 아직 야회장을 떠나지 않았으면 그를 만나고 싶었다. 내가 그러한 뜻을 공작 부인에게 토로하자 그녀가 대꾸하였다. "솔직히 말씀 드리거니와, 저는 그를 별로 만나고 싶지 않아요. 조금 전 쌩-으베르뜨 부인 댁에서 어떤 사람이 저에게 한 말에 의하면, 그가, 자기가 죽기 전에 제가 자기의 아내 및 딸과 인사 나누기를 바라는 모양이기 때문이에요. 그가 아프다니, 아! 저의 슬픔이 한량없어요. 그러나 우선 저는 중병이 아니기를 기대해요. 그리고 어하튼, 아무리 그렇다 하더라도, 그것이 하나의 이유는 될 수 없어요. 정말 지나치게 헤픈 처신이 될 거예요. 재능도 없는 어느 문인도 이렇게만 말하면 될 거예요. '학술원 회원 선거에서 나에게 표를 주시오. 나의 아내가 죽어가고 있는데, 그녀에게 그 마지막 기쁨을 선사하고 싶기 때문이오.' 죽음을 앞둔 모든 사람들과 교분을 맺어야 한다면, 더 이상 사교장이라는 것도 없을 거예요. 저의 마부가 저에게 주장할 거예요. '제 딸의 병세가 위중하니, 제가 빠르마 대공 부인 댁에 초청 받게 해주십시오.' 제가 샤를르를 매우 좋아하고, 따라서 그의 청을 거절하는 것이 저에게는 커다란 괴로움일 것인지라, 저는 차라리 요청할 기회를 그에게 주지 않으면 좋겠어요. 저는 자신이 죽어가고 있다는 그의 말이 사실이 아니기를 간절히 바라지만, 혹시 그러한 일이 정말 닥치게 되어 있다 할지라도, 그렇다 하여 제가, 지난 십오 년 동안 저의 친구들 중 가장 저의 마음에 드는 사람을 저에게서 빼앗아 간, 그리고, 그가 더 이상 세상에 없을 것이니, 그를 만나는 데 저에게 아무 도움 되지 못할 때가 되어서야 그가 저에게 떠맡기는, 그 천한 두 여자와 새삼스럽게 교분을 맺을 계기는 아닌 것 같아요!"

한편[121] 브레오떼 씨는 프로베르빌 대령이 자기에게 퍼부은 반박조의 말을 여전히 곱씹고 있었다. 그가 대령에게 말하였다.

"나의 다정한 벗이여, 당신이 전하는 이야기의 정확성을 내가 의심하는 것은 아니지만, 나의 이야기 또한 믿을만한 출처에 근거한 것이오. 나에게 그 이야기를 들려준 사람은 라 뚜르 도베르뉴 대공이오."

"당신처럼 아는 것 많은 사람이 아직도 라 뚜르 도베르뉴 대공이라 하시니 참으로 놀랍소." 게르망뜨 공작이 끼어들었다. "아시겠지만, 이제 그러한 것은 더 이상 존재하지 않소. 그 가문에 속하는 사람은 단 하나밖에 남지 않았소. 그 사람이 곧 오리안느의 숙부이신 부이용 공작이시오."

"빌르빠리지 부인의 오라버니를 말씀하시는 것입니까?" 빌르빠리지 부인이 부이용 가문 아가씨였다는 사실이 뇌리에 떠올라, 내가 물었다.

"그렇소… 오리안느, 랑브르싹 부인이 당신에게 인사를 하오."

정말, 자기가 알아본 어떤 사람에게 랑브르싹 공작 부인이 보내는 한 가닥 희미한 미소가, 이따금씩 형성되어 하나의 유성처럼 지나가는 것이 보였다. 하지만 그 미소는, 하나의 능동적인 확언으로 즉 소리는 없으되 명료한 언어로 구체화되는 대신, 아무것도 분별하지 못하는 일종의 이상적인 도취경 속으로 거의 즉시 빠져들어 자취를 감추었으며, 그러는 동안 그녀의 머리는, 조금 무기력해진 어느 고위 사제가 성체배령 기다리는 사람들 무리를 향해 기울이는 머리 동작을 연상시키면서, 지극히 행복한 축복 내리는 동작으로 가볍게 기울어지곤 하였다. 물론 랑브르싹 부인은 어떤 측면에서도 무기력해진 상태에 이르지 않았다. 그러나 나는 이미 그 특이한 유형의 구식 우아함을 알고 있었다. 꽁브레에서도 그리고 빠리에서도, 내 할머니의 모든 친구분 부인들께서는, 사교적 모임에서조차, 성체 거양식 순간이나 장례식이 진행되는 동안 교회당에서 어느 친지를 발견하실 경우 기도의 형태로 끝나는 인사를 그에게 무기력하게 던질 때만큼이나, 천사 같은 기색으로 인사하는 습관을 가지고 계셨다. 그런데 게르망뜨 씨가 한 다음 말이, 그 순간 나의 내면에서 이루어지고 있던 비교와 접근을 완성시켜 주게 되었다. "하지만 당신도 부이용 공작을 보셨소." 게르망뜨 씨가 나에게 한 말이다. "당신이 오늘 오후 나의 서재로 들어오려 할 때 그곳으로부터 나가던, 키 자그마하고 백발인 그 신사분 말이오." 꽁브레의 어느 소시민이라 내가 짐작하였던 바로 그 사람이었는데, 게르망뜨 씨의 말을 듣고 곰곰이 생각한 끝에, 나는 그에게서 빌르빠리지 부인과 닮은 모습을 발견하였다. 랑브르싹 공작 부인의 사라지듯 차츰 희미해지는 인사와 내 할머니 친구분들의 인사에서 발견된 그 유사점이, 엄격하고 폐쇄적인 계층—그것이 소시민 계층이건 고귀한 귀족 계층이건—속에는, 고고학자에게처럼 우리들에게, 아를랭꾸르 자작과 로이자 쀠제가 살던 시대[122)]의 교육이 어떠했는지, 그리고 그 교육이 반영하는 영혼의 몫이 얼마인지를 발견하도록 해주는 옛날의 방식들이 존속하다는 사실을 나에게 보여주면서, 나의 관심을 끌기 시작하였다. 부이용 공작과, 그와 같은 연령인 꽁브레의 어느 소시민 간의 완벽한 외양적 유사성이 (일찍이 쌩-루의 외조부인 라 로슈푸꼬 공작의 모습을 은판 사진에서 보았을 때, 의복이나 기색 및 태도에서 그가 나의 종조부님과 정확히 닮아, 그러한 현상이 나에게 이미 커다란 놀라움을 안겨준 바 있지만), 신분적 차이점들뿐만 아니라 심지어 개인적 차이점들조차, 긴 세월을 사이에 두고 보면, 한 시대의 획일성 속에 융합된다는 사실을 이제 더욱 확연히 나에게 상기시켜 주었다. 의복의 유사성뿐만 아니라 얼굴에 반사된 시대의 사고방식 역시, 하나의 인물 속에서 그의 신분(당사자의 자존심과 타인들의 상상 속에서만 큰 자리를 차지하는)보다 어찌나 중요한 자리를 점하고 있는지, 루이-필립 시절의 어느 지체 높은 나리가 루이 15세 시절의 지체 높은 나리보다는 루이-필립 시절의[123] 어느 중산층 인물과 더 닮았음을 깨닫기 위해서, 구태여 루브르 박물관의 갤러리들[124]을 두루 살필 필요가 없다는 것, 그것이 진실이다.

바로 그 때, 게르망뜨 대공 부인의 후원을 받는, 머리 덥수룩한 바이예른 출신 음악가 하나가 오리안느에게 인사를 하였다. 오리안느가 머리를 살짝 숙여 답례하였으나, 자기의 아내가, 자기에게는 낯설며, 외양 기이할 뿐만 아니라, 자기가 알기로는 평판 몹시 좋지 않은 사람의 인사에 응답하는 것을 보고 노기 등등해진 게르망뜨 씨는, 다음과 같이 묻는 듯 무시무시한 기색으로 자기의 아내를 향해 돌아섰다. '저 오스트로고트[125] 녀석은 뭐요?' 가엾은 게르망뜨 부인의 입장이 벌써 상당히 난처해졌지만, 그 음악가가 괴로워하는 그 여인을 조금이라도 불쌍하게 여겼다면, 되도록 신속히 그 자리를 떠났을 것이다. 그러나, 공작의 가장 오랜 친구들 (그들의 존재가 아마 부분적으로는 그로 하여금 조용히 상체를 숙이게 한 동기가 되었을 것이다) 한가운데서 공공연히 자신에게 가해진 모욕을 좌시하고 싶지 않을 뿐만 아니라, 자기가 게르망뜨 부인에게 인사를 한 것이 당연한 권리에 입각해서였고 또 그녀와의 교분이 없으면서 그런 것이 아니었음을 입증하기 위함이었는지, 혹은 자신의 명석한 이성에만 의지했어야 할 바로 그 순간에, 그로 하여금 사교계의 의전례를 글자 그대로 적용하도록 그를 충동질

한 멍청함의 모호하고 억제할 수 없는 영감에 순응하였음인지, 음악가가 게르망뜨 부인에게 더 가까이 다가서며 말하였다. "공작 부인, 제가 공작에게 소개되는 영광을 간청하고 싶습니다." 게르망뜨 부인의 입장이 매우 난처했다. 하지만 결국, 비록 시앗 본 아내라 할지라도 그녀는 엄연히 게르망뜨 공작 부인이었고, 따라서 자기와 교분 있는 사람들을 남편에게 소개할 권리 마저 박탈당한 기색을 보일 수는 없었다. "바쟁, 당신에게 헤르백 씨 소개하는 것을 허락해 주세요." 그녀가 말하였다.

"부인께서 내일 쌩-으베르뜨 부인 댁에 가실 것인지, 구태여 여쭙지 않겠습니다." 헤르백 씨의 시의 적절하지 않은 요청으로 야기된 거북함을 해소시키기 위하여, 프로베르빌 대령이 게르망뜨 부인에게 말하였다. "빠리 전체가 몽땅 그곳으로 갈 것입니다."

그러는 동안 게르망뜨 공작은, 자신의 몸을 단번에 그리고 통째로 그 분별 없는 음악가 쪽으로 돌려세우더니, 천둥의 신 유피테르처럼 웅장하고 아무 말 없으며 노한 얼굴로 몇 순간 동안 그렇게 부동의 상태에 머물렀는데, 그의 눈은 노기와 경악으로 이글거렸고, 타래를 이룬 곱슬머리는 분화구로부터 치솟는 듯했다. 그러더니, 요청 받은 예의를 이행하도록 그에게 허락한 충동적 격정에만 휩싸인 듯, 그리고 자기가 그 바이에른 출신 음악가와는 생면부지의 사이라는 사실을 도발적인 태도로 모든 이들에게 공표하는 듯한 기색을 보인 다음, 흰색 장갑 낀 두 손을 자기의 등 뒤로 돌려 맞잡으면서 상체를 앞쪽으로 무너뜨리듯 숙여, 어이없다는 듯한 그리고 광증같은 노기 가득한, 어찌나 깊숙하고 급작스러우며 난폭한 인사를 음악가에게 퍼부었던지, 예술가는 자신의 복부에 그 머리의 무시무시한 가격을 받지 않으려고, 상체를 숙여 예의를 표하면서도 벌벌 떨며 뒷걸음질을 하였다.

"하지만 공교롭게도 저는 내일 빠리에 있지 않을 거예요." 공작 부인이 프로베르빌 대령의 말에 대꾸하였다. "이제 말씀드리지만 (제가 고백하지 말아야 할 일이지만), 몽포르-라모리[126] 교회당의 옛 그림 유리창을 아직 못보고 이 나이에 이르렀어요. 수치스러운 일이지만 사실이에요. 그 비난 받아 마땅한 무지에서 벗어나기 위하여, 내일 그것들을 보러 가기로 작정하였어요."

브레오떼 씨가 미묘한 미소를 지었다. 그는 사실, 공작 부인이 어차피 그 나이에 이르도록 몽포르-라모리 교회당의 그리 유리창을 구경하지 않았으니, 그 예술적 방문이 '즉각 시행해야 할' 수술과 같은 위급한 성격을 문득 띠게 된 것이 아니고, 따라서 이십오 년 이상 미루어 오던 그 방문을, 이십사 시간 연기한다 해도 하등 위험하지 않다는 사실을 간파하였다. 공작 부인이 세운 그 방문 계획은 단지, 쌩-으베르뜨 부인의 응접실이 진정 우수한 사교장이 아니라, 〈골루와〉지의 사교계 소식란에서 자기네 응접실을 치장하기 위하여 어떤 인물을 초대하는, 그리고 그 응접실에서는 영영 만나지 못할 여인들에게, 혹은 여하튼 여인이 하나뿐이었다면 그 여인에게,[127] 극도의 우아함이라는 휘장을 수여할, 그러한 수준의 사교장이라는 사실을 게르망뜨 가문 사람들 식으로 널리 공표하는 포고문일 뿐이었다. 하지만 브레오떼 씨의 미소에 드러난 그 세련된 기분 전환이, 즉 처지가 따르지 못해 자신들은 흉내도 내지 못하는 일들을 게르망뜨 부인이 감행하는 것을 보면서 일반 사교계 사람들이 느끼는, 그러나 그러한 거조를 보기만 해도, 자기의 흙덩이에 묶인 채 더 자유롭고 더 운수 좋은 사람들이 자기의 머리 위로 지나가는 것을 바라보면서 어느 농사꾼이 그러듯 미소를 짓지 않을 수 없는 사교계 사람들이 느끼는, 그 시적 즐거움[128]과 중첩된 브레오떼 씨의 그 세련된 즐거움이, 프로베르빌 씨가 즉각 느낀,

감추어졌으되 격렬한 황홀감과는 아무 관련이 없었다.[120]

 사람들에게 자기의 웃음 소리가 들리지 않게 하려고 애를 쓰는 바람에, 프로베르빌 씨가 수탉처럼 빨개졌고, 그림에도 불구하고 그가 자비로운 어조로 다음과 같이 언성을 높일 때에는, 즐거움의 딸꾹질에 그의 말이 중단되곤 하였다. "오! 가엾은 쎙-으베르뜨 숙모님, 그 일로 인해 몸져 누우시겠어! 어림도 없지! 그 불운한 여인께서 그토록 원하시는 공작 부인을 모시지 못하실테니, 그 얼마나 큰 충격인가! 정말이지 그로 인해 돌아가시겠어!" 그가 자지러지게 웃으면서 그렇게 덧붙였다. 그리고 도취한 나머지, 자신도 모르게 발을 구르고 두 손을 마주 부볐다. 그 친절한 의도는 귀하게 여기되 끔찍한 진부함에 대해서는 그럴 수 없던 게르망뜨 부인이, 한쪽 눈과 입의 한 쪽 귀퉁이로만 프로베르빌 씨에게 미소를 보내면서, 결국 그의 곁을 떠나기로 작정하였다. "이보세요, 이제 당신에게 작별인사를 해야겠어요." 우수 어린 체념 감도는 기색으로, 또한 그것이 그녀에게는 불행이기라도 한 듯, 그녀가 일어서면서 그에게 말하였다. 그녀의 푸른 눈에서 발산되는 주술과 같은 매력 밑으로 들려오는, 부드럽게 음악적인 그녀 특유의 음성이, 어느 요정의 시적인 푸념을 연상시켰다. "바쟁은 제가 마리를 잠시나마 보러 가기를 원해요."

 실제로는 그녀가 프로베르빌의 말을 듣다가 지긋지긋해졌는데, 몽포르-라모리에 가는 그녀가 부럽다고 끊임없이 지껄여대던 그가, 그곳의 그림 유리창 이야기를 처음 들었다는 사실을 그녀가 잘 알고 있었기 때문이며, 다른 한편으로는, 그가 이 세상의 그 무엇을 준다 해도 쎙-으베르뜨 부인 댁 연회는 놓치지 않을 것임도 알고 있었기 때문이다. "안녕히 계세요, 제가 당신과 별 이야기 나누지 못했군요. 사교계라는 것이 그러해요. 서로 제대로 만나지도 못하고, 하고 싶은 말도 못해요. 하기야 어디에서든 삶이라는 것이 그렇지요. 죽은 후에는 매사가 더 나으리라 기대해 봅시다. 적어도 깃 넓게 파인 옷을 항상 입을 필요는 없겠지요. 그리고 또 누가 알아요? 성대한 축제를 기하여 아마 모두들, 자기의 뼈다귀와 자기 몸에 들러붙어 굼실거리는 구더기들을 과시할지도 몰라요. 그러지 않을 이유라도 있나요? 저기 있는 랑뻬용 할멈을 좀 보세요, 저것과 드레스 풀어 헤친 해골 사이에 큰 차이가 있다고 생각하세요? 그녀가 모든 권리를 가지고 있는 것은 사실이에요. 그녀의 나이가 적어도 백세는 되었을 테니까요. 제가 처음 사교계에 등장하였을 때에, 그녀는 벌써 신성 불가침적 괴물들 중 하나였고, 저는 그 괴물들 앞에서 몸을 숙여 인사하기를 거절하였어요. 저는 그녀가 아주 오래 전에 죽었으리라 생각하였으며, 지금 그녀가 우리에게 제공하는 저 광경에 대한 유일한 설명은 그 죽음뿐이에요. 매우 인상적이며 제례 의식 같아요. 그야말로 '깜뽀 싼또[130]'의 일부분이에요." 공작 부인이 그러면서 프로베르빌 곁을 떠났는데, 그가 다시 그녀에게로 다가가면서 말하였다. "마지막으로 한 말씀 더 드리고 싶습니다."—"또 무슨 일이에요?" 조금 짜증이 난 듯, 그녀가 거만한 기색을 띠며 물었다. 그러자, 몽포르-라모리에 갈 생각을 그녀가 혹시 마지막 순간에 바꾸지 않을까 저어하였다는 듯 이렇게 말하였다. "쌩-으베르뜨 부인 때문에, 그녀의 마음이 상할까 하여, 제가 감히 부인께 말씀드리지 못하였으나, 그 댁에 가실 생각이 없으시다니, 이제, 부인을 위해서는 다행한 일이라고 말씀드릴 수 있는 바, 그녀의 집에 홍역 환자가 있기 때문입니다!"—"오! 맙소사!" 어떤 질병이든 두려워하던 오리안느가 소스라치듯 말하였다. "하지만 그것이 저와는 상관이 없어요. 저는 이미 그것을 앓았어요. 그것을 두 번 앓을 수는 없어요."—"의사들은 그렇게 말하지만, 저는 그 병을 네 번이나 앓은 사람들을 알고 있습니다. 여하튼 부인께 경고를 해드렸습니다." 한편 그로서는, 자신이 그 허구적인 홍역에 정말로 걸려 침상에 못박힌 듯 누워 있어야 할 처지가 아닌 한, 그토록 여러 달 전부터 기다리던 쌩-으베르뜨 부인 댁 연회를 포기하지 못하였을 것이다. 그가, 그 숱한 우아함들을 그곳에서 구경하는 즐거움을 맛볼 것이니![131] 그리고 성공적이지 못했던 점들을 확인하는 더 큰 즐거움과, 특히 자신이 최고급의 우아함들과 어울렸음을 두고두고 자랑할 수 있고, 그것들을 과장하거나 꾸며대면서 이류들을 딱하게 여기는 즐거움도 맛볼 것이니 말이다.

나 역시 공작 부인이 다른 자리로 가는 틈을 봐서, 흡연실로 가 스완의 소식을 알아보기 위하여 일어섰다. "바발이 이야기한 것은 [132] 단 한 마디도 믿지 말아요." 그녀가 나에게 말하였다. "그 귀여운 몰레 부인이 그 구석에는 절대 기어들지 않았을 것이니까요. 우리들을 끌어들이려 하는 이야기예요. 그 내외는 아무도 집에 받아들이지 않고 어느 곳에도 초대받지 않아요. 그녀의 남편이 그러한 사실을 고백해요. '우리는 둘이서만 벽난로 가에 머문답니다.' 그가 항상, 왕처럼이 아니라[133] 자기의 아내를 포함시켜 '우리'라고 하니, 그 단어에는 신경 쓰지 않아요. 여하튼 그 내외에 대해서는 제가 잘 알아요." 공작 부인이 마지막 말을 덧붙였다. 그녀와 내가 두 젊은이와 마주쳤는데, 그들의 빼어난 그러나 서로 다른 수려함이 같은 여인에 근원을 두고 있었다.[134] 그들은 게르망뜨 공작의 새 정부인 쉬르지 부인의 두 아들이었다. 그들의 모습이 모친의 장점들로 광휘로웠으나, 각각 다른 장점들로 반짝였다. 그들 중 하나에게로는, 남성적인 몸뚱이 속에서 유연하게 물결치는, 쉬르지 부인의 제왕적 당당함이 건너갔을 뿐만 아니라, 그 아들과 모친의 대리석처럼 흰 볼 위로는, 열렬하고 다갈색이며 진주색인,[135] 같은 창백함이 감돌고 있었던 반면, 다른 아들은 그리스적 이마와 완벽한 코 및 조각상의 목과 한없이 그윽한 눈을 물려받아, 여신[136]이 그들에게 나누어 준 다양한 선물들로 이루어진 그들의 이중적 아름다움이, 그것의 원인이 그들의 밖에 존재하리라 생각하게 되는 추상적 즐거움을 제공하였으며,[137] 따라서 누가 보든, 그들 모친의 주요 특질들이 서로 다른 두 몸뚱이로 화신하였다고, 또 마르스와 베누스가 각각 유피테르의 힘과 아름다움일 뿐인 것처럼,[138] 하나는 모친의 풍채와 안색이고 다른 하나는 그녀의 시선이라고 생각하였을 것이다. 두 젊은이가 평소에, '우리 부모님의 절친한 친구'라고 하면서 게르망뜨 씨에게 최고의 경의를 표하였지만, 형만은, 공작 부인에게 다가와 인사를 하지 않는 것이 신중한 행동이라 생각하였음인지, 그리고 그 이유는 모르면서도, 그가 아마 자기 모친에 대한 공작 부인의 적대감을 알고 있었던 모양인지, 우리들을 보자 고개를 살짝 다른 쪽으로 돌렸고, 두 형제가 마치 우의적인 두 인물처럼[139] 앞서거니 뒤서거니 하면서 카드놀이 방을 향해 미끄러지듯 이동하였다.

그 방에 도달하는 순간, 아직도 용모 아름다우나 거의 치태(齒苔)가 끼기 시작한[140] 씨트리 후작 부인이 나를 불러세웠다. 상당히 지체 높은 집안 출신으로, 그녀는 일찍이 버젓한 혼처를 찾은 끝에, 오말-로렌느 가문[141]의 딸을 증조모로 둔 씨트리 씨와 결혼하는데 성공하였다. 하지만 그러한 만족감을 맛본 직후, 매사에 부정적인 그녀의 성격으로 인해 그녀가 상류 사교계 사람들에 대해 혐오감을 품게 되었으며, 하지만 그 혐오감이 그녀를 사교계 생활로부터 완전히 떼어놓지는 못하였다. 어떤 야회에서 그녀가 모든 사람들을 비웃었을 뿐만 아니라, 그 비웃음이 어찌나 난폭한 무엇을 가지고 있었던지, 그 웃음소리조차 충분히 신랄하지 못하다 여긴 듯, 그것이 목구멍을 스쳐 나오는 바람소리로 변하곤 하였다. "아!" 내 곁을 떠나 벌써 조금 멀리 간 게르망뜨 공작 부인을 가리키면서 그녀가 나에게 말하였다. "저를 놀라 자빠지게 만드는 것은, 그녀가 그러한 생활을 영위할 수 있다는 점이에요." 그러한 말이, 이교도들이 스스로 진리에 이르지 못하는 것에 놀라 노기등등해진 어느 성녀의 것이었을까, 혹은 대살륙 충동에 사로잡힌 어느 무정부주의자의 것이었을까?[12] 어떠한 경우이든, 그러한 폭언에는 하등의 정당성도 없었다. 우선, 게르망뜨 부인이 '영위하는 생활'이 씨트리 부인의 생활과 (분개하는 것을 제외하고는) 거의 차이가 없었다. 씨트리 부인은, 게르망뜨 공작 부인이 마리-질베르가 주최하는 야회에 참석하는 것과 같은 치명적인 희생을 감수할 수 있다는 사실에 몹시 놀랐다. 특별한 경우에는, 실제로 매우 선량한 대공 부인을 씨트리 부인이 무척 좋아하였으며, 대공 부인의 야회에 참석함으로써 자기가 그녀에게 큰 기쁨을 안겨준다는 사실 또한 잘 알고 있었다는 점도 말해 두어야겠다. 그렇기 때문에, 그 야회에 참석하기 위하여, 자기가 천재적 재능을 가지고 있으리라 생각하던, 그리고 자기를 러시아 무용의 신비에 입문시켜 주기로 되어 있던, 어느 무용수 여인과의 약속을 취소하였다. 오리안느가 이러저러한 남녀 손님들에게 인사 건네는 것을 보면서 씨트리 부인이 느끼던 맹렬한 노기에서, 다소나마 그 가치를 박탈하던 다른 하나의 이유는, 게르망뜨 부인 역시, 비록 훨씬 덜 진행되긴 했지만, 씨트리 부인을 휩쓸고 있던 질환의 증상들을 보이고 있었다는 사실이다. 게다가 우리는 그녀가 태어날 때부터 그 질환의 씨앗을 간직하고 있었음을 보았다. 여하튼, 씨트리 부인보다 더 현명했던 게르망뜨 부인이 그 허무주의(오직 사교적인 것만이 아니었던)에 대해 더 많은 권리를 가지고 있었겠으나, 특정 장점들이 이웃의 단점들로 인해 괴로워하는 것을 돕기보다는 그것들을 견디는데 도움을 주는 것은 사실이며, 따라서 위대한 재능을 타고난 사람은, 대개의 경우, 다른 이들의 멍청이짓에 바보들보다 관심을 덜 갖는다. 우리가 공작 부인이 가지고 있던 지성의 유형에 대하여 이미 상당히 길게 이야기하였던지라, 그러한 지성이 비록 고도의 지성과 하등의 공통점을 가지고 있지는 않다 할지라도, 그것이 적어도 하나의 기지, 즉 (번역가처럼) 다양한 문장 형태들을 동원할 줄 아는 재치있는 기지였다는 점에는 누구나 수긍할 것이다. 그런데 씨트리 부인에게는, 자신의 것과 그토록 유사한 다른 이들의 특질을 멸시할 자격을 그녀에게 부여할 수 있을, 그러한 기지가 전혀 없었다. 그녀는 모든 사람들을 바보라 여겼지만, 자신의 대화나 서신들 속에서는, 자기가 그토록 경멸하듯 대하던 사람들보다 오히려 열등한 자신을 드러내곤 하였다. 게다가 그녀는 어찌나 심한 파괴 욕구를 가지고 있었던지, 그녀가 어느 정도 사교계를 포기하게 되었을 때에는, 그녀가 일찍이 추구하였던 즐거움들이, 하나 하나 차례로 그녀의 공격적인 파괴력에 의해 수난을 당하였다. 음악회에 참석하기 위하여 야회장을 떠난 다음, 그녀가 이렇게 말하기 시작하였다. "음악이라 하는 저것 듣기를 좋아하세요? 아! 맙소사, 때에 따라 달라요. 하지만 저것처럼 따분한 것이 있으랴! 아! 베토벤, 그 '턱수염' [143]!" 바그너 그리고 프랑크와 드뷔씨 등에 대해서는 그녀가 '턱수염'이라는 말조차 하지 않고, 이발사처럼 손을 자신의 얼굴 위로 한 번 슬쩍 가져가는 것으로 만족하였다. 그리고 얼마 아니 되어, 그녀에게는 모든 것이 따분했다. "아름다운 것들이라는 것은 정말 따분해요! 아! 그림들이라는 것, 우리들을 미치게 만들어요… 당신의 말씀이 옳아요, 편지를 쓴다는 것은 정말 지긋지긋해요!" 결국 그녀가 사람들에게 '따분하다'고 공언한 것은 삶 그 자체였고, 그녀가 그러한 비유적 어휘[144]를 어디에서 빌려 왔는지는 아무도 정확히 몰랐다.

나를 처음으로 자기의 집 만찬에 초대하였던 날 게르망뜨 공작부인이 그 방에 대하여 한 말[145] 때문인지는 모르겠으나, 삽화 넣은 바닥 포장석, 그 안에 있던 델포이 신전 양식의 삼각(三脚) 의자들,[146] 그곳에 들어서는 사람들을 유심히 바라보는 듯한 신들과 짐승들의 형상들, 의자들 팔걸이 위에 길게 엎드려 있는 스핑크스들, 특히 에트루리아 및 이집트 예술을 다분히 모방한 듯한 상징적 부호들로 덮여 있는 거대한 대리석 혹은 에나멜 칠한 모자이크 탁자 등 가득한, 그 카드놀이 방이 나에게 진정한 마법의 방 같은 인상을 주었다. 그런데, 번쩍이는 복술용 탁자 가까이로 끌어당긴 의자 위에서, 샤를뤼스 씨만은, 어떤 카드에도 손을 대지 않고, 자신의 주위에서 일어나는 어떤 일에도 무감각해져, 내가 막 그 방에 들어섰다는 사실도 지각할 수 없는 상태가 되어, 마치 자신의 모든 의지와 사유력을 몽땅 쏟아 점괘 하나를 얻으려는 어느 마법사를 방불케 하였다. 자기의 삼각 의자 위에 앉아 있는 델포이 신전의 무녀 퓌티아의 눈처럼, 그의 두 눈이 앞으로 한껏 불거져 나와 있었을 뿐만 아니라, 가장 단순한 움직임들조차 정지되기를 요구하는 일들로부터 자기의 주의를 분산시키는 것이 전혀 없도록 하기 위하여, 그는 (문제를 풀기 전에는 다른 아무것도 하기 싫어 계산에만 골몰하는 사람처럼) 잠시 전에 입에 물고 있던, 하지만 그것을 피우는 데 필요한 정신적 자유가 더 이상 없어, 엽권력까지도 곁에 내려놓았다. 그의 맞은편 안락의자 팔걸이 위에 웅크리고 있는 두 이집트 신들[147]을 보면서, 만약 카드놀이를 하기 위하여 마침 그 안락의자에 앉은 젊고 살아있는 오이디푸스가 내놓은[148] 수수께끼가 없었다면, 사람들은 남작이 스핑크스들이[149] 내놓은 수수께끼를 풀려 애쓰고 있는 중이라 생각하였을 것이다. 그런데, 샤를뤼스 씨가 자기의 지적 능력을 그토록 집중적으로 쏟아 바라보던 형상, 하지만 사실대로 말하자면, 사람들이 일반적으로 '기하학적 방법'[150]으로 연구하는 것들의 부류에 속하지 않던 그 형상은, 젊은 쒸르쒸 후작의 얼굴 윤곽선들이 그에게 제시한 형상이었으되, 샤를뤼스 씨가 그것 앞에서 어찌나 골몰해 있었던지, 그것이 마치, 그가 숨겨진 의미를 찾아내거나 공식을 추출해내려 하였음직한, 어느 방패에 새겨진 단어나 어떤 수수께끼 혹은 어떤 대수학 문제 같았다. 그의 앞에 있던, 어느 씨빌라[151]가 내놓은 듯한 부호들과 그 율법의 석판에 새겨진 형상들은, 그 젊은이의 운명이 어느 쪽으로 향할지를 그 늙은 마법사에게 알려줄 마법서 같았다. 문득, 내가 자기를 바라보고 있음을 그가 알아차렸고, 마치 어떤 꿈에서 깨어나듯 고개를 쳐들었으며, 얼굴을 붉히면서 나에게 미소를 지었다. 그 순간 쒸르쒸 부인의 다른 아들이, 카드놀이를 하고 있던 젊은이 곁으로 와서 그가 들고 있던 카드들을 들여다보았다. 샤를뤼스 씨가 나로부터 그들이 형제간임을 알게 되었을 때, 그의 얼굴은, 그토록 찬연하며 그토록 서로 다른 두 걸작품을 만들어낸 가문이 그에게 불러 일으킨 찬탄을 감추지 못하였다. 그리고 남작의 열광을 더욱 증대시켰던 것은, 쒸르쒸-르-뒥 부인의 두 아들이 같은 어머니의 소생일 뿐만 아니라 아버지도 같다는 사실이었다. 유피테르의 자식들이 서로 다르나, 그것은 그가 먼저 메티스(현명한 자식들을 낳게 되어 있었던 것이 그녀의 운명이었다)와 혼인한 다음, 테미스와, 그리고 뒤이어 에우뤼노우메, 그리고 므네모쒸네, 그리고 레토, 그리고 마지막에서야 유노와 혼인하였기 때문이다.[152] 하지만 쒸르쒸 부인은, 자기로부터 아름다움을 (그러나 서로 다른 아름다움을) 물려받은 두 아들이 같은 아버지로부터 태어나도록 하였다.

하도 커서 처음에는 그가 나를 발견하지 못한, 그 방으로 스완이 들어서는 것을 보고 내가 이윽고 기쁨을 느꼈다. 그것은 슬픔 섞인 기쁨이었고, 그 슬픔이란, 아마 다른 손님들이 느끼지 못하였을, 하지만 그들의 경우, 임박한 죽음의, 항간에서 흔히들 말하듯이미 얼굴에 나타난 죽음의, 예기치 못한 그리고 기이한 형태들에 말미암은 일종의 홀림으로 이루어진 슬픔이었다. 그리하여 모든 시선들이, 거의 무례하다고 할 수 있을 만큼 경악하는 듯한 기색으로, 그리고 조심성 없는 호기심과 잔혹성과 평온하며 동시에 근심 어린 자신으로의 회귀(로베르가 아마 '쑤아베 마리 마그노'와 '메멘토 쿠이아 풀비스'의 혼합이라고 하였을) 등이 내포된 기색으로, 그 얼굴에 고정되었으며, 질병이 그 얼굴의 두 볼을 이지러지는 달처럼 어찌나 심하게 쏠고 절삭해 놓았던지, 스완이 틀림없이 거울 속 자신의 모습을 바라보곤 하였을 그 특정 시점 이외의 다른 각도에서 보면, 그 볼들이, 시각적 환상만이 그 외양적 깊이를 덧붙여 주는 무대 장치처럼 급작스럽게 변하곤 하였다. 더 이상 제자리에 없어 그것을 작게 보이도록 해주지 못하는 볼들의 결여 때문인지, 혹은 역시 중독 증세인 동맥 경화가 음주벽이 그랬을 것처럼 그것을 붉게 만들었음인지, 혹은 모르핀이 그랬을 것처럼 그것을 일그러지게 하였음인지, 오랜 세월 동안 매력적인 얼굴 속에 흡수되어 있던 뽈리쉬넬[154]의 것과 같은 스완의 코가, 이제는 거대해지고 부어오르고 진홍색을 띠어, 어느 신기한 발루와 왕가 사람[155]의 것이기 보다는 오히려 어느 늙은 히브리인의 코처럼 보였다. 게다가 아마 그에게서, 근래에 이르러, 종족을 특징짓는 신체적 유형과 함께, 스완이 평생 망각하였던 것 같던, 그러나 그의 치명적인 질환과 드레퓌스 사건과 유대인 배척 운동 등이 서로 접목되어 일깨워놓은, 다른 유대인들과의 정신적 유대감이 더욱 두드러지게 드러났을 것이다. 유대인들 중에는, 유대인임에도 불구하고 매우 예리하며 섬세한 사교계 인사들이 있는데, 그들 속에는 한 편의 연극에서처럼, 생애의 특정 순간에 등장하기 위하여 유보 상태에 머물러 표면에 드러나지 않은, 하나의 콧방울[156]과 하나의 선지자가 남아 있다. 스완은 선지자의 나이에 도달해 있었다. 물론, 병세의 심화로 인하여, 녹는 중이라 그 조각들 전체가 떨어져나가는 얼음 덩이에서처럼, 특정 부분들이 몽땅 사라진 그의 얼굴 만큼이나, 그가 많이 '변하였다'. 하지만 그가 나와의 관계에서는 어찌나 더 심하게 변하였던지, 내가 놀라지 않을 수 없었다. 이제는 마주치더라도 전혀 성가시지 않은 선량하고 교양있는 그 사람에게, 비단 안감 댄 그의 여행용 외투 가까이에 다가가는 것조차 부끄러워하고, 그러한 존재가 사는 아파트의 출입문 앞에서 무한한 동요와 두려움에 사로잡히지 않고는 초인종을 누를 수 없을 정도로, 샹젤리제 공원에 모습이 보이기만 해도 나의 가슴이 두근거리게 하던 그 신비로움을, 내가 그 시절에는 도대체 어떻게 씨뿌리듯 그에게 부여할 수 있었는지 이해할 수 없었으니, 그 모든 것이, 그의 거처뿐만 아니라 그의 인격체로부터 몽땅 사라졌기 때문이며, 따라서 그와 한담을 나눈다는 생각이 유쾌하거나 그렇지 않을 수는 있으되, 나의 신경계에는 하등의 영향을 끼치지 않게 되었다.

또한 게다가, 바로 그 날 오후—요컨대 불과 몇 시간 전에—게르망뜨 공작의 집무실에서 그와 마주친 이후, 그가 얼마나 많이 변해 있었던가! 그가 정말 대공과 다투었고, 그로 인해 충격을 받았던 것일까? 그러한 추측은 불필요했다. 중환자에게 지극히 작은 노력만 요구하여도, 그에게는 그 노력이 엄청난 과로가 된다. 이미 지친 그를 야연의 열기에 조금만 노출시켜도, 너무 익은 배나 변질되기 직전에 있는 우유가 하루도 지나지 않아 변하듯, 환자의 안색이 일그러져 창백해진다. 게다가 스완의 모발이 군데군데 성겨져, 게르망뜨 부인이 말하듯, 모피 제조인이 필요할 지경이었고, 장뇌(樟腦)를 발랐으되 제대로 바르지 못한 것처럼 보였다.[157] 내가 흡연실을 가로질러 스완에게로 가서 말을 건네야겠다고 생각하는 순간, 불행하게도 어떤 손 하나가 나의 어깨를 쳤다. "안녕하신가, 나의 사랑스러운 친구, 내가 사십팔 시간 동안 빠리에 머물게 되었네. 자네 집에 들렀다가 자네가 이곳에 있다는 말을 들었고, 따라서 나의 숙모님께서는 자네 덕분에 내가 당신의 야회에 참석하는 영광을 얻으셨네." 쌩-루였다. 내가 그에게 저택이 정말 아름답다고 하였다. "그렇네, 역사적 기념물 되기에 충분하지. 하지만 나는 몹시 진부하게 여긴다네. 나의 빨라메드 숙부님 곁으로 다가가지 않도록 하세. 그랬다가는 우리 두 사람 모두 덥석 물릴걸세. 몰레 부인이 (현재 고삐를 잡고 있는 사람은 그녀라네) 이제 막 떠난지라, 숙부님께서는 몹시 당황하신 상태라네. 정말 볼만한 광경이었던 모양인데, 숙부님이 그녀 곁을 단 한 걸음도 떠나시지 않다가, 그녀를 마차에 태워 주실 때에야 그녀를 놓아주셨다네. 그렇다 하여 내가 숙부님을 나무라는 것은 아니네만, 나에게 항상 엄격했던 우리 가문 친족회의가, 나의 후견인 대리이시고, 돈 후안 만큼이나 많은 여인들과 상관하셨으며, 그 연세에 이르셨건만 그 짓을 그만두시지 않는, 모든 이들 중 가장 난봉질이 심했던 샤를뤼스 숙부님을 비롯하여, 공교롭게도 과거에 가장 놀랄만한 짓들을 벌이시던 친척들로 구성되었다는 점이, 내가 보기에는 매우 우습다는 말을 하는 것 뿐일세. 언젠가는 나에게 법정(法定) 후견인을 지정하자는 논의가 있었다네. 지금 생각하거니와, 그 문제를 검토하기 위하여 그 모든 늙은 호색한들이 모였을 때, 그리고 나에게 훈계를 하는 한편 내가 나의 어머니에게 괴로움을 안겨드린다는 말을 하기 위하여 나를 불렀을 때, 그들이 서로의 얼굴을 바라보면서 웃음을 참을 수 없었을 걸세. 그 친족회의를 구성하고 있는 이들을 세밀하게 들여다보면, 마치 가장 많은 스커트를 걷어올린 사람들을 일부러 선발한 것 같다네."

그와 관련하여 내 벗님이 드러내던 놀라움도 내가 보기에는 더 타당한 것 같지 않았지만, 여하튼 샤를뤼스 씨는 차치하고라도, 다른 논거들에 입각해 볼 때, 그리고 더구나 훗날 나의 뇌리에서 수정될 수밖에 없게 되어 있던 그 논거들에 입각해 볼 때, 미친 짓을 저질렀거나 저지르고 있는 친족들에 의해 한 젊은이들에게 훈시가 내려졌다는 사실을 기이하게 여겼다는 것은, 로베르가 범한 분명한 오류였다. 격세유전이나 가문 특유의 유사성만이 원인일 경우, 질책을 하는 숙부에게도, (친족회의로부터) 위임을 받아 자기가 질책하게 된 조카의 단점들이 있는 것은 불가피한 일이다. 하지만 조카를 나무라는 숙부의 거조에 추호의 위선도 섞이지 않았으니, 매번 새로운 상황에서는 무엇이든 '다른 것'이라고 믿는 인간들의 그 속성[158]에 숙부가 속았기 때문이며, 그 속성이란, 인간들로 하여금 예술적 혹은 정치적 오류들을, 그것들이 실은 십년 전에 자기들이 단죄하던 다른 어느 회화 유파나 자기들의 증오 대상이 되어 마땅하다고 생각하던 어느 정치적 사건을 규탄하면서 자신들이 진실이라 믿었던 것들, 그리고 이제 그 미망에서 벗어나,[159] 새로운 변장 때문에 알아보지 못하고 순순히 받아들이는, 그 오류들과 같다는 사실을 감지하지 못한 채 수용할 수 있게 해주는 속성이다. 또한, 숙부가 과거에 저지른 잘못들이 조카가 저지르는 것들과 다르다 할지라도, 유전적 요소가 어느 정도까지는 그 현상의 인과율이 아닐 수 없으니, 모사본이 원본에 비해 그렇듯, 결과가 항상 원인을 닮지는 않기 때문이며, 숙부의 잘못들이 비록 더 심각하다 할지라도 그는 자신의 그 잘못들이 덜 심각하다고 철석같이 믿을 수도 있다.

샤를뤼스 씨가 로베르에게—그가 자기 숙부의 진정한 취향을 모르고 있었긴 하지만—노기를 띠며 나무라는 말을 하였을 때, 그 시절에는, 그리고 그것이 아직은 비록 남작이 자신의 취향들을 억눌러 시들게 하던 시절이었다 할지라도, 그가 사교계 인사의 관점에서 로베르가 자기보다 무한히 더 잘못을 저지른다 생각한 것은 나무랄데 없이 솔직한 심정의 발로였을 것이다. 자기의 숙부가 자기를 견책할 소임을 맡았던 무렵, 로베르가 자칫 자기 계층 사람들로부터 축출당할 위기에 놓이지 않았던가? 그가 자칫 죠키 클럽 입회 투표에서 낙선될 뻔하지 않았던가? 밑바닥 부류에 속하는 여인 하나를 위하여 미친듯이 금전을 낭비하는 바람에, 작가들, 배우들, 유대인들 등, 자신의 계층에는 단 하나도 속하지 않는 사람들과의 친분 때문에, 반역자들의 것과 다르지 않던 그의 견해들 때문에, 자기 가문의 모든 사람들에게 안겨준 괴로움 때문에, 그가 웃음거리로 전락하지 않았던가? 추문으로 얼룩진 그의 그러한 생활이, 이제까지 게르망뜨 가문 출신으로서 자기의 지위를 지켜왔을 뿐만 아니라 더욱 드높였고, 사교계에서도 가장 정선된 집단에서 절대적인 특전과 인기를 누리며 칭송을 받는가 하면, 걸출한 여인이었던 부르봉 왕가의 대공녀와 혼인하여, 그녀를 행복하게 해주었고, 그녀 사후에는, 사교계 사람들 사이에서 흔히 발견할 수 있는 것보다 더 열렬하고 한결같은 예의를 그녀의 추억에 바쳐, 좋은 아들이었던 것 못지않게 좋은 남편이었던 샤를뤼스 씨의 생활에, 도대체 어떤 측면에서 비교될 수 있었겠는가?

"하지만 샤를뤼스 씨에게 그토록 많은 정부들이 있었다고 확신하는가?" 물론 내가 그 날 오후 뜻밖에 알게 된 비밀을 로베르에게 폭로하려는 악마적인 의도에서는 아니었으되, 그러면서도 하나의 잘못된 견해를 그토록 확신을 가지고 또 오만하게 주장하는 것에 신경이 거슬려, 내가 물었다. 나의 순진함에서 비롯된 질문이라고 믿었음인지, 그가 어이없다는 듯 어깨를 한 번 으쓱하는 것으로 만족하였다. "하지만 나는 그것 때문에 숙부님을 나무라지 않으며, 그 분에게 그럴만한 충분한 이유가 있다고 생각하네." 그러더니, 발백에서 우리가 처음 만났던 시절이었다면 그에게 심한 혐오감을 주었을 이론 하나를 내 앞에 펼치기 시작하였다(그곳에서는 그가 엽색꾼들을 심하게 규탄하는 것으로 만족하지 않고, 그러한 범죄에는 죽음만이 상응하는 처벌이라고 여겼다). 그 시절에는 그가 아직 연정과 질투심에 사로잡혀 있었기 때문이다. 그가 이제는 심지어 사창가를 찬양하기도 하였다. "발에 맞는 신발을, 즉 병영에서 흔히들 형판(型板)이라고 부르는 그것을 발견할 수 있는 곳은 그곳 뿐이라네." 내가 발백에서 그러한 장소에 대해 가볍게 언급하자 그를 심하게 자극하였던, 그러한 종류의 혐오감이 더 이상 그에게 없었고, 따라서 이제 그의 말을 들으면서, 블록이 일찍이 나에게 그런 곳을 소개한 적이 있노라고 하자, 로베르가 나에게, 블록이 드나들던 곳이라면 '극도로 초라한, 가난뱅이들의 낙원' 일 것이라고만 대꾸하였다. 그러더니 다시 말하였다. "여하튼 경우에 따라 다르지. 어디에 있는 사창가였나?' 내가 애매하게 대꾸하는 것으로 그쳤다. 로베르가 그토록 사랑하던 그 라셸이 한 루이에 몸을 내맡기던 곳이 바로 그곳이었음을 내가 문득 기억해냈기 때문이다. "여하튼 기막힌 여인들이 모이는 훨씬 좋은 곳을 내가 자네에게 소개하겠네." 그가 안다는, 그리고 일찍이 블록이 나에게 소개하였던 곳보다 훨씬 고급일, 그 사창가로 가능한 한 빨리 나를 데려가주면 좋겠다는 나의 말을 듣더니, 자기가 다음 날 다시 떠나야 하기 때문에 이번에는 그럴 수 없다면서, 나에게 진정으로 유감을 표하였다. "다음 번에 그러겠네." 그러더니 알쏭달쏭한 기색으로 다시 덧붙였다. "그곳에 젊은 아가씨들도 있다네. 오르주빌이라고 하는 어린 아가씨도 있는데… 더 정확히 말하자면 나무랄데 없는 사람들의 딸이며, 모친은 라 크롸-레벡 가문 출신인 모양인데, 최상류층에 속하는 사람들이고, 내가 잘못 알고 있는 것이 아니라면, 나의 오리안느 숙모님과도 먼 친척관계일세. 게다가 그 어린 아가씨를 보기만 하여도, 첫눈에 그녀가 괜찮은 사람들의 딸임을 느낄 수 있다네(나는, 아주 높은 곳으로 구름처럼 지나가면서 멈추지 않은 게르망뜨 가문 정령의 그림자가, 로베르의 음성 위로 잠시 펼쳐짐을 느꼈다). 그것이 나에게는 하나의 경이로운 일로 보인다네. 부모들이 항상 병석에 있어, 그녀를 돌보지 못한다네. 맙소사! 어린 것이 그렇게 무료함을 달랜다네. 그 아이에게 심심풀이를 마련해 주려 하는데, 자네만 믿네!"―"오! 언제 빠리에 다시 오는가?"―"나도 모르겠네만, 혹시 자네가 공작 부인들만을(공작 부인이라는 작위가 귀족들에게는, 백성들 사이에서 흔히들 공주라고 말하듯, 각별히 화려한 지위를 지칭하는 유일한 작위인지라)고집하지 않는다면, 다른 부류의 여인들 중에는 쀠뜨뷔스 부인의 수석 침실 시녀가 있네."

그 순간 자기 아들들을 찾으러 쒸르쥐 부인이 카드놀이 방 안으로 들어왔다. 그녀를 보자 샤를뤼스 씨가 친절한 기색으로 그녀에게 다가갔고, 남작으로부터 기대하였던 것이 몹시 싸늘한 냉랭함뿐이었기 때문에 후작 부인이 그만큼 더 기분 좋게 놀랐는데, 남작은 항상 오리안느의 보호자 역할을 자처하였고, (공작이 물려받은 많은 유산과 공작 부인에 대한 질투 때문에 공작의 온갖 요구에 지나치게 너그러웠던) 그 가문에서 유독 그만이 자기 형의 정부들을 가혹하다고 할 수 있을 만큼 멀리하던 터였다. 그리하여 쒸르쒸 부인이 자기가 두려워하던 그런 태도의 동기를 충분히 이해할 수 있었을 것이나, 이제 자기를 맞는 정반대의 환대가 어떤 동기에서 비롯된 것인지는 전혀 짐작하지 못하였다. 남작이 그녀에게, 지난날 쟈께가 그린 그녀의 초상화에 관해 이야기하면서 찬탄을 금치 못하였다.[160] 그 찬사가 점점 고조되어 일종의 열광으로까지 변하였는데, 그 열광이 비록, 후작 부인으로 하여금 자기의 곁을 떠나지 못하도록 하려는, 다소간의 타산적 의도에서 비롯되었다 할지라도, 혹은 병력을 특정 지점에 집중적으로 투입하여 그곳에 발이 묶일 수밖에 없도록 유도한 적군에 대해 로베르가 이야기할 때마다 사용하곤 하던 말처럼, 그녀를 '고리에 걸어놓기' 위해서였다 할지라도, 그 열광은 아마 진실했을 것이다. 왜냐하면, 사람들마다 아들들에게서 왕비의 풍모와 쒸르쒸 부인의 눈을 발견하고 즐겨 그것들을 찬미하였다면, 남작 또한 그러한 매력들이 한 다발로 묶여 그들의 모친 속에 있는 것을 발견하고, 반대의 그러나 못지않게 강렬한 기쁨을 느꼈을 것이기 때문이었는데, 그들의 모친은, 스스로 욕망을 불어넣지는 못하되 자신이 일깨워놓은 욕망에 자신이 유발한 미학적 찬미로 자양을 공급하는 초상화와 같았다. 그녀의 두 아들들은 쟈께가 그린 그 초상화에 소급적으로 관능적인 매력을 가져다주었고, 그리하여 남작은 그 순간 쒸르쒸 가문 젊은이들의 생리적 족보를 연구할 목적으로, 그 초상화를 기꺼이 구입하고자 하였을 것이다.

"나의 말이 과장이 아니었음을 이제 자네도 보아 알겠지." 로베르가 나에게 말하였다. "쒸르쒸 부인에게 열의를 보이는 내 숙부님을 좀 보게. 심지어 저 여인에게조차, 정말 놀라운 일이야. 오리안느가 알면 펄펄 화를 내겠지. 솔직히 말해, 저 여인에게 서둘러 달려들지 않더라도 여자들은 충분히 있네." 그가 그렇게 덧붙였는데, 연정에 사로잡히지 않은 다른 모든 사람들처럼, 그는 사랑하는 사람을, 수천 번 심사숙고 끝에 그리고 다양한 장점들과 적합성에 입각하여 고르는 것이라 생각하고 있었다. 게다가, 자기의 숙부가 여인들에게 푹 빠져 있다고 터무니없는 생각을 하면서, 악감정을 품고 있었던지라, 로베르는 샤를뤼스 씨에 대하여 너무 경솔한 말을 하곤 하였다. 어떤 사람의 조카이면서 항상 탈없이 지낼 수는 없는 법이다. 하나의 유전성 습성이 언젠가는 숙부를 통해 조카에게 전해지는 경우가 매우 흔하다. 그리하여 도이칠란트의 희극 작품 『숙부와 조카』[161)와 같은 명칭을 가진 초상화 갤러리 하나를 만들 수 있을 지경이고, 그 갤러리에서는 숙부가, 비록 무의식적이긴 하지만, 자신의 조카가 결국에는 자기를 닮도록 하기 위하여 한껏 신경을 쓰고 있는 것을 보게 될 것이다. 심지어, 한 마디 더 하거니와, 조카의 아내에게만 숙부들인지라 조카와는 실질적인 혈족관계가 전혀 없는 숙부들이라 할지라도, 그들의 초상화를 함께 전시하지 않는다면 그 갤러리는 완전하다 할 수 없을 것이다. 샤를뤼스 씨와 같은 신사분들께서는 자신들만이 정말로 착한 남편들이라고, 게다가 자기들에 대해서만은 여인이 질투심을 품지 않는다고 어찌나 확신하는지, 일반적으로 그들은 조카딸에 대한 애정에 이끌려 그녀 역시 하나의 샤를뤼스와 결혼하도록 주선한다. 그로 말미암아 유사성으로 이루어진 실타래가 뒤얽히는 일이 생긴다. 또한 조카딸에 대한 애정에 가끔 그녀의 약혼자에 대한 애정이 합류하기도 한다. 그러한 혼인들이 드물지 않으며, 그러한 것들을 사람들이 행복한 결혼이라 부르는 경우가 빈번하다.

"우리가 무엇에 관한 이야기를 하고 있었지? 아! 그래, 그 키 큰 금발의 여인, 쀠뜨비스 부인의 침실 시녀에 대해 이야기하고 있었지. 그녀는 여자도 좋아한다는데, 하지만 자네는 그것을 대수롭지 않게 여길 것이라고 생각하네. 자네에게 솔직히 말하는데, 나는 일찍이 그렇게 예쁜 계집은 본 적이 없다네." — "내 상상이네만, 죠르죠네의 그림 속 여자만한 모양이지?"[162] — "죠르죠네, 바로 그걸세! 아! 빠리에 와서 보낼 시간이 있다면, 이곳에서 할 멋진 일들이 많건만! 그런 다음 다른 여자에게로 옮겨가는 거야.[163] 왜냐하면 사랑이란 실없는 농담에 불과하기 때문이지. 알겠어? 나는 이제 그 미몽에서 완전히 깨어났다네."

우리가 마지막으로 만났을 때에는 오직 문인들에 대해서만 그가 환멸을 느끼는 것처럼 보였고("거의 모두가 야바위꾼들이고 경멸스러운 떼거리야." 그 때 그가 나에게 말하였다), 그것은 라셀과 어울리던 일부 문인들에게로 향하던 그의 당연한 원한으로 설명될 수 있었는데, 나는 그가 놀랍게도 문학 자체에 대해서도 환멸을 느끼고 있음을 간파하였다. 그 문인들이 사실 그녀에게, '다른 족속에 속하는 사람'인 로베르가 영향력을 행사하도록 내버려두면 그녀가 결코 재능을 발휘할 수 없을 것이라고 설득하였으며, 심지어 그가 베푸는 만찬석상에서, 그를 앞에 두고 그녀와 함께 그를 조롱하기도 하였다. 그러나 실제로는, 문학에 대한 로베르의 사랑에 심원한 것이 전혀 없었고, 그것이 라셀에 대한 사랑의 부산물에 불과했던지라 그 사랑과 함께, 그리고 동시에, 쾌락을 추구하는 사람들에 대하여 그가 품고 있던 혐오감 및 여인들의 정숙함에 대한 경건한 존경심도, 모두 자취를 감추었다.

"저 두 젊은이의 기색이 참으로 기이합니다! 후작 부인, 카드놀이에 대한 저 이상한 열정을 좀 보십시오." 그들이 누구인지 까맣게 모른다는 듯, 쒸르쥐 부인에게 그녀의 두 아들을 가리키면서 샤를뤼스 씨가 말하였다. "틀림없이 동방의 두 청년일 듯한데, 그들에게 전형적인 동방의 특징이 있으니, 아마 터키인들일 것입니다." 짐짓 아무것도 모르는 척하던 자기의 말을 재확인함과 동시에 두 젊은이에 대한 어렴풋한 반감을 표하기 위하여 그렇게 덧붙였는데, 그 반감이 곧이어 호감으로 대체될 경우, 두 젊은이가 누구인지를 남작이 알게된 후에야 그것이 태동하였으리니, 그 호감이 오직 쒸르쒸 부인의 아들이라는 자격으로만 향함을 입증하게 되어 있었다. 또한 아마, 즐겨 마구 드러내던 방약무인함을 천성으로 가지고 있던 샤를뤼스 씨가, 상전이 변장한 기회를 틈타 그에게 몽둥이 세례를 퍼붓는 스까뺑처럼,[60] 쒸르쒸 부인을 이용하여 기분전환도 하고 자기의 습관대로 그녀를 조롱도 하기 위하여, 그 두 젊은이의 성씨를 그가 모르리라 간주되던 그 짧은 순간을 한껏 이용하고 있었을 것이다.

"저의 아들들이에요." 더 정숙하지는 않더라도, 더 명민했다면 드러내지 않았을 홍조를 띠면서 쒸르쒸 부인이 말하였다. 그녀가 더 명민했다면, 어떤 젊은이 앞에서 샤를뤼스 씨가 공공연히 드러내던 완전히 무관심한 그리고 조롱하는 듯한 기색이, 그가 어떤 여인에게 표하는, 그러나 그의 진정한 천성의 밑바닥을 표출하지 않는, 피상적인 찬사 만큼이나 진실하지 않다는 것을 깨달았을 것이다. 그가 끊임없이 늘어놓는 극도의 찬사를 듣고 기뻐하던 여인이라 할지라도, 그녀와 한담을 나누면서 어느 젊은이에게 그가 던지곤 하던(그리고 즉시 못 본 척하던) 시선에는 질투심을 품을 수 있었을 것이다. 왜냐하면, 그러한 시선은 샤를뤼스 씨가 여인들에게로 던지는 시선과 달랐기 때문인데, 그것은, 그의 가장 깊은 내면으로부터 올라온 것이라, 심지어 어느 야회에서도, 마치 손님들의 의상에 가서 즉각 고정되는 특유의 버릇 때문에 자기의 직업을 노출시키는 재단사의 시선처럼, 천진스럽게 젊은이들에게로 향하는 자신을 억제하지 못하는, 매우 특이한 시선이다.

"오! 참으로 신기한 일입니다." 자기가 짐작하던 척하던 것과 그토록이나 다른 사실 곁으로 이끌어오기 위하여, 자신의 사념으로 하여금 먼 거리를 이동하게 하는 듯한 기색을 지으면서 샤를뤼스 씨가, 방약무인함을 감추지 않은 채 말하였다. "하지만 저는 아직 두 젊은이와 인사를 나눈 적이 없습니다." 반감을 표현함에 있어 자기가 혹시 지나치지 않았을까, 그리하여 자기에게 그들을 소개하려는 후작 부인의 의도를 혹시 마비시키지 않았을까 저어하면서, 그가 덧붙였다. "제가 두 아이를 당신에게 인사 시키는 것을 허락하시겠어요?" 쒸르쒸 부인이 조심스럽게 물었다. ― "물론입니다, 맙소사! 부인 뜻대로 하십시오, 저는 찬성입니다만, 저렇게 젊은 사람들에게는 제가 아마 재미있는 인물은 아닐 것입니다." 마지못해 예의를 표하는 사람의 멈칫거리는 듯하고 냉랭한 기색으로 샤를뤼스 씨가 웅얼거리듯 대꾸하였다.

"아르뉠프, 빅뛰르니앵, 어서들 오너라." 쒸르쒸 부인이 말하였다. 빅뛰르니앵이 벌떡 일어섰다. 자기의 형보다 더 멀리 있는 것은 보지 못하는 아르뉠프도 고분고분 그의 뒤를 따랐다.

"저것 보게, 이번에는 아들들 차례일세." 로베르가 나에게 말하였다. "우스워 죽을 지경일세. 저 분께서는 집 지키는 개의 환심까지 사려 애를 쓰신다네. 나의 숙부님께서 면수(面首)들만은 싫어하시니 더욱 우습네. 그리고 잘 보시게, 그들의 말을 얼마나 진지하게 듣고 계신가. 만약 내가 저 두 젊은이를 당신께 소개하였다면 몹시 매몰차게 대하셨을 걸세. 이보게, 나는 오리안느에게 인사를 드리러 가야겠네. 내가 빠리에서 보낼 시간이 하도 적어, 이곳에 온 김에 모든 사람들에게 인사를 드리도록 해야겠네. 그러지 않으면 일일이 방문해야 하니 말일세."

"가정교육을 잘 받은 모양이야, 어쩌면 이리도 예의가 깍듯할까!" 샤를뤼스 씨가 하는 말이었다.

"그렇게 생각하세요?" 쒸르쒸 부인이 황홀해져 그 말에 대꾸하였다.

스완이 나를 발견하고 쌩-루와 내 곁으로 다가왔다. 스완에게 있어서는 유대인 특유의 농담이 사교계 인사의 농담보다 덜 세련되어 있었다. "안녕들하시오." 그가 우리 두 사람에게 말하였다. "맙소사! 셋이 함께 있는 것을 누가 보면 '조합'[165] 모임이라 생각하겠군. 그리고 자칫 금고가 어디에 있는지 알아내려 하겠소!" 그는 보쎄르훼이유 씨가 자기의 등 뒤에 있었고, 따라서 자기가 하는 말이 그에게 들린다는 사실을 미처 알아차리지 못하였다. 장군이 무의식 중에 눈살을 찌푸렸다. 샤를뤼스 씨의 음성이 아주 가까이에서 들려오고 있었다. "뭐라고? 당신의 이름이 『고대 예술품 진열실』[166]이라는 작품에 등장하는 사람의 이름과 같다는 말이오?" 두 젊은이와의 대화를 연장할 목적으로 남작이 물었다. "에, 발쟉의 작품에 등장하는." 그 소설가의 작품은 단 한 줄도 읽지 않았으나, 며칠 전 학교 선생으로부터 자기의 이름과 에그리농 후작의 이름이 같다는 말을 들은, 쒸르쒸 형제들 중 맏이가 대답하였다. 쒸르쒸 부인은 자기의 아들이 재능 뽐내는 것을 보고, 또한 그토록 풍부한 지식 앞에서 경탄하는 샤를뤼스를 보고 황홀해졌다.

"확실한 출처로부터 들려오는 이야기에 의하면 루베[167]가 전적으로 우리들 편인 것 같아요." 드레퓌스 사건이 그의 마음을 사로잡기 시작한 이후, 자기의 아내가 공화파 인사들과 맺는 관계에 더 많은 관심을 갖게 된 스완이, 장군의 귀에 들리지 않도록 이번에는 나지막한 음성으로 쌩-루에게 말하였다. "당신에게 이런 이야기를 전하는 것은, 당신이 시종일관 우리와 함께 함을 내가 잘 알기 때문이오."

"하지만 그 정도는 아닙니다. 저에 대해 완전히 잘못 생각하고 계십니다." 로베르가 대꾸하였다. "처음부터 잘못 얽히든 사건이며, 제가 그 속으로 파고들려고 하였던 것을 후회합니다. 저와는 아무 상관이 없는 사건이었습니다. 처음부터 다시 시작할 수 있다면, 저는 한 길체로 물러서 있겠습니다. 저는 군인이며, 따라서 군을 지지합니다. 스완 씨와 함께 잠시 이곳에 있게, 곧 돌아올 테니까. 나의 숙모님께 가야겠네."

그런데 내가 보자니, 그가 가서 이야기를 나누고 있던 사람은 앙브르싹 아씨였고, 따라서 두 사람 간의 약혼 가능성에 대해 그가 일찍이 나에게 거짓말을 하였다는[168] 생각에 나의 마음이 괴로워졌다. 그러나, 앙브르싹 가문이 매우 부유한지라 그 혼인을 갈망하던 마르상뜨 부인에 의해, 반 시간 전에 그가 그녀에게 소개되었다는 사실을 알았을 때, 나의 마음이 평온을 되찾았다.

"발쟉의 작품을 읽은, 그리고 그것의 가치를 알 만큼 교양있는 젊은이 하나를 드디어 발견하게 되었습니다." 샤를뤼스 씨가 쒸르쥐 부인에게 말하였다. "또한 그러한 사람이 지극히 희귀해진 요즈음에, 저의 동배들[169] 중 하나에게서, 즉 우리들 중 하나에게서, 그러한 자질 갖춘 젊은이를 만나게 된 것이 저에게는 그만큼 더 큰 기쁨을 줍니다." 그가 마지막 말에 힘을 주어 덧붙였다. 게르망뜨 가문 사람들이 모든 인간은 평등하다고 생각하는 척 했어도 헛 일, 자기들이 구슬리고 싶거나 그럴 수 있는, '가문 좋은' 사람들, 그리고 특히 자기들보다 '덜 좋은 가문' 출신 사람들과 함께 있게 되는 중요한 계기에는, 그들이 가문의 옛 추억 들추어내기를 주저하지 않았다. 남작이 다시 말하였다. "예전에는 귀족들이라는 말이 지적으로나 심정적으로 가장 우수한 사람들을 가리켰습니다. 그런데 빅뛰르니앵 데그리뇽이 무엇인지 아는 젊은이를 제가 처음으로 발견하였습니다. 아니, 처음이라고 하면 저의 말이 옳지 않겠지요. 뽈리냑 가문의 젊은이 하나와 몽떼스끼우 가문 젊은이 하나도 있으니 말입니다." 그 두 명문을 들먹여 동류시하면 후작 부인이 도취경에 빠질 것을 알고 있던 샤를뤼스 씨가 그렇게 덧붙였다.[170] "게다가 부인의 두 아드님에게는 모범이 되는 분이 계시니, 두 젊은이의 외조부께서는 18세기의 유명한 전집 하나를 가지고 계셨습니다." 그러더니 다시 젊은 빅뛰르니앵에게 덧붙이듯 말하였다. "언제 한 번 함께 오찬 나누는 기쁨을 나에게 허락하러 오시면, 내가 당신에게 나의 전집 하나를 보여드리겠소. 발쟉이 직접 교정한 『고대 예술품 진열실』의 진귀한 판본을 보여드리겠소. 내가 두 빅뛰르니앵을 대면시켜 비교하는 기회를 얻으면 무척 기쁘겠소."[171]

나는 스완 곁을 선뜻 떠날 수가 없었다. 그는 환자의 몸뚱이가 하나의 증류기에 불과하게 되는―그리하여 화학반응들이 관찰되는―지경까지 지쳐 있었다. 그의 얼굴에는 살아 있는 세계에 속하지 않는 듯 보이는 감청색 반점들이 나타났고, 그 얼굴이, 고등학교 '과학 교실'에 '실험'이 끝난 다음 남아 있으면 그토록 불쾌감을 느끼게 하는 것과 같은 종류의 냄새를 발산하였다. 나는, 그가 혹시 게르망뜨 대공과 긴 대화를 나누었는지, 그리고 혹시 그것이 어떤 대화였는지, 나에게 이야기해 주지 않겠느냐고 그에게 물었다.

"물론 그럴 수 있소." 그가 나에게 말하였다. "하지만 먼저 샤를뤼스 씨와 쒸르쥐 부인에게 잠시 가서 머물다 오시오. 나는 여기에서 당신을 기다리겠소."

정말 샤를뤼스 씨가, 쒸르쥐 부인에게 너무 더운 그 카드놀이 방을 떠나 다른 방으로 가서 잠시 함께 앉자고 제안하면서, 그녀의 두 아들에게 함께 가자 하지 않고, 나를 불렀다. 그렇게 함으로써, 두 젊은이에게 미끼를 던진 다음, 그는 자기가 그들을 대수롭게 여기지 않는다는 듯한 기색을 취하였다. 게다가, 쒸르쥐-르-뒥 부인을 바라보는 사람들의 시선이 곱지 않아서였는지, 나를 대하는 그의 예절이 경홀했다.

불행하게도, 우리가 어느 퇴창 앞의 통로 없는 구석에 앉기 무섭게, 평소 남작의 조롱거리였던 쌩-으베르뜨 부인이 우연히 우리들 곁을 지나게 되었다. 샤를뤼스 씨가 자기에 대하여 품고 있던 나쁜 감정을 아예 모르는 척하기 위해서였는지, 혹은 공공연히 무시하기 위해서였는지, 특히 그와 그토록 친근하게 한담을 나누고 있던 귀부인과 자신이 친밀한 관계임을 과시하기 위해서였는지, 미모로 유명한 그 귀부인에게 그녀가 오만하게 다정한 인사를 건넸고, 그 귀부인은, 곁눈질로 샤를뤼스 씨를 계속 바라보면서도, 조롱기 어린 미소로 그 인사에 답례하였다.[172] 그러나 퇴창 앞 공간이 너무 좁아서, 우리들 뒤로 돌아가 다음 날 자기 집에 초대한 사람들을 계속 찾으려 하던 쌩-으베르뜨 부인이, 자신도 모르게 함정에 빠진 꼴이 되어 빠져나오기 쉽지 않게 되었고, 두 젊은이의 모친 앞에서 자기의 방약무인한 언변을 뽐내고 싶어하던 샤를뤼스 씨가 그 귀중한 순간을 놓치지 않았다. 내가 아무 악의 없이 그에게 던진 멍청한 질문 하나가, 그로 하여금 득의양양한 독설을 한바탕 쏟아 놓을 계기를 제공하였고, 우리들 뒤에 거의 갇혀 꼼짝도 못하던 가엾은 쌩-으베르뜨 부인은, 그 독설을 단 한 마디도 놓치지 않고 들을 수밖에 없었다.

"이 무례한 젊은이가, 이러한 종류의 욕구는 당연히 감추어야 한다는 배려는 전혀 없이, 이제 막 저에게 혹시 쌩-으베르뜨 부인 댁에 갈 생각이냐고, 다시 말해, 제 생각입니다만, 제가 설사를 하느냐고 물었다는 사실을 믿으실 수 있겠습니까?" 그가 나를 가리키면서 쉬르쉬 부인에게 물었다. "여하튼 저는, 저의 기억이 정확할진대, 제가 사교계에 드나들기 시작하였을 때, 즉 그녀의 집에 가지 않기 시작하였을 때, 자기의 일백 번째 생일을 축하한 사람의 집보다는 편안한 장소에 가서 용변을 보려 합니다. 하지만 어떤 사람이 들려주는 이야기가 그녀로부터 듣는 이야기보다 더 흥미롭겠습니까? 경둥거리기 좋아하는 숭고한 여인의 아직까지도 날렵한 엉덩이를 보건데, 제 1제정 및 복고왕조 시절에 보고 겪은 역사적 추억들이, 또한 '신성한' 것이라곤 전혀 없으되 틀림없이 매우 '시큼한' 개인적인 사연들이 얼마나 많겠습니까!¹⁷³⁾ 제가 그 감동적인 시절들에 관하여 그녀에게 묻지 못하도록 방해할 것은 제 후각 기관의 예민성입니다. 그 귀부인이 가까이 다가오기만 해도 저는 문득 이런 생각을 합니다. '오! 맙소사, 누가 나의 대변기에 구멍을 내었군!' 하지만 후작 부인이 어떤 사람을 초대할 목적으로 이제 막 입을 열었을 뿐입니다. 그러니 부인께서도 이해하시겠지만, 제가 만약 불운하게 그녀의 집에 간다면, 대변기가 번식하여 거대한 분뇨 탱크로 변할 것입니다. 하지만 그녀가 신비주의적인 성씨를 가지고 있으며, 그것이 저로 하여금 항상, 그녀가 비록 오래 전에 오십주년을 넘겼으나, 다음과 같은 명청한 소위 '퇴폐적'이라 하는 구절을 즐겨 뇌리에 떠올리게 합니다. '아! 초록색, 그날 나의 영혼 얼마나 푸르렀던가…' 하지만 저에게는 더욱 순수한 초록색이 필요합니다. 사람들이 저에게 말하기를, 그 지칠 줄 모르고 쏘다니는 여인이 '가든 파티'를 연다고 합니다만, 저는 그것을 가리켜 '시궁창 속 산책으로의 초대'라 부르겠습니다. 부인께서는 몸에 똥칠을 하러 그곳에 가시겠습니까?" 그가 쉬르쉬 부인에게 물었고, 그녀가 이번에는 난처해졌다. 남작 앞에서는 그곳에 가지 않는 척하고 싶었고, 쌩-으베르뜨 댁 가든 파티에 가지 않느니 차라리 자신의 생명을 단축하는 편을 택할 지경이었기 때문이었는데, 결국 그녀가 불확실성이라는 중간적인 태도로 그 곤경에서 벗어났다. 그 불확실성이 그러나, 하도 멍청하게 애호가적이고 초라하게 재단사적인 형태를 띠어, 샤를뤼스 씨가, 그토록 호감 얻기를 갈망함에도 불구하고 쒸르쒸 부인에게 상처 줄 것을 두려워하지 않은 채, 그따위 말이 '자기에게는 통하지 않는다'는 것을 그녀에게 보여주기 위하여, 큰 소리로 웃기 시작하였다.

"저는 항상 계획 세우는 사람들을 보며 감탄해요. 제가 마지막 순간에 취소하는 경우가 빈번하기 때문이에요. 여름철 드레스 문제 하나가 모든 것을 변동시킬 수 있어요. 때가 되면 그 순간의 영감에 따라 행동할 거예요." 그녀의 대꾸였다.[174]

나로서는 샤를뤼스 씨가 펼친 그 고약한 짧은 연설에 분개하지 않을 수 없었다. 가든 파티를 연다는 그 여인에게 무엇이든 듬뿍 베풀고 싶어졌다. 불행하게도 사교계에서는, 정계에서와 마찬가지로, 희생자들이 하도 비겁하여, 망나니들에 대하여 오랫동안 앙심을 품을 수가 없다. 우리가 입구를 막고 있던 퇴창 쪽 구석으로부터 빠져나오는데 성공한 쌩-으베르뜨 부인이, 남작의 옆으로 지나가다가 우연히 그를 스쳤고, 그러자 그녀 속에 있는 모든 노기를 소멸시키고 있던 스노비즘적 반사작용으로, 혹은 아마 심지어, 그것이 첫 시도가 아니었을 어떤 무엇에 관한 대화의 개시에 대한 희망 때문에, 그녀가 마치 자기의 상전 앞에 무릎을 꿇으며 그러기라도 하듯 놀란 음성으로 말하였다. "오! 용서하세요, 샤를뤼스 씨, 제가 당신에게 고통을 드리지 않았기를 바라요." 그가 빈정거리듯 활짝 웃는 것으로 그 말에 겨우 대꾸하였고, 마지못해 '안녕하시오'라고 한 마디 하였으나, 마치 후작 부인의 인사를 먼저 받고서야 그녀가 그곳에 있음을 알아차렸다는 어투어서, 그 인사말은 또 다른 하나의 모욕이었다. 이윽고 쌩-으베르뜨 부인이 극도로 비굴한 기색으로—그것이 나의 마음을 아프게 하였다—내 곁으로 다가오더니, 나를 한 길체로 데려간 다음 나에게 소곤거렸다. "도대체 제가 샤를뤼스 씨에게 무슨 잘못을 저질렀나요? 사람들이 떠들어대기를, 그는 저를 멋지다고 생각하지 않는다는군요." 폭소를 터뜨리면서 그녀가 나에게 말하였다. 나는 진지한 태도를 견지하였다. 우선 나는, 그녀가, 아무도 자기 만큼 멋지지 못하다고 믿는 듯한 기색을 보이는 것이, 혹은 나로 하여금 그렇게 믿도록 하려는 것이, 멍청한 짓이라고 여겼기 때문이다. 그리고 다른 한편으로는, 전혀 우습지 않은 이야기를 하면서 그렇게 폭소를 터뜨리는 사람들의 경우, 그것을 자기들이 전적으로 떠맡는지라, 우리가 그 폭소에 가담할 필요가 없기 때문이었다.

"다른 사람들이 주장하기를, 제가 그를 초대하지 않기 때문에 그의 기분이 상했다는군요. 그가 저에게 불만을 품은 기색이에요 (내가 보기에는 논거가 약한 말이었다). 불만의 원인이 무엇인지 알아내서 내일 저에게 말씀해 주세요. 그리고 혹시 후회하면서 당신과 동행하기를 원하면 데리고 오세요. 어떠한 잘못이라도 관대하게 대하는 법이니까요. 그러시면 쒸르쥐 부인의 마음이 불편하겠지만, 그것이 저에게는 상당히 즐거울 것 같아요. 당신에게 전권을 일임하겠어요. 이 모든 일에 있어서는 당신이 가장 예민한 감각을 가지신 것 같고, 게다가 저는 손님들을 구걸하는 듯한 인상을 주고 싶지 않아요. 여하튼 전적으로 당신을 믿어요."

그 순간 스완이 나를 기다리느라고 지쳤을 것이라는 생각이 나의 뇌리를 스쳤다. 게다가 나는 알베르띤느와의 약속 때문에 너무 늦게 집에 돌아가고 싶지 않았던 터라, 쒸르쒸 부인과 샤를뤼스 씨에게 작별인사를 한 다음, 카드놀이 방에 있던 나의 환자 곁으로 돌아갔다. 정원에서 나눈 대화 도중 그가 대공에게 하였다는 말이, 그리고 베르고뜨의 단막극에 관련되었다는 그 말이, 정말 브레오떼 씨가(내가 그에게 이름을 밝히지는 않았다) 우리들에게 전한 이야기와 같으냐고 내가 그에게 물었다. 그가 껄껄 웃더니 이렇게 말하였다. "그 이야기 중 사실임직한 말은 단 한 마디도 없고, 모두 꾸며낸 것이며, 정말 멍청한 소리들이오. 충동적으로 오류를 범하는 이 세대가 정말 놀랍소. 당신에게 누가 그러한 이야기를 하였는지는 묻지 않겠소만, 그러한 헛소문이 어떻게 형성되었는지, 이토록 한정된 집단 내에서, 가까운 사람들로부터 시작하여 차츰 그 진원지로 거슬러 올라가면 정말 신기할 것 같소. 게다가, 대공이 나에게 무슨 말을 했건, 그것이 어떻게 사람들의 관심을 끌 수 있겠소? 관계없는 일에 모두들 호기심이 많은 것 같소. 나는, 연정에 사로잡혔을 때와 질투심에 사로잡혔을 때를 제외하고는, 결코 다른 사람들의 일에 호기심을 가져 본 적이 없소. 그것도, 연정과 질투심에 기인된 호기심이 나에게 알려준 것 때문이었소! 당신도 질투하시오?" 나는 스완에게, 일찍이 질투심을 느껴 본 적도 없고, 그것이 무엇인지조차 모른다고 하였다.[175] "아, 그렇군요! 진심으로 축하하오. 질투심에 약간 사로잡힐 경우, 두 가지 관점에서, 그것이 전적으로 불쾌하지만은 않소. 우선 한편으로는, 그것이 호기심 결여된 이들로 하여금 다른 사람들의 혹은 적어도 다른 한 사람의 삶에 관심을 갖도록 해주기 때문이오. 그리고 다른 한편으로는, 한 여인을 수중에 넣고 그녀와 함께 마차에 오르며 그녀를 홀로 내버려두지 않는 달콤함을 제법 생생하게 느끼도록 해주기 때문이오. 하지만 그런 것들은 질환[176]의 초기에 혹은 그 질환이 거의 완전히 치유되었을 때에나 가능하오. 그 두 시기 사이의 기간에는 질투심이라는 것이 가장 끔찍한 고문이라오. 게다가, 내가 당신에게 말하는 두 가지 유쾌함[177]조차, 나는 별로 맛보지 못하였노라고 당신에게 고백하여야겠소. 첫 번째 유쾌함은 지속적이고 깊은 성찰에 무능한 나의 천성 때문에 맛보지 못하였고, 두 번째 유쾌함은 이런 혹은 저런 상황 때문에, 다시 말해 나에게 질투심을 안겨 준 여인, 아니 여인들 때문에 맛보지 못하였소. 하지만 상관없소. 지나간 일들에 더 이상 애착하지 않게 된 이후에조차, 그것들에 애착하였다는 사실에 우리가 무심할 수 없는 바, 다른 이들에게는 포착되지 않던 이유들로 인해 우리가 항상 애착하였기 때문이오. 우리는 그러한 감정들의 추억이 오직 우리들 속에만 있다는 것을 느끼며, 따라서 그 추억을 응시하기 위해서는 우리들 속으로 다시 들어가야 하오.[178] 어쭙잖게 이상주의적인 나의 '방언'[179]을 너무 비웃지 마시오. 어하튼 내가 하고자 하는 말은, 내가 삶을 무척 사랑하였고 예술을 무척 사랑하였다는 것이오. 그렇소! 다른 이들과 어울려 살기에는 내가 조금 지나치게 지친 오늘에 이르러, 내가 느꼈던 그토록 개인적인 옛 감정들이, 모든 수집가들의 병적인 버릇이오만, 지극히 소중하게 보이오. 나는 나의 심정을 일종의 진열창처럼 나 자신에게 열어 보이고, 다른 이들이 겪지 못하였을 그 숱한 사랑들을 하나씩 차례대로 응시한다오. 그리고 이제는 다른 수집품들에게보다 내가 더 애착하게 된 이 수집품에 대해, 마자랭이 자기가 수집한 책들 앞에서 그랬던 것처럼, 하지만 추호의 괴로움도 느끼지 않고, 이렇게 생각하곤 한다오. '이 모든 것과 헤어지는 것이 몹시 난처하겠군!'[180] 하지만 대공과 가졌던 대화로 되돌아가자면, 내가 그 이야기를 오직 한 사람에게만 할 생각이며, 그 사람은 곧 당신이오." 그러나 카드놀이 방으로 돌아와 우리들 가까이에서 샤를뤼스 씨가 한없이 연장시키던 대화 때문에 스완의 말이 잘 들리지 않았다. "당신도 책을 읽나요? 평소에는 주로 무엇으로 소일하나요?" 발작의 이름조차 모르던 아르닐프 백작에게 그가 물었다. 그러나 그의 근시안이―그에게는 모든 것이 매우 작게 보이는지라―그로 하여금 마치 까마득히 먼 곳 바라보는 듯한 기색을 띠게 하였고, 그로 말미암아, 그리스 신의 조각상에 나타나는 희귀한 시(詩)이거니와, 그의 두 눈동자에 멀리 있는 신비한 별들 같은 것들이 새겨지고 있었다.

"저와 함께 잠시 정원에 나가 몇 걸음 거니시는 것이 어떻겠습니까?" 내가 스완에게 그런 제안을 하는 동안, 아르닐프 백작은, 그의 성장이 적어도 정신적인 면에서는 온전치 못하다는 징후처럼 여겨질 제제거리는[181] 음성으로, 샤를뤼스 씨의 질문에 호의적이고 천진스럽다 할 만큼 상세하게 대꾸하고 있었다. "오! 저는 독서보다 골프나 테니스, 축구, 달리기, 특히 폴로를 좋아합니다." 어떤 미네르바는 스스로 세분화되어, 특정 도시국가에서는 일찍이 지혜의 여신이기를 멈추고, 그 일부가 전적으로 스포츠를 특히 마술을 관장하는 여신으로, 즉 '아테나 히피아'[182]로 강생하였다. 또한 그는 쌩-모리츠[183]에 스키를 타러 간다고도 하였는데, 팔라스[184] 트리토게네이아[185]가 높은 산봉우리들을 자주 찾고 기사들을 따라잡기[186] 때문인 듯했다.[187] "아! 그러신가!" 자신이 조롱하고 있음을 아예 감추려고도 하지 않으면서, 게다가 다른 이들보다 자신이 어찌나 우월하다고 느끼는지, 그리고 가장 덜 멍청한 이들의 지능까지 어찌나 멸시하는지, 그들이 다른 방법으로 자기의 마음에 들 수 있는 한, 가장 멍청한 사람들과도 그들을 구태여 구별하지 않는 명석한 사람의 초연한 미소를 지으면서, 샤를뤼스 씨가 대꾸하였다. 아르닐프에게 그렇게 말하면서, 샤를뤼스 씨는 자기가 그럼으로써 모든 사람들이 부러워하고 인정할 하나의 우월성을 그에게 부여하는 것이라 여겼다. "아니오, 걷기에는 내가 너무 피곤하니, 차라리 어느 구석에 가서 앉읍시다. 내가 더 이상 서 있을 수 없소." 내 말에 스완이 대꾸하였다. 그 말이 사실이었으나, 반면 대화를 시작한 자체가 어느새 그에게 어느 정도의 활기를 되돌려주었다. 그것은, 가장 실질적인 피곤 속에도, 특히 신경질적인 사람들의 경우, 우리의 주의력에 의해 좌우되고 기억력에 의해서만 보존되는 부분이 있기 때문이다. 우리가 피곤해질까 염려하기 무섭게 즉시 나른해지는데, 그 피곤에서 벗어나려 할 경우 그것을 잊는 것으로 족하다. 물론 스완이, 흐트러지고 초췌해져 더 이상 자신을 지탱하지도 못하는 상태로 와서도, 물에 담근 꽃처럼, 대화 속에서 활기를 되찾아 몇 시간 동안이라도 자신들이 하는 말 속에서—불행하게도, 자기들의 말에 귀를 기울이고, 자기들이 차츰 되살아날수록 점점 더 지치는 듯 보이는 이들에게는 건네줄 수 없는—기력을 퍼올릴 수 있는, 그런 사람들 축에 속하는 전형적인 사람은 아니었다. 그러나 스완은, 종족 특유의 생명력과 죽음에 맞서는 저항력에 종족 구성원 각개가 참여하는 듯 보이는, 그 강력한 유대족에 속하는 사람이었다. 종족 자체가 박해로 타격을 입었듯이 구성원 각개가 종족 특유의 질병에 시달리는 그들은,[188] 제례 기도 시각이 닥치기 전, 그리고 아씨리아의 어느 추녀 밑 외벽 장식 그림처럼[189] 기계적인 움직임을 보이면서 나아가는 먼 친척들로 이루어진 장례 행렬이 움직이기 시작하기 전, 이미 마지막 숨을 들이쉬기 위하여 벌름거리는 거대한 코 밑으로 선지자의 수염만 보일 때에도, 있음직한 모든 한계 저너머까지 연장될 수 있는 무시무시한 임종에 맞서 한없이 몸부림친다.

우리가 앉을 곳으로 가려 하였으나, 샤를뤼스 씨와 쉬르쥐 가문의 두 젊은이 및 그들의 모친이 이루고 있던 무리 곁을 떠나기 전, 스완은 감정가의 팽창되고 탐욕스러운 긴 시선을 쐬르쥐 부인의 블라우스에서 떼지 못하였다. 그는 심지어 더 자세히 보기 위하여 외알박이 안경까지 꺼냈고, 나에게 이야기를 하면서도 가끔 그 귀부인에게로 시선을 던지곤 하였다.

"내가 대공과 나눈 대화를 한 마디도 빼지 않고 전하자면 이러하오." 우리가 자리를 잡고 앉자 그가 나에게 말하였다. "그리고 오늘 오후 내가 당신에게 한 말을 기억하신다면,[190] 내가 왜 당신에게 특별히 속내 이야기를 하는지 깨닫게 될 것이오. 그리고 또한 당신이 언젠가는 아시게 될 다른 이유도 있소. '나의 다정한 스완,' 게르망뜨 대공이 나에게 말하였소. '내가 얼마 전부터 당신을 피하는 것처럼 보였다면("몸이 불편하여 내가 모든 사람들을 피하던 처지였던지라 나는 전혀 그러한 사실을 알아차리지 못하였소.") 나를 용서하시오. 우선, 내가 예상하던 바이지만, 이 나라를 둘로 갈라 놓는 불행한 사건에 대하여 당신이 나와는 정반대의 견해를 가지고 있다는 말을 들었소. 그렇기는 하지만, 당신이 그러한 견해를 내 앞에서 피력하였다면 그것이 나에게는 극도로 괴로웠을 것이오. 두 해 전에, 대공 부인[191]의 형부(제부)인 헤쎈 대공이, 드레퓌스가 결백하다고 하자, 그녀가 그 말을 맹렬하게 반박하는 것만으로는 만족하지 않았으나, 나의 신경 과민 증세가 하도 심하여, 혹시 나의 심기를 불편하게 하지 않을까 저어하여, 그녀가 나에게 그 말을 전하지 않았소. 거의 같은 시기에, 스웨덴의 왕자께서 빠리에 오셨다가, 황후 에우게니아[192]가 드레퓌스파라는 소문을 아마 들으셨음인지, 그녀와 대공 부인을 혼동하시고(내 아내의 신분을 가진 여인과, 알려진 것보다 신분 훨씬 낮으며 일개 보나빠르뜨 가문 사람과 혼인한 에스빠냐 여인을 혼동하다니, 당신이 보시기에도 매우 기이한 혼동이오) 대공 부인에게 이렇게 말씀하셨다 하오. 〈대공 부인, 이렇게 뵈오니 두 배로 기쁘거니와, 드레퓌스 사건에 대하여 부인께서 저와 같은 생각을 가지셨다 들었기 때문이며, 대공비 전하께서 바이에른의 공주이시니 저에게는 놀랄 일이 아닙니다.〉 스웨덴 왕자에게 돌아온 답변은 이러하였소. 〈각하, 저는 이제 일개 프랑스 대공 부인에 불과하며, 따라서 제 나라의 모든 사람들처럼 생각할 뿐이에요.〉 그런데, 나의 다정한 스완, 대략 한 해 반 쯤 전에 내가 보쎄르훼이유 장군과 나눈 대화가, 소송 과정에서 단순한 오류가 아닌 심각한 위법행위들이 자행되었으리라는 의혹을 나에게 안겨주었소.'"

우리들의 대화가 (스완은 자기의 이야기가 사람들에게 들리는 것을 원치 않았다), 쒸르쥐 부인을 배웅하기 위하여 우리들 곁을 지나다(하지만 우리들은 안중에도 없는 듯), 그녀의 두 아들 때문인지 혹은 현재의 순간이 끝나는 것을 보려 하지 않는 게르망뜨 가문 사람들 특유의 욕망—그 욕망이 그들을 일종의 초조한 무기력증에 처박곤 하였다—때문인지, 그녀를 더 잡아두기 위하여 걸음을 멈춘 샤를뤼스 씨의 음성에 의해 중단되었다. 마침 제제를 만난 듯, 스완 씨가 잠시 후 나에게, 내가 일찍이 쒸르쥐-르-뒥이라는 성씨에 부여하였던 시적인 것을 몽땅 앗아가게 할 무엇을[194] 알려주었다. 쒸르쥐-르-뒥 후작 부인은, 자신의 땅에서 가난하게 살고 있는 그녀의 사촌 쒸르쥐 백작보다,[195] 더 큰 사교적 지위를 누리고 있으며, 훨씬 더 영향력 큰 인척관계를 맺고 있다고 하였다. 그러나 작위 명칭의 끝 단어 '르'은, 내가 그 명칭에 부여하던, 그리하여 나로 하여금 그것을 나의 상상 속에서 '부르-라베'나 '부와-르-루와' 등과 유사한 것으로 여기게 하던 유래를 전혀 가지고 있지 않다고 하였다.[196] 단지, 일찍이 복고 왕조 기간 동안에, 어느 쒸르쥐 백작 하나가, 화학제품 생산자의 아들이고 당대 최고 갑부이며 귀족원 의원이었던, '르 뒥' 인지 혹은 '르 뒥' 이라는 매우 부유한 기업가의 딸을 아내로 맞아들였다고 하였다. 국왕 샤를르 10세가, 기왕에 쒸르쒸 가문에 후작령이 존재하였던지라, 그 혼인에서 태어난 아이를 위하여 쒸르쒸-르-뒥이라는 후작령을 만들었다는 것이다. 평민의 성씨가 추가되었음에도 불구하고, 쒸르쒸 가문의 그 지파가, 엄청난 재산 덕분에 왕국의 최상층 가문들과 인척 관계를 맺게 되었다고 하였다. 그리하여 명문 출신인 현재의 쒸르쒸-르-뒥 후작 부인도 최상류층의 지위를 누릴 수도 있었다고 하였다. 그런데, 패륜을 고취하는 어느 악마 하나가, 그녀로 하여금 자기의 사회적 지위를 우습게 여기면서 가정을 버리고 뛰쳐나가, 온갖 추문에 휩싸여 살게 하였다는 것이다. 그 이후, 그녀의 나이 스물이던 시절에 그녀에 의해 멸시 받고 그녀의 발치에 있던 사교계가, 십년 전부터 한결같은 몇몇 희귀한 친구들 이외에는 아무도 그녀를 반기지 않게 된 그녀의 나이 서른에 이르자, 다시 처절히 그리워졌고, 그리하여 자기가 태어나면서 소유하였던 것을 하나 하나 부지런히 재탈환하기 시작하였다는 것이다(또한 그러한 귀향의 여로가 드문 일이 아니라 하였다).

지난 날 그녀가 저버렸고, 따라서 역시 그녀를 저버렸던, 그녀의 지체 높은 친척 나리들의 경우, 그녀는 자신이 그들과 함께 상기시킬 수 있을 어린 시절 추억들에게로 그들을 다시 이끌어감으로써 느낄 기쁨으로 자신을 변호한다고 하였다. 또한 자신의 태부림을 감추기 위하여 추억을 떠올릴 때, 그녀가 아마 자신이 생각하는 것보다는 더 적은 거짓말을 섞었을 것이라 하였다. "바쟁이 곧 저의 젊은 시절 자체예요!" 그가 자기 곁으로 돌아왔을 때 그녀가 한 말이라는 것이다. 그리고 정말 그 말이 조금은 진실이었다는 것이다. 하지만 그를 정인으로 선택한 것은 잘못된 계산이었다는 것이다. 왜냐하면, 게르망뜨 공작 부인과 친분 있는 모든 여인들이 모두 그녀의 편에 설 것이고, 그러면 쉬르쥐 부인이 그토록 애써 올라온 비탈길을 다시 미끄러져 내려가야 하기 때문이라고 하였다.

"좋습니다!" 어떻게든 대화를 연장시키려던 샤를뤼스 씨가 그녀에게 말을 하는 중이었다. "그 아름다운 초상화의 발 아래에 제가 드리는 찬양을 놓아 주십시오. 그 초상화는 어찌 지내십니까? 근황은 어떠신지요?" ― "하지만 아시다시피 이제 그것이 저에게 있지 않아요. 그 초상화를 저의 남편이 못마땅하게 여겼어요." 쉬르쥐 부인이 대꾸하였다. ― "못마땅하게 여기다니요! 우리 시대의 대표적인 걸작품을, 나띠에[197]가 그린 샤또루 공작 부인의 초상화와 대등한 작품을, 그리고 그 초상화 못지않게 장엄하고 뇌쇄적(惱殺的)인 여신의 모습에 영속성을 부여한 작품을! 오! 그 작은 하늘색 깃! 제가 감히 단언하거니와, 베르메르도 작은 천조각을 그토록 완벽하게 그리지는 못하였습니다. 그 이야기를 너무 큰 소리로 하지는 맙시다. 델프트의 거장이며 자기가 특히 좋아하는 화가를 위해서 복수하겠다고, 스완이 혹시 우리들을 공격할지 모르니까요."[198]

후작 부인이 돌아서면서 스완에게 미소를 지었고, 그에게 손을 내밀었으며, 스완이 인사를 하기 위하여 몸을 일으켰다. 그러나 후작 부인의 손을 잡으면서 그녀의 젖가슴을 아주 가까이에서 내려다보게 되기 무섭게, 이미 조락의 빛 짙어진 생명이, 평판 따위에 무심해진 나머지, 그로부터 그러고자 하는 윤리적 의지를 박탈하였음인지, 혹은 욕정이 급격히 증대되고 그것을 감추도록 돕는 기력이 쇠잔해진 나머지, 그로부터 그럴 수 있는 육체적 힘을 박탈하였음인지, 자신의 행동을 아예 숨기려 하지도 않은 채, 스완이, 주의깊고 진지하며 몰두하다 못해 거의 근심스러워진 듯한 시선 하나를 그녀의 블라우스 속 깊은 곳을 향해 깊숙이 처박았고, 여인의 향기에 도취된 그의 콧구멍들은, 언뜻 본 꽃 위에 가 앉을 준비가 되어 있는 한 마리 나비처럼 파닥거렸다. 그가 자기를 사로잡고 있던 현기증으로부터 갑자기 빠져나왔고, 쉬르쥐 부인 또한 비록 어색했지만 한 가닥 깊은 호흡을 꾹 삼켰다. 욕정도 때로는 그토록 전염성이 크다. "화가가 마음이 상해 그것을 다시 가져갔어요." 그녀가 샤를뤼스 씨에게 말하였다. "그것이 지금은 디안느 드 쎙-으베르뜨의 집에 있다고 하는 말을 들었어요."—"하나의 걸작품이 그토록 저질 취향을 가지고 있다는 것을 도저히 믿을 수 없습니다." 남작이 대꾸하였다.

"그가 그녀에게 그녀의 초상화 이야기를 하는 거요. 그 초상화에 대해서라면, 나도 그녀에게 샤를뤼스만큼은 멋있게 이야기해 줄 수 있을 것이요." 우리들로부터 멀어져 가고 있던 두 남녀에게서 눈을 떼지 않은 채, 스완이 나에게 짐짓 느릿느릿하고 불량스러운 어조로 말하였다. "게다가 그것이, 샤를뤼스에게 보다는 틀림없이 나에게 더 큰 즐거움이 될 거요." 그가 그렇게 다시 덧붙였다.

나는 사람들이 샤를뤼스 씨에 대해 하는 말이 사실이냐고 그에게 물었으며, 그 점에 있어서는 내가 이중으로 거짓말을 하였던 바, 사람들이 정말 그에 대해 무슨 말을 하였는지 여부에 대해서 내가 전혀 모르고 있었던 반면, 그 날 오후부터는, 내가 말하고자 하던 것이 사실임을 잘 알고 있었기 때문이다. 내가 어처구니없는 말이라도 하였다는 듯, 스완이 어깨를 으쓱하였다.

"말하자면 그가 매력적인 벗일 수 있다는 뜻이오. 하지만 순전히 플라톤적[199]이라는 말을 내가 구태여 덧붙일 필요가 있겠소? 그가 다른 사람들보다 더 감상적이라는 것뿐이고, 한편 그가 여인들과의 관계를 심각한 지경까지 이끌어가는 경우가 결코 없기 때문에, 당신이 말하고자 하는 그 무분별한 소문에 일종의 신빙성이 부여된 것이오. 샤를뤼스가 아마 자기의 친구들을 무척 좋아할 것이오만, 그 좋아하는 정이 오직 그의 뇌리와 가슴 속에 머물 뿐, 결코 그 밖으로 벗어나지 않았다는 것만은 확신하셔도 좋소. 드디어 우리가 아마 잠시 방해를 받지 않고 이야기를 나눌 수 있을 것 같소. 따라서 다시 하던 이야기로 돌아가거니와, 대공이 이렇게 말을 계속하였소. '당신에게 고백하거니와, 소송 과정에 위법성이 있었다는 생각이 나에게는, 당신도 아시다시피 내가 우리 군에 대하여 품고 있는 숭배에 가까운 마음으로 인해, 극도로 괴로웠고, 따라서 보쎄르훼이유 장군과 그 이야기를 다시 나눈 끝에, 애석하게도 그 문제에 관해 더 이상 의심할 여지가 없게 되었소. 당신에게 솔직히 말하거니와, 이 모든 사건이 전개되는 동안, 결백한 사람 하나가 모든 처벌 중 가장 불명예스러운 처벌을 받을 수도 있다는 생각은 나의 뇌리에 어른거리지도 않았소. 하지만 그 위법성이라는 사념에 시달리던 나머지, 나는 일찍이 읽으려 하지 않던 것들을 세심하게 검토하기 시작하였고, 그러다 보니 이번에는 위법성에 대해서 뿐만 아니라 결백성에 대한 의혹들이 나를 사로잡았소. 나는 그 이야기를 대공 부인에게 해야 한다고 생각하지 않았소. 그녀가 나만큼이나 프랑스인으로 변한 것은 신께서도 아시오. 그럼에도 불구하고, 내가 그녀를 아내로 맞아들인 이후, 우리 프랑스의 아름다움을, 그리고 내가 보기에 가장 찬연한 아름다움인 프랑스의 군을, 그녀에게 한껏 보여주려 어찌나 애를 썼던지, 몇몇 장교들만이 관련된 것이 사실이지만, 그녀에게 내가 품게 된 의혹을 털어놓는 것이 나에게는 혹독한 괴로움이었소. 하지만 나는 군벌 가문 출신, 그리하여 장교들이 잘못을 저지를 수 있으리라 생각하고 싶지 않앉소. 내가 보쎄르훼이유에게 다시 한번 그 이야기를 하였고, 그가 나에게 고백하기를, 범죄적인 음모가 획책되었으며, 문제의 쪽지가 아마 드레퓌스의 것은 아니나, 그의 유죄를 입증할 수 있을 명백한 증거가 존재한다고 하였소. 그 증거라는 것이 앙리가 제시한 문서였소.[200] 그런데 며칠 후 그것이 위조된 것임을 모두들 알게 되었소. 그 때부터 나는 대공 부인 모르게, 〈세기〉지[201]와 〈여명〉지[202]를 날마다 읽게 되었고, 얼마 후 더 이상 의혹을 품지 않게 되었으며, 그 이후로는 더 이상 잠을 이룰 수 없었소. 내가 우리들의 친구인 뿌와레 사제에게 나의 심적 괴로움을 털어놓았고, 놀랍게도 그 역시 나와 같은 확신을 가지고 있었으며, 따라서 드레퓌스와 그의 가엾은 아내와 그의 자녀들을 위해 미사를 드려 달라고 부탁하였소. 그러던 중 어느 날 아침 대공 부인의 처소로 가고 있는 데, 그녀의 침실 시녀가 무엇인가를 감추듯 손에 들고 있는 것이 보였소. 내가 크게 웃으면서 그것이 무엇이냐고 물었으나, 그녀는 얼굴을 붉힐 뿐 대답을 하려 하지 않았소. 내가 나의 아내에 대해 가장 큰 신뢰를 간직하고 있었으나 그 작은 사건이 나의 마음을 심하게 뒤흔들었고(또한 침실 시녀로부터 그 이야기를 들었을 대공 부인도 틀림없이 그랬을 것이니), 나의 사랑스러운 마리가 곧 이어진 오찬 동안 내내 거의 아무 말도 하지 않았으니 말이오. 내가 뿌와레 사제에게 다음 날 드레퓌스를 위하여 미사를 드려 줄 수 있느냐고 물었던 것은 그 날이었소.' 아, 이런!" 스완이 이야기를 문득 중단하면서 나지막한 음성으로 말하였다.

내가 고개를 쳐들어 보자니 게르망뜨 공작이 우리들에게로 다가오고 있었다. "나의 아가들, 방해하여 미안하오" 그러고 나서 그가 나를 향해 말하였다. "친애하는 꼬마 신사분, 나는 오리안느에 의해 대표 자격으로 당신에게 파견되었소. 마리와 질베르가 그녀에게 요청하기를, 대여섯 사람만 참석하는 자리에 남아 함께 밤참을 먹자고 하였소. 그 사람들은 헤쎈 대공 부인, 리뉴 부인, 따랑뜨 부인, 슈브르즈 부인, 아랑베르 공작 부인 등이오. 애석하게도 우리 두 사람은 남아 있을 수 없소. 일종의 작은 무도회에 가야하기 때문이오." 내가 그의 말에 귀를 기울이고 있었으나, 우리는, 정해진 순간에 해야 할 어떤 일이 있을 때마다, 우리의 내면에서 시각을 예의 주시하다가 적시에 알려주는 등과 같은 직무에 익숙한 특정 인물에게 그 일을 위임하곤 한다. 바로 그 내면의 봉사자가, 몇 시간 전에 내가 부탁한대로, 그 순간 나의 사념으로부터 아주 멀리 있던 알베르띤느가 공연이 끝난 직후 우리 집으로 오게 되어 있다는 사실을 상기시켜 주었다. 그리하여 내가 밤참을 사양하였다. 물론 그렇다 하여 게르망뜨 대공 부인 댁에 머무는 것이 즐겁지 않았다는 뜻은 아니다. 인간에게는 그처럼 여러 종류의 기쁨이 있을 수 있다. 진정한 기쁨은 인간들로 하여금 다른 기쁨을 포기하게 하는 기쁨이다. 하지만 그 포기한 기쁨이 표면상의, 혹은 심지어 표면적일 뿐인, 기쁨이라 할지라도, 그것이 진정한 기쁨인듯 보이게 하여, 시샘꾼들을 안심시키거나 그들의 눈을 속이며, 사람들의 판단을 혼란시킨다. 하지만 그것을 진정한 기쁨 때문에 희생시키기 위해서는 약간의 행복 혹은 약간의 괴로움이면 충분하다. 때로는 더 중대하지만 더 본질적인 제삼의 유형에 속하는 기쁨들이 아직 우리에게는 존재하는 것처럼 보이지 않으며, 그것의 잠재성이 우리의 내면에서 자신을 드러낼 때에는 어김없이 우리의 회한과 실망을 일깨운다. 하지만 그럼에도 불구하고, 우리가 훗날 우리 자신을 바치는 것은 그러한 기쁨들에게이다. 지극히 부차적인 예를 하나 들거니와, 어느 군인이 평화시에는 사교계 생활을 사랑을 위해 희생시킬 것이지만, 전쟁이 선포되면(애국적 의무라는 사념을 구태여 개입시키지 않더라도), 그것보다 더 강한 전투의 열정에 사랑을 희생시킬 것이다. 나에게 자신의 이야기를 하는 것이 행복하다고 스완이 나에게 말하여도 소용없었으니, 그가 나와 나누던 대화가, 늦은 시각 때문에 그리고 그의 병세가 너무 중태였기 때문에, 자신들이 불면과 무절제로 자신들을 죽이고 있다는 사실을 아는 이들이 집에 돌아가 심하게 후회하는(그것은 낭비벽 심한 이들이 터무니없이 지출한 다음 후회하면서 느끼는 감회와 유사했는데, 그러한 이들은 바로 다음 날 역시 창문 밖으로 돈을 마구 뿌리는 자신들의 버릇을 억제하지 못할 것이다),[203] 그러한 과로들 중 하나였음을 나는 생생히 느끼고 있었다. 그 원인이 나이건 질환이건, 쇠약해짐이 일정 단계를 지나면, 수면을 희생시키거나 습관으로부터 일탈하여 얻는, 즉 일체의 무절제를 통해 얻는 모든 기쁨은, 하나의 근심거리로 변한다. 이야기를 하는 사람은, 예의 때문에 혹은 자극을 받아 말을 계속하지만, 자신이 아직 잠들 수 있을 시각이 이미 지났음을 알며, 또한 그 이후에 이어질 불면증과 피곤이 계속되는 동안 자신이 스스로에게 가할 나무람도 알고 있다. 게다가, 덧없는 기쁨도 이미 끝났는데, 육신과 오성은 가구를 치워버린 빈 집처럼 기력이 빠져나가, 대화 상대자에게는 하나의 기분전환처럼 보이는 것을 환대할 수조차 없다.[204] 그 육신과 오성은 주인이 여행을 떠나는 혹은 이사를 하는 날의 어느 아파트와 유사하며, 그 아파트에서는, 보따리 위에 걸터앉아 눈을 벽시계에 고정시킨 채 방문객들을 맞는 것이 곧 강제노역이나 마찬가지이다.

"드디어 우리 두 사람뿐이군." 스완이 나에게 말하였다. "내가 어디까지 이야기하였는지 모르겠소. 대공이 뿌와레 사제에게 혹시 드레퓌스를 위하여 미사를 드려 줄 수 있느냐고 물었다는 이야기를 당신에게 하였던 것 같소. (대공이 나에게 들려준 이야기는 이렇소.)²⁰⁵⁾ '〈아니 되오,〉 사제가 나에게 대꾸하였소.' (" '나에게' 라는 말은 나에게 이야기를 들려주던 '대공에게' 라는 뜻이오. 이 해하시겠소?' 스완이 나에게 말하였소.) 〈왜냐하면 오늘 아침에 그를 위해 미사를 올려 달라는 또 다른 요청을 받았기 때문이오.〉— 〈그 무슨 말씀이시오, 그의 결백을 확신하는 카톨릭 교도가 나 이외에 또 있다는 말씀이오?〉 내가 그에게 물었소. — 〈그런 것 같소.〉— 〈하지만 그 다른 지지자의 확신은 나의 확신보다 틀림없이 일천할 거요.〉—〈그럼에도 불구하고 그 지지자는, 당신이 아직 드레퓌스의 유죄를 믿고 계실 때에도, 이미 나에게 그를 위한 미사를 여러 차례 부탁하였소.〉—〈아! 그가 우리 집단에 속하지 않는 사람임을 알겠소.〉—〈그 반대요!〉—〈정말 우리들 중에 드레퓌스파들이 있다는 말씀이오? 말씀 들으니 몹시 궁금해지는데, 내가 그 희귀한 새를 만나면 그에게 나의 심중을 마음껏 털어놓고 싶소.〉—〈당신도 그 사람을 잘 아시오.〉—〈그의 이름이 무엇이오?〉—〈게르망뜨 대공 부인이라 하오.〉 내가 국가주의자들의 견해에 거슬릴까 염려하는 동안, 내 사랑스러운 아내의 프랑스적 양심은 나의 종교적 견해와 나의 애국심에 혹시 충격을 주지 않을까 두려워하고 있었소. 그러나, 비록 나보다 훨씬 오래 전부터였지만, 그녀 또한 홀로 나처럼 생각하고 있었소. 그리고 그녀의 침실 시녀가 날마다 사러 갔던 것, 그리고 그녀의 거처로 들어가면서 나에게 감추려 하였던 것은 〈여명〉지였소. 나의 다정한 벗 스완, 그 순간부터 나는, 나의 생각이 그 점에 있어서 당신의 생각과 얼마나 유사한지를 당신에게 말함으로써 내가 당신에게 안겨줄 기쁨을 생각하였으나, 더 일찍 그렇게 하지 못한 나를 용서해 주시오. 내가 일찍이 대공 부인에게 내 생각을 감추었다는 사실을 되돌아보신다면, 그 무렵 나의 생각이 당신의 것과 같았다는 사실이 당신의 생각과 달랐을 경우보다 나를 당신으로부터 더 멀리 떼어 놓은 점에 놀라지 않을 것이오. 왜냐하면 그 이야기를 꺼내기가 나에게는 한없이 괴로웠기 때문이오. 하나의 잘못이, 더 나아가 범행이 저질러졌다고 생각하면 할수록, 우리의 군에 대한 나의 사랑은 그만큼 더 끔찍한 괴로움을 느끼오. 당신이 가지고 있는, 나의 견해와 유사한 견해가, 내가 느끼고 있던 것과 같은 괴로움을 당신에게 안겨줄 리 없으리라 생각하던 차였는데, 일전에 어떤 사람이 나에게 말하기를, 군에 대한 모독을 당신이 강력하게 비난하였으며, 드레퓌스 옹호자들이 그 모독꾼들과 연대하기를 수락하였다 하였소. 그 말이 나로 하여금 결단을 내리게 하였고, 다행히 그 수가 많지 않은 몇몇 장교들에 대한 나의 생각을 당신에게 털어놓는 것이 나에게는 혹독한 괴로움이었으나, 내가 더 이상 당신을 멀리할 필요가 없게 되었다는 사실이, 특히 무엇보다도 당신이, 비록 내가 당신과 다른 감정을 품고 있었어도, 그것은 내가 판결의 합법성을 추호도 의심하지 않았기 때문임을 절감하고 있었다는 사실이, 나에게는 하나의 위안이오. 그러한 위안을 얻기 무섭게 내가 오직 한 가지 일만을 열망할 수밖에 없게 되었으니, 그것은 잘못에 대한 사죄 및 보상이오.' 당신에게 고백하거니와, 게르망뜨 대공의 이상과 같은 말이 나를 깊이 감동시켰소. 그가 어떤 사람인지 당신도 나처럼 잘 아신다면, 또한 그러한 결론에 이르기 위하여 그가 어떤 경로를 밟았는지 아신다면, 당신 또한 그에 대해 찬탄할 것이며, 그는 찬탄 받을 자격이 있소. 게다가 그의 견해에 내가 새삼스럽게 놀라지 않음은, 그의 천성이 그토록 올곧기 때문이오!"

하지만 스완은 그 이야기를 나에게 들려주는 동안, 자기가 그 날 오후 나에게, 드레퓌스 사건에 대한 견해들이 반대로 유전적 특성에 의해 지배된다고 말한 사실을 잊고 있었다. 그러한 말을 하면서 지성을 예외로 여긴 것이 고작이었는데, 쌩-루의 경우 지성이 유전적 특성을 극복하고 그를 드레퓌스 지지자로 만들었기 때문이다. 그런데 바로 그날 저녁 얼마 전에, 그러한 지성의 승리가 오래 지탱하지 못하여 쌩-루가 반대편 진영으로 넘어갔음을 그 자신이 목격하였다. 따라서 이제는 그가, 그 날 오후까지 지성에 귀속되었던 역할을 '심정의 올곧음'에 부여하고 있었다. 실제로는, 우리의 적들이, 자신들이 속해 있는 편에 서게 된 나름대로의, 하지만 그 편에 있을 수 있을 하등의 정당성에 의해서도 좌우되지 않는, 하나의 이유를 가지고 있었으며, 우리들처럼 생각하는 이들의 경우, 그들의 윤리적 천성이 스스로를 내세울 수 없을 만큼 천박하여, 혹은 그들의 올곧음이 통찰력에 있어 너무 허약하여, 인위적인 지성에 의해 그렇게 생각하도록 강요당하였다는 사실을, 우리가 항상 사후에야 간파한다.

그리하여 스완이 이제는, 자기의 오래된 친구인 게르망뜨 대공과, 그 때까지 멀리하였으나 오찬에 초대한 나의 학창시절 동료인 블록 등, 자기와 견해를 공유하는 사람들은 모두 가리지 않고 이지적이라고 여기게 되었다. 스완이 블록에게 게르망뜨 대공이 드레퓌스파라는 이야기를 함으로써 그의 커다란 관심 대상이 되었다. 그가 스완에게 말하였다. "뻬까르[206]를 위한 우리의 청원서에 서명해 달라고 그에게 요청해야 할 것입니다. 그와 같은 사람의 이름이 보이면 엄청난 효과를 거둘 수 있을 것입니다." 그러나 스완은, 자기의 열렬한 유대인적 확신을—그토록 뒤늦게 사교계의 관례를 떨쳐버리기에는 그것에 너무나 익숙했던지라—사교계 인사의 외교적 절제로 완화시키면서, 블록이 임의로나마 대공에게 연판장 보내는 것을 허락하지 않았다. "그가 그럴 수 없는 처지이니, 불가능한 일을 요청해서는 아니 되오." 스완이 거듭 말하였다. "우리들에게까지 오기 위하여 수천 리으 먼 길을 마다하지 않은 매력적인 사람이오. 그가 만일 당신의 명부에 서명한다면, 자기 진영 사람들 사이에서의 평판을 위태롭게 할 뿐, 우리들로 인하여 그들로부터 처벌을 받을 것이고, 그러면 아마 우리에게 자기의 속내 털어놓은 것을 후회하면서 다시는 그러지 않을 것이오." 게다가 스완 또한 자신의 이름 기재하기를 거절하였다. 자기의 이름이 지나치게 히브리적 특징을 가지고 있어,[207] 역효과를 낼 것이라 하였다. 뿐만 아니라, 드레퓌스의 재심에 관련된 것이라면 무엇이든 동의한다 할지라도, 프랑스 군을 배척하는 운동에는 추호도 가담하고 싶지 않다고 하였다. 그리고 이제까지와는 달리, 자신이 1871년 전쟁에 젊은 민병대원으로 참전하여 받은 훈장을 패용하곤 하였으며, 자기의 유언장에 변경 사항을 추가하여, 앞서 작성되었던 사항들과는 반대로, 레지용도뇌르 기사 훈위에 합당한 군례를 요구하였다. 옛날 프랑수와즈가, 전쟁이 발발할지도 모른다는 생각에 그 앞날을 생각하고 가엾게 여기던 기병들 일개 중대를, 훗날 꽁브레 교회당 주위에 몽땅 집합시킨 것도 그 변경된 유언이었다. 요컨대 스완은 블록이 가져온 연판장에 서명하기를 거절하였고, 그리하여 많은 사람들의 눈에는 그가 광적인 드레퓌스파처럼 보였음에도 불구하고, 나의 학창시절 동료는 그를 국가주의에 감염되어 맹목적 애국주의자로 변한 미온적인 인물로 여겼다.

너무 많은 친구들로 가득했던 그 방에서 자칫 숱한 작별인사를 나누어야 할 위험이 있었던지라, 스완이 나와 악수를 나누지 않고 내 곁을 떠났으나, 그러면서도 나에게 말하였다. "당신의 벗 질베르뜨를 보러 우리 집에 오셔야겠소. 그 아이가 정말로 성숙해지고 변하여, 그녀를 알아보실 수 없을 거요. 당신을 보면 무척 기뻐할 거요!" 나는 더 이상 질베르뜨를 사랑하지 않았다. 그녀가 나에게는 죽은 여인, 그리하여 오랫동안 내가 슬퍼하다 잊은 여인이었고, 따라서 부활한다 해도 더 이상 그녀와 상관없는 나의 새로운 삶에는 끼어들 수 없을 것 같았다. 나는 더 이상 그녀 만날 욕구를 느끼지 못하였고, 심지어, 내가 그녀를 사랑할 때에는, 그녀를 더 이상 사랑하지 않게 될 때가 도래하면 그녀에게 입증해 보이리라 나 자신에게 날마다 다짐하던, 그녀 만나는 것에 애착하지 않는다는 것을 그녀에게 보여주고 싶은 욕구조차 없었다.

그리하여 나는, 질베르뜨에 관해, 내가 그녀 다시 만나기를 진심으로 갈망하였으되, 흔히들 말하듯 '내 의지로부터 독립된', 그러나 실제로는 우리의 의지가 정면으로 거부하지 않을 때에만 최소한 어느 정도 지속적으로 발생하는, 그러한 상황들에 의해 방해를 받았다는 듯한 기색을 띠려 애쓰면서, 스완의 초대를 유보적으로나마 수락하기는커녕, 그녀 보러 갈 기회를 일찍이 나에게서 박탈하였고 앞으로도 그럴지 모를 뜻밖의 사정들을 자기의 딸에게 상세히 설명하겠다는 그의 약속을 받고서야 그와 헤어졌다. "여하튼 잠시 후 집에 돌아가면 제가 즉시 그녀에게 편지를 쓰겠습니다." 내가 덧붙여 말하였다. "하지만 그것이 협박 편지임을 그녀에게 분명히 말씀해 주십시오. 왜냐하면, 한두 달 후에는 제가 완전히 자유로워질 것이고, 그러면 전처럼 제가 자주 댁을 방문하게 될 것이니, 그녀가 두려워할 일이기 때문입니다."

스완 곁을 떠나기 전에 나는 그의 건강에 관한 이야기를 잠시 꺼냈다. "아니오, 그리 나쁘지는 않소." 그가 대꾸하였다. "게다가, 당신에게 이미 말하였다시피, 내가 상당히 지쳐 장차 닥칠 일을 미리 체념하고 받아들이고 있소. 다만, 고백하거니와, 드레퓌스 사건의 결말을 보기 전에 죽는다면, 그것이 매우 마음에 걸릴 것 같소. 그 미천한 개자식들의 주머니 속 간계가 한둘이 아니오. 그들이 필경에는 패할 것임을 의심하지 않으나, 여하튼 그들의 세력이 강력하고, 사방에 그들의 지지자들이 있소. 사태의 추이가 호전된 지금은 모든 것이 삐걱거리고 있소. 드레퓌스가 복권되고 삐까르가 대령으로 진급하는 것을[208] 볼 수 있을 때까지 살 수 있으면 좋겠소."

스완이 떠난 후 나는 게르망뜨 대공 부인이 있던 큰 응접실로 다시 돌아갔고, 그 순간에는 훗날 그녀와 나의 관계가 친밀해지게 될 것임을 전혀 몰랐다. 샤를뤼스에게로 향한 그녀의 열정이 처음에는 나의 눈에 띄지 않았다. 나는 다만 남작이, 어느 시기부터인가, 그리고 그에게서 발견된다 해도 놀랍지 않은 게르망뜨 대공 부인에 대한 반감을 전혀 품지 않은 채, 전과 같이, 혹은 아마 전보다 더, 그녀에게 다정함 표하기를 계속하면서도, 누가 그녀 이야기를 꺼낼 때마다 불만스러워하고 거북해지는 듯 보인다는 사실만을 간파하였을 뿐이다. 그는 함께 저녁 식사를 하고자 초대하는 사람들의 명단에 더 이상 그녀의 이름을 포함시키지 않았다.

그 이전에도, 몹시 심보 사나운 어느 사교계 인사 하나가, 대공 부인이 딴판으로 변하여 샤를뤼스 씨에 대하여 연정을 품고 있다고 말하는 것을 내가 이미 들었던 것은 사실이지만, 그러한 험담이 나에게는 어처구니없어 보였고 따라서 나를 분개시켰을 뿐이다. 그러나, 나와 관련된 어떤 이야기를 하던 중 혹시 샤를뤼스 씨의 이름이 개입될 경우, 대공 부인의 관심이 즉시 한 단계 더 고조되는 것을 보고 내가 놀라지 않을 수 없었으며, 그것은 곧, 어느 환자가 우리 자신에 관해 우리가 늘어놓는 이야기를 듣던 중, 따라서 건성으로 또 무심히 듣던 중, 어떤 명칭 하나가 곧 자기를 괴롭히는 병명임을 문득 알아채게 되어, 그 명칭이 그의 관심을 끌며 아울러 그에게 기쁨을 안겨주는, 그러한 관심의 고조였다. 그리하여 혹시 내가, '마침 샤를뤼스 씨가 저에게 이야기해 주셨는데…'라고 그녀에게 말하면, 대공 부인이 자기 관심의 느슨해져 있던 고삐를 다시 움켜잡곤 하였다. 그리고 언젠가 한번, 샤를뤼스 씨가 어떤 사람에 대하여 상당히 열렬한 감정을 품고 있다는 말을 그녀 앞에서 하였을 때, 나는 대공 부인의 두 눈에 평소와는 다른 그리고 일시적인 특이한 선―두 눈동자 속에 어떤 균열의 고랑 같은 것을 그려 넣고, 우리가 하는 말을 듣고 있는 사람 속에 그 말이 무심중에 일깨워 놓는 사념에 기인된, 즉 단어들 형태로 표출되지 않으나 우리가 뒤흔들어 놓은 심층부로부터 시선의 잠시 변질된 표면으로 올라올, 은밀한 사념에 기인된―하나가 삽입되는 것을 보고 놀랐다. 하지만 나의 말이 비록 대공 부인을 뒤흔들어 놓았으되, 그것이 무슨 연유 때문이었는지 당시에는 내가 짐작조차 하지 못하였다.

어하튼 그 이후 얼마 아니 되어 그녀가 나에게 샤를뤼스 씨에 대하여 거의 기탄없이 말하기 시작하였다. 남작에 대하여 극소수 몇몇 사람들이 퍼뜨리던 소문에 대해 넌지시 언급하면서도, 그녀는 그것이 터무니없고 비열한 허구일 것이라는 어투로 일관하였다. 하지만 그러면서도 이렇게 말하기도 하였다. "빨라메드의 한량없는 자질 갖춘 남자에게 마음을 바치려 하는 여인은, 그를 있는 그대로 송두리째 받아들이고 이해하기 위해서, 그의 자유와 상상력을 존중하기 위해서, 그에게 닥친 모든 어려움을 제거해 주고 그의 슬픔을 위로해 줄 방도를 찾기 위해서, 그의 자질에 상응할 수 있을 만큼 충분히 숭고한 소견과 헌신적인 마음을 갖추어야 한다고 생각해요." 그런데 게르망뜨 대공 부인은 그 모호한 말로, 샤를뤼스 씨 자신이 가끔 그러던 것과 같은 방식으로, 자기가 찬양하려 하던 것을 드러내고 있었다. 샤를뤼스 씨가, 그 때까지는 사람들이 부당하게 그를 헐뜯는지 여부를 확신하지 못하던 이들에게, 다음과 같이 말하는 것을 내가 여러 차례 듣지 않았던가? "일찍이 생의 숱한 부침(浮沈)을 겪었고, 온갖 부류 사람들과 어울렸으며—왕들 못지않게 많은 도둑들과도 그랬으나, 솔직히 말하자면 도둑들을 약간이나마 더 좋아하면서—모든 형태의 아름다움을 추구한 나는…" 그리하여 능란하다고 자부하던 자신의 그러한 말들을 통하여, 그리고 떠돌았으리라고는 사람들이 짐작조차 못하던 소문들을 구태여 부인함으로써(혹은 자신의 취향이나 절제하는 성향이나 그럴싸하게 보이려는 염원 등에 이끌려, 자신만이 사소하다고 판단하던 진실을 조금이나마 고려에 넣기 위하여), 그가 어떤 이들로부터는 자기에 대하여 품고 있던 마지막 의혹을 말끔히 제거해 주었고, 반면 그 때까지 자기를 전혀 의심하지 않던 다른 이들에게는 최초의 의혹을 불어넣어 주지 않았던가? 왜냐하면, 모든 은닉 유형들 중 가장 탄로날 위험 큰 것은, 잘못을 저지른 장본인의 뇌리에 있는 잘못의 은닉이기 때문이다. 그 잘못에 대하여 장본인이 가지고 있는 항시적인 인식이 그로 하여금, 그 잘못을 얼마나 많은 사람들이 모르고 있으며, 하나의 순전한 거짓말을 사람들이 얼마나 쉽게들 믿는지, 전혀 짐작하지 못하게 하는 반면, 그가 순진무구하다고 생각하는 자신의 말 속에서, 그것을 듣는 다른 이들에게는, 진실의 어느 단계가 고백의 시작으로 보이는지를 깨닫지 못하게 한다. 더구나, 그가 혹시 고백을 하지 않으려 하였다면 여하튼 그것이 분명 실수였으리니, 상류층 사회에서는 호의적인 지지 얻지 못할 악벽이란 없어서, 심지어 어느 자매가 자기의 자매를 자매로서만 좋아하지 않는다는 사실을 알게 된 즉시,[209] 두 자매가 가까이에서 잘 수 있도록 해주기 위하여 성 하나의 내부 설비를 몽땅 변경한 예도 있으니 말이다. 그러나 대공 부인의 사랑을 문득 나에게 누설한 것은 하나의 특이한 사건이었으며, 그 사건에 대해서는 여기에서 길게 이야기하지 않으려는 바, 그것은, 샤를뤼스 씨가 그 앞에만 가면 엄청나게 소심해지곤 하던 어느 합승 마차 검표원을 만나러 가기 위하여, 자기의 머리를 인두로 곱슬거리게 해줄 이발사와의 약속을 어기느니 차라리 왕비 하나가 자기 때문에 죽게 내버려두었다는 이야기의 한 부분을 이루기 때문이다.[210] 하지만 대공 부인의 사랑에 관한 이야기를 마치기 위하여, 어떤 하찮은 일이 나의 눈을 뜨게 해주었는지 말해 두자. 나는 그 날 그녀와 단 둘이서만 마차를 타고 가던 중이었다. 우리가 어느 우체국 앞을 지나려는 순간, 그녀가 마차를 세웠다. 그날 그녀는 심부름꾼을 데려오지 않았다. 그녀가 편지 한 통을 소매에서 꺼내더니, 그것을 손수 편지함에 넣으려는 듯, 마차에서 내리려는 동작을 취하기 시작하였다. 내가 그녀를 만류하려 하였고, 그녀가 가벼운 몸부림으로 사양하였으며, 그 순간 우리 두 사람은 우리의 첫 동작이 각각, 그녀의 것은 어떤 비밀을 보호하려는 기색으로 인해 그녀의 평판에 해를 끼칠 수 있고, 나의 것은 그 보호하려는 동작에 반하는 것이라 경거망동일 수 있음을 깨닫고 있었다. 먼저 냉정을 되찾은 사람은 그녀였다. 순식간에 얼굴이 빨개지더니, 그녀가 편지를 나에게 건넸고, 나는 감히 그것을 받지 않을 수 없었는데, 그러나 우체통에 그것을 넣으면서 나는, 그럴 의도가 없었건만, 그것이 샤를뤼스 씨에게로 보내는 편지임을 알게 되었다.

게르망뜨 대공 부인 댁 야연에 내가 처음으로 참석하였던 그 날 저녁 이야기로 되돌아오거니와, 내가 그녀에게 작별인사를 하러 갔다. 그녀의 사촌 시숙과 사촌 동서가 나를 집에 데려다주기로 하였고 또 그들이 몹시 바빴기 때문이다. 그 와중에도 게르망뜨 공작은 자기의 아우에게 작별인사를 하고 싶어하였다. 쉬르쥐 부인이 어느 문간에서 잠시 틈을 얻어 공작에게, 샤를뤼스 씨가 자기와 두 아들에게 무척 호의적이었다는 말을 하였고, 그러한 일에서는 처음으로 보인 자기 아우의 그 커다란 친절이 바쟁을 깊이 감동시켰으며, 결코 오랫동안 잠든 적이 없던 혈육의 정을 그의 내면에 일깨워 놓았다. 우리들이 대공 부인에게 작별인사를 하는 동안 그는, 샤를뤼스 씨에게 고맙다는 말을 특별히 하지는 않으면서도, 자신이 느끼던 다정함을 정말 억제하기 어려웠음인지, 혹은 미래를 위하여 유익한 기억들의 연상 조직을 구성할 목적으로 착한 일 할 때마다 개에게 설탕 한 조각 주듯, 그 날 저녁 보인 것과 같은 종류의 호의적인 행동이 형의 눈에 띄지 않을 수 없다는 점을 남작이 기억해 두도록 하기 위해서였음인지, 남작에게 기필코 자기의 다정한 마음을 표하려 하였다. "이보시게, 아우, 형 곁으로 지나가면서 짧은 인사 한 마디 없다니." 공작이 샤를뤼스 씨의 걸음을 멈추게 한 다음 그의 팔을 다정하게 자기의 팔로 끼워 잡으면서 말하였다. "요즈음에는, 메메, 도무지 자네를 볼 수가 없는데, 내가 자네를 얼마나 그리워하는지 자네는 아마 모를 걸세. 옛 편지들을 뒤지던 중 가엾은 엄마의 편지들을 발견하였는데, 모두 한결같이 자네에게로 향한 다정함으로 가득했네." — "고마워요, 바쟁." 샤를뤼스 씨가 목멘 음성으로 대꾸하였다. 자기들의 어머니에 대해 이야기할 때에는 그가 항상 격정에 휩싸이곤 했기 때문이다. — "내가 게르망뜨에 자네를 위해 별채 하나 짓는 것을 허락해 주어야겠네." 공작이 다시 말하였다. "두 형제가 서로에게 저토록 다정한 것을 보니 감동적이에요." 대공 부인이 오리안느에게 말하였다. — "아! 정말이지, 저런 형제들은 흔치 않을 거예요. 제가 당신을 그와 함께 초대하겠어요.[211] 그와의 관계는 나쁘지 않지요?" 그녀가 나에게 약속하였다. "하지만 두 사람이 무슨 이야기를 하는 걸까요?" 그녀가 불안한 어조로 덧붙였다. 그들의 말이 잘 들리지 않았기 때문이다.

그녀는, 게르망뜨 씨가 자기의 아내로부터 다소간의 거리를 두는 어떤 과거에 대하여, 자기의 동생과 오순도순 이야기를 나누며 맛보는 즐거움에 항상 일종의 질투심을 느끼곤 하였다. 두 형제가 그렇게 가까이에서 행복해할 때, 그리하여 조바심 일으키는 호기심을 억제하지 못하여 그들 곁으로 다가갈 때마다, 그녀는 자기의 등장이 그들에게 기껍지 못하다는 것을 직감하곤 하였다. 하지만 그날 저녁에는 그러한 평소의 질투심에 다른 하나가 추가되었다. 쒸르쥐 부인이 앞서 게르망뜨 씨에게 그의 아우가 자기에게 보여준 호의를 귀띔해 주어, 그로 하여금 사의를 표하게 하였는데, 그러는 동안 게르망뜨 씨 내외에게 헌신적이던 여인들은, 공작의 정부가 그의 동생과 단 둘이 있었다는 사실을 공작 부인에게 알리는 것이 마땅하다고 생각하여 그렇게 하였기 때문이다. 그리하여 게르망뜨 부인의 내면에 심한 동요가 일었다. "우리가 옛날 게르망뜨에서 얼마나 행복했는지 상기해 보게." 공작이 샤를뤼스 씨를 바라보며 말을 속개하였다. "혹시 여름철에 가끔이나마 자네가 그곳에 온다면, 우리가 즐거운 날들을 다시 보낼 수 있을 걸세. 그 늙은 꾸르보 신부님을 기억하겠는가? 그가 묻곤 하였지. '빠스깔은 왜 불안하게 하는 사람인가? 왜냐하면 그가 트루… 트루…' — 블레." 마치 아직도 선생님의 질문에 대답하듯 샤를뤼스 씨가 또박또박 발음하였다.[212] "'그러면 빠스깔은 왜 불안해하는가? 왜냐하면 그가 트루… 왜냐하면 그가 트루…' — 블랑."[213] "그러면 그가 이렇게 말하겠지. '아주 좋아요, 당신은 합격하실 것이고, 틀림없이 좋은 점수를 받을 것이며, 그러면 공작 부인[214]께서 당신에게 중국어 사전 하나를 주실 것이오.'" — "바쟁, 기억해? 그 시절에는 내가 중국어에 심취해 있었기 때문이야." — "물론이지, 나의 사랑스러운 메메! 그리고 에르비 드 쌩-드니가[215] 자네에게 가져다 준 옛 도자기 항아리가 아직도 눈에 선하다네! 자네가 중국에 가서 평생 살겠노라고 우리를 협박하곤 할만큼 그 나라를 좋아하였고, 그 시절에도 이미 멀리 정처 없이 떠돌기를 좋아하였지. 아! 자네는 특이한 인물이었어. 어떤 일에서도 다른 사람들과는 같은 취향을 가지고 있지 않았다고 말할 수 있었으니…" 하지만 그 말을 겨우 마치는 순간, 공작의 얼굴이 심하게 붉어졌다. 자기 아우의 생활 습성은 모르고 있었다 하더라도, 떠도는 소문만은 들었기 때문이다. 자기가 그 평판에 대해서만은 결코 아우에게 어떤 말을 하지 않았던지라, 그것과 관련된 듯 보일 수 있는 말을 한 것에 어색해졌고, 어색해진 기색을 드러냈던지라 더욱 그러했다. 잠시 침묵하던 그가, 자신의 마지막 말을 지워 버리기 위하여, 하던 말을 계속하였다. "누가 알겠는가, 그 숱한 백인 여자들을 사랑하고 또 그녀들의 호감을 얻기에 앞서—오늘 저녁 자네와 한담 나누면서 큰 기쁨 맛보았다는 어느 귀부인에 미루어 판단하거니와—자네가 혹시 그 시절 어떤 중국 여인에게 연정을 품고 있었을지. 그 귀부인께서 자네에게 매료되었다 하더군." 일찍이 공작은 쒸르쥐 부인에 대하여 아무 말도 하지 않으리라 작정하였으나, 자기의 실언이 사념 속에 일으켜 놓은 커다란 혼란에 휩싸였던지라, 비록 두 사람이 나누던 대화의 동기를 부여하였어도 그 대화에는 등장하지 말았어야 할 바로 그 여인에게, 자기의 손이 닿을 수 있는 가장 가까이 있던 여인에게, 자신도 모르게 매달렸던 것이다. 그러나 샤를뤼스 씨가 자기 형의 얼굴이 붉어진 것을 이미 간파하였다. 그리하여, 자기들이 저지르지 않았으리라 모두들 추정하는 범행에 대해 어떤 이들이 자기들 앞에서 대화를 나누어도 당황한 기색 드러내지 않으려 하고, 오히려 자신들이 개입하여 그 위험한 대화를 연장시켜야 한다고 생각하는 범인들처럼, 그가 형의 말에 이렇게 대꾸하였다. "그 말씀 들으니 기쁘오만, 형님께서 앞서 하신, 그리고 내가 보기에는 깊은 진실 같은 그 말을 짚고 넘어가야겠소. 형님께서는 내가 다른 사람들처럼 평범한 생각을 하는 법이 결코 없다고 하셨으며, 참으로 옳은 말씀이오! 그리고 내가 특이한 취향을 가지고 있다고도 하셨소."—"천만에, 그렇게 말하지 않았네." 정말 그런 말은 하지 않았고, 그런 단어들이 가리키는 것이 자기의 아우에게 실재하리라고는 아마 믿지 않았을 게르망뜨 공작이 항변하였다. 게다가 그는, 어떠한 경우이든 남작의 막강한 지위에 하등의 피해도 입힐 수 없을 만큼 충분히 모호하고 은밀한 상태에 있던 그의 기행들을 꼬집어, 그를 괴롭힐 권리가 자기에게 있다고 믿었다. 뿐만 아니라, 자기 아우의 그러한 지위가 자기의 정부들에게 도움이 될 것이라 직감하였던지라, 공작은 그 대가로 그의 환심을 살 수 있을 얼마간의 호의를 베풀 가치가 충분히 있다고 생각하였으며, 따라서 그 시기에는, 자기 아우의 '특이한' 관계를 혹시 몇몇 알게 되었다 할지라도, 아우가 자기에게 줄 도움에 대한 희망에 사로잡혀, 특히 과거의 애틋한 추억과 결합된 그 희망에 사로잡혀, 그러한 관계를 모르는 척 그냥 넘겼을 것이며, 필요할 경우 오히려 그를 도왔을 것이다. "이보세요, 바쟁. 안녕하세요, 빨라메드." 노여움과 호기심에 시달리던 공작 부인이 더 이상 견디지 못하고 말하였다. "이곳에서 밤을 보내기로 작정하셨다면 우리도 남아서 밤참을 먹는 것이 낫겠어요. 당신들이 마리와 나를 반 시간 전부터 이렇게 세워 놓고 있어요." 공작이 자기의 아우를 의미있는 태도로 포옹한 다음 그와 헤어졌고, 우리 세 사람이 대공 부인 댁 저택의 커다란 층계를 내려왔다.

층계 상단 양쪽에는 자기들의 마차가 나타나기를 기다리는 사람들이 둘씩 짝을 지어 흩어져 있었다. 좌우에 자기의 남편과 나를 대동하고 있었던지라 다른 이들로부터 고립된 공작 부인이 층계 왼쪽에 꼿꼿이 서 있었는데, 띠에뽈로풍 외투로 이미 몸을 감싸고 루비 고리쇠로 깃을 조인 그녀를, 그녀의 우아함과 아름다움의 비결을 찾아내려던 여인들의, 그리고 남자들의, 눈이 삼킬듯이 바라보고 있었다. 이미 오래 전부터 사촌이 자기를 방문해 주리라는 희망을 완전히 상실한 갈라르동 부인은, 게르망뜨 부인과 같은 계단에서, 그러나 반대쪽 끝에서, 자기의 마차를 기다리며 등을 사촌 쪽으로 돌리고 있었는데, 그것은 그녀를 보지 못한 척하기 위해서였고, 특히 그녀가 자기에게 인사를 하지 않았다는 증거를 사람들에게 제공하지 않기 위해서였다. 갈라르동 부인의 마음이 몹시 상해 있었는데, 함께 있던 신사들이 당연히 그래야 하는 줄로 생각하고 그녀에게 오리안느에 관한 이야기를 하였기 때문이다. "저는 그녀를 전혀 만나고 싶지 않아요." 그녀가 대꾸하였다. "조금 전 그녀를 언뜻 보자니, 그녀가 늙기 시작하였더군요. 하지만 그 사실을 받아들일 수 없는 모양이에요. 바쟁도 그 이야기를 하더군요. 저 또한 정말로 이해할 수 있겠어요! 그녀가 현명하지 못하고, 좀 나방처럼 심보 사나운데다 예의도 반듯하지 못하여, 용모가 더 이상 아름답지 못할 때가 닥치면, 자기에게 아무것도 남지 않을 것임을 직감하고 있기 때문이에요."

나는 밖으로 나오기 전부터 이미 외투를 입고 있었는데, 게르망뜨 씨가 나와 함께 층계를 내려오면서 그것을 나무랐으며, 그가 그랬던 이유는, 실내가 너무 더웠던지라 급격한 기온 저하로 인한 오한을 염려하였기[216] 때문이다. 그리고 다소나마 뒤빵루[217] 주교의 영향을 받은 세대의 귀족들이 어찌나 좋지않은 프랑스어를 사용하였는지(까스뗄란 가문 사람들은 예외였다)[218], 공작이 자기의 생각을 이렇게 표출하였다. "밖으로 나서기 전에는 몸을 감싸지 않는 것이 낫소, 적어도 '보편적인 주장은'[219] 그러하오." 사람들이 떠나려고 저택에서 나서던 장면 전체가 이제 다시 선명하게 내 앞에 떠오르고, 내가 그를 그 층계에 위치시키는 것이 착오가 아닐진대, 그 날 저녁의 모임이 마지막 사교적 야회가 된 싸강 대공[220]의, 그림틀에서 떼어낸 듯한 초상화가 아직도 눈에 선한데, 그가 공작 부인에게 예의를 표하기 위하여, 장식용 단추 구멍에 꽂은 치자나무꽃과 그토록 조화를 이루던 하얀 장갑 낀 손으로 실크해트를 벗어 어찌나 크게 회전시켰던지, 사람들은 그것이 구왕조 시절의 깃털 꽂은 펠트모자가 아닌 것에 놀랐으나,[221] 구왕조 시절에 살았던 여러 선조들의 얼굴들이 그 지체 높은 나리의 얼굴에 정확히 재현되었다. 그가 공작 부인 곁에 잠시 동안만 머물렀으나, 한 순간 지속되었을 뿐인 그의 자세가 역사적 장면으로서의 생생한 화폭 하나를 구성하기에 충분했다. 게다가 얼마 후 그가 타계하였고, 내가 그의 생전 모습은 언뜻 스쳐 보았을 뿐인지라, 그가 나에게는 어찌나 역사 속 인물로(적어도 사교계 역사 속 인물로) 보였던지, 나와 교분을 맺고 있는 어떤 여인이나 신사가 그의 누이나 조카라는 사실에 놀라곤 한다.

우리가 층계를 따라 내려가고 있는 동안, 나이 사십여 세 쯤 되어 보이는(실제 나이는 비록 그 이상이었지만) 여인 하나가, 그녀에게 어울리는 나른한 기색으로 그것을 따라 오르고 있었다. 사람들이 이르기를 빠르마 공작의 혼외 자식이라고 하던 오르빌레르 대공녀였으며, 그녀의 부드러운 음성에는 오스트리아 억양이 희미하게 섞여 조화를 이루고 있었다. 그녀는, 꽃무늬 넣은 하얀 비단 드레스로, 앞쪽으로 숙인 신장 큰 몸을 감싼 채, 자기의 감미롭고 꿈틀거리며 기진맥진한 흉부가 다이아몬드 및 사파이어로 뒤덮인 마구(馬具) 속에서 흔들거리도록 내버려두면서, 층계를 오르고 있었다. 가격을 매길 수조차 없고 과중한 진주 박힌 굴레 때문에 거북해졌을, 어느 왕의 순종 암말처럼, 그녀는 엷어지기 시작함에 따라 더욱 상냥해지는 하늘 색 띤, 부드럽고 매력적인 시선을 이리저리 던졌고, 떠나는 거의 모든 손님들을 향해 정답게 고개를 끄덕였다. "뽈레뜨, 때 맞춰 도착하시는군요!" 공작 부인이 한 마디 하였다.―"아! 심히 유감이에요! 그러나 정말로 물리적 가능성이 없었어요." 그러한 유형의 말[222]을 일찍이 게르망뜨 공작 부인에게서 배운 오르빌레르 대공 부인이 대답하였다. 하지만 그녀는 그러한 언사에, 그토록 다정한 음성 속에 있는 어렴풋이 게르만적인 억양의 에너지에서 비롯된, 자기의 선천적인 부드러움과 진지함의 기색을 덧붙였다. 비록 그녀가 여러 곳의 야회에 참석하였다가 오는 길이었지만, 흔히들 그러듯[223] 그것들을 암시하는 것이 아니라, 이야기하기에는 너무 긴 삶의 번잡함을 그렇게 넌지시 가리키는 것 같았다. 하지만 그녀로 하여금 그토록 늦게 도착할 수밖에 없도록 한 것은 삶의 번잡함이 아니었다. 게르망뜨 대공이 여러 해 동안 자기의 아내에게 오르빌레르 부인 받아들이는 것을 금지시켰던지라, 오르빌레르 부인은, 금지령이 해제된 후에도, 그들의 초대를 갈망하는 듯한 기색 보이지 않으려고, 그들로부터 초대장을 받아도 단지 그들의 저택에 자기의 명함 남기는 것으로 만족하곤 하였다. 그렇게 명함만으로 답례하기를 두세 해 동안 계속하다가, 그녀가 드디어 몸소 나타났지만, 마치 극장에서 돌아오는 양 매우 늦은 시각에야 도착하곤 하였다. 그렇게 함으로써 그녀는, 자기가 야회 자체나 그곳에 모습 드러내는 것은 전혀 중요시하지 않고, 다만 손님들 중 사분의삼은 이미 저택을 떠나 그녀가 두 내외를 '향유할 수 있게 될' 때가 되어서야, 진정한 친근감에 이끌려, 오직 그들만을 위해, 대공과 대공 부인을 방문하는 것처럼 보이게 하였다.

"오리안느가 정말 바닥까지 추락하였어요." 갈라르동 부인이 불만 가득한 어조로 말하였다. "저는 그녀가 오르빌레르 부인에게 말을 건네도록 내버려두는 바쟁을 이해할 수 없어요. 갈라르동 씨라면 제가 저런 짓 하는 것을 결코 허락하지 않을 거예요." 한편 나는, 게르망뜨 공작의 저택 근처에서, 나에게 연정 때문에 번민하는 듯한 긴 시선을 던지다가, 문득 돌아서서 상점의 유리창 앞에 멈추어 서던 그 여인이, 바로 오르빌레르 부인임을 알아차렸다.[220] 게르망뜨 공작 부인이 나를 그녀에게 소개하였고, 지나치게 상냥하지도 지나치게 성마르지도 않은 그녀가 매력적이었다. 그녀가 다른 모든 사람들 바라보듯 부드러운 시선으로 나를 응시하였다… 하지만 훗날 그녀와 마주치더라도, 내가 그녀로부터 일찍이 받았던, 나에게 자신을 내맡길 것 같은 기색 어린 은근한 제안은 더 이상 영영 받지 못하게 되어 있었다. 매우 특이하며 우리를 알아보는 듯한 시선들이 있으나, 특정 여인들로부터 — 그리고 특정 남자들로부터 — 하나의 젊은이가 그러한 눈길을 받는 것은, 그녀들이 그 젊은이와 교분을 맺고 또 그가 그녀들과도 친분 있는 사람들의 친구라는 사실을 알게 되기 전까지만이기 때문이다.

마차가 준비되었다는 전갈이 왔다. 게르망뜨 공작 부인이, 바로 내려가 마차에 오르려는 듯, 붉은색 치맛자락을 감싸잡았으나, 아마 어떤 가책감 혹은 기쁘게 해주고 싶은 욕구, 그리고 무엇보다도, 그토록 귀찮은 체면치레를 간략하게 마칠 수밖에 없던 상황을 이용하고 싶은 생각 등에 사로잡혔음인지, 갈라르동 부인을 유심히 바라보더니, 마치 그제서야 그녀를 발견하였다는 듯, 그리고 어떤 영감을 받은 듯, 내려가기 전에 계단의 반대쪽 끝으로 가서, 황홀해진 자기 사촌에게 악수를 청하였다. "참으로 오랜만이에요!" 그러한 인사말이 내포할 것으로 간주되는 가책감 및 정당한 사유

등에 대해 길게 이야기하지 않으려고, 공작 부인이 그렇게 말한 즉시 두려워하는 기색으로 공작을 돌아보았고, 나와 함께 마차를 향해 내려간 공작이 정말, 갈라르동 부인 쪽으로 간 자기 아내를 보고 노발대발하면서 다른 마차들의 통행을 중단시켰다. "하지만 오리안느는 아직도 아름다워요!" 갈라르동 부인이 말하였다. "그녀와 저 사이의 관계가 냉랭하다고 하는 사람들의 말을 들으면 우스워요. 우리는, 다른 이들에게 구태여 공표할 필요 없는 이유들 때문에, 여러 해 동안 만나지 않고도 지낼 수 있으며, 우리 두 사람이 영영 헤어지기에는 공유하는 추억들이 너무 많을 뿐만 아니라, 그녀가 매일 만나지만 우리의 혈족이 아닌 그 숱한 사람들보다 저를 더 좋아하고 있음을 실은 자신이 잘 알고 있어요." 갈라르동 부인은 사실, 자기들이 연모하는 여인이 애지중지하는 남자들보다 자기들이 그녀로부터 더 사랑받는다고 어떤 수를 써서라도 믿게 하려는, 무시당한 연인들과 같았다. 또한(바로 직전에 자기가 말한 것과 모순된다는 사실을 개의치 않고, 게르망뜨 공작 부인에 대하여 말하면서 늘어놓은 찬사들을 통하여) 그녀는, 게르망뜨 공작 부인의 내면에 최상류 사교계 여인의 활동을 인도하는 준칙들이 있음을 간접적으로 입증하였는데, 그러한 여인은, 자신의 경이로운 치장이 찬탄과 아울러 시기심도 유발하는 그러한 순간에조차, 그 시기심을 다독거려 누그러뜨리기 위하여 층계의 이 끝에서 저 끝으로 건너갈 줄 알아야 한다. "당신의 신발이 물에 젖지 않도록 조심이라도 하시오." (앞서 잠시동안 소나기가 쏟아졌다). 자기가 그녀를 기다려야 했던 것에 아직도 노기등등한 상태였던 공작이 말하였다.

　돌아오는 동안, 꾸뻬[225]의 좌석이 협소하여, 게르망뜨 부인의 신발이 어쩔 수 없이 나의 것으로부터 별로 떨어져 있지 않았고, 그녀는 심지어 자기의 신발이 나의 것을 건드리지 않았을까 염려하여, 공작에게 말하였다. "이 젊은이께서 저에게, 어느 신문 만평에서처럼 이렇게 말씀하시겠어요. '부인, 차라리 저를 사랑한다고 지체 없이 말씀하시되, 그렇게 저의 발을 밟지는 마십시오.'" 그러나 나의 사념은 게르망뜨 부인으로부터 상당히 멀리 가 있었다. 쌩-루가 나에게 사창가에 나타나는 귀족 가문 아가씨와 쀠뜨뷔스 남작 부인의 침실 시녀 이야기를 들려준 이후에는, 그 두 계층에 속하는 숱한 여인들이 날마다 나에게 불어넣던 욕정들이 한 덩어리를 이루면서 그 두 인물 속에 요약되었는데, 오만함으로 한껏 콧대 높아졌고 공작 부인들 이야기하면서 '우리들'이라고 하는 귀족댁의 상스럽고 화려하며 당당한 침실 시녀들이 그 한 계층에 속하였고, 나머지 다른 계층에 속하는 여인들은, 마차를 타고 혹은 걸어서 지나가는 모습조차 본 적이 없으되, 어느 무도회 관련 기사에서 내가 그 이름만 읽어도 즉시 연정에 사로잡히게 하고, 그녀들이 여름철에 가서 머무는 성들을 소개하는 '연감'에서 내가 그 이름을 열심히 찾은 끝에(유사한 이름 때문에 헤매는 경우가 잦았다), 프랑스 서부 지방의 평원이나 북쪽 지방의 모래 언덕 혹은 남부 지방의 소나무 숲속에 가서 사는 몽상에 차례로 빠져들게 하는 아가씨들이었다. 그러나 쌩-루가 나에게 그 윤곽을 그려 준 이상형에 따라, 행실 가벼운 귀족 아가씨와 쀠뜨뷔스 부인의 침실 시녀를 구성하기 위하여, 가장 감미로운 육체적 재료들을 융합하였어도 소용없었으니, 내가 그녀들을 직접 목격하지 못하는 한 까맣게 모를 수밖에 없는 것이 나의 수중에 넣을 수 있을 그 두 여인에게 결여되었기 때문이며, 그것은 곧 개별성이었다. 그리하여, 나의 욕정이 젊은 아가씨들에게로 향할 몇 달 동안에는, 쌩-루가 나에게 이야기한 그 아가씨가 어떻게 생겼으며 또 누구인지 상상해 보려고, 또 내가 어느 침실 시녀를 선호하였을 몇 달 동안에는, 뿌뜨뷔스 부인의 침실 시녀가 어떻게 생겼고 누구인지 상상해 보려고, 헛되이 애를 쓰며 나 자신을 고갈시키게 되어 있었다. 그러나, 내 목전에서 순식간에 사라져 대개의 경우 그 이름조차 모르고, 여하튼 다시 만나기 그토록 어려우며, 아마 수중에 넣기 불가능할 그 숱할 존재들에게로 향한 나의 불안해하는 욕정에 의해 끊임없이 동요된 후, 분산되고 덧없으며 익명인 그 모든 아름다움으로부터, 자기들의 인상(人相) 기록 카드를 갖추고 있으며 따라서 내가 원하기만 하면 언제든 얻을 수 있으리라 확신할 수 있는 정선된 표본 둘을 채취하였다는 사실이 나에게 가져다 준 평온은 얼마나 컸던가! 나는 나의 작품 쓰기에 착수할 시각처럼 그 이중의 쾌락 맛볼 시각도 내심 뒤로 미루고 있었으나,[226] 내가 원하기만 하면 언제든 그것을 맛볼 수 있으리라는 확신이, 가까이에 두기만 하여도 충분해서 더 이상 잠드는데 필요치 않게 되는 수면제처럼, 나에게 그것 맛보는 것 자체를 거의 면하게 해주었다. 그 얼굴을 뇌리에 떠올릴 수 없었던 것은 사실이나, 쌩-루가 나에게 이름을 알려주었고 아울러 선선히 몸을 허락할 것이라고 장담한, 그 두 여인만을 내가 이 세상에서 갈망하게 되었다. 그리하여, 그 날 저녁 그가 자기의 말로 나의 상상력에게 고된 노역을 부과한 반면, 나의 의지에게는 상당한 긴장 완화와 지속적일 수 있을 휴식을 확보해 주었다.

"그런데!" 공작 부인이 나에게 말하였다. "말씀하시던 무도회들 외에, 제가 당신을 도울 일은 없나요? 혹시 제가 당신을 소개시켜 드리기를 바라는 응접실은 없나요?" 나는, 선망하는 응접실이 하나 있으나, 그곳이 혹시 그녀가 보기에 우아하지 못할까 염려된다고 대꾸하였다. "그것이 누구예요?" 그녀가 위협적이고 쉰 음성으로, 입술을 거의 떼지 않은 채 물었다. "뿌뜨뷔스 남작 부인입니다." 이번에는 그녀가 정말 노한 척하였다. "아! 그건 말도 아니 되는 말씀이에요. 이제 보니 저를 우롱하시는군요. 제가 그 낙타의 이름을 어떻게 우연히 알게 되었는지조차 몰라요. 하지만 그녀는 사교계의 재강이에요. 저에게 수에 재료 조달하는 여자 상인에게 소개시켜 달라는 격이에요. 그리고 더욱 아니 될 이유는, 그녀가 매력적이기 때문이에요. 나의 가엾은 어린것, 당신의 머리가 조금 이상해요. 여하튼 저를 통해 당신을 소개 받은 사람들에게 예의를 차리시어, 그들 댁에 명함을 남기거나 그들을 만나러 가시더라도, 그들이 생판 모르는 뻬뜨뷔스 남작 부인에 관한 이야기는 제발 그들 앞에서 꺼내지 마세요." 나는 오르빌레르 부인의 행실이 조금 가볍지 않느냐고 물었다. "오! 전혀 그렇지 않아요, 당신이 혼동하신 거예요, 오히려 정숙한 티를 내는 여자에요. 바쟁, 그렇지 않은가요?"―"그렇소, 하지만 여하튼 그녀에 대해서는 하등의 할 이야기가 없다고 생각하오." 공작의 대꾸였다.

"우리와 함께 무도회에 가지 않겠소?" 공작이 나에게 물었다. "내가 당신에게 베네치아 망또[227] 한 벌을 빌려주겠소. 그러면 몹시 기뻐할 사람을 내가 아는데, 우선 오리안느인 것은 말할 필요조차 없으나, 빠르마 대공 부인 역시 그럴 거요. 그녀는 항상 당신을 찬양하며, 당신의 이름을 걸고 맹세를 할 정도요. 그녀가―조금 원숙한 편이라―정숙함의 화신이니 당신은 행운아요. 만약 그렇지 않았다면 당신이 그녀에 의해 치치스베오[228] 자격으로 고용되었을 것이오. 치치스베오란, 내가 젊었던 시절에 흔히들 사용하던 말이며, 일종의 시중꾼 기사를 뜻하오."

나는 무도회가 아니라 알베르띤느와의 약속에 관심을 가지고 있었다. 그리하여 공작의 제안을 거절하였다. 마차가 멈추어 섰고 심부름꾼 시종이 수위에게 대문을 열라고 하였으며, 문이 활짝 열릴 때까지 말들이 앞발로 땅바닥을 긁다가, 드디어 마차가 안뜰로 들어섰다. "또 봅시다." 공작이 나에게 말하였다.—"제가 때로는 마리 곁에 그토록 가까이 머무는 것을 유감스러워했어요." 공작 부인이 나에게 말하였다. "제가 그녀를 무척 좋아하지만, 그녀를 만나는 것은 약간 덜 좋아하기 때문이에요. 그러나 그녀 곁에 머무는 것을 일찍이 오늘 저녁처럼 애석해한 적은 없어요. 그로 인해 제가 당신 곁에 거의 머물 수 없었기 때문이에요."—"서두르시오, 오리안느, 연설은 그만두시고." 공작 부인은 내가 잠시나마 자기의 집에 함께 들어가기를 원하였다. 바로 그 시각에 어떤 아가씨가 나를 방문하기로 되어 있어 그럴 수 없다고 하자, 그녀가 공작과 함께 크게 웃었다. "매우 이상한 시각에 방문객을 맞는군요." 그녀가 나에게 말하였다.—"어서요, 사랑스러운 이여, 서두릅시다." 게르망뜨 씨가 자기의 아내에게 말하였다. "지금 시각이 십오 분 전 자정인데, 의상 갖춰 입을 시간도…" 그가 자기의 집 출입문 앞에서, 그것을 빈틈없이 지키고 있던 지팡이 든 귀부인 둘과 마주쳤고, 그녀들은 좋지않은 평판 퍼지는 것을 막기 위하여, 그 야심한 시각에 자기들의 꼭대기로부터 내려오기를 두려워하지 않았다.[229] "바쟁, 당신이 그 무도회에서 혹시 사람들의 눈에 띄지 않을까 저어되어, 우리 두 사람이 당신에게 소식을 미리 전하려 애를 썼는데, 가엾은 아마니앵이 한 시간 전에 운명하였어요." 공작이 잠시 그 경보에 불안한 반응을 보였다. 그 저주 받은 산골 여인들[230]에 의해 오스몽[231] 씨의 죽음이 통보되는 순간, 그 고대하던 무도회가 와르르 무너져내리는 것이 그의 눈에 보이는 것 같았다. 하지만 그가 재빨리 냉정을 되찾아, 즐거움을 포기하지 않겠다는 결의와 함께 프랑스어 고유의 표현법을 정확히 이해하지 못한다는 뜻을 내포시켜, 이렇게 내뱉듯 말하였다. "그가 죽다니! 천만에, 과장이에요, 과장들 하는 거에요!" 그러더니, 등산 지팡이에 의지하여 어둠을 뚫고 언덕을 오르러 떠나는 두 친척 여인들은 더 이상 거들떠보지도 않은 채, 자기의 시종에게 서둘러 물었다. "나의 투구 도착했나?"—"예, 공작님."—"호흡할 수 있도록 작은 구멍이 제대로 뚫려 있나? 젠장, 내가 질식사하고 싶은 생각은 없으니 말이야!"—"예, 공작님."—"아! 빌어먹을, 불운한 저녁이야. 오리안느, 뱃머리 모양의 뾰족구두를 당신을 위해 마련한 것인지 바발에게 묻는다는 것 깜빡하였소."—"하지만 나의 사랑스러운 이여, 오빼라-꼬믹 무대 의상 담당자가 와 있을 것이니, 그가 우리들에게 말해 줄 거에요. 제 생각에는 그것이 당신의 박차와 어울릴 것 같지 않아요."—"서둘러 가서 의상 담당자를 만나 봅시다." 공작이 말하였다. "안녕히 가시오, 꼬마 신사분, 함께 들어가서 우리가 의상을 입어 보는 동안 그것을 구경하라고 당신에게 권하고 싶소. 하지만 그럴 경우 한담이 다시 이어질 것이고, 이제 곧 자정인데, 축제가 완벽하려면 우리가 늦게 도착하여서는 아니 되오."

나 또한 게르망뜨 씨 곁을 최대한 서둘러 떠나야 했다.『화이드라』공연이 열한 시 반 경에 끝나게 되어 있었다. 오는데 소요되는 시간을 감안하더라도, 알베르띤느가 이미 도착하였을 것임에 틀림없었다. 내가 곧장 프랑수와즈에게로 가서 물었다. "알베르띤느 아가씨 도착했나요?"—"아무도 오지 않았어요." 맙소사, 아무도 오지 않을 것이라는 뜻일까? 알베르띤느의 방문이 불확실해진 이제, 그것을 내가 그만큼 더 갈망하게 되어 나의 내면에 격랑이 일었다.

프랑수와즈 역시 몹시 난처해졌다. 그러나 전혀 다른 이유 때문이었다. 그녀가 맛있는 음식을 먹이려고 자기의 딸을 식탁 앞에 막 앉힌 직후였기 때문이다. 그러나 내가 들어오는 소리가 들리는지라, 음식 접시들을 치우고, 밤참을 먹는 것이 아니라 일을 하는 척 하기 위하여 바늘들과 실을 늘어놓아야 하는데, 그럴 시간은 없어, 프랑수와즈가 나에게 말하였다. "저 아이가 국 한 술 뜨는 중이었어요. 제가 억지로 잡아 앉혀, 뼈다귀를 조금 빨아먹게 하였어요." 자기의 딸이 먹던 밤참이 푸짐하면 마치 그것이 큰 잘못이라도 되는 양, 그 음식이 지극히 하찮은 것으로 보이도록 하기 위함이었다. 점심 식사나 저녁 식사를 할 때조차, 내가 혹시 실수로 부엌에 들어서는 일이 생기면, 프랑수와즈는 식사를 마친 척하였고, 심지어 이렇게 말하면서 변명을 하기도 하였다. "한 '조각' 먹으려 하였어요." 혹은 '한 입'이라고도 하였다. 그러나 이번에는, 식탁을 뒤덮듯 즐비하게 놓인, 그리고 나의 급작스러운 출현에, 도둑이 아니건만 마치 도둑처럼 놀란 프랑수와즈가 미처 치우지 못한, 음식 접시들에 의해 실상이 즉시 확연해졌다.[232] 그녀가 자기의 딸에게 말하였다. "어서 가 자거라, 그 정도면 오늘 상당한 일을 한 것이다 (자기의 딸이 우리에게 하등의 폐도 끼치지 않고 궁핍하게 살아가는 것처럼 보이게 할 뿐만 아니라, 그럼에도 불구하고 우리를 위하여 죽도록 일하는 듯 여겨지기를 바랐기 때문이다). 네가 부엌을 혼잡하게 할 뿐이며, 특히 손님을 기다리시는 도련님께 불편을 끼쳐 드리기 때문이다. 어서 올라가거라." 밤참이 무산된 순간 이후에는, 체면상 그곳에 있었을 뿐, 내가 오 분만 더 머물렀어도 스스로 물러갔을 자기의 딸이 자러 가도록 하기 위해, 마치 자기의 권위를 발동할 수밖에 없다는 듯, 그렇게 다시 말하였다. 그런 다음 나에게로 고개를 돌리면서, 통속적이지만 조금은 그녀 특유의 아름다운 프랑스어로 이렇게 말하였다. "졸음이 그 아이의 얼굴에 그득한 것이[233] 도련님에게는 보이지 않아요." 나는 프랑수와즈의 딸과 이야기하지 않아도 되는 것이 무척 기뻤다.

[나는 그녀가,²³⁴⁾ 자기 모친의 고향과 인접해 있으되 그 토양이나 재배 작물, 사투리, 무엇보다도 주민들의 몇몇 특징들에 있어서는 판이한, 작은 고장 출신이라고 말한 바 있다. 그리하여²³⁵⁾ '정육점 주인의 아내'²³⁶⁾와 프랑수와즈의 질녀는 서로가 하는 말을 제대로 알아듣지 못하였으나, 반면 그녀들에게는, 심부름차 외출하였을 경우, 일단 어떤 대화가 시작되면 스스로의 힘으로는 그것을 중단시키지 못하는지라, '자매의 집'이나 '사촌 자매의 집'에서 여러 시간 동안 지체하는 공통점이 있었으며, 그러한 대화가 계속되는 동안에는 자기들이 외출한 동기 마저 그녀들의 뇌리에서 어찌나 감쪽같이 자취를 감추는지, 그녀들이 돌아왔을 때, '그래, 노르뿌와 후작께서 여섯 시 십오 분에는 댁에 게실 것 같아요?'라고 물으면, '아! 제가 그만 잊었어요' 하면서 자기들의 이마를 탁 치기는커녕, 이렇게 대꾸할 지경이었다. "아! 저는 나리께서 그것을 요청하신 것으로 이해하지 않고, 다만 그 분에게 인사를 드려야 한다고만 생각하였어요." 불과 한 시간 전에 들은 말에 대하여 그녀들이 그러한 식으로 '공을 잃곤 하던'²³⁷⁾ 반면, 그녀들이 자기들의 자매나 사촌 자매로부터 한 번 들은 것을 그녀들의 뇌리에서 제거하기는 불가능했다. 그리하여, 영국인들이 1870년에 프러시아인들과 동시에 우리에게 선전포고를 하였다는 말을 정육점 주인의 아내가 한 번 들은 후에는(또한 사실이 아니라고 내가 설명하여도 소용없었다), 그녀가 매 삼 주마다²³⁸⁾ 나와 대화를 나누는 중에 나에게 반복해 말하곤 하였다. "영국인들이 1870년에 프러시아인들과 동시에 우리를 상대로 시작한 전쟁 때문이에요." — "하지만 당신이 잘못 아신 것이라고 제가 백 번은 말씀 드렸어요." 그럴 때마다 그녀가 이렇게 대꾸하였고, 그 말에는 그녀의 확신이 조금도 흔들리지 않았다는 의미가 내포되어 있었다. "여하튼 그것이 그들에게 원한을

품을 이유는 아니에요. 1870년 이후 다리들 밑으로 상당한 물이 흘러갔어요.[239]…" 또 언젠가는, 영국을 상대로 전쟁을 벌여야 한다고 주장하면서—나는 동의하지 않았다—그녀가 이렇게 말하였다. "물론 전쟁을 아니 하는 것이 항상 더 좋지만, 어차피 그래야 하니 즉시 전쟁을 시작하는 편이 나아요. 오늘 오후에 저의 자매가 저에게 설명하였듯이, 영국인들이 1870년에 우리를 상대로 벌인 전쟁 이후부터, 무역협정들이 우리를 파산시키고 있어요. 그들을 상대로 승리를 거둔 다음에는, 지금 우리가 영국에 가려면 그러듯, 영국인들이 입국세 삼백 프랑을 지불하지 않으면 단 하나도 들어오지 못하게 할 거예요."

지극히 순박한 정직성 이외에, 그리고 혹시 중도에 누가 자기들의 말을 중단시키면, 중단된 부분부터 스무 번이라도 말을 다시 시작하여, 결국 자기들의 말에 바하의 어느 푸가곡에서 발견되는 흔들림 없는 견고성을 부여할 만큼, 자기들의 말이 중단되는 것을 결코 허용치 않는 그 막무가내의 고집 이외에, 바로 그러한 점이, 주민의 수 오백에도 못미치고, 밤나무들과 버드나무들과 감자밭들과 사탕무우밭들로 둘러싸인 그 작은 고장의 성격이다.

프랑수와즈의 딸은 반대로, 자신이 지나치게 구식인 오솔길[240]을 빠져나온 현대적인 여성이라 생각하여, 빠리 지역에 유행하던 속어를 사용하였고, 그것에 수반되는 농담의 기회를 결코 놓치지 않았다. 프랑수와즈가 그녀에게 말하기를, 내가 어느 대공 부인 댁에서 돌아오는 길이라고 하자, 그녀가 이렇게 말하였다. "아! 틀림없이 야자 열매 닮은[241] 대공 부인이겠지요." 또한 내가 어떤 사람의 방문을 기다리고 있음을 알아채고는, 나의 이름이 샤를르라고 생각하는 척하였다. 내가 순진하게 아니라고 하자, 나의 그러한 대꾸가 그녀에게 이러한 말 할 기회를 제공하였다. "아! 저는 그런 줄 알았어요! 그리하여 샤를르가 기다린다고(샤를라땅)²⁴²⁾ 생각하였어요." 그것이 썩 좋은 취향은 아니었다. 하지만 알베르띤느의 도착이 늦어지는 것에 대한 위로조로 그녀가 이렇게 말할 때에는 나도 무심할 수만은 없었다. "제 생각에는 당신이 그녀를 종신토록²⁴³⁾ 기다려야 할 것 같아요. 아! 오늘날 우리의 지골레뜨²⁴⁴⁾들이라니!"

그렇게, 그녀의 언사²⁴⁵⁾가 자기 모친의 언사와는 달랐다. 그러나 더욱 신기한 것은, 그녀의 모친이 사용하던 방언이, 프랑수와즈의 고향과 그토록 인접해 있던 바이요-르-뺑 출신인 그녀의 조모가 사용하던 방언과 달랐다는 사실이다. 하지만 그 두 사투리들이 두 고장의 풍경들처럼 가벼운 차이만 드러냈다.²⁴⁶⁾ 프랑수와즈의 모친이 태어난, 그리고 어느 협곡 방향으로 비스듬하게 펼쳐진, 그 고장에는 버드나무들이 흔했다. 그리고 반대로,²⁴⁷⁾ 그곳으로부터 아주 멀리 떨어진 프랑스의 어느 작은 지역에서는, 사람들이 메제글리즈²⁴⁸⁾에서와 거의 같은 사투리를 사용하고 있었다. 내가 그러한 사실을 발견하였고, 동시에 그것으로 인해 답답함을 느꼈다.²⁴⁹⁾ 실제로 언젠가 한 번, 나는 그 지역 출신이며 그 지역 사투리 사용하는 어느 가정부와 프랑수와즈가 길게 대화하는 것을 들었다.²⁵⁰⁾ 그녀들은 서로의 말을 거의 완전히 이해하였고, 나는 전혀 알아듣지 못하였으며, 그녀들이 그러한 사실을 알고 있었음에도 불구하고, 비록 서로 멀리 떨어진 곳에서 태어났어도 동향인을 만난 기쁨에 의해 면책되리라 생각하였음인지, 다른 이들이 우리가 하는 말을 이해하지 못하기 바랄 때처럼, 내 앞에서 그 외국어 사용하기를 멈추지 않았다. 그러한 언어지리학 및 하녀들의 동지애에 관한 생동감 넘치는 연구가 매주 부엌에서 이어졌으나, 나는 그것에서 어떤 즐거움도 얻지 못하였다.²⁵¹⁾²⁵²⁾

대문이 열릴 때마다 수위가 층계를 밝히는 전기 스위치를 누르게 되어 있고, 건물에 사는 이들 중 아직 돌아오지 않은 사람이 없었던지라, 나는 즉시 부엌을 떠나 응접실 앞 대기실로 다시 돌아가 앉아, 우리 아파트의 출입문 유리창을 완전히 덮지 못하여, 층계의 흐릿한 빛 때문에 유리창에 생긴 수직의 어두운 띠가 통과하도록 [253)] 해주는, 조금 지나치게 좁은 커튼을 염탐하듯 살폈다. 만약 그 띠가 문득 황금색으로 변한다면, 알베르띤느가 저 아래에 이제 막 들어섰으며, 따라서 잠시 후에 내 곁으로 오리라는 뜻이었으니, 그 시각에 올 수 있을 다른 사람은 없었기 때문이다. 그리하여, 고집스럽게 검은 상태로 남아있던 그 띠에서 눈을 떼지 못한 채, 더 정확히 보려고 관심을 온통 그것에 쏟고 있었으나, 내가 아무리 유심히 바라보아도 헛 일, 그 수직의 검은 띠는, 나의 열망에도 불구하고, 급작스럽고 의미심장한 마법으로 말미암아 그것이 반짝이는 황금빛 막대기로 변하는 것이 보이면 내가 맛볼 수 있을, 그 도취시키는 환희를 나에게 주지 않았다. 게르망뜨 댁 야회가 계속되는 동안에는 내가 단 삼 분 동안도 뇌리에 떠올리지 않았던 알베르띤느에 의해 야기된 동요였다! 그러나 옛날 다른 소녀들로 인해, 특히 질베르뜨가 늦게 도착할 때마다, 내가 느꼈던 그 기다림의 감정을 다시 일깨우면서, 단순한 육체적 쾌락의 개연성 커진 박탈이 나에게 잔인한 심리적 고통을 안겨주고 있었다.

  결국 나의 방으로 돌아올 수밖에 없었다. 프랑수와즈가 그곳까지 나를 따라왔다. 그녀는, 내가 이제 야회에서 돌아왔으니 장식단추에 장미꽃을 꽂고 있을 필요가 없다고 하면서, 그것을 떼어내 주겠다고 내 방으로 온 것이다. 그녀의 그러한 행동이, 더 이상 알베르띤느가 올 가능성이 없음을 나에게 상기시켜 주어, 그리고 내가 그녀의 눈에 우아하게 보이기를 갈망하였음을 고백할 수밖에 없게 하여, 나의 신경질을 촉발시켰으며, 내가 그녀의 손을 뿌리치느라고 꽃을 구겼고 또 그것을 보고 프랑수와즈가 이렇게 말하여 그 신경질이 배가되었다. "그렇게 꽃을 손상시키느니 제가 그것을 떼어내도록 내버려두시는 편이 나았어요." 게다가 그녀의 지극히 하찮은 말도 나를 심하게 자극하였다. 누구를 기다리는 동안에는, 갈망하는 대상이 없다는 사실이 하도 괴로워, 다른 사람이 우리 앞에 있는 것을 견딜 수 없다.

프랑수와즈가 방에서 나간 직후 나는, 알베르띤느를 염두에 두고 내가 겉멋을 부리는 지경에 이르렀다면, 우리의 애무를 위하여 그녀가 나를 방문하도록 내버려두곤 하던 저녁마다, 며칠 동안 자란 수염을 깎지도 않은 내 모습을 그녀에게 보인 것이 참으로 유감스러운 일이라고 생각하였다. 나는 그녀가 나를 아랑곳하지 않아 나를 홀로 내버려둔다는 감회에 잠겼다. 알베르띤느가 더 늦게라도 올 경우에 대비하여 나의 방을 조금이나마 예쁘게 꾸미려고, 또한 그것이 내가 가지고 있던 가장 예쁜 물건들 중 하나였던지라, 나는 일찍이 질베르뜨가 베르고뜨의 소책자[254]를 포장하기 위하여 특별히 주문해 만들게 한, 그리고 그토록 오랜 세월 동안, 내가 잠자는 동안 마노 구슬[255] 옆에 함께 놓아두고 싶어하던, 터키옥으로 장식한 서류 끼우개를, 여러 해 만에 모처럼 다시 꺼내 침대 곁 탁자 위에 놓았다. 그러나 자기가 틀림없이 더 즐겁게 여기는 그리고 내가 모르는 그 '다른 곳'에 그 순간 그녀가 있었다는 사실이, 여전히 오지 않는 알베르띤느만큼이나, 불과 한 시간 전에 내가 스완에게 질투라는 것을 전혀 모른다는 점에 대하여 말하였음에도 불구하고, 만약 내가 나의 벗님을 일찍이 더 자주 만났다면 그녀가 어디에서 누구와 함께 자기의 시간을 보내는지 알고 싶은 초조한 욕구로 변할 수 있었을, 괴로운 감정 하나를 야기시키고 있었다.

너무 늦은 시각이어서 내가 감히 알베르띤느의 집에 사람을 보내지는 못하였으나, 그녀가 친구 여자 아이들과 어느 까페에서 밤참을 먹다가 나에게 전화할 생각을 할 수도 있으리라는 기대에서 전화교환기 스위치를 돌려, 나의 방으로 전화선을 다시 연결시킴과 동시에, 평소에는 그 시각이면 수위실과 연결되어 있던 전화국의 선을 끊었다. 프랑수와즈의 방이 면해 있는 작은 복도에 수화기 하나를 설치하면 더욱 간단하고 덜 불편했겠으나, 그런들 아무 소용이 없었다. 기술의 발전[256]이, 어떤 사람에게는 아무도 짐작하지 못하던 장점을, 그리고 어떤 사람에게는 그의 새로운 악벽을 드러내도록 해주는지라, 그러한 것들로 말미암아 친구들에게는 그들이 더 소중해지거나, 반대로 더 지긋지긋해지기도 한다. 그렇게 에디슨의 발견[257]이 프랑수와즈로 하여금 단점 하나를 더 획득하게 하였으니, 그 단점이란, 그것이 아무리 유용해도, 그리고 아무리 급한 일이 있어도, 전화 사용하기를 고집스럽게 거부하는 버릇이었다. 그녀는 누가 자기에게 전화 사용법을 가르쳐주려 할 때마다, 다른 사람들이 예방주사 맞기를 회피할 때와 같은 방편을 찾아내곤 하였다. 그리하여 전화기를 내 방에 놓았고, 그것으로 인해 부모님이 불편해하시는 일이 없도록, 벨 소리 대신 단순한 회전판 소리만 들리게 하였다. 혹시 그 소리를 듣지 못할까 염려되어, 나는 꼼짝도 하지 않았다. 나의 부동 상태가 어찌나 완벽했던지, 나는 여러 달 만에 처음으로 시계의 똑딱거리는 소리를 들었다. 프랑수와즈가 내 방의 물건들을 정돈하러 왔다. 그녀가 나에게 이런 혹은 저런 이야기를 하였고, 나는 그 대화를 견딜 수 없었으며, 그것이 한결같이 진부하게 계속되는 동안, 나의 감정은 두려움으로부터 초조함으로, 그리고 초조함으로부터 완전한 실망으로 이동하면서 매순간 변하고 있었다. 내가 의무적으로 그녀에게 건네야 한다고 생각하던 약간이나마 만족스러워하는 말과는 달리, 내가 직감한 나의 표정이 어찌나 가긍스러웠던지, 나의 억지로 꾸민 태연함과 그 괴로워하는 표정 간의 부조화를 설명하기 위하여 나는 류마티스에 시달린다고 하였다. 게다가, 비록 음성이 나지막했어도, 프랑수와즈가 하던 말이(알베르띤느에 대한 배려에 기인한 것이 아니었으니, 그녀가 올 수 있을 시각이 벌써 오래 전에 지났다고 프랑수와즈가 판단하고 있었기 때문이다) 혹시, 더 이상 올 가망 없는 구원자의 호출 전화벨 소리 듣는 것을 방해하지 않을까 염려스러웠다. 이윽고 프랑수와즈가 자기의 침실로 돌아갔는데, 그녀가 물러가면서 낼 소음이 혹시 전화 소리를 덮는 일이 생기지 않도록, 나는 그녀에게 부드러우나 무뚝뚝하게 인사를 하였다. 그런 다음 다시 귀를 기울이고 괴로워하기 시작하였는데, 우리가 기다리는 상태에 있을 때에는, 소리를 받아들이는 귀로부터 그것을 해체하고 분석하는 뇌수까지의 여정과, 그 결과가 전달되는 뇌수로부터 심장까지의 여정, 그 두 여정이 어찌나 신속한지, 우리는 그 지속을 인지할 수조차 없어, 우리가 우리의 심장으로 직접 듣는 것처럼 여겨질 지경이다. 내가, 전화벨 소리에 대한 끊임없이 다시 시작되며 점점 더 초조해지게 하는 갈망에 시달리다, 고적한 번민의 치솟는 소용돌이에 휩싸여 그 요동치는 상승의 정점에 이르렀을 때, 문득 내 곁으로 다가온 인구 밀집된 야간의 빠리 깊숙한 곳으로부터, 즉 내 책장 곁에서, 별안간 『트리스탄』 속에서 파르르 흔들리는 스카프나 목동의 갈대 피리처럼,[258] 전화기 회전판의 기계적이되 형언할 수 없는 소리가 들려왔다. 내가 서둘러 수화기를 집어들었고, 알베르띤느로부터 온 전화였다. "이런 시각에 전화 드리는 것이 당신에게 폐가 되지는 않나요?"—"천만에, 아니에요…." 내가 치솟는 기쁨을 억제하면서 그렇게 대답하였으니, 그녀가 합당치 않은 시각이라고 말한 것은, 오지 않겠다는 뜻이 아니라, 잠시 후, 그토록 늦은 시각에라도 오겠노라고, 양해를 구하는 것이 틀림없었기 때문이다. "오시겠어요?" 내가 무심한 어조로 물었다.—"하지만… 아니에요, 저를 꼭 필요로하시지 않는다면."

나머지 한 부분이 가서 합류하고자 하던 나의 한 부분이 알베르띤느 속에 있었다. 따라서 그녀가 반드시 나에게로 와야 했으나, 처음에는 내가 그녀에게 그 말을 하지 않았다. 우리가 통화를 하고 있었던지라, 나는, 마지막 순간에 그녀로 하여금 나에게로 오게 하든가 혹은 내가 그녀의 집으로 달려가는 것을 그녀로 하여금 허락하게 할 수 있을 것이라 생각하였다. "그래요, 제가 지금 저의 집 근처에 있어서," 그녀가 다시 말하였다. "당신의 집으로부터는 조금 멀어요. 제가 당신의 편지를 제대로 읽지 못하였어요. 조금 전에 그것을 다시 읽고서야 혹시 당신이 저를 기다리시지 않았을까 걱정하게 되었어요." 나는 그녀가 거짓말을 하고 있음을 직감하였고, 따라서 그녀가 어쩔 수 없이 나에게 오도록 하고 싶었던 것은 이제, 노기에 사로잡힌 나머지, 그녀를 보고자 하는 욕구보다는 오히려 그녀의 계획에 차질을 초래하고 싶은 욕구 때문이었다. 그러나 내가 처음에는, 잠시 후 얻으려고 애쓸 그것을 고집스럽게 거절하였다. 하지만 그녀가 어디에 있단 말인가? 그녀의 말에 다른 소리들이 섞여 있었다. 자전거 경적 소리, 노래를 부르는 어느 여인의 음성, 멀리서 들려오는 취주악 소리 등이, 마치 그것이 그 순간 내 곁으로 다가온 자기의 현재 생활환경 속에 놓인 틀림없는 알베르띤느임을—감싸고 있는 온갖 잡초와 함께 운반해 온 하나의 흙덩이처럼—나에게 보여주려는 듯, 소중한 그 음성 못지않게 선명히 울려퍼졌다. 나에게 들리던 것과 같은 소음들이 그녀의 귀에도 역시 쟁쟁이 들려 그녀의 주의력에 제동을 걸고 있었으니, 그것들은 곧 그 자체로는 쓸모없으되 반면 우리에게 기적의 명백성을 드러내주는데는 그만큼 더 필요하며 주제와는 무관한, 진실을 드러내는 세부사항들이었고, 빠리의 어떤 거리를 묘사해 주는 소박하고 매력적인 특징이었으되, 『화이드라』 관람을 마치고 극장에서 나온 알베르띤느가 나에게 오지 못하도록 방해한 어느 알 수 없는 야회의 날카롭고 잔인한 특징이기도 했다. "내가 이 말을 하려는 것은, 미리 당신에게 밝혀 두거니와, 당신이 지금 이곳으로 오시도록 하기 위함이 아니니, 이 시각에 당신이 오시면 내가 무척 불편할 것이고… 또 졸음으로 인해 내가 쓰러질 지경이기 때문이오. 게다가, 여하튼, 매우 번거로울 것이오." 내가 그녀에게 말하였다. "그러나 내가 보낸 편지에 오해의 여지가 추호도 없었다는 점은 당신에게 말씀 드리지 않을 수 없소. 당신은 나에게 동의한다는 답장을 보내셨소. 그런데, 당신이 나의 편지를 이해하시지 못하였다면, 동의하신다는 말씀이 무슨 뜻이었소?" — "제가 동의한다고는 하였지만, 그것이 무엇에 대해서였는지 더 이상 기억이 명료하지 않아요. 하지만 당신이 노하셨다는 것은 알겠고, 그것이 괴로워요. 『화이드라』 공연을 관람하러 간 것이 후회스러워요. 그것이 이토록 큰 말썽을 일으키리라는 것을 제가 알았다면…" 어떤 일에 잘못을 저지르고 나서, 사람들이 다른 일 때문에 나무라는 것으로 생각하는 척하는 모든 이들처럼, 그녀가 그렇게 덧붙였다. — "그것을 관람하러 가라고 당신에게 권한 사람은 나이니, 『화이드라』와 나의 불만은 아무 상관이 없소." — "그렇다면 저를 탓하시는 모양인데, 오늘 저녁은 너무 늦어 난처하고, 그렇지 않다면 제가 당신 댁으로 가겠으나, 차라리 내일이나 모레 사과 드리러 가겠어요." — "오! 아니 되오, 알베르띤느, 간곡히 요청하거니와, 나로 하여금 하루 저녁을 허송하게 하셨으니, 제발 적어도 그 다음 날에는 나를 편안히 내버려두시오. 이삼 주 안에는 내가 자유로울 수 없을 것 같소. 내 말 들어 보시오, 우리가 노한 것 같은 상태로 머무는 것이 당신의 마음에 걸리면, 그리고 아마 당신의 그러한 느낌이 정확할 것이지만, 또한 내가 더 이상 지칠 여지도 없을 터, 기왕 내가 당신을 이 시각까지 기다렸고 당신이 아직도 밖에 계시니, 나는 당신이 즉시 나에게로 오시면 좋겠다고 생각하며, 졸음을 쫓기 위해 지금 커피를 마시겠소." — "내일로 미루는 것은 불가능한가요? 왜냐하면 곤란한 점이…" 그녀가 오지 않으려는 듯한 어조로 나에게 늘어놓은 변명을 듣는 순간, 나는 촉감 부드러운 그 얼굴을 다시 보고 싶은 욕망에, 이미 발벡에서도 구월의 연보라색 바다 앞에 나타나던 그 분홍색 꽃 곁으로 내가 다가갈 순간을 향해 나의 모든 나날들을 이끌어 가곤 하던 그 욕망에, 전혀 다른 요소 하나가 결합되려고 애쓰는 것을 느꼈다. 한 사람에 대한 그 끔찍한 욕구를 내가 일찍이 꽁브레에서 나의 어머니와 관련하여 알게 되었고, 그 욕구가 어찌나 절박했던지, 만약 어머니가 그날 저녁 내 방으로 올라오시지 못할 것이라고 프랑수와즈를 통해 전언하셨다면, 내가 차라리 죽고 싶어 할 지경에까지 이르렀을 것이다. 다른 사람과 결합되어 오직 단 하나의 원소만을 형성하려던, 더 근래에 시작되었으며 그 관능적 대상이라야 기껏 색깔 선명한 표면 즉 해변에 핀 꽃의 분홍빛 혈색뿐이었던, 그 옛 감정의 노력, 그러한 노력은 겨우 잠시 동안만 존속하는 하나의 새로운 물질(화학적 의미로) 형성으로 귀결되는 경우가 빈번하다. 그 날 저녁에는 적어도, 그리고 그 이후에도 오랫동안, 두 원소가 분리된 상태로 남아있었다.[260] 그러나 이미, 전화를 통해 들려오던 그 마지막 말들을 듣는 순간, 나는 알베르띤느의 삶이 나로부터 하도 멀리(물론 물리적으로는 아니지만) 놓여 있어, 그것을 포착하기 위해서는 항상 피곤한 탐사가 필요할 뿐만 아니라, 그것이 전쟁터의 요새들처럼, 그리고 더 확실한 보안을 위하여 '위장된' 요새들처럼, 조직되었음을 이해하기 시작하였다. 더구나 알베르띤느는, 사회의 더 높은 수준에서, 다음과 같은 부류의 사람들 중 하나였으니, 우리의 편지를 가지고 간 심부름꾼에게 여자 수위가 번번이 약속하기를, 그 사람이 돌아오면 편지를 꼭 전하겠노라고 하며, 그러한 일은, 밖에서 우연히 만나 그 사람에게 편지를 보내기에 이르렀으나, 그 인물이 다른 사람 아닌 바로 그 여자 수위임을 우리가 알아차릴 때까지 계속된다.[261] 따라서 그 인물이 우리에게 주소를 알려준 그 집에 — 그러나 수위실에 — 사는 것은 틀림없으나, 반면 그 집이 작은 사창가이고, 그 집의 여자 수위는 뚜쟁이다. 그러한 여인의 삶이란 은밀한 퇴각 전선 대여섯에 걸쳐 배치되어 있어서, 그 여인을 만나거나 그 여인에 대하여 알고자 할 때, 우리가 항상 전후좌우로 지나치게 벗어나 탐색하게 되며, 따라서 여러 달 동안, 심지어 여러 해 동안, 우리는 그녀의 삶에 대해 아무것도 모른다. 알베르띤느의 경우, 나는 그녀에 대해 영영 아무것도 알 수 없을 것이라는 예감에 휩싸였고, 자질구레한 사실들과 믿을 수 없는 일들이 뒤섞인 복잡성으로부터 내가 빠져나오는데 성공하지 못할 것임을 직감하였다. 또한 그녀를 죽을 때까지 가두어 두지 않는 한(그러나 누구든 탈옥한다) 항상 그럴 것 같았다. 그날 저녁에는 그러한 확신으로 인해 한 가닥 불안감이 나를 관통해 지나갔으나, 그 불안감 속에서 나는 긴 고통의 전조 같은 것이 전율하는 것을 느꼈다.[262]

"결코 아니 되오," 내가 대꾸하였다. "삼 주가 지나기 전에는, 내일도 다른 날처럼 내가 자유롭지 못하다고 이미 당신에게 말하였소." — "좋아요, 그러면… 달려가겠어요… 난처하군요, 제가 어느 친구 여자 아이 집에 있기 때문에…" 나는 그녀가 나에게로 오겠다는 자기의 제안을 내가 수락할 것이라고 생각하지 않았음을, 그리고 그 제안이 진심에서 우러나온 것이 아니었음을 직감하였고, 따라서 그녀를 궁지로 몰고 싶어졌다. "당신의 친구가 나와 무슨 상관이 있소? 오건 아니 오건 그것은 당신의 일이며, 당신에게 오라고 하는 사람은 내가 아니라, 당신이 그러겠노라 제안하셨소." — "화내지 마세요, 삯마차에 뛰어오르면 십 분 이내에 당신 집에 도착할 거에요."

그리하여 그 빠리로부터—그 야간의 심층부에서 이미, 먼 곳에 있는 존재의 활동 반경을 측정하여 보여주면서, 보이지 않는 전언이 발산되어 나의 방에까지 이르게 한—그 첫 통보[263] 후 불쑥 솟아 내 앞에 나타나게 되어 있던 것은, 옛날 그랜드 호텔의 종업원들이 식탁을 차리면서 석양빛 때문에 눈을 제대로 뜨지 못하던 때에, 유리창들이 활짝 열려 있어, 마지막 산보객들이 늑장을 부리고 있던 해변으로부터 불어오는 촉지할 수 없는 바람결들이, 첫 저녁 식사 손님들조차 아직 자리에 앉지 않은 거대한 식당을 통해 자유롭게 지나가던 때에, 그리고, 계산대 뒤에 놓인 거울 속에서, 리브벨로 떠나는 마지막 여객선 선체의 붉은 반사광이 어른거리고 연기의 회색 반사광이 오랫동안 머뭇거릴 때, 내가 발백의 하늘 아래에서 사귄 바로 그 알베르띤느였다. 나는 알베르띤느로 하여금 그토록 늦어지게 하는 것이 무엇인지 더 이상 의문을 품지도 않았으며, 프랑수와즈가 나의 방으로 들어와 '알베르띤느 아씨가 도착하였노라'고 말할 때에조차, 내가 고개도 돌리지 않은 채 이렇게 대꾸한 것은, 오직 나의 마음을 감추기 위함이었다. "알베르띤느 아씨가 이토록 늦은 시각에 오다니요?" 하지만 내 질문의 표면적인 진지함을 보강시켜 주게 되어 있던 그녀의 대꾸에 호기심을 느끼는 기색으로 그녀를 쳐다보는 순간 나는, 생명 없는 의복들과 얼굴의 윤

곡선들로 하여금 말을 하게 하는 기예에 있어서 베르마와도 경쟁할 능력이 있던 프랑수와즈가 이미 자기의 블라우스와 모발에게도 교습을 시켰음인지, 모발의 가장 하얀 가닥들이 겉으로 몰려, 노고와 복종으로 인해 구부정해진 그녀의 목덜미에 하나의 출생 증명서처럼 드러나 있는 것을 보고 찬탄과 동시에 노기를 금할 수 없었다. 그것들이, 한밤중임에도 불구하고, 그 나이에, 페렴에 걸릴 위험을 무릅쓰고, 몹시 서둘러 옷을 다시 입을 수밖에 없어, 잠에서 깨어나 눅눅한 침대 밖으로 이끌려 나온 그녀를 불쌍히 여기며 한탄하고 있었다. 그리하여, 알베르띤느가 그 늦은 시각에 방문한 것에 대해 사과하는 듯한 기색을 보이지 않으려고, 내가 이렇게 말하면서 감추고 있던 기쁨을 기탄없이 드러냈다. "어하튼 그녀가 와서 나는 만족스러우며, 다행스러운 일이에요." 그러나 그 말에 대한 프랑수와즈의 대꾸를 들었을 때, 나의 기쁨이 순수한 상태를 얼마 유지하지 못하였다. 불평 한 마디 없이, 심지어 최선을 다하여 참을 수 없는 기침을 억제하는 듯한 기색을 보이고, 다만 춥다는 듯 숄로 몸을 감싸면서, 그녀는 자기가 알베르띤느에게 한 말을 나에게 이야기하기 시작하였고, 그녀의 숙모 안부를 물었다는 것도 빠트리지 않았다. "누구를 방문할 시각은 더 이상 아니고 새벽이 가까워서, 도련님께서는 아가씨께서 아니 오실까 염려하셨을 것이라고 말하였어요. 하지만 그녀가 마음껏 즐기던 곳에 있었음이 틀림없어요. 왜냐하면, 도련님으로 하여금 기다리시게 하여 유감스럽다는 말조차 저에게 하지 않고, 모든 사람들을 무시한다는 듯한 기색으로 이렇게 대꾸하였으니 말이에요. '아니 오는 것보다는 늦게라도 오는 것이 낫지요!'" 그리고 나서 프랑수와즈는, 나의 폐부를 찌르는 다음 말을 덧붙였다. "그렇게 말하는 것으로 보아 그녀는 자신을 팔았어요. 아마 숨고 싶은 마음이 간절했겠지만, 그러나…"

　나에게는 별로 놀랄 일이 아니었다. 우리가 그녀에게 어떤 심부름을 시켰을 때, 프랑수와즈가, 자신이 가서 한 말에 대해서는 길게 늘어놓으면서도, 정작 우리가 기다리던 상대방의 답변을 정확히 우리에게 전해 주는 경우가 드물다는 말은 내가 조금 전에 하였다. 그러나, 혹시 예외적으로, 우리의 친구들이 한 말을 그녀가 우리에게 그대로 전할 경우에는, 그 말이 아무리 짧다 하더라도, 그 말에 수반되었노라고 그녀가 우리에게 확언하던 특정 표현이나 어조를 필요에 따라 동원해서라도, 그 말에, 우리의 마음을 상하게 하는 무엇을 부여하려 하던 것이 보통이었다. 엄밀히 말하자면, 우리가 자기를 보내어 만나게 된 어느 상인으로부터 자신이 모욕을 당했다고 생각하곤 하였으나, 그것은 순전히 상상 속의 모욕에 불과했으리니, 우리를 대신하고 우리의 이름으로 말하던 그녀에게로 향한 모욕이 결국에는 다시 튕겨져 우리에게 닿게 되어 있었기 때문이다. 그러한 경우, 그녀가 오해하였고, 피해망상증에 걸렸으며, 모든 상인들이 연합하여 그녀를 적대시하는 것이 아니라고 대꾸하면 그만이었을 것이다. 게다가 상인들의 감정은 나와 별로 상관이 없었다. 하지만 알베르띤느의 감정은 그렇지가 않았다. 또한 '아니 오는 것보다는 늦게라도 오는 것이 낫다'는 그 빈정거리는 듯한 말을 나에게 전함으로써, 프랑수와즈가 즉시, 나와 어울리는 것보다 더 즐거워 알베르띤느가 함께 어울려 저녁 시간을 보낸 그녀의 친구들을 나에게 환기시켜 주었다. "그녀는 우스꽝스러워요, 작고 납작한 모자와 그녀의 커다란 눈 때문에 모습이 우습고, 특히 온통 구멍 투성이라 짜깁기하는 여자에게 보내야 할 외투 때문에 더욱 그러해요. 그녀를 보면 웃음이 나와요." 내가 받던 인상에는 별로 동조하지 않는 반면, 자기가 받은 인상을 나에게 알릴 욕구를 느끼던 프랑수와즈가, 알베르띤느를 비웃듯 그렇게 덧붙였다. 나는 그 웃음이 멸시와 빈정거림을 의미한다는 사실을 이해하는 듯한 기색조차 드러내고 싶지 않았으나, 그 말에 즉각 반격하기 위하여, 그녀가 말하는 그 작은 모자에 대하여 전혀 모르면서도, 이렇게 대꾸하였다. "방금 '작고 납작한 모자'라고 하신 것이 아주 매력적인 물건이에요…" — "다시 말해 정말 하찮은 것이에요." 프랑수와즈가 이번에는 자기가 진실로 느끼던 경멸감을 터놓고 표하면서 대꾸하였다. 그러자 내가(나의 거짓 답변이 노여움이 아닌 진실의 표현처럼 보이도록 하기 위하여, 그러면서도 알베르띤느로 하여금 기다리게 하지 않기 위하여, 부드럽고 느린 어조로) 프랑수와즈에게 다음과 같은 잔인한 말을 하였다. "부인께서는 선량하십니다." 내가 달콤한 말로 허두를 열었다. "친절하시고 수천 가지의 장점을 가지고 계십니다. 그러나 치장물들에 관한 지식이나, 단어들을 제대로 발음하여 불필요한 가죽[264] 덧붙이지 않는 면에 있어서는, 처음 빠리에 오셨을 때와 같은 수준에 머물러 계십니다." 그런데 나의 그 지적이 매우 멍청했으니, 우리가 정확하게 발음한다고 그토록 자부하는 프랑스어 단어들 자체가, 라틴어나 작센어[265]를 멋대로 발음하던 갈리아인들[266]의 입에 의해 만들어진 그 '가죽'이고, 우리의 모국어인 프랑스어가 몇몇 다른 언어들의 결함 투성이 발음에 불과하기 때문이다.[267] 현재 사용되는 프랑스어의 언어적 특성, 그것의 미래와 과거 등, 그런 것들이 바로 프랑수와즈의 오류들 속에서 나의 관심을 끌었어야 했을 것들이다. 그녀가 짜깁기하는 여인을 가리켜 'stoppeuse'라 하지 않고 'estoppeuse'라 하는 것이,[268] 고래나 기린처럼 까마득히 먼 시절부터 살아 남아, 동물계 생명체들이 통과해 온 여러 단계들을 우리에게 보여주는 그 특이한 동물들만큼이나 신기하지 않은가? "그리고," 내가 다시 덧붙였다. "그토록 여러 해가 지났어도 배우시지 못하였으니, 영영 아무것도 배우시지 못할 것입니다. 그러나 위안거리가 있으니, 비록 그렇더라도 부인께서는 선량한 분이시고, 쇠고기 편육을 경이롭게 만드시며, 그 이외에 수천 가지 일을 하실 수 있기 때문입니다. 소박하다고 생각하시는 그 모자는 게르망뜨 대공 부인의 오백 프랑 짜리 모자를 본떠 만든 것입니다. 게다가 다음에는 제가 알베르띤느 아가씨에게 더 아름다운 것 하나를 선사할 생각입니다." 나는, 프랑수와즈의 마음을 가장 상하게 할 수 있는 것이 곧, 그녀가 좋아하지 않는 사람들을 위해 내가 돈을 쓰는 것임을 잘 알고 있었다. 그녀가 내 말에 몇 마디 대꾸를 하였으나, 그녀의 숨이 급작스럽게 가빠져 제대로 알아들을 수 없었다. 그녀에게 심장 질환이 있었다는 것을 훗날 알게 되었을 때, 그녀의 말에 그렇게 반격하는 표독스럽고 부질없는 즐거움을 결코 사양하지 않던 나의 회한이 얼마나 컸던가! 또한 프랑수와즈가 알베르띤느를 몹시 싫어하였던 것은, 알베르띤느가 가난하여, 나의 우월성이라고 여기던 것을 증대시켜 줄 수 없었기 때문이다. 내가 빌르빠리지 부인의 초대를 받을 때마다 그녀는 호의적인 미소를 짓곤 하였다. 반면 알베르띤느가 상호성을 실천하지 않는다고 분개하곤 하였다. 그리하여 내가 알베르띤느로부터 이러저러한 선물을 받았노라 꾸며대기도 하였으나, 프랑수와즈는 그러한 선물의 존재 자체를 털끝만큼도 믿지 않았다. 그러한 상호성의 결여가 특히 음식과 관련된 일에서 그녀에게 충격을 주었다. 우리가 봉땅 부인으로부터 초대를 받지 못하였건만(물론, 남편이 전처럼 내각 청사 근무에 싫증을 느껴 지방 '부서' 근무를 수락한 탓에, 봉땅 부인이 자기 시간의 반은 빠리에서 보내지 않았다) 알베르띤느가 엄마의 저녁 초대를 수락할 경우, 그녀에게는 그것이 내 벗님의 파렴치로 보였고, 그럴 때마다 꽁브레에 널리 알려져 있는 다음 격언을 읊조려 그것을 간접적으로 비난하곤 하였다.

　　내 빵을 함께 먹세.
　　- 기꺼이 그러겠네.
　　- 자네의 것도 먹세.
　　- 이제 시장하지 않네.

　내가 편지를 쓰고 있는 척하였다. "누구에게 편지를 쓰는 중이었어요?" 알베르띤느가 들어서면서 말하였다. ㅡ "저의 귀여운 친구 질베르뜨 스완에게요. 그녀를 모르시나요?" ㅡ "몰라요." 나는 저녁 시간을 어떻게 보냈는지 알베르띤느에게 묻기를 포기하였다. 그러다 보면 내가 그녀를 비난할 것 같았고, 이미 늦은 시각을 감안해 보니, 우리가 입맞춤과 애무의 단계로 넘어갈 수 있을 만큼 충분히 화해할 수 있는 시간이 우리에게 더 이상 없을 것 같았기 때문이다. 그리하여 나는 첫 순간부터 입맞춤과 애무로 시작하기를 원하였다. 더구나 내가 조금 안정을 찾긴 하였으나 아직 행복감은 느끼지 못하는 상태에 있었다. 일체의 나침반과 방향이 상실된 상태가ㅡ그것이 기다림을 특징 짓는다ㅡ기다리던 존재의 도래 후에도 존속되고, 따라서 우리로 하여금 그의 도래를 그토록 큰 즐거움인양 상상할 수 있게 해주던 평온함이 우리의 내면에서 그 상태로 대체되는지라, 우리가 그 도래에서 어떠한 즐거움도 맛보지 못하게 한다. 알베르띤느가 내 앞에 와 있었건만, 와해된 나의 신경들은 계속 동요된 상태로 여전히 그녀를 기다리고 있었다. "알베르띤느, '전표'[269] 하나 사용해도 될까요?" ㅡ "원하시는 만큼 얼마든지 사용하세요." 그녀가 한껏 호의 넘치는 어조로 나에게 말하였다. 그녀가 일찍이 그토록 예쁜 적은 없었다. "하나 더 사용해도 좋아요? 그것이 나에게는 정말 큰 기쁨이기 때문이에요." — "하지만 저에게는 수천 배나 더 큰 기쁨이에요." 그녀가 대꾸하였다. "오! 정말 예쁜 서류 끼우개를 가지고 계시는군요!" — "가져가시오, 당신에게 기념으로 드리겠소." — "너무나 친절하세요…." 사랑하는 여인을 뇌리에 떠올리면서, 그 여인을 더 이상 사랑하지 않게 되었을 때의 우리 모습으로 미리 변해 보려 노력한다면, 우리는 비현실적인 것에 대한 몽상벽으로부터 완전히 치유될 것이다. 질베르뜨가 나에게 준 서류 끼우개나 마노 구슬 등 그 모든 것들이, 옛날에는 그 중요성을 순전히 내적인 하나의 상태[270]로부터만 받았던지라, 이제 그것들이 나에게는 다른 것들과 다르지 않은 하나의 평범한 서류 끼우개나 마노 구슬이었으니 말이다.

　무엇을 좀 마시겠느냐고 내가 알베르띤느에게 물었다. "저기에 오렌지와 물이 있는 것 같은데, 그것들이면 충분하겠어요." 그녀가 나에게 말하였다. 그리하여 나는 게르망뜨 대공 부인댁 것보다 탁월해 보이는 그 신선함을 그녀의 입맞춤에 곁들여 음미할 수 있었다. 또한 즙을 짜내어 물과 섞은 오렌지는, 내가 그것을 마심에 따라 차츰, 자기의 성숙 과정이 감추고 있던 은밀한 생명과, 그토록 다른 생물계에 속하는 인체의 특정 상태들에 자신이 끼치는 유익한 작용, 그 인체를 양육할 수 없는 자신의 무능, 그러나 반면 자신이 인체에 유쾌할 수 있도록 해주는 해갈 작용 등, 그 과일에 의해 나의 감각(기관)에는 폭로되었으되 나의 지성에는 전혀 누설되지 않은, 숱한 신비들을 몽땅 나에게 넘겨주는 것 같았다.

　알베르띤느가 돌아가자, 나는 질베르뜨에게 편지를 쓰겠노라고 내가 스완에게 약속한 사실을 다시 뇌리에 떠올렸고, 즉시 편지를 쓰는 것이 더 친절한 일이라고 생각하였다. 옛날에는 그녀와 편지를 교환하는 환상을 갖기 위해 내 공책을 뒤덮을 정도로 내가 반복해 쓰곤 하던 '질베르뜨 스완'이라는 이름을 편지 봉투에 쓰면서도, 나는 아무 감동도 느끼지 못하였고, 마치 귀찮은 숙제의 마지막 줄을 쓰듯 하였다. 전에는 그 이름을 쓰던 존재가 나였던 반면, 이제는 그 일이 습관에 의해, 자기가 조수로 부리는 여러 서기들 중 하나에게 부과되었기 때문이다. 습관에 의해 최근에야 나의 내면에 배치되어 나를 돕게 되었던지라, 질베르뜨와 일면식도 없으며, 단지 그녀에 대하여 내가 하는 말을 들었고, 그녀가 일찍이 내가 사랑하였던 소녀라는 사실만을, 그러한 단어들 속에 하등의 실체를 내포시키지 못한 채 알고 있었던 터라, 그 서기는 그만큼 더 태연하게 질베르뜨라는 이름을 쓸 수 있었다.

나는 그 서기의 냉담함을 나무랄 수 없었다. 이제 내가 변하여 그녀를 대하게 된 그 존재는, 그녀 자신이 그 시절에 어떠했는지를 이해하는데 도움을 줄 가장 적절하게 채택된 '증인'이었다. 서류 끼우개와 마노 구슬 등에게, 나를 대하던 질베르뜨가 부여하던 의미, 즉 그것들 표면에 하나의 내면적 불꽃이 어른거리게 하지 않았을 존재가 부여하던 의미를, 알베르띤느를 대하는 내가 다시 부여하게 되었을 뿐이다. 그러나 이제 나의 내면에, 사물들과 단어들의 진정한 위력을 다시 변질시키는 하나의 새로운 동요가 있었다. 그리하여 알베르띤느가 한 번 더 감사한다는 뜻을 표하기 위하여, '제가 터키석을 무척 좋아해요!'라고 나에게 말하였을 때, 나는 그녀에게, '그것들이 죽게 내버려두지 말아요'라고 대꾸하면서, 그것들이 마치 보석인양 우리들 우정의 미래를 그렇게 그 단어들에 위탁하였으나, 그러한 말이 알베르띤느에게 어떤 감정을 불어넣을 수 없었던 것은, 지난 날 질베르뜨에게 나를 결합시켜 주던 감정을 그것이 보존할 수 없었던 것보다 나을 바 없었다.[271]

그 무렵에, 역사의 중요한 시기마다 반복적으로 나타나기 때문에만 언급될 가치가 있는 현상 하나가 발생하였다. 내가 질베르뜨에게 보낼 편지를 쓰고 있던 그 순간, 무도회에서 막 돌아온 게르망뜨 씨는, 아직도 투구를 쓴 차림으로, 다음 날에는 자기가 어쩔 수 없이 상중에 있음이 공식화될 것이라는 생각에 잠겨 있다가, 자기가 받게 되어 있던 온천 치료를 여드레 앞당기기로 작정하였다. 그리고 삼 주 후 그가 온천에서 돌아왔을 때(내가 질베르뜨에게 보낼 편지를 이제 겨우 마쳤으니, 미리 이야기하는 것이려니와), 초기에는 무관심한 상태였다가 맹렬한 반드레퓌스파로 변하던 공작을 이미 보았던 그의 친구들은, 자기들의 말에 그가(마치 온천 치료가 오직 방광에만 효험을 나타낸 것이 아니라는 듯) 다음과 같이 대꾸하는 것을 듣고, 하도 놀라 잠시 벙어리가 될 지경이었다. "그렇소, 재심이 이루어질 것이고, 그는 무죄 선고를 받을 것이오. 아무 잘못 없는 사람을 단죄할 수는 없소. 프로베르빌처럼 노망한 얼간이를 일찍이 본적 있소? 프랑스인들을 몽땅 도살장으로(다시 말해 전쟁 속으로) 몰아넣을 준비를 하고 있는 장교요! 참으로 기이한 시절이오!" 그런데 실은, 온천에 가 있는 동안, 게르망뜨 공작이 매력적인 귀부인 셋과 교분을 맺게 되었다(이딸리아의 어느 대공 부인과 그녀의 두 동서였다). 그녀들이 읽고 있던 책들과 온천장 카지노에서 공연 중이던 극작품에 대하여 그녀들이 하던 말 몇 마디를 들은 공작은, 자신이 자기보다 우월한 지성을 갖춘 여인들을 상대하고 있으며, 그가 자주 사용하던 말을 빌리자면, 자신의 힘이 딸린다는 것을 즉각 깨달았다. 그리하여 대공 부인에 의해 브리지 카드 놀이에 초대 받았을 때, 그만큼 더 기쁠 수밖에 없었다. 그러나 대공 부인의 거처에 도착하기 무섭게, 드레퓌스에 적대적인 열성에 사로잡혀 그가 '이제 그 잘난 드레퓌스에 대한 이야기는 쑥 들어갔군요'라고, 그녀에게 기탄없이 말하는 순간, 대공 부인과 그녀의 동서들이 다음과 같이 대꾸하였고, 그것을 듣고 그는 아연실색하였다. "과거 어느 때보다도 재심이 임박했어요. 아무 잘못 저지르지 않은 사람을 도형장에 억류해 둘 수는 없어요." — "아! 뭐라구요?" 그 때까지는 영리하다고 그가 생각하던 어떤 사람을 우스꽝스럽게 만들기 위하여 그 집에서 흔히들 사용하던, 매우 괴이한 별명 하나를 발견하면서 그랬을 것처럼, 공작이 그 말을 듣고 처음에는 그렇게 말을 더듬었다. 그러나 단 며칠이 지나지 않아, 사람들이 어느 유명한 화가를 그렇게 부르는 것을 듣고 비겁함과 모방 성향에 이끌려 그 화가를 향해 '어이! 거기, 죠죠뜨!'라고 소리를 지르듯, 공작 역시, 그 귀부인 댁에 갈 때면, 아직도 새로운 관습에 몹시 주눅이 들었건만, 이렇게 말하곤 하였다. "정말, 그에게 나무랄 바가 없다면." 매력적인 세 귀부인은 그가 기존의 생각을 신속히 떨쳐버리지 못한다고 여겨, 그를 조금 거칠게 다루었다. "하지만 사실상 총명한 사람이라면 그에게 어떤 잘못이 있다고는 믿을 수 없었어요." 드레퓌스를 규탄하는 '짓누르는 듯한' 주장이 새로 제기될 때마다, 그리하여, 그것이 매력적인 세 귀부인의 생각을 돌려놓을 것이라 믿어, 공작이 그녀들에게 그 주장을 알릴 때마다, 그녀들은 폭소를 터뜨렸고, 매우 세련된 논리로, 그 주장에 일고의 가치도 없고 우스꽝스럽다는 것을 그에게 입증해 보이곤 하였다. 공작이 열광적인 드레퓌스 지지자로 변하여 빠리에 돌아왔다. 그리하여 물론, 그 매력적인 세 귀부인이, 그 경우, 진실의 전령이 아니었다고 주장하고 싶지는 않다. 그러나 어떤 남자가 진정한 확신에 사로잡혀 있는 것을 보고 내버려두었는데, 어느 명석한 부부나 어느 매력적인 귀부인 하나가 그 남자와 교분을 맺어, 몇 달 후에는 그가 정반대의 견해를 갖도록 이끌어가는 일이 십 년에 한 번 쯤 일어난다는 사실, 그것은 주목할 만한 일이다. 또한 그러한 점에서 그 진지한 남자처럼 행동하는 많은 나라들이 있으니, 어떤 민족으로 향한 증오로 가득한 것을 분명 보았는데, 여섯 달 후, 그러한 감정을 바꾸어 동맹 관계를 정반대 방향으로 바꾼 나라들이다.[272]

나는 한 동안 알베르띤느를 만나자 않았으나, 게르망뜨 부인이 더 이상 나의 상상력을 자극하지 못하는지라, 대신 다른 요정들을 만나는가 하면, 자기 패각(貝殼)의 진주질이나 에나멜질 판막 혹은 총안 갖춘 망루를 직접 만들어 그 속에 은신하는 연체동물과 그 망루의 관계에 못지않은 불가분의 관계에 있는, 그녀들의 거처 방문하기를 계속하였다. 내가 그 귀부인들을 분류하여 등급을 매기려 하였어도 그럴 수 없었으리니, 그러한 문제가 무의미했고, 그것을 해결하는 것뿐만 아니라 제기하는 것조차 불가능했기 때문이다. 어떤 귀부인에게 다가가려면 먼저 요정의 세계와 같은 그녀의 저택으로 다가가야 했다. 그런데 어떤 귀부인은, 여름철의 경우, 항상 점심 식사 후에 손님을 접견하였던지라, 그녀의 저택에 도착하기 전에 삯마차의 포장을 내려야 했으니, 햇볕이 몹시 뜨거웠기 때문이며, 따라서 그 태양빛의 추억이, 내가 깨닫지 못하는 사이에, 내가 그 오후에 받은 전체 인상 속으로 들어가게 되어 있었다. 그리하여, 나는 단지 꾸르-라-렌느[273] 산책로 쪽으로 간다고만 생각하고 있었는데, 내가 실제로는, 어느 실용적인 사람이라면 조롱하였을[274] 그 모임에 도착하기 전에, 이딸리아를 관통하던 여행 동안에 그랬듯이, 현기증에 가까운 경탄과 감미로움을 맛보았으며, 내가 향하고 있던 저택이 나의 기억 속에서는 그것들로부터 더 이상 분리될 수 없게 되었다. 더구나, 그 계절 그 시각의 열기 때문에, 그 귀부인이 손님들을 맞던 바닥층에 있는 거대한 장방형 응접실의 덧창들을 밀폐하듯 닫아 두었다. 처음에는 내가, 그 댁 안주인과 방문객들,「에우로페의 납치」²⁷⁵⁾ 장면을 수놓은 보베산 안락의자에 앉아서 자기 곁으로 와 앉으라고 쉰 목소리로 내게 권하던 게르망뜨 공작 부인마저도 제대로 알아보지 못하였다. 그러다 잠시 후, 돛대 끝에 접시꽃들이 활짝 피어난 선박들을 수놓은 18세기의 광폭 융단들이 벽면을 덮고 있는 것이 보이기 시작하였으며, 나는 어느새 그 아래에 가 있어, 마치 내가 쎈느 강변의 저택이 아니라 오케아노스²⁷⁶⁾ 강변에 있는 넵투누스의 궁전에 들어와 있는 것 같았고, 그 속에서는 게르망뜨 공작 부인이 물의 여신들 중 하나로 변한 것 같았다. 그 응접실과는 다른 모든 응접실들을 일일이 나열하자면 끝이 없을 것이다. 내가 사교계를 평가할 때 항상 그러한 시적 인상들을 개입시키곤 하였음을 이 하나의 예가 충분히 입증하고 있는데, 실제로 최종 합산을 하는 순간에는 그 인상들을 계산에 넣지 않았으며, 따라서 내가 어느 응접실의 가치를 계산할 경우, 나의 덧셈이 정확한 적은 결코 없었다.

물론 그러한 오류의 원인들이 전부는 아니지만, 내가 발벡으로 떠나기 전에(불운하게도 두 번째로 그리고 마지막으로²⁷⁷⁾ 머물 그곳으로 떠나기 전에) 사교계 풍정 묘사를 시작할 시간이 더 이상 없으며, 그 묘사들은 훨씬 후에나 자기들의 자리를 얻게 될 것이다. 지금으로서는 다만, 나로 하여금 질베르뜨에게 편지를 쓰게 하였고, 또 그 편지를 보건대 내가 스완 댁 사람들 곁으로 다시 돌아가게 하였을 것이라고들 추측하던, 그 터무니없는 첫 이유(나의 비교적 경박한 생활과 사람들이 그것에 미루어 짐작하던 나의 사교계에 대한 애착)에, 오데뜨가 못지않게 터무니없는 두 번째 이유 하나를 추가할 수도 있었을 것이라는 점만 이야기해 두자. 즉, 오데뜨의 응접실이 매우 멋진 응접실로 변하는 과정에 있었다.²⁷⁸⁾ 나는 그 때까지, 하나의 인물에게 나타날 수 있는 사교계의 다양한 양상들을, 사교계가 변하지 않는다는 가정 하에서만 상상하였다. 그리하여, 전에는 그 누구와도 교분이 없던 여인이, '십오 년 후',[279] 모든 사교계에 드나드는 반면, 사교계에서 지배적인 지위를 누리던 다른 여인이 저버림 받는 것을 '발견할 경우',[280] 우리는 그 현상에서 오직, 가끔 주식 투기로 말미암아, 같은 사회 속에 살건만, 떠들썩한 파산을 겪는 사람이나 반대로 뜻밖의 부를 거머쥐는 사람이 생기게 하는, 순전히 개인적인 운명의 부침(浮沈) 만을 보고자 하는 유혹을 느낀다. 그러나 (사교계에) 그러한 운명의 부침만이 있는 것은 아니다. 어느 정도의 범위 내에서는 사교계에 나타나는 징표들이—예술 운동이나 정치적 위기 등처럼, 대중의 취향을 이념적인 연극 쪽으로, 그 다음 인상주의적 회화 쪽으로, 그 다음 복잡한 도이칠란트 음악 쪽으로, 그 다음 단순한 러시아 음악 쪽으로, 혹은 정의라는 상념이나 종교적 반발이나 애국심의 폭발 등 사회적 관념 쪽으로 이끌어가는 변화보다는 훨씬 미약하되—그러한 변화의, 멀고 굴절되고 불확실하고 혼돈스러우며 변화무쌍한 반사광이다. 그리하여 사교계의 응접실들 또한, 이제까지는 성격 연구에 적합할 수 있었던 정태적(靜態的) 부동성 속에 있는 상태로 묘사될 수 없으니, 그것들 역시 거의 역사적인 변동에 이끌려 가는 것으로 이해되어야 할 것이다. 지성계의 변화에 대해 알고자 하는 다소나마 진지한 게걸스러움을 가진 사교계 인사들을, 그들이 그 변화에 순응할 수 있을 법한 사회 집단과 교류하도록 이끌어가는 새로운 것에 대한 취향이, 그들로 하여금 언제나, 일찍이 그 명성을 들어 본 적 없고 탁월한 심성이 아직도 품고 있는 희망들을 싱싱한 상태로 대변하는—반면 오래 전부터 사교계에 군림하던 여인들의 응접실에서는 그 희망들이 하도 시들어 싱싱함을 상실하였고, 그 여인들 또한, 사교계 인사들이 그녀들의 장점과 단점들을 샅샅이 알아, 더 이상 그들의 상상력을 자극하지 못하는지라―어느 응접실의 안주인을 선택하게 한다.[282] 그리하여 각 시대는 그렇게 새로운 여인들 속에서, 즉 여인들의 새로운 집단 속에서, 전형화되며, 가장 새로운 호기심을 자극하는 것과 밀접하게 관련된 그 여인들은, 마치 마지막 대홍수 끝에 생긴 새로운 미지의 종(種)처럼, 새로운 '삼인 총독정부'나 '오인 집정관정부' 시절의 고혹적인 여인들처럼,[283] 새로운 의상 차림으로, 오직 그 무렵에만 나타나는 것처럼 보인다. 그러나 대부분의 경우, 새로 전면에 등장하던 사교적 응접실의 안주인들은, 사십 년 전부터 내각의 모든 문들을 두드렸으되 열리지 않았으나 드디어 첫 장관직을 얻은 정치인들처럼, 사교계에는 알려지지 않았으나, 그럼에도 불구하고 아주 오래 전부터, 그리고 궁여지책으로 몇몇 '드문 친지들'을 꾸준히 받아들인 여인들일 뿐이다. 물론 항상 그러한 경우만은 아니었으니, 러시아 발레가 한창 경이로운 개화기를 맞아, 박스트, 니진스끼, 베누아 등과 스뜨라빈스끼의 천재적 독창성을 연속적으로 세상에 알리던 무렵, 그 모든 새로운 위인들의 젊은 대모(代母)였던 유르벨레띠에프 대공녀가, 당시 빠리 여인들이 모르던 그리하여 너 나 할 것없이 모방하려 하던, 살랑거리는 커다란 깃털 장식을 머리에 얹고 나타났을 때, 사람들은 모두들 러시아 무용수들이 그 경이로운 여인을 자기들의 가장 귀중한 보배인 양, 그들의 무수한 보따리들 속에 넣어서 가져왔을 것이라고 추측하였으나, '러시아인들'의 공연이 있을 때마다, 그때까지는 귀족들에게 전혀 알려져 있지 않던 베르뒤랭 부인이, 극장 귀빈석에서, 그 대공녀 옆에 진정한 요정처럼 당당히 자리잡고 있는 것을 보게 될 때에는, 베르뒤랭 부인이 디아길레프의 발레단과 함께 이제 막 프랑스에 상륙

하였을 것이라고 쉽사리 믿는 사교계 사람들에게 우리가, 그 귀부인이 일찍이 다른 여러 시기에도 존재하였고, 다양한 변모를 겪었으며, 현재의 모습이 다른 것은, '주인 마님'이 그토록 오랜 세월 동안 헛되이 기다리던 성공을, 이제부터는 확고부동한 상태에서 점점 빨라지는 속도로 드디어 그녀에게 가져오고 있다는 점뿐이라고 대답할 수 있을 것이다.[284] 스완 부인의 경우, 사실, 그녀가 표상하던 새로움에는 그와 같은 집단적인 성격이 없었다. 그녀의 응접실은, 재능이 고갈되던 시기에 무명(無名)의 상태에서 위대한 영광으로 진입한, 거의 죽어가는 한 사람을 축으로 수정 같은 결정체를 이루고 있었다. 베르고뜨의 작품들에 대한 열광이 대대적이었다. 그는 온종일을 스완 부인 집에서 자랑거리처럼 전시된 채 보냈고, 스완 부인이 어떤 영향력 있는 사람의 귀에다 이렇게 속삭이곤 하였다. "제가 그에게 말해 보겠어요, 그가 당신을 위해 논평을 써 드릴 거예요." 그가 정말 그럴 수 있을 건강 상태에 있었으며, 심지어 스완 부인을 위하여 단막극 한 편도 쓸 수 있었다. 죽음에 더 가까워져 있었건만, 그의 건강 상태는 그가 할머니의 문병차 우리 집에 오던 때보다 오히려 조금 덜 악화되어 있었다. 심한 육체적 고통들이 그에게 식이요법을 강요한 결과였다. 우리는 어떠한 의사보다도 질환 자체에 더 순종하는 바, 의사의 친절하고 해박한 권유에는 그러마고 약속하는 것이 고작이지만, 고통 앞에서는 고분고분해지기 때문이다.

물론 베르뒤랭 내외의 작은 동아리가 그 시절, 약간 국가주의적 성격을 띠었으되 더 문학적이고, 특히 베르고뜨적 특색 강했던 스완 부인의 응접실과는 다른 식으로 관심을 끌고 있었다. 그 작은 동아리는 실제로, 드레퓌스 지지 운동이라는 그 강렬함의 정점에 도달한 하나의 긴 정치적 위기의 활기찬 중심이었다. 그러나 사교계 사람들의 대부분은 드레퓌스 사건의 재심에 어찌나 적대적이었던지, 드레퓌스파 응접실이 존재한다는 것은, 과거 다른 시기에 빠리 꼬뮌느파[285] 응접실이 존재하였으리라는 것만큼이나 불가능한 무엇처럼 여겨졌다. 자기가 주선한 대규모 전람회를 계기로 베르뒤랭 부인과 교분을 맺게 된 까쁘라롤라[286] 대공 부인은, 베르뒤랭 부인을 중심으로 형성된 '작은 동아리'로부터 몇몇 중요한 구성원들을 이탈시켜 자신의 응접실에 받아들일 기대를 품고 그녀를 장시간 동안 방문하였으며, 그러는 동안 대공 부인이 (게르망뜨 공작 부인과 같은 여인들을 조금 모방하면서)[287] 통상적인 것들과 상충된 견해를 표방하면서 자기가 속해 있는 계층 사람들이 멍청하다고 선언하여, 베르뒤랭 부인은 그러한 언급이 커다란 용기에서 비롯되었다고 여겼다. 하지만 그 용기가 훗날, 국가주의자 귀부인들의 이글거리는 시선 앞에서는, 발백의 경마장에서 베르뒤랭 부인에게 감히 인사를 하기에까지는 이어질 수 없었다. 반대로, 스완 부인의 경우, 드레퓌스 반대파들은 그녀가 '건전한 생각을 가진'[288] 사람이라는 것에 고마워했고, 그녀가 유대인과 결혼하였다는 사실로 인해 그것이 그들에게는 두 배로 귀중해 보였다. 그럼에도 불구하고, 일찍이 그녀의 응접실에 드나든 적이 없던 인사들은, 그녀가 단지 미미한 유대인들과 베르고뜨의 제자들이나 초대한다고 상상하였다. 그렇게 흔히들, 스완 부인보다 훨씬 더 자격 있는 여인들을, 그녀들의 출신 때문에, 혹은 그녀들의 모습이 여간해서는 보이지 않는 시내에서의 만찬이나 야연 등을 그녀들이 좋아하지 않기 때문에(사람들은 그녀들이 아마 초대 받지 못하였을 것이라는 엉뚱한 추측을 한다), 혹은 그녀들이 자기들의 사교적 친분관계에 대해서는 결코 아무 말도 하지 않고 오직 문학과 미술에 관한 이야기만 하기 때문에, 혹은 자기들이 그녀들의 응접실에 드나드는 것을 사람들이 스스로 감추거나, 다른 이들에게 결례를 범하지 않으려고 그 사람들 초대하는 것을 그녀들이 감추기 때문에, 여하튼 그러한 여인들 중 이런 혹은 저런 여인을 특정인들이 보기에는 그 누구로부터도 초대 받지 못하는 여인으로 결국 만들어 버리는 수천 가지 이유 때문에, 그 여인들을 사회적 사다리의 맨 아래 가로장 위에 분류하곤 한다. 오데뜨의 경우도 그러했다. 에삐누와[289] 부인이 '조국 프랑스 연맹'[290]에 의연금을 보내고자, 그것을 계기로 오데뜨를 만나러 갈 일이 있어, 대수롭지 않게 여길 얼굴들은커녕 아예 미지의 얼굴들밖에 대하지 못할 것이라 확신하고, 자기에게 수예품 재료 제공하는 여자 상인의 집에 들어가듯 오데뜨의 집에 당도하였는데, 응접실 출입문이 열리면서 자기가 짐작하던 응접실이 아니라 마법의 방이 나타나는 순간, 그녀가 그 자리에 멈춰 섰고, 어느 요정극의 무대 장치가 급격히 변한 덕에 그랬을 것처럼, 간이 침대 같은 긴 의자들 위에 몸을 반쯤 눕히거나 안락의자들 위에 앉아서, 그 집 안주인의 이름을 친숙하게 부르는 단역들 속에서, 에삐누와 대공녀인 자신도 자기의 집 응접실에 모시기 지극히 어려웠던, 그리고 그 순간 오데뜨의 호의 가득한 시선 아래에서, 손에 오랑쟈드와 과자를 받혀 들고 국왕의 빵 담당관과 술 담당관 역할을 맡은 로 후작과 루이 드 뛰렌느 백작, 보르게세 대공, 에트레 공작[291] 등의 시중을 받고 있던 왕녀들과 공작 부인들을 발견하였다. 에삐누와 대공 부인은 무의식적으로 사람들의 사교적 지위를 그들의 내면에서 찾았던지라, 그 순간, 스완 부인에게 비현실적인 모습을 부여하였다가, 다시 하나의 우아한 여인으로 환생시켰다. 여인들이 신문들에 노출시키지 않고 영위하는 실제의 생활에 대한 무지가, 그렇게 특정 상황들 위로(그것을 통해 응접실들을 다양하게 만드는데 공헌하면서) 신비의 장막을 펼친다. 오데뜨의 경우, 초기에는 최상류층 사교계의 몇몇 남자들이 베르고뜨에 대해 호기심을 품어, 그녀가 친한 사람들에게 베푼 만찬에 우연히 참석하게 되었다. 하지만 그녀는 얼마 전에 터득한 재치를 발휘해, 그러한 사실을 드러내놓고 자랑하지 않았고, 따라서 그 남자들이 그녀의 집에 아무 때고 와서 식사를 하게 되었는데, 그것은 아마 '작은 핵'[292]의 분열 이후에도 오데뜨가 간직하고 있던 그 시절 습관의 어렴풋한 잔재였을 것이다. 오데뜨는 그 남자들을 베르고뜨와 함께 관심 끌만한 극작품 초연회에 데려가곤 하였으며, 그것이 결국 베르고뜨의 죽음을 앞당겼다. 그 남자들이 자기 계층에 속하는, 그리고 그토록 새로운 현상에 관심 품을 능력이 있는, 몇몇 여인들에게 그녀 이야기를 하였다. 그녀들은 베르고뜨와 친밀한 관계에 있던 오데뜨가 다소나마 그의 작품에 참여하였을 것이라 확신하게 되었고, 따라서 그녀가 쌩-제르맹 구역 사교계의 가장 괄목할만한 여인들보다 천 배는 더 이지적일 것이라 생각하였는데,[293] 그것은, 자기들이 모든 정치적 희망을 두메르 씨나 데샤넬 씨 같은 색깔 좋은[294] 몇몇 공화파 인사들에게 걸고 있던 반면, 자기들의 만찬에 초대되곤 하던 샤레뜨나 두도빌 등과 같은 부류의 왕정주의자 고용원 집단[295]에 맡겨질 경우, 프랑스가 파멸의 구렁텅이 속으로 처박힐 것이라 생각하던 것과 같은 이유에서였다. 오데뜨가 신중하게 처신한 덕분에 그녀의 지위 변동이 더 확실하고 신속하게 이루어졌으나, 어떤 응접실의 융성과 쇠퇴에 관해서는 전적으로 〈골루와〉지의 사교계 소식란에만 의존하는 대중이 짐작할 여지를 전혀 남기지 않았던지라, 어느 날 한 자선 단체를 돕기 위하여 가장 우아한 극장들 중 하나에서 베르고뜨의 어느 작품 마지막 시연회가 개최되었을 때, 작가의 지정석인 전면 칸막이 귀빈석에 있던 오데뜨 곁으로, 마르상뜨 부인이, 그리고(명예에 식상하여 일체의 의욕을 상실한) 게르망뜨 공작 부인의 점진적인 이지러짐 덕분에 한창 암사자로 즉 그 시대의 여왕으로 변하고 있던 몰레 부인이 와서 앉는 것이 목격되었을 때, 그 장면이 진정한 극적 충격을 초래하였다. "그녀가 오르기 시작하였으리라고 우리는 짐작조차 못하고 있었는데, 어느새 마지막 단계를 넘어섰군!" 몰레 백작 부인이 칸막이 좌석으로 들어오는 것을 본 순간, 오데뜨에 대해 사람들이 그렇게 수근거렸다.

그리하여 스완 부인은, 내가 겉멋에 이끌려 자기의 딸에게 다시 접근하는 것이라고 생각할 수 있었을 것이다.[296]

오데뜨는, 그 화려한 친구들이 곁에 있음에도 불구하고, 옛날 건강을 생각하여 운동을 하기 위해서만 불론뉴 숲을 가로질러 거니는 척하던 때처럼, 오직 그러기 위해서만 극장에 온 듯, 연극 대사에 극도의 관심 보이기를 늦추지 않았다.[297] 지난 날에는 그녀에게 덜 열성적이었던 남자들이, 그녀의 손에 입맞추고 그녀를 둘러싸고 있던 당당한 무리에 접근하기 위하여, 많은 사람들에게 불편을 끼치면서 귀빈석 앞 발코니로 몰려들었다. 그녀는 아직도 냉소적이기보다는 상냥한 미소를 지으면서 그들의 질문에 참을성 있게 대꾸하였고, 사람들이 생각하였던 것 이상의 태연함을 보였으며, 그러한 과시가 일상적인 그리고 조심스럽게 감추던 친밀함의 뒤늦은 과시에 불과했던지라, 그 태연함이 아마 진실했을지도 모른다. 모든 사람들의 눈길을 끌던 그 세 귀부인들 뒤에는, 베르고뜨가 아그리쟝뜨 대공 및 루이 드 뚜렌느 백작, 브레오떼 후작 등에 의해 둘러싸여 있었다. 또한, 일찍이 어디에서나 환대 받았던지라 참신함의 추구에서 밖에는 더 이상의 상승을 기대할 수 없었던 그 남자들에게는, 고매한 지성으로 소문난, 그리하여 그 곁에서 한창 유행하는 극작가들 및 모든 소설가들을 만날 수 있으리라 기대하던, 어느 저택의 안주인에게로 자신들이 이끌려가도록 내버려둠으로써 실현한다고 생각하던 자질의 과시가, 여흥 프로그램이나 새로운 매력도 없이 여러 해 전부터 반복되듯 이어져 오는, 그리고 우리가 그토록 길게 묘사한 것과 대동소이한, 게르망뜨 대공 부인 댁에서의 야회들보다 더 자극적이고 활기 넘치는 듯 보였을 것이라고 이해하기는 어렵지 않다. 호기심이 외면하듯 조금 멀리 떠난, 게르망뜨 가문 사람들의 부류가 모이는 곳과 같은 그 최상류 사교계에서는, 새로운 지적 유행들이, 스완 부인을 위해 베르고뜨가 쓴 재치 번득이는 소품들에서처럼, 혹은 삐까르, 끌레망쏘, 졸라, 라이나하, 라보리 등이[208] 베르뒤랭 부인 댁에 모여(사람들이 드레퓌스 사건에 관심을 가질 수 있을 경우) 펼치는 '공안 위원회'의 진정한 회의 장면에서처럼,[209] 그 새로운 유행의 영상을 닮은 여흥으로 구현되지 못하였다.

  질베르뜨 또한 자기 모친의 지위 향상에 도움이 되었으니, 스완의 어느 숙부가 그녀에게 유산으로 팔천만 프랑 가까운 금액을 남겨, 쌩-제르맹 구역 사교계가 그녀를 염두에 두기 시작하였기 때문이다. 그리고 스완이, 게다가 죽어가고 있는데다, 드레퓌스를 지지하는 견해들을 비록 가지고 있었으나, 그 사실이 그의 아내에게 해를 끼치지 않았고 심지어 도움을 주기까지 하였다는 것이 일의 실상이다. 그 사실이 그녀에게 해를 끼치지 않은 것은, 사람들이 이렇게 말하곤 하였기 때문이다. "그는 망령이 들어 백치에 가까우니 개의할 필요 없고, 염두에 두어야 할 사람은 그녀의 아내인데, 그녀는 매력적이오." 그러나 드레퓌스를 지지하는 스완의 태도조차 오데뜨에게는 유익했다. 그녀 자신에게만 맡겨져, 그녀가 만약 최상류 사교계 여인들을 찾아가 접근을 시도하였다면, 그녀들이 오데뜨를 파멸시켰을지도 모르니 말이다. 반면, 그녀가 남편을 끌고 쌩-제르맹 구역 사교계의 만찬에 참석하는 날 저녁이면, 자기 구석에 사나운 기색으로 앉아 있던 스완이, 어느 국가주의적인 귀부인에게 소개되는 것을 오데뜨가 고분고분 받아들일 경우, 조금도 개의치 않고 그녀에게 언성을 높이곤 하였다. "오데뜨, 당신 미쳤구려. 제발 조용히 계시오. 유대인 배척자들에게 당신을 소개하도록 내버려두는 것은 비굴한 짓이오. 당신이 그러는 것을 내가 금지하오." 누구나 자기들 뒤를 경쟁하듯 따르는 것에 익숙해진 상류 사교계 인사들에게는, 그 유례 없는 자긍심과 버릇 없음이 무척 낯설었다. 그들은 생전 처음으로, 자기들보다 '우월하다'고 스스로 생각하는 사람이, 자기들 앞에 와 있는 것을 발견하였다. 스완이 그렇게 으르렁거렸다는 소문이 사교계에 퍼졌고, 그로 인해 오데뜨의 집에 귀퉁이 접힌 명함들[300]이 비오듯 쏟아졌다. 오데뜨가 아르빠종 부인 댁을 방문하면, 호기심에서 비롯된 활기차고 우호적인 부산함이 일곤 하였다. "제가 그녀를 부인께 소개하여 혹시 성가시지 않으셨나요?" 아르빠종 부인이 하던 말이다. "매우 친절한 여인이에요. 마리 마르샹뜨가 그녀를 저에게 소개하였어요." — "천만에요, 그 정반대예요, 그녀가 더할 나위 없이 이지적인 것 같으며, 매력적이군요. 실은 저도 그녀를 만나고 싶었어요. 그런데 참, 그녀가 어디에 사는지 말씀해 주세요." 한편 아르빠종 부인은 스완 부인에게 말하기를, 자기가 이틀 전 그녀의 집에 갔었을 때 무척 즐거웠으며, 그녀의 집에 가기 위하여 쌩-으베르뜨 부인을 기꺼이 '놓아 버렸다'고 하였다. 그 말 또한 사실이었으니, 스완 부인을 선택한다는 것은 곧, 다과회에 가는 대신 연주회에 가는 것처럼, 자신이 이지적임을 과시하는 것이었기 때문이다. 그러나 쌩-으베르뜨 부인이 오데뜨와 동시에 아르빠종 부인 댁에 올 때에는, 쌩-으베르뜨 부인이 태부림 심한 여자였고, 아르빠종 부인이 그녀를 깔보면서도 그녀의 집에서 이루어지는 사교모임은 좋아하였던지라,[301] 오데뜨를 그녀에게 소개하지 않았으니, 그녀가 끝내 오데뜨가 누구인지 모르도록 하기 위함이었다. 쌩-으베르뜨 후작 부인은 자기가 일찍이 그녀를 본 적 없었던지라, 그녀가 틀림없이 외출을 매우 삼가는 어느 대공녀일 것이라 생각하였고, 따라서 자리를 뜨지 않은 채 미적거리면서 오데뜨가 하는 말에 간접적으로 대꾸를 하였으나, 아르빠종 부인은 무쇠처럼 꿈쩍도 하지 않았다. 그리고 쌩-으베르뜨 부인이 더 이상 견디지 못하고 돌아가면, 오데뜨에게 말하였다. "제가 부인을 그녀에게 소개하지 않은 것은 모두들 그녀 집에 가기를 별로 좋아하지 않건만, 그녀가 엄청나게 많은 사람들을 초대하기 때문인데, 부인께서 그 올가미에 걸려들면 발을 빼실 수 없을 거에요."―"오! 문제 될 것 없어요." 오데뜨가 약간의 아쉬움을 드러내며 말하였다. 하지만 그녀는 사람들이 쌩-으베르뜨 부인 집에 가기를 좋아하지 않는다는 생각을 간직하게 되었고―어느 정도까지는 그것이 사실이었다―그리하여 쌩-으베르뜨 부인이 매우 당당한 사회적 지위를 누리고 있었던 반면 자기에게는 아직 지위라고 할 만한 것이 전혀 없었건만, 자기가 쌩-으베르뜨 부인보다 훨씬 우월한 지위를 누리고 있다는 결론을 내렸다.

그녀는 그러한 사실을 깨닫지 못하였고, 따라서 게르망뜨 부인과 친분 있는 모든 여인들이 아르빠종 부인과 교분을 맺고 있었음에도 불구하고, 아르빠종 부인이 '스완 부인'을 초대할 때마다, '오데뜨는'[302] 가책감에 사로잡힌 기색으로 이렇게 말하곤 하였다.[303] "제가 아르빠종 부인 댁에 가지만, 모두들 제가 구식이라고 생각하실 거에요. 게르망뜨 부인 때문에 제 마음이 편하지 않아요"(게다가 그녀는 게르망뜨 부인과 아무 교분도 없었다). 고상한 남자들은, 스완 부인이 상류 사교계 사람들과 거의 교분을 맺고 있지 않다는 사실이, 그녀가 틀림없이 탁월한 여인이라는 점에, 아마 위대한 여류 음악가라는 점에, 기인할 것이라 생각하였고, 따라서 그녀의 집에 간다는 것이, 어떤 공작이 이학 박사 학위를 받는 것처럼, 사교계 영역 밖의 특별한 일종의 자격일 것이라고도 생각하였다. 지극히 하찮은 여인들은 정반대의 이유 때문에 오데뜨에게로 이끌렸으니, 그녀가 꼴론느가 지휘하는 음악회에 드나들면서 자신이 바그너 애호가임을 자처한다는[304] 소문을 들었던지라, 그녀가 틀림없이 '어릿광대' 일 것이라는 결론을 내리고, 그녀와 교분 맺을 생각에 몹시 달아올라 있었기 때문이다. 그러나 자신들의 사회적 지위에 별로 자신이 없었던 그녀들은, 사람들 앞에서 오데뜨와 교분 있는 듯한 기색을 드러내 자신들의 평판을 위태롭게 하지 않을까 염려하였고, 따라서 어느 자선 음악회에서 스완 부인을 발견할 때마다, 로슈슈아르 부인[305]의 목전에서, 능히 바이로이트에도 갔었을—온갖 방종한 짓을 서슴지않는다는 뜻이다[306]—여인에게 인사한다는 것은 불가능한 일이라 판단하여, 고개를 돌려 외면하곤 하였다.

누구든 다른 이의 집을 방문하는 동안에는, 요정들의 거처에서 그렇게 이루어지는 경이로운 변신들에 대해서까지 구태여 이야기할 필요 없으려니와, 전혀 다른 사람으로 변하는 법, 브레오떼 씨가 스완 부인의 응접실에서는, 평소에 그를 둘러싸고 있던 사람들의 부재(不在)로 말미암아, 어느 연회에 가는 대신 집에 틀어박혀 편안히 잡지 〈두 세계〉나 읽을 작정으로 안경을 얼굴에 맞게 조절할 때 못지않게 그곳에 있는 것이 만족스러워 보이는 그 기색으로 말미암아, 오데뜨를 보러 오면서 그가 거행하는 듯한 신비한 의식으로 말미암아, 그 사람 자체가 새로운 사람으로 보였다. 몽모랑씨-뤽상부르 공작 부인[307]이 그 새로운 환경에서 겪었을 변모를 보기 위해서라면, 내가 큰 대가라도 서슴지않고 지불하였을 것이다. 하지만 그녀는 그 누구로부터도 오데뜨를 소개 받을 일 없을 인물들 중 하나였다. 오리안느가 자기를 대하는 것보다 훨씬 더 호의적으로 그녀를 대하던 몽모랑씨 부인이, 게르망뜨 부인[308]에 대하여 나에게 다음과 같이 말함으로써 나에게 커다란 놀라움을 안겨주었다. "그녀가 기지 뛰어난 사람들과 교분이 있고, 모든 사람들이 그녀를 좋아하니, 제가 생각하기로는, 만약 그녀에게 조금만 더 일관성이 있었다면, 그녀가 어엿한 사교적 응접실 하나를 가졌을 거에요. 사실은 그녀가 그것에 집착하지 않는다는 것이며, 모든 사람들이 그녀와 친해지려 하니, 그녀는 그것으로 행복해하며, 그녀가 옳아요." 만약 게르망뜨 부인에게 '응접실'이 없다고 한다면, 도대체 그 '응접실'이라는 것이 무엇이란 말인가? 하지만 그러한 말이 나에게 안겨준 아연실색할 놀라움도, 내가 몽모랑씨 부인 댁에 가기를 좋아한다고 말하여 게르망뜨 부인에게 안겨준 놀라움보다는 더 크지 않았다.[309] 오리안느는 그녀가 늙은 멍청이라고 하였다. 그리고 나에게 말하였다. "그녀가 저의 숙모이시니 저야 어쩔 수 없이 그 댁에 간다고 하지만, 당신이 그 댁에 가시다니! 그녀는 호감 가는 사람들조차 주위에 이끌어들일 줄 몰라요." 게르망뜨 부인은 호감 가는 사람들 앞에서 내가 냉담하다는 사실을, 또한, 자기가 나에게 '아르빠종 댁 응접실'에 대해 이야기할 때 노란 나비 한 마리가 내 눈 앞에 어른거리고,[310] '스완 댁 응접실'에 대해 이야기할 때(겨울에는 스완 부인이 저녁 여섯 시부터 일곱 시까지 자기의 집에 있었다) 눈이 솜털처럼 날개에 덮인 검은 나비 한 마리가 내 앞에 어른거린다는 사실을 깨닫지 못하였다. 응접실 축에 들지도 못할 '스완 댁 응접실'은, 그녀는 차마 드나들 수 없는 곳이로되, 그나마 '지성인들'로 인해, 내가 드나든다 해도 명분이 있다고 하였다. 그러나 뤽상부르 부인[312] 의 응접실이라니! 내가 혹시 사람들의 관심을 끌 수 있었을 어떤 작품을 이미 발표하였다면, 겉멋의 일부분이 재능과 연합할 수 있다는 결론이나마 자기가 내렸을 것이라 하였다. 그런데 내가 그녀의 실망을 그 절정으로 이끌어 갔으니, 내가 몽모랑씨 부인 댁에 간 것은 (그녀가 생각하듯) '유심히 관찰하여 연구하기' 위해서가 아니라고 그녀에게 고백하였기 때문이다. 그러나 게르망뜨 부인이, 어느 겉멋쟁이나 겉멋쟁이라고 자처하는 사람의 행동들을 외부에서 무자비하게 분석할 뿐, 그 겉멋쟁이의 상상 속에서 사회적 봄날[313]이 한창 피어나는 시기에 그의 내면에는 자신을 결코 놓아 보지 못하는 세속적 소설가들보다 더 잘못 짚은 것은 아니었다. 나 자신 또한, 몽모랑씨 부인 댁에 가는 것에서 내가 느끼는 그토록 커다란 기쁨이 무엇일까 알아내고자 하였을 때, 조금은 실망하였다. 그녀는 쌩-제르맹 구역에 있으며, 작은 정원들을 사이에 두고 분산된 별채들 가득한, 옛 거처에 살고 있었다. 아치 밑 통로에, 활꼬네의 작품이라고들 하는 작은 조각상 하나가 샘터를 대신하였고, 정말 그곳에서 습기가 끊임없이 스며 나오고 있었다. 조금 더 가면, 슬픔 때문인지, 신경쇠약증 때문인지, 두통 때문인지, 감기 때문인지, 항상 눈이 충혈된 여자 수위가, 인사에 결코 답례하는 법 없이, 공작 부인이 집에 있다는 모호한 동작을 해보인 다음, '물망초' 가득한 주발 위로 자기의 눈꺼풀로부터 물[314] 몇 방울이 떨어지도록 내버려두곤 하였다. 작은 조각상이 꽁브레의 어느 정원에 있던 작은 정원사 석고상을 연상시켜 내가 그것을 보며 느끼던 기쁨도, 옛날의 특정 수영장으로 들어가는 층계처럼 반향 가득한 습하고 잘 울리는 커다란 층계와,[315] 대기실에 있던 하늘색 일색의 씨네라리아 가득한 꽃병들, 그리고 특히 올랄리의 침실[316] 에 설치되었던 것과 영낙없이 같은 초인종 소리 등이 나에게 야기시키던 기쁨에 비하면 아무것도 아니었다. 그 초인종 소리가 나의 열광을 그 절정으로 이끌어가곤 하였으나, 내가 그 곡절을 몽모랑씨 부인에게 설명하기에는 그것이 너무 하찮은 것처럼 여겨져, 그 귀부인이 항상 내가 황홀경에 들어가 있는 것을 보면서도[317] 그 원인은 결코 짐작하지 못하였다.[318]

심정의 간헐성[319]

내가 두 번째 발백에 도착하였을 때의 처지는 처음 도착하였을 때와 사뭇 달랐다. 호텔의 지배인이 몸소 뽕-아-꿀뢰브르[320]까지 나와서 나를 기다리고 있었으며, 자기가 작위 가진 손님들을 중시한다고 어찌나 거듭하여 강조하였던지, 그의 문법적 기억력의 불확실성 때문에 그가 사용한 '작위 가진'[321]이라는 말이 '단골'[322]을 뜻한다는 사실을 깨달을 때까지, 나는 그가 나를 아예 귀족으로 만들지 않을까 염려하였다. 게다가, 그가 새로운 말들을 배울수록 전에 배운 말의 사용에 더욱 서툴러졌다. 그는 나의 거처를 호텔의 꼭대기 층에 마련하였다고 하면서 이렇게 말하였다. "그 위에서는 무례의 결여[323]를 단 한 번도 겪지 않으실 것이라 기대합니다만, 귀하께서 머무실 자격 없는 방[324]을 드리는 것이 마음에 걸렸으되, 소음과 관련시켜 그렇게 한 것은, 그럼으로써 위에서 귀하의 천공기를(고막이라[325] 말하려 하였을 것이다) 피곤하게 할 사람이 아무도 없을 것이기 때문입니다. 안심하십시오, 그것들이 덜거덕거리지 않도록, 사람을 시켜 창문들을 닫도록 하겠습니다. 그 점에 있어서는 제가 용납될 수 없는[326] 사람입니다." (마지막 말은, 그의 생각이 아니라 아마 그 층 담당 종업원들의 생각을 정확히 표현하였으리니, 그의 생각이란, 그 점에 있어서는 그가 항상 준엄하다는 것이 종업원들의 견해였다). 여하튼 방들은 내가 첫 번째 체류 때에 사용하던 것들이었다. 그 방들이 더 낮은 층에 있지 않았지만, 지배인이 보기에는 내가 이미 훌쩍 커진 것 같다고 하였다.[327] 그러는 것이 좋으면 내가 불을 피울 수도 있지만(의사의 권유에 따라 내가 부활절 무렵에 떠났기 때문이다), 천장[328]에 '균열'[329]이 생기지 않았을까 염려된다고 하였다. "특히 모닥불[330] 하나를 지피시려면 먼저 지핀 것이 소모되기를('연소되기를'이라고 말하려 하였을 것이다) 항상 기다리십시오. 분위기를 조금 명랑하게 꾸미기 위하여 제가 사람을 시켜 옛날 중국에서 만든 커다란 가발[331] 하나를 벽난로 위에 놓아 두도록 하였던지라, 벽난로에 불을 넣지 않는 것 피하는 것이[332] 그만큼 더 중요하고, 그것이 가발을 손상시킬 수 있기 때문입니다."

그는 무척 슬퍼하면서 쉐르부르 지역 변호사 협회 회장이 작고한 사실을 나에게 알렸다. "'인습에 젖은' 늙은이였지요." (아마 '교활한' 늙은이였다는 뜻이었을 것이다) 나에게 그런 말을 한 다음, 그의 종말이 '환멸의 삶'에 의해 앞당겨졌음을 넌지시 암시하였는데, 그 '환멸의 삶'은 아마 '방탕한 삶'을 뜻하였을 것이다. "이미 얼마 전부터 저는 그가 저녁 식사 후에 휴게실에서 '웅크리고'(틀림없이 '꾸벅꾸벅 졸고'라는 뜻이었을 것이다) 있는 것을 목격하였습니다. 최근에는 그의 모습이 어찌나 심하게 변하였던지, 그 분이라는 사실을 모를 경우, 그는 겨우 '감사를 표하는'(의심할 나위 없이 '겨우 알아 볼 수' 있었다는 뜻이었을 것이다) 사람이었습니다."

깡 지방 법원장은 얼마 전 레지웅 도뇌르 기사 훈장 수훈자의 '가죽 채찍'[333]을 받았으며, 그것은 다행스러운 보상이라고 하였다. "그에게 능력이 있는 것은 확실하여 의문의 여지가 없지만, 그에게 그것을 준 것은 특히 그의 커다란 무기력증[354] 때문인 모양입니다." 게다가 그 훈장 수여에 대하여 전날의 〈에꼬 드 빠리〉[355]지에 분분한 논의가 게재되었다고 하였으며, 그러나 지배인은 아직 그 '첫 서명'(첫 단락이라는 말이었을 것이다) 밖에 읽지 않았노라고 하였다. 까이요[356] 씨의 정책이 그 신문에 의해 혼이 났다고 했다. 그러면서 이렇게 말하였다. "사실 저도 그들이 옳다고 생각합니다. 그는 우리들을 지나치게 도이칠란트인들의 원형 천장 밑에[357]('지배하에'라는 말일 것이다) 둡니다." 일개 호텔 직원이 논평하는 그러한 종류의 주제가 따분해 보여, 나는 그의 말에 더 이상 귀를 기울이지 않았다. 그리고 나로 하여금 발벡으로 다시 떠날 결단을 내리게 한 영상들을 뇌리에 떠올렸다. 그것들은 처음 발벡으로 떠나면서 뇌리에 떠올렸던 것들과는 판이하여, 이제 내가 찾으러 온 광경은, 처음 찾으러 왔던 것이 안개 가득했던 것만큼이나 눈부신 광경이었으나, 그 영상들이 나에게 안겨줄 환멸들은 처음보다 못지않을 것이 틀림없었다. 추억에 의해 선별된 영상들은 상상력이 만들어내고 현실이 파괴한 영상들만큼이나 인위적이고 제한적이며 포착되지 않는다. 우리의 외부에서, 하나의 현실적인 장소가, 몽상에 의해 만들어진 화폭들보다는 기억에 의해 만들어진 화폭들을 구태여 가지고 있어야 할 이유가 없다. 뿐만 아니라, 하나의 새로운 현실이 아마, 우리로 하여금 여정에 오르게 하였던 욕망들을 잊거나 혐오하게 만들지도 모른다.

나로 하여금 다시 발벡으로 떠나게 하였던 욕망들은 부분적으로나마, 베르뒤랭 내외가(일찍이 내가 초대에 단 한 번도 응하지 않았던지라, 빠리에서 방문하지 못하였음을 사과하기 위하여 그 시골에 간다면, 틀림없이 나를 맞으며 기뻐할), '신도들' 중 여럿

이 그 해안 지역에서 휴가를 보낼 것임을 알고 깡브르메르 씨의 성들 중 하나를(라스쁠리에르 성) 휴가철 내내 사용할 목적으로 빌린 참에, 쀠뜨뷔스 부인도 그곳으로 초대하였다는 사실에 기인하였다. 그 소식을 알게 된 날 저녁(빠리에서), 나는 정말 미친 놈으로 변하여, 우리 집 어린 심부름꾼 아이를 보내어 그 귀부인이 자기의 '침실 시녀'를 발백에 데려갈 예정인지 여부를 알아보게 하였다. 심부름꾼 아이가 그 저택에 도착한 것은 밤 열한 시였다. 수위가 한 동안 뜸을 들이다가 문을 열었으나, 기적적으로, 나의 전령을 내쫓지도 경찰을 부르지도 않았으며, 내가 알고 싶어하던 것들을 모두 이야기해 주면서도 그를 박대하는 것으로 만족하였다. 수위가 말하기를, 수석 침실 시녀가 정말 자기의 주인을 우선 도이칠란트의 온천장까지 배행하였다가, 그 다음에는 비아리츠로 간 후, 마지막으로 베르뒤랭 부인이 머무는 곳으로 갈 것이라고 하였다. 그 사실을 알고 난 후부터 나는 태평스러워졌고, 언제라도 자를 수 있도록 빵을 도마 위에 올려놓은 것이 만족스러웠다. 내가 거리에서 여인들의 뒤를 쫓아다니는 처지를 면하게 되었고, 거리에서는 우연히 마주친 미녀들에게 나를 소개하는 편지를 보여줄 수 없었겠으나, 반면 그 '죠르죠네의 화폭 속 여인'[338]에게는, 그날 저녁 베르뒤랭 씨 댁 만찬에 내가 자기의 주인 마님과 함께 참석하였다는 사실 자체가 훌륭한 소개장으로 보일 것 같았다. 뿐만 아니라, 내가 라스쁠리에르 성을 빌린 그 부유한 중산층 사람들뿐만 아니라, 그 성의 소유주들, 그리고 특히, 멀리서 나를 그 침실 시녀에게 추천할 수 없어(그녀가 로베르의 이름을 몰랐기 때문이다) 깡브르메르 가문 사람들에게 나를 위해 열광 가득한 편지를 보낸 쌩-루와도 교분이 있음을 알면, 그녀가 아마 나에 대하여 더 호의적인 생각을 품게 될 것 같았다. 그는, 깡브르메르 가문 사람들이 나에게 유용할 수 있는 것은 차치하고라도, 깡브르메르 부인이, 즉 르그랑댕의 누이인 그 가문 며느리가, 대화를 나누다 보면 나의 관심을 유발시킬 수 있으리라 생각한다고 하였다. "영리한 여자라네." 그가 나에게 확언하였다. "그녀가 자네에게 결정적인 것들을 (대여섯 해마다 자기가 좋아하는 표현들 중, 중요한 것들은 간직한 채, 몇몇을 바꾸곤 하던 로베르에 의해 '숭고한 것들'[339]이 '결정적인 것들'로 대체되었다) 말해 주지는 못할 것이지만, 개성 강한 여인이며 독특한 성격과 직관력을 가지고 있어, 합당한 말을 적시에 던질 줄 안다네. 가끔 그녀가 짜증나게 하고, '누룽지 티를 내기 위하여'[340] 멍청한 말을 지껄여, 깡브르메르 가문[341]이 그 무엇보다도 우아하지 못한 만큼 더욱 그 말이 우스꽝스럽게 보이며, 그녀가 '합당한 페이지에 가 있지'[342] 못하는 경우 잦지만, 그래도 대체적으로 보면 참으면서 교제할 수 있을 가장 나은 사람들 축에 든다네."

  나를 소개하는 로베르의 편지가 도착한 즉시, 쌩-루에게 간접적으로 친절을 표하려는 열망을 품게 한 세속적 겉멋에 이끌렸음인지, 혹은 쌩-루가 동씨에르에서 자기들의 조카 한 사람에게 베푼 것에 대한 고마움 때문이었는지, 그리고 아마 무엇보다도 선량함과 손님을 환대하는 전통에 기인한 듯, 깡브르메르 가문 사람들이 나에게 긴 편지를 보내어, 발백에 오면 자기네 집에 기거하라고 권하였으며, 내가 더 독립적으로 생활하기를 원하면 다른 거처 하나를 찾아 보겠노라고 제안하였다. 쌩-루가 나 대신 그들에게 편지를 보내어 사양하면서, 내가 발백에 있는 그랜드-호텔에 머물것이라고 하자, 그들이 나에게 답장하기를, 도착 즉시 적어도 한 번은 자기들을 방문해 줄 것을 기대하며, 그 방문이 지나치게 늦어질 경우, 자기들이 나를 가든 파티에 초대하기 위하여 호텔로 찾아와 성가시게 굴 것이라 하였다.
　물론 쀠뜨뷔스 부인의 침실 시녀를 발백이라는 고장에 본질적으로 관련시키는 그 무엇도 없었으며,[343] 따라서 그녀가 발백에 온다 하더라도 나에게는, 일찍이 내가 메제글리즈로 이어지는 길을 걸으면서 나의 욕망을 몽땅 동원하여 그토록 자주, 그러나 헛되이, 부르던[344] 시골 소녀와 같지는 않았을 것이다. 하지만 나는 이미 오래 전부터, 한 여인에게서, 그녀의 알려지지 않은 부분의 제곱근과 같은 것 추출해내려는 노력을 멈추었고, 그 미지의 부분은 대개의 경우 단순한 소개만 거쳐도 더 이상 존속하지 못하였다. 적어도 내가 오랫동안 가지 않았던 발백에서는, 그 고장과 그 여인 사이에 존재하는 필연적 관계는 없을 망정, 내가 그곳에서 느낄 실재감(實在感)이 빠리에서처럼 말살되지는 않을 것이라는 이점은 누릴 수 있을 것 같았던 바, 빠리에서는, 우리 집에서나 기타 낯익은 어느 방에서 한 여인으로부터 얻는 쾌락이, 일상적인 사물들에 둘러싸인지라, 새로운 삶의 입구를 열어 준다는 환상을 단 한 순간도 나에게 줄 수 없었다. (왜냐하면, 습관이 비록 제2의 천성이라고는 하지만, 우리가 우리의 본성 체험하는 것을 그것이 방해하고, 그것에는 본성의 잔인성도[345] 매력도 없기 때문이다.) 반면, 한 가닥 햇살 앞에서 감각이 부활하는, 그리고 마침 내 욕정의 대상이었던 여인이 나를 열광시키는데 성공할, 새로운 고장에서는 내가 아마 그러한 환상에 사로잡힐 수 있을 것 같았다. 그런데, 여러 상황들로 인해, 그 여인이 발백에 오지 않았을 뿐만 아니라, 그녀가 그곳에 올 수 있게 되는 것을 내가 무엇보다도 두려워하게 되어, 결국 내 여행의 가장 중요한 목적이 달성되지도 심지어 추구되지도 않았음을 누구나 알게 될 것이다.
　물론 쀠뜨뷔스 부인이 그토록 이른 계절에 베르뒤랭 내외가 머무는 곳으로 가지 않을 것은 분명했으나, 한편 우리가 선택한 쾌락들은, 그것들의 도래가 보증되었을 경우, 그리하여 그것들을 기다리는 동안 우리가 그 도래 시기까지 상대의 마음을 끄는 데 게을리 하고 사랑할 기력을 상실할 경우, 우리들로부터 멀어질 수도 있다. 게다가 나는 첫 번째만큼 시적인 생각[346]을 가지고 발벡으로 떠난 것이 아니었으니, 순수한 상상 속에는 추억 속에보다 항상 이악스러움이 적은 법, 내가 미지의 아름다운 여인들이 우글거리는 바로 그 장소들 중 하나에 머물게 될 것임을 알았던 바, 하나의 해변 또한 아름다운 여인들을 하나의 무도회 못지않게 제공하기 때문이며, 따라서 나는, 게르망뜨 부인이, 화려한 만찬들에 나를 초대하도록 주선하는 대신, 무도회가 열리는 저택들의 안주인들에게 여인들의 댄스 파트너 명단에 올리라고 나의 이름을 더 자주 건넸더라면 나에게 안겨주었을 것과 같은 종류의 기쁨을 느끼면서, 내가 호텔 앞 방파제를 따라 산책길에 오르는 생각을 미리 하곤 하였다.

지배인의 음성에 의해 내가 몽상에서 깨어났는데, 나는 그 순간까지 그의 정치에 관한 장광설에 전혀 귀를 기울이지 않았다. 그가 화제를 바꾸어, 나의 도착 소식을 듣고 깡 지방 법원장이 기뻐하였으며, 그 날 저녁에라도 당장 나를 보러 나의 방으로 오겠노라 하였다고, 나에게 말하였다. 그 방문을 생각만 하여도 어찌나 불안했던지―내가 피곤을 느끼기 시작하였기 때문이다―나는 그에게 그 방문이 이루어질 수 없도록 해달라고 부탁하였으며(그가 그러겠다고 약속하였다), 그것이 더욱 확실히 이루어지도록, 그 첫 날 저녁에는, 그가 부리는 고용원들을 시켜 나의 방이 있는 층을 감시해 달라고 간곡히 요청하였다. 그가 그 고용원들을 별로 좋아하지 않는 것 같았다. "제가 항상 그들을 쫓아 달음박질을 해야 할 처지인데, 그들에게 태만[347]이 너무 결여되어 있기 때문입니다. 제가 현장에 없으면 그들은 아예 꼼짝도 하지 않을 것입니다. 제가 승강기 담당 종업원을 귀하의 방 출입문 앞에 세워 놓겠습니다." 나는 그 승강기 담당 종업원[348]이 드디어 '심부름꾼 종업원들의 우두머리'가 되었느냐고 지배인에게 물었다. "그가 아직 이 호텔에서 충분히 오래 근무하지 않았습니다." 지배인이 대꾸하였다. "그보다 나이 더 많은 동료들이 있는지라, 그럴 경우 불평이 터져 나올 것입니다. 매사에는 세립화(細粒化)가 필요합니다. 그가 자기의 승강기 앞에서는 좋은 소질('태도'라 말하려 하였을 것이다)을 가지고 있음은 저도 인정합니다. 하지만 그러한 처지에 놓이기에는 아직 조금 젊습니다. 지나치게 나이 든 다른 사람들과 대조를 보일 것입니다. 진지함이 조금 부족한데, 그것은 원시적인 자질입니다(의심할 나위 없이 근원적인 자질, 즉 가장 중요한 자질을 가리킬 것이다).[351] 그의 날갯죽지에 납덩이가 조금 더 박혀야 합니다(나의 대화 상대자는 '머리통'이라고 말하고자 하였을 것이다).[352] 여하튼 그는 저만 믿으면 됩니다. 제가 그 분야에는 훤합니다. 그랜드-호텔의 지배인이라는 계급줄들을 얻기 전에, 저는 빠이야르[353] 씨 휘하에서 처음으로 전투에 임하였습니다." 그 비유가 인상적이었고, 나는 지배인에게 뽕-아-꿀뢰브르까지 마중 나와 고맙다고 하였다. "오! 별것 아닙니다. 저로 하여금 무한한('지극히 미미한'이라는 뜻이었을 것이다) 시간을 잃게 하였을 뿐입니다." 어느덧 우리가 호텔에 도착하였다.

내 전존재의 도괴였다. 첫 날 밤부터 피로에 기인한 심장 발작에 괴로워하던 내가, 괴로움을 제어하려 애를 쓰면서, 목구두를 벗으려고 천천히 그리고 신중하게 상체를 숙였다. 그러나 내가 목구두의 첫 단추를 건드리기 무섭게, 미지의 신성한 존재로 가득 채워진 나의 흉곽이 한껏 부풀어 올랐고, 연이어지는 흐느낌이 나를 뒤흔들었으며, 나의 두 눈에서는 눈물이 하염없이 흘렀다. 그렇게 나를 도우러 와서 영혼의 황량함으로부터 나를 구출해 낸 존재는, 여러 해 전, 유사한 비탄과 고독의 순간에, 나에게 더 이상 나 자신이라고 할만한 그 무엇도 없던 순간에, 나의 안으로 들어왔던, 그리고 나를 나 자신에게 돌려주었던 그 존재였으니, 그가 곧 나였고 또 나 이상이었기 때문이다(내용물 이상이며 또 그것을 나에게 가져다 주던 그릇이었다). 내가 나의 기억 속에서, 옛날 그곳에 도착하던 첫 날 저녁 그대로의 모습을 간직하신 할머니께서 나의 피곤 위로 숙이신, 다정하고 근심 가득하며 실망한 얼굴을 이제 막 언뜻 보았으며, 그 얼굴은, 내가 하도 그리워하지 않아 나 스스로도 놀라면서 나 자신을 나무라게 하던 그리고 명칭뿐인 그 할머니가 아닌, 샹젤리제에서 병세가 급격스럽게 악화된 순간 이후 처음으로, 무의지적이고 완벽한 추억 속에서 내가 그 살아있는 실재(實在)를 발견한, 진정한 내 할머니의 얼굴이었다. 우리의 사념에 의해 재창조되지 않는 한 그러한 실재가 우리에게는 존재하지 않으며[555] (만약 그런 것이 아니라면, 대규모 전투에 휩쓸렸던 남자들 모두가 위대한 영웅전을 짓는 문인이 될 것이다), 그렇게 할머니의 품으로 뛰어들고 싶은 미칠듯한 갈망에 휩싸여—장례를 치른지 한 해도 더 지난 후, 사실들을 기록한 책력이 감정들을 기록한 책력과 일치하지 못하도록 그토록 자주 방해하는 연대 착오 현상 때문에—할머니가 돌아가셨음을 내가 깨닫게 된 것은 겨우 그 순간에 이르러서였다. 장례식을 치르던 날 이후 내가 할머니에 관한 이야기를 자주 하였고 또한 할머니를 자주 뇌리에 떠올리기도 하였으나, 나처럼 배은망덕하고 이기적이며 무정한 젊은이의 말과 생각 속에는 나의 할머니와 유사할 법한 무엇이 단 한 번도 없었으니, 나의 경박함과, 쾌락에 대한 애착과, 편찮으신 할머니를 일상적으로 대하던 습관 등으로 인해, 내가 진정한 할머니의 추억을 나의 내면에 잠재태로만 담아 두고 있었기 때문이다. 우리가 어떠한 순간에 그것을 검토한다 해도, 우리의 총체적인 영혼[356]은, 그 자산의 숱한 항목에도 불구하고, 거의 허구적인 가치밖에 가지고 있지 않은 바, 그것이 실질적인 자산이건 상상 속의 자산이건, 때로는 이것 혹은 저것이 사용할 수 없는 상태에 있기 때문인데, 예를 들어 나의 경우, 게르망뜨라는 유서깊은 명칭이 가지고 있는 자산이나, 비할 수 없을 만큼 더 엄숙한, 내 할머니의 진정한 추억이 간직하고 있는 자산이 그러하다. 그것은 기억의 혼란에 심정의 간헐성이 연계되어 있기 때문이다. 우리의 지나간 기쁨들이나 슬픔 등 우리의 모든 내적 자산들이 영원히 우리의 소유물이라고 믿도록 우리를 부추기는 것은, 의심할 나위 없이, 우리에게는 우리의 정신적인 것[357]이 갇혀 있을 것처럼 보이는 우리의 육체가 존재한다는 그 사실 자체이다. 그 자산들이 그곳을 탈출하거나 그곳으로 되돌아온다고 믿는 것 또한 아마 못지않게 부정확한 생각일 것이다. 여하튼, 그것들이 혹시 우리들 속에 머물러 있더라도, 그것은 거의 항상, 그것들이 우리에게 아무 도움 될 수 없을 처지에 놓이는 어느 미지의 영역 속이며, 그 영역에서는, 심지어 지극히 평범한 자산들 마저도, 전혀 다른 부류에 속하며 우리의 의식 속에서 그것들과의 동시성[358]을 철저히 배제하는 추억들에 의해 억압되어 있다. 그러나 혹시 그 자산들이 보존되어 있는 감각의 틀이 재포착 될[359] 경우, 이번에는 그것들이, 자기들과 양립할 수 없는 모든 것을 축출한 다음, 그것들을 겪은 자아만을 우리들 속에 정착시킬 수 있는 지배력을 갖게 된다. 그런데, 내가 이제 막 문득 회복한 나의 자아가, 발백에 도착한 후 할머니께서 나의 옷[360]을 벗겨 주시던 그 먼 옛날의 저녁 이후에는 존재하지 않았던지라, 그 자아는 전혀 모르는 현재의 하루 일정 끝에가 아니라—마치 시간 속에 상이하되 평행을 이루는 열(列)들이 있는 듯—지속성의 중단 없이, 과거의 첫 날 저녁 직후에, 나의 할머니께서 내 목구두 쪽으로 상체를 숙이시던 바로 그 순간에, 내가 접착된 것은 지극히 자연스러운 일이었다. 그토록 오랫동안 사라졌던 그 시절의 내 자아가 다시 내 곁으로 어찌나 가까이 와 있었던지, 잠에서 완전히 깨어나지 못한 사람이 흩어져 사라지는 자기의 꿈 속 소음들을 가까이에서 감지한다고 생각하듯, 할머니께서 나에게로 상체를 숙이시던 순간 직전에 들렸으되 역시 한 가닥 꿈에 불과했던[301] 말들이 아직도 나에게 들려오는 것 같았다. 이제 나는 자기 할머니의 품 속으로 피신하여 할머니에게 입맞춤을 퍼부음으로써 할머니가 느끼시던 슬픔의 흔적을 지워 버리려 애쓰는 존재, 즉 최근 얼마 전부터 나의 내면에 연속적으로 출현하던 존재들 중 내가 이런 혹은 저런 존재였을 때에는 상상하기조차 어려웠던 그 존재일 뿐이었고, 그러한 상상의 어려움은, 적어도 잠정 기간 동안이나마 옛날의 존재로 돌아간 내가 그 존재들 중 하나의 욕망과 기쁨을 느끼려면 필요로 할—그러나 부질없을—노고 못지않았다. 나는, 할머니께서 실내용 드레스 차림으로 나의 목구두 쪽으로 상체를 숙이시기 한 시간 전, 열기 때문에 숨이 막힐 듯한 거리를 배회하면서, 혹은 과자점 앞에서, 할머니를 포옹하고 싶은 욕구가 어찌나 간절했던지, 아직도 할머니와 떨어져서 보내야 할 한 시간 동안을 결코 기다릴 수 없을 것이라 생각하던 그 순간이 얼마나 절박했었는지를 뇌리에 떠올렸다.[302] 그런데 그 시절에 느끼던 욕구가 다시 태동하고 있던 이제, 내가 아무리 여러 시간 동안 기다려도 할머니가 더 이상 내 곁으로 돌아오시지 않을 것이라는 것을 알고 있었으니, 내가 기껏 그 사실이나 발견한 것은, 살아 계신 진정한 할머니를 처음으로 느끼고 심장이 터질 지경으로 팽창된 상태로 드디어 할머니를 되찾으면서, 내가 할머니를 영원히 잃었음을 이제 막 깨달았기 때문이다. 영원히 잃다니, 나는 도저히 이해할 수 없었고, 따라서 다음과 같은 모순에 기인되는 괴로움을 감내하는데 익숙해지려 노력하였던 바, 한편으로는, 내가 일찍이 알았던 그대로 나의 내면에 살아남은, 다시 말해 나에게 바쳐졌던 하나의 생애와 애정, 그 속에서는 모든 것이 하도 나에게서만 그 보완물과 목적과 방향을 발견하였던지라, 위인들의 천재성도, 태초로부터 존재할 수 있었을 모든 천재적 재능들도, 나의 할머니에게는 내 단점들 중 하나만도 못하였을 하나의 사랑이 있었던 반면, 다른 한편으로는, 그 유열을 마치 현재의 것처럼 내가 다시 경험한 직후, 내가 간직하고 있던 그 애정의 영상을 일찍이 지워 버렸고, 그 생애를 파괴하였고 우리 두 사람 사이의 숙명적 관계를 나중에 끊어 버렸던, 그리고 내가 할머니를 거울 속에서처럼 선명히 되찾은 순간, 그 할머니를(어떤 우연이, 나 아닌 전혀 다른 사람 곁에서도 그런 일이 일어날 수 있을 것처럼, 내 곁에서 몇 해를 보내도록 하였으나, 그 이전에도 또 그 이후에도, 나를 아무것도 아닌 것으로 여겼고 또 그렇게 여길)[363] 하나의 낯선 여인으로밖에 보이지 않게 만든 허무의 (반복적인 육체적 통증처럼 솟구치는) 확실성에 의해, 그 유열이 관통되는 것을 느껴야 하는 모순이었다.

얼마 전부터 내가 누렸던 기쁨들 대신 이제 내가 맛볼 수 있었을 유일한 기쁨은, 과거에 다시 손을 댐으로써, 나의 할머니가 전에 느끼셨던 고통을 줄이는 것이었을 것이다. 그런데 나는 할머니를 그 날 저녁에 입으셨던 그 실내용 드레스 차림으로만 뇌리에 떠올리지 않았으니(그 드레스는, 할머니께서 나를 위하여 감당하시던, 물론 건강에는 해로우나 감미롭기도 한 노고에 적합하게 지어 저, 그 노고의 상징이 될 정도였던 의복이다)³⁶⁴⁾, 내가 일찍이 나의 괴로움을 할머니에게 드러내거나 필요하면 그것을 과장하면서, 마치 나의 애정이 할머니에게 행복을 안겨 드리는 나의 행복과 같은 능력을 구비하기라도 한 듯, 나의 입맞춤에 의해 즉시 지워질 것이라 상상하던 괴로움을 할머니에게 끼쳐 드릴 계기들을, 그리하여 내가 놓치지 않고 포착하였던 계기들을, 어느덧 차츰 모두 회상하기에 이르렀으며, 그보다 더 끔찍한 일은, 이제 나의 추억 속에서 애정으로 빚어지고 가볍게 숙인 그 안면에 퍼져 있던 행복을 되찾을 수 있다는 가능성 이외에서는 행복이라는 것을 더 이상 생각조차 할 수 없게 된 내가, 전에는 그 얼굴에서 가장 작은 기쁨까지도 근절시키려 하는 미친듯한 집착을 보여, 예를 들어 쌩-루가 할머니의 사진을 찍어 드리던 날, 그리하여 챙 넓은 모자를 쓰시고 잘 어울리는 황혼빛 속에서 포즈를 취하시며 부리시던 거의 우스꽝스러운 애교의 유치함을 못 본 체하기 어려웠던 날, 나는 짜증 섞이고 모욕적인 말 몇 마디를 무심히 중얼거렸고, 그 말이, 할머니의 얼굴에 문득 나타난 수축 현상을 보고 내가 그것을 감지하였거니와, 할머니에게 명중하여 상처를 입혀 드렸는데, 수천 번의 입맞춤으로도 위로가 영영 불가능해진 이제, 그 몇 마디가 갈갈이 찢고 있던 것은 나 자신이었다.³⁶⁵⁾

그러나 할머니의 얼굴에 나타났던 그 일그러짐과 할머니의 가슴이 느낀 그 아픔, 아니 나의 가슴이 느낀 그 아픔을, 내가 영영 지울 수 없으리니, 죽은 이들은 오직 우리의 내면에만 존재하는지라, 우리가 그들에게 가했던 타격을 고집스럽게 상기할 때 우리가 조금도 늦추지 않고 후려치는 것은 우리들 자신이다. 그 아픔이 아무리 혹독하다 할지라도 나는 나의 모든 힘을 쏟아 그것에 집착하였으니, 그 아픔들이 곧 내가 할머니에 대하여 간직하고 있던 추억의 결과이며, 그 추억이 정말 나의 내면에 있다는 증거임을 분명히 감지할 수 있었기 때문이다. 나는 아픔을 통해서만 할머니를 진정으로 상기할 수 있을 것이라 직감하였고, 따라서 할머니의 추억을 나의 내면에 밀착시키던 그 못들이 더욱 단단하게 깊숙이 박히기를 원하였다. 나는 그 아픔을 완화시키거나 미화하려 하지 않았을 뿐만 아니라, 할머니의 사진(쌩-루가 찍었고 내가 간직하고 있던)에―우리들과 헤어졌으되 하나의 개인으로 살아가고 우리를 잘 알며 일종의 파기될 수 없는 조화를 통해 우리와 연계되어 있는 어떤 존재에게 그러듯―말을 건네거나 기도를 올림으로써, 나의 할머니께서 부재중이시라 잠시 사람들의 눈에 띄시지 않는 것뿐이라는 기색으로 가장하려 하지도 않았다. 내가 결코 그러지 않은 것은, 내가 그 아픔을 느끼는 것뿐만 아니라, 나의 뜻과는 상관없이 문득 내가 감내하였던 내 아픔의 독특성을 존중하는 것 역시 중시하였기 때문이며, 따라서 나는 나의 내면에 뒤섞여 있는 존속과 망각이라는 그토록 기이한 모순 현상이 도래할 때마다, 그 아픔 고유의 법칙에 따라 계속 그 아픔을 감내하고 싶었다. 그토록 고통스럽고 당장은 이해할 수 없는 그 인상, 물론 그것으로부터 언젠가는 약간의 진리를 추출해 낼 지 알 수 없었으나, 만약 그 약간의 진리를 혹시 내가 추출해 낼 수 있게 된다면, 그것은, 그토록 특이하고, 그토록 자발적이며, 나의 지성이 제시한 지침을 따르지도, 나의 소심함에 의해 완화되지도 않은, 반면 죽음 자체가, 갑작스러운 죽음의 발견이, 마치 벼락이 그랬을 것처럼, 초자연적이고 비인간적인 어느 도표에 따라 나의 내면에 신비한 이중의 밭고랑처럼 깊숙이 파 놓은, 오직 그 인상으로부터일 것이라는 것은 알고 있었다. (한편 내가 지금까지 잠겨 있던 할머니에 대한 망각 상태에 대해 말하자면, 나는 그것에서 진리를 이끌어내기 위하여 그것에 집착할 생각조차 하지 않았으니, 망각 현상 속에는 일종의 부정(否定), 그리고 생의 실순간 하나를 재창조할 능력이 없어 그 실순간을 상투적이고 그것과 무관한 영상들로 대체하기를 요구 받은 사유(思惟)의 약화 이외에, 다른 아무것도 없기 때문이다.) 하지만 아마 존속 본능이, 우리를 아픔으로부터 보호하려는 지성의 능란함이, 아직도 연기 피어오르는 폐허 위에 자기의 유용하되 해로운[366] 작품의 첫 토대를 놓기 이미 시작하였던지라, 지극히 소중했던 존재[367]가 내리곤 하던 이런 혹은 저런 평가들을 회상하고, 마치 그 존재가 아직도 그러한 평가들을 내릴 수 있으리라는 듯, 마치 그 존재가 살아 있다는 듯, 마치 내가 그 존재를 위하여 살기를 계속하는 듯, 그것들을 회상하는 감미로움에 내가 지나치게 탐닉해 있었을지도 모른다. 그러나 내가 잠들기에 성공하기 무섭게, 나의 두 눈이 외부 사물들을 향해 굳게 닫혀 진실이 더욱 선명히 드러나는 그 시각에 이르자, 수면의 세계가(그 입구에서는, 잠정적으로 마비된 지성과 의지가, 내가 받은 진정한 인상들의 냉혹함을 상대로, 더 이상 나를 놓고 다툴 수가 없었다), 존속과 소멸의 드디어 재구성된[368] 괴로운 총합체를, 신비한 조명을 받은 내장의 반투명성으로 변한 유기체적 심층부에 나타내 보이고 또 굴절시켰다. 우리 내장 기관들의 동요에 의존된 상태에 놓여 있는 내적 지각 작용이, 같은 분량의 공포감이나 슬픔이나 회한이라도 그것이 우리의 정맥[369] 속에 그렇게 주입되었을 경우에는 백배 증대된 힘으로 작용하기 때문에, 심장이나 호흡의 리듬에 박차를 가하는 수면의 세계에서는, 그곳 지하 도시의 대동맥들을[370] 편력하기 위하여, 여섯 굽이로 이루어진 내면의 레떼[371]에서처럼, 우리 자신의 피로 이루어진 검은 물결 위로 우리가 출범하기 무섭게, 위인들[372]의 엄숙한 형상들이 우리들 앞에 나타나 우리들에게로 다가왔다가, 눈물 짓는 우리들을 내버려두고 다시 우리들 곁을 떠난다. 내가 침침한 돌출 현관들 밑으로 접근하는 순간부터 할머니의 형상을 찾았으나 허사였다. 하지만 나는 할머니가 아직도, 추억처럼 창백하게 쇠약해진 생이나마 영위하고 계신 것을 알고 있었다. 어둠이 짙어지고 바람이 거세지고 있었다. 나를 할머니에게로 데려가기로 되어 있던 아버지가 도착하지 않으셨다. 문득 호흡이 어려워졌고, 나는 심장이 굳어지는 것 같은 느낌을 감지하였다. 여러 주 전부터 할머니에게 편지 쓰는 것을 잊고 있었다는 사실을 이제 막 상기한 것이다. 할머니가 나에 대해 무슨 생각을 하실까? "맙소사!" 내가 홀로 중얼거렸다. "할머니를 위해 세낸, 옛날 하녀의 방만큼이나 작고, 할머니를 돌보라고 배치한 여자 간호인과 함께 계시며, 몸이 항상 조금은 마비되어 단 한 번도 일어서려 하시지 않는지라 잠시도 떠나실 수 없는 그 작은 방에 계시니, 할머니께서 얼마나 불행하실까! 할머니께서 돌아가신 후 내가 당신을 잊었다고 생각하실 것이 틀림없으니, 얼마나 외롭고 섭섭하실까! 오! 할머니를 뵈러 달려가야겠어, 단 일 분도 기다릴 수 없어, 아버지가 도착하실 때까지 기다릴 수 없어! 하지만 할머니가 계신 곳이 어디지? 내가 어떻게 그 주소를 잊을 수 있었단 말인가? 할머니가 아직도 나를 알아보시면 좋으련만! 그토록 여러 달 동안 내가 어떻게 할머니를 잊을 수 있었단 말인가? 어두워서 할머니를 발견할 수 없을 거야. 바람 때문에 앞으로 나아갈 수가 없어." 그 순간, 내 앞에서 아버지가 오락가락 하신다. 내가 아버지에게 소리친다. "할머니가 어디에 계시지요? 저에게 주소를 가르쳐 주세요. 할머니가 안녕하신가요? 할머니에게 부족한 것이 정말 없나요?" — "물론 없단다." 아버지가 나에게 말씀하신다. "안심해도 좋다. 할머니를 간호하는 여자는 아주 깔끔한 사람이다. 할머니에게 필요한 아주 하찮은 것을 사 드릴 수 있도록, 우리가 가끔 아주 적은 돈을 보낸단다. 네가 어찌 지내느냐고 할머니께서 가끔 물으신다. 네가 책을 하나 지을 거라고도 말씀 드렸다. 만족스러워하시는 것 같았다. 그리고 눈물을 닦으셨다." 아버지의 그러한 말씀을 듣는 순간, 돌아가신지 얼마 아니 되어, 할머니께서, 쫓겨난 늙은 하녀처럼, 어느 이방인 여자처럼, 겸허한 기색으로 흐느끼시면서, 나에게 다음과 같이 말씀하신 사실이 나의 뇌리에 되살아나는 것 같았다. "그래도 가끔 내가 너 보는 것을 기꺼이 허락해 주고, 나를 방문하지 않은 채 너무 여러 해 동안 나를 내버려두지 말아라. 네가 나의 손자였음을, 그리고 할머니들은 결코 잊지 않는다는 것을 유념하거라." 할머니의 그토록 유순하고 불행하며 부드러운 얼굴을 다시 보게 된 나는, 즉시 할머니 앞으로 달려가서, 그 순간 내가 할머니에게 드려야 할 답변을 이렇게 쏟아 내고 싶었다. "물론이에요, 할머니, 원하시는 만큼 얼마든지 저를 보실 수 있을 거에요, 저에게는 이 세상에 할머니밖에 없어요, 다시는 할머니 곁을 떠나지 않을 거에요." 할머니가 누워 계신 곳에 내가 가지 않았던 그 여러 달 동안, 나의 침묵으로 인해 할머니께서 얼마나 흐느끼셨겠는가! 그 동안 무슨 생각을 하셨을까? 그리하여 나 역시 흐느끼면서 아버지에게 말씀 드렸다. "서둘러요, 어서, 할머니의 주소, 저를 그곳으로 데러가 주세요." 하지만 아버지는 이렇게 대꾸하셨다. "그것이… 네가 할머니를 뵐 수 있을지 모르겠구나. 게다가, 너도 알다시피, 할머니께서 몹시, 아주, 허약하시어 더 이상 전과 같지 않으시니, 할머니를 뵙는 것이 오히려 너에게는 괴로울 것이다. 또한 그 길의 몇 번지인지 나도 정확히 기억하지 못한다." – "하지만, 아버지는 아시니까, 죽은 사람들은 더 이상 살지 않는다는 것이 사실이 아니라고 저에게 말씀해 주세요. 그것은 그래도 사실이 아니에요, 사람들이 뭐라고 하든, 할머니가 아직도 계시니까요." 아버지가 구슬프게 미소를 지으시면서 이렇게 말씀하셨다. "오! 아주 조금, 너도 알다시피, 아주 조금이란다. 내 생각이로는 네가 그곳에 가지 않는 것이 나을 것 같구나. 할머니에게는 부족한 것이 없단다. 사람들이 와서 모든 것을 정돈해 드린단다." — "하지만 할머니는 자주 홀로 계시지요?" — "그렇단다, 하지만 그것이 할머니에게는 더 나을 것이다. 할머니께서 아무 생각 하시지 않는 것이 더 나으리니, 생각을 하시면 괴로워하실 수도 있기 때문이다. 생각을 하면 괴로워지는 경우가 흔한 법이다. 게다가, 너도 알겠지만, 할머니의 기력이 몹시 쇠진되었단다. 네가 그곳에 갈 수 있도록 상세한 설명은 해줄 수 있겠다만, 나는 네가 그곳에 가서 할 수 있을 일이 무엇인지 알 수 없으며, 간호사 여인이 네가 할머니를 뵙도록 내버려두지 않을 것이라고 생각한다." — "하지만 제가 영원히 할머니 곁에서 살 것이라는 것은 아버지도 잘 아시지요, 사슴, 사슴, 프랑씨스 쟘므, 포크."373) 하지만 나는 이미 어두운 굴곡들로 이루어진 강을 다시 건너, 산 사람들의 세계가 열리는 표면으로 올라와 있었으며, 따라서 내가 다시 '프랑씨스 쟘므, 사슴, 사슴'이라는 말을 다시 중얼거려도, 그 일련의 단어들이, 잠시 전까지도 내가 보기에 그토록 자연스럽게 표현하던, 그러나 내가 더 이상 기억해 낼 수 없었던, 명료한 의미와 논리를 더 이상 나에게 제공하지 않았다. 나는 심지어, 조금 전에 아버지께서 나에게 말씀하시며 사용하신 아이아스374)라는 단어가, 왜 즉각 그리고 어떠한 의혹의 가능성도 없이, '감기에 걸리지 않도록 주의 하라'는 의미를 가졌었는지 더 이상 이해할 수 없었다. 내가 덧창 닫는 것을 잊었던지라, 틀림없이 한낮의 밝은 햇빛이 나를 깨웠을 것이다. 그러나 나는, 옛날에 할머니께서 여러 시간 동안 응시하시곤 하던 바다의 그 물결들이 나의 목전에 있는 것을 견딜 수 없었으니, 그것들의 무심한 아름다움이 지닌 새로운 영상이, 할머니께서 이제는 더 이상 그것들을 못 보신다는 상념으로 자신을 즉시 완성시켰기 때문이며, 그리하여 내가 그것들의 소음에 귀를 막고 싶었으니, 이제는 해변의 반짝이는 충만함이 나의 가슴 속에 허전함을 깊게 파 놓고 있었기 때문이며, 내가 아주 어렸던 시절 할머니를 어느 공원에서 잃었을 때 그곳의 오솔길들과 잔디밭들이 나에게 그랬던 것처럼, 해변의 모든 것들이, '우리는 그녀를 못 보았노라'고 나에게 말하는 것 같았을 뿐만 아니라, 창백하고 신성한 하늘의 풍만한 구형(球刑) 밑에서 나는, 할머니가 계시지 않은 수평선을 밀폐시키고 있는 푸르스름하고 거대한 종 밑에 갇힌 듯 숨막힐 듯한 답답함을 느꼈다. 아무것도 보지 않으려 벽을 향해 돌아누웠으나, 내 앞에 나타난 것은 애석하게도, 옛날 우리 두 사람 사이에서 아침 전령 노릇 하던, 한 감정의 모든 색조들을 선명히 전달하는 바이올린만큼이나 고분고분하여, 혹시 아직도 주무시고 계실 할머니를 깨우지 않을까 하는, 그러나 아울러, 이미 깨어나셨으되 내가 두드린 소리를 듣지 못하셔서 감히 움직이지 못하시는 것이 아닐까 하는, 나의 그 염려를 할머니에게 그토록 정확하게 전달하던, 그리고 이내, 마치 두 번째 악기의 화답처럼, 할머니가 곧 나에게로 오신다는 소식을 전하면서 안심하라고 나를 타이르던 그 격벽이었다. 나는 할머니께서 연주하셨을, 그리하여 할머니의 터치로 인해 아직도 진동하고 있을 피아노에 접근하는 것보다 오히려, 그 격벽에 접근하는 것이 망설여졌다. 물론 이제는 내가 전보다 더 힘차게 그 벽을 두드릴 수 있고, 어떤 화답도 들을 수 없으며, 할머니께서 더 이상 나에게로 오실 수 없음을 알고 있었다. 그리하여 나는 그 순간, 만약 어떤 낙원이 존재한다면, 그곳에서도 내가 격벽을 세 번 약하게 두드려, 그 소리를 나의 할머니께서 다른 수천의 소리들 속에서도 분별해 내시고, '조바심하지 마라, 나의 어린 생쥐, 네가 초조한 것을 내가 아니 곧 가겠노라'는 뜻이 담긴 세 번의 두드림으로 응답하실 수 있도록 해주는 것, 그리고 내가 할머니와 함께 그곳에 영원히―그 영원도 우리 두 사람에게는 지나치게 길지 않을 것 같았다―머물도록 내버려두는 것 이외의 그 무엇도 신에게 요청하지 않았다.

지배인이 와서 내려가고 싶지 않느냐고 물었다. 만일을 생각하여 식당에 나의 '자리'를 지정해 두었노라고 하였다. 내가 보이지 않는지라, 혹시 전에 그랬듯이 호흡 곤란에 시달리지 않을까 염려하였다고 하였다. 가벼운 '인후통'에 불과하기를 바랐노라고 하면서, 그가 '깔륍뛰스'[375]라고 지칭하던 것으로 인후통을 가라앉힌다고 사람들이 말하는 것을 들은 바 있다고 나에게 확언하였다.

그가 나에게 알베르띤느의 쪽지를 전해 주었다. 금년에는 발백에 오지 않으려 하였으나, 계획을 바꾸어 사흘 전에 도착하였고, 발백이 아닌, 그곳으로부터 전차로 십 분 거리에 있는 이웃 휴양지에 있다고 하였다. 내가 여정에 지치지 않았을까 염려하여 첫 날 저녁에는 자제하였으나, 내가 언제 자기를 접견할 수 있는지를 물었다. 나는 그녀가 몸소 왔었는지를 지배인에게 물었으나, 그녀를 만나기 위해서가 아니라 그녀를 만나지 않을 방도를 강구하기 위해서였다. "물론 그녀가 왔었습니다." 지배인이 내 말에 대꾸하였다. "하지만 그녀는, 귀하에게 전적으로 '빈곤한 이유'[376]가 없다면 가능한 한 속히 뵙기를 원합니다. 보시다시피, 이곳에 있는 모든 사람들이 귀하를 '결국'[377] 갈망합니다." 지배인이 그렇게 말을 맺었으나, 나는 아무도 만나고 싶지 않았다.

그러나 한편 전날 도착하였을 때 나는, 해수욕을 하며 영위하는 생활의 나른한 매력에 내가 다시 사로잡힘을 느꼈다. 옛날의 그 리프트가, 이번에는 무시하기 때문이 아니라 존경하기 때문에 말이 없었고, 기쁨에 얼굴이 벌개진 채 승강기를 작동시켰다. 상향(上向) 원주를 따라 나 자신을 상승시키면서,[578] 전에는 나에게 어느 낯선 호텔의 신비처럼 보였던 모든 것을 내가 다시 통과하였는데, 우리가 그러한 호텔에 후원자도 특전도 없는 일개 관광객의 자격으로 도착하면, 각자 자기의 방으로 들어가는 단골 손님들, 저녁 식사 하러 내려가는 아가씨들, 기이한 윤곽 드러내는 복도로 지나가는 하녀들, 자기를 수행하는 나이 지긋한 부인을 대동하고 저녁 식사 하러 내려가는 아메리카에서 온 아가씨 등, 그 모든 사람들이 우리에게 던지는 시선에서, 우리는 우리가 원하였을 법한 그 무엇도 발견하지 못한다. 이번에는 반대로 내가 낯익은 호텔 방으로 올라가는 지나치게 편안한 즐거움을 맛보았고, 나의 집에 들어가는 것 같은 느낌을 받았으니, 그곳에서 내가 이미, 항상 다시 시작해야 하고 눈꺼풀 뒤집기보다 더 오래 걸리며 더 어려운, 사물들 위에다, 우리에게 두려움 주던 그것들의 영혼 대신 우리에게 친숙한 영혼을 올려놓는,[579] 그 작업을 일찍이 한번 수행하였기 때문이다. 그리하여 나는 이러한 생각에 잠겼다. '이제도 내가, 나를 기다리고 있을 영혼의 급작스러운 변화를 짐작조차 못한 채, 처음으로 저녁 식사를 하게 될, 각 층에서 그리고 각 방의 출입문 앞에서 마법에 걸린 듯 황홀한 생활을 경비하고 있는 것처럼 보이는 무시무시한 용을 습관이 아직 처치하지 않았을, 궁전처럼 화려한 건물들이나 카지노들 그리고 해변 등이 거대한 폴립 군생체들 식으로 모아서 공동으로 살아가게 할 뿐인 그 미지의 여인들에게로 접근할 수밖에 없을, 다른 호텔들로 항상 옮겨 다녀야 할까?'

나는 그 따분한 법원장이 나를 만나고 싶어 조급증에 사로잡혀 있다는 지배인의 말에 심지어 즐거움마저 느꼈고, 그곳에 도착한 첫 날이었건만, 바다의 쪽빛 산맥 즉 물결들과 그것들 정상의 빙하와 폭포들,[380] 그것들의 상승과 태평스러운 장엄함 등이 즉시 나의 시야에 들어왔으며—손을 씻으면서 그토록 오랜만에 처음으로 그랜드-호텔의 향료 지나치게 사용한 비누의 그 특이한 냄새를 감지하였을 뿐인데—그 바다가, 현재의 순간과 옛날 체류하던 시절에 아울러 속하는 것 같았던지라, 우리가 넥타이를 바꾸어 매기 위해서만 잠시 돌아가는 어떤 특별한 삶의 실재하는 매력처럼, 그 두 시절 사이에서 일렁이고 있었다. 지나치게 올 곱고, 지나치게 가벼우며, 지나치게 넓어 매트 밑으로 접어 넣기도 제 자리에 놓아 두기도 불가능한, 그리하여 담요를 감싸면서 움직이는 소용돌이 모양으로 부푼 상태로 있던 침대 시트들이, 전에는 나를 슬프게 하였을 것이다. 그것들은 단지, 거북하고 불룩하게 부푼 자기들의 돛포 위에, 이른 아침의 영광스럽고 희망 가득한 태양을 다독거려 재울 뿐이었다. 그러나 그 태양이 적시에 나타나지 못하였다. 바로 전날 밤에, 잔인하고 신성한 존재가 이미 부활하였던 것이다.[381] 내가 지배인에게, 이제 물러가라고, 또 아무도 나의 방에 들어오지 못하게 해달라고 부탁하였다. 또한 침대에 누워 있겠다고 하면서, 약국에 사람을 보내어 그 효험 좋다는 약을 사 오게 하겠다는 그의 제안을 사양하였다. 그가 나의 거절에 몹시 기뻐했다. 다른 손님들이 혹시 그 '깔립뛰스'의 냄새 때문에 불편함을 느끼지 않을까 내심 걱정하던 차였기 때문이다. 그 대가로, 내가 이러한 찬사를 받았다. "귀하께서는 '시류에' 밝으십니다." (그는 '지당하다'는 말을 하려 하였을 것이다. 또한 다음과 같은 당부도 곁들였다. "출입문에서 옷을 더럽히시지 않도록 주의하십시오, 자물쇠들과 관련하여, 제가 이 방 출입문 자물쇠에 기름을 '귀납시켰기'[382] 때문입니다. 만약 어떤 종업원이 감히 이 방의 문을 두드린다면 그는

'몽둥이 찜질'을 당할 것입니다. 누구든 그것을 명심해야 할 것입니다. 제가 '연습'을 좋아하지 않기 때문입니다(그것은 틀림없이 이러한 뜻이었을 것이다. '저는 무슨 일이든 두 번 반복하기를 좋아하지 않습니다). 다만, 기운을 차리시기 위하여 오래 묵은 포도주를 조금 드시지 않겠습니까? 제가 저 아래에 그것을 한 '당나귀'[383]나 가지고 있습니다(물론 한 '통'이라는 뜻이었을 것이다). 제가 그것을 요나단의[384] 머리처럼 은쟁반에 받혀 가지고 오지는 않겠으며, 그것이 샤또-라휘뜨[385] 산 포도주는 아니라고 미리 말씀드리지만, 거의 '애매합니다.'('대등하다'는 말이었을 것이다)[386] 그리고 위에 부담을 주지 않으니, 작은 가자미 한 마리 튀겨 올릴 수도 있습니다." 내가 모든 것을 사양하였으나, 평생 동안 숱한 주문을 받았을 사람에 의해 물고기(가자미)의 명칭이 나무(버드나무)의 명칭처럼 발음되는 것에 놀랐다.[387]

지배인이 나에게 한 약속에도 불구하고, 잠시 후 깡브르메르 후작 부인의 귀퉁이 접힌 명함을 종업원이 나에게 가져왔다. 나를 만나러 왔던 그 노부인이 내가 호텔에 있느냐고 물었으나, 내가 겨우 전날에야 도착하였고 또한 몸이 불편하다는 말을 듣고는, 더 이상 고집하지 않았으며(틀림없이 약국이나 잡화상 앞에 멈추기를 잊지 않고, 마부석 옆자리에서 뛰어내린 심부름꾼 시종이 물건 값을 계산하거나 필요한 물품을 구입하였을 것이다), 현가장치가 스프링 여덟 개로 이루어졌으며 말 두 필이 끄는 사륜마차를 타고 훼떼른느를 향해 다시 길을 떠났다고 하였다.[388] 한편, 발벡과 훼떼른느 사이에 있는 작은 해안 촌락에서는, 그 마차의 바퀴 소리를 듣고 그 화려한 치장을 찬미하듯 구경하는 경우가 잦았다. 그러나 상점들 앞에 그렇게 멈추는 것이 그 잦은 나들이의 목적은 아니었다. 반대로 그 목적은, 후작 부인과 어울릴 자격 전혀 없는 어느 미미한 시골 귀족이나 어느 중산층 평민 집에서 마련한 오후 간식 모임이나 가든 파티에 참석하는 것이었다. 그녀가 비록, 출신이나 재산에 있어서, 인근의 미미한 귀족들을 현격히 압도하는 위치에 있었음에도 불구하고, 그녀의 선량함과 순진무구함으로 인해, 자기를 초대한 그 누구라도 실망시키지 않을까 어찌나 저어하였던지, 그녀는 그 지역 이웃들의 지극히 보잘것없는 사교적 모임에도 참석하였다. 물론 그녀가, 숨막히게 하는 어느 작은 응접실의 열기 속에서, 대체적으로 재능 없는 어느 여가수의 노래를 듣고, 그런 다음 그 지역의 지체 높은 귀부인의 그리고 유명한 음악가의 체모에 합당하게, 여가수의 노래를 과장하여 칭찬하며 축하해 주기 위하여 그 먼 나들이를 하느니, 작은 내포(內浦)의 잠든 듯 잔잔한 물결이 그 발치에 와서 꽃들 사이에서 부서지는, 훼떼른느에 있는 자기의 경이로운 정원에 머물며 그곳에서 산책하는 편을 택하고 싶었을 것이다. 하지만 그녀는, 자기를 초대한 집 주인이, 멘느빌-라-땡뛰리에르에 사는 조세 면제 받았던 영세민의 후손이건 혹은 샤똥꾸르-로르괴이유에 사는 미미한 귀족이건,[389] 그들이 이미, 자신이 아마 참석할 것이라고 떠들어댄 사실을 알고 있었다. 그런데다, 깡브르메르 부인이 그 날 연회에 참석하겠다는 뜻을 표하지 않고 나들이 길에 올랐다 해도, 해안 지역의 작은 마을들에서 온 이런 혹은 저런 손님이, 후작 부인의 그 사륜마차를 보았거나 바퀴 소리를 들었을 수 있어, 그것이 그녀로부터 훼떼른느를 떠날 수 없었노라는 따위의 변명을 할 가능성을 아예 박탈하였을 것이다. 또한 다른 한편으로는, 그러한 집 주인들 눈에, 깡브르메르 부인이 자기들 생각에는 전혀 어울리지 않을 사람들이 베푸는 연주회에 참석하는 것이 자주 눈에 띄었어도 소용없었으니, 자신들이 보기에, 그러한 거조로 인하여 지나치게 마음씨 좋은 후작 부인의 권위가 입은 그 작은 실추도, 자신들이 그녀를 초대할 때에는 자취를 감추곤 하였기 때문이며, 따라서 그들은 자기들이 베푸는 오후 다과회에 그녀가 참석할지 여부를 열병에 걸린 사람들처럼 궁금해하곤 하였다. 그러한 집 주인들의 딸이나 휴양하러 온 어느 애호가가 한곡을 불렀을 때, 어느 손님 하나가, 시계탑이나 잡화점 앞에 서 있는 그 유명한 사륜마차의 말 두 필을(후작 부인이 그 연회에 참석할 것이라는 틀림없는 징후였다)보았노라고 알리면, 여러 날 전부터 느끼던 그 불안감이 얼마나 누그러졌겠는가! 그러면 깡브르메르 부인이 (자기의 며느리와, 현재 자기의 집에 머물고 있는지라 함께 와도 좋겠느냐고 허락을 요청하였고 주인들이 기꺼이 수락한 다른 손님들을 대동하고 머지않아 들어설), 연회를 준비한 집 주인들 보기에 광휘를 한껏 다시 발산하였고, 그들에게는 고대하던 그녀의 방문이라는 그 보상이 아마, 한 달 전 자기들이 내렸던 결정의 돌이킬 수 없고 실토하지 않은 원인이었으리니, 그 결정이란, 오후 연회를 한 번 베풀기 위하여, 온갖 근심과 경비를 감당하기로 한 결정이었다. 자기네 연회에 참석한 후작 부인을 보는 순간, 그들은 더 이상 그녀가 별로 자격 없는 자기들의 이웃집에 기꺼이 갔었던 사실을 뇌리에 떠올리지 않았고, 다만 그녀 가문의 유구함과 그 성의 화려함 및 건방짐 때문에 자기 시어머니의 조금 진부한 선량함을 돋보이게 하던 르그랑댕 가문 출신 며느리의 무례함만을 생각하였다. 그러면서 벌써부터, 〈골루와〉지의 사교계 통신란에서, 자기들이 손수 가족처럼 문을 걸어 잠그고 다음과 같이 조리하여 날조할 짤막한 기사 읽는 것을 상상하였다. "사람들이 정말 한껏 즐기는 브르따뉴의 한적한 구석에서, 집 주인으로부터 곧 다시 시작하겠다는 약속을 받아낸 다음에야 헤어진, 초일류 오후 연회가 열렸다." 그들은, 자기들이 베푼 연회 소식이 게재되지 않을까 근심하면서, 그리고 특히 많은 독자들을 위해서가 아니라 단지 참석하였던 손님들만을 위해 깡브르메르 부인이 참석한 꼴이 되지 않을까 저어하면서, 날마다 신문이 도착하기를 기다렸다. 드디어 축복 받은 날이 도래하였고, 짤막한 기사는 이러했다. "금년 발백의 휴가철은 예외적으로 화려하다. 오후의 소규모 음악회가 유행이다. 등등." 다행스럽게도 깡브르메르 부인의 이름이 '되는대로 인용되어', 그러나 기사 머리에, 정확하게 인쇄되어 있었다. 이제 남은 일은, 초대할 수 없었던 사람들과의 불화를 초래할 수 있을 신문들의 그 경솔함에 마음이 상한 척하면서, 도대체 그 소문을 신문사에 알리는 배신적인 행위를 누가 저질렀느냐고 깡브르메르 부인 앞에서 위선적으로 궁금해하는 것뿐이었다. 그러면 후작 부인이 호의적이고 지체 높은 부인 답게 이렇게 말하곤 하였다. "그것 때문에 댁의 마음이 상한 것은 이해하지만, 저로서는 제가 댁의 연회에 참석하였음을 사람들이 알게 되어 매우 기뻤어요."

종업원이 나에게 전해 준 명함에는, 자기가 이틀 후에 오후 연회를 베푼다고, 깡브르메르 부인이 몇 마디를 급히 휘갈기듯 적어 놓았다. 또한 틀림없이 이틀 전만 하여도, 내가 사교계 생활에 아무리 지쳤다 해도, 훼떼른느 성이 자리잡은 향(向) 덕분에 무화과나무들과 종려나무들과 장미 덩굴들이 바다에 이르기까지 노천에서 자라는 그 정원들로 옮겨 심어진 사교계 생활을 맛보는 것이, 나에게는 진정한 기쁨이었을 것이며, 지중해의 잔잔함과 푸른 숲이 자주 나타나는 그 바다 위로, 연회가 시작되기 전, 그 사유지 주인의 요트가 내포의 건너편 해변으로 가장 중요한 손님들을 모시러 갔다가, 모든 사람들이 도착하면 요트의 모든 차일들을 펴 햇볕을 막아, 그것을 연회장으로 이용한 후, 저녁 무렵에는 모서 온 손님들을 태우고 다시 떠나곤 하였다. 매력적인 사치였으나 하도 경비가 많이 들어, 깡브르메르 부인이 다양한 방식으로, 특히 훼떼른느 성과는 전혀 다른 라스플리에르 성을, 그녀의 영지들 중 하나인 그 성을, 처음으로 대여하여 수입을 증대시키려 하였던 것은, 그러한 사치가 초래하던 지출에 대비하기 위함이었다. 그렇다, 이틀 전이었다면, 새로운 환경에서 베푼, 그리고 이름 모를 미미한 시골 귀족들이 모인 그러한 오후 연회가, 나에게 익숙했던 빠리식 '상류 생활'에 얼마나 큰 변화를 가져다 주었겠는가! 그러나 이제 즐거움들이 나에게는 아무 의미가 없었다. 그리하여 나는, 한 시간 전에 알베르띤느를 돌려보낸 것처럼, 깡브르메르 부인에게 편지를 보내어 정중하게 사양하였다. 슬픔이 이미 나의 내면에서, 강력한 신열이 식욕을 끊는 것만큼이나 완벽하게, 욕망의 가능성을 파괴해 버렸기 때문이다…. 어머니가 다음 날 도착하시게 되어 있었다. 무심하여 품위를 손상시키던 나의 생활이, 어머니의 영혼처럼 나의 영혼에 가시 면류관을 씌워 그것에 기품을 더해주고 있던 비통한 추억들의 재출현에 자리를 이미 내준 이제, 내가 어머니 곁에서 살 자격을 조금이나마 회복한 것 같았고, 어머니를 조금 더 이해할 수 있을 것 같았다. 혹은 내가 그렇게 믿었을 뿐인지 모르겠다. 사실은, 내 어머니의 슬픔과 같은 진정한 슬픔들과―사랑하는 존재를 잃은 사람의 삶을, 오랜 세월 동안, 때로는 영원히, 가차없이 박탈하는 그 슬픔과―나의 슬픔이 틀림없이 그랬을 것처럼, 뒤늦게 찾아왔듯이 신속히 떠나가며, 그것들을 느끼기 위해서는 그 소이연인 사건을 '이해하는'[390] 것이 필요한지라 사건이 발생한지 오랜 세월 후에나 겨우 알게 되는, 그리고 뭇 사람들이 느끼는, 어떠한 경우에도 일시적일 뿐인, 그 슬픔들 사이에는 까마득한 차이가 있으며, 이제 나를 괴롭히던 슬픔이 그 일반적인 슬픔들과 달랐던 것은, 그것이 무의지적 추억의 소생 양태를 띠었다는 점뿐이었다.

내 어머니의 슬픔만큼 깊은 슬픔에 대해 말하자면, 내가 언젠가는 그것을 알게 되어 있었고, 이 이야기 후에 누구나 그것을 보게 되겠지만, 내가 그 슬픔을 상상한 것이 그 당장도 또 그렇게도 아니었다. 그럼에도 불구하고, 자기에게 부여된 역을 알고 이미 오래 전부터 자기의 자리에 와 있어야 하되, 마지막 순간에야 도착하여 자기의 대사를 단 한 번밖에 읽지 않았으나, 다른 배우의 대사에 응답해야 할 순간이 닥치면, 자기의 지각을 아무도 눈치채지 못할 만큼 능란하게 감추는 배우처럼, 갓 태동한 나의 그 슬픔이 나로 하여금, 어머니가 도착하셨을 때, 그것이 전부터 항상 같았던 것처럼 말씀 드리게 하였다. 어머니는 단지 내가 일찍이 할머니와 함께 갔던 곳의 풍경이(하지만 정확히 그것은 아니었다) 나의 슬픔을 일깨웠을 것이라고 생각하셨다. 그리하여 처음으로, 그리고 어머니의 것에 비하면 아무것도 아니었으나 나의 눈을 열어 준 슬픔을 내가 느꼈던지라, 나는 어머니가 어떤 슬픔을 겪고 계실지 비로소 깨달으면서 전율을 느꼈다. 할머니가 돌아가신 이후 어머니가 보이시던 그 고정되고 눈물 한 방울 없는 시선이(그로 인해 프랑수와즈는 어머니를 별로 딱하게 여기지 않았다), 추억과 허무라는 그 불가해한 모순 위에 가서 멈추었다는 사실을 내가 처음으로 이해하였다. 게다가, 비록 항상 검은 너울을 쓰셨으되 그 새로운 고장에서 더 세심하게 정장을 차려 입으셨건만, 나는 어머니에게 일어난 변형에 몹시 놀랐다. 어머니께서 일체의 명랑함을 상실하셨다고 말하는 것만으로는 부족하리니, 용해되어 일종의 애원하는 영상으로 응고된 어머니는, 어머니 곁을 떠나지 않는 비통한 존재에게 혹시, 너무 급작스러운 동작이나 지나치게 높은 음성으로 불쾌감을 드리지 않을까 두려워하시는 것 같았다. 그러나 특히, 크레이프로 지은 외투를 입으시면―이미 빠리에서도 나에게 놀라움을 안거주었다―내 앞에 게신 분이 어머니가 아니라 할머니임을 내가 간파하였다. 왕족이나 공작 가문에서 가문의 수장(首長)이 타계할 경우 아들이 그의 작위를 이어받아, 오를레앙 공작이나 따란또 대공이나 롬므 대공에서 프랑스 국왕이나 라 트레무이유 공작 혹은 게르망뜨 공작이 되듯,[391)] 그렇게 다른 질서나 더 유구한 근원의 도래를 통해 죽은 이가 산 사람을 움켜잡고, 그 산 사람이 죽은 이의 후계자 즉 그의 중단된 삶의 계승자가 되는 경우가 빈번하다. 내 어머니와 같은 어느 딸의 마음 속에서 모친의 죽음에 뒤따르는 깊은 슬픔이란 아마, 고치를 더 일찍 찢어지게 하여 자신 속에 이미 가지고 있던 존재의 탈바꿈과 출현을 앞당길 뿐이며, 여러 단계를 건너뛰고 여러 시기를 단번에 뛰어넘게 하는 그 죽음이라는 급변 사태가 없을 경우에는, 그러한 일이 더 천천히 닥치는 것에 지나지 않을 것이다. 또한 아마, 더 이상 우리 곁에 없는 이에 대한 그리움 속에는, 우리가 이미 잠재태로 가지고 있던 유사성을 결국 우리의 용모에 가져다 주는 일종의 암시가 있을 것이고, 특히 사랑하는 이가 살아 있는 동안에는 비록 그에게 피해를 입히더라도 우리가 실행하기를 주저하지 않았고 또 우리가 오직 그에게서만 물려받은 성격을 상쇄하는 균형추 역할을 해주던, 우리의 유난히 독특한 행동들의(내 어머니의 경우, 당신의 부친으로부터 물려받은 건전한 분별력이나 조롱기 감도는 명랑함 등에서 비롯된) 멈춤이 있을 것이다. 그 사랑하는 이가 타계한 후에는, 우리가 그와 달라지는 것에 가책감을 느낄 것이고, 그의 지난 날 모습과, 이미 그랬으되 다른 것과 섞인 우리의 지난 날 모습, 그리고 장차 우리가 한결같이 드러낼 모습만을 찬미할 것이다. 죽음이 헛되지 않으며 타계한 이가 우리에게 작용하기를 계속한다고 말할 수 있는 것은 (사람들이 일반적으로 생각하는 그토록 모호하고 거짓된 의미에서가 아니라) 그러한 의미에서이다. 타계한 이가 살아 있는 어느 누구보다 오히려 더 큰 작용을 가하니, 진정한 실재(實在)는 오직 오성(悟性)에 의해서만 추출되고, 그것이 지적 작업의 대상인지라, 우리가 진실로 알 수 있는 것은, 우리가 사유(思惟)를 동원하여 재창조할 수밖에 없는 것, 즉 일상이 우리에게 감추고 있는 그것뿐이기 때문이다…. 여하튼, 우리가 사랑하던 이들에 대한 추모에는 그들이 좋아하던 것에 대한 숭배가 포함되어 있다. 나의 어머니께서는, 마치 사파이어와 다이아몬드로 만들기라도 한 듯 더욱 소중해진 할머니의 가방, 그리고 토시 등 두 분의 외양적인 유사성을 부각시키던 할머니의 모든 의복들뿐만 아니라, 할머니가 항상 지니고 다니셨으며 어머니께서 그 육필 원고와도 바꾸지 않으셨을, 쎄비녜 부인의 서한집들도 당신의 곁에서 떼어놓지 못하셨다. 어머니께서 전에는, 쎄비녜 부인이나 보쎄르쟝 부인의 한 구절을 인용하지 않고는 어떠한 편지도 쓰지 못하시던 할머니를 놀리시곤 하였다. 엄마가 발백에 도착하시기 전에 내가 엄마로부터 받은 세통의 편지 모두에서, 엄마는 나에게 쎄비녜 부인의 구절들을 인용하셨고, 따라서 그것들이 엄마가 나에게 보낸 것들이 아니라 할머니가 엄마에게 보내신 것 같았다. 어머니는, 일찍이 할머니께서 날마다 당신에게 편지를 쓰시면서 이야기하시던 해변을 보시기 위하여, 방파제 위로 내려가시겠다고 하였다. 창문에서 보자니, 당신의 모친께서 우산 겸용으로 사용하시던 양산을 손에 드시고, 검은 상복 입으신 어머니께서, 사랑스러운 두 발이 당신보다 앞서 밟으셨던 모래 위에서, 조심스럽고 경건한 발길을 옮기고 계셨으며, 그러시는 모습이, 물결들이 다시 데려오기로 되어 있는 망자를 찾으러 가는 것 같았다. 어머니께서 홀로 저녁 식사를 하시지 않도록 하기 위하여, 내가 어머니와 함께 식당으로 내려갈 수밖에 없었다. 법원장과 변호사 협회장의 미망인이 어머니에게 소개되었다. 그런데, 할머니와 관련이 있는 모든 것에 어머니가 어찌나 민감했던지, 법원장이 당신에게 한 말에 무한히 감동하셨고, 훗날에도 항상 그 추억과 고마움을 간직하셨던 반면, 변호사 협회장의 미망인이 고인의 추억에 관한 말을 한 마디도 아니 한 것에 대해서는 분개하시며 괴로워하셨다. 사실은 법원장이 변호사 협회장의 미망인보다 할머니에 대해 더 큰 관심을 가졌던 것은 아니다. 한 사람의 감동 어린 말이나 다른 사람의 침묵이, 비록 어머니는 그것들 사이에 그토록 큰 차이를 두셨지만, 망자들 앞에서 우리가 느끼는 그 무심함을 표현하는 서로 다른 방법일 뿐이다. 그러나 내 생각으로는, 어머니께서 특히, 내가 나 자신도 모르는 사이에 나의 괴로움이 조금 스머들게 한 나의 말에서, 얼마간의 감미로움을 발견하시는 것 같았다. 심정들 속에서 할머니의 존속을 확보해 주는 모든 것처럼, 나의 그 괴로움이 (나에 대한 엄마의 그 큰 애정에도 불구하고)엄마를 행복하게 해드릴 수밖에 없었다. 그 이후 날마다 어머니는, 당신의 모친께서 하신 것과 똑같이 하시기 위하여, 해변에 내려가 앉으서서, 할머니께서 가장 좋아하시던 두 책, 즉 보쎄르쟝 부인의 『회고록』과 쎄비녜 부인의 『서한집』을 읽으셨다. 어머니는, 그리고 우리들 중 누구도, 쎄비녜 부인을 가리켜 '재치 있는 후작 부인'이라고 하는 것을, 라 퐁뗀느를 가리켜 '착한 늙은이'라고 하는 것만큼이나 용납하지 못하였다.[392] 그러나 [393] 어머니가 서한집에서 '나의 딸아' 하는 표현을 읽으실 때에는, 당신 모친의 음성을 듣는 것으로 믿으시곤 하였다.

방해 받고 싶지 않았던 그러한 순례를 계속하시던 중 어느 날, 어머니가 해변에서 두 딸을 대동한 꽁브레의 어느 귀부인과 마주치는 불운[394]을 겪으셨다. 내가 기억하기로는 그녀의 이름이 뿌쎙 부인이었다. 그러나 우리 집에서는 항상 그녀를 '네 직성이 풀리겠구나'라는 별명으로만 불렀으니, 자기의 딸들이 자초할 질병을 그녀들에게 경고할 때마다 그녀가 변함없이 그 구절을 사용하였기 때문이었고, 예를 들어 딸 하나가 눈을 자주 비비면 이렇게 말하곤 하였다. "심한 안질에 걸려야 네 직성이 풀리겠구나." 그녀가 멀리서부터 엄마에게 눈물에 젖은 긴 인사를 드렸으나, 그것은 애도의 표시가 아니라 의례적인 인사였다. 꽁브레의 광막한 정원 속에 은둔해 사는지라 부드러운 것을 전혀 발견하지 못하였음인지, 그녀는 프랑스어에 나타나는 단어들과 심지어 인명들에게조차 억지로 부드러움을 부여하려 하였다. 그리하여, 자신이 먹는 시럽 음료를 입에 부어 주는 은제 식기 숟가락을 뀌이에르(cuiller)라 부르는 것이 너무 거칠다고 여겨, 결국 그것을 꿰이예르(cueiller)395)라 불렀고, 텔레마코스의 모험을 노래한 시인을 훼늘롱이라고 거칠게 부름으로써 그에게 무례를 범할까 두려워한 나머지—베르트랑 드 훼늘롱이라는, 가장 현명하고 친절하며 선량하여, 그와 사귄 모든 이들에게는 잊혀질 수 없을 사람을 절친한 벗으로 둔 내가, 그럴만한 상당한 이유가 있어 그러듯396)—그녀는 강세 억양 부호가 얼마간의 부드러움을 더해준다고 여겨, 항상 '훼넬롱'이라고만 발음하였다.397) 그 뿌쌩 부인의(그녀보다 덜 부드럽고 내가 그 이름을 잊은) 사위는 꽁브레의 공증인이었는데, 어느 날 금고를 들고 줄행랑을 놓아, 특히 나의 숙부께서 상당한 금전적 손실을 입으셨다. 그러나 꽁브레의 대다수 사람들은 그 가문의 다른 나머지 사람들과 원만한 관계를 유지해, 그 사건으로부터 어떠한 냉기도 초래되지 않았고, 모두들 뿌쌩 부인을 딱하게 여기는 것으로 만족하였다. 그녀가 사람들을 자기의 집에 초대하는 일은 없었으나, 누구든 그녀의 집 근처를 지나갈 때마다 정원의 철책 앞에서 걸음을 멈추고 그곳의 그늘을 찬미하곤 하였으며, 그러면서도 다른 것은 발견하지 못하였다.³⁹⁸⁾ 그녀가 발백에서 우리에게 별로 폐를 끼치지 않았고, 내가 그녀와 단 한 번 마주쳤는데, 마침 손톱 끝을 조금씩 물어뜯고 있던 자기의 딸에게 이렇게 말하는 중이었다. "네가 심한 표저에 걸려야 직성이 풀리겠구나."

엄마가 해변에서 책을 읽으시는 동안 나는 방에 홀로 남아 있곤 하였다. 그러면서 할머니의 마지막 날들과 그 시기와 관련된 모든 것들, 특히 할머니의 마지막 산책을 위하여 우리가 나섰던, 층계로 통하는 열어 놓은 문을 다시 뇌리에 떠올리곤 하였다. 그 모든 것들과 대조된 이 세상의 나머지 것들은 거의 현실 같지 않았고, 그나마 나의 괴로움이 몽땅 망가뜨렸다. 결국 어머니가 나에게 외출을 강권하셨다. 그러나 한 걸음 옮겨 놓을 때마다, 카지노의, 그리고 첫 날 저녁무렵 할머니를 기다리면서 뒤게-트루앵³⁹⁹⁾의 조각상까지 따라 걷던 길의, 몇몇 잊었던 면모가, 마치 항거할 수 없을 만큼 거센 바람처럼, 더 이상 앞으로 나아갈 수 없도록 나를 막았고, 나는 아무것도 보지 않으려 눈을 내리떴다. 그리고 다시 기운을 회복한 후 호텔을 향해, 이제부터는 내가 아무리 오랫동안 기다리더라도, 옛날 처음 도착한 날 저녁나절에 다시 만났던 할머니를 다시 만나기 불가능함을 잘 아는, 그 호텔을 향해 걸음을 옮겼다. 내가 외출한 것이 처음이었던지라, 내가 아직 본 적 없던 많은 종업원들이 호기심 어린 눈으로 나를 쳐다보았다. 호텔 입구에 서 있던 정복 차림의 어린 종업원 하나가, 나에게 인사를 하기 위하여 모자를 벗었다가 신속히 다시 썼다. 나는 에메가 그에게 나를 정중히 대하라는 '명령을 하달하였으리라' 생각하였다. 그러나 바로 같은 순간, 호텔로 돌아오는 다른 사람을 향해서도 그가 모자를 벗는 것이 보였다. 사실은 그 어린 종업원이 일상 하는 일이라곤 모자를 벗었다가 다시 쓰는 것뿐이었고, 따라서 그 일을 완벽하게 하였다. 자신이 다른 일에는 무능하고 그 일에만 탁월함을 깨달았던지라, 그가 날마다 최대한 여러 번 그 동작을 반복하였고, 그로 인해 손님들의 은근한 그러나 보편적인 호감을 얻었으며, 정복 차림의 심부름꾼 종업원들을 찾아 고용하는 임무를 맡았으나, 그 희귀한 새를 만나기까지는 여드레 안에 일을 그만두지 않는 종업원을 일찍이 구하지 못하였던 정문 문지기로부터도 큰 호감을 얻었는데, 다른 종업원들이 여드레 동안도 견디지 못하는 것에 몹시 놀란 에메가 이렇게 말하곤 하였다. "하지만 그 일을 함에 있어 우리가 요구하는 것이라야 고작 공손하라는 것뿐이라, 그것이 그토록 어려울 까닭이 없어." 지배인 역시, 그들이 자리를 지켜 준다는 의미로 그가 사용하던 아름다운 '출석' 이행을—혹은 '아름다운 풍채'를 잘못 기억하여 사용한 말일지도 모르지만—중시하였다. 호텔 뒤에 펼쳐져 있던 잔디밭의 모습 역시, 꽃들 만발한 몇몇 화단들의 조성과, 그곳에 서 있던 외래종 관목 한 그루뿐만 아니라, 첫 해에, 몸매의 유연한 줄기 및 모발의 기이한 색채로 호텔 입구 외부를 장식하던 정복 차림 종업원의 제거로 인해 크게 바뀌었다. 그 종업원은 자기의 두 형과 타자수였던 누이를 모방하듯 자기를 비서로 채용한 어느 폴란드 백작 부인을 따라갔다고 하는데, 그의 형들과 누이도, 그들의 매력에 반한 이런 혹은 저런 고장에서 온 남녀들에 의해 호텔에서 빼돌려졌다고 했다. 오직 막내만이 호텔에 남은 것은, 그가 사팔뜨기였기 때문에 아무도 그를 원치 않았기 때문이라고 했다. 폴란드 백작 부인과 다른 형제 자매의 후견인들이 발벡의 호텔에 와서 얼마 동안 머물 때에는, 그가 무척 행복스러워 했다. 비록 그가 자기의 형제들을 부러워하였어도, 그들을 좋아하였던지라, 그렇게 몇 주 동안 가족의 정을 돈독히 할 수 있었기 때문이다. 퐁뜨브로 수녀원의 원장 또한, 루이 14세가 역시 모르뜨마르 가문의 딸이며 자기의 정부인 몽떼스빵 부인에게 제공하던 융숭한 대접을 함께 나누기 위하여, 자기의 수녀들을 내버려둔 채, (빠리에) 오곤 하지 않았던가?[100] 그 어린 종업원에게는 발백에 온 것이 첫 해였던지라 그가 나를 아직 몰랐으나, 자기보다 더 오래 된 동료들이 나에게 말할 때 나의 성씨 앞에 존칭(Monsieur) 붙이는 것을 들었던 터라, 자신이 잘 알려진 인물이라고 판단한 사람에게는 어떻게 해야 하는지 잘 안다는 것을 과시하기 위해서였는지, 혹은 오 분 전까지도 몰랐으되 소홀히 하지 않는 것이 불가결해 보이는 예법을 따르기 위해서였는지, 그가 처음부터 만족스러운 기색으로 동료들을 모방하였다.[101] 나는 그 웅장한 궁궐 같은 건물이 특정인들에게 제공할 수 있었을 매력을 충분히 이해하고 있었다. 호텔 내부의 설비는 어느 극장 같았고, 많은 단역 배우들이 무대의 천장에까지 활기를 부여하고 있었다. 호텔의 고객들이 비록 관람객에 불과했으나, 그들은 항시적으로 공연에 이끌려 들어갔고, 그것도 배우들이 관람석에 내려와 한 장면만을 공연하는 그러한 연극들처럼이 아니라, 관객들의 일상생활이 장면의 화려함 한가운데서 펼쳐지곤 하였다. 예를 들어 테니스를 즐기던 사람은 흰색 플란넬 재킷 차림으로 다시 등장할 수 있으되, 문지기는 은빛 장식줄 단 하늘색 정장 차림으로 그에게 온 편지들을 건넸다. 테니스 즐기는 그 사람이 걸어서 올라가기를 원하지 않을 경우에도, 승강기가 올라가도록 하기 위하여 못지않게 화려한 차림을 한 리프트를 곁에 두어야 했던지라, 그가 역시 배우들과 뒤섞였다. 상층부 복도들은, 바다와 대조되어 파나테나이아[102] 축제 행렬 속의 여인들처럼 아름다운 하녀들과 시녀들이 황급히 피하는 장면과, 하녀의 여성적 아름다움을 추구하는 애호가들이 복잡한 굽이들을 따라 그녀들의 침실에까지 이르는 장면 등을 감추고 있었다. 아래층에서는 남성 배우들이 지배적인 역할을 하고 있었으며, 종업원들이 지극히 어리고 한가하여, 호텔이, 그들 덕분에 형체를 이루어 항시적으로 공연되는, 유대교와 예수교적 요소들 혼합된 일종의 비극 작품으로 변하였다. 그리하여 나는 그들을 보면서—게르망뜨 대공 부인 댁에서 보구베르 씨가, 샤를뤼스 씨에게 인사하는 대사관의 젊은 비서관들을 유심히 응시하는 동안 나의 뇌리에 떠올랐던 라씬느의 그 구절들은 물론 아니고[403]—이번에는 라씬느의 다른 구절들을, 즉 『에스테르』의 구절들이 아닌 『아달리야』의 구절들을 뇌리에 떠올리지 않을 수 없었으니, 17세기에는 주랑(柱廊)이라고들 부르던 호텔 로비에서부터, 특히 오후 간식 시간에는, 제복 차림의 어린 종업원들로 이루어진 그야말로 '한창 피어나는 백성'[404]이, 라씬느의 작품 속 합창단의 어린 이스라엘 소녀들처럼 도열해 있었기 때문이다. 그러나 내 생각으로는, 그들 중 단 하나도, 아달리야가 요아스에게 다음과 같이 물을 때 그 어린 왕자가 찾아낸 모호한 답변이나마 내놓을 수 있었을 사람은 하나도 없었을 것이다. "그대가 하는 일은 무엇인고?"[405] 그들이 하는 일이 전혀 없었기 때문이다. 그들 중 아무에게나, 늙은 여왕이 (요아스에게)[406] 그랬던 것처럼, 누가 다음과 같은 질문을 던졌다면,

"하지만 이곳에 처박혀 있는 이 모든 사람들이,
도대체 무슨 일을 하는고?"[407]

아마 이렇게 대답할 수 있었을 것이다.

"이 의식들의 장중한 절차를 구경합니다.[408]

그리고 저도 동참합니다." 때로는 어린 단역 배우들 중 하나가 어느 더 중요한 인물 쪽으로 가는가 하면, 그 아름다운 젊음이 합창대로 복귀하는 등, 명상에 잠기는 휴식 순간이 아닌 한, 모두들 부질없고 정중하며 장식적인 그리고 날마다 반복되는 어수선한 동작들을 뒤섞었다. 왜냐하면, 그들이 외출하는 날을 제외하고는, '세속으로부터 멀리 떨어져 자랐고'[409] 그 신전의 안뜰[410]을 벗어나지 않으면서, 『아달리야』에 등장하는 레위족[411] 신관들과 같은 사제의 생활을 영위하였기 때문이며, 따라서 화려한 융단 덮인 계단들 발치에서 그렇게 공연을 계속하던 그 '젊고 충직한 무리'[412]를 앞에 두고, 나는 내가 발백의 그랜드-호텔 안으로 들어가는 것인지 혹은 솔로몬의 신전으로 들어가는 것인지 의아해할 수밖에 없었다.

　나는 곧장 나의 방으로 다시 올라갔다. 나의 사념은 습관적으로, 할머니가 질환에 시달리시던 마지막 날들에, 즉 (다른 이들이 겪는 고통 자체보다도 견디기 더 어렵고 우리의 잔인한 연민에 의해 고통들이 추가되는 그 요소로) 내가 더욱 증대시키면서 회상하던 그 시기에 할머니가 겪으신 고통들에 고정되어 있었으니, 우리가 소중한 이의 고통을 단지 재현한다고만 생각할 때에도 실은 우리의 연민이 그 고통을 과장하기 때문인데, 그러나 그 고통들을 겪는 당사자들이 그것들에 대하여 갖는 인식보다는 그 연민이 아마 더 진실에 가까이 있을 것이며, 그 연민만이 발견하고 스스로 절망하는, 그들의 삶 속에 있는 슬픔이 그들에게는 감추어져 있을 것이다.[413] 그럼에도 불구하고, 내가 오랫동안 모르고 지내던 사실을, 즉 할머니께서 임종하시기 전날에 잠시 의식을 회복하셔서 내가 곁에 없음을 확인하신 다음 엄마의 손을 잡으시고 그것에 신열 가득한 입술을 가져다 대신 후, 다음과 같이 말씀하셨다는 사실을 만약 그 당시에 내가 알았다면, 나의 연민이 새로운 격정에 휩싸여, 할머니가 겪으시던 고통을 능가하였을 것이다. "안녕, 나의 딸아, 영원히 안녕!" 또한, 나의 어머니께서 그토록 뚫어지게 응시하시기를 영영 멈추시지 않은 것도 아마 그 추억일 것이다. 그런 다음 달콤한 추억들이 되살아나곤 하였다. 그녀는 나의 할머니였고 나는 그녀의 손자였다. 그녀의 얼굴에 나타나던 표현들은 오직 나를 위해서만 제정된 언어로 쓰여져 있었고, 나의 삶에 있어서 그녀가 전부였으며, 다른 이들은, 그녀와의 관련하에서만, 그들에 대해 그녀가 나에게 내려 줄 평가와의 관련하에서만 존재하였으나, 천만에, 그렇지 않다, 우리의 관계가 너무나 신속히 사라져 그것이 우발적이지 않을 수 없다. 그녀가 나를 더 이상 알아보지 못하고, 나는 그녀를 영영 다시 보지 못할 것이다. 우리 두 사람이 오직 서로만을 위해서 창조되었던 것은 아니며, 그녀는 하나의 낯선 여인일 뿐이었다. 그 낯선 여인, 나는 쌩-루가 찍은 그 낯선 여인의 사진을 들여다보고 있었다. 앞서 이미 알베르띤느를 우연히 만나신 엄마가, 할머니와 나에 대하여 그녀가 엄마에게 한 호의적인 말 때문에, 내가 그녀 만나기를 강권하셨다. 그리하여 그녀에게 만나자는 전갈을 보냈다. 나는 호텔 지배인에게 그녀로 하여금 휴게실에서 기다리게 해달라고 미리 말해 두었다. 지배인이 나에게 말하기를, 자기가 그녀와 그녀의 친구 여자 아이들을 아주 오래 전부터, 그녀들이 '순결의 나이'에 이르기 훨씬 이전부터 잘 알지만, 그녀들이 호텔에 대하여 떠들어댄 것들 때문에 그녀들을 원망한다고 하였다. "그러한 식으로 지껄이는 것으로 보아 그녀들이 정말로 '저명해진' 것은 아닐 듯합니다. 누가 그녀들을 헐뜯기 위해서 그랬다면 모르거니와." 나는 그가 '사춘기'라는 뜻으로 '순결의 나이'라는 말을 사용하였음은 쉽게 이해하였다.[414] 반면 '저명해진'이라는 단어 앞에서는 당황할 수밖에 없었다. 그 단어 대신 아마 '무식한'이란 단어를 사용하려 하였던 것 같았고, '무식한'이란 단어 또한 '교양있는'이라는 단어를 그가 잘못 기억하고 있었던 것 같았다.[415] 알베르띤느를 만나러 갈 시각을 기다리면서 나는, 하도 뚫어지게 바라보아 종국에는 아예 보이지도 않게 되는 어느 희미한 초벌그림 바라보듯, 일찍이 쌩-루가 찍은 사진에 나의 시선을 고정시키고 있었는데, 문득 이러한 사념이 다시 떠올랐다. "할머니야, 그리고 나는 그분의 손자야." 마치 어느 기억 상실증 환자가 자신의 이름을 다시 기억해 내고, 어느 환자의 성격이 바뀌는 것 같았다. 프랑수와즈가 내 방으로 들어와 알베르띤느가 도착해서 기다리고 있음을 알렸고, 사진을 보더니 이렇게 말하였다. "가엾은 마님, 볼에 있는 미인점까지 영락없어요. 후작이 사진을 찍던 날, 마님께서는 매우 편찮으셨고, 두 번이나 병세가 악화되기도 했어요. 그러나 저에게 말씀하셨어요. '프랑수와즈, 특히 내 손자가 알아서는 아니 되네.' 그리고 그 사실을 잘 감추셨고, 다른 사람들과 함께 계실 때에는 항상 명랑하셨어요. 하지만 홀로 계실 때에는 이따금씩 따분함을 느끼시는 것 같았어요. 하지만 그러한 기색은 오래가지 않았어요. 그리고 저에게 이런 말씀을 하셨어요. '혹시 나에게 어떤 일이 닥치면 그 아이에게 나의 초상화 하나가 필요할 걸세. 그런데 그것을 단 하나도 그리게 하지 않았네.' 그러시더니 저를 후작님에게 보내시어, 도련님께는 당신께서 요청하셨다는 이야기를 하지 말라고 당부하시면서, 당신의 사진을 찍어줄 수 있겠느냐고 물으셨어요. 하지만 제가 돌아와 승낙을 받았다고 말씀 드리자, 마님께서는 당신의 모습이 너무 볼품없다시면서 사진을 찍지 않으려 하셨어요. 그리고 이렇게 말씀하셨어요. '아예 사진을 찍지 않는 것이 차라리 낫겠네.' 하지만 마님께서 어리석지 않으서서 챙이 처진 커다란 모자를 쓰시고 어쩌나 잘 꾸미셨던지, 환한 햇빛 아래에서처럼 마님의 모습이 잘 나타나지 않았어요. 그 무렵 마님께서는 당신께서 발백을 떠나 댁으로 돌아가실 수 있으리라고는 믿지 못하셨기 때문에 당신의 사진에 만족하셨어요. 제가 이렇게 말씀 드려도 소용없었어요. '마님, 그렇게 말씀하시면 아니 되요, 저는 마님께서 그렇게 말씀하시는 것 듣기 싫어요.' 하지만 그것이 마님의 생각이었어요. 그리고 안타깝게도 여러 날 동안 아무것도 잡수실 수 없었어요. 그랬기 때문에 마님께서 도련님에게, 후작님과 함께 아주 멀리 가셔서 저녁 식사를 하시라고 권하셨어요. 그럴 때마다 식탁으로 가시는 대신 책을 읽는 척하시다가, 후작의 마차가 떠나기 무섭게 방으로 올라가 자리에 누우셨어요. 어떤 날에는 젊은 마님을 한 번 더 보시기 위하여 이곳으로 오시도록 하고 싶어하셨어요. 그러시다가 전에 아무 말씀도 하시지 않았던 지라, 혹시 놀라시게 하지 않을까 두려워하셨어요. 저에게 이렇게 말씀하셨어요. '그 아이가 남편 곁에 머무는 것이 나을 거야, 그렇지 않은가 프랑수와즈.'" 프랑스와즈가 나를 유심히 쳐다보더니, 문득 몸이 '불편하냐'고 물었다. 내가 아니라고 하였고, 그러자 다시 나에게 말하였다. "그런데 도련님께서 저를 잡담이나 하라고 여기에 묶어 두시는군요. 도련님을 뵈러 온 방문객이 벌써 도착하였겠어요. 제가 내려가야겠어요. 여기에까지 올라와서는 아니 될 사람이에요. 그리고 바쁘게 쏘다니는 여자이니, 이미 돌아갔을지도 몰라요. 기다리는 것을 좋아하지 않아요. 아! 이제 알베르띤느 아가씨도 중요 인물이군요." — "잘못 생각하셨어요, 프랑수와즈, 상당히 존경할만한, 이곳까지 올라오라고 하기에는 과분하게 존경스러운 사람이에요. 하지만 그녀에게 가서서, 오늘은 제가 그녀를 만날 수 없을 것이라고 말씀해 주세요."

만약 내가 우는 것을 프랑수와즈가 보았다면, 그녀로부터 얼마나 많은 연민 가득한 탄식이 터져 나왔겠는가! 내가 세심하게 나 자신을 감추었다. 그러지 않았다면 내가 그녀로부터 동정을 받았을 것이다. 하지만 내가 그녀에 대하여 연민을 느꼈다. 우리는, 우는 것이 마치 우리에게 고통이라도 가하는 양, 우리가 우는 것을 차마 견디지 못하는 그 가엾은 침실 하녀들의 마음을 충분히 가늠하지 못한다. 혹은 아마 그녀들에게 고통을 가할지도 모르니, 내가 어렸을 때 프랑수와즈가 이렇게 말하였으니 말이다. "그렇게 울지 말아요, 도련님이 그렇게 우는 것을 보기 싫어요." 우리는 거창한 말과 증언을 좋아하지 않는데, 그것은 우리의 잘못이니, 절도 누명을 쓰고 아마 부당하게 내쫓기게 되어, 혐의를 받는 것이 곧 범죄인양 문득 더 겸허해져, 창백한 얼굴로, 가엾은 하녀가 자기부친의 정직성과 모친이 물려주신 원칙들과 할머니의 가르침 등에게 가호를 빌면서 펼치는, 전설과 전원적인 비장함에 우리는 그렇게 우리의 가슴을 닫곤 한다. 물론, 우리의 눈물을 차마 보지 못하는 바로 그 하녀들이, 바로 아래층에 사는 침실 하녀가 통풍을 좋아하는데 바람을 막는 것이 예의가 아니라 생각하여,[416] 아무 거리낌 없이 우리가 폐렴에 걸리게 하는 경우도 있을 것이다. 왜냐하면, 프랑수와즈처럼 옳은 이들조차 잘못을 저지르게 되어 있기 때문인데, 그것은 '정의'라는 것을 실현 불가능하게 만들기 위해서이다.[417] 하녀들의 소박한 즐거움들조차 상전들의 거부나 비웃음을 유발한다. 그것이 항상 지극히 하찮은 것이로되 멍청하게 감상적이거나 비위생적이기 때문이다. 그리하여 그녀들이 이렇게 말할 수 있다. "한 해가 다 가도록 겨우 그것 하나 요청하였는데, 도대체 어떻게 그것조차 거절하나." 하지만 상전들은, 어리석지 않고 그녀들에게―혹은 자신들에게―위험하지 않을 것이라면, 더 큰 것도 허락할 것이다. 물론, '그래야 한다면 오늘 저녁에라도 떠나겠다'고 하면서, 자신이 저지르지도 않은 죄를 자백할 준비가 되어 덜덜 떠는 가엾은 침실 하녀의 겸허함 앞에서는, 우리가 저항할 수 없다. 그러나 또한—그녀가 말하는 것들의 엄숙하고 위협적인 진부함과 그녀가 자기의 모친으로부터 물려받은 유산 및 '포토밭'의 어엿함 등에도 불구하고—명예로운 삶과 명예를 존중하던 선조들로 자신을 멋지게 감싸고, 빗자루를 마치 왕홀처럼 움켜쥔 채, 자기가 맡은 역을 비극 속 역할의 경지에까지 이르게 하면서, 또한 그 연기를 눈물로 군데군데 끊으면서, 당당히 맞서는 늙은 주방 하녀 앞에서도 무심하지 않을 줄 알아야 한다. 그 날 나는 그러한 장면들을 상기하거나 상상하였고, 그것들을 우리의 늙은 하녀와 연관시켰으며, 그러자, 그 순간 이후부터는, 그녀가 알베르띤느에게 저지를 수 있었을 모든 악행에도 불구하고, 내가 프랑수와즈를, 간헐적인 것은 사실이나 더 강력한 유형의 감정으로, 즉 연민을 근간으로 한 감정으로 좋아하였다.

  물론 나는 온종일 할머니의 사진 앞에 앉아서 괴로워하였다. 그 사진이 나에게 고문을 가하였다. 하지만 그 날 저녁 지배인의 방문이 나에게 가한 고문보다는 약했다. 내가 그에게 할머니에 관한 이야기를 하고, 그가 나에게 재차 조의를 표하는데, 어느 순간 그의 이러한 말이 들렸다(그가 정확히 발음할 줄 모르는 단어들 사용하기를 좋아하였기 때문이다). "귀하의 할머니께서 졸도하시던[418]날도 그랬습니다. 제가 귀하게 알리려 하였습니다. 다른 고객들 때문이었는데, 그렇지 않습니까? 그 일이 호텔에 누를 끼칠 수도 있었을 것입니다. 저희들에게는 할머니께서 그 날 저녁에라도 즉시 떠나시는 것이 좋았을 것입니다. 그러나 할머니께서 제발 아무 말 하지 말라고 저에게 애원하시면서, 다시는 졸도하지 않겠다고, 혹은 다시 졸도하시면 즉시 떠나겠다고, 저에게 약속하셨습니다. 하지만 그 층 담당 우두머리 종업원이 저에게 할머님이 다시 졸도하셨다고 보고하였습니다. 하지만, 난처했던 것은, 댁들이, 잘 모셔야 할 우리의 단골이었다는 짐이었는데, 마침 아무도 불평을 하지 않아서…" 그렇게 할머니께서 자주 졸도하셨지만, 그 사실을 나에게 감추셨던 것이다. 아마 내가 할머니에게 가장 못되게 굴던 무렵에, 그리하여 병환에 시달리시면서도 나의 신경을 건드리지 않으시려고 기분이 좋으신 척하시고, 호텔에서 쫓겨나지 않으시려고 건강한 척하시려, 한껏 주의를 하지 않으실 수 없었을 때 그러셨을 것이다. 그가 '씨므꼬쁘'라고 잘못 발음한 그 단어는, 그렇게 발음됨으로써, 내가 상상조차 할 수 없었을, 그리고 다른 경우에 사용되었다면 아마 우스꽝스럽게 보였을 단어이되, 어느 기묘한 불협화음의 새로움과 유사한 그 기이한 음향적 새로움을 유지하면서, 나의 내면에 가장 고통스러운 느낌들을 일깨울 수 있는 무엇으로 오랫동안 남았다.

다음 날 나는 엄마의 권유에 따라, 모래 위에, 아니 그보다는 그 습곡들 사이에 몸을 숨길 수 있고, 따라서 알베르띤느와 그녀의 친구 여자 아이들이 나를 발견할 수 없을, 모래 언덕 사이로 가서 잠시 누웠다. 나의 눈꺼풀들은, 그것들이 내려졌던지라, 단 한 가닥의 온통 불그레한 빛만을, 즉 눈의 내벽에 어리는 빛만을 통과시켰다. 그러다가 눈꺼풀들이 완전히 닫혔다. 그러자 어느 안락의자에 앉아 계신 할머니가 내 앞에 나타나셨다. 하도 약해서서, 할머니는 그 누구보다도 생기가 적은 기색이셨다. 하지만 숨소리가 들렸고, 가끔 아버지와 내가 하는 이야기를 알아들으셨다는 징후가 보였다. 그러나 내가 할머니를 포옹하여도 허사였으니, 할머니의 눈에 애정 어린 시선도, 두 볼에 약간의 혈색도, 도저히 일깨울 수 없었다. 방심한 상태에 계신 할머니는, 나를 좋아하시지도, 나를 아시지도, 나를 아마 보시지도 못하는 기색이셨다. 나는 할머니의 무관심과 의기 소침과 묵묵한 불만의 곡절을 짐작조차 할 수 없었다. 내가 아버지를 조금 떨어진 곳으로 모시고 가서 말씀 드렸다. "보시다시피 의문의 여지가 없어요, 할머니는 모든 것을 정확히 이해하셨어요. 완벽하게 살아 계신 모습이에요. 죽은 이들은 더 이상 살아 있지 않다고 하신 아버지의 사촌 되시는 분을 오시게 하였으면 좋겠어요! 할머니가 돌아가신지 한 해도 넘었는데, 결국 여전히 살아 계세요. 하지만 할머니가 왜 저를 포옹하려 하시지 않을까요?" — "잘 보려무나, 할머니의 가엾은 머리가 다시 기우는구나." — "하지만 할머니가 오후에 샹젤리제에 가시겠다고 하셨어요." — "그건 미친 짓이다!" — "아버지는 그것이 할머니에게 해를 끼칠 수 있고, 그래서 더 돌아가실 것이라고 정말로 생각하세요? 할머니가 저를 더 이상 좋아하시지 않는다는 것은 있을 수 없는 일이에요. 제가 할머니를 포옹하여도 소용없고, 할머니께서 더 이상 저에게 영영 미소를 지으시지 않을까요?" — "어찌 하겠느냐, 죽은 사람은 죽은 사람일 뿐이니라."

며칠 후에는 쌩-루가 찍은 사진을 바라보는 것이 감미로워졌으니, 프랑수와즈가 나에게 이야기해 준 것의 추억이 나를 떠나지 않아 내가 그것에 익숙해졌던지라, 사진이 그 추억을 새삼스레 일깨우지 않았기 때문이다. 그러나 그 이야기를 듣던 날 내가 할머니의 그토록 심각하고 고통스러운 상태에 대해 품었던 생각에 비해, 사진은, 할머니께서 짜내셨던, 그리고 그것들이 나에게 알려진 이후에도 나의 눈을 속이기에 성공하고 있던 계략들을 여전히 이용하면서, 얼굴을 조금 가리고 있는 모자를 쓰신 할머니를 어찌나 우아하고 태평스러운 모습으로 나에게 보여주었던지, 할머니가 나에게는, 내가 상상하던 것보다 덜 불행하시고 더 건강하신 듯 보였다. 하지만 그럼에도 불구하고, 할머니의 두 볼에 특유의 표정이, 그리고 납빛처럼 창백하고 자신이 도살 대상으로 이미 선택되고 지목되었음을 느낀 짐승의 시선처럼 얼이 빠진 듯한 무엇이 나타났던지라, 할머니는 본의 아니게 음울하고 무의식적으로 비극적인 사형수의 기색을 띠셨고, 그 기색이 나의 눈에는 보이지 않았으나 엄마는 그것으로 인해 그 사진에 눈길 한 번 주시지 않았으니, 그 사진이 엄마에게는, 당신의 모친 사진이기 보다는, 당신의 모친을 괴롭히던 질환 자체의 사진, 그리고 그 질환이, 난폭하게 따귀를 맞으신 할머니의 얼굴에 가하던 모욕 자체의 사진처럼 보였기 때문이다.

그리고 어느 날 나는 불원간에 알베르띤느를 초대하겠다는 전갈을 그녀에게 보내기로 결심하였다. 때이른 폭염이 맹위를 떨치던 어느 날 아침, 놀고 있던 아이들과, 농담 주고 받던 해수욕객들과, 신문팔이들의 무수한 고함이, 작은 물결들이 하나씩 차례로 밀려 와 자기들의 시원함으로 적시고 있던 이글거리는 해변을, 불화살들 및 뒤섞인 불티 형태로 나에게 묘사해 주었기 때문이며, 또한 그 순간 물결 찰랑거리는 소리와 섞인 교향악단의 연주가 시작되었는데, 그 교향악 속에서는 바이올린 소리들이 바다 위에서 길을 잃은 꿀벌떼처럼 전율하고 있었다. 그러자 불현듯 내가, 알베르띤느의 웃음소리 다시 듣기를, 그리고 그녀의 친구들, 즉, 불결 위로 부각되는, 그리고 발백 지역 특유의 식물들처럼 그곳과 분리될 수 없는 매력으로 나의 추억 속에 남아 있던 그 소녀들 다시 보기를 갈망하게 되었으며, 그리하여 프랑수와즈 편에 다음 주에 초대한다는 짧은 몇 마디를 적은 편지를 알베르띤느에게 보내기로 결심하였는데, 그 동안에도 바다는, 천천히 조수가 높아지면서, 물결

하나가 부서질 때마다, 그렇게 분출된 수정 조각들로, 들려오던 멜로디를 몽땅 뒤덮곤 하였으며, 멜로디의 악절들은, 이딸리아 양식으로 지은 대교회당 상단에서 푸른 반암(斑岩)과 거품 내뿜는 벽옥(碧玉)으로 이루어진 용마루 사이로 치솟는 류트 든 천사들처럼, 서로 흩어진 상태로 나타나곤 하였다. 그러나 알베르띤느가 온 날에는 날씨가 다시 나빠져 선선했으며, 게다가 나는 그녀의 웃음소리 들을 기회를 얻지 못하였다. 그녀의 기분이 몹시 언짢은 상태였기 때문이다. 그녀가 나에게 말하였다. "금년에는 발백이 지긋지긋해요. 이곳에 오랫동안 머물지 않으려 노력할 거예요. 아시다시피 제가 부활절 이후 줄곧 이곳에 와 있는데, 벌써 한 달도 더 되었어요. 이곳에는 아무도 없어요. 즐거울 것이라 생각하신다면 잘못 짚으신 거예요." 방금 내린 비와 수시로 변하는 날씨에도 불구하고, 에프르빌까지 알베르띤느를 데려다 준 다음―알베르띤느가 봉땅 부인의 별장이 있는 그 작은 해변 마을과, 로즈몽드의 양친에 의해 자신이 '하숙생처럼 잡혀 있던' 앵까르빌 사이를, 그녀의 표현에 의하면 베틀의 북처럼 오가고 있었기 때문이다―우리가 할머니와 함께 산책할 때마다 빌르빠리지 부인의 마차가 접어들곤 하던 그 한길 쪽으로, 나 홀로 걷기 시작하였다. 반짝이던 태양이 아직 건조시키지 못한 작은 물구덩이들로 인해 땅바닥이 영락없는 늪지였고, 그 순간 나는, 옛날 단 두어 걸음도 옮기시지 못하고 옷을 진흙 투성이로 만드시던 할머니를 생각하였다. 그러나 한길에 도달하는 순간 눈부신 풍경이 내 앞에 펼쳐졌다. 일찍이 내가 할머니와 함께 팔월에 나뭇잎들과 사과밭 같은 것밖에 보지 못하였던 자리에, 사과나무들이, 전대미문의 사치를 부리면서, 발들이 진흙 속에 묻히도록 내버려두고 무도회 복장으로, 일찍이 아무도 본 적 없었을 그리고 태양이 반짝이게 하던 가장 경이로운 분홍색 새틴

이 더럽혀질까 조심하는 기색도 없이, 한창 꽃을 피우고 있었으며, 바다의 먼 수평선이 사과나무들에게 일본 판화의 배경 같은 것을 제공하고 있었던지라, 하늘의 다시 평온해진 거의 난폭한 푸르름이 나타나게 해주던 꽃들 사이로 하늘을 바라보기 위하여 내가 고개를 처들면, 그 낙원의 깊이를 내게 보여주기 위하여 꽃들이 양쪽으로 갈라설 것 같았다. 그 창천 아래에서, 가벼우나 차가운 미풍한 가닥이, 얼굴 붉히는 꽃다발들을 가볍게 떨게 하고 있었다. 하늘색 박새[19]들이 가지들 위에 앉더니, 그 살아 있는 아름다움을 인위적으로 창조해 놓은 사람이 이국풍과 색채 애호가였을 것처럼, 너그러운 꽃들 사이로 톡톡 뛰어다녔다. 하지만 그 아름다움이 눈물을 자아내도록 아름다웠으니, 그것이 세련된 예술적 효과에 있어서 아무리 극치에 이르렀어도, 그 아름다움이 자연스러웠고, 그 사과나무들이 촌사람들처럼 전원 한가운데에 있었으며, 프랑스의 한길 옆에 있었기 때문이다. 문득 햇살에 빗줄기가 이어지더니, 그것들이 수평선 전체에 얼룩말의 줄무늬를, 그리고 사과나무들의 열을 자기들의 회색 그물 속에 조여 넣었다. 그러나 사과나무들은 분홍색으로 피어난 자기들의 아름다움을, 한창 쏟아지고 있던 소나기 때문에 얼음처럼 차가워진 바람 속에서도 꼿꼿이 세우고 있었다. 전형적인 봄날이었다.

2장

 그 고적한 산책 도중에 발견한 기쁨이 혹시 나의 내면에서 할머니의 추억을 약화시키지 않을까 염려한 나머지, 나는 일찍이 할머니가 겪으신 커다란 괴로움을 골라 뇌리에 다시 떠올리면서 할머니의 추억을 되살아나게 하려 노력하였고, 나의 그러한 부름에 응하여 그 괴로움이 나의 가슴 속에서 자신을 축조하려 애를 쓰면서 거대한 기둥들을 그 속으로 마구 던져 넣었으나, 나의 가슴이 그 괴로움을 감당하기에는 틀림없이 너무 작았고, 그토록 큰 슬픔을 지탱할 힘이 나에게 없었음인지, 그 괴로움이 몽땅 재형성되려는 순간 나의 주의력이 더 버티지 못하고 피하듯 빠져나가, 물결들이 자기들의 원형 천장을 완성시키기 전에 무너지듯, 그 괴로움의 아치들이 전처럼 재접합되기 전에 붕괴되곤 하였다.
 한편, 내가 잠들었을 때에는, 오직 내가 꾼 꿈들만을 통해, 할머니의 타계에 기인한 나의 슬픔이 감소됨을 알 수도 있었을 것인데, 할머니께서 꿈 속에서는, 할머니의 소멸과 관련해 내가 품었던 사념들에 의해 덜 억압되셨기 때문이다. 물론 꿈 속에서도 항상 편찮으신 할머니를 뵙곤 하였으나, 언제나 회복 과정에 계셨고, 뵙기에 병세가 호전된 것 같았다. 그리고 만약 할머니께서 고통에 시달리셨음을 암시하시면, 내가 입맞춤으로 아무 말씀 못하시도록 한 다음, 이제 영원히 치유되셨다고 안심시켜 드렸다. 나는 죽음이라는 것이 진정 치유될 수 있는 질환임을 회의적인 사람들에게 확인시켜 주고 싶었다. 다만 나는 할머니에게서 지난 시절의 그 활발한 자발성을 더 이상 발견하지 못하였다. 할머니가 하시는 말씀은 약화되고 유순한 답변, 내가 하는 말의 단순한 반향에 불과했으며, 따라서 할머니는 내가 품고 있던 사념의 반사된 그림자에 불과했다.

내가 아직은 어떤 육체적 욕망을 다시 느낄 수 없었음에도 불구하고, 알베르띤느가 다시 나에게 행복에 대한 욕구 같은 것을 불어넣어 주기 시작하였다. 우리들 내면에 항상 부유하는 공유하던 애정에 대한 어떤 꿈들은, 일종의 친화력에 의해, 우리가 어울려 쾌락을 나누었던 여인의 추억과(그 추억이 이미 조금 희미해졌다는 조건 하에서) 기꺼이 결합된다. 그 공유하였던 감정이, 알베르띤느의 더 부드럽고 덜 명랑한 얼굴 모습들을, 즉 육체적 욕구가 나에게 환기시켰을 것과는 상당히 다른 그 얼굴의 면모들을, 나에게 상기시키곤 하였으나, 그러한 감정에 대한 욕구가 육체적 욕망보다 또한 덜 급박하기도 했던지라, 나는, 알베르띤느가 발백을 떠날 때까지 그녀를 다시 만날 궁리를 하지 않은 채, 그러한 감정을 다시 그녀와 공유하는 것은 기꺼이 그해 겨울까지 미루었을 것이다. 그러나 여전히 생생한 슬픔 속에서도 육체적 욕망은 다시 태동하는 법이다. 휴식을 취하라고 날마다 나로 하여금 오랫동안 머물게 한 침대에서, 나는 알베르띤느가 나에게로 와 우리가 전에 즐겼던 놀이를 다시 시작하기를 바라곤 하였다. 자기들의 아이를 잃은 바로 그 방에서, 부부가 얼마 아니 되어 다시 뒤엉켜, 죽은 어린 것에게 남자 동생 하나를 선사하지 않는가? 나는 그 날의 바다를 바라보기 위하여 창문까지 감으로써 그 욕망으로부터 나의 관심을 다른 곳으로 돌리려 하였다. 첫 해에 그랬던 것처럼, 하루하루의 바다가 같은 경우는 극히 드물었다. 하지만 게다가, 이번에는 폭풍우 잦은 봄철이었기 때문인지, 혹은 내가 비록 첫 해와 같은 시기에 혹시 왔다 할지라도, 변화 더 심한 날씨들이, 내가 일찍이 보았던, 이글거리던 날들이면 해변에서 관능적인 일렁임으로 자기들의 푸르스름한 젖가슴을 보이지 않을 만큼 약하게 처들면서 잠자던, 게으르고 어렴풋하며 연약한 그 몇몇 바다들에게, 그 해안에는 오지 말라고 권하였을 것이기 때문인지, 혹은 그 무엇보다도 특히, 내가 옛날에는 자발적으로 배제하던 바로 그 요소들을 놓치지 말라는 엘스띠르의 가르침을 받은[1] 나의 두 눈이, 첫 해에는 볼 줄 몰랐던 것을 오랫동안 응시하였기 때문인지, 그 바다들이 첫 해에 본 바다들도 별로 닮지 않았다. 내가 빌르빠리지 부인과 함께 하던 전원적인 산책들과 영원한 대양의 액상이고 접근할 수 없으며 신화적인 이웃관계 간에 존재하던, 그 시절 나에게 그토록 충격적인 인상을 주던 그 상반적인 대조가 나에게는 더 이상 존재하지 않게 되었다. 그리하여 어떤 날에는, 바다 그 자체가 이제는 반대로 거의 전원적으로 보였다. 상당히 드문 경우였지만, 정말 화창한 날에는, 열기가 수면 위에다, 마치 들판 위에다 그러듯, 먼지 풀썩이며 하얀 길한 가닥을 그어 놓았고, 그 신작로 뒤로 어선의 뾰족한 끄트머리가 어느 마을의 종루처럼 삐죽 솟아 있었다. 굴뚝만 보이는 예인선 한 척이 외진 곳에 지은 공장처럼 연기를 내뿜고 있었고, 그러는 동안 수평선에 홀로 있는 하얗고 불룩한 네모꼴은, 의심할 나위 없이 돛으로 인해 그러한 색을 띠었으되 석회암처럼 밀도가 높아 보여, 병원이나 학교처럼 고립된 건물의 햇볕 받은 귀퉁이를 연상시켰다. 그리고 구름 덩이들과 바람이, 태양빛에 그것들이 추가되던 날에는, 판단의 오류는 혹시 아니더라도 최소한 첫 시선이 발견하는 환상을, 그리고 그 시선이 상상 속에 일깨우는 암시를 완성시키곤 하였다. 왜냐하면, 들판에서 서로 다른 농작물들의 인접에 기인된 것과 같은, 선명히 구분된 색채 공간들의 엇갈린 이어짐과, 노랗고 진흙 같은 해수면의 심한 굴곡들과, 일단의 민첩한 선원들이 수확을 하고 있는 듯 보이는 작은 선박을 감추고 있는 성토지와 비탈 등 그 모든 것들이, 폭풍우 심한 날에는, 대양을, 옛날 내가 그 위로 다녔고 이제 곧 그 위로 다시 산책에 나설, 마차가 다닐 수 있는 땅 못지않게 다양하고, 견고하고, 울퉁불퉁하고, 인구 밀집되고, 문명화된 무엇으로 변화시키곤 하였기 때문이다. 그리하여 언젠가 한 번은, 내가 치솟는 욕망을 이기지 못하여, 다시 침대에 눕는 대신, 정장을 정제한 다음 알베르띤느를 찾으러 앵까르빌로 떠났다. 두빌까지 나와 동행해 달라고 그녀에게 요청할 작정이었으며, 그곳에 도착한 다음 나 홀로 훼떼른느로 깡브르메르 부인을 찾아 뵌 후에, 라 라스쁠리에르로 베르뒤랭 부인을 찾아 뵐 생각이었다. 그 동안 알베르띤느는 해변에서 나를 기다렸다가, 밤에 함께 돌아오면 될 것 같았다. 내가 지방 노선의 작은 기차를 타러 갔으며, 그 지역에서 통용되는 그 기차의 별명들을 전에 알베르띤느와 그녀의 친구들로부터 모두 배워 나도 알고 있었는데, 노선의 무수한 굴곡들로 인해 그것을 '뒤틀린 나무'[2]라 부르는가 하면, 도무지 앞으로 나아가지 않아 '자동북'[3]이라 부르기도 하고, 행인들로 하여금 비켜서게 하는데 사용되는 무시무시한 기적 소리 때문에 '대서양 횡단 여객선'이라 부르기도 하고, 케이블 철도는 전혀 아니건만 그것이 절벽을 기어오르는지라, 그리고 엄밀히 말해 드꼬빌[4]이 고안하지는 않았으나 철로의 폭이 60쎈티미터였던지라, '드꼬빌' 혹은 '밧줄'[5]이라 부르기도 하고, 그 기차가 발벡을 출발하여 앙주빌을 거쳐 그라쁘바스뜨에 이르는지라 베.아.제(B.A.G)라 부르기도 하고, 그 노선이 노르망디 남부 지역 전차 노선의 일부였던지라 '전차' 혹은 떼.에쓰.앤(T.S.N)이라 부르기도 하였다. 나는 나 이외에 아무도 없는 열차 칸에 자리를 잡았고, 햇볕이 눈부실 지경이어서 숨이 막힐 정도로 뜨거웠다. 내가 하늘색 차양을 내리자 햇살 한 가닥만 들어왔다. 그러자 이내 할머니가, 빠리에서 발벡으로 우리가 함께 떠날 때 기차 안에 앉아 계시던 모습으로 내 앞에 어른거렸고, 그 당시, 내가 맥주 마시는 것을 바라보시기가 괴로워, 할머니는 아예 바라보시지 않는 편을 택하시어, 눈을 감으시고 주무시는 척하셨다. 그 날, 전에는 할아버지가 꼬냑을 드실 때마다 할머니가 겪으시던 괴로움을 차마 보고 견딜 수 없었던 내가, 나에게 치명적으로 해롭다고 생각하시던 음료를 단지 다른 이의 권유에 따라 마시는 것 바라보시는 괴로움만을 할머니에게 가하지 않고, 내가 멋대로 그것을 한껏 퍼마시게 내버려두라고 할머니에게 강요하였을 뿐만 아니라, 한 술 더 떠서, 나의 노기와 발작성 호흡곤란 증세를 내세워, 할머니로 하여금 나의 그 짓을 도우시고 심지어 권하시게 하였는데, 이제 그 순간 체념의 절정에 이르셨던 할머니의, 아무것도 보시지 않으려 눈을 감으신, 그리고 아무 말씀 없으셨으나 절망하신 영상이 나의 기억 앞에 떠올랐다. 그러한 추억이, 어떤 요술 막대기가 나를 쳐서 그러듯, 내가 얼마 전부터 상실하고 있던 영혼을 다시 나에게 돌려주었으며, 그러니, 나의 두 입술이 몽땅 죽은 여인을 포옹하고 싶은 절망적인 욕구만으로 가득했던 그 때에, 로즈몽드[7]를 만난들 내가 그녀와 무엇을 할 수 있었겠는가? 나의 가슴 속에서, 일찍이 할머니가 겪으신 괴로움이 끊임없이 재형성되는지라, 나의 심장이 그토록 격렬하게 박동하는데, 내가 깡브르메르 집안 사람들과 베르뒤랭 내외에게 무슨 말을 할 수 있었겠는가? 나는 열차 칸에 더 이상 머물 수 없었다. 기차가 멘느빌-라-땡뒤리에르에 멈추기 무섭게, 나는 모든 계획을 포기하고 열차에서 내렸다. 멘느빌이 얼마 전부터 상당한 중요성과 특이한 명성을 얻고 있었는데, 카지노 여럿 소유한, 이를테면 쾌락 파는 상인이었던 어느 사장이, 그곳으로부터 멀지 않은 곳에, 대형 호텔의 사치스러움과도 경쟁할 수 있을 만큼 저속한 취향의 사치를 곁들여—우리가 다시 그 이야기를 할 기회가 있겠지만—프랑스의 해안에다가는 최초로 지을 생각을 하였을, 솔직히 말하자면 우아한 사람들을 위한 최초의 매춘업소를 차렸기 때문이다. 그러한 종류로는 그것이 프랑스 유일의 매춘업소였다. 물론 모든 항구에는 각자의 매춘업소가 있으나, 그것은 오직 선원들에게만, 그리고 까마득한 옛날에 지은 교회당 바로 곁에, 그것만큼이나 늙고 존경할 만하며 이끼로 뒤덮인 여주인이 평판 좋지 않은 자기의 집 대문 앞에서 어선들의 귀항을 기다리며 서 있는 모습 보는 것을 재미있어하는, 그림의 소재가 될만한 것 좋아하는 애호가들에게만 좋은 곳이다.

여러 가문들이 읍장에게 헛되이 제기한 항의에도 불구하고 오만하게 우뚝 서 있던 그 눈부신 '쾌락의' 집을 멀리 피해, 나는 절벽으로 다시 접어들어 발백 쪽으로 뻗은 구불구불한 길을 따라 걸었다. 오베삔느 꽃들의 부름에 응답하지 않고 나는 그것을 듣기만 하였다. 사과꽃들보다 덜 사치스러운 이웃인 오베삔느 꽃들은, 그 부유한 사과주 제조가들의 꽃잎 분홍빛인 딸들의 싱싱한 안색은 인정하면서도, 그녀들이 몹시 둔중하다고 여겼다. 그녀들은, 자기들의 지참금이 비록 더 적어도 모두들 자기들을 더 좋아하며, 호감을 얻기 위해서는 소박한 백색이면 충분하다는 사실을 알고 있었다.

호텔에 돌아오자 문지기가 나에게 부고장 하나를 건넸고, 그것이 곤느빌 후작 내외와 암므프르빌 자작 내외, 베른느빌 백작 내외, 그랭꾸르 후작 내외, 아므농꾸르 백작, 멘느빌 백작 부인, 프랑끄또 백작 내외, 에글르빌 가문 태생인 샤베르니 백작 부인 등의 이름으로 보내진 것이었는데, 내가 그 이름들 속에서 메닐 라 기샤르 가문 태생인 깡브르메르 후작 부인[8] 및 깡브르메르 후작 내외 등의 이름을 발견하였을 때, 그리고 작고한 사람이 깡브르메르 가문의 친척이며 그 이름이 엘레오노르-외프라지-욈베르띤느 드 깡브르메르인 크리끄또 백작 부인임을 알았을 때, 그것이 왜 나에게 보내졌는지 비로소 그 까닭을 이해할 수 있었다. 그 지방 가문 사람들의 열거된 이름들이 가늘고 촘촘하게 쓴 문장의 줄을 가득 채우고 있던, 그 공간 어디에도 평민의 이름은 하나도 보이지 않았고, 또한 명성 높은 작위도 없었으나, 그 지역의 모든 귀족들이 빌(ville)이나 꾸르(court) 때로는 더 둔탁한 또(tot) 등 명랑한 끝 음절 가진 자기네 이름들(그 고장의 모든 중요한 곳들의 명칭이었다)로 하여금 노래하게 하고 있었다. 자기네들의 성 기와들이나 부속 교회당의 울퉁불퉁한 외벽으로 몸을 감싸고, 오직 노르망디 지방 특유의 채광창이나 원추형 지붕의 드러난 목재 골조로 치장하기 위해서만 천장이나 본채 위로 겨우 삐죽 내민 머리를 흔들거리고 있던[9] 그 명칭들이, 인근 오십 리으[10]에 걸쳐 늘어놓은 혹은 분산된 예쁜 마을들을 불러 모으는 집합나팔을 분 듯하였으며, 그런 다음 그 마을들을 단 하나의 간극도 없이, 단 하나의 불청객도 없이, 검은 테 두른 귀족적 편지라는 그 촘촘한 장방형 체커놀이판 위에 밀집된 형태로 배치해 놓은 것 같았다.

나의 어머니는 쎄비네 부인의 다음 구절을 조용히 음미하시면서 당신의 방으로 다시 올라가셨다. "나의 무료함을 달래 주려는 이 아무도 없으며, 모두들 우회적인 말로 내가 자네 생각하는 것을 방해하려 하니, 그것이 나의 마음에 상처를 주는구나."[11] 깡의 법원장이 앞서 어머니에게 기분을 전환하시라고 하였기 때문이다. 법원장이 나에게는 이렇게 속삭인 적이 있다. "저 분이 빠르마 대공 부인입니다." 법원장이 가리키던 여인이 그 공주 전하와 아무 관련이 없음을 내가 확인하였을 때 나의 두려움이 말끔히 가셨다.[12] 하지만 그녀가 뤽상부르 부인 댁에서 돌아와 유숙하기 위하여 방을 예약하게 하였던지라, 그 소식이 많은 사람들로 하여금 새로 도착한 귀부인을 모두 빠르마 대공 부인이라 생각하게 하는 결과를 빚었고, 나는 나대로 나의 지붕 밑 방으로 올라가 처박혔다.[13] 내가 그곳에 홀로 머물기를 원치 않았을 것이다.[14] 오후 네 시에 불과했다. 나는 프랑수와즈에게 요청하여 알베르띤느를 데려오게 하였고, 그녀가 나에게로 와서 오후의 끝자락을 나와 함께 보내도록 하기 위함이었다.

알베르띤느가 훗날 나의 내면에 불러 일으키게 되어 있던 의심이, 특히 무엇보다도 그것이 띠게 되어 있던 고모라적인 특성으로 인해 고통스럽고 끊임없던 의심이, 이미 시작되었다고 말한다면 내가 거짓말을 하는 꼴이 될지도 모르겠다. 물론 그 날에도—하지만 처음은 아니었다—나의 기다림에는 약간의 초조함이 있었다. 프랑수와즈가 길을 나서더니 어찌나 오래 지체하던지 나는 이내 절망하기 시작하였다. 나는 램프를 켜지도 않았다. 더 이상 밖이 별로 환하지 않았다. 카지노의 깃발이 바람에 펄럭이고 있었다. 그리고, 조수가 밀려드는 모래톱의 고요 속에서는 더욱 허약해진, 또한 불안하고 애매한 그 시각의 신경질 돋구는 파도를 표현하고 고

조시켰을 어떤 음성처럼, 호텔 앞에 멈추어선 작은 바르베리 오르간[15] 하나가, 비엔나 왈츠곡들을 연주하고 있었다. 드디어 프랑수와즈가 돌아왔으나 홀로였다. "저는 될 수 있는 한 빨리 갔지만, 그녀가, 머리 매무새가 제대로 되지 않았다면서 오려 하지 않았어요. 그녀가 포마드 바르느라고 한 시간이나 꿈지럭거리지 않았다면 오 분도 지체하지 않았을 거예요. 이곳이 영락없는 향수 판매점으로 변할 거예요. 그녀가 오던 중 거울 앞에서 매무새 가다듬느냐고 뒤처진 모양이에요. 저는 그녀가 이미 이곳에 와 있을 줄 알았어요." 그러고도 한참이 지나서야 알베르띤느가 도착하였다. 그러나 이번에는 그녀가 보인 명랑함과 친절이 나의 슬픔을 해소해 주었다. 그녀가 나에게 말하기를 (일전에 나에게 한 말과는 정반대로) 한 계절 내내 머물겠다고 하였으며, 우리가 첫 해에 그랬던 것처럼 날마다 만날 수 없겠느냐고 나에게 물었다. 나는 그녀에게, 현재로서는 내가 너무 슬픈지라, 빠리에서 그랬던 것처럼, 정 보고 싶으면 차라리 사람을 보내어 그녀를 부르겠노라고 말하였다. "혹시 무척 슬프시거나 저를 보고 싶으시면 주저하지 마세요." 그녀가 나에게 말하였다. "저를 찾으러 사람을 보내시면 서둘러 오겠으며, 호텔에 추문이 돌지 않을까 염려하시지 않는다면, 당신이 원하시는 만큼 오랫동안 당신 곁에 머물겠어요." 나를 위해 수고를 한 다음 나를 기쁘게 하는데 성공하였을 때마다 항상 그랬던 것처럼, 알베르띤느를 다시 데려다주면서 프랑수와즈가 행복한 기색을 보였다. 하지만 알베르띤느가 그러한 기쁨에 하등의 원인도 제공하지 못하였으니, 다음 날이 되기 무섭게 프랑수와즈는 나에게 다음과 같은 의미심장한 말을 하게 되어 있었다. "도련님께서는 그 아가씨를 만나지 말아야 할 것 같아요. 그녀가 어떤 종류의 성격을 가지고 있는지 저의 눈에는 훤히 보이는데, 도련님께 많은 괴로움을 드릴 거예요." 알베르띤느를 배웅하는 순간, 조명 환한 식당에 있는 빠르마 대공 부인이 보였다. 나는 눈에 띄지 않도록 비켜서면서 그녀를 바라보기만 하였다. 그러나 솔직히 고백하거니와, 일찍이 게르망뜨 공작 댁에서 나의 비웃음을 자아냈던 그 왕족다운 예절에서, 나는 특유의 위대함을 발견하였다. 군주들은 어디에서건 자기들의 집에 있다는 것이 하나의 원칙이며, 의전례가 그 원칙을 이미 사라져 아무 효력 없는 관습으로 구현하는데, 어떤 집의 주인이 자기의 집에서조차, 자기는 자기의 집에 있는 것이 아니라 군주의 집에 있음을 보이기 위하여, 손님 앞에서 모자를 벗어 손에 들고 있곤 하는 관습이 그 한 예이다. 그런데, 빠르마 대공 부인이 그러한 생각을 아마 명확히 인식하지는 못하였겠으나, 그녀가 그러한 생각에 어찌나 깊숙이 젖어 있었던지, 상황에 맞게 무의식적으로 창안해 낸 그녀의 모든 행동들이 그 생각을 정확하게 표현하고 있었다. 식탁에서 일어섰을 때, 에메가 마치 자기만을 위하여 그곳에 있었던 것처럼, 그리고 유숙했던 어느 성을 떠나면서 자기의 시중을 전담하였던 집사에게 사례하듯, 그녀는 두둑한 팁을 그에게 건넸다. 그녀는 하지만 팁으로 그치지 않고, 일찍이 모친으로부터 공급 받아 지니고 있던 친절하고 듣기 좋은 말 몇 마디도, 우아한 미소 한 가닥 곁들여 그에게 건넸다. 이야기를 조금만 더 하였다면, 그녀가 아마 에메에게, 호텔이 잘 관리되어 노르망디 지방이 그만큼 번창하며, 따라서 자기는 이 세상의 모든 나라들 중 프랑스를 가장 좋아한다고 말하였을 것이다. 다른 주화 한 닢이 대공 부인의 손에서 미끄러져 나왔으며, 그것은 그녀가 사람을 시켜 부른 포도주 담당 종업원을 위한 것이었고, 그녀는 열병을 마친 어느 장군처럼 그에게 만족감 표하기를 잊지 않았다. 그 순간 승강기 담당 종업원이 어떤 회답을 가지고 그녀에게로 돌아왔으며, 그 역시 말한 마디와 미소와 팁을 받았는데, 그 모든 것들이, 그녀가 그들 중 어느 사람보다도 나을 것 없다는 것을 입증하기 위한, 고무적이고 겸허한 언사들과 뒤섞여 있었다. 에메와 포도주 담당 종업원과 승강기 담당자 및 다른 종업원들이, 자기들에게 미소 보내는 사람에게 입이 찢어지도록 환한 미소로 답례하지 않는 것은 불손한 짓이라 생각하였던지라, 그녀가 순식간에 일단의 종업원들에 의해 둘러싸였고, 그들과 호의적으로 이야기를 나누었는데, 그러한 행동 방식을 호화로운 대형 호텔들에서는 흔히 볼 수 없었던지라, 해변으로 지나가던 사람들은, 그녀의 이름을 모르는지라, 그녀가 발백에 자주 오되, 보잘것없는 신분이거나 직업상의 이유로(아마 샴페인 판매상의 아내일 것이라고 생각하였다) 드나드는 것이라, 진정 멋진 손님들에 비하면 그녀가 호텔 종업원들과 별로 다를 바 없다고 여겼다. 반면 나는, 빠르마의 궁전과, 그 공주에게 가르침으로 남겨진 반은 종교적이고 반은 정치적인 조언들[16]을 뇌리에 떠올렸고, 그 공주는, 언젠가 통치하기 위해서는 그래야 한다는 듯, 아니 자기가 이미 통치하고 있기라도 한 듯, 백성과 화해하지 않으면 아니 된다는 태도로 그들을 대하고 있었다.

  내가 다시 나의 방으로 올라갔으나, 그곳에 나만 있었던 것은 아니다. 어떤 사람이 슈만의 소품들을 부드럽게 연주하는 소리가 들려왔으니 말이다. 사람들이, 비록 우리가 가장 좋아하는 사람들일지라도, 우리들로부터 발산되는 슬픔이나 신경질에 질리는 일이 생기는 것은 물론이다. 하지만 아무도 결코 도달할 수 없는 수준의 자극 능력을 구비한 무엇이 있으니, 그것은 피아노이다.

  알베르띤느가 돌아가기에 앞서, 자기가 앵까르빌을 떠나 친구들에게로 가서 머물 날짜들을 나에게 가르쳐주며 적어 두라고 하였고, 혹시 그러한 날 저녁에 내가 자기를 원하게 될 경우에 대비하여, 친구들 중 아무도 먼 곳에 있지 않으니, 그녀들의 주소도 함께 기록해 두라고 하였다. 그로 인하여, 그녀를 찾으러 가느라고, 소녀들과 소녀들을 연결시켜 주는 꽃사슬이 그녀 주위에 지극히 자연스럽게 엮어졌다. 이제 감히 고백하거니와, 그녀의 친구들 중 많은 소녀들이 그 무렵—내가 아직은 그녀를 사랑하지 않을 때였다—이런 혹은 저런 해변에서 나에게 쾌락의 순간들을 제공하였다. 그 호의적인 소녀들이 나에게는 그리 많은 것 같아 보이지 않았다. 그러나 최근에 내가 그 일을 다시 생각하게 되었고, 그녀들의 이름들이 기억 속에 되살아났다. 다시 헤아려 보니, 그 한 계절에만 열두 소녀들이 나에게 자기들의 가냘픈 호의를 허락하였다. 어느 순간 다른 이름 하나가 다시 뇌리에 떠올랐고, 소녀들의 수가 열셋이 되었다. 그 순간 어린 아이의 두려움 같은 것이 엄습해, 열셋이라는 그 숫자에 머물 수 없었다. 애석하게도 내가 그 순간 첫 소녀를, 더 이상 이 세상에 없으며 열네 번째 소녀였던 알베르띤느를, 까맣게 잊었다는 생각을 어렴풋이 하고 있었던 것이다.

내 이야기로 다시 돌아오자면, 그녀가 앵까르빌에 없을 날 내가 그녀를 만날 수 있게 해줄 소녀들의 이름과 주소를 기록해 두었으나, 나는 그러한 날들을 이용하여 차라리 베르뒤랭 부인 댁에 가야겠다고 생각하였다. 게다가 여러 다른 여인들에게로 향하는 우리의 욕망이 항상 같은 활력을 갖는 것은 아니다. 어떤 날 저녁에는 우리가 어느 여인 없이는 견딜 수 없으나, 그녀와 함께 그 저녁을 보낸 다음에는 한두 달 동안 그녀가 우리를 별로 동요시키지 않는다. 알베르띤느에 대해 말하자면, 나는 그녀를 드물게, 오직 내가 그녀 없이는 견딜 수 없던 매우 드문 날 저녁에만 만났다. 그녀가 발백으로부터 너무 먼 곳에 가 있어서 프랑수와즈를 보낼 수 없는 날 저녁에 그러한 욕망이 나를 사로잡으면, 나는 승강기 담당 종업원에게 일을 조금 일찍 마치라고 부탁하면서, 그를 에프르빌이나 쏘뉴나 쌩-프리슈 등지로 보내곤 하였다. 그가 나의 방으로 들어올 때에는 출입문을 열어놓곤 하였는데, 새벽 다섯 시부터 여러 곳을 청소하는 등 몹시 고된 자기의 '생업'에 비록 성심껏 임하였으나, 어떤 문을 제대로 닫는 노력까지 기울일 수는 없었기 때문이며, 그리하여 문이 닫히지 않았음을 지적하면, 그곳으로 되돌아가 자기 노력의 극한에까지 이르면서 문을 살짝 밀곤 하였다.[17] 그의 특징이었던, 그리고 자유직업 분야에서는 비교적 수가 많아 그 종사자들이 얻지 못하는 — 변호사들이나 의사들이나 문인들은 다른 변호사나 의사나 문인을 단지 '나의 동업자'라고만 부른다 — 민주적 자긍심[18]을 가지고, 그는 예를 들어 각종 학술원들과 같은 한정된 집단 내에서만 사용되는 용어를 당연하다는 듯 사용하면서, 이틀에 한 번 승강기를 담당하는 종업원에 대해 이렇게 말하곤 하였다. "저의 '동료'[19]로 하여금 제 일을 대신 할 수 있도록 해보겠습니다." 하지만 그러한 자긍심도, 그가 소위 '대우'[20]라고 부르던 것을 개선할 목적으로 심부름 사례금 받는 것은 막지 못하였으며, 내가 주던 그 사례금으로 인하여 프랑수와즈가 그에 대하여 심한 혐오감을 품게 되었다. "그래요, 처음 보기에는 신처럼 착한 사람으로 보이지만, 그가 감옥의 문만큼이나 예의 바른[21] 날들도 있어요. 그 모든 것이 푼돈이나마 뜯어내자는 수작이에요." 승강기 담당 종업원도 같은 범주에 속한다고 프랑수와즈가 그렇게 단정한 그 부류에, 일찍이 그녀는 을랄리를 자주 포함시켰고, 애석하게도 장차 그러한 짓이 초래하게 되어 있던 모든 불행들을 준비하기 위하여 이미 알베르띤느도 포함시키고 있었으니, 별로 유복하지 못한 나의 벗님을 위하여 내가 엄마에게 자질구레한 물건들이나 싸구려 장신구들 요청하는 것을 자주 보았기 때문인데, 프랑수와즈는 봉땅 부인이 기껏 모든 일 도맡아 하는 하녀 하나밖에 두지 못하는 처지인지라, 내가 알베르띤느를 위해 그러는 것이 용납될 수 없는 일이라 여겼다. 나는 그의 하인 정복이라 불렀을, 하지만 그는 자기의 제례복이라 명명하였을 것을 신속히 벗어던진 다음, 승강기 담당 종업원이, 밀짚모자를 쓰고 손에 단장을 든 차림으로 걸음걸이를 가다듬으며 몸을 꼿꼿이 세운 채 나타났는데, 일찍이 자기의 모친께서 당부하시기를, '노동자'나 '하인'의 기색을 드러내지 말라고 하셨다는 것이다. 서적들 덕분에, 학문이라는 것이 일을 마친 후에는 더 이상 노동자가 아닌 노동자에게도 학문이듯이, 둥근 밀짚모자와 한 켤레 장갑 덕분에, 손님들 올려 보내는 저녁 일을 마친지라, 작업복 벗어던진 어느 젊은 외과의사나 군복 벗어던진 쌩-루 하사관처럼, 자신도 어엿한 사교계 신사로 변하였다고 믿던 승강기 담당 종업원도 멋이라는 것에 접근할 수 있게 되었다. 게다가 그에게는 야심이 결여되어 있지도 않았고, 자기의 '새장'[22]을 능숙하게 다룰 줄 알아, 그것이 결코 두 층 사이에 멈추는 일이 없을 만큼 재능도 갖추고 있었다. 하지만 그의 언어에 결함이 있었다. 나는 그가 자기의 상급자인 문지기에 대해 말하면서, 그가 '개인 저택'이라고 부를 것을 빠리에 소유하고 있는 어떤 사람이 자기의 저택 문지기에 대해 말할 때와 같은 어조로 '나의 문지기'라고 하는 것을 보고, 그에게 야심이 있다고 생각하였다. 승강기 담당 종업원의 언어에 대해 말하자면, 손님들이 '아쌍쐬르(Ascenseur, 승강기)'라고 부르는 소리를 하루에 오십여 차례나 들건만, 정작 자신은 '악쌍쐬르(accenseur)'라고 고집스럽게 말하는 현상이 참으로 기이했다. 그 종업원의 어떤 점들은 몹시 짜증스러웠는데, 가령 내가 그에게 무슨 말을 하든, '암 그렇고 말고요!' 혹은 '생각해 보세요!' 등과 같은 관용구를 동원하여 나의 말을 중단시키곤 하였으며, 그러한 언사가 마치, 나의 견해가 하도 명약관화하여 모든 사람들이 그렇게 생각한다는 뜻 같기도 했고, 혹은 그 사실을 나에게 환기시켜 준 사람이 마치 자기라는 듯 내 견해를 슬쩍 자기의 것으로 만드는 짓 같기도 했다. "암 그렇고 말고요!" 혹은 "생각해 보세요!", 한껏 힘차게 외친 그 두 마디가, 결코 자신이 생각해 본 적 없었을 일들 때문에 채 이분이 멀다하고 그의 입에서 반복적으로 튀어나왔으며, 그것이 어찌나 나의 신경질을 돋구었던지, 그가 아무것도 이해하지 못함을 그에게 보여주기 위하여 내가 즉각 반대의 주장을 내놓곤 하였다. 그러나 나의 두 번째 주장에도, 그것이 비록 첫 번째 주장과 양립할 수 없음에도 불구하고, '암 그렇고 말고요!'나 '생각해 보세요!'라고 대답하는 빈도는 낮아지지 않았다. 그러한 대꾸가 마치 불가피하다는 투였다. 나는 그가 자기의 직업과 관련된, 그리하여 본래의 뜻대로 사용하면 완벽하게 합당할 특정 용어들을, 오직 비유적 의미로만 사용하여, 그것들에게 상당히 유치한 재치 같은 무엇을 부여하려던 의도 또한 용납하기 어려웠는데, 예를 들자면 '페달을 밟는다'는 동사가 그러한 용어들 중 하나였다. 그는 자기가 자전거를 이용하여 어떤 심부름을 하였을 경우에는 그 동사를 결코 사용하지 않았다. 하지만 반대로, 걸어서 심부름을 갔다가 제 시간에 돌아오기 위하여 서둘렀을 경우, 빠르게 걸었다는 뜻으로 그는 이렇게 말하곤 하였다. "얼마나 페달을 밟았는지 생각해 보세요!" 그의 체구는 작은 편이었고 빈약했으며 상당히 못생긴 축에 들었다. 그럼에도 불구하고, 체격 헌칠하고 늘씬한 어느 젊은이에 대한 이야기를 누가 꺼낼 때마다, 그는 이렇게 대꾸하곤 하였다. "아! 그래요, 저와 키가 같은 그 사람 저도 알아요." 그리고 어느 날, 내가 그가 가져올 어떤 회답을 기다리고 있는데, 어떤 사람이 층계를 올라왔고, 발자국 소리에 내가 더

참지 못하고 나의 방 출입문을 열자, 얼굴의 윤곽선들이 믿을 수 없을 만큼 완벽한, 엔뒤미온[23]처럼 용모 수려한 정복 입은 종업원 하나가 보였으며, 그는 나와 인사 나눈 적 없는 어느 부인에게 오는 길이었다. 승강기 담당 종업원이 돌아왔을 때, 그가 가져올 회답을 초조하게 기다렸다고 하면서, 계단을 걸어서 올라오던 사람이 그일 것이라고 생각하였지만, 노르망디 호텔 종업원이었다고 말하자, 그가 이렇게 대꾸하였다. "아! 예, 누구인지 제가 압니다, 하나밖에 없는데, 저와 키가 같은 녀석입니다. 얼굴 또한 저와 하도 비슷하여 사람들이 우리 두 사람을 혼동할 지경이고, 누구든 그가 저와 형제간일 것이라고 생각할 것입니다." 또한 그는 자기가 모든 것을 즉각 이해한 것처럼 보이기를 원하는 습성을 가지고 있었던지라, 누가 무엇을 당부하기 무섭게 이렇게 대꾸하곤 하였다. "예, 예, 예, 예, 예, 아주 잘 압니다." 그 말을 어찌나 명료하고 영리한 어조로 하였던지, 한동안 그것이 나에게 환상을 주었다. 그러나 사람이란 누구나, 그들을 더 깊이 알게 됨에 따라, 부식성 혼합물에 담근 한 조각 금속과 같아서, 그들이 자기들의 장점들을(때로는 단점들을) 조금씩 상실하는 것이 보인다. 그에게 어느 날 내가 몇 가지 일을 당부하려는 순간, 나는 그가 나의 방 출입문을 열어 놓았음을 발견하였고, 우리들의 대화를 누가 듣지 않을까 저어하여 내가 그에게 그 사실을 환기시켰으며, 나의 뜻에 응해 그가 열린 사이를 조금 좁힌 다음 내 곁으로 돌아왔다. "기쁘게 해드리기 위하여 그랬습니다만, 이 층에는 우리 두 사람 이외에 아무도 없습니다." 그런데 바로 직후, 어떤 사람이 지나가는 소리가 들리더니, 두 번째, 세 번째 사람이 지나갔다. 혹시 누가 저지를지도 모를 경솔한 짓 때문에 그것이 나의 신경을 자극하였지만, 특히 그러한 것에 그가 전혀 놀라지 않고 그저 평범한 왕래 쯤으로 여긴다는 사실 때문에 짜증이 났다. "그렇습니다, 자기의 물건을 찾으러 가는 옆방의 객실 담당 하녀입니다. 오! 별 일 아닙니다, 자기의 열쇠들을 다시 올려다 놓는 포도주 담당 종업원입니다. 정말이지 아무것도 아닙니다, 그냥 말씀하셔도 괜찮습니다, 자기의 일을 하러 가는 저의 동료입니다." 하지만 그 사람들이 지나가게 된 연유들이 그렇다 할지라도, 그들이 혹시 나의 말을 듣지 않을까 하는 나의 근심은 줄어들지 않았고, 나의 단호한 명령에 그가 다시 출입문 쪽으로 갔으나, 문을 완전히 닫지 않고—오토바이를 갈망하던 그 자전거꾼의 힘으로는 불가능한 일이었던지라—문을 조금 더 밀어 놓기만 하였다. "이렇게 해놓으면 우리가 이제 안심할 수 있습니다." 하지만 우리가 어찌나 안심할 수 있는 상태에 있었던지, 아메리카 여자 하나가 나의 방 안으로 들어섰다가, 방을 혼동하였노라고 사과하면서 물러갔다. "가서 이 아가씨를 모시고 와요." 내가 힘껏 문을 꽝 닫은 후(그 굉음에 다른 종업원 하나가 혹시 열려 있는 창문이 없는지 확인하기 위하여 달려왔다) 그에게 말하였다. "잘 기억해 두어요, 알베르띤느 씨모네 아씨에요. 게다가 봉투에 적혀 있어요. 내가 보냈다고만 하면 그만이에요. 그녀가 기꺼이 올 거에요." 그가 나를 지나치게 얕보지 않도록 하기 위하여 마지막 한 마디를 덧붙였다.—"암 그렇고 말고요!"—"하지만 천만에, 반대로 그녀가 기꺼이 온다는 것은 전혀 자연스럽지 않아요. 베른느빌에서 이곳까지 오는 것이 매우 불편하기 때문이에요."—"이해합니다!"—"그녀에게 함께 가시자고 말씀 드려야 해요."—"예, 예, 예, 예, 잘 알겠습니다." 그가 특유의 명확하고 세련된 어조로 대꾸하였으나, 그것이 거의 기계적이고, 그것의 표면적인 명료함 밑에 숱한 모호함과 미련함을 감추고 있음을 내가 잘 알고 있었던지라, 그것이 나에게 '좋은 인상' 주기를 오래 전부터 멈추었다. "몇 시에 돌아올 수 있겠어요?"—"오래 걸리지 않을 것입니다." 빠(pas)와 느(ne)가 겹치는 재범(再犯)을 피하라고 한 벨리즈의 규범을 극단적으로 지키면서, 항상 부정사(不定辭) 하나로만 만족하던 승강기 담당 종업원이 대꾸하였다.[24] "제가 그곳에 가는 것에 아무 문제도 없습니다. 마침 참석자들이 스무 명에 이르는 오찬 모임이 있었던지라 저의 오후 외출이 취소되었습니다. 오늘 오후에 제가 외출할 차례였습니다. 제가 오늘 저녁에 잠시 외출하는 것은 매우 정당합니다. 저의 자전거를 이용할 것입니다. 그러면 빠를 것입니다." 그리고 한 시간 후, 그가 돌아와 이렇게 말하였다. "오래 기다리셨습니다, 하지만 아가씨께서 저와 함께 오십니다. 지금 저 아래에 계십니다."—"아! 고마워요, 문지기가 나 때문에 화내지 않을까요?"—"뽈 씨 말씀입니까? 그는 제가 어디에 갔었는지도 모릅니다. 현관 책임자라도 저에게 아무 할 말 없습니다." 그러나 언젠가 한 번 내가 그에게 이렇게 말하였다. "그 아가씨를 꼭 모시고 와야 해요." 그가 돌아와 미소를 지으면서 나에게 말하였다. "아시다시피 그녀를 찾지 못하였습니다. 그녀는 그곳에 없습니다. 하지만 제가 오랫동안 지체할 수 없었습니다. 호텔로부터 '보내진' 저의 동료 꼴이 되지 않을까 두려웠습니다."—그가 해고되었다(renvoyé)는 단어 대신 보내졌다(envoyé)는 단어를 사용한 것은, 처음으로 발을 들여놓는(entrer) 직업에 대해 말할 때에도 복귀한다(rentrer)는 단어를 사용하여, 가령 '우체국에 복귀하면 좋겠어요'라고 하던 그가, 만약 해고(renvoyer)가 자기와 관련되었을 경우에는 일종의 벌충 수단으로 혹은 충격을 완화시킬 목적으로, 반면 그것이 다른 사람과 관련되었을 경우에는 더욱 달콤하고 교활하게 그 일을 암시하기 위하여, 단어의 머리 철자 'r'을 삭제하고 이렇게 말하곤 하였기 때문이다. "그가 보내졌음(envoyé)을 저는 압니다." (알베르딴느를 찾지 못하였다고 하면서) 그가 미소를 지은 것은 어떤 악의에서가 아니라 그의 소심함 때문이었다. 그는 자기가 저지른 잘못을 농담으로 간주함으로써 그것의 심각성을 경감시킨다고 믿었다. 마찬가지로, 그가 나에게 '아시다시피 그녀를 찾지 못하였습니다' 라고 말하였지만, 내가 이미 그 사실을 알고 있으리라고는 생각하지 않았을 것이다. 반대로 내가 그 사실을 까맣게 모르고 있었음을 그는 의심하지 않았고, 특히 그러한 점을 두려워하였다. 그리하여, 나에게 그 사실을 알리는 사명을 띤 말들을 입 밖으로 내면서 자신이 겪어야 할 끔찍한 괴로움을 모면하기 위하여, 그가 '아시다시피' 라는 말을 한 것이다. 잘못을 저지르다 우리에 의해 발각된 이들이 낄낄거리기 시작한다 해도, 우리가 결코 화를 내서는 아니 될 것이다. 그들이 그러는 것은, 그들이 우리를 비웃기 때문이 아니라, 우리가 혹시 불만스러워하지 않을까 두려워하기 때문이다. 웃는 이들에게 깊은 연민을 표하고 한량없는 온화함을 보여야 할 것이다. 진정한 발작 증세와 유사했던 승강기 담당 종업원의 심적인 동요가, 그의 안색을 뇌졸중 환자처럼 벌겋게 만들었을 뿐만 아니라, 그의 언어까지 문득 변질시켜 무람없는 언사로 만들어 놓았다. 그가 마침내 나에게 설명하기를, 알베르띤느가 에프르빌에 없었고, 그녀가 아홉 시에나 돌아오게 되어 있었으며, 따라서 혹시 예정보다 일찍 돌아오면 그 댁 사람들이 그녀에게 말을 전하여, 무슨 일이 있어도 새벽 한 시 전에는 나의 거처에 도달할 것이라 하였다.

하지만 나의 혹독한 의심이 굳어지기 시작한 것이 그 날 저녁은 아직 아니었다. 결코 아니며, 즉시 그 말을 하거니와, 비록 그 사건이 단 몇 주 후에 일어났지만, 그러한 의심은 꼬따르의 관찰에서 태동하였다. 알베르띤느와 그녀의 친구들이 그 날 나를 앵까르빌의 카지노에 데려가고자 하였으나, 전차의 고장으로 인해 ─ 수리하는데 상당한 시간이 필요했다 ─ 내가 하필 앵까르빌에서 멈추는 일이 발생하지 않았다면 (나에게 여러 차례 초대장을 보낸 베르뒤랭 부인에게 한 차례 인사를 드리러 가고자 하던 차라), 운 좋게도 그녀들과 합류하지 않았을 것이다. 수리가 끝나기를 기다리면서 이리저리 거닐던 중, 진료를 위해 앵까르빌에 온 의사 꼬따르와 문득 마주쳤다. 그가 내 편지들에 전혀 답신하지 않았던지라, 나는 그에게 인사 건네기를 거의 망설이다시피 하였다. 그러나 친절이란 모든 사람에게 있어서 같은 방식으로 표현되지 않는다. 사교계 사람들의 것과 같은 고정된 예의 규범에는 그가 교육에 의해 속박되지 않았던지라, 꼬따르에게 많은 선의가 가득했음에도 불구하고, 그가 그것들을 표현할 계기를 얻을 때까지는 사람들이 그것들을 까맣게 몰랐고 부인하기도 하였다. 그가 나의 편지들을 잘 받았다고 하면서 나에게 사과하였고, 내가 발백에 있음을 자신이 베르뒤랭 내외에게 알렸다고 하였으며, 그들이 나를 매우 만나고 싶어 하니 그 댁을 방문하라고 권하였다. 그는 심지어 그 날 저녁으로 당장 나를 그들에게로 데려가고자 하였는데, 자기가 그들 집에서 저녁 식사를 하러 가기 위하여 마침 지역 노선의 작은 기차를 다시 탈 예정이었기 때문이다. 내가 주저하였고, 그가 탈 기차가 오려면 조금 더 기다려야 했으며, 전차가 수리되려면 상당히 긴 시간이 필요했던지라, 내가 그를 데리고 작은 카지노로 들어갔는데, 그 카지노는 내가 처음 발백에 도착하던 날 저녁 몹시 서글퍼 보이던 것들 중 하나였으나, 이제는 남자 파트너가 없어서 자기들끼리 어울려 춤을 추는 아가씨들로 법석을 이루었다. 앙드레가 미끄럼질을 하며 나에게로 다가왔고, 내가 그 순간까지는 꼬따르와 함께 베르뒤랭 씨 댁으로 갈 생각을 하면서 주저하고 있었으나, 알베르띤느 곁에 머물고 싶은 욕구가 너무 강렬해져, 꼬따르의 제안을 분명하게 사양하였다. 내가 이제 막 그녀의 웃음소리를 들었던 것이다. 또한 그 웃음소리가 즉각 분홍빛 감도는 살색들[26]을 상기시켰으며, 그것이 향기 어린 살의 내벽들에 자신을 마찰시켜 그로 인해 제라늄 냄새처럼 톡쏘고 관능적이며 계시적으로 변하여, 그 내벽들로부터 거의 그 중량을 측정할 수 있고 자극적이며 은밀한 미립자들을 운반해 오는 것 같았다.

내가 모르던 아가씨들 중 하나가 피아노 앞에 앉았고, 그러자 앙드레가 알베르띤느에게 왈츠를 추자고 요청하였다. 그 작은 카지노에 아가씨들과 머물 생각을 하며 행복해진 내가, 그녀들이 얼마나 춤을 잘 추는지 좀 보라고 꼬따르에게 말하였다. 하지만 그는 의사 특유의 관점에서, 그리고 내가 인사하는 것을 자신도 틀림없이 보았을 그 아가씨들과 내가 아는 사이라는 점을 전혀 고려하지 않는 무례를 범하면서, 나의 그 말에 이렇게 대꾸하였다. "그래요, 하지만 딸들이 저러한 습성을 갖도록 내버려두는 부모들은 매우 경솔합니다. 저라면 저의 딸들이 이곳에 오는 것을 결코 허락하지 않을 것입니다. 그녀들이 적어도 예쁘기나 한가요? 제가 그녀들의 모습을 분별할 수 없습니다. 저것 좀 보세요," 서로의 몸을 밀착시킨 채 천천히 왈츠를 추고 있던 알베르띤느와 앙드레를 가리키면서 그가 덧붙였다. "제가 코안경을 잊고 가지고 오지 않아 잘 보이지는 않지만, 저 두 아가씨가 지금 틀림없이 쾌락의 절정에 도달해 있습니다. 여인들이 특히 젖가슴을 통해 쾌락을 느낀다는 사실을 사람들은 잘 모릅니다. 그런데 보세요, 저 두 아가씨들의 젖가슴이 완전히 맞닿아 있습니다." 정말 앙드레의 젖가슴과 알베르띤느의 젖가슴이 끊임없이 접촉하고 있었다. 그녀들이 꼬따르가 하는 말을 들었는지 혹은 짐작하였을 뿐인지 모르겠으나, 여전히 왈츠를 계속하면서도 두 사람 사이의 간격은 약간이나마 멀어졌다. 그 순간 앙드레가 알베르띤느에게 무슨 말을 하였고, 그러자 조금 전에 내가 들었던, 감각 속으로 파고드는 듯하고 깊숙한 웃음을 알베르띤느가 터뜨렸다. 그러나 이번에 그 웃음이 나에게 안겨 준 동요는 잔인함 이상의 것을 내포하고 있었으니, 알베르띤느가 그 웃음을 통해, 관능적이고 은밀한 어떤 전율을 앙드레에게 보이고 확인시켜 주는 것 같았기 때문이다. 그 웃음소리는 미지의 축제에서 들려오는 최초의 혹은 마지막 화음 같았다. 나는 꼬따르와 함께 다시 밖으로 나왔고, 그와 이야기를 하느라고 산만해져, 조금 전에 본 광경은 이따금씩만 다시 뇌리에 떠올렸다. 물론 꼬따르가 하던 이야기가 재미있었다는 말은 아니다. 그 순간 오히려 그의 이야기가 가시돋힌 듯 거칠어졌으니, 우리가 의사 불봉을 발견하였기 때문이며, 그는 우리들을 보지 못하였다. 그는 발빽 만의 다른 연안에서 휴가를 보내려고 왔는데, 많은 사람들이 그의 진료를 받으러 몰려들었다. 그런데, 꼬따르가 비록 습관적으로 선언하기를 자기는 휴가 중에 의료행위를 하지 않는다고 하였어도, 그 해안에서 정신된 고객들을 모을 수 있으리라 은근히 기대하였는데, 불봉 의사가 장애물로 등장한 것이다. 물론 발빽 지역 의사는 꼬따르에게 장애가 될 수 없었다. 그 지역 의사는, 모든 것을 알고, 지극히 하찮은 가려움증만 호소하여도 즉시 연고나 치료액 혹은 합당한 도찰제(塗擦劑) 등으로 이루어진 복합 처방전을 써 주는, 매우 정직한 사람일 뿐이었다. 마리 지네스뜨[27]가 그녀 특유의 멋진 언어로 말하곤 하였듯이, 그는 상처들과 통증들을 '홀릴' 줄 알았다. 하지만 그에게는 명성이 없었다. 그러한 그가 꼬따르에게 작은 괴로움 하나를 보기좋게 안겨주었다. 자기의 강좌를 임상학 강좌로 바꾸고자 마음을 먹은 이후, 꼬따르는 각종 중독을 자기의 전문분야로 삼았다. 의학의 위험한 신분야였으며, 약제사들로 하여금, 자기네들의 모든 제품이, 유사한 환각제들과는 반대로, 전혀 중독성이 없을 뿐만 아니라 해독 기능까지 가지고 있다는 내용의 새로운 설명서를 만들게 하는데 일조한 것이 중독학이었다. 그것이 유행하던 광고문구였고, 따라서 약품이 철저하게 살균되었다는 언급은, 이미 지나간 유행의 희미한 흔적처럼, 보이지 않을 만큼 작은 글씨로 하단에 겨우 적혀 있을 뿐이었다. 중독학이라는 것이 또한, 자기의 마비 증세가 일시적인 중독성 장애에 불과하다는 말을 듣고 기뻐할 환자를 안심시키는데 도움이 되기도 한다. 그런데 마침 어느 대공 하나가, 발백에서 며칠 쉬려고 왔다가 한쪽 눈이 심하게 부어, 꼬따르를 불렀는데, 그가 일백 프랑권 지폐 몇 장 댓가로(그 교수께서 그보다 적은 금액에는 꿈쩍도 하지 않았다), 그 염증의 원인을 어떤 중독 상태로 돌리고 해독 처방전을 써 주었다. 하지만 눈의 부기가 가라앉지 않자 대공이 발백의 그 평범한 의사 쪽으로 급선회하였고, 그 의사는 단 오 분 만에 대공의 눈에서 먼지 알갱이 하나를 끄집어냈다. 그리고 다음 날에는 부기가 감쪽같이 사라졌다. 하지만 더 위험한 경쟁 상대는 신경 질환 분야에서 명성을 떨치던 전문가였다. 그는 얼굴이 붉고 동시에 쾌활한 사람이었는데, 얼굴이 붉었던 것은 신경성 환자들과의 잦은 접촉에도 불구하고 그의 건강 상태가 좋았기 때문이고, 쾌활했던 것은, 비록 나중에는 그들에게 자기의 억센 팔로 정신병자용 구속복을 강제로 입히게 되는 한이 있더라도, 그들과 만날 때나 헤어질 때에 인사를 하면서, 환자들을 안심시키기 위하여 큰 소리로 웃던 습관 때문이었다.[28] 그러나 사교계에서 정치나 문학에 대하여 어떤 사람과 대화를 하기 시작하면, 그는 마치 자신이 진찰을 하고 있다는 듯, 즉시 대꾸하지 않고, 마치 이렇게 말하는 듯한 기색으로, 상대방의 말에 호의적인 관심을 보이면서 귀를 기울이곤 하였다. "무엇에 관한 말씀입니까?" 그러나 여하튼, 그의 재능이 어떻든, 그는 널리 알려진 전문가였다. 그리하여 꼬따르의 노기는 몽땅 불봉에게로 향하였다. 나는 얼마 후, 호텔로 돌아가기 위하여, 베르뒤랭 씨 내외의 친구인 교수에게 그들을 찾아 뵙겠다고 약속하면서 그와 헤어졌다.

알베르띤느와 앙드레에 관하여 그가 한 말이 나에게 안겨준 상처가 깊었으나, 일정한 시간이 지난 후에나 작용하는 중독 현상처럼, 그 상처의 가장 끔찍한 고통이 나에 의해 즉각 감지되지는 않았다.

승강기 담당 종업원이 알베르띤느를 데리러 갔던 날 저녁, 그의 간곡한 말에도 불구하고 그녀는 오지 않았다. 어떤 사람이 가지고 있는 매력들이 그의 다음과 같은 말 한 마디보다 사랑을 촉발하는 경우가 적은 것은 확실하다. "싫어요, 오늘 저녁에는 제가 자유롭지 못해요." 친구들과 함께 있는 동안에는 그러한 말을 전해 들어도 우리가 별로 신경을 쓰지 않으며, 그러는 동안 특정 영상에는 무심한지라 저녁 내내 우리가 명랑할 수 있는데, 그 시간 동안에는 그 영상이 필요한 혼합물 속에 잠겨 있다가, 집에 돌아오는 순간 그 음화가 현상되어 우리 앞에 선명한 사진으로 나타난다. 그러면 우리의 생명이, 전날까지만 해도 하찮은 것을 위하여 흔쾌히 버렸을 그 생명이 더 이상 아님을 깨닫게 되는 바, 우리가 비록 전처럼 계속 죽음을 두려워하지 않는다 하더라도 감히 더 이상 이별은 생각하지 못하기 때문이다.

여하튼, 새벽 한 시(승강기 담당 종업원이 명시한 시각이었다)부터가 아니라 세 시부터는, 내가 전처럼 그녀의 출현 가능성이 감소되는 것을 느끼며 더 이상 괴로워하지 않았다. 그녀가 오지 않으리라는 확실성이 나에게 완벽한 평온을, 일종의 신선함을, 가져다 주었고, 나는 그 밤 또한 그녀를 만나지 않던 숱한 다른 밤들과 같을 뿐이라는 상념을 처음부터 뇌리에 떠올리곤 하였다. 그러면 그 순간부터, 내가 그녀를 다음 날이나 혹은 여러 다른 날에 만나리라는 상념이, 이미 받아들인 허무 위로 선명히 부각되면서 달콤하게 느껴졌다. 때로는 그러한 기다림의 밤에 느끼는 극심한 괴로움이, 복용한 어떤 약에 기인되는 경우도 있다. 괴로움을 느끼는 당사자에 의해 잘못 해석된지라, 그는 자기가, 오지 않는 여인 때문에 괴로워한다고 생각한다. 그러한 경우 사랑은, 어떤 고통스러운 불안에 대한 부정확한설명에서 비롯되는 신경성 질환들처럼 태동한다. 교정하여도 소용없는 설명이니, 적어도 사랑이라는(그 원인이 무엇이든) 항상 왜곡된 감정과 관련된 것에서는 그러하다.

다음 날, 자기가 이제야 에프르빌에 돌아온지라 내가 보낸 쪽지를 제때에 읽지 못하였고, 따라서 내가 허락한다면 저녁에 나를 보러 오겠다는 사연의 편지를 나에게 보냈을 때, 나는 편지에 적힌 말들 뒤에, 언젠가 그녀가 나에게 전화를 걸어 하던 말들 뒤에처럼, 그녀가 나 대신 택하였을 쾌락들과 사람들이 있음을 직감하였다. 다시 한 번 나는, 그녀가 도대체 그 동안 무슨 짓을 하였을지 알고 싶은 괴로운 호기심과 우리가 항상 내면에 간직하고 있는 잠재적인 사랑에 의해 몽땅 뒤흔들렸고, 그리하여 그 사랑이 나를 알베르띤느에게 묶어놓지 않을까 (잠시 동안이나마) 생각할 수도 있었으나, 그 잠재적인 사랑이 제 자리에서 전율하는 것으로 만족하였고, 그것이 앞으로 나아가지 않은 채 그것의 마지막 여운들이 잦아들었다.

내가 처음 발백에 체류하던 시절에는—그리고 아마 앙드레도 나처럼 그랬을 것이다—내가 알베르띤느의 성격을 잘못 파악하였다. 그 시절 나는, 우리들의 온갖 간청들이 그녀를 우리들 곁에 붙잡아 두어 그녀로 하여금 어떤 가든-파티나, 당나귀를 이용한 산보나, 피크닉을 포기하도록 하는데 성공하지 못한 이유가, 그녀의 천진스러운 경솔함 때문이라고 생각하였다. 반면 나의 두 번째 체류 기간 동안에는, 그러한 경솔함이 하나의 겉모습에 불과했고, 내세우던 가든-파티 또한 하나의 거짓 아니면 구실이었을 것이라 의심하게 되었다. 다음과 같은 일이(전혀 투명하지 않은 유리를 가운데에 두고 내가 있던 쪽에서 본, 그리하여 반대쪽에 있을 진실한 것을 내가 알 수 없는 상태에서 내 눈에 비친 일을 의미한다) 다양한 형태로 일어나곤 하였다. 알베르띤느가 나에게 가장 열렬한 애정을 맹세하였다. 그녀가 시계를 자주 바라보곤 하였는데, 매일 오후 다섯 시가 되면 앵프르빌에서 방문객을 맞는 모양인 어느 부인을 뵈러 가게 되어 있었기 때문이다. 어떤 의심 때문에 심한 번뇌에 휩싸이고, 게다가 몸이 불편함을 느낀 내가, 내 곁에 있어 달라고 알베르띤느에게 요청하며 애원하였다. 그럴 경우, 별로 친절하지 못하고 자존심 강한—알베르띤느는 지긋지긋하다는 말도 하였다—그 부인이 화를 낼 것이기 때문에, 그럴 수 없다고 하였다. "하지만 방문을 한 번 쯤은 소홀히 할 수 있는 것이오."—"아니에요, 무엇보다도 먼저 예의를 지켜야 한다고 저의 숙모님께서 저에게 가르치셨어요."—"하지만 당신이 예의 어기는 것을 내가 자주 보았소."—"이 일은 경우가 같지 않아서, 그 부인이 저에게 앙심을 품고, 저와 저의 숙모님 사이에 불화를 일으킬 거에요. 그렇잖아도 저와 숙모님의 관계가 별로 좋은 편이 아니에요. 숙모님은 제가 적어도 한 번은 그 부인을 방문하기를 바라세요."—"하지만 그 부인이 날마다 방문객을 접견한다고 하시지 않았소." 그러자 말문이 막혔음을 느낀 알베르띤느가 이유를 바꾸었다. "물론 그녀가 매일 방문객을 접견해요. 그러나 오늘은 제가 그 부인 댁에서 만나자고 친구들과 약속을 하였어요. 그러면 덜 따분할 것 같아서요."―"그렇다면, 알베르띤느, 따분한 방문을 혹시 못하게 될까 저어하여 몸이 아프고 쓸쓸한 나를 홀로 내버려두는 편을 택하시니, 당신은 나보다 그 부인과 당신의 친구들을 더 좋아하시오?"―"그 방문이 따분한 것이 저에게는 상관없어요. 하지만 저의 친구들을 위해서 그러는 거예요. 제가 그 아이들을 저의 마차에 태워 다시 데려오기로 하였어요. 그러지 않으면 그 아이들에게는 다른 교통 수단이 없어요." 나는 알베르띤느에게 앵프르빌에서 출발하는 기차가 저녁 열 시까지 있음을 지적하였다. "그것은 사실이에요, 하지만 아시다시피, 우리에게 저녁을 먹고 가라고 할 수도 있어요. 그 부인께서 손님 대접하기를 무척 좋아하세요."―"사양하면 그만 아니겠소."―"저로 인해 숙모님이 또 화를 내실 거예요."―"하지만 저녁 식사를 하고도 열 시 기차를 탈 수 있소."―"시간이 조금 빠듯해요."―"그렇다면 내가 시내에 가서 저녁을 먹고 기차로 돌아오는 것은 영영 불가능하겠소. 하지만 내 말 들어 보시오, 알베르띤느, 이러는 것이 아주 간단할 것 같소. 바깥 공기가 내 몸에 이로울 것처럼 느껴지니, 그리고 당신이 그 부인을 놓아버릴 수 없다 하시니, 내가 앵프르빌까지 당신과 함께 가겠소. 아무 걱정 마시오, 내가 '뚜르 엘리자벳'(그 부인의 별장이다)까지는 가지 않을 것이고, 그 부인도 당신의 친구들도 만나지 않을 것이오." 알베르띤느가 심한 충격을 받은 기색을 드러냈다. 그녀가 말을 더듬었다. 해수욕이 자기의 몸에 별로 이롭지 못한 모양이라고도 하였다. "혹시 내가 당신과 함께 가면 귀찮은가요?"―"어떻게 그런 말씀을 하실 수 있어요, 당신과 함께 외출하는 것이 저의 가장 큰 기쁨임을 잘 아시면서." 급작스러운 반전이 일어났다. 그녀가 나에게 말하였다. "우리가 함께 산책할 것이라면 발백 건너 쪽 해안으로 가서 저녁을 먹지 않을 이유가 없어요. 멋질 거에요. 사실 그 해안이 훨씬 더 아름다워요. 앵프르빌과 인근의 시금치색 구석들에 제가 싫증을 느끼기 시작해요." — "하지만 당신 숙모님의 친구분을 뵈러 가지 않으면 그분이 화를 내시지 않겠소?" — "그렇더라도 곧 풀어지실 거에요." — "아니 되오, 사람들을 화나게 하지 말아야 하오." — "하지만 제가 가지 않아도 그 사실조차 알아차리지 못하실 거에요. 매일 손님들을 맞으시니까요. 제가 내일, 모레, 어드레 후에, 보름 후에, 언제 가든 마찬가지일 거에요." — "그리고 당신 친구들은?" — "오! 그 아이들도 저를 자주 버렸어요. 이번에는 당연히 제가 그럴 차례에요." — "하지만 당신이 제안하는 그 쪽에는 아홉 시 이후 기차가 없어요." — "좋아요, 그것만으로도 훌륭해요! 아홉 시 기차면 이상적이에요. 그리고 돌아오는 문제 때문에 머뭇거리는 일은 없어야 해요. 하다 못해 작은 짐수레나 자전거를 구하여 탈 수 있고, 그것도 여의치 않으면 우리에게는 두 다리가 있어요." — "그런 것들을 구하여 탈 수 있다니, 알베르띤느, 그 무슨 넋 나간 말인가요! 작은 숲 속 휴양지들이 연이어 붙어 있는 앵프르빌 방면이라면 그럴 수 있어요. 하지만 그 반대쪽 방면은 사정이 같지 않아요." — "그 방면으로 간다 해도 제가 당신을 무사히 다시 데려오겠다고 약속 드리겠어요." 나는 알베르띤느가, 이미 준비해 두었던, 그리고 나에게 밝히기를 원하지 않던 어떤 일을 나 때문에 포기하고 있으며, 따라서 나처럼 불행해질 사람이 있음을 직감하였다. 내가 자기와 함께 가겠다고 하자, 자기가 원하던 일이 불가능함을 깨닫고, 그것을 주저하지 않고 포기해 버린 것이다. 그녀는 그것이 돌이킬 수 없는 일이 아님을 잘 알고 있었다. 왜냐하면, 사생활이 복잡한 모든 여인들처럼 그녀에게는 의심과 질투라는 결코 약해질 수 없는 그 지지대가 있었기 때문이다. 물론 그녀가 그것들을 구태여 촉발시키려 하지는 않았다. 그 반대였다. 하지만 연정에 사로잡힌 남자들은 하도 의심이 많아, 거짓말의 냄새를 즉각 맡는다. 그리하여 알베르띤느 또한, 다른 여늬 여인보다 나을 바 없었던지라, 자기가 어느 날 저녁에 내팽개친 사람들을 언제나 틀림없이 만날 수 있음을, 경험을 통해(그것이 질투 덕분임은 전혀 짐작조차 못한 채) 알고 있었다. 나 때문에 그녀가 놓아버리려 하던 그 미지의 인물이 괴로워할 것이고, 그 괴로움으로 인해 그녀를 더 사랑할 것이며 (알베르띤느는 그것 때문이었음을 모르고 있었다), 계속 괴로움에 시달리지 않으려고, 내가 그랬을 것처럼, 스스로 그녀 곁으로 돌아오게 되어 있었다. 하지만 나는 누구에게 괴로움을 끼치고 싶지도, 부질없는 노고를 감당하고 싶지도, 끊임없는 탐색과 온갖 형태의 무수한 감시라는 그 끔찍한 길로 들어서고 싶지도 않았다. "아니오, 알베르띤느, 나는 당신의 즐거움을 망치고 싶지 않으니, 앵프르빌에 있다는 그 부인의 집이건 그녀의 이름만 빌린 어떤 다른 사람의 집이건, 그리로 가시오. 나는 개의치 않겠소. 내가 당신의 제안을 받아들이지 않는 진정한 이유는, 당신이 그것을 갈망하지 않고, 당신이 나와 함께 하려는 산책이 애초 당신이 원하던 것이 아니기 때문이니, 당신이 벌써 부지불식간에 자가당착적인 말을 다섯 번이나 하였다는 사실이 그 증거요." 가엾은 알베르띤느는, 자기가 한 거짓말들을 정확히 알지 못하였던지라, 미처 알아채지 못하고 하였을 그 자가당착적인 말들이 더 심각하지 않았을까 두려워하였다. "제가 자가당착에 빠졌을 가능성은 매우 커요. 바다의 대기가 저에게서 일체의 이성적 사유를 박탈해요. 제가 사람들의 이름조차 끊임없이 혼동할 지경이에요." 또한 나는, 앞서 내가 희미하게 겨우 추측만 하였던 것을 털어놓는 그녀의 다음과 같은 (나로 하여금 자신을 믿도록 하기 위한 다정한 확언들이 이제는 그녀에게 더 이상 필요 없게 되었음을 나에게 입증해 주기도 한) 고백을 들으면서, 어떤 상처의 통증을 느꼈다. "좋아요, 알겠어요, 떠나겠어요." 그녀가 비극적인 어조로 말하였고, 그러면서도, 나와 함께 그 날 저녁 시간을 보내지 않아도 좋을 구실을 내가 자기에게 제공하였으니, 다른 사람에게로 가기에 너무 늦지 않았는지 확인하기 위하여 시계를 쳐다보았다. "정말 못되게 구는군요. 저는 당신과 함께 즐거운 저녁을 보내기 위하여 모든 계획을 바꾸려 하는데, 당신이 그것을 원하지 않을 뿐만 아니라, 제가 거짓말을 한다고 나무라시는군요. 당신이 이토록 잔인하신 것은 일찍이 본 적이 없어요. 바다가 저의 무덤이 될 거에요. 당신을 영영 만나지 않을 거에요. (그녀가 다음 날 나에게 다시 올 것이라고 확신하였건만, 그 말을 듣는 순간 가슴이 두근거렸다. 다음 날 정말 그녀가 돌아왔다.) 바다에 몸을 던져 익사할 거에요." ─ "싸포[20]처럼." ─ "한 가지 모욕을 덧붙이는군요. 당신은 제가 하는 말뿐만 아니라 저의 행실까지 의심하시는군요." ─ "하지만 나의 어린 것, 내가 방금 한 말에는 어떤 함의도 없어요, 맹세해요, 싸포가 스스로 바다에 몸을 던진 것은 당신도 잘 알아요." ─ "아니에요, 당신은 저를 조금도 신뢰하지 않아요." 시계가 이십 분 전을 가리키고 있음을 본 그녀가, 할 일을 놓치지 않을까 염려하였음인지, 가장 간결한 인사를 택하더니 (하지만 다음 날 나를 보러 와서 그것에 대해 사과하였는데, 아마 그 날에는 문제의 다른 인물이 여가를 내지 못하였던 모양이다), 절망한 듯한 기색으로 다음과 같이 소리치면서 달음박질하듯 달아났다. "영원히 안녕!" 또한 아마 그녀가 정말 절망하였을지도 모른다. 왜냐하면, 그 순간 자기가 저지르던 짓을 나보다 잘 알고 있었던지라, 그리고 내가 그녀에게 그랬던 것보다 자신에 대하여 그녀가 더 엄격함과 동시에 더 관대했던지라, 그녀가 아마, 비록 그러면서도, 내 곁을 떠나던 순간 보인 처신 때문에 내가 자기를 더 이상 만나려 하지 않을까 하는 의구심에 사로잡혔을 터이니 말이다. 그런데 이제 생각하거니와, 문제의 다른 인물이 나보다 더 질투심에 사로잡힐 정도로 그녀가 나에게 애착하였던 것 같다.

며칠 후, 발백에서, 우리들이 그곳 카지노의 무도장 안에 있는데, 블록의 누이와 사촌 누이가 들어섰으며, 두 사람 모두 전보다 훨씬 예뻐졌으나 나는 나의 아가씨 친구들을 생각하여 그녀들에게 인사를 건네지 않았다. 블록의 누이보다 어린 그의 사촌 누이가, 나의 첫 번째 발백 체류 기간 동안에 사귄 여배우와 드러내놓고 함께 살고 있었기 때문이다. 어떤 사람이 나지막한 음성으로 그 사실을 암시하자, 앙드레가 나에게 말하였다. "오! 그것에 대해서는 저도 알베르띤느와 같은 입장이에요. 우리 두 사람에게 그것만큼 혐오감을 주는 것은 없어요." 한편 알베르띤느는, 우리가 앉아 있던 까나뻬 위에서 나와 이야기를 나누면서, 이미 그 행실 나쁜 두 아가씨에게로 등을 돌렸다. 하지만 그녀의 그러한 동작에 앞서, 블록 아가씨와 그녀의 사촌이 나타나던 순간, 나는 나의 벗님의 눈에, 때로는 장난꾸러기 소녀의 얼굴에 진지한, 심지어 심각한, 기색이 나타나게 하다가 슬픈 표정을 남기는, 그 급작스럽고 깊은 긴장이 스치는 것을 이미 간파하였다. 하지만 그 순간 알베르띤느가 즉시 나에게로 시선을 돌렸고, 그렇건만 그 시선이 기이하리만큼 부동상태였고 꿈꾸는 듯했다. 블록 아가씨와 그녀의 사촌이, 몹시 큰 소리로 웃고 단정치 못한 소리를 지른 다음 드디어 그곳을 떠난 후, 그 작은 금발 아가씨가(여배우의 연인이라는 그 아가씨가) 혹시 전날 꽃마차 경주[30]에서 상을 받은 아가씨와 같은 사람 아니냐고 내가 알베르띤느에게 물었다. "아! 모르겠어요." 알베르띤느가 말하였다. "금발 아가씨가 있나요? 당신에게 분명히 말씀드리지만, 저는 그녀들에게 별로 관심이 없어 그녀들을 단 한 번도 유심히 바라본 적이 없어요. 금발의 여자가 보이든?" 그녀가 의아하다는 듯한 그리고 무관심한 듯한 기색을 지으면서 자기의 세 친구에게 물었다. 알베르띤느가 날마다 방파제 위에서 마주치는 사람들임을 감안하니, 그렇게 전혀 모른다는 말이 과장된 듯 여겨졌고 따라서 꾸민 것일 수 밖에 없을 것 같았다. "그녀들 역시 우리들을 별로 바라보는 것 같지 않았어요." 의식적으로 고려한 것은 아니지만, 알베르띤느가 혹시 여인들을 좋아하였으리라 가정할 경우, 그녀가 이제 막 나간 아가씨들의 관심을 끌지 못하였음을, 그리고 아울러, 일반적으로는 가장 심한 악벽 가진 여인들이라 할지라도 모르는 아가씨들에게 관심을 갖는 것은 관례가 아님을 그녀에게 일러줌으로써, 그녀의 모든 아쉬움을 제거해 주기 위하여 내가 알베르띤느에게 말하였다. "그녀들이 우리들을 바라보지 않았다고요?" 내 말에 알베르띤느가 덤벙거리듯 대꾸하였다. "그녀들이 시종 다른 짓은 하지 않았어요."— "하지만 당신은 그것을 알 수 없어요. 당신이 그녀들에게 등을 돌리고 있었으니까요." 내가 그녀에게 말하였다.— "그렇다면 저것은?" 내가 미처 발견하지 못하였던, 우리들 맞은편 벽 틀 속에 끼워져 있던 커다란 거울을 가리키면서 그녀가 내 말에 대꾸하였고, 나는 그제서야 나의 벗님이, 나에게 계속 말을 하면서도, 골똘한 생각 가득한 그녀의 아름다운 두 눈을 끊임없이 그 위로 고정시켰음을 깨달았다.

꼬따르가 나와 함께 앵까르빌의 카지노에 들어갔던 날 이후부터는, 그곳에서 그가 개진하던 견해에 비록 동의하지는 않으되, 알베르띤느가 더 이상 나에게 전과 같아 보이지 않았고, 그녀의 모습이 나의 내면에 노기를 일으켰다. 그녀가 나에게 전혀 다른 사람처럼 보였듯이 나 자신 또한 변하였다. 내가 그녀에 대하여 호의적인 마음 갖기를 멈추었고, 따라서 그녀가 내 앞에 있을 때에는, 그리고 내 앞에 그녀가 없더라도 내 말이 그녀에게 전해질 수 있을 경우에는, 내가 그녀에 대하여 가장 모욕적인 식으로 말하곤 하였다. 하지만 그것이 일시적으로 중단되는 때도 있었다. 어느 날 나는 알베르띤느와 앙드레가 함께 엘스띠르의 초대를 수락하였다는 사실을 알게 되었다. 나는 그것이, 돌아오는 길에 그녀들이, 기숙여학생들처럼, 버릇 못된 소녀들을 모방하여 즐기고 그러면서 처녀들의 고백 못할 그리고 나의 가슴을 조여들게 하던 쾌락을 취할 심산이었음을 조금도 의심하지 않았던지라, 그녀들을 방해하고 특히 알베르띤느가 기대하던 쾌락을 그녀로부터 박탈하기 위하여, 아무 통보도 하지 않고 불시에 엘스띠르의 집을 방문하였다. 그러나 내가 그곳에서 만난 사람은 앙드레뿐이었다. 알베르띤느는 자기의 숙모가 그곳에 오게 되어 있는 다른 날을 택하였다고 하였다. 그 순간 나는 꼬따르의 견해가 틀렸을 것이라 생각하였고, 자기의 친구 없이 앙드레가 그곳에 와 있었다는 사실이 나에게 준 기분좋은 인상이 스스로 연장되면서 나의 내면에 알베르띤느에게로 향한 더 다정한 심정을 유지시켜 주었다. 하지만 나의 그러한 마음은, 일시적으로 상태가 호전되었다가도 지극히 하찮은 것 때문에 다시 병석에 눕는, 허약한 사람들의 그 여린 건강만큼도 오래 지속되지 못하였다. 알베르띤느가 앙드레를 자극하여 장난을 치곤 하였고, 그 장난들이 더 심해지지 않더라도 아마 순진하다고는 할 수 없었으나, 그러한 의혹에 괴로워하다 못해 내가 그 의혹을 떨쳐버리곤 하였다. 하지만 내가 겨우 치유되었는가 싶으면 그 의혹이 다른 형태로 다시 태동하곤 하였다. 앙드레가 그녀 특유의 우아한 동작으로 자기의 머리를 알베르띤느의 어깨 위에 애교 넘치고 다정하게 올려놓는다든가, 눈을 반쯤 감으면서 그녀의 목에 입을 맞춘다든가, 혹은 그녀들이 서로 눈짓을 주고 받는다든가, 그녀들이 단 둘이서만 해수욕 하러 가는 것을 본 어떤 사람의 입에서 우연히 나온 말 등, 우리 주위의 대기 속에 일상적으로 부유하고 대부분의 사람들이 온종일 흡수하여도 건강이 침해를 받거나 기분이 상하지 않되 이미 특이한 체질을 타고난 사람에게는 새로운 괴로움의 병적인 요인이 되는 하찮은 먼지 같은, 그러한 것들 때문에 의혹이 되살아나곤 하였다. 때로는 심지어, 내가 알베르띤느를 다시 만나거나 누가 나에게 그녀 이야기를 하지 않았음에도 불구하고, 알베르띤느가 일찍이 지젤 곁에서 취하던, 그리고 당시에는 순진무구해 보이던 몸짓을 나의 기억 속에서 다시 발견하였고, 그러면 내가 애써 되찾았던 평온을 그것이 파괴하기에 충분하여, 구태여 밖으로 나가 위험한 병원균을 들이마실 필요조차 없었으니, 꼬따르가 그것을 가리켜 말하였을 것처럼, 내가 스스로 중독되었기 때문이다. 그럴 때마다 나는, 스완의 오데뜨에게로 향하던 사랑에 대하여 일찍이 들었던 모든 것을, 스완이 평생 동안 농락당하였던 양태를, 뇌리에 떠올리곤 하였다. 사실 내가 그러한 생각에 잠길 때마다, 나로 하여금 알베르띤느의 성격을 조금씩 축조하고 내가 몽땅 통제할 수 없는 생활의 각 순간을 괴로운 마음으로 해석하게 해주던 가설은, 사람들이 일찍이 나에게 이야기해 주었던 스완 부인의 성격과 관련된 추억과 고정관념이었다. 그러한 이야기들이 훗날 나의 상상력으로 하여금, 알베르띤느가 선량한 아가씨이기는커녕 지난날의 매춘부와 같은 패륜성과 기만술을 가질 수 있었으리라는 추측을 장난삼아 하도록 하는데 일조하였고, 그러할 경우, 내가 만약 그녀를 사랑하면 나를 기다리고 있을 온갖 괴로움들을 뇌리에 떠올려 보곤 하였다.

어느 날, 우리들이 그랜드-호텔 앞 방파제 위에 모여 있었을 때, 내가 알베르띤느에게 가혹하고 모욕적인 말을 하자, 로즈몽드가 이렇게 말하였다. "아! 그녀를 대하는 당신의 태도가 많이 변하였군요! 전에는 오직 그녀 생각만 하셨고, 그녀가 모든 것을 좌우하였는데, 이제 그녀는 개밥 신세에 불과하군요." 나는, 알베르띤느를 대하는 나의 그러한 태도가 더욱 두드러져 보이도록 하기 위하여, 혹시 알베르띤느와 같은 악습에 감염되었다 하더라도, 몸이 불편한 신경쇠약증 환자였던지라 내게는 더 용서할 만한 사람으로 보이던 앙드레에게, 가능한 모든 친절함을 표하고 있었는데, 바로 그 때, 방파제에 수직으로 잇대어진 길에서(우리들은 그 길 어귀에 있었다) 말 두 필이 경쾌한 걸음으로 끄는 깡브르메르 부인의 사륜마차가 불쑥 나타나는 것이 보였다. 그 순간 마침, 우리들 쪽으로 다가오던 깡 지방 법원장이 마차를 보더니, 우리들과 어울려 있는 것을 보이고 싶지 않은 듯 단걸음에 옆으로 물러섰고, 후작 부인의 시선이 자기의 시선과 마주칠 수 있을 것이라는 생각이 들자, 모자를 벗어 한껏 크게 휘두르면서 허리를 굽혀 예의를 표하였다. 그러나 마차는, 해변로를 따라가는 대신 (그럴 것 같아 보였다), 호텔 입구 뒤로 사라졌다. 그런지 십 분은 족히 지났을 때 승강기 담당 종업원이 숨을 헐떡이며 달려와 나에게 말하였다. "깡브르메르 후작 부인께서 귀하를 뵈러 여기에 오셨습니다. 제가 방에도 올라가 보았고, 독서실에서도 찾았으나, 귀하를 발견하지 못하였습니다. 다행히 제가 해변 쪽을 바라볼 생각을 하였습니다." 그가 겨우 이야기를 마쳤을 때, 자기의 며느리와 매우 정중한 어떤 신사를 대동하고 후작 부인이 나에게로 다가왔는데, 아마 인근에서 있었던 어느 오후 연회나 다과회에 참석하였다가 오는 길 같았고, 연노함 보다는, 자기가 만나고 온 사람들에게 한껏 예의를 갖춰 정장하였음을 보여주기 위하여, 패용하는 것이 더 친절하며 자기의 신분에 어울릴 것이라 생각한, 온갖 사치스러운 치장물들에 짓눌려 몸이 구부정했다. 결국, 옛날 할머니께서, 우리가 어쩌면 발벡에 갈지도 모른다는 사실을 르그랑댕이 모르면 좋겠다고 하시면서, 그토록 염려하시던 깡브르메르 가문 사람들의 '상륙 작전'이 호텔을 상대로 이루어진 것이다. 그 시절에 엄마는, 당신께서 결코 일어날 수 없다고 판단하시던 사건이 야기시키던 할머니의 염려를 비웃으셨다.[31] 그런데 드디어, 하지만 다른 경로를 통하여 그리고 르그랑댕과는 아무 상관 없이, 그 사건이 발생하였다. "당신에게 방해가 되지 않는다면 제가 당신 곁에 머물러 있어도 될까요?" 알베르띤느가 나에게 물었다. (그녀의 눈에는 조금 전 내가 한 혹독한 말 때문에 그녀가 흘리던 눈물이 아직도 남아있었고, 내가 그것을 못 본 척하였으나 기쁘지 않은 것은 아니었다). "제가 당신에게 드릴 말씀이 있을 것 같아요." 사파이어 핀 하나를 꽂은 깃털 장식 모자가, 과시만 하면 그것으로 충분하고, 그 위치가 중요하지 않고, 그 우아함이 관습적이고, 그 부동성이 불필요한 하나의 휘장처럼 깡브르메르 부인의 가발 위에 아무렇게나 얹혀 있었다. 더운 날씨에도 불구하고 그 선량한 귀부인은 제의(祭衣) 비슷한 흑옥색 케이프를 갖춰 입었고, 그 위로 흰담비 모피 띠 하나가 늘어져 있었는데, 그것의 착용은 기온이나 계절이 아닌 의식의 성격과 관련된 것 같았다. 그리고 깡브르메르 부인의 가슴팍 위로는, 가는 사슬과 이어진 남작관 하나가 고위 사제가 가슴에 거는 십자가처럼 걸려 있었다. 함께 온 신사는 빠리의 유명한 변호사로, 귀족 가문 출신이었으며, 깡브르메르 부인 댁에 사흘 쯤 쉬러 온 사람이었다. 그는, 자신들의 직업적 경험이 완벽하여, 자기들의 직업을 조금은 멸시하면서 가령 이렇게 말하는 사람들 중 하나였다. "저는 제가 변론에 능란함을 잘 알며, 따라서 변호하는 것이 이제는 더 이상 재미없습니다." 혹은 이렇게도 말한다. "수술하는 것에는 더 이상 관심이 없습니다. 제가 수술에 능하다는 것을 알기 때문입니다." 이지적인 사람들이며 거의 '예술가'인 그들은, 성공으로 말미암아 매우 부유해진 자신들의 원숙기에 그 '지성'과 그 '예술가'적 기질이 자기들 주위에서 반짝이는 것을 알며, 그들의 동료들도 그러한 사실을 인정하고, 그것들이 그들에게 취향 및 감식력 비슷한 것을 가져다준다. 그들은 그림에 열광하되, 위대하지는 않아도 매우 탁월한 화가의 작품에 열광하며, 그 예술가의 작품들을 구입하는데 자기들의 직업이 확보해 준 거액을 지불한다. 씨다네르[32]는 깡브르메르 가문의 그 친구에 의해 선택된 화가였고, 그 친구는 상당히 매력적인 사람이었다. 그가 책들에 대하여 능숙하게 말하였으나, 진정한 거장들의 것이 아닌, 스스로를 자제한 이들의 책들에 대해서였다. 그 애호가가 드러낸 유일한 단점은, 그가 상투적인 표현들을 지속적으로 사용한다는 점이었는데, 예를 들자면 '대부분은'과 같은 표현으로, 그것이 그가 말하고자 하던 것에 중요하고 불완전한 무엇을 부여하였다.[33] 깡브르메르 부인이 나에게 말하기를, 자기의 친구들이 그 날 발벡 근처에서 베푼 오후 연회에 참석하였다가, 그 기회를 이용하여, 자기가 일찍이 로베르 드 쌩-루에게 약속한대로, 나를 보러 왔노라고 하였다. "그가 머지않아 이 고장에 와서 며칠간 머물기로 되어 있어요. 그의 숙부 샤를뤼스가 자기의 형수인 뤽상부르 공작 부인 댁에 휴양하러 와 있는지라, 쌩-루 씨가 이 기회에 자기의 숙모님께 인사를 드리고 아울러, 모두들 자기를 좋아하고 존경하는 그의 옛 연대를 방문할 예정이에요. 우리가 자주 그 부대의 장교들을 초청하는데, 그들 모두 한결같이 그에 대한 찬사를 아끼지 않아요. 댁들 두 분께서 함께 훼떼른느에 오시는 기쁨을 우리들에게 선사하신다면 얼마나 멋지겠어요." 내가 그녀에게 알베르띤느와 친구 아가씨들을 소개하였다. 깡브르메르 부인이 우리들을 자기의 며느리에게 소개하였다. 훼떼른느에 이웃해 있어서 마지못해 교제하는 한미한 귀족들에게는 그토록 냉랭하고, 자신의 평판을 위태롭게 하지 않을까 하는 염려 때문에 그토록 신중한 그 며느리가, 로베르 드 쌩-루의 친구일 뿐만 아니라, 그가 밖으로 드러내고자 하던 것보다 더 큰 사교적 섬세함 곁들여 게르망뜨 가문 사람들과 절친하다고 일찍이 그녀에게 말한 바 있는 바로 그 사람 앞이라, 안도감과 기쁨을 느꼈던지, 평소와는 반대로 환한 미소를 지으면서 나에게 손을 내밀어 악수를 청하였다. 그러한 깡브르메르 부인이, 자기의 시어머니와는 반대로, 서로 무한히 다른 두 형태의 예절을 가지고 있었다. 그리하여, 내가 만약 자기의 오라비 르그랑댕을 통하여 자기에게 소개되었다면, 그녀가 나에게 마지못해, 기껏 첫 번째 형태인 냉랭하고 용서할 수 없는 예절을 표하였을 것이다. 하지만 게르망뜨 가문 사람들의 친구를 대함에 있어서는 그녀에게 미소가 오히려 부족할 지경이었다. 호텔에서 손님을 맞기에 가장 적합한 실내 공간은 독서실이었고, 전에는 그토록 무시무시해 보였으되[30] 이제는 내가 주인 행세를 하면서, 증세가 심하지 않고 하도 오랫동안 입원해 있어서 의사가 출입문 열쇠를 아예 맡긴, 정신병원의 몇몇 미치광이들처럼, 하루에도 열 차례 이상 자유롭게 드나들던 바로 그 장소였다. 그리하여 내가 깡브르메르 부인에게 그곳으로 모시겠다고 하였다. 또한 그 독서실이, 사람들의 얼굴처럼 사물들의 면모 또한 변하여 우리 앞에 나타나는지라, 나에게 더 이상 서먹해 보이지도 매력적으로 보이지도 않았던 까닭에, 내가 아무 동요 느끼지 않고 그녀에게 그러한 제안을 하였던 것이다. 하지만 그녀가 밖에 머무는 편을 택하겠다고 하며 그 제안을 거절하였던지라, 우리는 호텔의 테라스에 앉았다. 나는 테라스에서, 엄마가 나를 찾아온 손님들이 도착하였다는 말을 들으시고 서둘러 몸을 피하시느라고 미처 챙겨 가시지 못한, 쎄비녜 부인의 서한집 한 권을 발견하여 거두어 두었다. 엄마는 낯선 사람들의 그러한 내습을 할머니만큼이나 두려워하셔서, 혹시 그들에게 포위를 당하면 더 이상 도피할 수 없으리라는 염려에 이끌려 어찌나 재빨리 몸을 피하셨던지, 아버지와 내가 항상 엄마를 놀리곤 하였다. 깡브르메르 부인은 자리를 잡고 앉은 후에도, 양산 자루와 함께, 수놓은 주머니 여럿과, 소지품 잠시 넣어두는 작은 상자 하나, 검붉은 석류석빛 줄들이 늘어진 황금빛 돈주머니 하나, 그리고 레이스 손수건 하나를 여전히 손에 들고 있었다. 내 생각에는 그것들을 옆에 있는 의자 위에 올려놓는 것이 더 편할 것 같았으나, 그녀의 목가적인 순회 방문과 그녀가 수행하던 사교계의 고위 사제직에 필요한 그 장식품들을 잠시나마 손에서 떼어놓으라고 하는 것이, 실례일 뿐만 아니라 부질없을 것임을 직감하였다. 우리는 잔잔해진 바다를 바라보고 있었으며, 그 위에 흩어져 있던 갈매기들이 하얀 꽃부리들처럼 떠다니고 있었다. 사교적 대화로 인하여 우리가 격하되어 도달하는 단순한 '매체'[35] 수준 때문에, 그리고 또한, 우리 자신에게도 알려지지 않은 우리 장점의 도움이 아니라, 우리와 함께 있는 이들에 의해 틀림없이 높게 평가될 것이라고 우리가 믿는 것의 도움을 받아 호감을 얻으려는 욕구 때문에, 내가 본능적으로, 르그랑댕 가문 출신 깡브르메르 부인에게, 그녀의 오라비가 동원할 수 있었을 방법으로[36] 말을 하기 시작하였다. "저것들이 수련꽃들의 부동성과 흰색을 가지고 있습니다." 갈매기들에 관하여 내가 그렇게 말하였다. 그런데 정말 갈매기들이, 자기들을 요동치게 하는 잔 물결들에게 무기력한 과녁 하나를 제공하는 것처럼 보였고, 그것들과는 대조적으로, 물결들은, 그러한 추격 과정에서 어떤 의도에 의해 생명력을 얻어 살아나는 것 같았다. 늙은 후작 부인은 발벡의 장엄한 바다 풍경에 끊임없이 찬사를 보냈고, 자기가 라스쁠리에르에서는(물론 그 해에는 그곳에 머물지 않지만) 아주 멀리서밖에 물결들을 바라볼 수 없는지라, 내가 부럽다고 하였다. 그녀에게는, 예술에 대한 (특히 음악에 대한) 열렬한 사랑과 치아의 부실함에 기인된 특이한 버릇 둘이 있었다. 그녀가 아름다움에 대하여 말할 때마다 그녀의 침샘들이, 특정 짐승들의 침샘들이 발정기에 그러듯, 과잉 분비 단계로 들어가곤 하는지라, 노부인의 치아 없는 입이, 엷은 콧수염으로 덮인 입술 귀퉁이로 침 몇 방울을 내보내곤 하였는데, 그곳이 그것들의 자리는 아니었다. 그러면 즉시, 그녀가 다시 호흡을 시작하는 사람처럼 크게 한숨을 쉬면서 그것들을 다시 삼키곤 하였다. 그리고 지나치게 큰 음악적 아름다움에 대하여 말할 때에는, 열광한 나머지 두 팔을 치켜올리면서, 힘차게 씹은 그리고 때로는 콧구멍에서도 나오는, 몇 마디 간략한 평가를 내리곤 하였다. 그런데, 나는 일찍이 그 상스러운 발벡의 해변이 실제로 하나의 '바다 풍경'을 제공할 수 있으리라고는 전혀 생각하지 못하였건만, 깡브르메르 부인의 그 말 몇 마디가 나의 생각을 바꾸기 시작하였다. 반대로, 내가 그녀에게 그 이야기를 하였다, 나는 항상 오직 라 라스쁠리에르에서만 볼 수 있다는 풍경에 대한 찬사를 자주 들었고, 동산 꼭대기에 자리한 그곳에서는, 벽난로 둘 있는 거대한 응접실로부터, 한쪽으로 늘어선 일련의 창문들을 통해서 정원 끝 잎 무성한 나뭇가지들 사이로 발벡 저너머까지 바다를 볼 수 있고, 다른 쪽 일련의 창문들을 통해서는 계곡을 볼 수 있다고들 하였다. "정말 친절하시며, 말씀이 멋지기도 해라! 나뭇가지들 사이로 보이는 바다라니! 매혹적이에요, 한자루

부채 같아요." 나는, 침을 다시 거둬들이고 입술 귀퉁이의 수염을 건조시키기 위한 그 깊은 한숨 소리를 듣고 그녀의 칭찬이 진지함을 느꼈다. 그러나 르그랑댕 가문 출신의 젊은 후작 부인은, 내가 한 말에 대해서가 아니라 자기의 시어머니가 한 말에 대해서 경멸을 표하기 위하여 냉랭한 기색을 고수하였다. 게다가 그녀는 자기 시어머니의 지능을 멸시할 뿐만 아니라, 사람들이 혹시 깡브르메르 가문을 충분히 경외하지 않을까 항상 염려한 나머지, 그녀의 친절을 개탄하곤 하였다. "게다가 명칭이 아주 아름답습니다." 내가 다시 말하였다. "그 모든 명칭들의 근원을 알면 좋겠습니다." – "라스쁠리에르라는 명칭의 근원은 제가 이야기해 드릴 수 있어요." 노부인이 부드러운 어조로 대꾸하였다. "제 조모님의, 즉 아라슈뻴 가문의 거처예요. 찬연하지는 않지만, 선량하고 유서깊은 지방 가문이에요." – "그 무슨 말씀이세요, 찬연하지 않다니?" 며느리가 냉랭하게 그녀의 말을 끊었다. "바이으[37] 주교좌 대교회당의 그림 유리창 하나가 몽땅 그 가문의 문장(紋章)들로 채워져 있으며, 아브랑슈[38]의 대표적인 교회당은 그 가문의 묘비들을 간직하고 있어요. 그 고풍스러운 명칭들에 관심을 가지셨다면, 애석하게도 한 해 늦게 오셨군요." 그녀가 나를 바라보며 덧붙였다. "저희들이 전에, 교구를 바꾸려면 제기되는 온갖 어려움에도 불구하고, 제가 개인적으로 토지를 소유하고 있는, 이곳으로부터 아주 먼 꽁브레라는 고장의 수석 사제를, 그 선량한 사제가 신경쇠약증을 느낀다고 하여, 이 근처 크리끄또의 교구 사제로 임명되게 하였어요. 불행하게도 바다의 대기도 고령에 이른 그에게는 도움이 되지 못하였고, 그의 신경쇠약증이 오히려 심화되어 그가 꽁브레로 돌아갔어요. 하지만 그는, 우리들의 이웃으로 사는 동안, 이곳에 있는 모든 고문서들을 즐겨 열람하였고, 그러던 끝에, 이 지방의 지명들에 관한 상당히 신기한 소책자 하나를 발간하였어요. 그 일을 계기로 그가 그 분야에 취미를 갖게 된 것 같아요. 자기의 여생을 바쳐 꽁브레와 그 인근 지역에 관한 두꺼운 책을 쓰고 있는 것 같으니 말이에요.[30] 진정 인내와 정성이 요구되는 일이에요. 저의 시어머님께서 지나치게 겸손하게 말씀하시는 우리의 유구한 라스쁠리에르에 관한, 매우 흥미로운 것들을 그 책에서 읽으실 수 있을 거예요." —"여하튼 금년에는 라 라스쁠리에르가 더 이상 우리의 것이 아니고 나에게 속하지 않아요." 깡브르메르 노부인이 대꾸하였다. "하지만 당신에게 화가의 기질이 있음을 느낄 수 있어요. 그러니 당신은 그림을 그리셔야겠어요. 그래서 더욱, 라 라스쁠리에르보다 훌륭한 훼떼른느를 당신에게 보여드리고 싶어요." (훼떼른느가 더 훌륭하다고 한 것은),[40] 깡브르메르 가문이 라스쁠리에르 성을 베르뒤랭 내외에게 대여한 이후부터는, 모든 것이 내려다보이는 그곳의 위치가 문득, 그토록 여러 해 동안 그들이 생각하던 것처럼 보이기를, 다시 말해 바다와 계곡의 풍경을 동시에 내려다볼 수 있다는 장점을 가진 그 고장의 유일한 위치처럼 보이기를 갑자기 멈추었던 반면, 그것이 문득 —그리고 사후에— 그곳에 가고 또 그곳에서 나오기 위해서는 항상 올라가야 하고 내려와야 하는 불편을 그들 앞에 제시하였기 때문이다. 간단히 말해, 누구든, 깡브르메르 부인이 그 거처를 대여한 것이 수입을 증대시키기 위해서라기 보다는 그녀의 말들을 쉬도록 하기 위함이었다고 생각하였을 것이다. 또한, 그토록 오랜 세월 동안 매년 그곳에 와서 두 달을 보내면서, 바다가 있다는 사실을 잊은 채, 그것을 높은 꼭대기에서만 그리고 파노라마 속에서처럼 보던 그녀는, 훼떼른느에서 바다를 항상 가까이에 둘 수 있다는 것이 황홀하다고 생각하였다. "내가 바다를 이 나이에 이르러서야 발견하다니, 그리고 그것을 얼마나 즐기는가!

그것이 나에게 선행을 베푸는군! 어쩔 수 없이 훼떼른느에 머물기 위해서라도 라 라스쁠리에르를 헐값에라도 대여하겠어." 그녀가 말하였다.

"더 흥미로운 화제로 되돌아오자면…" 늙은 후작 부인을 '어머니'라고 부르되 세월이 흐를수록 그녀에게 방자한 태도를 보이던 여인이, 즉 르그랑댕의 누이가 다시 이야기를 꺼냈다. "수련꽃 이야기를 하셨는데, 끌로드 모네가 그린 수련꽃들을 당신도 잘 아실 것이라고 생각해요. 정말 천재적이에요! 제가 그 꽃을 좋아하는 이유는 특히 꽁브레 인근에, 저의 토지가 좀 있다고 말씀드린 그곳에 [41]…" 하지만 그녀는 꽁브레에 대하여 너무 많은 이야기를 하고 싶지 않은 눈치였다. "아! 우리 시대의 가장 위대한 화가들 중 한 사람인 엘스띠르 씨께서 우리들에게 말씀하신 그 일련의 수련꽃 말씀이군요." 그때까지 아무 말도 하지 않았던 알베르띤느가 호들갑스럽게 말하였다. ―"아! 보아하니 아가씨께서도 예술을 좋아하시는군요." 심호흡을 하면서 밖으로 나온 침을 다시 빨아들인 깡브르메르 부인이 감격한 어조로 말하였다. ―"아가씨, 허락하신다면 저는 모네보다 르 씨다네르를 더 좋아한다고 말씀드리겠습니다." 변호사가 미소를 지으면서 전문가의 기색으로 말하였다. 그러더니, 엘스띠르의 특정 '과감성'을 자신도 일찍이 높이 평가하였음인지, 혹은 다른 사람들이 그러는 것을 보았음인지, 이렇게 덧붙였다. "엘스띠르에게는 재능이 있었고, 그가 거의 전위 예술가 집단에 속할 정도였으나, 그가 무슨 연유로 계속하지 않았는지 모르겠습니다. 그는 자기의 삶을 망쳤습니다." 깡브르메르 부인이, 엘스띠르에 관한 변호사의 말이 옳다고 하였으나, 모네가 르 씨다네르와 대등하다고 하여, 그 초대된 손님에게 심한 불쾌감을 안겨주었다. 그녀가 멍청하다고는 말할 수 없으나, 나에게는 전혀 불필요하게 느껴지는 지성이 넘쳐 흐르고 있었다. 마침 해가 지고 있었던지라, 갈매기들이 이제, 모네의 같은 연작 속 다른 화폭의 수련꽃들처럼 노란색으로 변하였다. 나는 그 화폭을 잘 안다고 말하였고, (아직 감히 그 이름은 언급하지 않은 그녀 오라비 특유의 어조를 흉내내면서) 덧붙이기를, 그녀가 전날 같은 시각에 올 생각을 하지 않은 것은 참으로 유감이며, 그 이유는 그 시각에 뿌쌩의 화폭에 있는 빛[42]을 감상할 수 있었을 것이기 때문이라고 하였다. 게르망뜨 가문 사람들과 친분이 없는 노르망디 지방의 어느 시골 귀족이 그녀에게, 전날 그곳에 왔어야 했다는 말을 하였다면, 깡브르메르-르그랑댕 부인이 모욕 당한 기색으로 발끈하였을 것이다. 하지만 나의 경우, 그녀가 흥건히 녹아내릴 만큼 부드러운 달콤함 그 자체였던지라, 내가 더 스스럼 없는 말을 할 수도 있었을 것이며, 그 아름다운 오후 끝자락의 열기에 휩싸인 채, 그토록 모처럼 커다란 꿀과자 덩어리로 변하여 내가 미처 대접할 생각조차 하지 못한 소형 과자들을 대체하고 있던 깡브르메르 부인에게서, 나는 내 멋대로 벌처럼 꿀을 모을 수 있었다.[43] 그러나 뿌쌩이라는 이름이 사교계 여인의 상냥함만은 변질시키지 않았으되, 예술 애호가를 자처하는 여인의 항의를 유발시켰다. 그 이름을 듣자 깡브르메르 부인이, 어리석은 짓 하고 있는 아이를 나무람과 동시에 더 계속하지 못하도록 경고를 할 때 사용하는, 허차는 소리를 여섯 번이나 간격을 두지 않고 연속적으로 냈다. "제발, 한마디로 천재인 모네와 같은 화가 이야기를 하시다가, 뿌쌩처럼 아무 재능 없는 진부한 늙은이의 이름은 꺼내지 마세요. 솔직하게 말씀드리겠는데, 저는 그가 따분한 사람들 중에서도 가장 진저리나는 사람이라고 생각해요. 어쩌겠어요, 저는 그의 작품들을 차마 그림이라고도 불러줄 수 없으니 말이에요. 모네, 드가, 마네, 그래요, 바로 그들이 진정한 화가

예요! 매우 신기한 일이에요…" 탐색하는 듯하고 황홀해진 시선을, 자신의 사념이 나타난 허공의 모호한 지점에 고정시키면서 그녀가 덧붙였다. "매우 신기한 일이에요, 전에는 제가 마네를 가장 좋아하였어요. 지금도 여전히 마네를 좋아하는 것은 사실이지만, 어쩐지 그보다는 모네를 더 좋아하게 된 것 같아요. 아! 그 교회당들!"[44] 그녀는 자기의 취향이 변화해 온 과정을 나에게 세심하고 친절하게 알려주었다. 따라서 그녀의 취향이 거쳐온 모든 과정들이, 그녀의 생각에 의하면, 모네 자신의 여러 기법들 못지않게 중요하다는 말처럼 들렸다. 뿐만 아니라 그녀가 누구를 찬미한다는 고백을 나에게 하였다는 것에 내가 우쭐할 이유는 없었으니, 가장 소견 좁은 시골 여자 앞에서도 그녀는 단 오 분을 견디지 못하고 같은 고백 욕구를 느꼈기 때문이다. 언젠가 아브랑슈에 사는, 그리고 모짜르트와 바그너도 구별할 능력이 없었을, 어느 귀부인이 깡브르메르 부인 앞에서 이렇게 말하였다. "빠리에 머무는 동안 우리는 흥미로운 새 작품을 접하지 못하였어요. 오뻬라-꼬믹 극장에 갔더니 『뻴레아스와 멜리장드』[45]를 공연하고 있었는데 아주 끔찍했어요." 그 말을 듣는 순간 깡브르메르 부인의 노기가 부글거렸을 뿐만 아니라, 다음과 같이 소리치고 또 토론을 벌일 욕구를 느꼈다. "그 반대예요, 그것은 하나의 작은 걸작품이에요." 그러한 욕구는 아마, 토론을 가리켜 '대의를 위한 전투' 라 하셨고, 따라서 당신들의 신들을 위하여 필리스티니족[46]을 상대로 싸워야 할 것을 잘 알고 계셨던 만찬에, 매주 참석하기를 좋아하셨던 내 할머니의 자매분들로부터 얻은, 꽁브레의 관습이었을 것이다. 깡브르메르 부인이 그러했던지라, 그녀는 다른 사람들이 정치에 관하여 그러듯, 예술에 관하여 말다툼을 벌이면서 자신의 '피를 끓게 하기'를 좋아하였다. 그녀는, 자기의 친구 여인들 중 하나를 사람들이 의심하고 그 행실을 비난할 경우 그랬을 것처럼, 드뷔씨 편을 들곤 하였다. 그러나 한편, '천만에요, 그것은 하나의 작은 걸작품이에요'라고 말하면서도, 그녀는 정신을 차리라고 자기가 설득하고 있던 사람으로 하여금, 구태여 토론까지 할 필요 없이 자기의 견해에 동의할 수 있도록 해줄 예술적 교양의 총체적인 진전을, 상대방에게 즉석에서 임기응변적으로 성취시켜 줄 수 없음을 틀림없이 깨닫고 있었을 것이다. "뿌쌩에 대하여 어떤 생각을 하고 있는지, 제가 르 싸드네르에게 물어보아야 하겠습니다." 변호사가 나에게 말하였다. "자기의 감정을 밖으로 드러내지 않고 말이 없는 사람이지만, 제가 그의 콧구멍에서 구더기를 능히 이끌어 낼[7] 수 있을 것입니다."

"여하튼," 깡브르메르 부인이 말을 계속하였다. "저는 석양을 몹시 싫어해요, 지나치게 로맨틱하고 지나치게 오페라적이기 때문이에요. 프랑스 남부 원산인 식물들 가득한 시어머니 댁을 싫어하는 것도 그 때문이에요. 보시면 아시겠지만 몬떼-까를로의 어느 공원 같아요. 제가 당신이 머무시는 이 해변을 더 좋아하는 것은 그 때문이에요. 더 구슬프고 더 진지하며, 작은 오솔길이 있는데 그곳에서는 바다가 보이지 않아요. 비가 내리는 날이면 그곳에는 진흙탕밖에 없고, 진흙탕 세상이에요. 베네치아에서 제가 대운하는 몹시 싫어하지만, 저에게 작은 골목들만큼 감동적인 것이 없는 것과 같아요. 여하튼 그것은 분위기 문제에요." — "하지만 드가 씨는 샹띠이 성에 있는 뿌쌩의 작품들보다 더 아름다운 것은 없다고 확언합니다." 깡브르메르 부인의 시야에서 뿌쌩이 명예를 회복할 수 있도록 하려면, 그가 다시 유행을 타게 되었다는 사실을 그녀에게 알려주는 것만이 유일한 방법이라고 여겨져, 내가 그녀에게 말하였다.[48] — "그게 정말이에요? 저는 샹띠이 성에 있는 작품들을 본

적이 없어요. 그러나 루브르 박물관에 있는 것들에 대해서는 말할 수 있는데, 정말 끔찍한 것들이에요." 드가와 다른 견해를 가지기는 싫었던지, 그녀가 그렇게 대꾸하였다. —"그는 루브르 박물관에 있는 것들도 크게 칭찬합니다." —"그것들을 다시 보아야겠군요. 제 머리 속에 있는 것들이 모두 약간은 오래되었어요." 잠시 침묵하다가 그녀가 나에게 한 대꾸였는데, 그 말은, 머지않아 그녀가 틀림없이 뿌쌩의 작품들에 대하여 내릴 호의적인 평가가 조금 전 내가 그녀에게 전해준 소식에 의해서 좌우되지 않고, 자신의 종전 평가를 번복할 수 있도록 루브르 박물관에 있는 작품들에게 부과할 예정인 보충적인, 그러나 결정적인 시험에 의해서 좌우될 것이라는 뜻으로 들렸다.

 그녀가 비록 아직은 뿌쌩의 작품들을 찬미하지 않더라도, 그것들에 대하여 다시 숙고하기를 지연하는 것뿐인지라, 그것이 앞서 한 말을 취소하는 시초라는 점에 만족한 나는, 그녀가 더 오랫동안 괴로워하도록 내버려두지 않기 위해, 그녀의 시어머니에게, 훼떼른느의 찬탄할만한 꽃들에 대해 사람들이 나에게 얼마나 많은 이야기를 해주었는지 모른다고 하였다. 그러자 그녀가, 거처 뒤에 있는 담장 두른 작은 정원에 대해 겸손하게 이야기하였는데, 아침이면 실내용 드레스 차림으로 문을 살짝 밀고 들어가 자기의 공작새들에게 먹이를 주고, 갓 낳은 계란들을 모으며, 백일홍이나 장미꽃 몇 송이를 꺾어 가지고 돌아오면, 그 꽃들이 기다란 식탁보 위에서 크림 곁들인 삶은 계란이나 생선 튀김 접시 변두리를 장식하고, 그녀에게 정원의 오솔길을 상기시킨다고 하였다. "우리가 많은 장미꽃을 가지고 있는 것은 사실이에요." 그녀가 나에게 말하였다. "우리의 장미원이 거처와 너무 가까운 편이어서 머리가 어지러운 날들이 있어요. 장미 향기가 바람에 실려 오지만 비교적 덜 강하여,

라 라스쁠리에르의 테라스가 더 쾌적하지요." 내가 며느리 쪽으로 고개를 돌려, 그녀의 모더니즘적 취향을 만족시켜 주기 위하여 이렇게 말하였다. "테라스까지 올라오는 그 장미 향기, 영락없는 『뻴레아스』입니다. 그것이 그 음악에 어찌나 짙게 스며있는지, 건초열과 장미열 증세에 시달리는 저는 그 장면을 들을 때마다 재채기를 합니다." —"『뻴레아스』, 얼마나 걸작인가요! 저는 그것에 푹 빠졌어요." 깡브르메르 부인이 그렇게 감격하더니, 나에게 교태를 부리고 싶어했을 어느 야만스러운 여인의 동작으로 나에게 접근하면서, 또한 상상속의 음표들을 손가락으로 골라내면서, 내 짐작으로는 뻴레아스의 작별인사라고 그녀가 생각하였을 어떤 것을 콧노래로 부르기 시작하더니, 자기가 그 순간에 그 장면을 나에게 상기시키는 것이, 혹은 아마 그보다는 자신이 그것을 기억한다는 사실을 나에게 과시하는 것이 중요하다는 듯, 그 콧노래를 격렬하게 반복하였다. "저는 그것이 『파르시팔』보다도 더 아름답다고 생각해요." 그녀가 덧붙여 말하였다. "『파르시팔』에서는 가장 아름다운 부분들에 달무리 같은 악절들이 덧붙여지기 때문이며, 그런데 악절들이 멜로디로 이루어졌고, 따라서 진부해요."[40] —"부인께서 뛰어난 연주가시라는 이야기를 들었습니다." 내가 깡브르메르 노부인에게 말하였다. "연주하시는 것을 무척 듣고 싶습니다." 깡브르메르-르그랑댕 부인은 대화에 참여하지 않으려고 바다 쪽으로 시선을 돌렸다. 자기의 시어머니가 좋아하는 것을 음악 축에 들지도 못한다고 여기던 터라, 실제로는 가장 괄목할만하다고 사람들이 인정하는 시어머니의 재능을 헛소문에 불과하다고 치부하던 그녀는, 시어머니의 뛰어난 솜씨를 하찮게 여겼다. 쇼뺑의 제자들 중 유일한 생존자였던 여인이, 자기 사부의 연주법과 '감정'이 자기를 통해 오직 깡브르메르 부인에게만 전수되었노라고 공언한 것은—그것이 정당했다—사실이지만, 쇼뺑처럼 연주한다는 사실이, 이 세상 어느 음악가보다도 그 폴랜드 음악가를 멸시하던 르그랑댕의 누이에게는 평가의 준거가 될 수 없었다. "오! 저것들이 날아오르는군요." 꽃들로 변신하였던 자기들의 익명성을 잠시 떨쳐 버리면서 일제히 태양을 향해 비상하는 갈매기들을 가리키며 알베르띤느가 나에게 문득 말하였다. "거인들의 것과 같은 날개로 인하여 저것들이 걷지 못해요." 갈매기들을 알바트로스와 혼동한 깡브르메르 부인이[50] 말하였다. "저는 저것들을 무척 좋아해요, 저것들을 암스테르담에서 자주 보곤 하였어요. 저것들은 바다 냄새를 맡기 때문에, 심지어 거리의 돌들을 통과하는 바다 냄새를 맡으러 와요."[51] 알베르띤느가 말하였다. ─ "아! 홀랜드에 가신 적이 있나요? '베르메르들'[52]을 잘 아시나요?" 깡브르메르 부인이 강압적으로 물었고, 그 어조는 마치 그녀가, '게르망뜨 가문 사람들을 잘 아십니까?'라고 묻는 것 같았으니, 태부림[53]이라는 것이, 그 대상이 바뀌어도 억양은 변하지 않기 때문이다. 알베르띤느가 모른다고 대꾸하였으며, 그녀는 '베르메르들'이 살아있는 사람들이라고 생각하였다. 하지만 그러한 생각이 드러나지는 않았다.[54]

"제가 당신을 위해 연주를 하면 무척 행복하겠어요." (시어머니)[55] 깡브르메르 부인이 나에게 말하였다. "그러나 아시다시피 저는 당신 세대의 관심을 끌지 못하는 것들만 연주합니다. 저는 쇼뺑을 숭배하면서 자랐어요." 그녀가 나지막한 음성으로 말하였는데, 혹시 자기의 며느리가 듣지 않을까 꺼려서였고, 쇼뺑의 작품을 아예 음악으로 여기지도 않는 자기의 며느리에게는, 그의 작품 연주에 능하다든가 혹은 그렇지 못하다든가 하는 표현들이 의미 결여된 말로 들린다는 사실을 잘 알고 있었기 때문이다. 며느리는 자기의 시어머니에게 기계적인 연주 기법이 있어 각 음을 진주처럼 완벽하게 연주한다는 사실을 알고 있었다. 하지만 깡브르메르-르그랑댕 부인은 이렇게 단언하곤 하였다. "누가 저에게 뭐라고 하든, 저는 저의 시어머니를 음악가라고 하지 않겠어요." 자신이 '진보하였다'고(오직 예술에서만) 그러나 '결코 좌경화되지 않았노라'(그녀의 말이었다) 믿고 있었으며, 음악이 단 하나의 선을 따라 진보한다고, 따라서 드뷔씨가 어떤 면에서는 바그너보다 조금 더 진보한 초(超) 바그너라고 상상하였기 때문이다. 드뷔씨가, 그녀 자신도 몇 해 후에는 그렇다고 생각하게 되어 있었던 만큼 바그너로부터 비록 독립되어 있지 않았더라도, 누구든 일시적으로 정복한 대상으로부터 자신을 해방시키는 일을 완수하기 위하여 그 대상에게서 탈취한 무기를 사용하는 법인지라, 그 동안 그가, 모든 것이 빠짐없이 표현된 지나치게 완벽한 작품들[56]에 대하여 사람들이 느끼기 시작하던 포만감 다음에 오는 정반대의 욕구를 충족시켜 줄 방도를 모색하고 있었음을, 그녀는 깨닫지 못하고 있었다. 이러저러한 이론들이 물론 한동안은 그러한 반동을 뒷받침해 주었고, 그러한 이론들은, 정치 분야에서 종교단체 결성을 금지하는 법령[57]이나 극동에서의 전쟁을 지지하는(천리에 어긋나는 교육, 황인종의 위협,[58] 등의 이유를 내세워) 이론들과 유사하다. 모두들 서두르는 시대에는 신속한 예술이 합당하다고들 말하곤 하였는데, 마치 미래의 전쟁은 보름 이상 지속될 수 없다고 한다든가, 혹은 기차의 출현으로 인하여 역마차들에게 친숙한(그러나 자동차가 그 명예를 회복시켜 줄) 작고 한적한 구석들이 버림받을 것이라고 하는 말과 영락없이 같았다. 오직 예술가들에 의해서만 일깨워지는 가장 높은 주의력이, 즉 그 다른 종류의 주의력이, 마치 우리들에게 없다는듯, 청중의 주의력을 피곤하게 하지 말라고 흔히들 권고하기도 하였다. 하지만, 변변찮은 논설문 겨우 열 줄 읽고 지쳐서 하품하던 이들이 『사부작』을 듣기 위해서는 매년 바이로이트에 다녀오기도 하였다.[59] 게다가 언젠가는 드뷔씨가 마쓰네 못지 않게 허약하다는 평가를 한동안이나마 받게 되고, 『멜리장드』가 일으키는 진동[60]이 『마농』[61]이 일으키는 진동의 수준으로 낮아질 날이 오게 되어 있었다. 왜냐하면, 예술 이론들과 예술 유파들은, 세균들과 혈구들처럼, 서로를 잡아먹고, 그러한 싸움을 통하여 생명의 존속을 확보해 주기 때문이다. 하지만 그 시기가 아직은 도래하지 않았던 때였다.

증권거래소에서 가격 상승 추세가 발생하면 일단의 유가증권들이 일제히 이윤을 얻듯, 무시당한 상당수 작가들이 그러한 반동의 혜택을 입곤 하였으니, 그들이 실제로는 무시당할 이유가 없었기 때문이거나, 혹은 단지―오히려 그들을 격찬하면서 하나의 혁신이라고 말할 수 있게 해줄―그러한 대우를 그들 스스로 초래하였기 때문이다. 또한 심지어, 현재와 무관한 과거의 어느 시대로 거슬러 올라가, 현재의 추세가 그 명성에 영향을 끼치지 않았을 것으로 여겨지되, 새로운 거장들 중 하나가 그 이름을 호의적으로 인용하였다고 알려진, 몇몇 독자적인 재능들을 찾아내기도 하였다. 그것은 대개의 경우, 어느 거장이, 그것이 누구이든, 그의 유파가 아무리 배타적이라 할지라도, 독창적인 감정에 입각하여 평가하고, 자신이 어디에 있건, 하나의 재능을, 그리고 재능이라고 하기에는 부족해도 자기의 소년기 중 어느 순간에 관련되어 있는, 그리하여 일찍이 자신이 좋아한 적 있는 어떤 유쾌한 영감까지도, 정당하게 평가하기 때문이었다. 또 어떤 경우에는, 그 거장 자신이 일찍이 만들고자 하였음을 조금씩 점차적으로 깨달은 것, 바로 그것과 유사한 어떤 것을, 다른 시대의 몇몇 예술가들이 이미 자기들의 소박한 작품 속에 구현해 놓았기 때문이었다. 그러한 경우 그 거장은 그 옛날의 예술가 속에서 하나의 선구자를 발견하며, 그의 속에서 다른 형태로 전개되었던, 잠정적이지만 친근한 노력을 좋아하게 된다. 뿌쌩의 작품 속에 터너의 편린들이 있으며, 몽떼스끼유의 작품 속에 플로베르의 구절들이 있다.[62] 그리고 때로는 그 거장의 편애에 관한 소문이, 어디에서 태동하였는지 알 수 없으되 그 유파 속에 만연된 어떤 오류의 결과이기도 했다. 하지만 거장이 인용한 이름이 적시에 그 기업체의 보호막 밑으로 들어가 그것의 혜택을 입게 되는데, 거장의 선택에 다소간의 자유와 진정한 취향이 있다 할지라도, 유파들이란 오직 이론만을 따르는 속성을 가지고 있기 때문이다. 그렇게 지성이, 어떤 때에는 옆으로 빠져나갔다가 그 다음에는 반대방향으로 가는 등, 우왕좌왕하며 나아가는 자기의 습관적인 흐름을 따라가면서, 일정한 수의 작품들 위에 저 높은 곳으로부터 빛을 다시 가져와 투사하였고, 정의나 혁신에 대한 드뷔씨의 욕구, 혹은 그의 취향, 혹은 그의 변덕, 혹은 그가 아마 하지 않았을 어떤 말 등이, 그 다시 조명된 작품들에다가 쇼뺑의 작품들을 추가하였다. 사람들이 절대적으로 신뢰하는 평가자들로부터 격찬받고, 『뻴레아스』가 유발시키던 찬탄의 혜택을 입으면서, 쇼뺑의 작품들이 하나의 새로운 광채를 되찾아, 그 작품들을 다시 듣지 않은 사람들조차 그것들 좋아하기를 어찌나 열망하였던지, 비록 자의로 그런다는 환상에는 빠졌으되 마지못해 그것들을 좋아하였다. 그러나 깡브르메르-르그랑댕 부인은 연중 한 부분을 지방에서 보내곤 하였다. 또한 빠리에 머무는 동안에도, 몸이 불편하여 자기의 침실에 머무는 날이 많았다. 그러한 장애가 특히, 깡브르메르 부인이 유행한다고 믿던 표현들의 선택 과정에서 절실하게 느껴졌고, 그러한 표현들은—그녀는 그 미묘한 차이를 식별하지 못하였다—오히려 문어체에 합당할 법했는데, 그녀가 그 표현들을 대화를 통해서보다는 주로 글을 통해서 배웠기 때문이다. 대화란, 견해들을 정확히 알기 위해서보다는 새로운 표현들을 배우는데 더 필요하다. 하지만「야상곡들」⁶³⁾의 그러한 회춘이 아직은 평론에 의해 공고되지 않았다. 그 소식이 다만 '젊은이들'의 한담을 통해서만 전파되었다. 깡브르메르-르그랑댕 부인은 그것을 전혀 모르고 있었다. 내가 그녀에게 기꺼이 그 사실을 알려주었으나, 당구 놀이에서 어떤 공을 간접적인 수단으로 명중시키듯, 그녀의 시어머니에게, 쇼팽이 유행에 뒤지기는커녕 드뷔씨가 가장 좋아하는 음악가라고 말하는 방법을 택하였다. "저런, 그것 재미있네요." 마치 그것이 『뻴레아스』를 작곡한 이가 던진 역설적인 말에 불과하다는 듯, 그녀가 미소를 지으면서 나에게 말하였다. 그럼에도 불구하고, 차후로는 그녀가 쇼팽의 작품들을 존경스럽게 심지어 기쁘게 들을 것임은 분명했다. 따라서 노부인에게는 해방의 시각을 알리는 종소리와도 같았던 나의 말이, 그녀의 얼굴에 나에게로 향한 감사의 표정을, 특히 기쁨의 표정을 드리워 주었다. 그녀의 두 눈이 『라 뛰드 혹은 삼십오 년 동안의 감금상태』⁶⁴⁾라는 극작품 속 인물인 라 뛰드의 눈처럼 번쩍였고, 그녀의 흉곽은, 『휘델리오』⁶⁵⁾에 등장하는 죄수들이 드디어 '그 활기를 주는 공기를 호흡하는' 장면에서 베토벤이 그토록 멋지게 부각시킨 것처럼, 한껏 팽창하면서 바다의 공기를 들이마셨다. 나는 그녀가 자기의 콧수염 난 입술을 나의 볼에 가져다 대려고 하는 줄 알았다. "아니, 당신이 쇼팽을 좋아하세요? 그가 쇼팽을 좋아해, 그가 쇼팽을 좋아해." 열정에 휩싸인 가벼운 콧소리로 그녀가 감격스럽게 말하였다. 그 어투가 마치 이렇게 말하였을 경우와 같았다. "아니, 당신도 프랑끄또 부인을 아시나요?" 그러나 차이가 있었으니, 프랑끄또 부인과 나 사이의 관계에 그녀가 완전히 무심했을 것임에 반하여, 내가 쇼팽의 작품을 안다는 사실은 그녀를 일종의 예술적 열광 속으로 던져 넣었다. 타액의 과도한 분비로도 더 이상 충분하지 못했다. 쇼뺑의 재발견에서 드뷔씨가 수행한 역할을 이해하려 시도조차 하지 않았던지라, 그녀는 단지 쇼뺑에 대한 나의 평가가 우호적이라고만 느꼈다. 음악적 열광이 그녀를 사로잡았다. "엘로디!⁽⁶⁶⁾ 엘로디! 그가 쇼뺑을 좋아해요." 그녀의 젖가슴이 부풀어올랐고, 그녀가 두 팔을 허공으로 치켜올렸다. "아! 저는 당신이 음악가임을 이미 직감하였어요." 그녀가 감격스럽게 말하였다. "저는 이해해요, 당신이 예술가이기 때문에 그것을 좋아하세요. 얼마나 아름다운가요!" 또한 그녀의 음성은, 쇼뺑에게로 향한 자기의 열정을 표하기 위하여, 데모스테네스⁽⁶⁷⁾를 본받아 발백 해변의 모든 조약돌로 자신의 입을 채운듯, 자갈밭처럼 거칠었다. 이윽고, 그녀가 미처 안전한 곳으로 치울 시간이 없어 흠뻑 젖은 작은 너울에까지 이르렀던 조수가 썰물로 변하였고,⁽⁶⁸⁾ 쇼뺑의 추억이 타액의 거품으로 이제 막 적셨던 콧수염을 후작 부인이 자기의 수놓은 손수건으로 닦았다.

"맙소사," 깡브르메르-르그랑댕 부인이 나에게 말하였다. "저의 시어머님께서 지나치게 지체하시는 것 같아요. 오늘 저녁 만찬에 저의 슈누빌(Ch'nouville) 숙부님 초대하신 것을 잊고 계세요. 게다가 깡깡은 기다리는 것을 좋아하지 않아요." '깡깡'이라는 말은 무슨 뜻인지 도무지 알 수 없었던지라, 나는 그것이 아마 개를 가리키려니 생각하였다. 그러나 슈누빌 가문 친척들에 관해서 말하자면 이러하다. 나이가 들어감에 따라 며느리 후작 부인이 일찍이 그 가문 명칭을 그러한 식으로 발음하면서⁽⁶⁹⁾ 맛보던 즐거움⁽⁷⁰⁾은 경감되었다. 하지만 옛날 그녀가 결혼하기로 작정하였던 것은 그 즐거움을 맛보기 위해서였다. 다른 사교 집단들 내에서는 슈누빌 가문에 대하여 말할 때 (적어도 전치사 de 앞에 모음으로 끝나는 명사가 올 때에는 그랬으니, 그 반대의 경우에는, 혀가 Madam' d'Ch'nonceaux[71] 같은 발음을 용납하지 않는지라, 누구든 전치사 de에 기댈 수밖에 없기 때문이다) 전치사 'de'[72]의 무음 'e'를 희생시키는 것이 관례였다. 그리하여 흔히들 이렇게 말하였다. "Monsieur d'Chenouville." 깡브르메르 가문에서는 그러한 관례가 전도되었고, 또 그 전도된 것이 절대적이었다. 그 가문 사람들이 어떠한 경우에도 삭제하던 것은 Chenouville의 묵음 'e'였다. 그 가문 앞에 'mon cousin (나의 종형제)'이 오건 'ma cousine (나의 종자매)'가 오건, 그들이 사용하던 형태는 'de Ch'nouville'이었지, 결코 'd'Chenouville'이 아니었다. (그 슈누빌 가문의 어른을 가리켜 모두들 '노트르 옹끌르, notere oncle'라고 하였으니, 게르망뜨 가문 사람들이 그랬을 것처럼 '옹크, onk'라고 발음하기에는 자기들이 훼떼른느에서 충분히 상류층에 속하지 못하였기 때문이며,[73] 게르망뜨 가문 사람들이 자음들을 삭제하고 외래 명칭들을 귀화시켜 의도적으로 사용하던 알아들을 수 없는 말들은 옛 프랑스어나 현대의 은어만큼이나 이해하기 어려웠다.) 깡브르메르 가문의 새로운 일원이 된 사람은 누구나 슈누빌 가문의 그러한 특징에 관해 즉시 단단히 주의를 받았지만, 르그랑댕 아씨에게만은 그러한 주의가 필요없었다. 그녀가 결혼하기 전, 언젠가 어느 댁을 방문하였을 때, 그 댁 아가씨가 '나의 위제 숙모님(ma tante d'Uzai)', '나의 루앙 숙부님(mon onk Rouan)'이라고 하는 말을 듣는 순간, 그녀는 자신이 평소 '위제스(Uzes)'와 '로앙(Rohan)'이라 발음하던 그 찬연한 가문들의 명칭을 즉각 알아보지 못하였고, 그 순간 그녀는, 식탁 위에 놓인 새로 고안된 식기들의 사용법을 몰라 감히 식사를 시작하지 못하는 사람이 겪는, 놀라움과 당황스러움과 수치심 등을 겪었다. 그러나 그 날 저녁과 다음날에는, 그녀가 황홀감에 사로잡혀 그 댁 아가씨처럼 마지막 철자 's'를 삭제하면서 '나의 위제 숙모님'이라 하였고, 그러한 삭제가 전날에는 자기를 아연실색케 하였건만 이제는 그것을 모르는 것이 하도 상스러워 보였던지라, 자기의 친구 아가씨들 중 하나가 그녀에게 위제스(Uzes) 공작 부인의 상반신 조각상 이야기를 하였을 때, 르그랑댕 아씨가 불쾌감을 감추지 않고 오만한 어조로 이렇게 대꾸하였다. "적어도 '위제 부인(Mme d'Uzai)'이라고 정확히는 발음해야지요."[74] 그 이후로부터 그녀는, 단단한 물질들이 점점 더 정묘한 인자들로 변환하는 법칙에 따라, 자기가 부친으로부터 물려받은 정직하게 모은 상당한 재산, 자신이 받은 나무랄데없는 교육, 까로[75]의 강의나 브륀느띠에르[76]의 강의를 들으면서 쏘르본느 대학에서 보인, 그리고 라무르[77]의 연주회에 꼬박꼬박 가면서 보인 자신의 근면함 등, 그 모든 것들이 기화하여, 언젠가는 '나의 숙모 위제'라고 말하는 기쁨 속에서 그 마지막 정련 단계에 이르게 되어 있었음을 깨달았다. 또한 결혼 후에도, 최소한 결혼 초기에는, 자기가 좋아하였으되 희생시키기로 체념한 친구들이 아닌, 반면 좋아하지 않았으나 만나서 그녀들을 향해 다음과 같이 말할 수 있기를 원하던(그녀가 그것을 위해 결혼할 예정이었으니) 친구들과 자주 만나야겠다는 생각이 그녀의 뇌리에서 배제되지 않았다. "내가 너희들을 나의 '위제(Uzai) 숙모님'에게 소개하겠어." 그러나 그러한 혼인이 너무 어려움을 알았을 때에는 이런 말들을 하리라 생각하였다. "내가 너희들을 나의 슈누빌(Ch'nouville) 숙모님께 소개하겠어." "너희들을 위제(Uzai) 가문 사람들과 함께 만찬에 초대하겠어." 강브르메르 씨와의 결혼이, 르그랑댕 아씨에게 그 두 마디 말 중 첫 번째 말을 할 계기는 제공하였으되, 두 번째 말을 할 계기는 마련해 주지 못하였으니, 그녀의 시부모와 교류하던 사람들이, 그녀가 일찍이 생각하던 그리고 아직도 계속 꿈꾸던 그런 사람들이 아니었기 때문이다. 그래서인지 나에게 쌩-루에 대하여, 자신의 엄지와 인지를 접근시키면서, 또 자기가 드디어 포착하기에 성공한 무한히 미묘한 무엇을 응시하는 듯 두 눈을 반쯤 감으면서, 다음과 같이 말한 다음 (그 말을 하기 위해 로베르 특유의 표현 하나를 차용하면서—왜냐하면 그녀와 대화를 나누기 위하여 내가 르그랑댕처럼 말하였다면, 그녀는 정반대의 암시 형태로, 그것을 일찍이 그가 라셀에게서 빌렸다는 사실을 모르는 채, 로베르의 기이한 화법으로 그의 말에 대꾸하였으니 말이다)—"그에게는 지성의 아름다운 장점이 있어요."—그녀가 어찌나 열렬히 그를 칭찬하였던지, 누가 들었으면 그녀가 그에 대하여 연정을 품었다고(그렇잖아도 동씨에르에서 복무하던 시절, 로베르가 그녀의 정인이었다고 주장하는 사람들이 있었다) 생각하였을 것이나, 사실은 내가 자기의 말을 로베르에게 그대로 옮기도록 함과 동시에, 결국 이러한 말을 하기 위함이었다. "당신은 게르망뜨 공작 부인과 절친하세요. 저는 질환에 시달리는지라 외출하는 일이 거의 없으나, 그녀가 정선된 친구들에게만 둘러싸여 지낸다는 것을 알고 있으며, 저도 그것이 매우 멋있다고 생각해요. 그녀와의 교분이 전혀 없으나, 저는 그녀가 절대적으로 탁월한 여인임을 알고 있어요." 깡브르메르 부인이 게르망뜨 공작 부인과 거의 친분이 없음을 아는지라, 나 역시 그녀만큼이나 공작 부인과 친분이 없는 것처럼 보이기 위하여, 그 점에 대해 가볍게 이야기하면서, 후작 부인에게 대꾸하기를, 내가 특히 그녀의 오라비 르그랑댕 씨와 친분이 돈독했었다고 하였다. 그 이름을 듣자 그녀는, 내가 게르망뜨 공작 부인에 대한 그녀의 말을 듣고 그랬듯이, 모호한 기색을 지었으나, 그것에 불만스러운 표정을 섞었으며, 그것은, 내가 그 말을 나 자신을 낮추기 위해서가 아니라 자기를 모욕하기 위해 하였다고 생각하였기 때문이다. 그녀가 르그랑댕 가문에 태어났다는 절망감 때문에 심하게 괴로워하였던 것일까? 그것이 적어도, 그녀 남편의 누이들 및 형수들(제수들), 즉 어떤 유명 인사와도 교분이 없고, 아는 것 없으며, 깡브르메르 부인의 지성과, 그녀가 받은 교육, 그녀의 재산, 병들기 전까지 그녀가 간직하고 있었던 육체적 매력 등을 질시하던 그 시골 귀부인들의 주장이었다. "그녀는 오직 그 생각뿐이며, 그것이 그녀를 죽어가게 해요." 깡브르메르 부인에 대해 이야기하기를 시작하기 무섭게 그 심보 고약한 여인들이 누구에게나 하던 말이었으며, 그러나 특히 평민 계급에 속한 사람에게 그러기를 유난히 좋아하였던 것은, 그 평민이 건방지고 멍청할 경우, 평민 계급이 가지고 있는 수치스러운 점에 대한 그러한 확언을 통하여, 자기들이 그 평민에게 표하는 친절에 더 큰 가치를 부여하기 위해서였고, 혹은, 그 평민이 소심하되 영리하여 그녀들의 말을 자신에게 적용하는 사람일 경우, 그를 정중하게 대하면서도 그에게 간접적으로 무례를 범하는 즐거움을 맛보기 위해서였다. 하지만 그 귀부인들이 자기들의 올케(동서)에 대해 진실을 말한다고 생각하였지만, 실은 그녀들이 잘못 짚고 있었다. 자신이 르그랑댕 가문 출신이라는 추억마저 상실하였던지라, 그녀가 그만큼 괴로워하지 않았으니 말이다. 내가 자기에게 그 추억을 되돌려준 것에 기분이 상했던지, 구체적인 이야기를 덧붙이는 것도, 내 추억들을 확인시켜 주는 것도, 모두 부질없다고 판단한 듯, 내가 한 말을 전혀 이해하지 못한 것처럼 그녀가 입을 다물었다.

"우리의 친척들이, 이 방문을 단축시키는 주요인은 아니에요." '슈누빌(Ch'nouville)'이라고 발음하는 것에서 얻는 즐거움에 자기의 며느리보다 아마 더 무감각해졌을 깡브르메르 노부인이 나에게 말하였다. "그보다는, 너무 많은 사람들이 와서 댁을 피곤하게 하는 일이 생기지 않을까 저어하여, 이 신사분께서 자기의 아내와 아들을 감히 이곳까지 데리고 오시지 못하였기 때문이에요." 그녀가 나에게 변호사를 가리키면서 말하였다. "두 사람은 우리들을 기다리면서 해변에서 산책하고 있는데, 지금쯤 틀림없이 무료함을 느끼기 시작할 거예요." 내가 그 두 사람을 나에게 정확하게 가리켜 보라고 한 다음, 그들을 데리러 달려갔다. 여인의 얼굴은 미나리아재비과 식물의 몇몇 꽃들처럼 둥글고, 눈 귀퉁이에 상당히 큰 식물성 모반(母班) 하나가 있었다. 또한 인간들도, 여러 세대에 걸쳐, 같은 과(科)에 속하는 식물들처럼 고유의 특성을 간직하는지라, 모친의 시든 얼굴에서처럼, 하나의 품종을 분류하는데 도움이 될 수 있을 똑같은 모반이, 아들의 눈 밑에서도 자라고 있었다. 자기의 아내와 아들에게 베푼 나의 배려가 변호사를 감동시켰다. 그가 나의 발백 체류에 관심을 보였다. "이곳이 조금은 낯설게 여겨질 것입니다. 여기에 있는 사람들이 대부분 외국인들이기 때문입니다." 그런 다음, 말을 계속하면서 그가 나를 유심히 살폈다. 비록 자기의 고객들 중 다수가 외국인들이었지만, 그들을 좋아하지 않았던지라, 내가 혹시 자기의 외국인 혐오증에 적대적이지 않은지 확인하고 싶었기 때문이며, 만약 내가 적대적이었다면 그가 아마 이렇게 말하면서 슬쩍 물러섰을 것이다. "물론 x 부인도 매력적일 수 있습니다. 그것은 원칙의 문제입니다." 그 시기에 내가 외국인들에 대하여 어떤 견해도 가지고 있지 않았던지라 반대의 뜻을 표하지 않았고, 그는 자신이 안전한 상황에 처했음을 직감하였다. 그래서인지 심지어, 빠리에 있는 자기의 집에 와서 자기가 소장하고 있는 르 씨다네르의 작품들을 감상하라고 제안하였고, 내가 그들과 친밀하다고 생각한 듯, 깡브르메르 가문 사람들도 데리고 오라고 하였다. "제가 당신을 르 씨다네르와 함께 초대하겠습니다." 내가 그 축복 받은 날만을 기다리며 살 것이라고 확신하는 듯한 투로 그가 나에게 말하였다. "그가 얼마나 세련된 사람인지 아시게 될 것입니다. 또한 그의 화폭들도 당신을 매혹할 것입니다. 물론 제가 저명한 수집가들과 경쟁할 수는 없으나, 그가 좋아하는 화폭들을 가장 많이 소장하고 있는 사람은 저일 것이라고 생각합니다. 그 화폭들이 발백에서 그린 것들이라 대부분은 해양화들이고, 따라서 그만큼 더 당신의 관심을 끌 것입니다." 식물적 특성을 가진 그의 아내와 아들은 그의 말을 엄숙하게 경청하였다. 빠리에서는 그들의 저택이 르 씨다네르를 모시는 일종의 신전임을 감지할 수 있었다. 그러한 종류의 신전들이 무용지물은 아니다. 신이 자신에 대하여 의심을 품게 될 때, 그는 자기의 작품에 생애를 바친 이들의 부인할 수 없는 증언으로, 자기의 견해에 생긴 작은 틈들을 쉽사리 틀어막는다.[70)]

자기 시어머니의 신호에 깡브르메르 부인이 자리에서 일어서려고 하면서 나에게 말하였다. "훼떼른느에 체류하기를 원하시지 않으니, 주중에 하루쯤, 가령 내일, 그곳에 점심 식사 하러 오시지 않겠어요?" 그러더니, 친절한 마음에 이끌려 나의 결단을 촉구하기 위하여 이렇게 덧붙였다. "크리즈누와 백작을 '다시 만나실' 거에요." 하지만 내가 모르는 사람이었던지라, 그와 헤어진 적도 없었다. 그녀가 나의 눈 앞에서 다른 유혹들이 더 반짝이게 하기를 시작하더니 문득 말을 중단하였다. 돌아오는 길에 그녀가 호텔에 와 있다는 사실을 알게 된 깡 지방법원장이, 그녀를 은밀히 사방으로 찾아다닌 끝에, 잠시 뜸을 들이다가, 우연히 그녀와 마주친 척하며 그녀에게 인사를 하려고 다가온 것이다. 나는 깡브르메르 부인이 나에게 제안하던 오찬에 법원장까지 초대할 생각이 없음을 깨달았다. 하지만 법원장은 나보다 훨씬 오래전부터 그녀와 교분을 맺었던 바, 내가 처음으로 발벡에 체류하던 시절 그토록 부러워하던, 췌떼른느 성 오후 연회에 여러 해 전부터 자주 참석하는 사람들 중 하나였으니 말이다. 그러나 사교계 사람들에게는 연륜이 전부가 아니다. 따라서 그들은 아직도 자기들의 호기심을 자극하는 새로운 교분들을 더 기꺼이 오찬에 초대하며, 특히 쌩-루와 같은 사람의 화려하고 열렬한 추천에 의해 그 교분이 맺어졌을 경우 더욱 그러하다. 깡브르메르 부인은 자기가 나에게 한 말을 법원장이 듣지 못하였으리라 추측하였으나, 자기가 느끼던 가책감을 가라앉히기 위하여 그에게 지극히 친절한 말을 건넸다. 수평선 끝, 평소에는 보이지 않던 리브벨의 황금빛 해안을 뒤덮고 있던 햇볕 속에서, 우리는, 물에서 나오는지라 반짝이는 창해와 겨우 분리된, 췌떼른느에서 울리던 분홍색의 낭랑하고 미세하며 은은한, 삼종기도 시간을 알리는 종소리를 분별할 수 있었다. "저 소리 역시 『뻴레아스』에서 들리는 것과 상당히 닮았습니다." 내가 깡브르메르-르그랑댕 부인의 주의를 환기시키며 말하였다. "제가 말하고자 하는 그 장면이 어떤 것인지 아시겠습니까?" ─ "알 것 같아요."[80] 그러나, 어떤 추억도 어른거리지 않는 그녀의 얼굴과 음성 및 받침점 없이 허공에 뜬 그녀의 미소는, 이렇게 선포하고 있었다. "전혀 모르겠어요." 노부인은 종소리가 그곳까지 들린다는 사실에 놀라움을 금하지 못하였고, 문득 시각을 깨달은 듯 자리에서 일어섰다. 그러자 내가 말하였다. "그러나 사실, 평소에는 발벡에서 저 해안이 보이지 않으며, 종소리도 들리지 않습니다. 날씨가 변하여 수평선을 두 배로 확장시킨 모양입니다. 그렇지 않다면, 부인께서 저 소리에 떠나시려 하는 것으로 보아, 종소리가 부인을 모시러 온 것이며, 따라서 삼종기도 시간을 알리는 종소리가 부인에게는 곧 만찬 시간을 알리는 종소리인 듯합니다." 종소리에 무심한 법원장이 방파제를 슬쩍 바라보았고, 그 날 저녁에 유난히 사람이 없는 것을 보고 구슬픔에 잠겼다. "당신은 진정한 시인이에요." 깡브르메르 부인이 나에게 말하였다. "당신이 감수성 예민하고 예술가적 기질 갖춘 것을 느낄 수 있어요. 오세요, 제가 쇼뺑의 곡 하나를 연주해 드리겠어요." 황홀해진 기색으로 두 팔을 쳐들면서, 또한 입 속에서 조약돌을 옮겨놓는 듯 거칠어진 음성으로 그녀가 덧붙였다. 그 다음 침을 삼키더니, 노부인이 자기 콧수염의 가벼운 솔을—아메리카 식으로 그렇게들 말한다—손수건으로 무심히 닦았다. 상스러움과 뻔뻔함과 과시 취향이 적당량씩 혼합되었을 때, 그것이 다른 이들은 실행에 옮기기를 주저하는, 그러나 사교계에서는 전혀 불쾌감을 주지 않는, 그러한 행동을 부추기는지라, 법원장이 후작 부인을 그녀의 마차까지 모시기 위하여 그녀의 팔을 움켜잡음으로써, 자신도 모르는 사이에 나에게 큰 봉사를 하였다. 그는 여러 해 전부터 나보다는 훨씬 더 그러한 일에 익숙해져 있었다. 나는 그를 내심 찬양하면서도 감히 그를 모방하지 못하고, 깡브르메르-르그랑댕 부인과 나란히 걷기만 하였으며, 그녀는 내가 손에 들고 있던 책을 잠시 보겠다고 하였다. 세비녜 부인의 이름을 보자 그녀가 입을 삐죽거리더니, 자기가 몇몇 '전위적인' 신문들에서 읽은, 그러나 여성형으로 변형시켜 발음하여 17세기의 문인에게 적용하자 기이한 효과를 내는 단어[81] 하나를 사용하면서 그녀가 나에게 물었다. "그녀에게 정말 재능이 있다고 생각하세요?" 후작 부인이 심부름꾼 시종에게, 한길로 접어들어 출발하기 전에 들려야 할 과자점의 주소를 일러주었고, 저녁나절의 먼지로 인해 분홍색을 띤 한길을 따라 일정한 간격을 두고 엉덩이 형태로 돌출한 절벽들이 푸르스름해지고 있었다. 또한 그녀는 자기의 늙은 마부에게, 추위를 많이 타는 말을 충분히 따뜻하게 해주었는지, 그리고 다른 말은 발굽 때문에 괴로워하지 않는지 등을 물었다. "우리가 의견 일치를 보아야 할 것들에 대해서는 서신을 보내겠어요." 그녀가 나지막한 음성으로 나에게 말하였다. "당신이 저의 며느리와 문학에 관해 이야기하는 것을 보았어요. 그 아이가 사랑스러워요." 비록 진심은 아니었으나, 자기의 아들이 돈에 이끌려 혼인하였다는 인상을 주지 않기 위하여, 그렇게 말하는 습관을 갖게 되었던지라―또한 선량함에 의해 그 습관이 간직되었던지라―그렇게 덧붙였다. "게다가," 다시 한번 열광적으로 입을 우물거리면서 덧붙였다. "그 아이가 대단히 예술적이에요!" 그런 다음, 머리를 규칙적으로 흔들면서 그리고 자기 양산의 홀장 같은 손잡이를 치켜세우면서 마차에 올랐고, 순회 견진 성사에 오른 늙은 주교처럼 자기의 성직에 필요한 치장물들에 짓눌린 채, 발백의 길들을 따라 다시 여정에 올랐다.

"그녀가 당신을 오찬에 초대하였지요." 마차가 멀어져 가고 내가 나의 친구 아가씨들과 함께 돌아왔을 때, 법원장이 나에게 엄숙한 어조로 말하였다. "그녀와 나의 관계가 냉랭해졌어요. 그녀는 내가 자기를 소홀히 대한다고 생각해요. 젠장, 나는 사귀기 쉬운 사람이건만. 누가 나를 원하면 나는 항상 '저 여기 있습니다' 하면서 대령할 준비가 되어 있소. 그렇건만 그들이 쇠 갈고리를 던져 나를 움켜잡아 독차지하려 하였소. 아! 하지만 그것만은," 머리카락을 쪼개듯 시시콜콜 따지는 사람처럼 영악스러운 기색으로 손가락을 치켜세워 보이면서 그가 덧붙였다. "내가 그것만은 허락할 수 없소. 그것은 나의 휴가를 침해하는 짓이오. 나는 '정지!'라고 그들에게 경고할 수밖에 없었소. 당신은 그녀와 매우 친밀한 것 같소. 당신이 내 나이에 이르면 사교계라는 것이 지극히 하찮은 것임을 알게 될 것이며, 그 아무것도 아닌 것에 그토록 중요성을 부여하였다는 사실을 후회할 거요. 자, 나는 저녁 식사 전에 잠시 산책을 좀 해야겠소. 안녕, 여러분!" 마치 우리들로부터 이미 오십 보 이상 멀어지기라도 한 듯, 그가 허공을 향해 그렇게 작별인사를 외쳤다.

내가 로즈몽드와 지젤에게 작별인사를 하였을 때, 그녀들은 알베르띤느가 자기들을 따라가지 않고 멈추어 서 있는 것을 보고 놀랐다. "그런데, 알베르띤느, 너 뭐 하고 있니, 지금 몇 시인지 알아?"—"먼저들 돌아가." 그녀가 단호하게 말하였다. "나는 이 분과 할 이야기가 있어." 유순한 기색으로 나를 가리키면서 그녀가 한 마디 덧붙였다. 로즈몽드와 지젤이 나에 대한 새로운 존경심을 품은 듯 나를 쳐다보았다. 나는, 적어도 잠시 동안이나마, 로즈몽드와 지젤이 보기에도, 내가 알베르띤느에게는, 돌아가야 할 시각이나 그녀의 친구들보다 더 중요한 무엇일 뿐만 아니라, 심지어 나와 그녀 사이에 그녀들이 참견할 수 없는 심각한 비밀들이 있을 수 있다고 느끼는 즐거움을 맛보았다. "오늘 저녁에는 우리가 너를 볼 수 없겠니?"—"모르겠어, 그것은 이 분 뜻에 달렸어. 여하튼 내일 다시 만나자."—"내 방으로 올라갑시다." 그녀의 친구들이 멀찌감치 갔을 때 내가 그녀에게 말하였다. 우리가 승강기에 올랐고, 승강기 담당 종업원 앞에서는 그녀가 침묵을 지켰다. 자기네들끼리만 속삭이고 종업원들에게는 말을 건네지 않는 그 이상한 사람들의, 즉 상전들의, 자질구레한 일들을 알기 위하여 개인적인 관찰과 추론에 의존할 수밖에 없게 되다 보니, 그러한 습관이, '피고용인들' (승강기 담당 종업원은 그들을 '하인'이라 칭하였다) 에게서, '고용주들'에게서 보다 더 큰 예지력을 발달시킨다. 신체 기관들에 대한 필요가 증대되거나 감소됨에 따라, 그 기관들이 더욱 강해져 예민해지거나 반대로 퇴화되기도 한다. 철도가 존재하기 시작한 이후, 기차를 놓치지 말아야 할 필요성이 우리에게 분 단위 시간까지 고려하도록 가르친 반면, 천문학 지식이 초보적이었을 뿐만 아니라 일상생활이 덜 바빴던 옛 로마인들에게는, 분 단위 개념이 없었음은 물론, 시간 단위의 개념조차도 겨우 느껴질 정도였다. 따라서[82] 승강기 종업원은 알베르띤느와 내가 어떤 생각에 몰두해 있었음을 즉각 깨달았고, 자기의 동료들에게 그 이야기를 해주겠노라 작정하고 있었다. 하지만 그에게 재간이 없었던지라, 그는 우리에게 멈추지 않고 말을 하였다.[83] 그러는 동안에도, 내가 보자니, 그의 얼굴에는, 자기의 승강기에 나를 태우고 올라가면서 보이던 일상적인 우정과 기쁨의 표정 대신, 낙담한 듯하고 극도로 불안한 기색이 드리워져 있었다. 내가 그 원인을 알 수 없었던지라, 그의 마음을 다른 쪽으로 돌리게 하려고, 나 자신 알베르띤느에 더 골몰해 있었음에도 불구하고, 내가 그에게 말하기를, 조금 전 떠난 귀부인이 깡브르메르 후작 부인이지 까망베르 부인이 아니라고 하였다. 그 순간 우리가 멈추었던 층에서 긴 베개 하나를 든 끔찍하게 생긴 객실 청소부 여인이, 내가 호텔을 떠날 때 팁을 받을 기대를 하였던지, 나에게 정중히 인사를 하였다. 나는 그녀가 혹시, 옛날 내가 처음 발벡에 도착하였던 날 저녁에 그토록 갈망하던 바로 그 여자인지 알고 싶었으나, 그 이후에도 영영 어떤 확신에 이르지는 못하였다.[84] 승강기 담당 종업원이, 대부분의 거짓 증인들처럼 진지하게, 그러면서도 절망한 기색은 떨쳐버리지 못한 채, 후작 부인이 나에게 가서 자기가 왔음을 알리라고 하면서 말한 이름은 분명 까망베르였다고 단언하였다. 또한 사실대로 말하자면, 그의 귀에 그가 이미 알고 있던 명칭이 들렸다면, 그것은 지극히 자연스러운 일이었다. 게다가 귀족 신분 및 작위들이 만들어지는데 사용되는 명칭들의 본질에 대하여, 승강기 담당 종업원들이 아닌 많은 사람들도 그러듯, 매우 모호한 개념들을 가지고 있었던지라, 까망베르라는 명칭이, 그곳에서 생산되는 치즈가 온 세상에 알려진 터라 그만큼 그에게는 더 그럴 법하게 여겨졌으리니, 그 치즈에게 명성을 안겨준 주체가 후작령의 명성이 아닌 이상, 그토록 영광스러운 명성에서 누가 후작령 명칭 하나를 만들어내었다 하여 놀랄 일은 아니었다.[85] 그럼에도 불구하고, 내가 잘못 알고 있었다는 기색 보이기를 원하지 않는다는 점을 간파하였던지라, 그리고 상전들이란, 자기들의 가장 무의미한 변덕에도 사람들이 복종하고, 가장 명백한 자기들의 거짓말에도 모두들 수긍하면 좋아한다는 사실을 알고 있었던지라, 그가 나에게 착한 하인답게 약속하기를, 차후로는 깡브르메르라 호칭하겠다고 하였다. 발백 시내의 어느 상점 주인도, 그 도시 인근의 어느 농민도, 깡브르메르 가문의 이름과 인물들이 완벽하게 알려진 곳인지라, 승강기 담당 종업원이 저지른 것과 같은 오류는 결코 범할 수 없었을 것이다. 그러나 '발백의 그랜드-호텔'에서 일하는 직원들은 아무도 그 고장 사람이 아니었다. 그들 모두 필요한 모든 자재와 함께 비아리츠, 니쓰, 몬떼-까를로 등지로부터 곧장 와서, 일부는 도빌로, 다른 일부는 디나르로 갔고, 나머지 부분이 발백에 배정되었다.

하지만 승강기 담당 종업원의 근심스러운 괴로움이 더욱 커진 것 같았다. 그가 일상적인 미소로 나에게 열의 표하기를 잊을 지경이라면, 그에게 어떤 불행이 닥쳤음에 틀림없었다. 아마 그가 '보내졌을'[86] 것 같았다. 종업원들에 관해 내가 '결정하는' 바는 무엇이든 '제가 하겠다'고 지배인이 나에게 약속하였던지라,[87] 그가 '보내졌을' 경우, 그가 남을 수 있도록 노력해 보리라 내가 마음을 정하였다. 지배인이 일찍이 이렇게 말한 바 있었다. "언제나 원하시는대로 하실 수 있습니다. 제가 미리 바로잡겠습니다." 그러나 승강기에서 내리는 순간, 그 담당 종업원의 절망과 망연자실한 기색의 곡절이 문득 나의 뇌리를 스쳤다. 알베르띤느가 우리들 앞에 있었던지라, 평소 승강기에 오르면서 내가 그에게 건네곤 하던 일백 쑤[88]를 주지 않았던 것이다. 그리하여 그 멍청이가, 다른 사람 앞에서 보라는 듯 팁 주는 것을 내가 원하지 않았을 것이라고 이해하는 대신, 그것이 이제 영영 끝났으며, 내가 자기에게 더 이상 아무것도 주지 않을 것이라고 추측하면서 그렇게 두려워하였던 것이다. 그는 내가 '빈궁함' 속으로 처박혔으리라 상상하였으나 (게르망뜨 공작이 사용하던 표현이다), 그의 그러한 추측이 그에게, 나에 대한 추호의 연민은커녕, 무시무시한 이기주의적 실망감만을 안겨주었다. 그 순간 나는, 어느 날 과도하지만 전날 이미 그만큼을 주었던지라 그가 다시 열에 들떠 기대하던 금액을 차마 아니 주지 못하였을 때 나의 어머니께서 생각하시던 것보다는, 내가 덜 무분별하다고 나 자신에게 역설하였다. 그러나 또한, 그 때까지 내가 그 속에서 나에 대한 애착의 징후 발견하기를 망설이지 않던 일상적인 기쁨의 기색에 추호도 의심하지 않고 부여하던 그 의미가, 그 순간 조금 덜 확실해졌다. 절망감에 휩싸여 오층 높이에서 투신할 기세인 승강기 담당 종업원을 보면서 나는, 만약 예를 들어 어떤 혁명의 결과로 그와 나의 사회적 신분이 뒤바뀌어, 부유층의 일원으로 변신한 그가, 나를 위해 얌전히 승강기를 운전하는 대신 나를 승강기로부터 밀어 떨어뜨리지 않을지, 그리고, 물론 우리가 목전에 없을 때를 위하여 비록 무례한 말들은 예비해 두더라도 우리가 불행해졌을 때 우리에게 모욕적인 태도는 보이지 않을 상류 사교계보다, 특정 민중 계층 속에 더 큰 이중성이 있는 것이 아닌지, 자문하지 않을 수 없었다.

하지만 발백의 호텔 종업원들 중 승강기 담당자가 가장 타산적이었다고는 말할 수 없다. 그러한 관점에서는 종업원들이 두 부류로 나뉘어졌다. 그들 중 한 부류는, 손님들을 구별하곤 하여, 어느 '수상한 외국 부자'의 무분별하게 후한 팁보다는―그는 그것을 통해 결례를 노출시켰고, 그러한 결례를 그의 앞에서만 모두들 선량함이라 칭하였다―어느 늙은 귀족의(게다가 보트레이 장군[80])에게 부탁하여 자기들로 하여금 28일 간의 소집 훈련을 면하게 해줄 능력까지 가지고 있는) 합리적인 팁에 더 고마움을 느끼곤 하였다. 반면 다른 부류는, 귀족이니, 지성이니, 저명함이니, 지위니, 예절이니 하는 따위는 아예 안중에도 없고, 그 모든 것들이 그들의 눈에는 단 하나의 숫자로 덮여 있는 것처럼 보였다. 그들에게는 단 하나의 서열밖에 없었고, 그 서열이란 곧 손님이 가지고 있는, 아니 그보다는 손님이 자기들에게 주는, 돈이었다. 아마 에메 역시, 자신이 일찍이 많은 호텔에서 봉사하였던지라 세속 물정에 해박하다고 비록 자처하였지만, 그 부류에 속하였을 것이다. 예를 들어, 뤽상부르 대공 부인에 대한 다음과 같은 유형의 평가를 내리면서, 그것에 사회적인 그리고 가문들에 대한 지식의 외양을 부여하는 것이 고작이었다. "그 속에 많은 돈이 있을까?" (의문부호를 붙인 것은, 어느 손님에게, 빠리에서라면 '주방장 특선 요리'를 대접하기 전에, 혹은 발백에서라면, 식당 입구 왼쪽에 있는, 바다가 보이는 위치의 식탁을 그에게 확보해 주기 전에, 손님에 관해 조회하기 위하여 혹은 이미 조회한 사실을 확실히 검토해 두기 위해서였다). 그럼에도 불구하고, 즉 욕심이 없지 않았음에도 불구하고, 그는 승강기 담당 종업원의 그 멍청한 절망감을 곁들여 자기의 욕심을 드러내는 짓은 저지르지 않았을 것이다. 하지만 반면, 승강기 담당 종업원의 그 순진함은 아마 모든 일을 단순화시켰을 것이다.

대형 호텔이나 전에 라셸이 일하던 곳과 같은 업소[90]의 편리함이란, 중개인이 없어도, 그 때까지 얼음장 같았던 종업원이나 어느 여인의 얼굴에, 일천 프랑권 지폐는 말할 것도 없이 일백 프랑권 지폐를 보기만 해도, 또 그것이 자기들 아닌 다른 사람에게 주어졌다 해도, 미소와 자신을 선뜻 바칠 뜻이 나타난다는 점이다. 그와는 반대로, 정치에서나 연인들의 관계에서는, 금전과 고분고분함 사이에 너무나 많은 것들이 가로놓여 있다. 그것들이 하도 많아, 결국에는 금전으로 말미암아 미소를 짓게 되어 있는 이들조차도, 금전과 자신들을 이어주는 내적 과정을 따라가지 못하는 경우가 빈번하여, 자기들이 더 세련되었다고 믿으며 또 사실 그렇다.[91] 그리고 더 나아가, 그러한 현상이 그들의 점잖은 대화에서 다음과 같은 말을 제거하여 그 대화를 정화한다. "이제 저에게 남은 일이 무엇인지 알았으니, 내일 사람들이 저를 시체 공시장(公示場)에서 발견할 거예요."[92] 그리하여 또한 점잖은 사회에는, 말하지 말아야 할 바로 그것들에 대하여 말하는 소설가들이나 시인등 그 고귀한 존재들이 별로 없다.

우리 두 사람만 남아 복도로 접어들기 무섭게 알베르띤느가 나에게 말하였다. "도대체 저의 어떤 점이 마음에 들지 않나요?" 그녀에게 보인 나의 냉혹함이 나 자신에게 더 큰 괴로움을 주었을까? 혹은 나의 그 냉혹함이, 나의 벗님으로 하여금 나를 대함에 있어 두려워하고 애원하는 듯한 태도를 취하게 하여, 내가 그녀에게 심문하듯 따져 물을 수 있게 되고, 그리하여 내가 오래 전부터 그녀에 대하여 품고 있던 두 가지 추측[93] 중 어느 것이 사실인지 아마 알아낼 수 있도록 해줄, 나의 무의식적인 간계에 불과하지 않았을까? 하지만 여하튼 그녀의 질문을 들었을 때 내가, 아주 오랫동안 갈망하던 목표에 도달한 어떤 사람처럼, 문득 행복감을 느낀 것은 사실이다. 그녀의 질문에 답하기 전에 내가 그녀를 나의 방 출입문까지 데리고 갔다. 문이 열리자, 방을 가득 채우고 있던, 그리고 석양에 대비하여 펼쳐 놓았던 커튼의 흰색 모슬린 자락들을 여명의 황금빛 비단 천으로 변화시키고 있던 분홍색 빛이, 썰물처럼 쏟아져 나왔다. 창문으로 가서 보자니, 갈매기들이 다시 물결 위에 내려앉아 있었으며, 그러나 이제는 분홍색을 띠고 있었다. 내가 알베르띤느에게 그 광경을 보라고 하였다. "화제를 바꾸지 마세요." 그녀가 나에게 말하였다. "저처럼 솔직하세요." 내가 그녀에게 거짓말을 하였다. 나는 그녀에게, 먼저 나의 고백을, 내가 얼마 전부터 앙드레에 대하여 깊은 연정을 품었다는 고백을 들어야 한다고 선언하였으며, 그런 다음, 극장 무대에는 어울리겠으나, 실제 생활에서는, 별로 느끼지 못하는 사랑을 가장할 때에나 동원하는, 솔직함과 순진함을 곁들여 그 고백을 하였다. 발백으로의 첫 여행 전에 질베르뜨에게 하였던 거짓말[94]을 다시 동원하면서, 그러나 그것에 변화를 주면서, 그리고 이제는 내가 자기를 사랑하지 않는다는 말을 그녀가 더욱 확고히 믿도록 하기 위하여, 나는 심지어, 내가 전에는 그녀와 사랑에 빠질 지경에 이른 적이 있었으나 이미 너무 긴 세월이 흘렀고, 그녀가 나에게는 좋은 친구일 뿐이고, 내가 비록 원한다 해도, 그녀에 대해 더 열렬한 감정을 느낄 수는 없을 것이라고까지 하였다. 게다가, 알베르띤느 앞에서 그녀에 대한 나의 냉담함을 그렇게 강조함으로써, 나는—그 특별한 상황과 추구하던 특별한 목적으로 인해—스스로를 하도 의심하는지라, 어떤 여인이 자기들을 혹시 사랑할 수도 있으리라고, 또한 자신들이 그 여인을 진실로 사랑할 수도 있으리라고는 결코 생각조차 하지 못하는 이들의 사랑이 채택하는, 그 특유의 쌍박자(雙拍子)[95]를 더욱 현저하게 드러내고 강조하였을 뿐이다. 그러한 이들은, 자기들이 지극히 다양한 여인들 곁에서 항상 여일한 희망과 여일한 번민을 겪었고, 항상 같은 이야기들을 지어냈으며, 항상 같은 말을 하였다는 사실을 알 만큼, 또한 자기들의 이러저러한 감정들이나 행위들이 사랑하는 여인과 밀접하고 필연적인 관계를 맺지 못하고, 단지 해변의 암벽으로 덤벼드는 밀물처럼 그녀 곁을 스쳐 지나가면서 그녀에게 물이나 튀기고 그녀를 농락한다는 사실과, 자신들의 그러한 변덕에 대한 자각증세가 자신들 내면에, 어떤 여인의 사랑을 그토록 갈구하면서도 그 여인이 자기들을 사랑하지 않는다는 의심을 더욱 증대시킨다는 사실 등을 깨달을 만큼, 자신들을 충분히 잘 안다. 우리에게는 그녀가 우리의 분출하는 욕망들 앞에 놓여진 하나의 단순한 우발적 존재에 불과할진대, 도대체 왜 우연이라는 것이 우리들을 그녀가 품은 욕망들의 목표가 되도록 하였겠는가? 또한 그리하여, 그 모든 감정들을, 우리의 이웃이 불러 일으키는 단순한 인간적 감정들과는 그토록 다른, 연정이라는 그 특별한 감정들을 그녀에게 표출할 욕구를 절실히 느끼면서도, 따라서 앞으로 한 걸음 나아간 다음, 우리가 사랑하는 여인에게, 그녀에게로 향한 우리의 애정과 희원들을 고백하면서도, 그러나 이내 그녀의 비위를 상하게 하지 않을까 두려워하여, 또한 아울러, 우리가 그녀에게 한 말이, 전적으로 그녀만을 위하여 새로 구사한 것이 아니고, 그것이 다른 여인들을 대할 때 우리가 이미 사용하였으며 또 훗날에도 사용할 것이고, 만약 우리들을 사랑하지 않으면 그녀가 우리들이 하는 말을 이해할 수 없는지라, 그러한 경우 우리가, 무지한 사람들 앞에서 그들에게는 어울리지 않는 미묘하고 정련된 구절들을 늘어놓는 현학적인 사람의 저속한 취향과 파렴치를 드러내지 않았을까 하는 등의 감회에 기인한 송구함이, 즉 그러한 염려와 수치심이―비록 처음에는 앞서 고백한 호감을 급작스럽게 철회하고 뒷걸음치면서 그랬다 하더라도—엇박자와, 역류(逆流)와, 다시 공세를 취하여 우리에 대한 그녀의 존경 및 우리의 지배력을 회복하고 싶은 욕구 등을 우리에게 다시 가져다 주는 바, 그러한 이중 박자(x)는, 어떤 사랑의 여러 시기에서, 유사한 사랑들의 모든 상응하는 시기에서, 그리고 자신을 높이 평가하기보다는 자신을 분석하는데 더 능숙한 모든 사람들 속에서 감지된다. 내가 알베르띤느 앞에서 늘어놓던 말 속에서 그 이중 박자가 평소보다 조금 더 힘차게 강조되었던 것은, 오직 나로 하여금 나의 애정이 정확히 응하여 노래할 반대편 박자 쪽으로 더욱 신속히 그리고 더욱 강력하게 건너가도록 하기 위해서였다.

 그 동안 너무 긴 세월이 흘러 내가 다시 자기를 사랑할 수 없다고 한 말을 알베르띤느가 믿기에는 너무 어려울 것 같아, 나는 나의 성격적 야릇함이라고 나 자신이 일컫던 것을, 그들의 혹은 나의 잘못 때문에 내가 사랑할 수 있었던 순간을 일찍이 그들과 함께 허송한, 그러나 그 순간을 아무리 갈망하여도 되찾을 수 없게 된, 그러한 사람들에게서 취한 예들로 뒷받침하였다. 나는 그렇게, 그녀를 다시 사랑할 수 없게 된 것에 대하여, 어떤 무례한 짓에 대해 그러듯 사과하는 기색을 보였고, 아울러 그 심리적 원인들이 나에게만 있는 특이한 현상인양, 그것을 그녀에게 이해시키려 애쓰는 척하였다. 하지만 그러한 식으로 나 자신을 설명하면서, 또한 질베르뜨의 경우에 대하여 길게 상술하면서—알베르띤느에게 적용하면 거의 그렇지 않았으나 질베르뜨와 관련시켜 보면 정말 엄밀한 사실이었다—내가 얻은 결과는, 그럴듯하지 않다고 내가 믿는 척하던 나의 주장들을 오히려 그만큼 더 그럴듯하게 보이도록 한 것뿐이었다. 나의 '솔직한 말'이라고 믿던 것을 알베르띤느가 비로소 높이 평가하고, 그녀가 나의 추론 속에 있는 명백성을 인정하는 것을 감지한 나는, 진실을 말함으로써 우리가 항상 상대방에게 불쾌감을 준다는 사실을 잘 안다고 말하면서, 또한 게다가 내가 말하던 진실이 그녀에게는 불가해하게 보일 것이 틀림없으리라고 하면서, 나의 '솔직한 말'에 대해 사과하였다. 하지만 그녀가 오히려 나의 솔직성에 감사한다고 하였을 뿐만 아니라, 덧붙여 말하기를, 그토록 흔하고 자연스러운 정신 상태를 충분히 이해한다고 하였다.

앙드레에게로 향한 나의 허구적인 감정 및 알베르띤느 본인에 대한 무관심을—정말 진지하고 과장하지 않는 것처럼 보이기 위하여, 내가 그녀에게, 우연히 덧붙이듯 그리고 예의를 차리려는 투로, 그 무관심이 글자 그대로 받아들여져서는 아니 된다고 역설하였다—그렇게 털어놓은 다음에야,[97] 그토록 오래 전부터 나 자신에게 허락하지 않던, 그리하여 그토록 감미로워 보이던, 그러나 알베르띤느가 혹시 그 속에서 다소간의 연정을 발견하지 않을까 하는 염려 없이, 내가 드디어 그 부드러움을 섞어 그녀에게 말할 수 있게 되었다. 나의 그러한 고백을 들어 주던 그 아가씨를 내가 애무할 지경이 되었고, 짐짓 사랑한다고 한 그녀의 친구에 대해 말하는 동안,[98] 나의 눈에 눈물이 그렁거렸다. 그러나 본론에 들어서면서 내가 드디어 그녀에게 말하기를, 사랑이라는 것이 무엇인지, 또 그것의 까다로움과 괴로움 등을 잘 알 터이니, 나에게는 오래된 친구로서, 그녀가 나에게 야기시킨—내가 사랑하던 사람이 그녀가 아닌지라 직접적으로는 아니지만, 그녀가 언짢아하지 않는다면 감히 다시 말하거니와, 앙드레에게로 향한 나의 사랑에 상처를 줌으로써 간접적으로—커다란 슬픔들을 멈추게 하는데 그녀가 아마 열렬한 관심을 가졌을 것이라고 하였다. 내가 말을 중단한 채, 우리들 앞쪽 멀리에서 규칙적인 날갯짓으로 대기를 후려치면서, 아주 먼 곳으로 위급하고 중대한 칙서를 가져가야 하는 어느 밀사처럼, 속도를 늦추지도, 한눈을 팔지도, 길을 벗어나지도 않은 채, 찢긴 붉은색 쪽지들과 유사한 반사광들로 얼룩진 해변 위를 전속력으로 지나 그것을 끝까지 종단하고 있던, 외롭게 길을 서두는 커다란 새 한 마리를 응시하다가, 알베르띤느에게 그것을 보라고 하였다. "저것은 적어도 목적지를 향해 곧장 가는군요!"[99] 알베르띤느가 나무라는 듯한 기색으로 나에게 말하였다.―"당신이 그런 말을 하는 것은, 내가 당신에게 하고 싶은 말이 무엇인지 모르기 때문이오. 하지만 그것이 하도 어려워, 차라리 포기하는 편을 택하고 싶거니와, 내가 틀림없이 당신을 화나게 할 것이기 때문인데, 그렇게 되면 기껏, 내가 사랑하는 아가씨와의 관계는 추호도 진전시키지 못한 채 좋은 친구만 잃게 될 것이오."―"하지만 맹세코 화를 내지 않겠어요." 그녀가 어찌나 부드럽고 온순한 기색을 보였던지, 그리고 나에게서 자신의 행복을 기다리는 것 같았던지라, 작은 분홍색 들창코를 가진 장난기 넘치고 사악한 암코양이의 영악스럽고 발그레한 안색은 더 이상 보이지 않고, 반대로 한껏 팽창된 자신의 슬픔에 짓눌린 채, 평평하고 축 처진 넓은 주물틀 속에서 선량함으로 주조된 듯한 그 새로운 얼굴에 입맞추지 않으려 해도―하지만 나의 어머니 얼굴에 입맞추면서 느낄 수 있을 것과 거의 같은 종류의 기쁨을 나에게 줄 입맞춤일 것 같았다―나 자신을 억제하기가 몹시 어려웠다. 나의 사랑을 그녀와 아무 관련 없는 만성적인 광증처럼 무시하고 나 자신을 그녀의 입장에 놓는 순간, 다른 사람들이 자신을 친절하고 공정하게 대하는 것에 익숙해졌건만, 자기에게는 좋은 친구라고 믿을 수 있었을 나로부터 오히려, 여러 주 전부터 계속되다 이제 그 절정에 이른 박해를 받던 그 선량한 아가씨 앞에서 나는 측은함을 느꼈다. 내가 알베르띤느에 대하여 그토록 깊은 연민을—내가 만약 그녀를 사랑하지 않았다면 덜 깊었을—느낀 것은, 내가 나 자신을 순수하게 인간적인, 또한 우리 두 사람과는 무관하여 그곳으로부터 질투심 가득한 나의 사랑이 자취를 감춘, 그러한 관점에 놓았기 때문이다. 하지만, 사랑의 고백으로부터 불화로까지 이어지는 그 리듬 부여된 규칙적인 왕복운동 속에서 (그것이, 결코 풀리지 않고 우리를 어떤 사람에게 단단히 비끌어매는 매듭을, 상반되고 연속적인 운동을 통해 만들기 위한, 가장 확실하고 가장 효과적으로 위험한 수단이다), 또한 그 리듬의 두 요소들 중 하나를 구성하는 후퇴 운동 속에서, 비록 아마 무의식적으로 같은 원인을 가지고 있다 할지라도 여하튼 같은 결과를 낳는, 연정과 상반된 인간적 연민을 분별해낸들 그것이 무슨 소용 있겠는가? 우리가 어떤 여인을 위하여 한 모든 일들의 총화를 얼마 후에 돌이켜보면, 그녀를 사랑한다는 사실을 보여주려는 욕망, 사랑받으려는 욕망, 호의를 얻으려는 욕망 등에 의해 고취된 행위들이, 사랑하는 사람에게 우리가 저지른 잘못들을, 마치 그 사람을 사랑하지 않았다는 듯이, 배상하려는 인간적인 욕구에 기인한 행위들보다, 예를 들어 윤리적 의무에 기인한 행위들보다, 그 총화 속에서 별로 더 큰 자리를 차지하지 못한다는 사실을 자주 깨닫게 된다. "그래서 결국, 제가 무슨 짓을 저질렀다는 거예요?" 알베르띤느가 나에게 물었다. 누가 문을 두드렸다. 승강기 담당 종업원이었다. 마차를 타고 호텔 앞으로 지나가던 알베르띤느의 숙모가, 정말 우연히, 그녀가 혹시 호텔에 와 있지 않을까 하여, 또 그렇다면 그녀를 데리고 함께 돌아갈 생각으로 마차를 세웠다는 것이다. 알베르띤느가 승강기 담당 종업원에게 이르기를, 지금은 내려갈 수 없으니 자기를 기다리지 말고 모두들 저녁 식사를 하시고, 또 몇 시쯤에나 돌아갈지 모른다고 전하라 하였다. "하지만 당신의 숙모님께서 역정을 내시지 않겠소?" — "천만에요! 충분히 이해하실 거예요." 그리하여 — 아마 그러한 형태로는 다시 찾아오지 않을 그 순간에만은 적어도 — 나와의 대화가, 여러 상황들의 결과로 인하여, 알베르띤느의 눈에는 어찌나 명백한 중요성을 가진 것으로 보였던지, 그것을 다른 모든 것들보다 우선시해야 할 것으로 여겼고, 자기의 가족이 일찍이 내린 바 있는 어떤 결단을 무의식적으로 참조하면서, 또한 봉땅 씨의 경륜이 걸려 있었을 때 먼 여행도 마다하지 않았던 상황들을 하나하나 뇌리에 열거해 보면서, 나의 벗님은, 우리의 그 대화를 위해 저녁 식사 시간 희생시키는 것 쯤은 자기의 숙모께서 지극히 자연스러운 일로 여기실 것을 의심하지 않았다. 그녀가 자기의 가족과 집에서 함께 보내곤 하던 그 까마득히 멀리 있던 순간이, 알베르띤느로 말미암아 나에게까지 미끄러져와 나에게 주어졌고, 내가 그 순간을 나의 뜻대로 사용할 수 있게 되었다. 내가 결국, 사람들이 그녀의 생활방식에 대하여 나에게 이야기한 바를 감히 그녀에게 말하였고, 아울러, 같은 악벽에 물든 여인들이 나의 내면에 일으키던 깊은 혐오감에도 불구하고 사람들이 그녀의 공모자를 나에게 실명으로 알려주기 전까지는 그런 것에 무관심했으나, 앙드레를 그토록 사랑하는 내가 그러한 이야기를 듣고 얼마나 괴로워하였을지, 이해하기에 어렵지 않을 것이라는 말도 덧붙였다. 다른 여인들도, 그러나 나의 관심 밖에 있는 여인들도 기명되었다고 말하였다면, 그것이 더 능란한 화법이었을 것이다. 하지만 꼬따르가 나에게 일깨워준 그 급작스럽고 무시무시한 사실이, 그대로 몽땅 더 이상 첨가될 것도 없이, 나의 내면으로 들어와 나를 갈갈이 찢어 놓았다. 그리고 그 이전에는, 왈츠를 추면서 그녀들이 취한 자세를 꼬따르가 만약 나에게 지적해 주지 않았다면, 알베르띤느가 앙드레를 사랑한다든가, 혹은 적어도 그녀와 서로 애무하며 즐긴다는 생각을 결코 나 스스로 뇌리에 떠올릴 수 없었을 것과 마찬가지로, 내가 그러한 생각으로부터 나에게는 그토록 다르게 보이던 생각으로는, 즉 알베르띤느가 앙드레 이외의 다른 여인들과, 다정함도 그 구실이 될 수 없을, 관계들을 가질 수 있으리라는 생각으로는 이동하지 못하였다.[100] 그것이 사실이 아니라고 나에게 단언하기 보다는, 그에 앞서 알베르띤느가, 누가 자기에 대하여 그렇게 말하였노라고 알려주면 모두들 예외 없이 그러듯, 노여움과, 불쾌감과, 그 미지의 험담꾼이 누구인지 알고자 하는 광기 어린 호기심과, 그가 꼼짝 못하게 그와 대면하였으면 좋겠다는 열망을 표출하였다. 하지만 그녀가 나에게 확언하기를, 적어도 나에 대해서는 그 일로 인해 반감을 품지 않는다고 하였다. "그것이 사실이었다면 제가 당신에게 이미 고백하였을 거예요. 하지만 앙드레나 저나 우리 두 사람 모두 그러한 것들을 혐오해요. 저희들이 우리 나이에 이르도록, 머리를 짧게 깎고 남자들처럼 행동하며 당신이 말씀하시는 그러한 생활을 하는 여인들을 못본 것은 아니지만, 이 세상의 그 무엇도 그러한 여들 만큼은 저희들의 반감을 일으키지 못해요." 알베르띤느가 나에게 맹세하듯, 단호하지만 증거들이 뒷받침해 주지 못하는 그러한 말을 하였을 뿐이다. 그러나 바로 그러한 말이 나를 가장 효과적으로 진정시킬 수 있던 것이었으니, 질투심이란 것이, 어떤 단언의 진실임직함보다는 그 단언의 강력함이 더 능숙하게 걷어내는 병적인 의심 계열에 속하기 때문이다. 게다가 우리로 하여금 더 의심하게 하면서 동시에 더 쉽게 믿도록 하고, 다른 여인보다 우리가 사랑하는 여인을 더 쉽게 의심하게 하며, 그 여인의 부인하는 말을 쉽사리 신뢰하도록 하는 것이 사랑의 속성이다. 정직한 여인들만 있는 것이 아니라는 근심에 사로잡히려면, 즉 그러한 사실을 알아차리려면, 그리고 정직한 여인들도 있기를 희원하려면, 즉 그렇다고 확신하려면, 사랑에 빠져야 한다. 괴로움을 추구하다가 이내 그곳으로부터 벗어나려 하는 것은 지극히 인간적이다. 그것에 성공하도록 해줄 수 있는 말들을 우리가 선선히 진실로 여기는데, 효과적으로 작용하는 진정제를 상대로 우리가 별로 트집을 잡지 않기 때문이다. 또한 더불어, 우리가 사랑하는 존재가 아무리 복합적인 성격을 가지고 있다 해도, 어떠한 경우이든 그 존재가 우리에게 본질적인 두 인격체를 제시할 수 있으니, 그 하나는 그 인물이 우리의 것처럼 보이는 경우이고, 다른 하나는 그 인물의 욕망이 우리 아닌 다른 곳으로 향하는 경우이다. 그 두 인격체 중 첫 번째 것은, 우리들로 하여금 두 번째 인격체가 실재한다고 믿지 못하도록 하는 특이한 능력 및 그 두 번째 인격체가 야기시킨 고통들을 가라앉히는 특유의 비법을 가지고 있다. 우리가 사랑하는 존재가 우리에게는 질환이었다가, 다시 그 질환을 중단시키고 심화시키기를 반복하는 치료제이다. 물론 나의 성향이 오래 전부터, 스완의 예가 나의 상상력 및 감동 기능에 끼친 영향력에 의해, 희원했어야 할 것 대신 염려하던 것을 진실이라 믿겠금 되었던 것은 의문의 여지가 없었다. 그리하여 알베르띤느의 단언이 나에게 가져다 준 안온함이, 그 순간 내가 오데뜨에 관한 이야기를 뇌리에 떠올렸던지라, 그 성향에 의해 상해를 입을 위험에 잠시 놓이기도 하였다. 하지만 나는 그 순간, 스완이 겪은 괴로움들을 이해하기 위하여 내가 일찍이 나 자신을 그의 입장에 놓아 보려고 시도하였을 때뿐만 아니라, 나 자신이 관련된 지금 역시, 최악의 경우를 고려에 넣는 것이 비록 정당하다 할지라도, 그것이 마치 다른 사람에 관련된 일인 듯 진실을 밝히려 노력하면서, 자신이 아군에 공헌할 수 있을 초소가 아니라 적에게 가장 쉽게 노출될 수 있을 위험한 초소를 선택하는 표독스러운 병사와 다름없던 나 자신에게로 향한 잔혹성에 이끌려, 어떤 추측이 가장 괴롭다는 그 단 하나의 이유 때문에 그것이 다른 추측들보다 더 진실하다고 간주하는 오류에만은 그래도 내가 귀착하지 말아야겠다고 나 자신에게 역설하였다. 상당히 좋은 중산층 가정의 아가씨였던 알베르띤느와, 이미 어린 시절에 자기 어머니에 의해 팔려갔던 화류계 여인 오데뜨 사이에, 하나의 심연이 가로놓여 있지 않았던가? 그 두 사람이 하던 말은 서로 비교될 수조차 없었다. 게다가 알베르띤느에게는 나에게 거짓말을 한다 해도, 오데뜨가 스완에게 거짓말을 하여 얻을 것과 같은 이권이 전혀 없었다. 더구나 오데뜨는 일찍이, 알베르띤느가 이제 막 부인한 것을 스완에게 고백하여 시인하였다. 따라서, 상황들 속에 놓인 사실의 상이점들을 고려하지 않고, 내 벗님의 실제적인 생활을 오직 오데뜨의 생활에 관해 일찍이 들어 알게 된 바에 준해서만 재구성함으로써, 내가 자칫, 어느 가설이 다른 것들보다 나에게 괴로움을 덜 줄 것 같아 그 가설 쪽으로 나를 기울어지게 하였을 추론상의 오류만큼이나 중대한—비록 정반대의 것이지만—오류를 범하였을 것이다. 내 앞에는 하나의 새로운 알베르띤느, 나의 첫 발백 체류 시기 끝 무렵에 정말 내가 이미 여러 차례 언뜻 본 솔직하고 착한, 그리고 이제 막, 나에 대한 애정에 이끌려, 내가 자신에 대해 품었던 의심들을 용서하고 그것들을 말끔히 씻어내려 애쓴, 하나의 알베르띤느가 있었다. 그녀가 나를 나의 침대 위 자기 곁에 앉혔다. 나는 그녀가 나에게 한 말에 대해 고맙다 하였고, 우리 둘 사이의 화해가 이루어졌으니 내가 다시는 그녀에게 냉혹하게 굴지 않겠노라고 확약하였다. 내가 그러나 그녀에게, 하지만 저녁 식사 하러 돌아가야 하지 않겠느냐고 말하였다. 그러자, 그렇게 함께 있는 것이 좋지 않으냐고 그녀가 나에게 물었다. 그러더니 나의 얼굴을 자기에게로 끌어당겨, 그녀가 단 한 번도 나에게 베풀지 않았던, 그리고 나는 불화가 끝난 덕에 얻게 된 것인 줄 알았던, 새로운 애무를 시작하면서 자기의 혀로 나의 입술을 가볍게 스치면서 그것을 열려고 하였다. 처음에는 내가 꼭 다문 입술을 열지 않았다. "정말 심술궂어요!" 그녀가 나에게 말하였다.

내가 그녀를 영영 다시 만나지 말고 그 날 저녁 당장 떠났어야 했다. 공유되지 않은 사랑에서는—다시 말해 사랑에서는 (공유된 사랑은 존재하지 않는다고 생각하는 이들이 있으니 말이다) - 어느 여인의 참함 혹은 그녀의 변덕 혹은 우연 등이, 우리가 진정 사랑 받을 경우에 접할 수 있을 것과 같은 인사와 행동을, 완벽한 우연의 일치 형태로 우리의 욕망에 덧붙여 주는, 그 유일한 순간들 중 어느 한 순간에 나에게 주어졌던 그 행복의 환영(幻影)만을 맛볼 수 있다는 사실을, 내가 그 순간부터 어렴풋이 예감하였다. 그것이 없었다면 내가, 나의 것보다 덜 까다롭거나 더 혜택 받은 심정들에게는 행복이라는 것이 어떤 것일 수 있을까 짐작조차 못하고 죽었을, 행복의 그 작은 편린을 호기심에 이끌려 세심하게 들여다보면서 감미롭게 수중에 넣고, 그 작은 편린이, 오직 그 순간에만 내 앞에 모습을 드러내던 어느 광대하고 지속성 있는 행복의 한 부분을 이루리라 짐작해 보면서, 다음 날이 그 속임수에 혹독한 반박을 가하는 일이 없도록, 예외적인 한 순간의 계략 덕분에 얻었을 뿐인 호의 이외에 다른 호의를 더 요구하려 하지 않는 것이 현명한 처사였을 것이다. 내가 즉시 발벡을 떠나, 고독 속에 자신을 유폐시킨 다음, 내가 한 순간 연정으로 들뜨게 만드는데 성공한, 그리고 (차후에는 다를 수밖에 없었을 새로운 말 한 마디로 인하여 그 음성이 혹시 어떤 불협화음으로, 일종의 페달 같은 것 덕분에 나의 내면에서 행복의 음색이 오랫동안 존속할 수 있게 해줄 감각적 고요에 상처를 주지 않을까 저어하여) 더 이상 나에게 들리지 않도록 하라는 것 이외에 아무것도 그것에게 요구하지 않았을, 그 음성의 마지막 떨림들과 조화를 이루어 그 고독 속에 머물렀어야 했다.

알베르띤느와의 논쟁 끝에 평온해진 나는 다시 나의 어머니 곁에서 더 많은 시간을 보내기 시작하였다. 어머니는 할머니께서 더 젊으셨던 시절에 대해 나에게 다정한 어조로 이야기하기를 좋아하셨다. 할머니의 생애 끝자락에 어둠을 드리울 수 있었을 슬픔들로 인하여 내가 심한 가책감에 사로잡힐 것을 염려하시어, 어머니는 나의 초기 학업이 할머니에게 만족감을 (하지만 이제껏 항상 나에게 감추었던) 안겨드리던 이야기를 즐겨 거듭하시곤 하였다. 우리는 꽁브레 시절에 대해 자주 이야기하곤 하였다. 어머니가 나에게 말씀하시기를, 꽁브레에서는 내가 적어도 독서에 열중하였고, 따라서 발백에서도 집필 작업을 하지 않을 때에는 그렇게 해야 할 것이라 하셨다. 그 말씀에 내가, 꽁브레 및 삽화 그려 넣은 예쁜 접시들[102]의 추억으로 나를 감싸기 위해서라도, 『천일야화』를 다시 읽고 싶다고 대꾸하였다. 옛날 꽁브레에서 나의 생일 선물로 책들을 주실 때처럼, 어머니는 몰래, 나에게 뜻밖의 기쁨을 안겨주시기 위하여, 갈랑의 『천일야화』와 마르드뤼스의 『천일야화』가 함께 나에게 배달되도록 해주셨다.[103] 그러나 그 두 번역본을 한 번 훑어보셨다면, 지적인 자유에 대하여 가지고 계시던 존경심과, 나의 정신적 삶에 서툴게 간섭하지나 않을까 하는 두려움, 그리고 여자인지라―그렇게 믿으셨다―한편으로는 필요한 문학적 역량이 결여되어 있고, 다른 한편으로는 당신에게 충격을 주던 것에 입각하여 한 젊은이의 독서를 평가해서는 아니 된다는 의식 등 때문에, 나에게 어떤 영향을 끼치지 않을까 몹시 염려하시면서도, 어머니께서는 내가 갈랑의 번역본만 읽는 것으로 그치기를 간절히 원하셨을 것이다. 어머니는 우연히 읽어 보신 몇몇 이야기에서, 그 주제의 외설스러움과 표현의 노골성 때문에 심한 반감을 느끼셨다.[104] 그러나 특히, 당신의 모친께서 생전에 지니시던 브로치나 우산 겸용 양산, 외투, 쎄비녜 부인의 책들뿐만 아니라, 사유와 언어 습관까지 성유물처럼 소중하게 간직하셨던지라, 또한 매사에 임하실 때마다 당신의 모친께서는 어떠한 견해를 표하실까를 생각하셨던지라, 어머니께서는 마르드뤼스의 책에 대해 할머니께서 내리셨을 단죄를 의심하시지 않았다. 어머니는, 내가 꽁브레에서 메제글리즈 방면으로 산책을 떠나기 전에 오귀스땡 띠에리의 책들[105] 읽는 것을 보시고 할머니께서 나의 독서와 산책에 대해 만족스러워하시면서도, 메로비그라고 호칭되던 사람의 이름이 '그런 다음 메로베가 다스리니…' 형태로 십이 음절구의 반구(半句) 끝에 매달려 있는 것을 보시고 분개하셨으며,[106] 까를로뱅지앵[107]을 고집하셨던지라 까롤랭지앵이라고 하기를 끝내 거부하시던 일 등을 회고하셨다. 내가 어머니에게, 르꽁뜨 드 릴르를 본받아, 가장 미미한 것들의 명칭에 이르기까지, 옛 그리스어의 철자법을 따르는 것 자체에 문학적 재능이 내포되어 있다고 믿어, 블록이 호메로스의 신들에 부여하던 그리스식 명칭들에 대해 할머니가 일찍이 생각하셨던 것을 말씀드렸다. 예를 들어, 자기의 집에서 마시는 포도주가 '진정한 넥타르(nectar)'라는 말을 편지에다 해야 할 경우, 그는 'k'를 사용하여 '진정한 넥타르(nektar)'라 썼고,[108] 그러한 이유 때문에, 라마르띤느의 이름을 들으면 그가 비웃듯이 낄낄거리곤 하였다.[109] 그런데, '윌리쓰(Uysse)'와 '미네르브(Minerve)'라는 이름들[110] 없는 『오뒷세이아』가 할머니에게는 더 이상 『오뒷세이아』가 아니었을진대, 표지에서부터 당신께서 알고 계시던 제목 『천일야화』의 형태가 일그러진 것을 보시면, 그리고 그 매력적인

'깔리프(Calife)'와 강력한 '줴니들(Génies)' 조차—이슬람교도들의 옛 이야기와 관련시켜 감히 이 단어[111]를 사용하거니와—세례가 철회되어 하나는 '칼리파(Kalifat)', 다른 것들은 '줴니스(Gennis)'라 일컬어져 알아보기 어려운 그 책에서,[112] 항상 익숙하게 칭하시던 그 영원히 친숙한 '쉐헤라쟈드(Shé-hérazade)'와 '디나르쟈드(Dinarzade)'라는 이름들을 더 이상 발견하지 못하시면,[113] 할머니께서 무슨 말씀을 하셨겠는가? 그럼에도 불구하고 어머니는 그 두 판본을 모두 나에게 맡기셨고, 내가 어머니에게 말씀드리기를, 너무 피곤하여 산책할 수 없는 날에 그것들을 읽겠노라 하였다.

하지만 그러한 날들이 빈번히 찾아오지는 않았다. 알베르띤느와 그녀의 친구 아가씨들, 그리고 내가, 옛날처럼 '무리를 지어', 절벽 위나 농가 식당 마리-앙뚜와네뜨에 가서 오후 간식을 즐기곤 하였다. 하지만 알베르띤느가 때로는 나에게 다음과 같은 커다란 기쁨을 주기도 하였다. 그녀가 나에게 말하곤 하였다. "오늘은 얼마 동안이나마 당신과 단 둘이서만 있고 싶어요. 둘이만 함께 있으면 더 멋있을 것 같아요." 그런 다음, 사정을 말할 수는 없지만 해야 할 일이 있다고 친구들에게 말하였고, 우리 두 사람 없이도 그들이 산책에 나서 간식을 먹으러 갈 경우, 그들이 우리를 다시 발견할 수 없도록, 우리 둘이서만 두 연인처럼 '바가뗄'이나 '라 크롸 될랑' 농가 식당으로 향하였으며, 그 동안 나머지 '무리'는, 우리 두 사람을 그곳에서 발견할 수 있으리라는 생각을 하지 못하여 아예 그곳에는 오지 않고, 우리가 자기들과 합류하리라는 기대 속에, 마리-앙뚜와네뜨에서 한없이 머물곤 하였다. 뙤약볕 아래에서 일하던 그 농가 소년들의 이마로부터 땀방울이, 어느 물탱크로부터 스며나와 떨어지는 물방울처럼, 수직으로, 규칙적으로, 간헐적으로, 이웃 '울타리 둘러친 경작지'의 나무들로부터 스스로 분리된 잘 익은 과일들의 낙하와 교차하듯 잇달아 떨어지던, 그러한 날들의 뜨거운 날씨를 나는 지금도 기억하며, 그러한 날씨는 오늘에 이르러서도, 숨겨진 어느 여인[114]이 가지고 있는 특유의 신비와 함께, 내 앞에 지시되는 모든 사랑의 견고하고 실질적인 요소로 남아 있다. 누가 나에게 어떤 여인 이야기를 하였으되 내가 단 한 순간도 그녀 생각을 하지 않을 것이라 해도, 만약 그 시절처럼 날씨 뜨거운 날 어느 한적한 농가에서 내가 그녀를 만나게 되어 있다면, 나는 그녀를 더 깊이 알기 위하여 그 날의 모든 다른 약속들을 취소할 것이다. 그러한 유형의 날씨와 밀회 약속이 그녀로부터 비롯되지 않는다는 사실을 내가 알아도 소용없으니, 그것은 나에게 잘 알려진 것이건만, 내가 스스로 그것에 걸려들고 나를 낚아채기에 충분한 미끼이다. 나는, 추운 날, 그리고 도시에서도, 내가 그 여인에 대한 욕망을 품을 수 있었을 것임은 알고 있으나, 그러한 경우에는 소설적인 감정이 수반되지도 않고 내가 연정에 휩싸이지도 않을 것이다. 하지만, 이러저러한 상황들 덕분에 사랑이 나에게 일단 오라를 지우면, 그렇다 하여 그 사랑이 덜 강력한 것은 아니로되, 다만 이러저러한 사람들이 우리의 삶 속에서 점점 더 작아지는 부분밖에 점하지 못한다는 사실을, 그리고 우리가 그토록 오래 존속하기를 희원할 새로운 사랑이, 우리의 생명 자체와 동시에 단축되어, 최후의 사랑이 될 것이라는 사실을 지각함에 따라, 일상 속에서 그 사람들을 대하는 우리의 감정이 그렇듯 그 사랑이 조금 더 우수를 띨 뿐이다.

발벡에 아직은 사람들이 많지 않았고, 아가씨들 또한 별로 없었다. 가끔 해변에서 걸음을 멈춘 이런 혹은 저런 아가씨가 내 눈에 띄었고, 아무 매력 없었으나 많은 일치점들이, 그녀가 친구들과 함께 승마 연습장이나 체조 교습소에서 나오는 순간 내가 접근할 수 없어서 절망감에 잠겼던, 바로 그 아가씨임을 확인해 주는 것 같았다. 만약 그녀가 같은 아가씨였다면 (내가 알베르띤느에게 그녀 이야기를 하지 않으려 조심하였다), 내가 앞서 도취시킬 것 같다고 생각한 아가씨는 존재하지 않는 것으로 보아야 했다. 그러나 내가 어떤 확신에도 이를 수 없었으니, 그 아가씨들의 얼굴이, 나의 기다림과, 내 욕망의 불안, 자족하는 편안함, 그녀들의 다양한 치장, 그녀들의 빠른 걸음 혹은 부동성 등에 의해 수축되다가 팽창하여 변형되었던지라, 해변에서 고정된 크기의 공간을 점하지도 못하였고, 항시적인 형태를 보이지도 않았기 때문이다. 하지만 아주 가까이에서 보면, 그녀들 중 두셋은 귀여운 것 같았다. 나는 그녀들 중 하나를 볼 때마다, 그녀를 따마리스 가로숫길이나 모래 언덕들 너머로 혹은 아예 절벽 위로 데리고 가고 싶은 욕구를 느끼곤 하였다. 그러나, 무관심에 비해 욕정 속으로는 일방적이긴 하나 실천의 시작이라는 과감성이 이미 침입한다 해도, 나의 욕정과 그녀를 포옹하겠다는 요청으로 구현되는 행동 사이에는, 멈칫거림이나 소심함으로 이루어진 무한대의 '공백'이 가로놓여 있었다. 그럴 때마다 내가 과자 및 청량음료 파는 상점으로 들어가 뽀르또 일곱 혹은 여덟 잔을 연거푸 들이키곤 하였다. 그러면 즉시, 나의 욕정과 행동 사이에 있던 메울 수 없는 간격이 자취를 감추고, 알코올의 효력이 그 둘을 이어 주는 선 하나를 긋곤 하였다. 그러면 멈칫거림이나 두려움을 위한 자리는 더 이상 없었다. 그 아가씨가 스스로 나에게까지 날아올 것 같았다. 내가 그녀에게로 다가갔고, 다음과 같은 말이 나의 두 입술 사이에서 저절로 나오곤 하였다. "당신과 함께 산책하고 싶습니다. 우리 함께 해변 절벽 위에 가기를 원하지 않으십니까? 지금은 아무도 살지 않는 조립식 주택을 바람으로부터 막아 주는, 그곳의 작은 숲 뒤에 가면 아무도 우리들을 방해하지 않을 것입니다." 삶의 모든 난관들이 제거되어, 우리의 두 몸뚱이가 뒤얽히는 것을 방해할 장애물들이 더 이상 없었다. 적어도 나에게만은 더 이상 장애물들이 없었다. 왜냐하면, 뽀르또를 마시지 않은 그녀에게 있어서는 장애물들이 증발해 버리지 않았으니 말이다. 하지만 그녀가 뽀르또를 마셨다 해도, 그리하여 그녀 보기에 세계가 얼마간의 현실을 상실하였다 해도, 그 순간 문득 실천할 수 있을 것처럼 보였을 오래 전부터 소중하게 여기던 꿈이, 아마 나의 품에 안기는 것은 전혀 아니었을 것이다.

아직은 '철'이 아니었던 그 계절에, 아가씨들이 많지 않았을 뿐만 아니라, 그녀들이 별로 오래 머물지 않았다. 나는 콜레우쓰[115]의 적갈색 안색에 눈동자가 초록색이었고 두 볼이 적갈색이었으며,[116] 이중적이고 가벼운 얼굴[117]이 특정 나무들의 날개 달린 씨앗을 닮았던, 아가씨 하나를 아직도 기억하고 있다. 나는, 어떤 미풍에 실려 그녀가 발백에 왔고, 어느 다른 미풍이 그녀를 데려가 버렸는지 전혀 모른다. 그 일이 어찌나 급작스럽게 일어났던지, 내가 여러 날 동안 슬픔에 휩싸였었고, 그녀가 영원히 떠났음을 깨달았을 때 그 슬픔을 감히 알베르띤느에게 고백하였다.

그녀들 중 몇몇은 내가 전혀 모르던 아가씨들이거나 혹은 여러 해 동안 만나지 못하였던 아가씨들이었다는 사실을 말해 두어야겠다. 그리하여 그녀들을 만나기에 앞서 내가 그녀들에게 편지를 보내는 경우가 많았다. 그녀들의 답신이 나로 하여금 어떤 사랑의 가능성을 믿게 할 때마다, 나의 기쁨이 얼마나 컸던가! 한 여인에게로 향한 애정의 초기에는, 또한 그것이 비록 그 이후에 실현되지 않을 것이라 해도, 우리는 우리가 받은 그 첫 편지들을 곁에서 떼어놓을 수 없다. 아직도 싱싱하여 더 가까이에서 향기를 호흡하기 위해서만 응시하기를 중단하는, 선물로 받은 아름다운 꽃들처럼, 그것들을 항상 곁에 간직하고 싶어한다. 외우게 된 구절을 다시 읽는 것도 즐겁거니와, 글자 그대로 정확하게 외우지 못하는 구절들 속에서는, 어떤 표현이 내포하고 있는 애정의 정도를 확인하고자 한다. 그녀가 '당신의 다정한 편지'라고 썼던가? 실은 그녀가 '당신의 다정한 편지'라 하지 않고 '그 편지를 접하면서'라고 하였고, 따라서 우리가 호흡하던 달콤함에서 약간의 실망을 맛보지만, 그것은 우리가 편지를 너무 빨리 읽었거나 편지를 보낸 아가씨의 읽기 어려운 필체에 기인된 실망이다. 하지만 나머지 부분은 얼마나 다정한가! 오! 그러한 꽃들이 내일도 나에게 배달되었으면! 그런 다음에는 그것으로 충분하지 못하여, 편지의 단어들과 시선들을, 혹은 음성을, 대조해 보아야 할 것이다. 그리하여 우리가 만나자고 약속하지만—그녀가 아마 변하지 않았더라도—편지에 나타난 묘사나 개인적인 추억에 입각하여 요정 비비안느를 만나리라 믿었던 곳에서 장화 신은 고양이를 발견한다.[118] 하지만 그럼에도 불구하고 우리가 그녀와 다음 날 만나기로 약속하는데, 여하튼 '그녀'이고, 우리가 갈망하던 대상이 그녀이기 때문이다. 그렇기는 하지만, 우리가 꿈꾸던 여인에 대한 그러한 욕망으로 인해, 용모의 어느 특정 윤곽선이 반드시 아름다워야 할 필요는 없다. 그러한 욕망들이란 단지 어떤 존재에 대한 욕망일 뿐이고 향기들처럼 모호하거니와, 안식향(安息香)이 프로튀라이아[119]의 욕망 대상이었고, 사프란이 아이떼르[120]의 욕망 대상이었고, 향신료들이 헤라의 욕망 대상이었고,[121] 미르라가 구름들이 원하는 향기이고,[122] 만나가 니케의 욕망 대상이었고,[123] 향연(香煙)이 바다가 원하는 향기였던[124] 것과 같다. 그러나 『오르페우스 찬가들』[125]이 노래하는 향기들의 수효는, 그 찬가들이 극진히 섬기는 신들의 수효보다 훨씬 적다.[126]

미르라가 구름이 원하는 향기로되, 또한 프로토고노스[127]와 포세이돈[128]과 네레우스[129]와 레토[130] 의 것이기도 하며, 향연이 바다가 원하는 향기이지만 또한 아름다운 디케[131]와 테미스[132]와 키르케[133]와 아홉 무사(뮤즈)와 에오스[135]와 므네모쉬네[136]와 헬리오스[137]와 디카이오쉬네[138] 등의 것이기도 하다. 안식향과 만나와 향신료들의 경우, 그것들을 열망하는 신들의 수가 하도 많아, 일일이 열거할 수조차 없을 지경이다. 암피에테스[139]는 향연을 제외한 모든 향기를 가지고 있으며, 가이아는 누에콩과 향신료들만 거절한다.[140] 아가씨들에 대한 나의 욕망이 그러했다. 그녀들보다 그 수효가 적었던 나의 욕망들은 서로 상당히 유사한 환멸들과 슬픔들로 변하곤 하였다. 내가 결코 미르라는 원하지 않았다. 내가 그것을 쥐삐엥과 게르망뜨 대공 부인을 위하여 따로 비축해 두었으니, 미르라가 '자웅동체이고, 황소처럼 노호하고, 무수한 통음난무에 휩싸이고, 잊을 수 없고, 형언할 수 없고, 쾌활하고, 오르기오판테스가 집전하는 희생 제례에 내려와 흠향하는[141]' 프로토고노스의 욕망이기 때문이다.[142]

그러나 머지않아 휴가철이 그 절정에 달하여 날마다 새로운 사람들이 밀려들었고, 『천일야화』를 읽는 그 매력적인 독서를 대신하게 된 나의 산책이 급작스럽게 빈번해진 것에는, 즐거움 결여된 그리고 그 산책들을 망치게 하던 독소와 같은 이유가 있었다. 이제 해변이 아가씨들로 가득했던지라, 꼬따르가 나에게 넌지시 시사한 생각이, 새로운 의심을 제공하지는 않았으되 그 측면에 내가 예민해지고 쉽게 상처 받게 만들었으며, 그러한 의심이 나의 내면에 형성되도록 내버려두지 않을 만큼 내가 신중해졌던지라, 어떤 젊은 여자 하나가 새로 발백에 도착하는 즉시 내가 불편함을 느꼈고, 알베르띤느에게 될 수 있는 한 원거리 소풍을 제안하곤 하였는데,

그것은 알베르띤느가 그 여인과 사귈 수 없도록, 그리고 심지어 가능하다면 새로 온 여인을 발견할 수 없도록 하기 위함이었다. 내가 물론 그 못된 행실이 사람들의 눈에 띄었거나 못된 소문이 알려진 여인들을 전보다 더 꺼렸으나, 나의 벗님이 혹시 변태적인 여인과 관계를 맺으려 하지 않을까, 혹은 나로 인해 그러려는 시도조차 못 하는 것을 애석해하지 않을까, 혹은 숱한 사례들로 인해 그토록 널리 퍼진 악벽은 단죄할 수 없다고 생각하지 않을까 하는, 아직은 의식하지 못하던 일종의 두려움 때문에 아마 그것을 내 자신 인정하지 못하면서도, 나는 그 못된 소문이 아무 근거 없는 험구일 것이라고 그녀를 설득하려 노력하였다. 어떤 여인이 지탄 받을 때마다 그 혐의를 부인함으로써, 나는 여인들 간의 동성애라는 것이 존재하지 않는다고 거의 주장하기에까지 이르렀다. 알베르띤느는 이런 혹은 저런 여인의 악벽을 믿지 않는다는 나의 말에 이렇게 동감을 표하곤 하였다. "아니에요, 그것은 단지 그녀가 드러내고자 하는 일종의 태도일 뿐이에요, 그런 여자인 척하는 것이지요." 하지만 그러한 말을 들을 때마다 나는 그러한 여인의 결백함을 주장한 것을 거의 후회할 지경이 되곤 하였으니, 전에는 그토록 엄격한 척하던 알베르띤느가, 그러한 취향으로부터 자유로운 여인조차 그 악벽을 가진 척할 만큼, 그러한 '태도'가 사람들에게 호감을 주거나 상당히 유리하다고 생각할 수 있으리라는 사실이 나에게 불쾌감을 주었기 때문이다. 나는 어떤 여인도 더 이상 발백에 오지 않았으면 좋겠다는 희원을 품게 되었으며, 특히 뻐뜨뷔스 부인이 베르뒤랭 내외가 머물던 곳에 오기로 되어 있던 거의 그 무렵이었던지라, 쌩-루가 나에게 여자를 더 좋아한다고 감추지 않고 이야기해 준 그 침실 시녀가 혹시 발백 해변까지 소풍을 나올 수도 있고, 만약 내가 알베르띤느 곁에 없는 날 그런 일이 생기면, 침실 시녀가 그녀를 타락시키려 할 수도 있다는 생각에, 나는 두려운 마음을 진정시킬 수 없었다. 나는, 베르뒤랭 내외가 나에게 매우 집착하며, 자신들이 나를 열심히 쫓아다니는 듯한 기색은 비록 보이지 않지만, 내가 자기들의 집에 드나들도록 하기 위해서라면 큰 대가를 선뜻 치를 것이라는 사실을 꼬따르가 일찍이 나에게 귀뜸해 주었던지라, 내가 빠리에 돌아가 게르망뜨 가문의 저명한 사교계 인사들을 몽땅 그 내외의 집으로 데리고 가겠노라 약속하는 방법을 동원해서라도, 베르뒤랭 부인으로 하여금, 아무 핑계나 내세워, 뿌뜨뷔스 부인을 자기의 집에 유숙시킬 수 없다고 하며 최대한 신속히 돌려보내도록 할까 하는 생각도 해보았다.

그러한 상념에도 불구하고, 또한 나를 불안하게 하던 사람은 앙드레였던지라, 알베르띤느의 말이 나에게 안겨준 마음의 평정이 아직은 조금 지속되고 있었다.[143] 모든 사람들이 몰려드는 거의 같은 순간에 앙드레가 로즈몽드 및 지젤과 함께 떠나야 했기 때문에, 그리하여 알베르띤느 곁에 머물 기간이 단 몇 주간뿐이었던지라, 나는 머지않아 나를 안심시켜 주는 알베르띤느의 말[144]이 덜 필요해질 것임을 알고 있었다. 하지만 그 몇 주 동안에도 알베르띤느는, 나에게 혹시 남아있을 의심들을 불식시키기 위하여, 혹은 그것들이 다시 태동하지 못하도록 하기 위하여, 자기의 언행을 치밀하게 궁리하여 짜맞추는 것 같았다. 그녀는 자기가 앙드레와 단 둘이서만 있게 되는 일이 결코 생기지 않도록 하였고, 우리들이 산책에서 돌아올 때에는 내가 자기의 거처 출입문 앞까지 함께 가 주기를, 산책을 떠날 때에는 내가 그곳으로 자기를 데리러 오기를, 극구 요청하였다. 한편 앙드레 역시 나름대로 못지않은 괴로움을 겪은 듯했고, 알베르띤느를 회피하는 기색을 드러내곤 하였다. 또한 그녀들 사이에서 이루어진 그 명백한 공모가, 나와 알베르띤느가 나눈 대화를 그녀가 자기의 친구에게 틀림없이 이야기하였을 뿐만 아니라, 나의 어처구니없는 의심을 가라앉히는 친절을 베풀어 달라고 요청하였을, 유일한 방증은 아니었다.

그 무렵 발백의 그랜드-호텔에서 사람들의 빈축을 사는 일 하나가 생겼고, 그 사건이 내가 겪고 있던 걷잡을 수 없는 괴로움의 경향을 바꾸어 놓기에 적합하지 않았다. 블록의 누이가 얼마 전부터 지난날의 여배우 하나와 은밀한 관계를 맺었는데, 그녀들이 얼마 아니 되어 그러한 관계만으로는 만족할 수 없게 되었다. 사람들의 눈에 띄는 것 자체가 자기들의 쾌락에 도착증을 추가해 주는 것처럼 여겼던지, 그녀들이 자기들의 위험스러운 몸장난을 모든 사람들의 시선 앞에 드러내고자 하였다. 그러한 행위가 처음에는 카드놀이 방의 바카라 테이블 근처에서 시작되었고, 누구든 그것을 우정 어린 친밀감의 표시 정도로 여길 수 있었다. 그러더니 그녀들이 더욱 과감해졌다. 그리고 드디어 어느 날 저녁, 대형 무도회장의 어둡지도 않은 구석에 놓인 까나뻬 위에서, 그녀들이 마치 침대 속에 함께 있었던 것 같은 행위들을 서슴지 않았다. 그곳으로부터 멀지 않은 곳에 자기들의 아내와 함께 있던 장교 두 사람이, 그 장면을 보고 지배인에게 항의하였다. 모두들 잠시 동안은 그들의 항의가 어떤 효과를 발휘할 것이라 생각하였다. 그러나 두 장교는 자기들이 머물고 있던 넷똘름에서 모처럼 저녁 시간을 보내려고 발백에 들른 처지, 그들의 말이 지배인에게 아무 영향력도 발휘할 수 없었다. 반면 블록 아가씨의 경우, 지배인이 비록 그녀에게 어떤 지적을 한다 하더라도, 또한 그녀도 모르는 사이에, 그녀 위에는 니씸 베르나르 씨의 보호막이 드리워져 있었다. 그 곡절을 여기에서 이야기해야겠다. 니씸 베르나르 씨는 자기의 가문을 위하여 최고의 덕행을 베풀고 있었다. 그는 매년 자기의 조카를 위하여 발백에 매우 멋진 별장을 빌렸고, 누구의 어떤 초청도 그가 실제로는 그들의 집과 다름없던 그 별장으로 저녁 식사 하러 돌아가는 것을 막을 수 없었을 것이다. 그러나 반면 그가 점심만은 결코 그곳에서 먹지 않았다. 매일 정오에는 그가 그랜드-호텔에 모습을 드러냈다. 다른 사람들이 극장의 단역 무용수 하나를 골라 그러듯, 우라가 앞서 이야기한 정복 차림 종업원들과 유사한, 즉 『에스테르』나 『아달리야』에 등장하는 젊은 이스라엘 소년들을 연상시키던 그 종업원들과 유사한, '하위직 종업원' 하나를 그가 건사하고 있었기 때문이다. 사실대로 말하거니와, 그 어린 종업원으로부터 니씸 베르나르 씨를 갈라놓고 있던 사십 년이라는 세월이, 그 종업원을 별로 유쾌하지 못한 접촉으로부터 보호해 주어야 했다. 그러나, 같은 합창들 속에서 라씬느가 그토록 지혜롭게 다음과 같이 지적하듯,[145]

나의 신이시여, 태동하는 미덕 하나가 그 숱한 위험 속에서 불안한 걸음 옮겨 놓다니!
당신을 갈구하며 순결 원하는 영혼이 그러한 뜻 가로막는 장애물에 봉착하다니![146]

그 어린 종업원이 '세속으로부터 멀리에서 자랐어도'[147] 소용없었으니, 발벡의 화려한 호텔이라는 그 신전 속에서, 그가 예호야다의 다음과 같은 조언을 따르지 않았기 때문이다.

부와 황금을 그대의 의지처로 삼지 말지어다.[148]

그가 아마 스스로에게 이렇게 말하면서 체념하고 받아들였을 것이다. "죄인들이 이 세상을 덮고 있도다."[149] 여하튼, 그리고 니씸 베르나르 씨가 그토록 짧은 유예는 기대조차 못하였건만, 첫 날부터,

> 아직도 두려워서였는지, 혹은 그를 애무하기 위함이었는지,
> 그의 천진스러운 팔이 그를 포옹하는 것이 느껴졌도다.[150]

그리고 둘째 날부터 니씸 베르나르 씨가 그 어린 종업원을 데리고 나감으로써, '전염성 강한 접근이 그의 순결을 변질시켰다.'[151] 그가 비록 자기 우두머리의 명령에 따라 빵과 소금 대령느라 분주했지만, 그의 얼굴에는 다음과 같은 노래가 넘쳤다.

> 꽃들에서 꽃들로, 쾌락에서 쾌락으로, 우리 욕망 이끌어가요.
> 우리의 덧없는 생애, 그 연륜 불확실하니,
> 오늘 서둘러 삶을 즐겨요![152]
> 명예와 관직이란
> 맹목적이고 고분고분한 복종의 대가이니,
> 구슬픈 순결함을 위해서는
> 누가 와 언성을 높이리요?[153]

그날 이후 니씸 베르나르 씨는 매일 점심때마다 거르지 않고 자신의 지정석에 와서 앉았다(오페라의 단역 무희 하나를 은밀히 건사하는 사람이 그녀의 공연이 있을 때마다 아래층 전면의 상등 관람석에 와서 자리를 잡듯이, 그러나 이 경우의 무희는 아직도 자신의 드가를 기다리는,[154] 매우 특이한 유형의 단역 무희였다). 모든 손님들의 시중들기에 바쁜 그 소년이, (그러나 니씸 베르나르 씨가

자기를 은밀히 건사해 주기 시작한 이후부터는, 합창단의 그 어린 단원이 자기를 상당히 좋아하는 사람에게는 다른 이들에게와 같은 친절을 표할 필요가 없다고 생각하였음인지, 혹은 그러한 사랑에 짜증이 났음인지, 혹은 그 사랑이 발각되면 다른 기회들을 놓칠까 염려하였음인지, 그의 시중은 별로 들지 않으면서) 식당 안을, 그리고 심지어 멀찍감치 종려나무 밑에 군림하고 있는 계산 담당 여인 근처까지, 분주히 오가는 시원스러운 동작을 눈으로 따라가는 것이 니씸 베르나르 씨의 즐거움이었다. 하지만 소년의 그 냉랭함조차, 그것 속에 감추어져 있던 것으로 인해, 니씸 베르나르 씨의 마음에 들었다. 그것이 히브리적 격세유전 탓이었는지 혹은 예수교적 감성에 대한 모독에 말미암았는지, 그는 기이하게도 유대인들의 것이든 혹은 카톨릭의 것이든, 라씬느적 의식[155]을 좋아하였다. 식당에서 펼쳐지던 그 의식이 진정한 『에스테르』나 『아달리아』 공연이었다면, 베르나르 씨가, 여러 세기의 시대적 격차로 인해, 그 작품들을 지은 쟝 라씬느와 교분을 맺어 자기의 피후견인을 위해 더 중요한 역을 얻어낼 수 없게 된 것을 애석해하였을 것이다.[156] 그러나 점심 식사 시간의 의식이 어느 문인으로부터도 비롯되지 않는지라, 그는 그 '어린 이스라엘 소년'이, '테이블 한 열'[157]의 부책임자든 혹은 총책임자든, 원하던 직위로 승진할 수 있도록 해주기 위하여, 지배인 및 수석 웨이터 에메와 좋은 관계 유지하는 것으로 만족하였다. 포도주 전담자의 직책을 맡겠느냐는 제의가 있었다. 그러나 베르나르 씨가 소년으로 하여금 그 제의를 거절하게 하였으니, 그 소년이 초록색 식당 안에서 달음박질하는 것을 바라보고, 또 낯선 사람처럼 소년으로 하여금 시중들게 하기 위하여, 자기가 날마다 그 시각에 올 수 없을 것 같았기 때문이다. 그런데 그 즐거움이 어찌나 강력했던지, 베르나르 씨가 그로 인해 매년 어김없이 발백에 와서 점심은 집이 아닌 밖에서 먹게 된 것이며, 블록 씨는 자기 숙부의 그 두 습관 중 첫 번째 것의 이유를, 그가 다른 어느 해안보다 좋아하는 그곳 해안의 아름다운 빛과 석양에 대한 시적인 취향에서 찾았고, 두 번째 습관의 이유는 늙은 독신자의 고질적인 기벽에서 찾았다.

사실, 니씸 베르나르 씨의 친척들이 범하고 있던 오류, 즉 그들의 착각은 하나의 더 심오하고 한 차원 더 높은 진실이었는데, 그가 매년 발백에 어김없이 오던 것과 블록 부인이 식도락가의 외도라고 치부하던 것의 진정한 이유를, 그들은 짐작조차 하지 못하였다. 왜냐하면, 니씸 베르나르 씨 자신도, 발백 해변이나, 식당에서 바다를 내다볼 때 그 위에 펼쳐지는 풍경, 그리고 편집중 같은 습관 등에 대한 자기의 사랑이, 다른 종류의 오페라 무희 하나를, 아직 하나의 드가를 필요로 하는 그 무희를, 즉 여자이면서 남자인 식당 종업원들 중 하나를 건사하는 그의 취향 속에서 얼마만큼 작용하는지 모르고 있었기 때문이다. 그리하여 니씸 베르나르 씨는 발백의 호텔이라는 그 극장의 지배인 및 그곳의 연출가이며 무대 감독인 에메 등과—그 모든 사건에서 그들의 역할이 그리 투명하지는 못했다—아주 좋은 관계를 유지하였다. 언젠가는, 커다란 역할 하나를, 아마 수석 웨이터 자리 하나를 얻기 위하여, 음모를 꾸미기도 할 것이다. 그러한 때를 기다리는 동안에도, 니씸 베르나르 씨의 즐거움은, 그것이 아무리 시적이고 평온하게 관조적이었다 해도, 사교계에 가기만 하면 자기들의 정부들을 다시 만날 것을 항상 알고 있는 바람둥이들의—예를 들어 지난날의 스완처럼—성격을 조금은 가지고 있었다. 니씸 베르나르 씨는, 자리에 앉기 무섭게, 자기가 희원하는 대상이 과일들이나 엽궐련을 쟁반에 받쳐 들고 무대 위에서 전진하는 것을 보게 될 것이다. 그리하여 매일 아침, 자기의 질녀를 포옹하며 아침 인사를 나누고, 나의 친구 블록의 일들을 걱정하는 말을 한 다음, 자신의 손바닥 위에 놓인 설탕 덩어리를 자기의 말들에게 내밀어 먹게 한 후, 그는 그랜드-호텔에서 점심을 먹기 위하여 열에 들떠 서두르곤 하였다. 집에 불이 났다 해도, 자기의 질녀가 발작을 일으켰다 해도, 그는 틀림없이 떠났을 것이다. 또한 그리하여, 그로 하여금 자리에 눕게 할—그가 심기증(心氣症) 환자였기 때문이다—그리고 자기의 어린 벗을 오후 간식 시간 전에 자기에게로 보내라고 에메에게 어쩔 수 없이 요청할 수밖에 없는 처지에 놓이게 할 감기를, 그가 흑사병만큼이나 두려워하였다.

게다가 그는, 발백의 호텔이라는, 복도들과 밀실들과 휴게실들과 물품 보관실들과 식료품 저장실들과 갤러리들로 이루어진 미로 전체를 좋아하였다. 동방인의 격세유전적 성격으로 인해 그가 하렘들을 좋아하였던지라, 저녁나절 그가 호텔에서 나갈 때마다 그곳의 구석들을 슬그머니 섭렵하는 것이 사람들의 눈에 띄곤 하였다.

니씸 베르나르 씨가, 지하실까지 내려가는 위험을 무릅쓰면서, 또한 그럼에도 불구하고 사람들의 눈에 띄지 않고 추문을 피하려 애쓰면서, 신전의 어린 레위족 수도사들을 찾으려는 그 노력으로 『유대 여인』의 다음 구절들을 연상시키곤 하는 동안,

> 오! 저희들 선조들의 신이시여,
> 저희들 가운데로 내려오시어,
> 우리의 신비들을 가리시어,
> 사나운 자들이 볼 수 없게 하소서![158]

나는 반대로, 침모 자격으로 어느 늙은 외국 귀부인을 수행하여 발백에 온 두 자매의 방으로 올라가곤 하였다. 호텔들에서 통용되던 언어로는 '두 시녀'라 부르고, 시종이나 시녀는 심부름을 하기 위하여 따라온 사람들이라고 생각하던 프랑수와즈의 언어로는 '두 심부름꾼 여자들'이라고 부르던 사람들이었다. 호텔들은 나름대로, 사람들이 다음과 같이 노래하던 시절을 간직하며 더 고상하게 머물러 있었다. "그는 정부에서 보낸 사자로다."[159]

호텔의 투숙객이 시녀들의 방에 가는 것이나 역으로 그녀들이 투숙객의 방에 드나드는 것이 어려웠음에도 불구하고, 나는 그 두 젊은 여인, 즉 마리 지네스뜨 아가씨 및 쎌레스뜨 알바레 부인과 매우 순수하되 매우 짙은 우정을 매우 신속하게 맺었다.[160] 프랑스 중부 지역[161] 높은 산 발치를 흐르는 냇가에서 (냇물이 그녀들의 고향 집 바로 밑으로 흘렀고, 물레방아가 있었으며, 집이 홍수에 여러 차례 휩쓸리기도 했다고 한다) 태어난 그녀들은 냇물의 속성을 간직하고 있는 것 같았다. 마리 지네스뜨가 더 규칙적으로 빠르고 격렬했던 반면, 쎌레스뜨 알바레는 호수처럼 편안히 펼쳐져 완만하고 나른한 듯했으나, 그 맹렬함이 모든 것을 휩쓸어가고 훼손하는 하천의 범람 및 소용돌이의 위험을 상기시키는 무시무시한 부글거림의 잦은 회귀를 내포하고 있었다. 그녀들이 아침이면 내가 아직 침대에 누워 있을 때 나를 자주 보러 오곤 하였다. 나는 일찍이, 그토록 기꺼이 무식하고, 학교에서 전혀 아무것도 배우지 않은 사람들을 만나 본 적이 없었으나, 그녀들의 언어가 어찌나 문학적이었던지, 어조에 감도는 거의 야만적인 자연스러움이 없었다면, 누구든 그녀들의 말이 짐짓 꾸민 것이라고 생각하였을 것이다. 나에 대한 모두 부정확하지만 솔직한 찬사들(그것들을 여기에 제시하는 것은 나 자신을 찬양하기 위해서가 아니라 쎌레스뜨의 기이한 천부적 재능을 찬양하기 위해서이다) 과 비판들을 내포한 것 같아 보임에도 불구하고, 조금도 가필하지 않고 그대로 옮기거니와, 내가 크롸쌍을 먹으려고 그것을 우유에 적시는 동안, 쎌레스뜨가 스스럼없이 나에게 다음과 같이 말하였다. "오! 어치의 머리카락 수북한[162] 검은 아기 마귀,[163] 오! 심오한 짓궂음! 당신의 모친께서 당신을 만드실 때 무슨 생각을 하셨는지 모르겠군요. 당신이 새 같으니 말이에요. 저것 좀 봐, 마리, 그가 자기의 깃털을 매끄럽게 가다듬고 유연하게 고개를 돌린다고들 하지 않겠어? 그의 모습이 아주 가벼워 보여. 누구든 그가 나는 법을 배우는 중이라고 하겠어. 아! 당신을 창조하신 분들이 당신으로 하여금 부유한 계층에서 태어나게 하셨으니, 당신은 행운아에요. 만약 그러지 않았다면 당신처럼 낭비벽 심한 사람이 어떻게 되었겠어요? 자기의 크롸쌍이 침대에 살짝 닿았다고 그것을 버리는 것 좀 봐. 저런, 이번에는 우유를 흘리는군, 기다려요, 내가 냅킨을 둘러 드리겠어요, 당신은 어떻게 하는지 모르니까요. 당신처럼 바보스럽고 서투른 사람은 한 번도 본 적이 없어요." 그러면, 격노하여 자기의 동생을 나무라는 마리 지네스뜨의 규칙적인 급류 같은 소음이 들려왔다. "이봐, 쎌레스뜨, 그 입 닥치지 않겠니? 신사분께 그렇게 말하다니, 너 미쳤니?" 그 말에 쎌레스뜨는 미소를 지을 뿐, 나의 턱 밑에 둘러주는 냅킨을 내가 뿌리치자, 이렇게 대꾸하였다. "천만에, 미치지 않았어, 마리, 그를 좀 봐, 휴! 그가 독사처럼 몸을 곤추세웠어. 장담하지만 영락없는 독사야." 그녀가 그 이외에도 나와 동물과의 비교에 인색하지 않았는데, 예를 들어, 그녀에 의하면 내가 언제 잠을 자는지 아무도 모르며, 밤새도록 나비처럼 팔랑거리거나, 낮에는 다람쥐들만큼이나 날렵하다고 하면서 말을 계속하였다. "마리, 알겠지만, 우리들의 고향에서 볼 수 있는 것들처럼 날렵해서, 눈으로도 따라갈 수 없을 지경이야." — "하지만 쎌레스뜨, 그 분께서는 식사하실 때 냅킨 두르기를 꺼리신다는 점을 너도 알잖아." — "그것을 꺼려서가 아니라, 아무도 자기의 뜻을 굽히게 할 수 없다는 말씀을 하시려는 거야. 그는 나리이신데, 자신이 나리라는 사실을 과시하고 싶으신 거야. 필요하다면 시트를 열 번이라도 갈아야 하지만, 그가 양보하지 않을 거야. 어제의 것들은 용무를 마쳤으나, 오늘의 것들은 이제 막 갈았는데 또 갈아야겠어.[164] 아! 그가 가난한 사람들 사이에서 태어나는 것이 적합하지 않다는 내 말이 옳았어. 저것 좀 봐, 노기 때문에 그의 머리카락들이 새들의 털처럼 곤두서고, 마구 부풀어올라. 가엾은 쁠루미쑤!"[165] 그 말에 이의를 제기한 사람은 마리뿐만 아니고 나 또한 그랬으니, 나 자신 나리라고는 전혀 느끼지 않았기 때문이다. 그러나 쎌레스뜨는 내가 진실로 겸손하다고는 결코 믿지 않았던지라 나의 말을 끊으면서 계속하였다. "아! 장난 주머니, 아! 부드러움, 아! 간교함, 꾀보들 중의 꾀보, 성질 고약한 말들 중 가장 고약한 말이야! 아! 몰리에르!" (몰리에르가 아마, 그녀가 알고있었을 유일한 문인의 이름이었으나, 그녀가 나를 그에 비유한 것은, 그 이름이, 극작품들을 만들어내고 아울러 그것들을 공연하는 사람을 의미한다고 이해하였기 때문일 것이다.) "쎌레스뜨!" 몰리에르라는 이름을 모르는지라, 그것이 혹시 또 다른 새로운 욕설이 아닐까 저어한 마리가 강압적인 어조로 소리쳤다. 쎌레스뜨가 다시 미소를 짓기 시작하면서 대꾸하였다. "서랍에 있는 그의 어린 시절 사진을 못보았단 말이야? 그는 어린 시절에 자기에게 항상 아주 소박한 옷들만 입혔다고 우리로 하여금 믿도록 하려고 하였어. 그런데 그 사진을 보면, 작은 단장을 들고, 어느 왕자도 일찍이 그러지 못하였을 만큼 모피와 레이스에 감싸여 있어. 하지만 그의 무한한 위엄과 그것보다도 더 심오한 선량함에 비하면 그런 것들은 아무것도 아니야." —"그렇다면 네가 이제는 그의 서랍까지 뒤지는구나." 급류 같은 마리가 꾸짖었다. 마리의 염려를 가라앉혀 주기위하여, 니씸 베르나르 씨의 행동에 대하여 어떻게 생각하느냐고 내가 그녀에게 물었다. "아! 신사 양반, 저로서는 존재할 수 있으리라고 생각조차 할 수 없었을 일들이며, 여기에 와서야 처음 듣게 된 일이에요." 그러더니 모처럼 쎌레스뜨의 기세를 꺾으면서 더욱 심오한 다음 말을 하였다. "아! 보시다시피, 신사 양반, 살다 보면 어떤 일이 생길지 도저히 알 수 없어요." 화제를 바꾸기 위하여, 내가 그녀에게, 밤낮을 가리지 않고 일만 하시는 내 아버지의 삶에 대한 이야기를 하였다. "아! 신사 양반, 그것은 자기를 위해서는 아무것도, 단 일 분도, 단 하나의 즐거움도 간직하지 않고, 모든 것이 몽땅 다른 이들을 위한 희생인, 주어버린 삶이에요…. 잘 봐, 쎌레스뜨, 손을 담요 위에 내려놓거나 크롸쌍을 집어드는 동작에 불과하지만, 얼마나 기품이 넘치니! 저 신사분께서 가장 하찮은 일을 하셔도, 피레네 산맥에 이르기까지 프랑스 전역에 있는 모든 고귀함이 이동하여, 그의 동작들 하나하나에 스며든다고들 하겠어."

진실과 그토록 동떨어진 초상화에 아연실색한 내가 차라리 입을 다물었고, 쎌레스뜨는 그것 또한 하나의 새로운 계략이라고 생각하였다. "아! 저렇게 순결해 보이지만 숱한 것들을 감추고 있는 이마, 친근하고 편도 씨 속살처럼 싱싱한 두 볼, 보풀로 뒤덮인 새틴 같은 작은 손, 맹수의 발톱 같은 손톱들, 등등. 저런, 마리, 나에게 기도하고 싶은 마음이 생기도록 경건하게 자기의 우유를 마시는 저 모습 좀 봐. 얼마나 진지한 기색인가! 지금과 같은 순간에 그의 초상화를 그려야 하는데. 그는 어린 아이들의 모든 것을 가지고 있어. 아이들처럼 우유를 마시는 습관이 당신의 맑은 안색을 보존시켜 주었나요? 아! 젊음! 아! 귀여운 피부! 당신은 영영 늙지 않을 거예요. 당신은 운이 좋아 그 누구에게도 손찌검할 필요가 없을 거예요. 당신에게는 자기들의 뜻을 억지로 받아들이게 할 줄 아는 두 눈이 있으니까요. 그런데 이제 그가 노기 가득하네. 그가 하나의 명백성처럼 꼿꼿하게 벌떡 일어서네."

프랑수와즈는 자기가 '두 감언이설꾼 여자'라고 부르던 그녀들이 와서 그렇게 나와 대화 나누는 것을 전혀 좋아하지 않았다. 자기가 부리는 고용인들을 시켜 호텔에서 일어나는 모든 일들을 염탐하게 하던 지배인은 심지어, 남자 고객이 시녀들과 한담 나누는 것은 격에 맞지 않는다고 나에게 근엄하게 지적하기도 하였다. 그 '감언이설꾼 여자들'이 그 호텔에 투숙한 다른 어느 여인들보다 우월하다고 생각하던 나는, 그가 나의 설명을 이해하지 못할 것이라 확신하였던지라, 그의 면전에서 비웃듯 웃음을 터뜨리는 것으로 만족하였다. 또한 두 자매가 나의 방에 다시 오곤 하였다. "마리, 그의 저렇게 섬세한 용모를 좀 봐. 오! 진열창 아래에서 볼 수 있을 가장 진귀한 것보다도 더 아름다운 완벽한 모형이야. 왜냐하면, 그에게는 움직임이 있고, 여러 밤낮을 두고 들을 이야기가 있기 때문이야."

외국의 귀부인이 그녀들을 데리고 올 수 있었다는 것은 기적처럼 놀라운 일이었으니, 그녀들이 역사도 지리도 전혀 모르건만, 영국인들, 도이칠란트인들, 러시아인들, 이딸리아인들, 소위 외국인들이라는 '해충들'을 터놓고 증오하고, 오직 프랑스인들만을, 물론 예외적인 경우도 있었지만, 좋아하였기 때문이다. 그녀들의 얼굴이 고향 하천의 전연성(展延性) 큰 점토의 습기를 얼마나 많이 간직하고 있었던지, 혹시 어떤 사람이 호텔에 투숙한 어느 외국인에 관한 이야기를 하기 무섭게, 그 이야기를 나에게 옮기기 위하어, 쎌레스뜨와 마리가 자기들의 얼굴에 이야기한 사람의 얼굴을 그대로 접합시키곤 하였던지라, 그녀들의 입과 눈이 이야기한 사람의 입과 눈으로 즉시 변하곤 하였으며, 극장에서나 볼 수 있을 그 찬탄할 만한 가면들을 누구든 소중하게 간직하고 싶었을 것이다. 쎌레스뜨는 심지어, 지배인이나 내 친구들 중 하나가 한 말을 나에게 무심히 늘어놓는 척하면서, 그 간단한 이야기 속에다, 블록이나 법원장 등의 모든 단점들이 짓궂게 묘사된 허구적인 언급들을 넌지시 끼워넣곤 하였다. 그것은 호의로 떠맡은 간단한 심부름의 결과 보고 형태로 그려진, 누구도 모방할 수 없는 초상화였다. 그녀들은 아무것도, 심지어 신문조차도 읽지 않았다. 하지만 어느 날, 나의 침대 위에 있던 책 한 권이 그녀들의 눈에 띄었다. 그것은 쌩-레제 레제의 감탄할 만하지만 모호한[166] 시들이었다. 쎌레스뜨가 몇 페이지를 읽고 나서 나에게 말하였다. "하지만 이것들이 정말 시라고 확신하나요? 시라기보다는 수수께끼집 아닌가요?"[167] 물론 어린 시절에 '이 지상에서는 모든 라일락들 죽나니'[168]라는 시 한 편만을 배운 사람에게는 중간과정[169]이 결여되어 있었다. 내 생각으로는, 결코 아무것도 배우지 않으려던 그녀들의 고집이 그녀들의 유해한 고향[170] 탓이었던 것 같다. 하지만 그녀들에게는 어느 시인 못지않은 재능이 있었으며, 일반적으로 시인들에게는 없는 겸손함까지 갖추고 있었다. 쎌레스뜨가 어떤 괄목할만한 말을 하였는데, 내가 그것을 정확하게 기억하지 못하여 다시 말해 달라고 하면, 그녀가 잊었노라고 딱 잘라 말하곤 하였으니 말이다. 그녀들은 결코 책을 읽지 않을 것이며, 결코 책을 쓰지도 않을 것이다.

프랑수와즈는, 그토록 순박한 두 여자의 오라비들 중 하나는 뚜르 대주교의 질녀를, 다른 하나는 로데 주교와 친척인 여자를 아내로 맞아들였다는 사실을 알고 상당한 인상을 받았다. 호텔의 지배인에게는 그것이 아무것도 아니었을 것이다. 쎌레스뜨는 가끔 자기를 이해하지 못한다고 자기의 남편을 나무랐으나, 나는 그가 그녀를 용인하는 것에 놀라곤 하였다. 왜냐하면, 어떤 순간에는, 그녀가 격노하여 부르르 떨면서 모든 것을 닥치는대로 부수어, 정말로 고약해지곤 하였기 때문이다. 혼히들 주장하기를, 우리의 혈액인 염분 섞인 액체란, 태초 바다의 요소가 우리의 체내에 존속해 있는 것에 불과하다고 한다. 마찬가지로 쎌레스뜨가, 맹렬해지는 순간에만 아니라 의기 소침해지는 순간에도, 자기 고향 냇물들의 리듬을 간직하고 있었던 것 같다. 그녀가 기진했을 때에는, 그 냇물들처럼 그녀 역시 완전히 고갈된 상태로 변하였다. 그러면 이 세상 그 무엇으로도 그녀의 생기를 되살릴 수 없었다. 그러다 문득 그녀의 멋지고 가벼운 커다란 몸뚱이 속에서 순환이 다시 시작되곤 하였다. 그녀의 푸르스름한 오팔빛 투명함 속에서 물이 다시 흘렀다. 그녀가 태양을 향해 미소를 지었고, 그러면 더욱 하늘색이 짙어졌다. 그러한 순간에는 그녀가 진정한 쎌레스뜨였다.[171]

블록 가문 사람들이, 자기들의 숙부가 왜 집에서는 결코 점심을 먹지 않는지 그 곡절을 단 한 번도 의심해 보지 않았고, 처음부터 그것을, 어떤 여배우와의 관계에서 비롯된 필요에 이끌린 늙은 독신자의 기벽 쯤으로 치부했던 반면, 발백 호텔의 지배인에게는 니씸 베르나르 씨와 관련된 모든 것이 신성불가침의 금기였다. 바로 그러한 이유 때문에 지배인이 숙부에게는 감히 사실을 아뢰지도 못한 채, 질녀에게 조심하라고 당부하면서도, 감히 그녀를 나무라지 못하였다. 그러자, 자기들이 카지노와 그랜드-호텔에서 축출되었으리라 며칠 동안 믿고 있던 그 아가씨와 그녀의 친구가, 모든 일이 원만히 수그러드는 것을 보고는, 자기들이 무슨 짓이든 탈없이 자행할 수 있음을, 자기들을 경원시하는 다른 가정의 아버지들에게 과시하며 만족스러워했다. 물론 그녀들이, 일찍이 모든 사람들의 반감을 샀던 그 공공연한 장면을 다시 연출하지는 않았다. 하지만 그녀들의 버릇이 서서히 조금씩 되살아났다. 그리고 어느 날 저녁, 알베르띤느 및 앞서 우연히 만난 블록 등과 함께, 불이 반쯤 꺼진 카지노에서 나오는데, 두 몸뚱이가 뒤얽혀 애무를 계속하면서 그 아가씨들이 다가왔고, 우리들 앞에 이르자, 암탉의 꼬꼬거리는 소리와 웃음소리와 외설스러운 비명을 쏟아냈다. 블록은 자기의 누이를 알아보지 못한 체하려 눈을 내리깔았고, 나는 그 동안, 그 특이하고 끔찍한 언어가 아마 알베르띤느를 향하고 있으리라는 생각에 잠겨 몹시 괴로워하였다.

다른 작은 사건 하나가 나의 근심을 고모라 쪽으로 더욱 고정시켰다. 내가 해변에서 날씬하고 안색 창백한 젊은 여인 하나를 보았는데, 그녀의 두 눈이 시선의 중앙 둘레에 어찌나 질서정연하게 반짝이는 광선들을 배치하였던지, 그 시선 앞에 서면 어떤 별자리가 연상되었다. 나는 그녀가 알베르띤느보다 얼마나 더 아름다운지, 그러니 알베르띤느를 포기하는 것이 얼마나 더 현명할까 하는 상념에 잠겼다. 그 아름다운 젊은 여인의 얼굴에 나타난 흠절이라야 고작, 삶의 커다란 비천함이나 저속한 수단들의 일상적인 수락이라는 보이지 않는 대패질이 그 얼굴에 가해졌고, 그리하여 얼굴의 나머지 부분보다는 더 고상해 보이는 두 눈들도 갈망과 욕정을 발산하게 되어 있었다는 것뿐이었다. 그런데 다음 날, 카지노에서 우리들로부터 매우 먼 곳에 앉아 있던 그 젊은 여인이, 자기의 시선에서 발산되던 교차적이고 선회하는 불빛을 끊임없이 알베르띤느에게 던지는 것이 내 눈에 띄었다. 그녀가 전조등을 이용하여 신호를 보낸다고 할 수 있을 정도였다. 나는 나의 벗님께서, 누가 자기에게 그토록 관심을 가지고 있음을 알아채지 않을까 몹시 괴로워하였고, 멈추지 않고 점화되던 그 시선들이, 다음 날을 위한 사랑의 밀회에 동원되는 합의된 의미를 가지고 있지 않을까 염려하였다. 그 밀회가 혹시 첫 밀회가 아닐지도 모른다. 그것을 누가 알랴! 광선 발산하는 눈을 가진 그 젊은 여인이 다른 해에 아마 발벡에 온 적이 있을지도 모른다. 그녀가 감히 그토록 반짝이는 신호를 보내는 것은, 알베르띤느가 아마 이미 그녀의 욕정이나 다른 어느 여자 친구의 욕정에 자신을 내맡겼기 때문일지도 모른다. 또한 그렇다면 그 신호는 당장의 무엇을 요구하는 것 이상의 의미를 가지리니, 감히 그러기 위해서는 과거의 즐거웠던 순간들을 선례로 내세우는 것 같았다.

그렇다면 그 밀회가 최초의 것일 리 없고, 다른 여러 해에 걸쳐 함께 즐겼던 놀이의 연속임에 틀림없었다. 실제로 그녀의 시선에 담긴 것은 이러한 뜻이 아니었다. "원하세요?" 그 젊은 여인이 알베르띤느를 발견한 즉시, 고개를 그녀에게로 완전히 돌린 다음, 추억 가득 실린 시선을 그녀 쪽으로 한껏 발산하였는데, 나의 벗님이 혹시 기억하지 못할까 두려워하고 경악하는 듯하였다. 그 여인을 분명히 보았으련만 알베르띤느가 냉정하게 요지부동이었고, 그러자 그 여인이, 자기의 옛 정부가 다른 정인과 함께 있는 것을 바라보는 남자와 같은 유형의 신중함을 발휘하여, 그녀 바라보기를 멈추었고, 그녀가 아예 존재하지도 않는 것처럼 더 이상 관심을 보이지 않았다.

그러나 며칠 후, 나는 그 여인의 취향뿐만 아니라 그녀가 전에 알베르띤느와 사귀었을 개연성의 증거를 얻게 되었다. 대개의 경우, 카지노에서 두 아가씨가 서로에게 욕정을 느낄 경우, 두 사람 사이를 오가는 인광 띠와 같은 발광체가 생성된다. 지나는 길에 말해 두거니와, 비록 그 무게를 측정할 수는 없다 하더라도 그러한 질료화의 도움을 받아, 대기의 한 부분을 몽땅 화염에 휩싸이게 하는 그 별들의 신호들을 동원하여, 흩어진 고모라가, 각 도시에서, 각 마을에서, 헤어졌던 자기의 구성원들을 다시 합류시켜『구약』이 전하는 그 도시국가를 다시 세우려 하는 동안, 이 세상 어디에서나, 비록 그것이 간헐적인 재건이긴 하지만, 향수에 젖은, 위선적인, 때로는 용감한, 소돔으로부터 망명한 이들에 의해 같은 노력이 계속된다.

언젠가 한 번, 블록의 사촌 누이가 지나가는 순간, 알베르띤느가 누구인지 모른다는 기색 보인 그 미지의 여인을 내가 보게 되었다. 그 젊은 여인의 두 눈이 별처럼 반짝였으나, 그녀가 그 유대인 아가씨를 모르는 것은 분명했다. 그 여인이 그 아가씨를 처음 보았고, 의심할 여지 없이 욕정을 품었으나, 알베르띤느를 대하며 느끼던 확신은 전혀 갖지 못하였으니, 그녀가 알베르띤느의 동지애를 어찌나 굳게 믿었던지, 뜻밖의 냉랭함 앞에서, 빠리를 잘 알지만 그곳에 거주하지 않는 어느 외국인이, 몇 주 동안 머물려고 왔다가, 옛날 즐거운 저녁 시간을 보내곤 하던 작은 극장이 있던 자리에 은행 건물이 들어선 것을 보고 느꼈을 것과 같은 놀라움에 사로잡혔다.

블록의 사촌 누이가 어느 탁자 앞에 앉아 잡지 한 권을 집어들었다. 그러자 이내 젊은 여인이 그곳으로 가서 방심한 기색으로 그녀 곁에 앉았다. 그러나 탁자 밑에서는 그녀들의 발들이 즉시 동요하고, 다리들과 손들이 뒤얽히는 것을 누구든 볼 수 있었을 것이다. 몇 마디 말이 오가고, 이내 대화가 이어졌으며, 사방으로 그 젊은 여인을 찾아 헤매던 어수룩한 남편은, 자기의 아내가 생면부지의 아가씨와 그 날 저녁을 어떻게 보낼지 계획 세우기에 열중하고 있는 것을 보고 크게 놀랐다. 그의 아내가 블록의 사촌 누이를 어린 시절 친구라면서 그에게 소개하였으되, 이름은 알아들을 수 없도록 말하였으니, 앞서 그녀에게 이름 묻는 것을 잊었기 때문이다. 하지만 남편의 출현이 그녀들의 친밀도를 한 걸음 더 진척시켰으니, 수녀원에서 서로 알게 되었다면서 그녀들이 서로 말을 놓고 하게 되었는데, 훗날 그녀들이 농락당한 남편과 아울러 몹시 즐겁게 비웃은 뜻밖의 불편한 사건이었으며, 그 즐거움이 새로운 애정 표현의 계기가 되었다.

알베르띤느의 경우, 나는 그녀가 카지노나 해변 등 어느 곳에서도, 어떤 아가씨와 지나치게 자유로운 태도로 어울렸다고는 말할 수 없다. 나는 그녀의 태도에서 오히려, 냉랭함과, 하찮게 여기는 듯한 무관심의 과장을 발견하였고, 그러한 과장이 교양이기 보다는 의혹의 눈길을 떨쳐버리려는 간계처럼 보였다. 그녀가 이런 혹은 저런 아가씨에게 큰 소리로 다음과 같이 대꾸하는 등, 빠르고 냉랭하며 예의바른 태도를 보이곤 하였다. "그래, 다섯 시 경에 테니스장에 갈 거야. 내일 아침에는 여덟 시 경에 목욕을 할 거야." 그런 다음 즉시 그 아가씨 곁을 떠나곤 하였는데, 그러한 행동이, 쫓기는 사냥감 짐승이 개를 따돌리듯 나의 관심을 다른 쪽으로 돌린 다음, 그녀와 밀회를 약속하거나, 아니 그보다는, 나지막한 음성으로 이미 약속을 하였던지라, 정말 무의미한 그 말을 큰 소리로 하여, '주의를 끌지' 않으려는 뜻이었을 것이다. 그리고, 그렇게 말을 마친 다음, 그녀가 자전거에 올라 전속력으로 도망치듯 내닫는 것을 바라볼 때에는, 조금 전 겨우 말 몇 마디 건넨 그 아가씨를 만나러 가는구나 하는 생각을 억제할 수 없었다.

어떤 아름다운 젊은 여인이 해변의 모퉁이에서 자동차로부터 내릴 때마다 알베르띤느가 어쩔 수 없이 고개를 돌리는 것이 고작이었다. 하지만 그녀는 즉시 자기의 행동을 이렇게 해명하곤 하였다. "해수욕장 앞에 세운 새 깃발을 바라보고 있었어요. 더 많은 경비를 지출할 수도 있었을 거예요. 전의 것도 상당히 초라했어요. 하지만 정말이지 저것은 더 볼품없어요."

언젠가는 알베르띤느가 냉랭함만으로 그치지 않았고, 그리하여 내 마음이 더욱 괴로워졌을 뿐이었다. 그녀는, '못된 취향' 가지고 있는 것으로 알려졌고 가끔 봉땅 부인 댁에 와서 이삼일 쯤 머무는, 자기 숙모의 친구와 자기가 우연히 마주칠 수 있다는 점을 내가 염려한다는 것을 알고 있었다. 그녀에게는 더 이상 인사도 하지 않겠노라고 알베르띤느가 나에게 일찍이 말한 바 있었고, 그것은 그녀의 친절한 배려였다. 그런데, 그 여인이 앵까르빌에 왔을 때 알베르띤느가 이런 말을 하였다. "참, 그녀가 여기에 온 것 아세요? 그 소식 들으셨어요?" 자기가 그녀를 몰래 만나지 않았음을 나에게 입증해 보이려는 말 같았다. 어떤 날에는 그렇게 말하고 나서 다시 덧붙였다. "그래요, 그녀와 해변에서 우연히 마주쳤는데, 일부러, 무례하게, 제가 그녀를 거의 스쳐 지나가면서 떼밀다시피 하였어요." 알베르띤느가 나에게 그 말을 하였을 때, 한 번 들은 이후 다시는 뇌리에 떠올리지 않았던, 봉땅 부인이 한 말 한 마디가 나의 기억 속에 되살아났으며, 그것은 내 앞에서 그녀가 스완 부인에게 한 말로서, 자기의 질녀 알베르띤느가 얼마나 뻔뻔한지 모른다고 마치 그것이 하나의 장점인양 늘어놓던 말이었고, 그러면서 아울러 누구인지 더 이상 기억할 수 없지만, 어느 공무원의 아내에게, 알베르띤느가 그녀의 아버지가 요리사의 조수였다고 하였다는 말이었다. 그러나 우리가 사랑하는 여인이 한 말은 오랫동안 순수한 상태로 보존되지 못하고, 상하여 썩는 법이다. 하루 혹은 이틀 저녁 후, 내가 알베르띤느의 말을 다시 뇌리에 떠올렸고, 그러자 그 말이 의미하는 것처럼 보였던 것은 더 이상, 그녀가 자랑스럽게 내세우던—그리고 기껏 나의 미소나 자아낼 수 있었을 뿐인—그 무례함이 아니라 다른 것, 즉 알베르띤느가 아마 구체적인 목적도 없이, 그 여인의 감각을 불편하게 자극하기 위하여, 혹은 아마 전에는 자기가 수락하였을지도 모를 그 여인의 옛 제안들을 심술궂게 상기시켜 주기 위하여 그녀를 빠르게 스치고 지나갔는데, 그러한 짓이 공공연히 저질러져, 내가 아마 그 소문을 들었을 것이라 생각하여, 자신에게 불리한 해석을 미연에 방지하고자 하였을 것이다.

하지만 알베르띤느가 혹시 사랑하고 있었을 여인들로 인해 야기된 나의 질투가 문득 멈추게 되어 있었다.

*

알베르띤느와 나는 지역 철도의 발백 역 앞에 있었다. 궂은 날씨 때문에 우리는 호텔의 합승마차 편으로 그곳까지 왔다. 우리들로부터 멀지 않은 곳에 니씸 베르나르 씨가 있었고, 그의 눈 하나에는 멍이 들어 있었다. 그가 얼마 전부터, '벗나무집'이라는 인근의 상당히 번창하는 농가 식당 종업원 소년과 어울려, 『아달리아』의 합창단원과 같은 호텔 식당의 어린 종업원을 배신하고 있었다. 안색 붉고 용모 무뚝뚝한 그 농가 식당의 소년은, 머리통이 영락없는 토마토였다. 정확히 그 머리통을 닮은 토마토 하나가 그의 쌍둥이 형제의 머리통 역할을 하고 있었다. 무심히 관조하는 사람에게는, 자연이 잠시 산업화되어 그러한 제품들을 만들어내는 것 같아, 그 두 쌍둥이의 완벽한 유사성 속에 상당한 아름다움이 있는 것처럼 보인다. 불행하게도 니씸 베르나르 씨의 관점은 달랐고, 따라서 그 유사성은 표면적인 것에 불과했다. 2번 토마토가 부인들에게 환희의 원천 되기를 광적으로 좋아하였던 반면, 1번 토마토는 특정 신사분들의 취향에 응해주기를 싫어하지 않았다. 그런데, 1번 토마토와 함께 보낸 즐거운 순간들의 추억에 의해 반사작용처럼 흔들릴 때마다, 베르나르 씨가 '벗나무집'에 나타났고, 근시안이었던지라(하기야 두 소년을 혼동하기 위하여 근시안일 필요조차 없었지만), 그 늙은 유대인이 자신도 모르는 사이에 암피트뤼온 역을 맡으면서,[172] 1번 토마토의 쌍둥이 형제를 향하여 이렇게 말하곤 하였다. "오늘 저녁 우리 은밀히 만날까?" 그 말이 끝나기 무섭게 그가 2번 토마토로부터 호된 주먹다짐을 받곤 하였다. 그리고 식사 도중에도 그 주먹다짐이 재개되곤 하였는데, 그가 2번 토마토와 시작한 이야기를 다른 토마토와 계속하려고 할 순간에 그런 봉변을 당하였다. 결국에는 그러한 주먹다짐이 연상되어 토마토에 어찌나 역겨움을 느꼈던지, 그리고 먹을 수 있는 토마토까지 어찌나 혐오하였던지, 그랜드-호텔 식당에서 자기 근처에 앉은 손님이 토마토를 주문할 때마다, 그가 이렇게 속삭이곤 하였다. "일면식도 없이 감히 이런 말씀 드리는 것 양해하십시오. 하지만 귀하께서 토마토 주문하시는 것을 제가 들었습니다. 오늘은 그것들이 모두 썩었습니다. 저는 아예 그것을 먹지 않는지라 그것이 어떻건 저에게는 상관없으나, 귀하를 위하여 그 사실을 말씀드립니다." 그 낯선 손님이 박애주의자이며 무사무욕한 자기의 이웃에게 진실로 고맙다는 말을 한 다음, 종업원을 불러 생각을 바꾼 척하였다. "아니오, 정말로 토마토는 아니 먹겠소." 그러한 장면에 이미 익숙한 에메가 홀로 웃고 나서 이런 생각에 잠겼다. '저 베르나르 씨 정말 늙은 악동이군. 다른 손님으로 하여금 주문한 것을 취소하도록 하는 방법을 또 찾아내었어.' 베르나르 씨는 연착하는 전차를 기다리면서도, 자기의 멍든 눈 때문에, 알베르띤느와 나에게 인사를 건네고 싶지 않은 눈치였다. 그러고 싶지 않았던 것은 우리가 더 심했다. 하지만 바로 그 순간 자전거 하나가 우리들을 향해 전속력으로 달려오지 않았다면, 거의 불가피했을 것이다. 승강기 담당 종업원이 숨을 헐떡이면서 자전거에서 뛰어내렸다. 우리가 호텔을 떠난지 얼마 아니 되어 베르뒤랭 부인이 전화를 하여, 다음 다음 날 만찬에 참석해 달라고 하였다는 데, 그 이유는 곧 알게 될 것이다. 나에게 전화 내용을 상세히 전한 다음 승강기 담당 종업원이 우리들 곁을 떠났는데, 부유층으로부터의 독립을 표방하면서도 자기들 사이에서는 권위주의적 원칙을 다시 정립하는 그 민족주의자 '피고용인들'처럼, 자기가 늦게 돌아가면 불만스러워할 수 있을 호텔 정문 수위와 호텔 전속 마부를 염두에 두고 이렇게 덧붙였다. "저의 우두머리들 때문에 저는 이만 도망치겠습니다."

알베르띤느의 친구들이 한동안 발백을 떠났다. 내가 그녀를 즐겁게 해주고 싶었다. 발백에서 오직 나하고만 나날들의 오후를 함께 보내는 것에서 그녀가 행복을 느꼈으리라고 비록 가정한다 할지라도, 나는 행복이라는 것이 결코 완전히 소유될 수 없다는 사실은 물론, 그러한 불완전성이 행복을 느끼는 당사자에 기인하지, 행복을 제공하는 이의 탓이 아니라는 사실을 아직은 깨닫지 못하는 나이였던(어떤 이들은 그 나이를 영영 넘지 못한다) 알베르띤느가, 자신이 느끼던 환멸의 원인을 나에게서 찾고 싶은 유혹을 느낄 수 있다는 점도 알고 있었다. 나는 그녀가 그러한 환멸을, 나 없이 그녀 홀로 카지노나 해변에 머무르지 못하게 하면서, 아울러 우리 둘이서만 있는 기회를 쉽사리 우리에게 허용하지 않을, 나에 의해 조성된 상황들의 탓으로 돌리도록 하는 편을 택하였다. 그리하여 내가 그 날 쌩-루를 만나서 동씨에르에 가게 되어 있으니, 함께 가

자고 그녀에게 요청하였던 것이다. 또한 그녀로 하여금 무엇에 몰두케 하려는 같은 목적으로, 그녀가 전에 배웠다고 하는 그림 그리기를 그녀에게 권한 것이다. 그러한 작업에 몰두하다 보면, 자신이 행복한지 혹은 불행한지, 생각해 볼 겨를이 없을 것 같았다. 또한 가끔 그녀를 베르뒤랭 댁이나 깡브르메르 댁 만찬에 기꺼이 데려갔을 것이고, 어느 댁에서나 모두 내가 소개하는 친구 아가씨를 틀림없이 환대하였을 것이나, 우선 뿌뜨뷔스 부인이 아직 라 라스쁠리에르에 오지 않았음을 내가 확인해야 했다. 현장에 가지 않으면 그것을 거의 확인할 수 없을 것 같았고, 또한 마침 이틀 후에 알베르띤느가 자기의 숙모와 함께 발백 인근에 나들이 하게 되어 있었음을 미리 알았던지라, 그 기회를 이용하기 위하여, 내가 베르뒤랭 부인에게 전보를 보내, 수요일에 방문하여도 좋겠느냐고 물었던 것이다. 만약 뿌뜨뷔스 부인이 그곳에 와 있다면, 그녀의 침실 시녀를 만나 볼 방안을 강구하여, 그녀가 발백에 올 '위험'이 있는지 확인하고, 그럴 경우 그것이 언제일지를 알아내어, 그 날 알베르띤느를 발백으로부터 멀리 데려가기 위해서였다.[173] 그 지역의 협궤 철도 노선이, 내가 할머니와 함께 그것을 이용하였던 시절에는 없던 고리 모양의 곡선을 만들면서, 이제는 동씨에르-라-구뻴 역을 경유하게 되어 있었으며, 그 큰 역으로부터 주요 열차들이 출발하였는데, 특히 내가 빠리를 출발하여 쎙-루를 보러 갔다가 빠리로 돌아갈 때 이용한 급행열차의 출발지도 그 역이었다. 또한 궂은 날씨 때문에 호텔의 합승마차가 알베르띤느와 나를, 지역 노선이 지나는 발백-해변 역까지 태워다 주었다.[174]

협궤열차가 아직 역에 도착하지 않았으나, 그것이 오는 도중에 내버려둔 한가하고 느린, 군모의 깃털 장식 같은 연기가 보였으며, 이제 동력 거의 없는 구름의 수단만 남아 그것에 의존하게 된 그 연기가, 크리끄또 절벽의 초록색 급경사를 천천히 기어오르고 있었다. 이윽고, 군모의 깃털 장식 같은 연기가 수직으로 방향을 바꾸면서 앞장서 안내하던 협궤열차 역시 천천히 도착하였다. 그 기차를 탈 승객들이 그것에게 자리를 내어주기 위하여 흩어졌으나 조금도 서두르지 않았으니, 자기들이, 거의 인간적이고 유순하며, 초심자의 자전거처럼 역장의 호의적인 신호에 의해 인도되고 기관사의 강력한 감독하에 있어, 아무도 넘어뜨릴 위험 없고 사람들이 원하는 지점에서 정확히 멈출 '보행자'를 상대하고 있음을 알고 있었기 때문이다.

나의 전보가 베르뒤랭 댁으로부터 온 전화의 원인이었고, 수요일(다음 다음 날이 마침 수요일이었다)이 베르뒤랭 부인에게는, 나는 모르고 있었지만, 빠리에서처럼 라 라스쁠리에르에서도, 성대한 만찬의 날이었던지라, 나의 전보가 그만큼 더 때맞춘 것이었다. 베르뒤랭 부인이 '만찬'을 표방하지는 않았으나, 그녀에게는 '수요회'라는 것이 있었다. 그녀의 '수요회'는 곧 예술품이었다. 이 세상 어디에도 유사한 것이 없음을 잘 알면서도, 베르뒤랭 부인은 자신이 주최하는 수요회들 사이에 미묘한 차이를 부여하곤 하였다. "지난번 수요일은 그 바로 전 수요일만 못했어요." 그녀가 말하곤 하였다. "하지만 다음 수요일은 일찍이 전례가 없었던 가장 성공적인 것이 될 거예요." 그녀가 때로는 이러한 말을 하기도 하였다. "지난번 수요일은 다른 것들만 못했어요. 반면, 다음의 것을 위해 댁들을 깜짝 놀라게 해드릴 것을 준비하고 있어요." 빠리 사교철의 마지막 몇 주 동안에는, 시골로 떠나기에 앞서, '안주인'이 수요회의 끝을 선언하곤 하였다. 그것이 '신도들'을 자극하는 하나의 계기가 되곤 하였다. "이제 수요일 셋밖에 없어요, 이제 둘밖에 없어요." 마치 세상의 종말이 닥치기 직전이라는 듯한 어조로 그녀가 말하곤 하였다. "마지막 수요일을 위해 다음 수요일을 놓아버려서는 아니 되요." 그러나 그 마지막이라는 것은 짐짓 꾸민 말에 불과했으니, 그녀가 이렇게 공표하곤 하였기 때문이다. "이제 공식적으로는 더 이상 수요회가 없어요. 이번 것이 금년의 마지막 수요회예요. 하지만 제가 수요일에는 여전히 집에 있을 거예요. 우리들끼리만 수요회를 가질 거예요. 누가 알겠어요, 그 친밀한 수요회가 혹시 가장 기분좋은 것이 되지 않을지?" 라 라스쁠리에르에서는 수요회가 불가피하게 제한되었으나, 반면, 마침 그곳을 지나던 어떤 친구와 우연히 마주칠 경우, 그를 언제든 저녁에 초대하였던지라, 거의 날마다 수요일과 다름없었다. "초대된 사람들의 이름을 정확히 기억하지는 못합니다만, 그들 중에 까망베르 후작 부인도 있는 것은 압니다." 승강기 담당 종업원이 나에게 말하였으니, 깡브르메르 가문의 명칭을 놓고 우리가 벌이던 입씨름의 추억이, 그가 전부터 사용하던 단어를—어려운 명칭 앞에서 그 어린 종업원이 당황할 때마다 그 단어의 친숙하고 의미들 가득한 철자들이 그를 도우러 와, 게으르게 그리고 뿌리 뽑을 수 없는 유구한 습속처럼이 아니라, 그것들이 충족시켜 주던 논리성 및 명료함에 대한 욕구 때문에—영영 대신하기에 이르지는 못하였다.

우리는 도중에 내가 알베르띤느를 줄곧 포옹할 수 있을 빈 객차를 골라 타려고 서둘렀다. 그러한 객차가 없어 우리가 무작정 어느 한 칸으로 들어섰고, 그곳에는 이미, 거대하고 추하며 늙은 얼굴에, 기색 남자 같고 나들이옷을 한껏 차려입은 부인 하나가 자리를 잡은 채, 잡지 〈두 세계〉[175]를 읽고 있었다. 상스러운 모습에도 불구하고 그녀의 동작에 거드름이 넘쳤고, 그리하여 나는 재미삼아 그녀가 어떤 사회적 부류에 속할지 나 자신에게 질문을 던졌으며, 그녀가 틀림없이 대규모 매춘업소의 경영인, 즉 여행중인 포주일 것이라는 결론을 즉시 내렸다. 그녀의 얼굴과 태도가 그것을 여실히 드러내고 있었다. 다만 내가 그 때까지는 그러한 부인들이 〈두 세계〉를 읽는다는 것은 전혀 모르고 있었다. 알베르띤느가 미소를 지으면서 눈짓으로 나에게 그녀를 가리켰다. 그 부인이 극도로 당당한 기색을 보였고, 한편 나로서는, 다음 날[176] 그 철도 노선의 종착역 근처에 머물고 있던 명성 높은 베르뒤랭 부인 댁에 초청을 받았고, 그곳에 이르기 전에 있는 중간역에서 로베르 드 쌩-루가 나를 기다리고 있으며, 그리고 그 역으로부터 조금만 더 가서 내가 훼뗴른느 성에 거처를 정하였으면 깡브르메르 부인에게 커다란 기쁨을 줄 수도 있었다는 등의 사실을 의식하고 있었던지라, 나는, 자신의 지나치게 멋을 부린 차림새나 자기가 쓴 모자의 깃털들 및 손에 들고 있던 잡지 〈두 세계〉 등으로 인해 자신이 나보다 더 중요한 인물이라고 생각하는 듯한, 그 거드름 피우는 부인을 유심히 관찰하였고, 그러는 동안 나의 두 눈이 불꽃처럼 반짝거렸다. 나는 그 부인이 니씸 베르나르 씨보다 훨씬 더 오랫동안 열차 안에 머물지 않기를, 그리하여 그녀가 적어도 뚜땡빌 쯤에서는 내리기를 기대하였다. 하지만 아니었다. 기차가 에프르빌에 정차하였건만 그녀는 좌석에 그대로 앉아 있었다. 몽마르땡-쒸르-메르, 빠르빌-라-빙가르, 앵까르빌 등의 역에서도 마찬가지였고, 낙심한 나머지, 동씨에르에 이르기 전 마지막 역인 쌩-프리슈 역을 기차가 빠져나왔을 때, 내가 그 부인은 아랑곳하지 않고 알베르띤느를 껴안고 애무하기 시작하였다. 동씨에르에 도착하였을 때, 쌩-루가 이미 역에 와서 우리들을 기다리고 있었으며, 그가 나에게 말하기를, 그러기 위해서 매우 큰 어려움을 겪었다고 하였는데, 자기의 숙모님 댁에 머물고 있었던지라, 전보가 역으로 달려오기 직전에야 그에게 전달되어, 미리 시간을 안배할 수 없었고, 따라서 나를 위해서는 한 시간밖에 틈을 낼 수 없다고 하였다. 그 한 시간이 애석하게도 나에게는 너무 길게 느껴졌으니, 기차에서 내리기 무섭게 알베르띤느의 관심이 오직 쌩-루에게만 쏠렸기 때문이다. 그녀가 나와는 아무 이야기도 하지 않았고, 내가 무슨 말을 건네도 마지못해 겨우 대꾸할 뿐이었으며, 내가 자기에게 접근하면 나를 멀찌감치 밀어냈다. 반면 로베르를 향해서는 유혹하는 웃음을 터뜨리는가 하면, 수다스럽다 할 만큼 달변을 쏟아내었고, 그가 데리고 온 개와 함께 놀다가 그 짐승을 놀리던 중 일부러 주인의 손을 스치기도 하였다. 그것을 보고 나는, 알베르띤느가 처음으로 자신을 포옹하도록 나에게 허락하던 날, 그녀의 내면에 그토록 깊숙한 변화를 가져다 주어 그녀를 포옹하려는 나의 노고를 경감시켜 준 미지의 유혹꾼에게, 내가 감사의 미소를 보낸 사실을 상기하였다.[177] 그러나 이제는 그가 혐오스러워졌다. 내가 알베르띤느에게 무심하지 않음을 로베르가 깨달았음에 틀림없었으니, 그녀의 교태에 그가 전혀 응대하지 않았고, 그것으로 인해 그녀가 나에 대해 좋지 않은 심기를 품었는데, 잠시 후 그가 나에게 마치 내가 혼자 있는 것처럼 말을 건넸고, 그러한 사실을 감지한 그녀가 나를 더 높게 평가하게 되었다. 로베르가 나에게 묻기를, 내가 동씨에르에 체류하던 시절, 자기가 나로 하여금 매일 저녁 어울려 함께 저녁 식사를 하도록 주선하였던 그 친구들 중, 아직도 그곳에서 복무하는 사람들을 찾아보지 않겠느냐고 하였다. 그리고, 전에는 자신이 비난하던 상대방의 비위를 맞추려는 유형의 과장에 열중하였던지라, 그가 이렇게 말하였다. "자네가 그들을 다시 만나기 원하지 않는다면, 그들을 그토록 열심히 유혹한 자네에게 그것이 무슨 소용인가?" 나는 그의 제안을 정중하게 사양하였다. 알베르띤느 곁에서 멀어지는 위험을 겪고 싶지 않았을 뿐만 아니라, 이제는 나의 마음이 그들로부터 멀어졌기 때문이기도 했다. 그들로부터란 다시 말해 (그 시절의) 나로부터였다. 우리는 이 지상에 살던 우리와 유사한 모습으로 살게 될 다른 생이 존재하기를 열렬히 갈망한다. 그러나 우리는, 그 다른 생에 이르기도 전에, 다시 말해 현재의 생에서, 불과 몇 년만 지나도, 우리가 우리의 과거에, 즉 영원히 불멸의 상태로 남기를 바라던 것에, 한결같지 못하게 된다는 사실을 깨닫지 못한다. 현재의 생이 지속되는 동안에 발생하는 변화들보다 죽음이 우리를 더 심하게 변모시킬 것이라고 구태여 가정하지 않더라도, 그 다른 생에서 만약 우리가 과거의 자신과 마주친다면, 우리는, 마치 전에 관계를 맺었으나 오랫동안 만나지 않던 사람들에 대하여 그러듯, 우리 자신으로부터 고개를 돌릴 것이니, 매일 저녁 '황금빛 꿩'이라는 식당에서 만나는 것이 그토록 즐거웠으되, 그들과의 대화가 이제 나에게는 성가심과 거북함에 불과해진 쌩-루의 친구들이 그 예이다. 그러한 면에서는, 또한 내가 일찍이 나에게 즐거움을 주었던 것을 다시 찾으러 그 식당에 가지 않는 편을 택하였기 때문에, 동씨에르 시내에서의 산책이 나에게는 낙원에의 도착을 미리 보는 격이 될 수도 있었을 것이다. 우리가 낙원에 대해서, 아니 연속적인 숱한 낙원들에 대해서 많은 몽상을 펼치지만, 그것들은 모두, 우리가 죽기 훨씬 전에 상실된, 그리고 우리가 그 속에서 스스로 상실되었음을 느낄, 그러한 낙원들이다.

    그가 역에서 우리들에게 작별인사를 하였다. 그러면서 나에게 말하였다. "하지만 거의 한 시간은 기다려야 할 걸세. 자네가 만약 그 시간 동안 내내 여기에 머물면, 얼마 후, 자네가 탈 기차보다 십분 먼저 출발하는 빠리행 기차를 타실 나의 샤를뤼스 숙부님을 틀림없이 뵙게 될 걸세. 그 기차의 출발 시각 전에 돌아가야 하기 때문에 나는 이미 작별인사를 드렸네. 자네의 전보를 받기 전이었던지라, 숙부님에게 자네가 이곳에 온다는 말씀을 드릴 수가 없었네." 쌩-루가 우리들 곁을 떠난 후 내가 알베르띤느를 나무라자, 그녀가 나에게 대꾸하기를, 기차가 역에 멈추는 순간 내가 상체를 그녀 쪽으로 숙이고 두 팔로 그녀의 허리를 휘감고있던 장면을 그가 목격하였을 경우, 그가 혹시 품었을지도 모를 생각을, 나를 대하는 자기의 냉랭한 태도로 지위 버리려 하였다는 것이다. 그가 정말 나의 그러한 자세를 목격하였고 (나는 그를 발견하지 못하였는데, 만약 그를 발견하였다면 내가 알베르띤느 옆에 더 점잖게 앉아 있었을 것이다), 틈을 내어 나의 귀에다 이렇게 속삭였다. "자네가 전에 나에게 이야기한, 불쾌감 줄 만큼 오만하고, 스떼르마리아 아가씨의 못된 처신 때문에 그녀와 교제하려 하지 않았다는, 그 아가씨들 중 하나가 저 아가씨인가?" 내가 빠리에서 출발하여 동씨에르로 그를 만나러 갔을 때, 발백에 관한 이야기를 나누면서, 알베르띤느가 정숙함 그 자체인지라, 그녀를 어찌해 볼 수 없다고 로베르에게 정말 진지하게 말한 적이 있었다. 그러나 오래 전부터 나의 그 말이 사실이 아니었음을 나 자신 깨닫게 되었건만, 나는 오히려 로베르가 그 말이 진실이었다고 믿기를 더욱 갈망하게 되었다. 그로 하여금 그렇게 믿도록 하기 위해서는 내가 그녀를 사랑한다고 말하는 것으로 족하였을 것이다. 친구의 괴로움을 자기들의 것처럼 느껴, 친구로 하여금 그 괴로움을 면하도록 해주기 위해서라면, 자기들이 맛볼 즐거움을 거부할 줄 아는 사람들이 있으니, 그가 바로 그러한 이들 중 하나였기 때문이다. (하지만 나는 이렇게 말하였다).[179] "그렇네, 그녀는 무척 어리다네. 하지만 자네는 그녀에 대해 아무것도 모르지?" 내가 불안해하며 덧붙이듯 물었다. ─ "자네들 두 사람이 다정한 두 연인의 자세를 취하고 있던 모습 목격한 것 이외에는 아무것도 모르네."

"당신의 태도가 아무것도 지워 버리지 못하였소." 쌩-루가 우리들 곁을 떠난 후 내가 알베르띤느에게 말하였다. —"옳은 말씀이에요." 그녀가 내 말에 대꾸하였다. "제가 경솔했어요, 그래서 당신에게 괴로움을 드렸고, 그로 인해 저는 당신보다 더 슬퍼요. 두고 보시면 아시겠지만, 다시는 그렇게 처신하지 않겠어요, 저를 용서해 주세요." 슬픈 기색으로 나에게 손을 내밀면서 그녀가 말하였다. 그 순간, 우리들이 앉아 있던 대합실 안쪽에서, 자기의 여행가방들을 든 역의 고용인 하나를 조금 떨어져 뒤따르게 한 채, 샤를뤼스 씨가 천천히 지나가는 것이 보였다.

검은색 정장 속에 묶여 미동도 하지 않고, 거만하게 똑바로 세워, 수직의 형태를 시종 유지하던 그의 몸과, 환심을 사려는 그의 열망, 불꽃처럼 분출하는 그의 대화 등 오직 야연에서만 우연히 접하던 빠리에서는, 그가 어느 정도까지 늙었는지를 내가 가늠할 수 없었다. 그러나 이제는, 그를 더욱 비대해 보이게 하던 밝은 색상의 여행복 차림으로, 불룩해지고 있던 복부와 거의 상징적인 궁둥이를 출렁거리게 하고 온몸을 좌우로 흔들면서 걷고 있던 그를, 한낮의 잔혹함이, 입술에서는 루즈로, 코끝에서는 콜드 그림을 이용하여 접착시켰던 쌀가루로, 그 흑단색이 희끗희끗한 머리카락과 대조를 이루던 염색한 콧수염에서는 검은색 염료를, 다시 말해, 조명 아래에서라면 아직 젊은 사람에게서 발견할 수 있는 안색의 활기처럼 보였을 모든 것을, 분해하여 와해시키고 있었다.

그가 탈 기차 때문에 간략하게 그와 이야기를 나누면서도, 나는 곧 가겠노라는 신호를 보내기 위하여, 알베르띤느가 자리를 잡고 있던 객차를 바라보곤 하였다. 내가 다시 샤를뤼스 씨 쪽으로 고개를 돌리자, 그가 나에게, 마치 우리의 기차를 탈듯이, 그러나 반대쪽으로 가는, 즉 발백으로부터 멀어지는 방향으로 가는 기차를 타기 위하여, 선로 건너편에 있던 어느 군인을, 자기의 친척이라고 하면서, 불러 주겠느냐고 물었다. "그는 연대 군악대 소속이라오." 샤를뤼스 씨가 나에게 말하였다. "내가 선로를 건너 저쪽까지 가는 수고를 면하게 해줄 수 있을 만큼 충분히 젊다는 행운이 당신에게 있고, 반면 나는 상당히 늙었으니…" 나는 그가 가리킨 군인에게로 가는 것이 나의 도리라 여겼고, 다가가서 그의 군복 깃에 뤼라[180] 문양이 수놓인 것을 보고 그가 정말 군악대원임을 알았다. 그러나 심부름을 이행하려던 순간, 내 종조부님의 시종이었던 사람의 아들이며, 나에게 많은 추억들을 상기시켜 주던 모렐임을 알아차리는 순간, 나의 놀라움이, 아니 나의 기쁨이, 얼마나 컸던가! 그로 인해 내가 샤를뤼스 씨가 부탁한 심부름을 깜빡 잊었다. "당신이 어떻게 동씨에르에 와 계십니까?"—"그렇습니다, 제가 군악대 타악기부에 편입되었습니다." 하지만 내 말에 그렇게 대꾸하는 그의 어조가 냉랭하고 오만했다. 그가 심한 '태깔꾼'으로 변해 있었고, 틀림없이 나의 출현이, 자기 선친의 직업을 상기시켰던지라, 유쾌하지 않았을 것이다. 문득 샤를뤼스 씨가 우리들 쪽으로 무너지듯 달려오는 것이 보였다. 내가 심부름을 지체한 탓에 그가 조급해졌던 모양이다. "오늘 저녁에 음악을 좀 듣고 싶소." 그가 거두절미하고 모렐에게 말하였다. "저녁 연주 대가로 오백 프랑을 내겠소. 혹시 당신의 친구들 중 하나와 협연한다면, 그에게도 상당한 유익함이 될 것이오." 내가 샤를뤼스 씨의 방약무인함을 익히 알고 있었지만, 그가 자기의 젊은 친구에게 인사조차 하지 않는 것에 몹시 놀랐다. 하지만 남작은 내가 생각에 잠길 시간을 나에게 허락하지 않았다. "또 봅시다, 나의 다정한 친구여." 어서 다른 곳으로 가라는 뜻으로 나에게 악수를 청하면서 그가 다정하게 말하였다. 나 또한 게다가 나의 사랑스러운 알베르띤느를 너무 오랫동안 홀로 있게 하였던 차이다. "아시다시피, 해수욕과 여행으로 이루어진 생활이 나로 하여금, 이 세상이라는 극장에는 배우들보다 배경들이 적고, '중대한 국면들'[181]보다는 배우들이 적다는 사실을 깨닫게 해준다오." 객차 안으로 다시 들어서면서 내가 알베르띤느에게 말하였다. ─"무슨 일을 두고 저에게 그런 말씀을 하시나요?" ─ "조금 전 샤를뤼스 씨가 자기의 친구들 중 하나를 자기에게 보내 달라고 나에게 부탁하였는데, 이 역의 승강장에 있던 그가 내 친구들 중 하나임을 내가 알아보았기 때문이오." 하지만 그러한 말을 하면서도 나는, 남작이 도대체 어떻게 모렐과 교분을 맺을 수 있었을까 하는 생각에 골몰하였다. 처음에는 내가 미처 생각하지 못하였던 사회적 불균형이 지나치게 컸기 때문이다. 먼저 나의 뇌리에 떠오른 것은 쥐삐앵을 통해서였을 것이라는 추측이었으니, 모두들 기억하다시피, 쥐삐앵의 딸이 그 바이올린 연주자에게 반한 것 같았기 때문이다.[182] 하지만 나를 아연실색케한 것은, 오 분 후에 빠리로 출발하게 되어 있었음에도 불구하고, 남작이 동씨에르에서 음악을 듣겠노라고 요청하였다는 사실이다. 그러나 내가, 나의 추억 속에 되살아난 쥐삐앵의 딸을 다시 보면서, 인위적인 작품들의 초라한 궁여지책에 불과한 '감사의 표시'라는 것이, 우리가 소설적 진실에 도달할 줄 알 경우, 오히려 삶의 중요한 한 부분을 표현할 것이라고 생각하기 시작하였는데, 바로 그 순간 문득, 어떤 사념 하나가 번개처럼 나를 스쳤고, 그리하여 그 동안 내가 몹시 어수룩했음을 깨달았다.[183] 샤를뤼스 씨에게는 모렐이 생면부지의 사람이었고, 모렐에게도 샤를뤼스 씨가 그러했건만 뤼라 문양 수놓은 제복을 입었을 뿐인[184] 군인의 모습에 넋을 잃고 동시에 소심해진 샤를뤼스 씨가, 감격한 나머지, 나와 아는 사이일 것이라고는 짐작조차 못한 채, 그 군인을 자기에게 데려와 달라고 간청하였던 것이다. 여하튼, 연주 대가로 오백 프랑을 주겠다는 제안이, 모렐에게는 생면부지의 관계라는 사실보다 더 중요함에 틀림없었으리니, 왜냐하면 그들이, 내가 탄 객차 바로 곁에 자신들이 서 있다는 사실조차 망각한 채 한담을 계속하고 있었기 때문이다. 또한 샤를뤼스 씨가 모렐과 나에게로 다가오던 태도를 다시 뇌리에 떠올리던 중, 나는 거리에서 여인들을 유혹하곤 하였다는 그의 가문 남자들과 그와의 닮은 점을 포착하였다. 단지 유혹 대상의 성(性)이 바뀌었을 뿐이었다. 일정한 나이가 지나면, 그리고 우리의 내면에서 비록 다양한 변화가 일어났다 하더라도, 우리가 우리 자신으로 되돌아갈수록 가문의 특징이 점점 더 두드러진다. 왜냐하면 자연이, 자기가 짜는 융단의 초벌그림을 조화롭게 계속하면서도, 그것에 끼워넣는 형상들의 다양성을 이용하여, 구성의 단조로움을 중단시키기 때문이다. 게다가 샤를뤼스 씨가 바이올린 연주자를 쏘아보았을 때 나타났던 오만함은, 각자가 처한 관점에 따라 상대적이다. 그 오만함이 그의 앞에서 굽신거리는 사교계 사람들 중 사분의 삼에 의해서는 인정되지만, 몇 해 후 그를 감시하라는 명령을 내린 경찰청장에 의해서는 인정되지 않는다.

"나리, 빠리행 기차 출발 신호가 울렸습니다." 그의 여행가방들을 들고 그를 따르던 역의 고용원이 말하였다. "하지만 나는 기차를 타지 않겠으니, 그것들은 모두 수하물 보관소에 맡기시오, 젠장!" 사태의 급변에 어리둥절해지고 팁에 매료된 고용원에게 이십 프랑을 주면서 샤를뤼스 씨가 말하였다. 그 후한 인심이 즉시 꽃 파는 여인의 시선을 끌었다. "이 카네이션을 받으세요, 이 아름다운 장미꽃을 놓치지 마세요, 착하신 나리, 그러시면 나리께 행운이 닥칠 거예요." 샤를뤼스 씨가 초조해져서 그녀에게 사십 쌍띰을 불쑥 내밀었고, 그녀가 그 대가로 먼저 그를 위해 축복을 빈 다음 즉시 꽃을 건네려 하였다. "제발 우리들을 편안히 내버려두면 좋으런만!" 빈정거림과 탄식 어린 어조로, 또한 짜증난 사람처럼, 모렐을 향하여 샤를뤼스 씨가 그렇게 말하였고, 모렐에게 그런 식으로 지원을 요청하면서 그가 얼마간의 달콤함을 느꼈다. "우리끼리 나눌 이야기만 해도 상당히 까다로운데." 역의 고용원이 아직 자신들로부터 상당히 멀리 떨어져 있지 않았기 때문에, 샤를뤼스 씨가 아마 다른 이들의 귀에 들릴까 저어하였든가, 혹은 아마 그렇게 끼워넣은 한 마디가, 그의 오만한 소심함으로 하여금 밀회를 너무 직설적으로 요청하지 않게 해주었을지 모른다. 음악가가 노골적이고 명령적이며 단호한 기색으로 꽃 파는 여인을 향해 돌아서더니, 손바닥 하나를 펴서 그녀 쪽으로 쳐들었으며, 그 동작이 그녀를 밀어내고 동시에, 꽃은 원하지 않으니 신속히 꺼져 버리는 편이 좋을 것이라는 경고를 보냈다. 샤를뤼스 씨는 그 권위 넘치고 남자다운 동작에 황홀해졌는데, 아직은 어린 손이 감당하기에 너무 무겁고 육중하게 난폭한 그러한 동작이, 그 우아한 손에 의해 단호하며 동시에 유연하게 이루어졌으며, 그 조숙한 단호함과 유연함이, 아직 수염도 나지 않은 소년에게, 골리앗을 상대로 한 판 결투를 능히 벌일 수 있는 젊은 다윗[185]의 모습을 부여하였다. 남작의 그러한 찬탄에는, 나이에 비해 조숙한 아이의 표정에 드러나는 정중함을 보고 흔히들 짓는 미소가 드리워져 있었다. '여행할 때 나를 수행하여 나의 일을 도울 수 있는, 내가 원하는 바로 그러한 사람이군. 그가 내 삶의 번잡함을 얼마나 많이 덜어줄 수 있겠는가!' 샤를뤼스 씨가 그러한 생각에 잠겼다.

(2부 2장은 8권으로 이어집니다.)

옮긴이 주

1부

1) 주인공은 게르망뜨 대공 부인의 이름으로 자기에게 배달된 초대장의 진위를 게르망뜨 공작 내외를 통해 확인하고자 하였다.
2) 앞에서는(『게르망뜨』, 2부, 2장 말미) 종탑(campanile)이 아니라 망루(tourelle)라 하였다.
3) 앞에서는 '어느 산 발치에 고립된 스위스의 아름다운 옛 건축물'이라 하였다.
4) 그 시종들이, '터너나 엘스띠르'가 그린 쌩-고타르 산악지대 풍경 속의 '여행객들이나 안내원들'에 비유되었다(『게르망뜨』, 2부 2장 말미).
5) 앞에서는 '암석에 박힌 수정 조각들'이라 하였다.
6) 어떤 사건인지 짐작할 수 없으며, 휘에르부와(Fierbois)라는 인물이, 이곳 이외에서 단 한 번(『게르망뜨』, 2부 2장), 그의 깡총거리는 듯한 걸음걸이 때문에 언급될 뿐이다. 미처 이야기하지 못한 일화일 듯하다.
7) 다음 세대 식물의 발육에 필요한 영양분을 제공하는 씨앗(graine)처럼, 진정한 예술품의 자재는, 경박한 즐거움, 게으름, 애정, 괴로움 등을 통해 무의식적으로 형성된다는 상념이, 게르망뜨 대공 댁 오후 연회 중에(『되찾은 시절』, 말미) 펼쳐진다.
8) 교회당 안에 있는 석곽묘 위의 조각상을 연상시켰다는 말이다. 그러나 '빨라메드 15세'라는 명칭은 너무 느닷없어 보인다.
9) 역자가 덧붙인 언급이다.
10) 흔히들 사용하는 '동성애'니 '성 도착증' 등과 같은 어휘들이 무지에서 비롯되었다는 것이 프루스트의 일관된 견해이며, 그러한 견해의 맹아가 플라톤의 『향연』에서 발견된다(사랑의 기원, 자웅동체론 등). 게다가 주인공의 입천장과 마들렌느 과자(그토록 육감적으로 묘사된 '마들렌느'는 곧 매춘부 막달라 마리아를 가리킨다) 간의 접촉 순간에 발생하는 생리적(심리적) 현상은 관능적 절정에서 생기는 현상과 다름없으니(『스완』), 자웅(남녀)의 외형적 구분에 무슨 의미가 있겠는가?
11) la bonne fortune를 옮긴 것이다. '요행'이나 '횡재'로도 옮길 수 있는 말이다.

이 문장의 끝 부분이 그리 명료하지 못하다.
12) 음악가 뱅뙤이유의 딸이 자기의 동성애 상대와 어우러져, 작고한 부친의 사진 앞에서 그를 모독하는 언행을 자행하였고, 그 광경을 소년 주인공이 우연히 보게 되었다(「스완」, 〈꽁브레〉). 한편, 몽쥬뱅에서 그렇게 목격한 그 장면이, 훗날 주인공에게 끔찍한 괴로움을 안겨 줄 (복수의 여신과 같은) 불행의 씨앗으로 변한다.
13) 주인공이 동씨에르에 갔을 때 쌩-루가 펼치던 군사 작전들에 관한 이론들을 가리킨다(「게르망뜨」, 1부).
14) 부르(boers)는 '농민들'을 뜻하는 네덜란드어이며(복수 형태로 사용된다), 특히 남아프리카 공화국 남단에 정착하였던 네덜란드 사람들과, 뒤에 그곳으로 이주한 스칸디나비아, 도이칠란트, 프랑스 사람들을 총칭한다. 그들이 영국인들의 지배에 맞서 영국 정규군과 전쟁을 벌였고(1899~1902), 그 전쟁을 가리켜 '부르의 전쟁'이라 한다.
15) 네로가 모친 아그리피나의 간섭으로부터 벗어나기 위해 그녀를 죽이라 명령을 내리고, 그녀의 배를 갈라 자기가 자란 곳을 보여 달라고 의사들에게 지시하였다고 한다. 의사들이 그에게 간하기를, 그의 모친이 임신 기간 동안 겪은 고초가 이루 말할 수 없을 만큼 컸으니, 그러면 아니 된다고 하였다 한다. 그러자 네로가 자신도 그 고초를 직접 겪어 보겠노라고 하며, 자신이 임신케 하라는 엄명을 내려, 의사들이 탕약에 어린 개구리 한 마리를 슬쩍 넣어 그에게 먹였고, 그 개구리가 그의 몸 속에서 자랐으며, 그것이 비대해져 네로가 더 이상 견디지 못하게 되었을 때 그에게 탕약을 먹여, 그 괴물을 다시 토해내게 하였다고 한다. 야코부스 데 바라기네(야꼬뽀 다 바라체, 1228~1298)의 『황금빛 전설, Legenda aurea』이 전하는 일화이다(가르니에-훌라마리옹, 1967, t.1, pp.423~424).
16) 선뜻 이해되지 않는 언급이다.
17) '전차 운전사'에 관한 이야기는 이 부분에서 처음 나타난다. 어떤 부분이 누락된 듯하다.
18) 모술 지역에서 오는 상인으로 변장한 칼리프 하룬-알-라쉬드가 어느 날 저녁 나절, 티그리스 강을 가로지르는 다리 끝에 앉아 있던 젊은이 아부 하싼을 만나고, 자기를 초대하는 그를 따라 그의 집에까지 가서, 그의 이야기를 들은 다음, 그 젊은이로 하여금 하룻동안 칼리프 역할을 수행하게 한다(『천일야화』, 〈깨어 있으되 잠자는 사람〉, 앙뚜완느 갈랑, t.2, pp. 425~459)

19) '미미한 인물'로 옮긴 'petite personne'는 여성 명사이다. 또 '전하'로 옮긴 'son Altesse' 역시 여성 명사이다.
20) 자기처럼 중요한 인물이라는 뜻일 것이다.
21) 빠리와 오를레앙(빠리 서남쪽 약 130여 킬로미터 지점) 간에 처음으로 철로가 부설되었을 때(1840년 경), 빠리의 역을 '오를레앙 역'이라 하였고, 그것이 훗날 '오스떼를리츠 역'으로 개칭되었다.
22) Aubrais. 오를레앙의 변두리 지역이다.
23) 오를레앙에 있는 르네쌍스 시절의 건축물인 까뷔 저택(l'hôtel Cabu)을, 그곳 사람들이 '디안느 드 뿌와띠에의 저택'이라고 부르지만, 실은 그녀(발랑띠누와 공작 부인, 1499~1560)와 그 건물은 아무 상관이 없다고 한다.
24) 새벽녘을 가리킬 듯하다.
25) 쏘크라테스는, 자기의 생각을 지배하고 미래를 예긴케 해 주는 자기 고유의 정령(daimon, genius)이 있다고 믿었다 한다(플라톤, 크세노폰, 디오게네스 라에르티오스… 등).
26) 여신 아테나는 『일리아스』와 『오뒷세이아』에서 한결같이 오뒷세우스를 보호하고 그에게 도움을 주지만, 그는 그녀를 알아보지 못한다.
27) 전후 문맥으로 보아 파이데라스티아(pédérastie, 소년에 대한 사랑)를 가리킬 듯하다.
28) chameau. 심술궂고 불쾌감 주는 여인을 가리킨다.
29) Mané, Thécel, Pharès. 바빌론의 마지막 왕 발타자르(벨-샤르-우쑤르)가 질탕하게 잔치를 벌이고 있는데, 문득 손 하나가 나타나 연회실 벽에 그 세 마디를 썼다고 한다. 몹시 놀란 왕에게 다니엘이 그 말들의 뜻을 설명하였는데, 마네(므네)는 '신께서 발타자르의 치세 기간을 헤아려 그것에 종지부를 찍었다'는 뜻이고, 테켈(Thécel, Tekel)은 '신께서 왕을 저울에 달아 보신 다음 너무 가볍다'고 판단하셨다는 뜻이며, 파레스(페레스, 우파르신)는 '왕국이 분할되어 메디족(메도이)과 페르시아인들의 수중으로 들어갈 것'이라고 하였다 한다. 바로 그 날 밤 쿠로스 2세가(B.C 580~530) 바빌론을 점령하여 해방하였다고 한다(「다니엘」, 5장, 1절~6장, 1절). 적절한 비유인지 모르겠다.
30) 당연히 '들려온다'고 해야 마땅하나, 작가는 발타자르의 연회장 벽에 손 하나가 '나타났다'는 사실을 부각시키려(환기시키려) 하였던 모양이다.
31) 의미 모호하지만 그대로 옮긴다.

32) 알프레드 드 비니, 『운명들』, 〈삼손의 노여움〉, 80행.
33) 이 구절이 오스카 와일드(1856~1900)를 암시한다고들 하지만(쟝 미이, 따디에 등), 내용을 자세히 들여다보면 오스카 와일드에게 바치는 애도가처럼 들린다. 또한 이 구절로 시작하여 두 페이지 이상(쁠레이야드 판) 길게 이어지는 이 문장은, 오스카 와일드뿐만 아니라 다른 동성애자들이 겪은 수난을 묘사하고 기리는 일종의 연도(連禱, litanie) 내지 애도가 형태를 띠고 있다. 각 구절들을 이어주는 데 사용한 원문의 세미콜론(;)을 유보적 부호(…)로 대체하여 옮긴다. 세미콜론에 구절과 구절을 연결시켜 주는 접속어의 의미가 함축되어 있으나, 그 의미는 독자들에 따라 달라질 수도 있는지라 유보적 부호를 사용한다. 복잡하고 기이한 상념의 전개 양상을 그대로 제시하기 위함인데, 간단하고 명료하게 옮기지 못하여 송구하다.
34) "qui n'ont pas le temps… de renoncer à …"를 "qui sont contraints… de renoncer à…"로 대체시켜 옮긴다. 원전대로는 의미가 성립되지 않는다.
35) Quartier Latin. '라틴 구역'이라는 뜻이다. 쏘르본느 등 많은 대학들과 연구소들의 요람인지라 이미 13세기부터 그러한 명칭을 얻었으며, 오늘날의 빠리 제 5구 및 6구에 걸쳐 이루어진 대학가이다.
36) Indre. 프랑스 중부(중앙)에 있는 지역인데, 그 지역의 어떤 특색을 염두에 둔 언급인지 모르겠다.
37) Union de gauches. 프랑스 제 3공화국 초기에, 민주 연합(Union Démocratique)과 공화파 연합(Union Républicaine) 등 온건 공화파가 합쳐 탄생시킨 정치 연합체이다(1886년).
38) Fédération socialiste. 제1차 국제 노동자 연합 프랑스 지부를 모태로 삼아 쟝 죠레스(1859~1914) 등이 구성한 연맹이라고 한다(1905). 하지만 그 지도자들이 급진적이었는지, 프롤레타리아 혁명이나 독재에 동의하였는지에 대해서는 상반된 견해들이 있는 듯하다.
39) 빠리의 사립 고등 음악원 스콜라 칸토룸에서 작곡을 가르치고 원장 직을 수행하던 뱅쌍 댕디(Vincent d'Indy, 1851~1931)가, 유대인들을 극도로 적대시하였고 바그너의 음악에 큰 영향을 받았는데, 유대인이었던 멘델스존에 대해 바그너가 심한 혐오감을 가지고 있었다고 한다.
40) 번거롭다고 전화 놓기를 거부하던 사람들과, 제정 시절 귀족(예나 가문이 이 작품에서는 대표적인 경우이다)들을 집에 받아들이지 않던 세습 귀족들을 가리키

며, 뽀땡(Félix-Potin)의 상점은 프루스트를 마지막까지 돌보았던 가정부 쎌레스뜨 알바레(Céleste Albaret)가 물건을 구입하던 상점이라고 한다.
41) 현재의 이스라엘이 건국되기 전, 팔레스타인 땅에 유대인 국가를 세우려 하였던 정치적(종교적) 운동을 가리키며(가칭 '새로운 시온'), '시온'은 원래 다윗이 정복했다는 예루살렘의 요새를 가리켰으나, 훗날 예루살렘 전체를 가리키게 되었다.
42) 『회고록』을 남긴 쌩-시몽 공작(1675~1755)의 종손 쌩-시몽 백작(1760~1825)의 사상을 가리킨다. 실증주의 철학과 사회과학의 초석을 놓은 사람으로 알려져 있다.
43) '갈라테이아의 딸'이라 해야 마땅할 것이다. 크레타 섬에 갈라테이아라는 아가씨가 있었는데, 그녀가 혈통 고결하나 가난한 청년(람프로스)과 결혼하여 임신하였고, 목동이었던 남편이 가축떼를 데리고 산으로 떠나면서 아내에게 이르기를, 아들을 낳으면 기르되 딸을 낳으면 들판에 버리라 하였다고 한다. 갈라테이아가 결국 딸을 분만하였고, 차마 아이를 버릴 수 없어 남자 아이의 옷을 입히고 이름도 남자의 이름을(레우키포스) 주어 길렀다고 한다. 그러나 아이가 성장하면서 뛰어난 미모를 더 이상 감출 수 없게 되자, 갈라테이아가 아폴론과 아르테미스의 모친인 레토의 신전에 찾아가, 딸을 남자로 변신시켜 주십사 빌었고, 여신이 그 소청을 들어주었다고 한다. 한편 외눈박이 거인(퀴클로프스) 폴리훼모스 및 아키스 등과 사랑의 삼각관계에 있었다는 시칠리아 전설 속의 갈라테이아(어느 네레이스의 딸이다), 혹은 폴리훼모스와 혼인하여 갈라스, 켈토스, 일리리오스를 낳았다는 그 갈라테이아와, 프루스트가 언급하고 있는 인물과는 아무 상관 없을 듯하다.
44) 고야(1746~1828)가 그린 마야(La Maya)의 얼굴을 연상시키는 언급이다.
45) 예를 들면, 『주현절 밤, Twelfth Night』에서 남장한 비올라(Viola)에게로 향한 열렬한 연정을 품었던 올리비아(Olivia) 같은 여인들일 것인데, 그녀는 비올라가 자기의 영혼을 지옥으로 데리고 갈 바귀라 해도 상관하지 않겠다고 한다(3막 4장).
46) 동성애 성향을 가진 여인들을 가리킨다.
47) 옛 천문학자들은, 토성이 '자연에 반하는 사랑', 즉 동성애를 주관한다고 믿었다 하며, 프루스트와 그의 친구들은 동성애자들을 가리켜 '토성인들'이라 하였다고 한다.
48) 여성 동성애자들을 가리킨다.

49) 월터 스콧(1771~1832)의 소설 『로브-로이』 속에서, 남자 주인공인 산적 로브-로이(Rob-Roy)가, 여자 주인공 다이애나 버논과 프랜시스 오스발디스톤의 사랑을 돕는다고 한다.
50) Griselidis. 가난한 양치기 소녀였으나, 삐에몬떼 지방에서 가장 부유한 영주였던 쌀루쪼(Saluzzo) 후작이 그녀를 발견하고 그녀와 결혼하였으나, 결혼 후, 그녀의 덕성과 자기에 대한 사랑을 확인하기 위하여 후작이 그녀에게 혹독한 시련을 가하고, 그녀의 찬탄할만한 인내심과 한결같은 사랑에 감동한 그가 온갖 명예와 애정을 그녀에게 바쳤다고 한다. 이미 11세기부터 유럽 전역에 퍼졌던(떠돌이 이야기꾼들에 의해) 그 전설이, 뻬뜨라르까, 보카치오, 쵸서, 뻬로 등 문인들의 작품에서 이야기되고 있다고 한다.
51) 바다의 괴물에게 바쳐진 안드로메다가 해변의 암석에 묶여 있을 때, 그녀에게 연정을 품고 그녀를 구출한 사람은 페르세우스인데, 제우스와 다나에 사이에서 태어났고 헤라클레스의 증조부였던 페르세우스는, 전함 아르고를 타고 야손과 함께 콜키스(흑해 동부 연안과 코카서스 산맥 남쪽 지역)로 '황금 양털'을 찾으러 갔던 용사들(아르고노테스)의 일원이 아니다. 그 용사들 하나하나를 상세히 소개하고 있는 아폴로니오스(기원전 3세기)의 『아르고 전함의 선원들』에도(1장), 헤라클레스의 이름은 보이지만 페르세우스의 이름은 보이지 않는다. 그러나 구원자를 간절히 기다린다는 주제의 측면에서 보면 수긍되는 혼동이다.
52) spécialiste를 직역한 것이다. 아마 '상습범' 정도의 뜻일 것이다.
53) '시선'을 가리킬 듯하다.
54) confrère를 옮긴 것이다. '같은 업종에 종사하는 사람'이라는 뜻일 듯하다. '공모자'라는 뜻도 내포될 수 있을 듯하다.
55) Collège de France. 프랑수와 1세가 쏘르본느 근처에 세운(1530) 고등 교육기관이다. 현재는 최고의 석학들이 정부의 요청에 따라 그곳에서 강의하며, 누구든 청강할 수 있는 공개강의이다. 또한 어느 대학에도 속해 있지 않은 독립된 기관이다.
56) 미슐레(1798~1874)가 일체의 공직을 박탈당한 후(1851) 시골에 물러가 살던 시절, 역사 서술을 중단하고 자연 관찰기록에 매진하였는데, 그 무렵에 이루어진 작품들이 『새』(1856), 『바다』(1861) 등이며, 프루스트의 언급은, 모래밭에 밀려나와 피신처 없이 죽어가는, '살아 있는 우산' 같은 해파리에게 미슐레가 보내던 연민(『바다』)을 암시하는 듯하다.

57) histoire naturelle을 옮긴 것이다. 직역하면 '자연의 역사'이겠으나(흔히들 '박물학'이라 옮긴다), 그 말이 20세기 중엽부터 sciences naturelles로 대체되었는지라 '자연과학'이라는 번역어를 취한다.
58) pétales. 펼친 양산 모양의 몸통을 가리키는지 혹은 그 밑에 늘어져 있는 촉수들을 가리키는지 모르겠다.
59) 빅또르 위고의 『내면의 음성들』 속에(11장) 다음과 같은 구절이 있다고 한다. "이 지상에서는, 모든 영혼이 누구에겐가 자기의 음악, 자기의 불꽃, 혹은 자기의 향기를 주노라…".
60) 베로나의 두 가문(i Cappelletti와 i Montecchi) 사이에 누적되어, 자기네 아이들(로미오, 줄리엣)의 사랑이 비극적 결말을 맞게 한 증오이다(『로미오와 줄리엣』).
61) 우리의 몸을 구성하고 있는 질료가 태초부터 겪어온 유전(流轉) 과정을 가리킬 듯하며, 루크레티우스(『자연에 대하여』)나 데모크리토스, 레우키포스 등 원자론자들의 세계관을 연상시킨다. 이와 유사한 시각이 작품의 허두(「스완」)에서 이미, 꿈 이야기를 술회하는 과정에서 명시적으로('윤회') 개진된 바 있다.
62) sous-variété라는 항용되지 않는 어휘를 옮긴 것이다. '완전한 변종에 버금가는 변종'이라는 뜻이다.
63) Lythrum salicaria. 프랑스 민간에서 부처꽃(salicaire), 붉은큰까치수염(lysimaque rouge), 복통약(herbe aux coliques) 등이라고 부르고, 주로 습지에서 자라며 짙은 분홍색 꽃이 줄기 둘레에 창(槍) 모양을 이루면서 촘촘히 피는 초본과 식물이라고 한다. 프루스트가 사용한 것은 그리스어(뤼트론, 혈액)와 라틴어(쌀릭스, 수양버들)로 이루어진 학명이다. 꽃이 불순한 피처럼 붉고 잎이 수양버들의 잎과 유사한 식물이라는 뜻일 듯하다.
64) 'les fleurs hétérostylées trimorphes'를 옮긴 것이다. 두가지 돌연변이적 이형(hétérostylie dimorphes)에 비해 훨씬 희귀하며, 부처꽃과(Lythraceae)나 괭이밥과(Oxalidaceae) 등에서만 발견된다고 한다.
65) Primula veris. '초봄'이라는 뜻을 가진 고전 라틴어 'primum ver'를 기초로 만든 학명일 듯하다. 프랑스에서 흔히 노란앵초(coucou) 혹은 약용 앵초(primevère officinale)라고 부르는 식물을 가리킨다고 한다.
66) 자웅의 결합, 즉 교접을 가리킨다(conjonction).
67) 메떼를랭크(1862~1949)가 『꽃들의 지능』(1907)에 술회한 관찰 결과라고 한다.
68) 『구약』의 「창세기」편에 이야기된 소돔 성이나 고모라 성을 가리킬 듯하다.

69) 소년들(젊은이들)에 대한 사랑이 자연스럽게 간주되던 시기, 가령 쏘크라테스가 살던 시기를 가리킬 듯하다.
70) 자웅이가화(雌雄異家花)로 옮길 수도 있는 말이다. dioïque가 '두(di) 집(oika)'을 의미하기 때문이다.
71) 플라톤의 『향연』(혹은 『사랑에 대하여』)에서 아리스토파네스가 소개한 태초 인간은 세 유형(남성+남성, 여성+여성, 남성+여성)인데, 그 세 번째 유형인 자웅동체 인간을 가리킨다.
72) 다윈(1809~1882)의 『같은 종에 속하는 식물들에서 발견되는 꽃들의 상이한 형태들에 대해서』(1878)라는 책에 개진되었을 법한 견해로 여겨진다.
73) fleurs composée를 직역한 것이다. 국화과 꽃들(Asteraceae 혹은 Compositae)을 가리킨다.
74) 형태가 변한 꽃을 가리킨다(hétérostylée).
75) 미세한 꽃들이 공동의 꽃받침(capitule) 위에 촘촘하게 모여 형성하며, 사람의 삭발한 정수리를 연상시키는 꽃차례를 가리킨다. 해바라기, 민들레, 과꽃 등이 그 좋은 예들이다.
76) 두상화서를 이루는 미세한 꽃들 중 혀 모양을 한 꽃(demi-fleuron, liguale)의 꽃부리를 가리킨다.
77) 「창세기」, 18장, 21절.
78) 소돔으로부터 탈출하려는 사람들을 검열하는 일이, 신의 위임을 받은 '두 천사'가 선임한 소돔의 어느 주민에게 맡겨졌다는 말인가? 의미가 모호하다. 또한 소돔과 고모라의 실상을 조사하는 임무를 띠고 온 두 천사가 소돔 입구에 배치되었다는 언급은 『구약』에서 찾아볼 수 없고, 약간의 빈정거림 감도는 그 말은 순전한 작가의 말일 듯하다.
79) '일반적인 여성들과 관계를 갖는다 해도' 쯤의 뜻일 듯하다.
80) Hebron. 예루살렘 남쪽에 있는 도시이며, 다윗(재위 B.C 1000경~972) 시절에 유다 왕국의 수도였다고 한다.
81) 「창세기」, 19장 26절.
82) 야훼가 아브라함에게, 그의 종족이 '지상의 먼지처럼' 번창하게 해주겠다고 약속하면서 한 말이다(「창세기」, 8장, 16절).
83) sodomie(남자들 간의 부자연스러운 성관계)를 완곡하게 옮긴 것이다.
84) 남성 동성애자들의 집단을 환유하는 '소돔'을 가리킬 듯하다.

85) 조금 모호하나, 앞에 나열된 수식어들로 보아 예술가 집단을 가리킬 듯하다.
86) 쌍끄뜨 뻬쩨르부르그를 1914년부터 1924년까지 그렇게 칭하였다(1924년부터 1991년까지는 레닌그라드로 칭하다가, 1991년 이후 다시 쌍끄뜨 뻬쩨르부르그로 칭하게 되었다).
87) 20세기 초까지 유럽에서 동성애자들에게 가해지던 박해를 가리키는 듯하다.

2부 1장

1) 카이로에서 남쪽으로 700km 되는 지점, 나일강 상류 우안에 자리잡은 고대 도시 룩쏘르(아랍어로는 '알 욱쑤르'이다)에 있는 신전에, 람세스 2세(B.C 1304년경~1213경)가 오벨리스크 둘을 세웠고, 이집트 정부가 그것들 중 하나를 프랑스에 기증하여(1831년), 그것이 빠리의 꽁꼬르드 광장 중앙에 세워졌다고 한다. 한편 오벨리스크는, '고기 굽는데 사용하는 쇠꼬챙이'를 뜻하는 그리스어 '오벨리스코스'에서 온 말이며, 위로 올라갈수록 가늘어지는 4각 기둥으로, 상단에 이르러서는 작은 피라미드 형체로 마무리되었다. 해시계로 이용되었다고 알려진, 현재 빠리 꽁꼬르드 광장에 있는 오벨리스크의 높이는 23미터(기단 높이는 제외)이고, 중량은 222톤에 이른다고 한다.
2) 꽁꼬르드 광장에 있는 오벨리스크가, 나일강 중류 지역 아쑤안의 채석장에서 나온 분홍색 화강암을 깎아 만든 통돌로 된 기둥이라고 한다. 한편 누가(nougat)는 개암이나 호두, 편도 등 견과류를 넣어 만든 캔디의 일종이다.
3) aboyeur. 사냥에 동원되었으되 사냥감을 직접 공격하지 않고, 심하게 짖기만 하여, 사냥꾼이 원하는 쪽으로 짐승들을 모는 역할을 맡은 몰잇개를 가리킨다. 저택의 현관 문에서, 손님이 도착할 때마다 안쪽을 향해, 그의 작위나 직함과 함께 성명을 큰 소리로 외쳐 주인에게 알리는 역할을 맡았기 때문에 붙여진 별칭일 듯하다.
4) 꽁꼬르드 광장으로부터 개선문에 이르기까지 샹젤리제 대로와 거의 평행을 이루고 있는 길이다.
5) 이 일화를 술회하는 어조가 명료하지 못하다. 두 성도착자의 최초 조우 이야기를 완곡하게 술회한 데 기인한 듯하다.
6) 게르망뜨 공작의 사촌인 게르망뜨 대공(질베르)은 꾸르부와지에 가문 사람의 외

손자이다(「게르망뜨 쪽」).

7) 데따이유(1848~1912)가 1888년에 그린, 애국심을 고취하기 위한 그림이라고 한다. 황량한 가을 들판 풀밭 위에서 모포로 몸을 휘감은 채 잠들어 있는 병사들의 꿈에, 옛 프랑스 군대의 개선하는 장면이 안개에 감싸여 은은히 나타난다. 그 화폭이 판화로 제작되어 널리 유포되었다고 한다. 한편 데따이유는 1870년 전쟁에 참가하였고, 유대인 배척주의자였다고 한다.

8) 동성애자들이 사법적 제재를 받고 중형에 처해지던 세월이었으니 말이다.

9) Son Altesse Monseigneur le duc de Châtellerault! 어처구니 없는 호칭이다. 작가의 농담이 느껴진다.

10) 자신의 이름이 초라하게 여겨졌다는 뜻이다.

11) 프루스트의 「소녀들」에 대한 서평을 쓴(The Athenaeum, 1919년 11월 7일) 올더스 헉슬리(1894~1963)는, 생물학자였고 해부학 교수였으며 의사였던 토마스 헉슬리(1825~1895)의 조카가 아니라 손자였다고 한다.

12) 말에르브(1555~1628)가 1587년 앙리 3세에게 헌정한 〈베드로 성자의 눈물〉 중 한 구절이라고 한다.

13) 꼬띠용(cotillon)은 남녀 두 쌍 혹은 네 쌍이 일정한 도형을 이루며 추는 군무인데, 상아 손잡이 달린 단장이나 손목시계를 건넨다는 말이 무슨 뜻인지는 밝히지 못하였다.

14) 주인공의 손을 잡고 선회한 동작을 가리키는 모양인데, 선뜻 수긍되지 않는 언급이다.

15) 모호한 언급인데, 가벼운 빈정거림이 느껴진다.

16) 가령 메리 슈트어트(1542~1587) 같은 여인이 그 순간 연상되었다는 말인가?

17) 무슨 뜻일까? 멜리싸(잎이 박하 비슷한 꿀풀과 식물이다) 증류수(l'eau de mélisse)가 강심제로 사용되었다고 하는데, 대공 부인이 주인공의 문득 창백해진 (격정으로 인해) 안색을 간파하였을 것이라 상상하였다는 말인가?

18) 휄릭스 아르베르(1806~1850)라는 사람이 1833년에 출간한 『나의 허송한 시각들』이라는 노래 가사집(sonneto)에 이러한 구절이 있다고 한다. "영원한 사랑 한 순간에 태동하였으되, 그 질환 치유될 희망 없어 입을 다물어야 했으니, 그 병 일으킨 여인은 영영 아무것도 몰랐노라."

19) 예를 들어, 『제물에 앓는 사람』 2막 5장에서, 의사 디아푸와뤼스와 환자 아르강이 조급하게 인사말을 주고 받는 과정에서 생기는 혼동과 어수선함이 그 대표적

인 예일 듯하다.

20) le grand d' Espagne. 즉, el grande de España를 가리킬 듯하다. 국왕 앞에서도 모자를 벗지 않는 최고위 귀족을 뜻한다.

21) ministre de la mort. 우리의 통념에 맞게 의역한 것이다. 직역하면 '죽음이 부리는 하인'이며, 의사들을 바라보는 주인공의 부정적인 시각이 내포되어 있는 말이다. 통상적으로는 ange de la mort(죽음의 천사)라는 표현이 사용되건만 'ministre'를 사용한 이유는, 그러한 시각 때문일 듯하다.

22) 「게르망뜨」, 2부, 1장.

23) Père-Lachaise. 루이 14세의 고해 신부였던 라 쉐즈(La Chaise)의 이름에서 유래한 묘지이며, 그곳에 아벨라르와 엘로이즈를 비롯해 이브 몽땅에 이르기까지, 프랑스 역사상 가장 유명했던 문인, 학자, 화가, 음악가, 정치가, 군인, 배우 등이 무수히 묻혀 있다(총 면적 약 40 헥타르에 이른다고 한다).

24) hyperthermie를 현대적 의미로 옮긴 것이다. 반면 의사는 그 단어를 어원적 의미로, 즉 이제는 통용성을 상실한 의미로, 사용한 듯하다. '과도한 열기', '과도한 난방' 쯤의 뜻으로 사용한 듯하다.

25) sudation. 고대 로마 시대부터 건강 증진 내지 치유 목적으로 사용되던 요법이다. 의사가 하고자 하였던 말은 '땀을 과도하게 흘리는 일' 쯤이었을 것인데, 그가 sudation이라는 옛 의학 용어를 사용한 것이다.

26) '떼오도즈'라는 군주는 허구적 인물이다. 「소녀들」, 1부, 역주 89) 및 91) 참조.

27) 프랑스 외무성이 있는 곳이며, 흔히 외무성 자체를 가리킨다.

28) La presse. 1836년에 창간되었다가 1935년까지 존속했던 일간지라고 한다.

29) 동성애자라는 사실을 가리킨다.

30) '못된 녀석' 혹은 '용감한 녀석'을 가리킨다.

31) '미친 암소 고기를 먹는다'는 것은 '매우 궁핍한 생활을 한다'는 뜻이다.

32) 도대체 어떤 나라란 말인가? '떼오도즈'라는 왕이 비록 허구적인 인물이라 해도, 그의 나라와 프랑스 간의 '전쟁'이라는 사건은, 작품의 내용에 언급된 시대나 실제 인물들 및 국가들을 고려할 때, 하나의 허구로 간주하기 어렵다.

33) 개자리(luzerne)는, 목숙(苜蓿) 혹은 금지초(金枝草)라고도 부르는, 콩과 식물이며, 씨앗과 줄기에 단백질이 풍부하여, 목초로 재배함은 물론, 프랑스인들은 씨앗을 싹틔어 샐러드 재료로 사용한다. 주인공은 보구베르 씨를, 개자리 밭에서 감히 그것을 뜯어먹지는 못하고 군침만 흘리는 가엾은 가축에 비유하고 있는데, 그

'개자리'가 누구를 가리키는가? 더구나 보구베르(Vaugoubert)라는 단어가 송아지(veau, 보)를 연상시키지 않는가? 주인공의 지극히 해학적인 고백이니, 자신이 곧 그 소와 짐승이 갈망하는 목초(개자리)였다는 뜻일 것이다. 한편, '개자리' 라는 명칭의 유래는 밝히지 못하였으나, 극심한 기근에 시달리던 시절, 어른들 눈에는 보이지도 않을 만큼 작은 씨앗들을 발라내어 깡통에 볶아 먹으면서, 어린 아이들이 '새콩'이라고 부르던 그 식물인 듯하다.
34) 앞에서 주인공은 달을 껍질 벗긴 오렌지에 비유하였다. 하지만 생리적인 측면에서 보면 조금 이상한 언급이다.
35) 거의 농담처럼 들리는 언급이다.
36) 도이칠란트 제국 수상직을 역임한 바 있고(1900~1909) 로마에 대사로 파견된 뷜로프 대공은, 1886년에 이딸리아 여인 마리아 베까델리 대공녀와 결혼하였고, 만년을 로마에서 보내다가 그곳에서 타계하였다고 한다.
37) Pincio. 로마 북쪽에 있는 구릉이며, 그곳에 아름다운 별장들과 공원이 있어 많은 사람들이 찾는 곳이라고 한다.
38) 프랑스의 외교관이며 문인이었던 모리스 빨레올로그(1859~1944)라고 한다. 1261년부터 1453년까지 콘스탄티노플을 지배하던 팔라이올로고스(그리스식 명칭이다) 가문의 후예라고 하나, 이의를 제기하는 이들도 있는 모양이다.
39) 모든 판본에 대사(l'ambassadeur)로 되어 있으나, 전권공사의 부인(l'épouse du ministre)으로 수정하여 옮긴다. '대사'라고 할 경우 의미가 통하지 않으며, 한 페이지 앞에서 주인공은 보구베르 부인의 모습을 가리켜 '당당하다'고 하였을 뿐만 아니라, 그녀의 얼굴에 부르봉 왕가의 특징이 뚜렷하다고 하였다. 여하튼 짐작건대, 작가는 대사의 부인이라는 뜻으로 ambassadrice를 사용하였는데(그 단어 또한 합당하지 않지만), 그의 필체가 하도 느슨하여 편집자들이 ambassadeur로 읽었을지 모르겠다. 역자의 오해가 아니기를 바란다.
40) 바이예른의 군주(팔라티나트)였던 카를-루드비히의 딸이며, 루이 14세의 아우 오를레앙 공작 필립(1640~1701)의 아내였던, 바이예른 대공녀(1652~1722)를 가리킨다고 한다. 용모 남자 같았고 교양 풍부했던 그녀가, 베르사이유 궁 및 지체 높은 나리들의 동성애에 관한 이야기들을(그녀의 부군도 동성애자였다고 한다), 그녀의 많은 편지 속에 꾸밈없이 기술해 놓았다고 한다.
41) '식물성 성향'이란, 가령 닥치는대로 무엇이건 휘감는 덩굴손의 성향일 듯하다.
42) exploser(폭발하다)라는 다소 과장된 어휘를 조금 완화시켜 옮긴 것이다.

43) 까르빠쵸의 1495년 작품으로 알려진 연작 「성녀 우르술라의 생애」나, 베로네세의 1562~1563년간 작품이라고 하는 「카나에서의 혼례식」 등을 염두에 둔 언급일 듯하다. 특히 베로네세의 모든 화폭들에 은은히 감도는 축제 분위기를(주제가 어떠하든) 연상시키는 언급이다.
44) 도이칠란트의 전설적인 유랑 시인 탄호이저(Tannhäuser, 1205경~1270경)의 생애를 주제로 삼아, 바그너가 작곡하고 직접 대본을 쓴 오페라(총 3막)이며, 1845년에 드레스덴에서 초연되었다고 한다.
45) 마르크그라프(Markgraf)는 원래 변경 지역 사령관을 가리키다가 다시 한 지역의 절대 영주를 가리키던 도이칠란트어이다. 그리고 바르트부르크(Wartburg)는 튀링엔 지역을 다스리던 영주들(란트그라프, Landgraf)이 살던 성으로, 12~13세기에는 그곳에서 연가 가창 대회가 열리곤 하였다고 한다. 탄호이저는 튀링엔 지역 영주(헤르만)의 딸(엘리자벳)을 연모하여, 그녀의 사랑을 얻기 위해 그곳 가창 대회에 참가한다.
46) 연가 가창 대회에 참가하는 시인들(Minnesänger)의 도착을 알리는, 합창 곁들인 행진곡(『탄호이저』, 2막)이라 한다.
47) pensée를 옮긴 것이다. 주인공이 곧 이어 사용할 esprit(오성)와 같은 뜻으로 사용하였을 듯하다. 작품의 허두(「스완」, 〈꽁브레〉)에서 주인공의 오성(悟性)이 옛 시절 꽁브레의 소멸된 줄 알았던 부분을 되찾을 때 기울이던 노력과 유사한 지적 노력을 이야기하고 있다.
48) 「게르망뜨」, 2부, 2장. 게르망뜨 공작 댁에서 아르빠종 부인이 드러낸 감회이다.
49) 작품 허두에(「스완」, 〈꽁브레〉) 소개한 '마들렌느' 일화에 대한 보충 설명의 성격을 띠고 있는 술회이다.
50) 원전에는 작가와 독자 간의 대화 형태를 띤 이 부분에서, 작가의 말은 따옴표 속에 넣지 않았다. 대화의 형태를 더욱 명료하게 드러내기 위하여, 역자가 작가의 말에 따옴표를 부가하여 옮긴다.
51) 사모트라케 섬에서 1863년에 발견되었고, 프랑스인들이 「사모트라케의 빅토리아」(빅토리아는 '니케' 라는 그리스어를 라틴어로 번역한 것이다)라고 명명한 그 조각상을 가리킬 듯하다(「게르망뜨」, 2부 2장, 역주 297) 참조).
52) 휘슬러의 1891년 작품인 로베르 드 몽떼스꺼우의 초상화 「검은색과 황금색의 조화」를 가리킬 수 있다고 한다(쟝 미이, 따디에 등).
53) 돈 끼호떼는, 풍차들을 존재하지도 않는 거인들이라 여겨, 맹렬한 기세로 그것

들을 공격한다(『라만차의 돈 끼호떼』, 1부, 8장).
54) 자기를 따르려 하는 사람은 부모나 자식을 자기보다 더 사랑하면 아니 된다고 하면서, 자기가 이 세상에 가지고 온 것은 평화가 아니라 불화의 검이라고 한 예수의 괴이한 말을(「마테오」, 10장, 32~37절) 해학적으로 모방한 언급처럼 들린다. 또한 예수가 품을 수 있었을 '원한'이나 샤를뤼스가 품었을 '원한'의 공통점은, 그것들이 박해에서 비롯되었다는 사실이다.
55) 선뜻 납득할 수 없는 비유이다. '속삭이다'로 옮긴 susurrer(쒸쒸레)가 원래 의성어(나지막하게 말할 때 입술을 통과하는 공기 소리나 잔잔히 흐르는 냇물 소리, 나뭇잎을 스치는 미풍 소리 등을 묘사하는)인지라, '칼 가는 소리'(숫돌에 문질러)에 그것을 비유한 것은 수긍되나, 어린 멧돼지의 '고함'은, 브레오떼 씨의 어떤 특성을 염두에 둔 비유인지 모르겠다.
56) 주인공과 공작의 관계를 고려하면 적의하지 못한 단어(바쟁)의 사용이다. 주인공이 게르망뜨 공작을 '바쟁!'이라고 부를 수 없기 때문이다. '공작'이라고 함이 마땅하다.
57) 위베르 로베르(Hubert Robert, 1733~1808)가 그린 분수가 여럿 있는데(모든 화폭에 분수의 솟구치는 운동감이 약여하게 포착되어 있다), 그 분수들 중 하나가 게르망뜨 대공 댁 정원에 있었던 모양이다.
58) '18세기 프랑스 예술'을 가리킬 듯하다. 특히 위베르 로베르를 비롯한 프라고나르, 바또, 앵그르 등의 화풍을 연상시킨다.
59) 부자연스럽다 할 수 있을 만큼, 또한 문예 수련생의 글이라 여길 수 있을 만큼, 세심한 공을 들인 듯, 그리하여 습작으로 쓴 글의 일부처럼 보이는 이 단락은, 분수라는 실물보다 오히려 위베르 로베르의 화폭들을 묘사하고 있다는 인상이 더 짙다(분수를 그린 그의 화폭 몇 점이 있는데, 그것들이 프루스트의 묘사와 상당히 일치한다). 한편 거장들의 화폭을, 자기가 묘사하고 있는 풍경(실물) 속에 삽입시켜, 풍경의 일부분으로 삼는 예가 『잃어버린 시절』속에서 자주 발견되며, 그러한 현상이 프루스트의 은유적 특징들 중 하나이다. 물론 그러한 현상을 가리켜 '차용', '짜깁기', '표절'이라고 말할 이들도 있을 수 있다.
60) 러시아의 마지막 황제 니꼴라이 2세의 숙부였던 그는, 오랜 세월 동안 빠리에서 살았다고 한다.
61) "Bravo, la vieille!" 격의없이 하려던 말일 듯하다.
62) 루이 13세의 둘째 아들이며 루이 14세의 아우인 오를레앙 공작 필립(혹은 필립

드 프랑스, 1640~1701)을 가리킨다. 동성애로 유명했던 사람이다.

63) 이미 앞에서도 그랬듯이(「소녀들」, 「게르망뜨」) 샤를뤼스의 언사가 알쏭달쏭하다.

64) 바이에른의 작센-코부르크 왕족들을 가리킨다.

65) la Pomme(사과).

66) 스땅디슈 부인(Mme Henry Standish, 1847~1933)은 프루스트와 교분이 있던 여인이며, 두도빌 공작 부인 역시 스땅디슈 부인과 친분이 있던 인물로 추측된다고 한다. 어하튼 이 문장은, 프루스트가 당시 사교계의 응접실들을 소개하던 논설문들을 연상시킨다.

67) 죠반니 바띠스따 띠에뽈로(1695~1770)의 로꼬꼬풍 화폭들(「앵무새를 안고 있는 젊은 여인」, 「아뻴레스의 화실을 방문한 알렉산드로스 대왕」, 「아폴론과 다프네」 등)에서 강조된 주홍색을 가리킬 듯하다. 특히 「앵무새를 안고 있는 젊은 여인」 (1758~1760)이라는 화폭 속의 여인은, 상당 부분 프루스트가 묘사하고 있는 게르망뜨 공작 부인과 닮았다.

68) 게르망뜨 공작 내외는 깐느에 갔다가 대공 댁 야회 바로 전날 빠리로 돌아왔다(「게르망뜨」, 2부, 2장).

69) 주인공은 게르망뜨 대공 댁 야회에 참석해 달라는 뜻밖의 초대장을 받은 후, 그것이 혹시 어떤 사람의 장난이 아닐까 하는 의혹을 품었고, 그것의 진위를 밝혀 달라고 게르망뜨 공작에게 부탁하였다(「게르망뜨」, 2부, 2장).

70) 'à mon oreille exercée comme le diapason d'un accordeur'를 직역한 것이다. 하지만 논리적으로 성립되지 않는 언급이다. 아마, '소리굽쇠의 음들에 숙련된 어느 조율사의 귀처럼 숙련된 나의 귀에…' (à mon oreille exercée comme celle d'un accordeur exercée aux sons du diapason…)라는 뜻일 듯하다.

71) 성도착(동성애) 현상을 일반인들의 시각으로 지칭한 듯하다.

72) 유다 왕국의 왕비 아달리야는, 자기의 아들 오코지아스가 죽은 후, 자신이 국가를 통치하며 왕족들을 모두 살해하는데, 예루살렘 신전의 대제사장 예호야다가 그녀의 손자(즉 오코지아스의 아들) 요아스를 신전에서 길러, 결국 아달리야를 신전에서 손자와 대면시킨 후, 그녀를 처단하고 요아스를 국왕으로 추대한다. 아달리야와 근위 장교 아브네르에게 대제사장이 요아스의 정체를 알리는 장면이다(『아달리야』, 5막, 5장).

73) youpin. '유대인'을 경멸적으로 지칭하는 말이라고 한다.

74) 아달리야가 자기의 손자 요아스를 만난 그 신전을 가리킨다.
75) 페르시아의 왕 아하수헤로스의 궁을 가리킨다.
76) 에스테르의 시녀들이 모두 이스라엘의 딸들임을 알고 엘리쉐바(엘리즈)가 놀라며 하는 말이다(『에스테르』, 1막 2장). 한편『구약』의「에스테르서」에는 엘리쉐바라는 인물이 등장하지 않는다.
77) 그 대사가 동성애 때문에 처벌을 여러 번 받았던 모양이다.
78) 라씬느의『에스테르』에서 에스테르가 엘리쉐바에게 설명한 바에 의하면, 그녀의 시녀들을 고른 사람은, 그녀의 숙부 모르데카이가 아니라 그녀 자신이다. 다음의 인용문을 변형시키기 위하여 설명을 왜곡시킨 듯하다.
79) 『에스테르』, 1막, 2장. '그의' 와 '그가' 를 각각 '나의' 와 '내가' 로 읽으면 원전과 같아진다.
80) 정평이 나 있다는 뜻이다.
81) 『에스테르』, 1막, 1장. 국왕 아하수헤로스가 그녀의 정체를, 즉 유대인임을 모른다는 말이다. 한편, 두 번째 구절은 원전을 약간 변형시킨 것이다.
82) D'Annunzio(Gabriele, 1863~1938). 이딸리아 문인으로, 실생활이나 작품세계에서 '위대함' 과 '아름다움' 의 화려한 꿈을 추구한 사람이라고 한다. 특히, 예술가라는 초인은, 아름다운 작품을 창조하기 위하여, 일체의 윤리를 초월하여 모든 느낌을 수용할 준비를 갖추어야 한다는 신념을 가지고 있었다 한다.
83) 빠리 주재 러시아 대사였다고 한다(1910~1917).
84) 마이유(maille)는 까뻬 왕조(10세기~14세기) 시대의 화폐 중 최소 단위였으며(우리말 개념으로는 '반푼' 에 해당한다), 누구와 그것을 나눈다는 말은 그와 분쟁을 겪는다는 뜻이다.
85) 바로 앞 단락에서 '용모 극히 귀여운 어느 귀부인' 이라고 한 그 여인일 듯하다. 이 부분에 단 한 번 등장하는 그 여인의 이름을 알면서도, 처음 그녀를 가리켜 그렇게 지칭한 것은, 그녀의 사회적 관계를 생략하고 오직 언사에 나타난 특징만을 부각시키려는 의도 때문이었던 것 같다. 다시 말해, 사교계에서 만날 수 있는 숱한 전형들 중(혹은 단역들 중) 하나를 제시할 목적으로 등장시켰기 때문일 것이다.
86) 프랑스 대혁명 기념일에 펼쳐지는 열병식을 가리킨다.
87) 라 트레무이유 부인, 싸강 부인, 알퐁스 드 로췰트 부인 등은 모두 실존했던 인물들이다.

88) 바이에른 지방의 유대인 금융가였던 히르슈 폰 게로이트 남작(1831~1896)을 가리킨다고 한다.
89) 샤를르 스완(Charles Swann)을 이름 대신 성씨로 불렀다는 것은, 그에 대한 대공의 친밀감이 절제 혹은 유보되었다는 사실을 암시한다.
90) 샤를르 10세(아르뚜와 백작)의 둘째 아들 샤를르 훼르디낭(1778~1820)을 가리킨다. 「게르망뜨」, 2부, 2장, 역주 607) 참조.
91) 앞 문장에서는 '개신교도 여인'이라 하였는데, 작가의 실수에서 비롯되었거나, '카톨릭'이건 '개신교'건 모두 예수교라는 작가의 시각에서 비롯되었을지 모르겠다.
92) 스웨덴의 크리스티나 여왕이, 프랑스에 체류하던 중 아끼던 신하 모날데스키를 죽이라는 명령을 내려, 그가 퐁뗀느블로 성에서 살해되었다고 한다(1657년 11월).
93) 카모밀라(camomilla) 꽃을 말려 우러낸 물이 위경련이나 인후통 등을 진정시켜 주고, 약간의 수면제 역할을 한다는 생각이 민간에 널리 퍼져 있으나, 그러한 작용을 하는 약학적 성분은 발견되지 않았다고 한다. 하지만 오늘날에도, 카모밀라 차를 선전하는 광고문으로, '편안한 밤(nuit calme)'이라는 표현이 자주 사용된다.
94) panem et circenses. 직역하면 '빵과 곡예단의 연기'이다. 유베날리스(55경~140경)가 자기의 작품 『풍자』에서, 빵과 유흥거리에 만족하는 당시 로마인들을 경멸스럽게 지칭하며 사용한 말이라고 한다. 하지만 빠리 사교계의 지극히 단편적인 현상을, 로마 제국의 대대적인 타락 및 와해 징후에 비유하는 것이 그리 자연스러워 보이지 않는다. 유베날리스나 타키투스(55경~120경) 혹은 페트로니우스(?~65) 등이 꼬집듯이 그리고 있는 것은, 티투스-리비우스 같은 이들이 찬양하던 위대한 로마 공화정이 퇴색하여 제국으로 변하고, 그 제국의 몰락 징후로 나타나기 시작한 사회적 타락상이다.
95) cariatide. 기둥의 상단 장식용 돌출부 밑에서 그것을 떠받치고 있는 형상으로 조각된 여인상을 가리키는 고대 그리스어이다.
96) 그 '두 공작 부인'이 어떤 인물들을 가리키는지 분명치 않다.
97) 무감각하고 데면데면한 사람들을 가리킨다.
98) 역자가 작은 따옴표를 추가하여 부각시켰다. 유력 인사들을 자기의 응접실에 초대하고자 하는 열망에 대한 가벼운 빈정거림 감도는 언급이다.

99) '에스빠냐 왕비'가 빠리 사교계 물정을 잘 안다는 듯한 언급인데, 그것이 어느 왕비를 가리키는지 단언하기 어렵다. 에드워드 7세가 빠리에 오랜 세월 체류하였고, 그가 자기의 질녀를 에스빠냐의 국왕 알폰소 13세(재위, 1886~1931)와 혼인시켰다 하니, 알폰소 13세의 왕비 빅토리아 에우게니아(1887~1969)를 염두에 둔 언급인지 모르겠다.
100) 괄호로 묶어 옮긴 이 부분은 '매력적인 호의'를 꾸미는 관계절이지만, 문득 생각이 나서 덧댄 부분 같은 인상이 짙어, 원전의 문형대로 옮기지 않는다. 문장의 의미적 균형을 무너뜨리고 이야기의 본류에서 심하게 벗어나기 때문인데, 프루스트의 문체적 특징들 중 하나라 할 수 있겠으나, 그러한 특징이 긍정적인 결과만을 초래할 것 같지는 않다.
101) 민정을 살피기 위하여 미복 차림으로 잠행에 나서는 군주들을 가리킬 듯하며, 프루스트가 자주 인용하는 인물은 『천일야화』의 하룬-알-라쉬드이다. 하지만 프루스트의 비유가 적합한지 모르겠다.
102) 중등학교 시절 친구가 게르망뜨 대공을 격의 없이 가리키는 호칭일 듯하다.
103) 초대할 사람을 까다롭게 선별하는 여인을 가리킨다.
104) Saint-Synode. 직역하면 '신성한 모임'이다. 러시아 정교의 최고 종교회의를 가리키며, 1721년에 뾰뜨르 대제에 의해 구성된 주교 회의라고 한다. 총 9명으로 이루어졌고, 1917년에 해체되었다고 한다.
105) '오라토리오'는 오라토리움(oratorium)의 이딸리아어 형태이며, '기도하는 장소'를 뜻한다. '수도회'는 그 파생적 의미이다.
106) 프루스트가 이 자리에 덧붙이라고 부전지(附箋紙)에 적어 놓은 글이라고 한다. 하지만 이 단락 앞의 문장과 단락 뒤에 이어지는 문장 간의 연속성을 크게 훼손할 (혹은 혼동을 야기할) 위험이 있어, [ ]로 묶어 옮긴다. 프루스트의 작품(『잃어버린 시절』)이 미완의 상태에 있음을 보여주는 대표적인 예이다.
107) 발쟉이 자기의 독자층을 프랑스 전국으로 확장하기 위하여, 『인간 희극』을 구성하는 소설들의 무대를 프랑스 각지에서 두루 선택하였다는, 널리 알려진 견해를 염두에 둔 언급일 듯하다. 발쟉의 작품에 등장하는 그 방대한 인명(및 지명) 목록에서조차, 쇼쓰뻬에르 등 게르망뜨 공작이 나열하는 성씨(지명)들은 발견되지 않는다는 말 같다.
108) 라비슈(1815~1888)는, 제2 제정 시절 및 제3 공화국 시절, 소시민들의 풍속(취향, 우스꽝스러운 행태 및 탈선 행각 등)을 치밀하게 관찰하여 100여 편의 풍속극

에 담은 것으로 유명한 사람이다. 그러한 사람의 작품들 속에도 공작이 나열한 인명(지명)은 보이지 않는다는 말일 듯하다.

109) 샤를르발(Charleval)은 프랑스 남동부에, 그리고 북부 노르망디에도 있는 마을 이름이다. 한편 메를르로(Merlerault)는 남부 노르망디에 있는 마을이며, 그 명칭의 근원조차 모른다고 한다(『프랑스 지명 사전』).

110) 의미가 명확하지 않은 언급이다. '샤를르발'과 '메를르로'라는 이름을 기억해 두는 것이 왜 그러한 위험을 초래할 수 있단 말인가? 어떤 언급 하나가 누락된 듯하다.

111) 몸을 뒤뚱거리는 것이 지나친 예의 때문이었다는 말인데, 그 어색한 동작과 '지나친 예의' 간에 어떤 상관관계가 있는지 모르겠다.

112) 어떤 상황을 가리키는 언급인지 이해되지 않는다. 또한 역자가 짐작하여 '공을 받아친다'고 옮긴 'attraper la balle'(직역하면 '공을 붙잡는다'이다)이라는 표현이 합당한 말인지 모르겠다. 또한 '자기의 편'이라고 옮긴 'son camp' 역시 부자연스럽다.

113) 무슨 대조란 말인가? 구색을 갖추었다는 뜻일까?

114) 행실 단정치 못한 여인들을 가리키는 속어이다.

115) 모든 대사관들이, 마치 경쟁이라도 하듯, 성도착자들로 우글거렸다는 말일 듯하다.

116) 오데뜨 같은 매춘부와 결혼한 스완의 집 내지 비슷한 부류의 장소를 싸잡아 가리키는 말일 듯하다.

117) 선뜻 수긍되지 않는 말이다. 혹시 수단의 윤리적 측면을 고려하지 않는 마키아벨리즘의 특성을 염두에 두고 사용했는지 모르겠다. 즉, 프로베르빌 대령 내외의 마음 따위는 아랑곳하지 않았다는 뜻이 담겨 있는 듯하다. 어하튼 합당한 어휘 선택인지 모르겠다.

118) 프랑스의 마지막 왕 루이-필립의 손자이며 빠리 백작의 동생이다(1840~1910).

119) bourgmestre Six. 얀 씩스(Jan Six, 1618~1700)는 유명한 미술품 수집가였으며, 장인의 뒤를 이어 늦은 나이에(1691년에) 암스테르담의 시장이 되었다고 한다. 따라서 '시장'이라고 옮길 수도 있으나, 원의대로 옮기는 편을 택한다. 여기에 언급된 「얀 씩스의 초상」은 렘브란트의 1654년 작품이다. 그림 속 얀 씩스의 모습은, 나이에 비해 차분하고 원숙하다.

120) 아이네아스가 트로이아 멸망 후 카르타고에 이르러, 그곳 여왕 디도의 환대를

받는데, 그 강력하고 화려한 성이 멸망하게 된 결정적인 계기, 즉 그리스인들이 건조한 거대한 목마를 성안으로 들여놓게 된 사연을 여왕에게 들려주면서, 이야기를 시작하기 전에 먼저 이렇게 말한다. "이제 그리스인들의 계략이 어떠했는지 그 이야기를 들어 보시고, 단 한 사람의 범행을 통해, 그들이 모두 어떤 자들인지 알아 두소서(Accipe nunc Danaum insidias et crimine ab uno/Disce omnes)."(『아이네이스』, 2권, 65~66절). 65절의 마지막 두 단어(하나를 통하여)와 66절(다른 모든 자들을 아시오.)을 묶어(ab uno disce omnes) 경구처럼 사용한다고 한다. 아이네아스가 가리키는 '단 한 사람'은 그리스의 첩자 씨논이며, 그가 트로이아의 왕 프리아모스 및 대신들을 속이는 이야기가 『아이네이스』 2권 67절부터 195절까지 길게 펼쳐진다. 간교함의 극치를 보여주는 이야기인데, 놀랍게도 게르망뜨 공작이 스완을 씨논에 비유하고 있는 것이다.

121) 모든 판본에 '그러나(Mais)'로 되어 있는 것을 'Entre-temps'으로 수정하여 옮긴다. 대여섯 페이지 앞에서 그 두 사람이 주고 받은, 짧은 대화에 관한 언급이니 말이다.

122) 아를랭꾸르 자작(1789~1856)은 문인이었고, 로이자 쀠제(1810~1889)는 시를 쓰고 작곡도 한 여인이라고 한다. 그들이 살던 '시대'는 곧 칠월 왕조 시대(1830~1848)를 가리킬 듯하다.

123) 루이 15세의 재위 기간은 1715년부터 1774년이고, 루이-필립의 재위 기간은 1830년부터 1848년까지이다.

124) 역사적 인물들의 초상화들이 전시되어 있는 갤러리들을 가리킬 듯하다.

125) Ostrogoth. '고트족이 점령한 동쪽 지역에 사는 부족'이라는 뜻이며(동고트족), 무지하고 야만스러운 사람을 가리킨다.

126) Montfort-l'Amaury. 빠리 서쪽 랑부이예 숲 근처에 있는 읍이며, 그곳 교회당(성 베드로)에 16세기의 그림 유리창들이 있다고 한다.

127) 그 응접실에는 결코 발을 들여놓지 않을 최상류층 여인들을 가리킬 듯하다.

128) 어떤 면에서 '시적'이란 말인가?

129) 본질이 달랐다는 뜻일 듯하다.

130) Campo Santo. 일반 명사(campo santo, 신성한 들판)로 '묘지'(묘역)를 가리키며, 대문자를 사용하여 표기할 경우 삐사에 있는 그 유명한 묘역을 가리킨다. 베노쪼 고쫄리 등 많은 화가들이 14세기부터 그곳에 벽화를 그렸는데, 오늘날에도 「죽음의 승리」,「최후의 심판」,「지옥」등과 같은 작품들이 있다고 한다(모두 작가

미상). 게르망뜨 공작 부인이 그러한 그림들을 뇌리에 떠올렸던 모양이다.
131) 빈정거림이 감도는 반어법이다. 한편 '우아함'은 그 연회의 품격(일체의 실비 및 참석자들 포함)을 가리킬 듯하다.
132) 스완의 집에서 공연한 베르고뜨의 단막극에 관한 일화를 브레오떼(바발)가 전하면서, 그 공연을 몰래 백작 부인도 관람하였노라고 하였다. 십여 페이지 앞에서 이야기된 사항이다.
133) 왕이나 산적의 두목 등이 자신을 가리킬 때 나(moi)라 하지 않고 우리(nous)라 하는 호칭법이, 옛 작품들에서 발견된다. 몰레 백작이 자긍심 때문에 '우리'라는 단어를 사용하는 것이 아님을 밝혀 두려는 뜻일 듯하다.
134) 서술이 조금 부자연스러우나 그대로 옮긴다.
135) 초판본 및 갈리마르 1954년판대로 옮긴다(pâleur... nacrée). 쟝 미이 교수와 따디에 교수 팀들이 근년에 출간한 판본들에는 '신성한(sacrée)'으로 수정되어 있다. 합당해 보이지 않는다.
136) 어느 '여신'이란 말인가?
137) 선뜻 이해되지 않는 언급이다. '그들의 밖'이 무엇을 가리키며, '추상적 즐거움'이란 말이 성립되는지 모르겠다.
138) 하지만 베누스(즉 아프로디테)가 우라노스의 잘린(크로노스에 의해) 생식기에서 태어났다는 전설이 지배적이다. 물론 마르스(아레스)는 제우스와 헤라 사이에서 태어났다. 하지만 '마르스와 베누스'가 유피테르의 '힘과 아름다움일 뿐'이라는 언급이, 신화적 몽상이나 고대 문예의 시각에 부합될지 모르겠다. 제우스의 '아름다움'을 도대체 어떤 작품에서 발견할 수 있단 말인가?
139) 어떤 이야기 혹은 어떤 작품에 등장하는 인물들인지 단정할 수 없으나, 마르땡빌(및 비으비ㄲ)의 종루들을 묘사하면서 소년 주인공이 뇌리에 떠올렸던 '옛날 이야기 속의 인물들'을(「스완」, 〈꽁브레〉) 연상시키는, 애틋한 모습이다.
140) 늘그막에 들어선 징후이다.
141) 오말(Aumale) 백작령이 로렌느 공작령(기즈 공작)으로 편입되었다가, 1675년에 프랑스 종실로 귀속되었다고 한다. 즉, 씨트리 씨의 증조모가 프랑스 왕족 가문의 딸이라는 뜻일 듯하다.
142) 합당한 비유인지 모르겠다.
143) la barbe! '지긋지긋함'이나 '따분함'을 나타내는 간투사이다.
144) '따분하다'고 옮긴 'rasante'를 가리킬 듯하며, 그것의 원형 'raser'는 수염이나

풀을 짧게 깎는다는 뜻이다.

145) 반은 에트루리아 양식이고 반은 이집트 양식인 제정 시절풍 카드놀이 방 집기 일습을 게르망뜨 공작이 게르망뜨 대공에게 주었다는 이야기를, 「게르망뜨」편(2부, 2장)에서 오리안느가 한 바 있다.

146) trépied(세 다리)를 풀어 옮긴 것이다. 델포이 신전의 무녀 퓌티아가 그 위에 앉아 신탁을 내리던, 다리 셋 달린 의자를 가리킨다. 고대 그리스 사회에서는 지혜의 상징으로도 여겨졌다고 한다.

147) 작가는 신들(divinités)이라고만 하였으나, '이집트'를 추가하여 옮긴다.

148) 물론 그리스 신화 속에서는 스핑크스라는 '괴물'이 오이디푸스에게 수수께끼를 내놓는다. 이 문장에서 '오이디푸스'는 쒸르쒸 후작을 가리킨다.

149) 작가는 스핑크스를 대문자 단수형(Sphinx)으로 사용하였는데, 그럴 경우 그 스핑크스는 오이디푸스에게 수수께끼를 내놓은 그리스의 '괴물'을 가리키며, '이집트의 신들'을 가리킬 수 없고, 따라서 문장이 논리적으로 성립하지 않는다.

150) 'more geometrico'라는 라틴어 표현을 옮긴 것이다. 왜 그 라틴어 표현을 사용하였는지 모르겠으나, 그 표현을 혹시 스피노자의 대표작 『Ethica More Geometrico Demonstrata(기하학적 방법으로 증명된 윤리학)』(1675)에서 빌려온 것이 아닐까 추측해 본다. 동성애 현상에 대한 사유를 펼치는 과정에서, 질료적 조우에 기인한 추억의 소생 현상과 더불어, 플라톤의 『향연』, 쇼펜하우어의 『의지와 표상으로서의 세계』, 괴테의 『선택친화력』, 바르베 도르비이의 『범죄 속의 행복』이나 『돈 후안의 가장 아름다운 사랑』, 바그너의 『트리스탄과 이졸데』, 『천일야화』…등과 함께 작가의 뇌리에 어른거렸음직한 작품이다.

151) 고대 그리스 및 로마의 점쟁이 여자이다(라틴어로는 '씨빌라'이다).

152) 헤시오도스의 『신통계보』를 르꽁뜨 드 릴르가 1869년에 번역하여 출간하였는데, 프루스트가 제우스의 연속적인 혼인 이야기 중 일부를(pp. 31~32) 거의 그대로 인용한 듯 보이는 문장이다. 르꽁뜨 드 릴르가 '제우스' 및 '헤레'라 표기한 것을 프루스트가 라틴식으로 바꾸어 놓았을 뿐이다('헤레'는 곧 '헤라'를 가리키며, 호메로스가 『일리아스』의 어느 부분에서 그렇게 표기하였다고 한다). 한편 역자가 괄호로 묶어 옮긴 부분은 제우스의 연속적인 혼인 이야기와 직접적인 관련이 없는데, 프루스트가 생략하지 못하고 그냥 인용한 듯 보이는 부분이다.

153) Suave, mari magno(달콤하도다, 광막한 바다가…). 루크레티우스의 『자연에 대하여』 제 2장 첫 구절(광막한 바다가 바람 때문에 소용돌이칠 때, 해변에서 다

른 이들의 조난 바라보는 것 달콤하니,)의 첫 세 단어이다. 루크레티우스의 작품 속에서는, 철학적 궁극에 도달하여 일체의 근심으로부터 벗어난 상태(ataraxia)에 이른 사람들의 마음에 비유한 말인데, 그 인용구가 이 경우에 합당할지 모르겠다. 작가는 게르망뜨 공작의 유치한 우월감도 같은 인용구에 비유한 바 있다(『게르망뜨』, 2부, 2장, 역주 319)). 또한 그 인용구를 뇌리에 떠올렸던 사람은 로베르가 아니라 주인공 자신이다. 한편 '메멘토 쿠이아 풀비스(Memento quia pulvis)'는 직역하면 '기억하라, 너는 먼지이니'이다. 야훼가 아담에게 하였다는 다음 말(『구약』, 「창세기」, 3장 19절)을 빌어 성회일(聖灰日, 사순절 첫날)에 사제가 신도들의 이마에 재로 십자가를 그려주며 하는 말의 일부라고 한다. "Quia pulvis es et in pulverem reverteris(너는 먼지이니 따라서 먼지로 돌아갈 것이니라)" 사제들이 성회일에 한다는 말에는 '메멘토, 호모'가 즉 '기억하라, 인간이여'가 추가되었다. 여하튼 이상의 두 인용구가 작품에서는 '평온하며 동시에 근심 어린 자신으로의 회귀'를 꾸미는 말인데, 선뜻 수긍되지 않는다.

154) polichinelle. 이딸리아 익살극들에 등장하던 인물 뿔치넬라(Pulcinella)의 프랑스식 표기이며, 이미 17세기부터 통용되는, 그리고 이제는 거의 보통명사(우스꽝스럽고 용모 괴기스러운 사람)처럼 사용되는 말인지라, 프랑스식으로 적는다.

155) 어조를 보건대, 스완의 코를 발루와 왕가 가문 사람의 코라고 생각할 사람이 있을 수 있다는 말 같다. 조금은 느닷없는 언급 같지만, 게르망뜨 대공(질베르)이 스완을 베리 공작(샤를르 10세의 아들)의 혼외 손자일 것이라 생각하였다는 사실을 상기시키는 말이다. 게르망뜨 대공의 그러한 생각에 대한 언급이 두 번 있었다(『게르망뜨』, 2부, 2장, 「소돔」, 2부 1장). 다만 베리 공작은 발루와 왕가(1328~1589까지 통치) 사람이 아니라 부르봉 왕가 사람이다. 부르봉 왕가의 마지막 왕 샤를르 10세의 둘째 아들이다. 프루스트가 두 왕가를 혼동하지 않았는지 모르겠다. 여하튼 이 언급은, 스완이 베리 공작의 혼외 손자일 것이라는 생각을 가지고 있던 게르망뜨 대공에 대한 가벼운 빈정거림처럼 들린다.

156) mufle. 멍청하고 상스러워 불쾌감 주는 사람을 가리킨다.

157) 장뇌(camphre)가 숱한 약품 제조에 사용되어, 유럽에서는 옛날부터 만병통치약으로 알려졌으나, 모발에 그것을 발랐다는 기록은 확인하지 못하였다.

158) faculté를 옮긴 것이다. '능력'이라 옮길 수도 있으며, 그럴 경우 빈정거리는 어투로 느껴질 수도 있다.

159) 빈정거림 감도는 일종의 반어법으로 들린다.

160) 귀스따브 쟈께(1846~1909)가 그린 「모자를 쓴 여인의 초상」(1875년경)이라는 작품에서 발견되는 특징들이, 프루스트가 쉬르쥐 후작 부인 및 두 아들의 신체적 특징을 묘사하며 사용한 부가어들을 연상시킨다('대리석처럼 흰 볼', '열렬하고 다갈색이며 진주색인 창백함', '그리스적 이마', '완벽한 코', '어느 조각상의 목', 한없이 그윽한 눈 등.「소돔과 고모라」, 2부, 1장).

161) 쉴러(1759~1805)의 『숙부로 오인된 조카(Der Neffe als Onkels)』를 가리킨다고 한다. 루이-브누와 삐까르(1769~1828)의 『또 다른 메나이크미들』(1791년)을 쉴러가 희극으로 번안한 작품인데(1803년, 총 3막), 그 작품이 『숙부인가 혹은 조카인가?』라는 제목으로 프랑스에 소개되었다고 한다(1892년). 여하튼 플라우투스의 『메나이크미(Menaechmi)』라는 쌍둥이 이야기(B.C 2~3세기)가 그 모든 작품들의 원형이다.

162) 죠르죠네(1477~1510)의 「잠자는 베누스」, 「폭풍우」, 「야외 연주회」 등 화폭에서 발견되는 여인들의 나신을 염두에 둔 말일 듯하다.

163) 사랑의 '진정한' 그리고 '유일한' 기쁨은 그 대상을 자주 바꾸는데 있다고 하는 돈 후안의 모습을 연상시키는 말이다(몰리에르, 『돈 후안』, 1막, 1장).

164) 몰리에르, 『스까뺑의 협잡』, 제 3막. '상전'은 스까뺑을 시종으로 부리고 있는 레앙드르의 늙은 부친 제롱뜨를 가리킨다.

165) Syndicat. 반드레퓌스파 사람들이 드레퓌스파들을 가리키던 말이라고 한다. 그 말의 어원 쒼디코스 역시 '재판정에서 돕는 사람' 즉 '변호인'을 의미한다고 한다.

166) 발쟉의 1838년도에 출간된 소설이다. 처음 일간지에 연재될 당시에는 『지방에서의 적대관계들』이라는 제목으로 알려졌고, 유구한 귀족 가문인 에그리뇽 후작 가문과, 대혁명 및 정치적 변혁기를 틈타 부자가 된 뒤 크롸지에 가문 사이에서 벌어지는 알력을 그린 작품이다. 에그리뇽 가문이 몹시 폐쇄적이어서, 그곳에 모이는 사람들을 가리켜 '고대 예술품'이라 하였고, 그 가문의 젊은 후작의 이름이 빅뛰르니앵(Victurnien d' Esgrignon)이다.

167) Émile Loubet(1838~1929). 드레퓌스 사건 재심 기간 중에 프랑스 대통령이었고(1899~1906), 드레퓌스가 재심에서도 유죄 판결을 받자 그를 특사하였다고 한다(1899).

168) 주인공이 동씨에르에서 쌩-루에게 앙브르싹 아씨와의 결혼설이 사실이냐고 묻자, 쌩-루는 그녀와 일면식도 없다고 하면서 결혼설은 터무니없는 소문이라고 하

였다(「게르망뜨」, 1부).

169) pairs. 옛 봉건체제에서 같은 영주 휘하에 있던 봉신들이 자신들을 지칭할 때 '동등한 이들'이라는 뜻으로 사용하던 말이다. 중앙집권적 왕정체제가 확립된 후에는 왕국의 중신들을 가리켰다. 산적 집단의 '두령들'을 연상시키는 단어이다. 프랑스가 이미 공화국임에도 불구하고 샤를뤼스가 짐짓 그 단어를 사용한 것이다.

170) 두 가문 모두 실존하는 귀족 가문이라 한다.

171) 어떻게 대면시키며 또 어떻게 비교하겠단 말인가? 그가 전에 주인공에게 하던 말들처럼 알쏭달쏭하다. 『천일야화』의 알라딘 이야기에 등장하는 아프리카 마법사를 연상시키는 화법이다.

172) '미모로 유명한 귀부인'은 물론 쉬르쥐 부인을 가리킬 듯하다. 서술이 조금 부자연스럽다.

173) '신성한'과 '시큼한'은 쌩-으베르뜨(Saint-Euverte)라는 성씨에서 'saint'과 'verte'를 떼어낸 것이며, 일종의 말장난이다.

174) 샤를뤼스 씨가 웃기 시작하였다는 언급에 앞서 와야 했을 인용문이며 설명이다. 서술 순서가 조금 이상하다.

175) 주인공이 질베르뜨에 대하여 품었던 질투심과 그가 겪은 혹독한 괴로움을(「소녀들」) 기억하는 독자들에게는, 주인공의 대답이 일종의 농담처럼 들릴 것이다.

176) 질투심을 가리킨다.

177) 'les deux douceurs'를 옮긴 것이다. '달콤한'이라 옮길 경우 의미가 모호해질 수 있다.

178) 이미 '마들렌느 일화', '마르땡빌의 종각', '위디메닐의 세 그루 노목' 등 일화들에서 일관되게 피력된, 그리고 프루스트의 중추적인 시각이다.

179) 자신의 말이 지나치게 현학적으로 들리지 않을까 저어하여, 그 말을 겸손하게 지칭하는 단어(jargon)이다.

180) 해학성을 부각시키기 위하여 역자가 직접화법으로 고쳐 옮긴다. 한편, 17세기의 정치가였던 마자랭(1602~1661)이 빠리에 자신의 이름을 딴 도서관을(Bibliothèque Mazarine, 1643) 세웠고, 그것이 훗날 빠리 국립도서관의 일부가 되었다고 한다.

181) zézayant. 철자 j나 s를 z처럼 발음하는 사람의 음성을 가리키는 의성어이다.

182) 프루스트는 헤시오도스의 표기인 아테네(Athénè)를 사용하였으나 일반적으로

통용되는 아테나(Athéna)로 수정한다. 한편 '히피아'는 '말, 마술, 기사 등에 관련된'이라는 뜻을 가진 형용사(원형, '히피오스')이다.
183) 도이칠란트어로는 '잔크토 모리츠'라고 하며, 스위스 동남부에 있는 도시이다. 겨울철 스포츠로 유명하다.
184) Pallas. 팔라스라는 거인을 죽인 연유로 여신 아테나에게 붙여진 별명이다.
185) Tritogeneia. '트리토니스에서 태어난'이란 의미를 가진, 아테나 여신에 붙여진 수식어이다. '트리토니스'는, 리비아에 있는 호수를 가리킨다고 하는 학자들이 있는가 하면, 어떤 이들은 그리스 아르카디아 지역에 있는 샘터라고도 한다.
186) 『오르페우스 찬가』에는(31장, 〈아테나의 향기〉), 아테나가 '높은 산봉우리들과 그늘진 산악지방을 주유하며… 기사들을 추적한다'는 언급이 있다.
187) 헤시오도스의 구절들을 인용하는, 조금은 부자연스러워 보이기도 하고 느닷없어 보이기도 하는 프루스트의 언급이, 아마 쒸르쒸 부인의 두 아들에게서 발견되는 그리스적 용모를 부각시키기 위한 것인지 모르겠다. 또한 그 두 젊은이가 제우스(유피테르) 같은 난봉꾼 게르망뜨 공작의 혼외 자식들임을 상기시키려는 의도를 내포하고 있는 것 같기도 하다.
188) 예를 들어 스완은 '종족 특유의 습진과 선지자들의 변비증'에 시달린다(「스완」, 제 3부).
189) 긴 망토를 입어, 언뜻 보면 사제들 같은 옛 아씨리아 궁수들의 행렬을 가리킨다.
190) 그 날 오후, 게르망뜨 공작의 서재에서, 스완이 주인공에게 게르망뜨 대공(질베르)이 지독한 유대인 배척주의자라는 사실을 알려주었다.
191) 자기의 아내 '마리'를 가리키며, 그 호칭이 부자연스러워 보이지만, 작위를 중시하며 봉건적 때를 벗지 못한 그와 바쟁의 언어 습성이다. 한편 드레퓌스 사건이 발생하던 무렵 헤쎈의 란트그라프는 에르네스트 루드비히(1868~1937)였는데, 바이에른 대공의 딸인 게르망뜨 대공 부인이 루드비히 대공과 어떠한 혈연관계인지는 작품에 명료하게 드러나 있지 않다. 물론 루드비히는 역사적 실존 인물인 반면, 게르망뜨 대공 부인은 허구적 인물이다.
192) 나뽈레옹 3세의 황후 에우게니아 마리아 데 몬띠호 데 구스만(떼바 여백작, 1826~1920)을 가리킨다.
193) 이 언급에 작가의 빈정거리는 해학이 감돈다. 그 시절의 스웨덴 왕자는 나뽈레옹에 의해 스웨덴 왕으로 봉해진, 일개 하사관의 후예이니 말이다.

194) quelque chose. 어정쩡한 말이지만 그대로 옮긴다.

195) 비교가 느닷없다. 이 부분에 단 한 번 등장하는 인물이다.

196) 중세에는 종교적 직함이나 세속적 작위들이 지명에 포함되곤 하였던지라, 부르-라베(Bourg-l'Abbé, 수도원장의 읍)나 부와-르-루와(Bois-le-Roi, 국왕의 숲) 등처럼, 쒸르쒸-르-뒥(Surgis-le-Duc)이라는 명칭 속의 '르 뒥' 또한 '공작'을 의미하는 줄로 알았다는 말이다.

197) 나띠에(쟝-마르끄, 1685~1766)는 특히 여인들의 싱싱한 피부(혈색) 묘사에 뛰어났다고 한다. 샤를뤼스가 말하는 '샤또루 공작 부인의 초상화'는, 그가 1740년경에 그린 「에오스 차림을 한 뚜르넬의 여후작이며 샤또루의 여공작인 마리-안느 드 마이이-넬르의 초상」을 가리킨다. 풍만한 몸매와 싱싱한 살결이 돋보이는 작품이다.

198) 스완이 베르메르의 작품을 좋아하고 연구한다는 언급이 「스완」편에, 특히 〈스완의 어떤 사랑〉편에 자주 보인다.

199) 사랑이나 기타 감정이 청순하다(비육체적이라)고 여길 때 사용하던 관습적인 형용어이다(platonique). 그러한 감정이 존재할 수 있는지 모르겠으나, 오늘날에도 그 형용어를 사용하는 이들이 더러 있다.

200) 앙리(Hubert Joseph Henry, 1846~1898)는, 어느 장군의 부관이었던 시절에, 자신이 빠리 주재 이딸리아 대사관 무관인 알레쌍드로 빠니짜르디가 도이칠란트 대사관 무관인 슈바르츠코펜에게 보낸 편지를 발견하였다고 증언하였고, 그 편지가 드레퓌스의 반역죄를 입증하는 증거로 채택되었다. 그러나 1898년 에밀라 공판 과정에서, 자신이 그 편지를 위조하였노라 시인하였고(8월 30일), 투옥된 다음 날 자살하였다.

201) 〈le Siècle〉. 드레퓌스의 재심을 주장하던 일간지라고 한다.

202) 〈l'Aurore〉. 에밀 졸라의 '규탄한다!'는 제목의 논설문을 게재한(1898.1.13) 것으로 유명한 일간지이다.

203) '후회'를 꾸미는 부가절을 역자가 괄호 속에 넣어 옮긴다.

204) 자기의 이야기를 듣고 있는 사람이 비록 재미있어 하여도, 그것조차 시들해진다는 말일 듯하다.

205) 역자가 보충한 언급이다.

206) 삐까르(1854~1914)는, 국방부 정보국장으로 복무하던 시절(1895), 드레퓌스의 결백을 확신하고 그의 재심을 요구하다가 튀니지로 좌천되었다(1896).

옮긴이 주 433

207) 스완(Swan)이라는 이름은 '백조'를 의미하는데(영어로), 그 새의 특징은, 그것이 그리스 신화의 많은 일화들과 관련되어 있다는 점이다. 특히 아폴론의 아들 퀴크노스('백조'를 뜻하는 라틴어 '키크누스'의 어원이다)가 외로움을 이기지 못하고 어느 호수에 투신하자, 아폴론이 가엾이 여겨 그를 백조로 변신시켰다고 한다. 여러 측면에서 스완을 닮은 전설이다. 자신의 이름이 '히브리적 특징을 가지고 있다'는 스완의 말은, 얼떨결에 둘러댄 변명일 듯하다.
208) 삐까르가 드레퓌스의 재심을 요구하다가 튀니지로 좌천되었을 때, 그의 계급은 중령이었다(1896).
209) 이 기이한 언급이 도대체 무슨 뜻일까? 초고에는 다음과 같은 언급이 있었다고 한다. "어느 오라비가 자기의 누이를 오라비로서만 좋아하지 않는다는 사실을 알게 된 즉시…" 또한 그것을 이렇게 수정하였었다고 한다. "어느 형제가 자기의 형체를 형제로서만 좋아하지 않는다는 사실을 알게 된 즉시…"
210) 초고에는 이 문장으로부터 단락의 끝까지 이어지는 부분(일곱 문장) 대신에 문제의 '이야기'가 길게 술회되어 있었으나(6~7페이지에 달한다) 편집 과정에서 삭제되었다고 한다. 이 부분은 그 이야기의 일부를 요약한 것에 불과하다. 또한 그 이야기를 작품의 다른 부분에서 펼치겠다는 주인공의 언급이 있으나, 그것이 실현되지는 못하였다.
211) 조금은 느닷없어 보이는 말이다. 이어지는 질문 또한 부자연스럽다.
212) 샤를뤼스가 꾸르보 신부의 질문에 대답한 말은 '블레'뿐이다(Blé). trou(트루)에 이어져 troublé(불안해졌다는 뜻이다)라는 단어를 형성하며, 'blé' 자체는 '밀'을 의미한다. 선생이 질문을 던진 후, 학생이 답 찾는 것을 도우려고, 정답인 단어의 첫 부분을 알려준 것 같다.
213) 앞의 것과 같은 경우이다. 트루블랑(troublant)은 '불안하게 하는 사람'을 가리킨다. 그런데 판본에 따라 'blant'을 Blanc(흰색)으로 인쇄하기도 하였다. 한편, 앞의 예와 함께 짝을 이루고 있는, 언뜻 보기에 단순한 말장난처럼 보이는 두 구절이, 빠스깔의 『단상록(Pensées)』 중 핵심적인 측면을 냉소적으로 드러내고 있는 것 같기도 하다. 〈신 없는 인간〉(1부) 및 〈신과 함께 있는 인간〉(2부)이라는 두 편으로 이루어진 그 책을, '불안하게 하는 사람'(즉 불안감을 유포시키는 사람) 및 '불안해하는 사람'으로 요약할 수도 있으니 말이다.
214) 바쟁, 빨라메드, 마르상뜨 부인 등, 세 남매의 모친일 듯하다.
215) 에르베 드 쌩-드니 후작(1823~1892)은 중국학 전문가였다고 한다.

216) 쌩-루가 발벡에서 혹은 빠리의 어느 식당에서, 주인공이 추위하지 않을까 염려하던 일을 연상시키는 염려이다.
217) Dupanloup(1802~1878). 일찍이 아이들을 잘 가르친다는 명성을 얻어, 젊은 사제 시절에 오를레앙 왕가 아이들 교육을 맡았으며, 오를레앙의 주교로 임명된(1849년) 이후에는 쟌느 다르끄를 성녀로 추존하는데 많은 노력을 쏟았다고 한다. 또한 유명한 사전 편찬가였던 리트레(Émile Littré, 1801~1881)를 극도로 적대시한 것으로 유명하다. 프루스트가 '좋지않은 프랑스어' 운운한 것은 그러한 사실을 염두에 두었기 때문일 듯하다.
218) 그 가문 사람들 중, 보니 드 가스뗄란 백작은 프루스트와 개인적인 친분이 있었다고 한다.
219) 'en thèse générale'을 옮긴 것이다. 'thèse' 보다는 opinion(견해) 정도가 합당할 듯하다.
220) 싸강 대공(1832~1910)은 프루스트와 교분이 있었던 보니화쓰(보니) 드 가스뗄란 백작의 숙부였다고 한다.
221) '실크해트'가 처음 등장한 것은 19세기 초이며, 부유한 신흥 중산층 사람들이 자기들의 위세가 돋보이도록 뚜껑 높직한 그 모자를 쓰기 시작하였다고 한다. 즉 구왕조 시절의 세습 귀족들에게는 어울리지 않을 듯한 모자이다. 그 명칭(haut-de-forme) 또한 '형태 높은 모자'라는 뜻을 가지고 있다.
222) '물리적 가능성(la possibité matérielle)'을 가리킬 듯하다. '사정'이나 '형편' 정도를 가리킬 듯하다.
223) 이러저러한 야회에 참석하느라 바빴다고 은근히 자랑하던 풍조를 가리킨다. 멍청이들이 바쁜 척하는 희극적 사회현상을 가리킬 듯하다.
224) 「게르망뜨」, 2부, 2장.
225) 뒷부분이 싹둑 잘린(coupé) 모양으로 보이는, 2인승 유개 사륜 마차이다.
226) 주인공이 책 쓰는 작업을 한없이 뒤로 미루어, 할머니가 넌지시 그것을 지적하였다는 언급이 있었으며(「소녀들」), 실제로 프루스트 자신도 부모님이나 할머니에게로 향한 일종의 가책감을 느꼈던 것 같다.
227) 길고 품 헐렁한 외투이며, 어떤 것은 두건도 달려 있어, 가장무도회에서 입는다고 한다.
228) cicisbeo. 공식적인 행사에 귀부인이 대동하는, 그리고 귀부인의 남편이 인정하는, 직업적인 기사 내지 정인을 가리키며, 18세기에 이딸리아에서 생긴 제도라고

한다. '치치스베오'의 어원이 속삭이는 소리를 흉내낸 의성어라 하는 이들도 있고, 어떤 이들은 그 단어가 예쁜 병아리를 뜻하는 '벨 체체(bel cece)'에서 왔을 것이라고 한다. 프랑스인들은 씨지스베(sigisbée)라고 표기한다.

229) 게르망뜨 공작의 저택보다 훨씬 높은 언덕 위에 있는 저택에 사는, 쎌리스트리 대공 부인과 쁠라싹 후작 부인을 가리키며, 그녀들은 게르망뜨 공작의 친척들이다(「게르망뜨」, 2부 2장).

230) 주인공은 앞서(「게르망뜨」, 2부, 2장) 그녀들의 저택이 있는 언덕을 알프스 산악지역에 비교한 바 있다.

231) '마마'라고들 부르는 아마니앵을 가리킨다(오스몽 후작이다).

232) 다음과 같이 시작되는, 선뜻 수긍하기 어려운 문장의 의미를 유추하여 옮겼다. "Mais on était vite rassuré en voyant la multitude des plats…" 주어 'on'이 누구를 가리키는지 모호하며, 특히 'rassurer'라는 동사가 합당하게 사용된 것인지 모르겠다.

233) '…couper la figure'를 의역한 것이다. 직역하면 '얼굴을 자른다' 혹은 '얼굴이 트게 한다' 쯤인데, 그 말이 어떤 측면에서 통속어인지, 그리고 어떤 아름다움을 가지고 있는지 모르겠다.

234) 프랑수와즈를 가리킬 듯하다.

235) 수긍되지 않는 연결어(Aussi)이다.

236) 프랑수와즈의 질녀가 어느 정육점 주인과 결혼하여 빠리에 와서 산다는 언급이 이미 있었다(「게르망뜨」). 또한 그리하여 작가가 그 단어를 부각시킨 듯하다(bouchère). 따라서 '정육점 주인의 아내와 프랑수와즈의 질녀…'라는 말은 매우 이상하다. 끌라락 교수(1954년판)나 따디에 교수(1988년판) 등은, 인명 색인란에 이 인물을 '프랑수와즈의 다른 질녀'라고 설명해 놓았다. 만약 그렇다면, 작가는 '정육점 주인의 아내와 프랑수와즈의 또 다른 질녀…'라고 썼어야 마땅하다.

237) 'perdaient la boule'. '공'은 '머리'를 가리키는 속어이다. 즉 미쳐 버렸다는 뜻이다. 적합한 말인지 모르겠다.

238) '3주'라는 기간을 설정한(toutes les trois semaines) 근거가 보이지 않는다. 이상하게 들리는 말이다.

239) 이미 상당한 세월이 흘렀다는 말일 듯하다.

240) '관습'을 가리킬 듯하다.

241) 'à la noix de coco'. '보잘것 없다'는 뜻이다.

242) '샤를르가 기다린다'를 프랑스어로 옮기면 'Charles attend'인데, 그것을 읽으면 연음되어 '샤를라땅(charlatan)'으로 들리며, 그 의미는 '돌팔이'이다. 음가를 이용한 신소리이다. 천박한 취향의 산물이다.

243) 'à perpète'를, 그것이 최초 사용되던 시절(19세기 중반)의 의미(travaux forcés à perpète, 즉 종신 도형)대로 옮긴다. 그 말이 민간에 유행되어 '영원히'라는 뜻으로도 사용되게 되었다. 한편, 알베르띤느가 주인공에게 '종신 도형'만큼이나 괴로움을 주는 존재라는 것은 누구나 수긍할 수 있을 것이다. 프랑수와즈의 딸이 무심히 던진 그 말이 일종의 예언처럼 들렸다는 뜻일 듯하다.

244) gigolette. '아주 어린 소녀'를 가리키는 속어인데, '깜찍한 계집아이'라는 정도의 뜻을 거쳐, 19세기 중반부터는 면수(面首, gigolo) 돌보는 여자라는 뜻으로 사용되기 시작하여, 매춘부를 가리키기도 한다. 물론 여기에서는 원래의 속어적 의미(어린 소녀)로 사용되었을 것이다.

245) 'parler'를 옮긴 것이다. 그 단어가 이미 17세기부터 'dialecte'나 'patois'(방언, 사투리) 등과 혼용되었으나, 프랑수와즈의 딸이 사용하는 말들은 속어나 신소리 축에 속할 뿐인지라 '언사'라 옮긴다. 한편 작가는 그녀의 말이나 프랑수와즈의 말 모두를 'parler'로 지칭하다가, 다음 문장에서는 'parler'와 'patois'를 혼용하고 있다. '방언'이나 '사투리'로 옮긴다.

246) 매우 이상한 언급이다. 주인공이 프랑수와즈의 모친을 뵌 적도, 그녀의 말을 들어 본 적도, 심지어 인용된 말조차(작품에) 없으니 말이다.

247) 앞 문장과 의미적으로 연결되지 않는다. '그리고 반대로' 다음에는 당연히 그 고장의(메제글리즈) 풍경을 구성하는 요소들(지형 및 식물 분포 등)에 관련된 언급이 뒤따라야 한다. 즉, 필수 요소가 누락된 불완전한 언급(문장)이다.

248) 꽁브레 인근에 있는, 역시 허구적인 마을이다. 그 마을이 바이요-르-뺑(실존하는 지명이라 한다)과 인접해 있다는 말일 듯하다.

249) 보충 설명이 필요해 보이는 문장이다.

250) 'une femme de chambre de la maison' 및 'grande conversation' 등, 모호하고 부자연스러운 표현들을 의역하였다.

251) 그 이유에 대한 설명이 누락된 듯하다. '연구'의 주체가 주인공으로 보이니 말이다.

252) 프랑수와즈나 그녀의 딸이 사용하는 독특한 언어를(이미 부분적으로 소개하였지만) 작품의 이 부분에서 집중적으로 묘사하려던 것이 작가의 의도였던 모양이

다. 그러나(애석한 일이다!) 서술의 맥락은 물론 문장들조차 완성되지 않은 상태이다. 프루스트의 『잃어버린 시절』을 웅장한 대교회당에 비유하는 이들이 있거니와, 그들의 시각을 빌려 말하자면, 건축자재들을 필요한 자리에 가져다 놓긴 하였으나 미처 다듬지 못한(특히 이음새를) 격이다. 따라서 『잃어버린 시절』이 미완의 작품이라는 감회에 젖게 하는, 그리고 작가 수첩의 한 페이지를 연상시키는 이 부분을 괄호(()) 속에 넣어 있는 그대로 옮긴다.

253) '수직의 어두운 띠'가 출입문 유리창(너무 좁은 커튼과 문틀 사이에)에 생긴 것인데, 커튼이 그 띠를 통과시켰다는 언급이 조금 부자연스러워 보인다.

254) 베르고뜨가 라씬느의 『화이드라』에 관하여 썼다는 소책자를 가리킨다(「스완」, 3부).

255) 질베르뜨가 샹젤리제 공원에서 주인공에게 선사한 것이다(「스완」, 1부, 2장).

256) 'les progrès de la civilisation(문명의 발전)' 중 '문명'을 '기술(technologie)'로 고쳐 옮긴다.

257) '에디슨의 발견(la decouverte d'Edison)'은 당연히 '에디슨의 발명(l'invention d'Edison)'이라 해야 마땅하나, 혹시 에디슨이 전보를 발명하였다는 사실을 염두에 둔 표현일지도 몰라 그대로 옮긴다. 물론 전화를 발명한 사람이 에디슨이 아니라 그라함 벨(1847~1922)이라는 것은 주지하는 바와 같다.

258) 마르크 왕과 기사들이 모두 사냥터로 떠난 줄 알고, 트리스탄과 이졸데가 정원 오솔길에서 은밀히 만나는데, 나무들 사이에 숨어 기다리는 트리스탄의 눈에 이졸데의 스카프가 보인다(『트리스탄과 이졸데』, 2막, 2장). 한편 트리스탄의 고국 카레올에서, 치명상 입은 그를 간병하던 쿠르브날은, 이졸데를 모시러 간 사람을 초조히 기다리던 나머지, 목동으로 하여금 나무 위에 올라가 수평선을 살피다가 돛이 보이면 갈대 피리를 불라고 분부한다(『트리스탄과 이졸데』, 3막, 1장). 바그너가 '일찍이 인간의 영혼을 채워 본 적 없는 가장 경이로운 유열의 기다림' 및 그것의 '표현'을 '목동의 갈대 피리에 의탁하였다'는, 프루스트가 〈휘가로〉지에 게재한(1907.11.19) 글의 한 구절을 연상시키는 술회이다.

259) '새로운 물질'로 옮긴 'corps nouveau'가 '새로운 몸뚱이'를 뜻할 수도 있기 때문에 부연한 말일 듯하다. 하지만 '물질'이건 '몸뚱이'이건 모두 화학적(물리적) 현상계에 속하니, 그러한 말을 덧붙일 필요가 있을지 모르겠다. 주인공의 언급이 완곡한 듯 보이지만, 내포된 의미는 여일하기 때문이다. 따라서 '물질' 대신 '몸뚱이'로 옮겨도 무방할 듯하다.

260) 무슨 뜻일까?
261) 초판본 및 모든 판본에 있는 문장들이 한결같이 불완전하여, 대략적인 의미를 유추하여 옮긴다.
262) 「갇힌 여인」 및 「탈주하는 여인」 편에 술회된 혹독한 괴로움들을 예고하는 언급이다.
263) 작가는 'annonciation'을 사용하였는데, 이 단어는 수태고지(受胎告知)를 뜻하는 카톨릭 라틴어 'annuntiatio'에서 온 말이다. 주인공의 심정을 반영하는 용어 선택일 듯하다.
264) cuir. 속어적인 의미로, 연독할 때 단어와 단어 사이에 들어간 불필요한 자음을 가리킨다. 예를 들어 Les chemins de fer anglais(레 슈맹 드 훼르 앙글레, 영국 철도)를 '레 슈맹 드 훼르 장글레'로 발음하는 사람들이 저지르는 오류가 그것이다. 훼르(fer) 다음에 [z]음이 없으니 말이다.
265) le saxon. 게르만어의 초기 형태를 가리킨다.
266) 현재의 프랑스 및 그 주변 지역에 살던 사람들을 가리킨다.
267) 조금은 농담처럼 들리는 말이다. 물론 프랑스인들이, 가령 고유명사만을 예로 들더라도, 호메로스를 '오메르', 플라톤을 '쁠라똥', 파이드로스(및 파이드라)를 '훼드르', 플루우투스를 '쁠로뜨' 등으로 발음하지만, 그 '결함 투성이 발음'이 어찌 프랑스어에서만 발견되겠는가? 하지만 주인공의 언급은 자신이나 일반 프랑스인들을 겨냥한 빈정거림도 내포하고 있는 듯하다.
268) '구멍을 막다', '땜질하다', '틈을 메우다' 등의 의미를 가진 동사 'estoper'는 12세기부터 사용되었고(지역에 따라 'restauper'나 'estauper' 형태로도 사용되었다고 한다), '짜집기하다'의 의미로 사용되면서 그 형태가 'stopper'로 변한 것은 1900년(혹은 19세기 말) 경이었다고 한다. 즉 프랑수와즈가 사용한 단어가 최근까지 통용되던 말이다. 물론 주인공이 그녀에게서 태고 인류의 잔영을 느끼곤 하였다는 언급이 자주 보이긴 하지만, 이 단어 사용에서도 그것을 느꼈다면, 그것의 유래를 다르게 상상하였던 모양이다.
269) '입맞춤 한 번'을 허용하는 전표(알베르띤느가 발행한)를 가리킨다(「게르망뜨」, 2부, 2장).
270) 'un état purement intérieur'를 직역한 것이다. 주인공의 심적인 상태를 가리킬 듯하다.
271) 이 문장뿐만 아니라 이 단락의 다른 문장들 역시 모호하여, 그 의미를 유추하여

옮긴다.
272) 드레퓌스 사건을 대하던 게르망뜨 공작의 견해가 급작스럽게 변한 동기를 설명하기 위하여 부연한 마지막 문장에서 약간의 논리적 비약이 느껴진다.
273) Cours-la-Reine. '왕비의 산책로'라는 뜻이다. 쎈느 강 우안, 꽁꼬르드 광장으로부터 그랑 빨레(Grand Palais)까지 이어지는 산책로이다.
274) 작품의 대단원을 이루는 '게르망뜨 대공댁의 오후 연회'를 향하여 구슬픈 발걸음을 옮기는 주인공의 모습을 연상시키는 장면이다(「되찾은 시절」). 실없는 짓이라고 여기던 일이 깨달음의 계기를 제공한다는, 프루스트의 일관된 시각을 드러내는 언급이다.
275) 에우로페는 시돈(혹은 튀로스)의 왕 아게노르의 딸인데, 그녀의 아름다움에 혹한 제우스가 하얀 소로 변신하여 그녀를 등에 태워 크레타 섬으로 납치하였다고 한다. 「에우로페의 납치」는, 그 섬에 도착한 직후의 소와, 아직도 반나의 몸으로 소의 등에 걸터앉은 에우로페, 그리고 그들을 해변에서 맞는 바다의 신 등을 담고 있는 프랑수와 부쉐(1703~1770)의 화폭(1747년)을 가리킬 듯하다. 그 장면을 수놓은 안락의자에 앉아서 자기 곁에 와 앉으라고 권하는 공작 부인의 거조가, 주인공의 몽상에 어떤 부류의 지평을 열어 주었을지, 짐작하기 어려울 것 같지 않다.
276) Océan. 옛 그리스 사람들이 상상하던 평평한 접시 모양의 세계(지구)를 둘러싸고 흐른다고 믿던 강이다. 훗날 그 명칭이 대서양을 가리키다가, 다시 모든 대양을 가리키게 되었다.
277) 하지만 주인공이 그 이후에도 발백에 세 번째로 갔었다는 언급이 「탈주하는 여인」의 말미에 보인다.
278) 이 불가결한 문장이 오직 쟝 미이 교수의 판본에서만 발견되고, 여타 판본들에는 없는데 작가의 원고에 원래 없었던 문장인지 혹은 편집 과정에 누락된 것인지 알 수 없다. 다른 판본들을 일람하였을 쟝 미이 교수도 이 문장에 대해 아무 논평이 없으니 매우 이상한 일이다.
279), 280) 누락될 경우 문장이 성립되지 않으며 의미 또한 모호해질 수밖에 없는, 불가결한 표현들이다. 그러나 모든 판본에서 그것들을 누락시켰다. 다행히 끌라락 교수가 주석에(갈리마르 1954년 판, 2권, p. 1192) 프루스트의 초고(육필)를 참고로 제시하여 이 문장의 이해를 가능하게 하였다.
281) 역자가 덧붙인 말이다.
282) 문장이 판본에 따라 조금씩 다르고, 엄밀히 말해 불완전한 상태인지라, 역자가

재구성하여 옮긴다.

283) '오인 집정관정부' 시절(1795~1799)에 풍속이 문란했고 사교계의 호화스러움이 극치에 달했다는 것은 널리 알려진 사실이나, '삼인 통독정부' 시절(1799~1804)은 프랑스 사회가 제1 통독인 나뽈레옹에 의해 혁신된 시기이다. '고혹적인 여인들'이라는 말은 특히 오인 집정관정부 시절과 어울릴 듯하다.

284) 핵심이 희미한, 다시 말해 내용을 제대로(정연하게) 집약시키지 못한 문장이다. 의미를 짐작할 수 있도록, 주어진 형태 그대로 옮긴다. 한편 무용수 니진스끼 및 화가 박스트는 1911년부터 프루스트와 자주 만났다고 하며, 화가이며 무대 장식가였던 베누아(1870~1960)는 1910년부터 빠리에 정착하였던지라, 프랑스 식으로 '브누와'라 부르기도 한다. 그리고 '유르벨레띠에프 대공녀'는 허구적 인물이다. 그리고 '주인 마님'은 베르뒤랭 부인을 중심으로 형성되었던 '작은 동아리' 내에서 그녀를 가리키던 별칭이다(『스완』, 2부, 〈스완의 어떤 사랑〉).

285) 빠리 꼬뮌느(Commune de Paris)는 대혁명 시절(1789~1795)에 결성되었던 '빠리 혁명사치정부'를 가리키며, 1871년에 같은 명칭으로 빠리와 기타 여러 도시에 혁명정부가 구성되었으나, 중앙 정부에 의해 강제 진압되었다. 여기에서는 두 번째 경우를 가리키는 듯하다.

286) Caprarola. 이딸리아 중부 라티움 지역에 있는 작은 도시이며, 그 지명을 가진 대공 부인은 허구적 인물일 듯하다.

287) 게르망뜨 공작 부인은 자기의 전통적(세습적) 귀족 신분을 대수롭지 않게 여기는 듯한 언행을 가끔 보인다.

288) bien-pensant. 관례에 얽매이거나 보수적인 사람을 가볍게 빈정거리는 투로 가리키는 말이다.

289) la princesse d'Epinoy. 쌩-시몽의 『회고록』에 자주 등장하는 인물이라고 한다.

290) Ligue de la Patrie Française. 드레퓌스파들이 결성한 인권 연맹(Ligue des Droits de l'Homme)에 맞서기 위하여, 꼬뻬, 르메트르, 브륀느띠에르, 바레스 등의 주도하에 1898년에 설립된 연맹이라고 한다.

291) 모두 프루스트의 시대에 살았던 실존 인물들이라고 한다.

292) 베르뒤랭 내외를 중심으로 형성되었던 그 작은 '동아리'를 가리킨다. 그 동아리의 구성원들은 아무 때나 그 내외의 집에 와서 격식 없이 식사를 할 수 있었다(『스완』, 〈스완의 어떤 사랑〉).

293) 한 여인이 어느 예술가에게 공헌하는 것은 예술가의 감각을 일깨움으로써라는,

프루스트의 일관된 시각을 감안한다면 완곡한 해학적 반어법으로 들릴 수도 있는 말이다.

294) bon teint. (신념이) 확고한(변하지 않는) 사람들이라는 뜻이다. 한편 두메르(1857~1932) 및 데샤넬(1855~1922)은 공화파 정치인들로, 프랑스 공화국 대통령직을 수행한 사람들이다.

295) 'personnel monarchiste'라는 다소 낯선 표현을 옮긴 것이다. 경멸조의 언사처럼 들린다. 샤레뜨 남작(1832~?)이나 쏘몐느 드 두도빌(1825~1908) 등은, 부르봉 왕가의 마지막 후계자 샹보르 백작(1820~1883)을 옹립하려고 하였던(샤를르 10세 타계 후) 정통왕조 지지파이다.

296) 네 페이지 쯤 앞에서 언급된 사실에 대한 부연 설명이다. 끌라락 교수나 쟝 미이 교수처럼 이 문장은 줄바꿈을 통해 한 단락으로 독립시켜 놓는 것이 타당해 보인다. 따디에 교수의 판본처럼 같은 단락 속에 놓을 경우, 상당한 혼동이 야기될 수 있다(3권, p.143).

297) 노골적인 빈정거림이 느껴지는 언급이다.

298) 모두 드레퓌스의 결백을 믿고 재심을 강력히 주장하던 사람들이다.

299) 공안 위원회(Comité de salut public)는 프랑스 대혁명 기간 동안 혁명 의회 내에 서치되었던(1793~1795) 기구로, 급진 좌파 인사들(당똥, 로베스삐에르, 등)이 주도하였으며 공포정치의 진원지로 간주되기도 하였다.

300) '귀퉁이 접힌 명함을 놓고 간다'는 말은 '직접 방문하겠다는 의사를 표한다'는 뜻일 듯하다.

301) 성립되는 이유들인지 모르겠다.

302) '스완 부인을', '오데뜨' … 등은 각각 '자기를' 및 '그녀는' 등으로 써야 자연스러우나 원전대로 옮긴다.

303) 오데뜨가 느끼는 '가책감'의 원인이 무엇일까? 아르빠종 부인이 게르망뜨 공작의 정부라는 사실 때문일까? 서술도 부자연스럽지만 의미 또한 명료하지 못하다.

304) 꼴론느(Edouard Colonne, 1838~1910)는 오케스트라 지휘자로, 1871년에 국립 협주 협회(Concert national)를 창설하여, 베를리오즈, 비제, 드뷔씨, 라벨 등 프랑스 작곡가들의 작품을 주로 연주하며, 프랑스 음악의 옹호에 열정을 쏟았다고 한다. 바그너의 음악을 애호한다고 하면서 꼴론느가 지휘하는 연주회에 드나든다고 하니, 허튼 소리 지껄이는 '익살광대'로 여겼을 것이다. 한편, 오데뜨가 바하

의 음악과 끌라빼쏭(1808~1866, 프랑스의 희가극 작곡가)의 음악도 구분하지 못한다는 언급이 이미 있었다(『스완』, 〈스완의 어떤 사랑〉).

305) 이 부분에 단 한 번 등장하는 인물(귀부인일 듯하다)이다. 그 여인의 사회적 역할에 관한 이야기가 누락된 듯하다.

306) '바이로이트에 간다'는 말은, 매년 그곳에서 개최되는 바그너 음악 축제에 참석한다는 뜻이다. 그 말에 '온갖 방종한 짓을 서슴지않는다'는 뜻이 내포되어 있을 것 같지는 않으며, 매춘부와 다름없었던 오데뜨가 그곳에 간다고 스완에게 돈을 요구하던 때를 암시하는 부연 설명일 듯하다(『스완』, 〈스완의 어떤 사랑〉).

307) la duchesse de Montmorency-Luxembourg. 이곳에 처음으로 느닷없이 등장시킨 이 인물이 누구인지 짐작하기 어렵다. 또한 그녀가 어떤 인물이기에, 오데뜨의 응접실에 드나들 경우 겪게 될 변모(부정적인 변모이다)에, 주인공이 그토록 큰 관심을 갖게 되었단 말인가? 이 문장뿐만 아니라, 이 단락 전체가 우연히 덧대어 꿰맨 편린처럼 보이며, 서술 또한 일관된 맥락 없이, 꿈꾸는 사람이 하는 말처럼 오락가락한다.

308) 당연히 '오리안느'라 해야 자연스러울 것 같다(역주 302)에 지적한 것과 같은 부류의 자연스럽지 못한 어법이다).

309) 앞의 어떤 일화와도 연관되어 있지 않은, 마치 비망록에서 우연히 발견하여 덧붙인 듯한 인상을 주는, 느닷없는 언급이다.

310) '아르빠종'이라는 명칭이 왜 노란 나비 한 마리를 연상시키는지, 그것을 짐작케 하는 일화가 술회된 적은 없었다.

311) 주인공이 소년 시절에 처음으로 스완 댁에 드나들던 시기를 가리킬 듯하다(『소녀들』). 한편, 프루스트의 원고나 초판본에는 '겨울이면 6부터 7까지' 형태로 되어 있던 것을 '저녁 여섯 시부터 일곱 시까지'로 보충하여 옮긴다. 원고가 거의 메모 형태에 가까웠음을 보여주는(몹시 서두르는 듯한 서술 형태는 차치하고라도) 하나의 예이다.

312) '몽모랑씨-뤽상부르 부인'을 가리킨다. 때로는 '뤽상부르', 때로는 '몽모랑씨'로 오락가락하듯 표기되었다.

313) 'printemps social'을 직역한 것이다. 사회(사교계)에 대한 상상력이 왕성한 시기를 가리킬까? 선뜻 궁금되는 말은 아니다.

314) 역자가 덧붙인 말이다. 원전에는 그저 몇 방울(quelques gouttes)이라고만 되어 있다. 수위 여자가 울고 있었다는 말인가? 이 장면은, 어느 소설에서 읽은 장면의

잔영이 이식된 듯한 인상이 짙다.

315) 어느 날 쟝이 자기의 모친과 함께 갔던, '수중 동굴' 같았다는 수영장을 연상시키는 언급이다(『쟝 쌍떼이유』, 〈가을 저녁〉).

316) 매우 이상한 언급이다. 오랜 세월 침상을 떠나지 못하다가 타계한 주인공의 숙모 레오니가 항상 기다리던 인물이 올랄리이며, 그녀의 도착을 알리는 초인종 소리에 주인공의 숙모가 환희에 사로잡히곤 한다(「스완」, 〈꽁브레〉).

317) 발백 인근(위디메닐)에서 세 그루 노목과 조우한 직후, 그것들이 자기에게 보내오는 신호를 판독하지 못한 채 그것들에게 등을 돌리게 되어, 이제 막 친구 하나를 잃은 듯, 자기의 일부가 죽은 듯, 어느 죽은 이를 배신한 듯, 주인공이 슬퍼할 때, 함께 마차를 타고 가던 빌르빠리지 부인이 주인공에게, 왜 꿈 속에 잠겨 있는 듯한 기색이냐고 묻는다(「소녀들」, 2부, 고장들의 명칭-고장).

318) 이 마지막 단락은, 사교계를 드나들던 시기를 술회한 이야기의 일부에 결론적인 감회를 서둘러 종합적으로 덧붙이려 한 듯한 인상이 짙으며, 「스완」편 마지막 부분(블론뉴 숲의 늦가을 풍경)의 서술을 연상시킨다. 또한 맥락 두절된 희미한 추억들의 편린을 나열한 듯한데, 이 모호한 언어가 어쩌면 뭇 존재의 말미를 표상하는 가장 사실적인, 나아가 가장 정직한, 언어일지 모르겠다. 모든 현상의 종말이 또렷한 멈춤이 아닌 분산의 형태를 띠니 말이다.

319) 프루스트가 처음 자신의 소설에 부여하려 하였던 제목이다(Les Intermittences du Cœur). 그는 1912년 10월, 화스껠 출판사 사장에게 이 제목을 제안하였다가 출판을 거절당하였고, 1913년 그라쎄 출판사와 출판 계약을 맺을 때 『잃어버린 시절을 찾아서』로 소설의 제목을 확정하였다고 한다. 또한 훗날 이 부분을 「소돔과 고모라」 2부 1장 끝에 삽입하기로 확정하였다고 한다. 그러나 이야기의 외형적 형태를 고려하면, 두 번째 발백 체류 이야기의 허두를 여는 일화이고, 따라서 다음 장(2장) 첫머리에 놓는 것이 자연스러울 것 같다. 또한 '심정의 간헐성'이라는 현상도 엄밀히 보면, 이미 이야기된 '마들렌느', '마르땡빌의 종각', '위디메닐의 세 그루 노목' 등 일화들과 본질적으로는 다르지 않으니(질료적 접촉과 그것에 이어지는 질료적 반응일 뿐이다), 구태여 그것을(비록 주인공의 윤리적 의식이 상대적으로 강하게 작용하였다 해도) 별도로 부각시킬 필요는 없을 것 같다. 질료적 조우 및 반응 현상은, 그것이 희열이건 슬픔이건, 혹은 쾌락이건 통증이건, 혹은 쾌락의 비명이건 단말마적 비명이건, 모두 같은 본질에 기인하는 존재적 국면임에 반해, 그러한 현상을 대하고 있는 주인공의 의식에 스며드는 가책감

은, 질료적 세계와는 무관한 아마 인위적인(문명의 혹은 뭇 종교의 퇴적물과 같은) 무엇이며, 따라서 천진난만한 질료적 현상에 덧붙여진 일종의 부자연스러운 윤리적 태깔일 수 있다. 어하튼 작가 본인의 요구에 따라, '심정의 간헐성'이라는 최초의 제목과 함께 이 부분에 어정쩡하게 놓이긴 하였으나, 그 자체로는 매우 감동적인 일화이다.

320) Pont-à-Couleuvre. 물뱀이 출몰하는(있는) 다리라는 뜻이다. 그러나 실은 '통행료를 지불하는 다리'를 뜻하는 라틴어 'Pons cui aperit'가 변형된 것이라고 한다.

321) titrée.

322) attitrée.

323) 결례(manque de politesse)라고 말하고자 하였을 것이지만, 반대의 말(manque d'impolitesse)을 한 것이다.

324) '귀하를 모실 자격 없는 방'이라고 하려던 말일 듯하다. 'digne'라는 형용사를 잘못 사용한 것이다.

325) '고막'을 뜻하는 tympan 대신 '천공기'를 뜻하는 trépan을 사용하였다.

326) '준엄하다'(inexorable)고 말해야 하는데 '용납될 수 없다'(intolérable)고 하였으며, 이어지는 주인공의 괄호 속 부연 설명은, 그가 따라서 종업원들에게는 아마 용납될 수 없는 사람처럼 여겨졌을 것이라는 가벼운 농담이다.

327) 의미가 그리 명료하지 못하다.

328) plafond. 벽난로의 화상(火床) 상단 전체를 가리킬 듯하다.

329) 지배인은 균열을 뜻하는 fissure 대신 존재하지 않는 단어 fixure를 사용하였다. 아마 휘쉬르(fissure)를 평소에 휙쉬르(fixure)로 들었던 모양이다.

330) flambée. '햇불'이나 '촛대'를 의미하는 flambeau라는 단어를 사용하고자 하였던 것 같다. 또한 flambeau에 '타기 시작한 장작'이라는 의미를 부여한 것 같다.

331) postiche. '대형 도자기'를 가리키는 단어 potiche를 사용하고자 하였을 것이다.

332) '벽난로에 불 넣는 것을 피하는 것'이라고 말하려 하였을 것이다. 불을 넣지 말아야 한다는 강박증에 기인한 이중 부정일 것이다.

333) cravache. 훈장을 패용할 때(목에 걸 때) 사용하는 좁은 띠를 가리키는 'cravate'라는 단어를 사용하려 하였을 것이다.

334) 'impuissance'를 직역한다. 남성의 성불능을 포함하여 다양한 의미를 상상해

볼 수도 있겠으나, 선뜻 짐작하기 어렵다.

335) Echo de Paris(빠리의 메아리). 문학 및 예술을 주로 다루던 일간지였으나(1884년에 창간), 훗날 보수파들 및 카톨릭의 대변지로 변하였다고 한다.

336) 죠제프 까이요(1863~1944)는 1899년부터 1902년까지, 그리고 1906년부터 1909년까지 프랑스 재무상 직을 수행하면서 소득세 제도를 확립하였다고 한다. 또한 1911년부터 1912년까지 내각수반 겸 내무상 직을 겸임하면서, 모로코 사태를 놓고 도이칠란트와 협상하였다고 한다. 호텔 지배인의 말은 그 사실과 연관된 것 같다. 실제로 〈에꼬 드 빠리〉지가 까이요 씨를, 도이칠란트와의 협상에서 지나치게 양보하였다고 심하게 비판하였다 한다(1911.9.11).

337) 'sous la coupole de'라 하였는데, 이 말은 '…의 포탑 밑'이라는 뜻도 가지고 있으니, 주인공의 말(sous la coupe)과 같은 것으로 이해될 수도 있다.

338) 앞에서 쌩-루가 주인공에게, 뻐뜨뷔스 부인의 침실 시녀가 죠르죠네의 화폭 속 여인들과 같다고 하였다(역주 162) 참조).

339) 그가 라쉘을 사랑하던 시절에 자주 사용하던 표현이다(「소녀들」, 「게르망뜨」).

340) '상류층 티를 내기 위하여'(pour faire gratin).

341) 깡브르메르 가문이 브르따뉴 지방의 한미한 귀족이라는 언급이 작품 초기에부터 있었다(「스완」, 〈꽁브레〉).

342) 현실에 밝거나 최신 유행을 따른다는 뜻이다(être à la page).

343) 즉 그녀가 그곳(발백) 토양의 산물이 아니라는 뜻이다.

344) '나타나기를 갈망하던'이라는 뜻일 것이다.

345) 관능적 쾌락의 본질 속에 있는 잔인성 내지 난폭성을 염두에 둔 말일 듯하다.

346) 'esprit poétique'. 초판본(1921년, N.R.F) 및 현재의 다른 판본들에는 'esprit peu pratique(실용성 적은 생각)'으로 되어 있는 것을, 작가의 원고를 되살린 끌라락 교수의 판본(갈리마르, 1954년)대로 옮긴다.

347) inertie. '열의'나 '열성'을 뜻하는 ardeur나 entrain을 사용하고자 하였을 것이다.

348) 주인공이 처음 발백에 머물 때 본 그 승강기 담당 종업원을 가리킬 듯하다(「소녀들」, 2부, 〈고장들의 명칭 - 고장〉).

349) granulation. '눈금 매기기'나 '단계화'를 의미하는 단어 graduation을 사용하려 하였을 것이다.

350) aptitude(소질, 적성)를 attitude(태도)와 혼동한 것이다.

351) 지배인은 'qualité primitive'라는 표현을 사용하였고, 주인공은 그 말을 'qualité primordiale'로 이해한 것이다.
352) '날갯죽지에 납덩이가 박혔다'는 말은 새가 총에 맞았다는 뜻으로, 어떤 사람이 위기에 처했음을 가리키는 말이다. 반면 '머리통(혹은 뇌수)에 납덩이가 박혔다'는 말은, 어떤 사람이 사려 깊음을 가리킨다.
353) 의미 고약한(Paillard, 음탕한 호색꾼) 이 명칭을 가진 음식점이 실제로 빠리에 있었다고 한다.
354) 지배인이 infini(무한한)와 infime(지극히 미미한)를 혼동한 것이다.
355) 마들렌느 과자의 맛에 기인한 희열의 정체를 찾으려던 오성의 노력이 한계에 이른 것을 느낀 주인공은 이러한 생각을 한다. "찾는다고? 그것만이 아니라 창조해야 한다. 모색자는 지금, 아직 존재하지 않지만 오직 그만이 현실화하여 자신의 빛 속으로 이끌어들일 수 있을 그 무엇과 마주하고 있다."(『스완』, 1부-〈꽁브레〉). 이 부분에서 말하고 있는 '재창조'가 앞 일화에 언급된 '창조'를 가리키는지 모르겠다. 하지만 여하튼 선뜻 수긍되지 않는 말들이다.
356) 'âme totale'을 직역한 것이다. 조금 이상하게 들리는 말이지만, 혹시 '감정'을 가리키지 않을지 모르겠다.
357) '정신적인 것'은, 'spiritualité'라는 매우 모호한 말을 옮긴 것이다. 무수한 이들을 몽매함 속에 처박았고 지금도 그러고 있는 이 단어를 프루스트가 사용한 것이, 조금은 의아하다. 흔히들 '영성(靈性)'이나 '정신성'으로 옮기는 말이다.
358) simultanéité. 추억 소생의 동시성, 즉 동시에 소생할 수 있는 가능성을 가리킬 듯하다.
359) 자극을 받아 되살아난다는 뜻일까?
360) 상의와 '목구두'일 것이다.
361) '꿈에 불과해졌다'는 말일까?
362) 발백의 그랜드-호텔에 도착한 직후, 할머니가 '필요한 물건들'을 사러 나가신 동안, 주인공이 '조금 걸으려고' 호텔 밖으로 나왔다가 겪은 감회이다(『소녀들』, 2부).
363) 역자가 괄호로 묶어 옮긴다.
364) 역자가 괄호로 묶어 옮긴다. 주인공이 처음 할머니와 함께 발백에 도착하였을 때의 이야기에 다음과 같은 술회가 있다. "할머니는 우리들 중 하나가 병이 났을 때 집에서 입으시던, 올 곱고 촘촘한 무명으로 지은 실내용 드레스 차림이셨으

며… 그 드레스가 곧, 우리들을 간호하고 돌보실 때 할머니가 사용하시던, 할머니만의 하녀용 혹은 간병인용 작업복이며 수녀복이었다."(「소녀들」, 2부).
365) 이미 「소녀들」(2부) 편에서도 술회한, 가장 비통한 가책감들 중 하나이다.
366) 프루스트가 일관되게 피력하는 지성의 양면성이다.
367) 물론 주인공의 할머니를 가리킨다.
368) 'enfin reformée'. 원고에는 작가에 의해 덧붙여져 있었으나 초판본에 누락된 언급이라고 한다(끌라락, 1954). 최근의 다른 판본들(쟝 미이, 따디에)에도 역시 누락되어 있다. 하지만 누락시켜서는 아니 될 언급이다. 주인공이 잠들기에 성공하는(이르는) 것이 타성으로부터 모처럼 일탈하는 것 만큼이나 어려운 일이며, 그래야만 '존속과 소멸의 괴로운 총합체'라는 새로운 존재적 국면을 체험할 수 있으니 말이다.
369) 단순히 '혈관'이라 읽어도 무방할 듯하다.
370) '간선 도로들'이라는 뜻이기도 하다.
371) Léthé intérieur. '레떼'는 '망각'을 의미하는 고대 그리스어의 보통명사이며, 불화(不和)를 상징하는 에리스의 딸로 인격화되었다(헤시오도스,『신통계보』). 그러나 프루스트가 염두에 둔 것은 비르길리우스가『아이네이스』(6장)에서 마치 강처럼 묘사한 '망각의 샘'일 것이다. 저승을 둘러싸고 있으며 이승과 저승의 경계를 이루는, 그리하여 한 번 건너면 이승이건 저승이건 먼저 있던 세상의 일을 말끔히 잊게 된다는 강은 레떼가 아니라 스튁스(혹은 아케론,『오뒷세이아』)이다.
372) 아이네아스가 저승에서 만난(『아이네이스』, 6장) 혹은 오뒷세우스가 킴메리에라는 저승의 한 구역에서 만난(『오뒷세이아』, 11장) '용사들'을 가리킬 듯하다.
373) "사슴, 사슴, 프랑씨스 쟘므, 포크". 주인공이 꿈 속에서 지껄인 이 말이 상징할 법한 의미를 설명하려 한 이가 있긴 하나, 또한 그럴듯한 이야기이지만, 애호가들이 파적거리 삼아 나눌 수 있을 것에 불과할 듯하다. 이 말은, 주인공과 그의 부친 간에 이어지던 대화가 꿈 속에서 이루어졌음을 확연히 보여주는 역할을 하고 있을 뿐이다.
374)『일리아스』에는 트로이아 원정에 오른 두 사람의 아이아스가 등장하는데, 하나는 로크리스의 왕 오일레우스의 아들('작은 아이아스')이고, 다른 하나는 쌀라미쓰의 왕('큰 아이아스')이다.
375) 에우칼립투스(eucalyptus, 라틴어)를 프랑스인들은 '으깔립뛰스'라 발음하며,

지배인이 '깔륍뛰스'로 들었던 모양이다. 우리가 '유칼립투스'로 표기하는 그 나무이다.

376) 지배인이 사용한 'raisons nécessiteuses'를 그대로 옮긴 것이다. 아마 '불가피한 이유(raisons de nécessité)'라는 뜻일 것이다.

377) 'en définitif'. décidément(정말이지)이나 définitivement(결정적으로)이라고 말하려 하였을 것이다.

378) 오늘날의 시각으로 보면 조금 부자연스러우나, 옛날의 승강기 형태와 그것을 이용하던 주인공의 느낌을 참작하여, 거의 직역한다(M'élevant le long de la colonne montante).

379) 작품의 허두에서부터(『스완』, 〈꽁브레〉) 주인공의 강박증세처럼 나타나는, '낯선 방'에 적응하는 과정을 가리킨다.

380) 물결의 용마루와 그 포말을, 주인공이 또스까나 지방 원초주의 화가들이 그린 종교화의 배경 속 '빙하'에, 이미 비유한 바 있다(『소녀들』, 2부, 역주 54) 참조).

381) 앞에서 길게 묘사한 꿈 이야기를 가리킬 듯하지만 의미가 별로 명료하지 못하다. 또한 직전의 세 문장과 이 문장 간의 연계도 선명하지 못하다.

382) 'induire'. 아마 'introduire(주입하다)'라고 말하려 하였을 것이다.

383) 'bourrique'(당나귀, 밀고자). 지배인이 200리터 들이 통을 가리키는 단어 'barrique'를 잘못 기억하였던 모양이다.

384) 갈릴레아의 영주 헤로데 왕의 생일 날, 헤로데의 아우 필립포스와 헤로데의 처 헤로디아스 사이의 소생인 쌀로메가, 자기 어미의 교사를 받아 헤로데에게, '요나칸(선지자라는 뜻이라고 한다)의, 즉 세례 요한의 목을 잘라, 그의 머리를 쟁반 위에 올려 가져오라'고 요청하였다고 한다(『마테오』, 14장, 플로베르의 『헤로디아스』, 오스카 와일드의 『쌀로메』, 등). 지배인이 '요나칸'을 '요나단'과 혼동한 것이다.

385) Château-Lafite. 보르도 인근 메독(Médoc) 지역에 있는 적포도주를 생산하는 유명한 포도원이다.

386) 지배인이 'équivalent(대등한)'과 'équivoque(애매한)'를 혼동한 것 같다.

387) '가자미'를 가리키는 'sole'의 모음은 짧은 개모음이고, '버드나무'를 가리키는 'saule'의 모음은 긴 폐모음이다. 그러나 오늘날의 일상 언어 생활에서는 한 모음의 장·단이나 개·폐 현상이 확연히 드러나지 않는다. 물론 프루스트가 살던 시절에도 그러했을 것이며, 따라서 주인공이 놀랐다고 한 말은, 그러한 차이를

시시콜콜 따지던 사람들에게 넌지시 던지는 비아냥거림일지 모르겠다.
388) 이 문장 이하 상당 부분은 사람들로부터 들어 알게 된 사실을 술회하는 어투를 사용하여(즉 자유 간접화법 형태로) 옮겨야 합당할 듯하나, 주인공의 어조 및 다양하고 세세한 내용을 고려하여, 즉 그가 그 모든 사항들을 이미 알고 있었을 것이라 가정하여, 이 문장만 자유 간접화법 형태로 옮기고 그 이후 부분에는 주인공의 단정적인 어투를 부여한다.
389) 멘느빌-라-땡뛰리에르(Maineville-la-Teinturière) 및 샤똥꾸르-로르괴이유(Chattoncourt-l'Orgueilleux) 모두 실존하지 않는 지명들이다. 프루스트가, 그곳에 사는(그리고 후작 부인의 방문을 기다리는) 사람들과 후작 부인과의 신분적 대조를 부각시키기 위하여, 조금 우스꽝스러운 의미를 부여하면서 만든 지명들일 듯하다. 하나는 '염색하는 여인이 사는 중간 마을'을, 다른 하나는 '오만한 자가 사는 새끼 고양이의 마당'을 뜻할 듯하다.
390) comprendre. '파악하다', '깨닫다' 등의 의미로 사용한 듯하나 선뜻 이해되지 않는 말이다. 물론 주인공이, 할머니의 죽음을, 자기의 손이 목구두 단추에 닿는 순간에야 처음으로 '실감하였다'는 그 사실을 가리킬 듯하다.
391) 까뻬 왕조의 옥좌가, 1328년 이후, 지파인 발루아 가문 및 부르봉 가문으로 이어져 내려오다가, 오를레앙 가문으로 넘어간 것은 루이-필립 1세(오를레앙 공작, 재위 1830~1848)에 이르러서이다. 한편 따란또 대공이 라 트레무이유 공작 작위를 계승한 것은 1707년이라고 한다. 그리고 롬브 대공이나 게르망뜨 공작은 허구적 인물들이다. 여하튼 적합한 비유인지 모르겠다.
392) 두 사람에 대한 그러한 호칭이 상당히 보편적이었다고 한다.
393) 이 연결사(Mais)보다는 '또한'(Et) 쯤이 더 적절할 듯하다.
394) 주인공이 사용한 표현(mauvaise chance)이 조금은 과장된 듯 보인다. 그것에 상응할 만한 사건이 보이지 않으니 말이다.
395) 물론 존재하지 않는 단어이다.
396) 『텔레마코스의 모험』을 지은 훼늘롱(1651~1715)의 형제들 중 하나의 후손인 베르트랑 드 쌀리냐-훼늘롱(1878~1914)이라는 사람이 실제로 프루스트의 절친한 친구였다고 한다. 그가 1914년 마메츠(빠-드-깔레)에서 전사하였다고 한다.
397) 훼늘롱(Fénelon)이라는 발음보다는 훼넬롱(Fénélon)이라는 발음이 더 자연스럽고 편안하게 느껴지는 것은 사실이다. '바흐'보다 '바하'가 그렇게 느껴지는 것과 같은 음성학적 현상일 듯하다.

398) 땅송빌 언덕길에서 소년 주인공의 눈에 비친 스완 댁 정원을 연상시키는 언급이다.

399) 「소녀들」, 2부, 역주 38) 참조.

400) 모르뜨마르 공작의 딸인 몽떼스빵 후작 부인(1641~1707)은, 루이 14세의 정부였던 8년 동안에, 왕의 아이 여덟을 낳았다고 한다. 한편 그녀의 여동생인 수녀원장은(1645~1704) 빠리에 올 때마다 왕궁에 머물렀고, 왕이 그녀를 몹시 좋아하였다고 한다. 쌩-시몽이 『회고록』(1704년 편)에서 사용한 '융숭한 대접'이라는 말이 매우 희화적으로 들린다. 하지만 합당한 비유인지 모르겠다.

401) 선뜻 수긍되지 않는 언급이다. 그 종업원이 성씨 앞에 'Monsieur'라는 존칭 붙여야 하는 것도 몰랐단 말인가? 혹은 'Monsieur'라는 말에 주인공이 원래의 의미('나의 주인님', '나리' 등)를 부여했단 말인가?

402) Panathenaea. 아테나 여신을 기리는 축제이며, 축제의 마지막 날 행렬 장면이 파르테논 신전의 아테나 여신상 봉안소 벽에 띠 모양으로 조각되어 있었으며, 그 편린들의 일부가 현재 브리튼 박물관과 루브르 박물관에 보관되어 있다고 한다.

403) 역주 76) 참조.

404) 『에스테르』, 2막, 8장. 합창대가 노래하는 한 구절이다. 또한 그 작품 속에서는 '융성하는(번창하는) 백성'이라 옮겨야겠으나, 프루스트의 작품 이 부분에서는 '피어나는'이라고 직역하는 것이 합당할 듯하다. 한편 주인공이 호텔 로비('17세기에는' 즉 '라씬느는' 주랑이라고 불렀을)에 모인 어린 종업원들을 보고 『아달리야』의 구절들을 떠올렸다고 한 것은, 장군 아브네르가 예루살렘의 신전에 도착하여 대제사장 예호야다(요아드)에게 하는 말 중 다음 구절 때문이었을 것이다. "성스러운 백성이 무리를 이루어 주랑들 사이에서 넘실거립니다."(『아달리야』, 1막, 1장).

405) 유다 왕국의 여왕 아달리야(재위, B.C 842~834)가 예루살렘의 신전을 방문하였을 때, 자기의 손아귀를 피해 살아 남은 친손자 요아스의 어리나 범상치 않은 용모를 보고 관심을 갖게 되고, 그의 양친이 누구이고 어느 곳 출신인지 등을 묻던 중, 그의 일상생활에 대해서도 묻게 된다(『아달리야』, 2막 7장). 한편 어린 왕자는 그 질문에 이렇게 답변한다. "저는 주님을 찬양합니다. 사람들이 저에게 주님의 율법을 설명해 줍니다. / 주님의 신성한 책에 있는 율법 읽는 법을 사람들이 저에게 가르칩니다. / …"(2막, 7장).

406) 역자가 덧붙인 것이다.

407) 아달리야가 요아스에게 묻는 말이다(2막, 7장).
408) 이 부분까지만 요아스의 답변이다(2막 7장).
409) 『아달리야』에서, 늙은 여왕이 요아스를 친견하고 돌아간 후, 합창단이 요아스를 찬양하는 노래의 한 구절이다. 요아스가, 삭풍이 범접치 못하는 곳, 세속으로부터 먼 곳에서 자란, 한 떨기 백합에 비유되고 있다(2막, 9장).
410) 호텔의 현관 및 홀을 가리킨다.
411) 이스라엘의 한 부족이며, 고유의 영토는 없었으나, 사제들을 많이 배출하여, '레위족' 이라는 말이 유대교 사제들과 동의어로 사용되었다고 한다.
412) 『아달리야』에서, 요아스의 고모 요사벳(대제사장 예호야다의 아내)이 솔로몬의 신전으로 가기 직전, 합창대에게 신을 찬양하라고 하면서 합창대를 가리키며 한 말이다(1막, 3장).
413) 괄호 안에 있는 부분은, 초판본(1922년)에는 인쇄되어 있었으나 1954년의 갈리마르 판본에서 삭제되었던 부분이다. 따디에 교수의 1988년 판본이나 쟝 미이 교수의 1987년 판본에서는 그 부분을 되살려 놓았다.
414) '사춘기'를 뜻하는 l'âge de puberté 대신, 지배인이 l'âge de pureté라 하였다.
415) '저명해진' 은 지배인이 사용한 'illustrées'를 직역한 것이다. 주인공의 추측으로는, 지배인이 '교양있는' 여자 아이들 같지 않다는 말을 하기 위하여 'lettrées' 라는 단어를 사용하려 하였으나, 그 단어를 반대의 뜻 의미하는 'illettrées' (무식한)와 혼동하였고, 그 단어 역시 정확히 기억하지 못하여 결국 'illustrées'를 사용하게 된 것 같다는 것이다. 한편, 부연 설명인 이 문장과 바로 앞 문장이 초판본에는 누락되어 있었으나, 끌라락 교수가 초고를 검토하면서 1954년 판본에 되살려 놓았다. 불가결한 설명이건만 그 이후의 다른 판본들에는 다시 누락되었다.
416) 건물의 구조가 어떤지 선뜻 이해되지 않는다.
417) 그러는 주체가 명시되어 있지 않다. 숙명적으로 그렇다는 뜻일 듯하다.
418) '졸도한다' 는 의미를 가진 'avoir une syncope'의 쌩꼬쁘(syncope)를 지배인이 씸므꼬쁘(symecope)라 발음하였다.
419) mésange bleu. 머리, 등, 날개, 꼬리 윗면은 하늘색이고, 볼과 이마는 흰색이며, 가슴과 복부는 노란색인, 일반 박새보다 작은 유럽의 텃새라고 한다.

2부 2장

1) 엘스띠르의 화실을 방문하였을 때, 그가 그린 화폭들로부터 받은 가르침이다(「소녀들」, 2부).
2) Tortillard. 어원대로 옮겼으나, 이 단어가 이제는 '꼬불꼬불한 노선을 따라 운행하는 기차'를 가리키는 명사로 굳어졌다.
3) Tacot. 직조기의 북이 움직이기 시작할 때 들리는 소리를 가리키는 의성어 딱(tac)에서 온 말이며, 북이 움직이게 하는 장치 중 하나라 하는데, 그것을 환유적으로 옮겨 '자동북'이라 하였다.
4) Decauville(1846~1922). 토목 공사 현장에서 사용되는, 임의로 옮길 수 있는 협궤 철로를 고안한 사람이라고 한다.
5) 케이블 철로를 가리키는 funiculaire의 라틴어 접두사 funi(fun)가 '밧줄'을 뜻하는 옛 프랑스어 funel(fun)(12세기)에서 유래하였다는 설도 있다.
6) Tramway du Sud de la Normandie.
7) 물론 알베르띤느일 것이다.
8) 다음에 언급된 깡브르메르 후작의 모친이다.
9) 부고장의 글씨체를 가리킬 듯하다.
10) '오십 리으'는 우리의 거리 측정단위로는 '오백 리'에 해당한다.
11) 쎄비녜 부인이 자기의 딸 그리냥 부인에게 보낸 편지 중 한 구절이다(1671년 2월 11일 저녁).
12) '공주 전하'라는 표현이 조금은 느닷없다. 또한 '두려움'이라니, 무엇에 기인된 두려움이란 말인가?
13) 역시 조리가 정연하지 못한 언급이다. 주인공이 할머니의 추억과 슬픔을 온전히 간직하러 하였음을 강조하려던 나머지 생긴 현상일 듯하다.
14) 매우 이상한 언급이다. 왜 단정적으로 말하지 않았을까? 또한 '그곳'이 어느 곳을 가리키는가? 만약 그의 '지붕 밑 방'을 가리킨다면, 이 언급이 앞 문장에 이어지는 것으로 보아야 하는데, 그러면 조리가 맞지 않는다. 이 단락 전체의 서술이 이 부분까지는 오락가락하는 듯한 인상을 준다. 미완의 글로 간주해야 할 듯하다.
15) 이딸리아의 마르베리라는 사람이 처음 만들었다는 휴대용 크랭크 오르간이라 한다.
16) 게르망뜨 공작 댁에서 빠르마 대공 부인을 처음 보았을 때, 주인공은 그녀가 모

후로부터 받았을 '종교적이며 정치적인 교훈'을 희화적으로 상상한 바 있다(「게르망뜨」, 2부, 2장).
17) 약간의 빈정거림이 감도는 어조이다.
18) l'orgueil démocratique을 직역한 것이다. 의미가 선뜻 포착되지 않는다.
19) collègue. 종업원은 이 단어를 동료(camarade)라는 뜻으로 사용하였으나(이미 1900년 경부터 일상어로 사용되었다 한다), 실은 오늘날에도 그것은 소수 상류 집단 내에서 사용되는 경우가 더 많다.
20) '봉급'을 가리킨다.
21) '난폭하다'는 말의 반어적인 표현이다(poli comme une porte de prison).
22) 철망으로 만든 승강기의 몸체를 가리키며, 오늘날에도 빠리의 옛 건물에서는 흔히 볼 수 있다.
23) Endymion. 용모 수려한 젊은 목동이었는데, 그의 수려함에 반한 쎌레네(즉 달)가 그에 대해 격렬한 연정을 품었다고 한다.
24) 종업원이 '오래 걸리지 않는다'는 말을 하면서 'Je n'ai pas pour bien longtemps'이라고 하는 대신, 'ne…pas'라는 두 부정사 중 하나인 'ne'를 생략하였다. 오늘날에도 흔히 발견되는(아무 거부감 주지 않는) 현상이다. 그런데 그 현상을 지적하면서 주인공이, 몰리에르의 『박식한 여인들』 2막 6장에서 벨리즈(하녀 마르띤느가 정확한 어법을 지키지 않는다고 내쫓으려는, 문법에 민감한 휠라맹뜨의 시누이)가 마르띤느에게 한 다음 말을 간접 인용한 것이다. "리앵(rien)과 함께 사용한 빠(pas)로 자네가 재범을 저지른다네."(2막, 6장, 483절). 앞에서 마르띤느가, '자기의 뜻을 전하기만 하면 말을 잘하는 것, / 당신네들의 낡은 말은 아무짝에도 쓸모 없다'고 하면서, '…ne servent de rien'이라고 하는 대신(그것이 옳은 것으로 인정되는 어법이다), '…ne servent pas de rien'이라고 한 것에 대한 지적이다. '재범'이라고 한 이유는, 불필요한 부정사 'pas'를 사용한 것이 박식한 여인들에게는 재범 만큼이나 끔찍한 죄악으로 보였다는, 몰리에르의 과장된 야유를 부각시키기 위해서였을 것이다. 여하튼 프루스트의(주인공의) 이 언급 또한 17세기의 '박식한 여인들'이 보이던 지적 태깔을 연상시킨다. 더구나 부정사 'ne'를 생략하는 현상이 이미 보편화되었는데, 그러한 지적이 과연 필요한지 모르겠다.
25) 역자가 덧붙인 언급이다.
26) 주인공이 알베르띤느와 처음 사귀던 시절, 그녀의 볼에서 가끔 발견하던 특질이다(「소녀들」, 2부).

27) 1914년부터 프루스트가 타계하는 순간까지 그의 가정부였던 쎌레스뜨 지네스뜨(쎌레스뜨 알바레, 1881~1984)의 세 살 연상인 언니이다. 독신이었던 그녀가, 양친 타계 후 고향 오베르뉴를 떠나, 1918년 빠리에 사는 동생 쎌레스뜨 곁으로 왔다고 한다. 뒤에 그 두 자매의 이야기가 다정한 어투로 술회되어 있다.
28) 원전의 문장이 불완전하나, 그 의미를 유추하여 옮긴다.
29) Sappho(B.C 7세기~6세기). 레스보스 섬 출신의 여류 시인으로, 플라톤이 '열 번째 무사(뮤즈)'라고 불렀을 만큼 고대 그리스 사회에서 그 재능을 인정 받았다고 한다. 귀족 가문 출신이었으며 어느 뱃사공을 연모하던 나머지 바다에 투신하였다는 전설이 있으나, 그저 전설일 뿐인 듯하다. 한편 그녀의 시에 나타난 여자 제자들에 대한 일종의 친화력 때문에 아티케 지역의 희극 작가들이 그녀를 동성애자로 헐뜯었고, 그 시절부터 '레스보스의 여인(Lesbias, Lesbienne)'이 '여자 동성애자'를 뜻하게 되었다고 한다.
30) 'course pour les voitures de fleurs'를 옮긴 것이다. 'floral carrage race'라는 영국인들의 번역에 의존하였다.
31)「스완」, 1부(《꽁브레》).
32) Henri Le Sidaner(1862~1939). 프랑스의 화가이며, 인상주의 화파에 속하였다고 한다.『브뤼주, 죽은 여인』을 쓴 로덴바하 및 메떼를랭크 등의 친구였고, 브뤼주나 베네치아 등 '죽은 도시' 풍경을 즐겨 그렸다고 한다.
33) 깡브르메르 부인과 함께 나타난 '신사'에 관한 언급 중, 특히 이 문장과 앞의 두 문장은 몽롱한 상태에서 겨우 완성시킨, 따라서 의미 역시 모호한 문장처럼 보인다. 그를 보는 순간 주인공의 내면에 어떤 파문이 일었는지도 모르겠다.
34) 주인공이 할머니와 함께 처음 발벡의 그랜드-호텔에 도착하였을 때, 할머니가 숙박료를 흥정하시는 동안, 그 독서실에서 태평스럽게 책을 읽고 있던 사람들의 풍경이, 그에게는 마치, 이제 막 저승에 도착한 사람의 눈에 비쳤을, 단떼가 묘사해 놓은 낙원처럼 보였고, 따라서 만약 그 순간 할머니가 자기에게 그 독서실 안으로 들어가라고 하셨다면, 그것이 자기에게 공포감을 느끼게 하였을 것이라는 술회가 있었다(「소녀들」, 2부).
35) 'médium'을 옮긴 것이다. 프루스트가 영어에서 통용되는 의미로 사용한 듯하다.
36) 르그랑댕이 꽁브레에서 주인공의 부친에게 저녁 하늘을 바라보며 한 다음 말을 연상시키는 언급이다. "오늘 저녁에는 구름 속에 아주 아름다운 보라색과 푸른색

이 있소, 나의 벗이여, 그렇지 않소, 대기보다는 꽃을 연상시키는 푸른 색, 하늘을 놀라움에 빠뜨리며 불쑥 나타난 잿빛 개쑥갓의 푸른 색이오. 그리고 저 작은 분홍색 구름 덩이에는 패랭이꽃이나 붉은 수국꽃의 색조도 있지 않소?"(「스완」, 1부, 〈꽁브레〉).

37) Bayeux. 남부 노르망디 깔바도스 도에 속하는 군청 소재지이다. 그곳 주교좌 교회당이 (노트르-담므 드 바이으) 노르망디 지방 고딕 양식의 전형이라고 하며, 교회당의 대부분이 13세기에 지어졌다고 한다.

38) Avranches. 깔바도스 서쪽 지역인 망슈의 한 군청 소재지이다. 원래는 주교좌 교회당이 있었으나 1790년에 무너졌고, 현재 그곳의 '대표적인 교회당'은 쌩-싸뛰르냉(l'église Saint-Saturnin)이라고 한다.

39) 꽁브레의 주임 사제가 인명 및 지명의 어원에 조예가 깊다는 이야기는 이미 작품 초입부에 나타났다(「스완」, 1부 〈꽁브레〉).

40) 역자가 덧붙인 언급이다.

41) 주인공이 이미 상세하게 묘사한, 그리고 모네의 화폭들을 연상시키는, 비본느 냇물 상류 어느 사유지에 조성된 '수련 연못'에 대해 말하려 하였을 것이다(「스완」, 1부 〈꽁브레〉, 역주 224) 참조).

42) 니꼴라 뿌쌩(1594~1665)의 화폭들은 대부분, 짙은 구름과 그 사이로 보이는 푸른 하늘 간의 대조, 혹은 짙은 숲(및 그늘)과 푸른 하늘 간의 대조 등에서 말미암은 일종의 투명함으로 점철되어 있다. 또한 뿌쌩의 화폭들은, 지배적인 빛에서 뿐만 아니라, 그림 속 인물들(풍만한 여인들의 나신 등)로 인해, 죠르죠네(1477~1510)의 화폭들도 연상시킨다. 주인공이, 끌로드 모네의 화폭들에 관한 대화 중 뿌쌩의 화폭 이야기를 꺼낸 이유가 있을 듯하다.

43) 역주 42) 참조.

44) 모네가 1892년부터 1893년에 걸쳐 루앙의 주교좌 대교회당(Notre-Dame de Rouen, 13~16세기)에서 발견한, 시각에 따라 변하는 인상들을 연작으로 화폭에 담았다. '교회당들'이라는 말은 그 교회당의 시시각각 변하는 면모들을 가리킬 듯하다.

45) 모리스 메떼를랭크(1862~1949)의 5막 13장으로 이루어진 비극으로(1892년), 드뷔씨가 그 작품을 가극으로 작곡하여 1902년 오뻬라-꼬믹 극장에서 초연하였다고 한다. 프루스트가 그 오페라를 매우 좋아하였다고 한다.

46) Philistini. 기원전 1190년 경에 가나안(팔레스타인) 지역에 정착하였다가 이스라

엘 족에 의해 정복당한 민족이라고 한다('팔레스타인'이라는 명칭의 어원이라 한다). 그 민족과 이스라엘 사람들 간의 투쟁을 상징하는 대표적인 인물들이 골리앗과 다윗이다. 프랑스에서는 19세기 초부터 취향 상스럽고 문예 및 기타 예술에 문외한인 사람들을 가리키는 말로 사용되었다고 한다(Philistins).

47) 유도 심문하여 입을 열게 한다는 뜻이다.

48) 뿌생의 작품들이 1890년대에 실제로 드가에 의해 유행되었다고 하며, 반드레퀴스파였던 쎄잔느도 합류하였던 그러한 움직임이 국가주의적 이념의 영향도 다소 받았다고 한다.

49) 드뷔씨의 오페라 『뻴레아스와 멜리장드』에서는 주요 장면 끝에 일종의 공백(hiatus)이 뒤따른다고 하는데, 또한 그것이 큰 특징들 중 하나로 여겨졌다는데, 며느리 깡브르메르 부인의 말이 그 점을 염두에 둔 것 아닌지 모르겠다.

50) 며느리 깡브르메르 부인일 것이다.

51) 모호한 말이지만 그대로 옮긴다.

52) 'les Vermeer'. 물론 '베르메르의 작품들'이라는 뜻으로 한 말이나, 뒤에 이어지는 이야기를 감안하여 옮긴다.

53) 깡브르메르 부인의 질문에 어떤 태부림(snobisme)이 있단 말인가?

54) Mais il n'y parut pas. 매우 이상한 문장이지만 의미만을 유추하여 옮긴다. 여하튼 모호하다.

55) 역자가 덧붙인 것이다.

56) 물론 바그너의 오페라 작품들을 가리킬 듯하다. 사실 그의 오페라에서는, 그가 직접 집필한 대본보다 음악의 완벽성이 더 두드러져 보인다.

57) 종교집단이 중등교육 분야에서 영향력을 확대해 가는 현상으로 인해, 종교단체 결성을 허가제로 제도화하려는 정치적 투쟁이 1899년에 시작되었다고 한다.

58) 만주와 한반도에서의 패권을 노리고 벌어진 러-일 전쟁(1904~1905)에서 러시아가 패하자, 유럽에 다시 황인종이 백인종보다 우월하다는 막연한 생각이 만연되기 시작하였고, 1905년 이후에는 프랑스에서 '황인종의 위협(péril jaune)'이라는 표현이 통용되었다고 한다.

59) 『사부작』은 『니벨룽엔의 반지(Der Ring des Nibelungen)』를 가리키며, 바이로이트(서부 도이칠란트, 바이예른)에는 바그너의 작품들만 공연하는 극장이 있다. 그곳에서 매년(1882년 이후부터) 바그너의 오페라 축제가 열린다. 한편, 『니벨룽엔의 반지』 전편을 들으려면 엄청난 주의력과 인내가 필요할 것이다.

60) 'les tressautements de Mélisande'라는, 선뜻 수긍되지 않는 표현을 의역한 것이다.
61) 마쓰네(1842~1912)가 프레보(1697~1763)의 소설 『마농 레스꼬』(1731)를 1884년에 오페라로 작곡하였다.
62) 매우 기이한 언급이다. 「누레딘 알리와 베드레딘 하싼」이야기(『천일야화』, 앙뚜완느 갈랑) 속에서 마들렌느 일화(「스완」, 〈꽁브레〉)를, 러스킨이 묘사한 아미앵의 주교좌 대교회당(『아미앵의 성서』)에서 꽁브레의 쌩-일레르 교회당(「스완」, 〈꽁브레〉)을, 후레데릭과 루이즈의 최초 조우 장면에서(플로베르, 『감정교육』) 『잃어버린 시절』의 주인공(마르셀)과 질베르뜨의 최초 조우 장면을(「스완」, 〈꽁브레〉), 삐싸로의 화폭 「꽃핀 사과나무들」 속에서 주인공이 메제글리즈 방면에서 본 사과꽃들을(「스완」, 〈꽁브레〉), 모네의 「일본식 다리, 수련 연못」이라는 화폭에서 주인공이 비본느 냇물에서 본 수련꽃들을(「스완」, 〈꽁브레〉), 위베르 로베르가 그린 몇몇 화폭 속에서 주인공이 게르망뜨 대공댁 정원에서 본 분수(「게르망뜨」, 2부, 2장)를 발견할 수 있는데, 그것들 또한 모두 그러한 현상에서 비롯되었다는 말인가? 따라서 표절이라는 것은 아예 존재하지 않는단 말인가?
63) 쇼빵(1810~1849)이 1832~1833년 사이에 작곡한 곡들(op. 9, no1, no2, op. 15)을 가리킨다. 물론 그의 작품들 전체를 환유적으로 가리키는 말일 듯하다.
64) 쟝-앙리 라뛰드(1725~1805)라는 사람이 자신이 고안한 폭발물 상자를 루이 15세의 총희 뽕빠두르 부인에게 보낸 다음, 다른 사람이 꾸민 음모인양 밀고하였다가(두둑한 보상을 기대하며), 진상이 드러나 35년간(1749~1784) 감옥에 갇혔었다고 한다. 그 역사적 사실을 멜로드라마 형태로 만들어(3막 5장) 1834년에 초연하였다고 한다. 드라마의 마지막 장면에서 라뛰드를 풀어주는데, 그 죄수가 아무 말 없이 눈만 반짝였다고 한다.
65) 베토벤이 1805년에 작곡한 오페라이며, 그 작품 1막 끝 부분에서, 죄수들로 구성된 합창대가 부르는 노래 중 이러한 구절이 있다고 한다. "오! 얼마나 큰 기쁨인가, 자유로운 대기 속에서 힘들이지 않고 호흡하는 것이!"
66) 그녀의 며느리(르그랑댕의 누이)를 가리킨다. 며느리의 이름은 르네(Renée)인데, 이곳에서만 그렇게 부른다.
67) 데모스테네스(B.C 384~322)는 아테네의 정치가로, 전설에 의하면, 선천적으로 발성 장애가 있어, 조약돌을 입에 물고 모진 연습을 계속한 끝에 그 장애를 극복하였다고 한다. 깡브르메르 노부인이 힘들여 말하였다는 뜻인지 혹은 음성이 거

칠었다는 뜻인지, 의미가 분명치 않다. 또한 어떠한 경우라 할지라도, 데모스테네스에 그 노부인을 비유하는 것이 합당한지 모르겠다.

68) "Enfin le reflux vint, atteignant jusqu'à la voilette…" 원문의 의미(작은 너울에까지 이르면서 이윽고 썰물이 왔다…)가 이상하여(le flux 혹은 la marée montante가 누락된 듯하다) 역자가 약간 수정하여 옮긴다.

69) Chenouville을 Ch' nouville로 발음한 사실을 가리킨다. 그러나 청각적으로는 거의 구분되지 않으며, 한글로는 그 둘을 모두 '슈누빌' 이라 표기할 수밖에 없다.

70) 왜곡시켜 발음하는 것이 왜 즐거움의 소이연이 되었는지, 그 어처구니없는(희극적인) 곡절은 조금 뒤에 나타난다.

71) Ch' nouville이 아닌지 모르겠다.

72) 귀족의 성씨 앞에 붙는 de를 가리킨다(particule).

73) 왜곡된 발음이 상류층의 징표란 말인가?

74) 물론 위제스(Uzès)와 로앙(Rohan)이 통용되는 표기이며 발음이다.

75) Caro(1826~1887). 유심론(唯心論)을 주장한 철학자이며, 쏘르본느 대학 교수였다고 한다(1864~1887).

76) Brunetière(1849~1906). 문예 연구가이며, 빠리 고등사범학교에서 강의하였다고 한다.

77) Lamoureux(1834~1899). 바이올린 연주가이며 오케스트라 지휘자였다고 한다. 자신이 합주단을 조직하여(1881) 매주 일요일 연주회를 열었다고 한다.

78) '식물성 모반' 은 '곰팡이나 버섯 같은 식물의 속성을 가진 모반' 을 뜻하며, 'signe végétal' 이라는 말의 뜻을 유추하여 옮긴 것이다. 이 작품 이외에서는 용례를 찾기 어려운 말이다. 'signe' 가 선천적인 반점(nævus, tache congénitale)을 가리킬 듯하다. 모반(母斑)이 때로는 유전된다고 한다.

79) 종교계(설교사들, 신학자들)와 예술계(평론가들)에서 항상 발견되는 뻔한 행태에 대한 가벼운 빈정거림처럼 들린다.

80) 뻴레아스가 지하실에서 나오는 순간 종소리가 들렸다고 한다(『뻴레아스와 멜리장드』, 3막, 4장).

81) 깡브르메르-르그랑댕 부인이 '재능이 있다' 는 뜻으로 사용한 단어는 'talentuex' 이며, 그것을 여성형으로 변형시키면 'talentuese' 가 된다. '재능이 있다' 는 뜻으로 'avoir du talent' 이라는 표현을 사용하는 것이 자연스러우나, 'être talentueux' 라는 형용사 형태를 공꾸르 형제가 처음 사용하였다고 한다(1876년). 어색한 말

이며, 오늘날에도 별로 사용되지 않는 단어이다.
82) 앞의 세 문장에 길게 이야기한 현상들을 요약하여 다음 문장과 이어주는 말이다. 웬만큼 신경 쓰지 않으면 이해하기 어려운 특이한 서술이다.
83) 무슨 뜻인지 의미 모호하나, 어떤 함의가 있을 듯하다.
84) 주인공이 처음 발백에 도착하여 승강기를 타고 자기의 방으로 올라가는 도중, '긴 베개를 손에 든 객실 청소부'를 보았고, 어스름한 빛 때문에 흐릿해진 그 여인의 얼굴에, 자기의 '가장 열렬한 몽상이 태동시킨 가면을 씌워주곤 하였다'는 술회가 있었다(「소녀들」, 2부, 〈고장들의 명칭-고장〉). 빠뉘르주나(『빵따그뤼엘』)나 프랑시옹(『프랑시옹의 우스꽝스러운 행적』)의 일화를 연상시키는 해학적 술회이다.
85) 까망베르(Camenbert)는 남부 노르망디의 브르따뉴 접경 지역에 있는 작은 면 지역이다. 마리 아렐(Marie Harel)이라는 사람이 19세기에 만들기 시작한 치즈가 그 지역의 명칭을 얻게 되었다고 한다.
86) 그 종업원이 사용하던 말이다. 해고된다(être renvoyé)는 뜻으로 그는 보내진다(être envoyé)고 하였다.
87) 지배인 또한 부정확한 프랑스어를 사용하는 버릇을 가지고 있다. '결정한다'와 '재가한다'는 합당한 단어들이 아니며, 따라서 역자가 작은 인용부호로 묶어서 옮긴다.
88) sou. 20세기 전반기에는 '일백 쑤'가 5프랑에 해당하였다.
89) général de Beautreillis. 「게르망뜨 쪽」(2부)에 잠시 등장하였던(게르망뜨 공작 댁 만찬) 허구적인 인물이다.
90) 주인공이 처음 라쉘을 만났던 그 매춘업소를 가리킬 듯하다. 한편 요즈음은 모르겠으나, 대형 호텔의 로비나 호텔 인근에서 손님들과 매춘부들 간에 공공연히 이루어지는 거래 이야기가 20세기 전반기 소설들에서도 발견된다.
91) '그렇다'는 말이 비아냥거림 내포된 반어법처럼 들린다.
92) 무사무욕한 연정에 사로잡힌 여인이나 남자가 상대방에게 최후통첩처럼 하는 말일듯하다. 그러한 말을 제거해야 매춘적 혹은 정치적 대화 내지 협상이 정화된다는 말인가?
93) 이미 몇 차례 암시되었지만, 주인공은 알베르띤느에게 동성애적 경향이 있지 않은지 여부에 대한 의혹을 품고 있다.
94) 주인공이 질베르뜨를 더 이상 만나지 않겠다고 홀로 작정한 후, 그녀에게 할 말

들을 상상하였을 뿐, 절교를 명시적으로 통보하지는 않았다(「소녀들」, 1부).
95) 'rythme binaire'를 직역한 것이다. 연정을 솔직히 드러내지 못하고 왜곡시켜 표출하는 사람들의 이중성을 가리키는 듯하다. 합당한 비유인지는 모르겠다.
96) 'rythme double'을 직역한 것이다. 앞에서 말한 '쌍박자'와 같은 뜻으로 사용한 듯하다.
97) 최근의 판본들에는 'Cet aveu à Albertne(…)je pus enfin…' 형태로 되어 있으나, 성립되지 않는 구문이다. 'Cet aveu fait à …'로 수정하여 옮긴다.
98) 모든 판본에 'en lui parlant de…' 형태로 되어 있는 구문을 'pendant que je lui parlais de…'로 수정하여 옮긴다. 역시 성립되지 않는 구문이기 때문이다.
99) 초고에는 이러한 말이 덧붙여져 있었다고 한다. "저것처럼 하세요!"
100) 완곡함이 지나친 탓인지, 어조가 자연스럽지 않고, 의미도 명료하지 못하다.
101) 역자가 괄호 속에 넣어 옮긴다.
102) 레오니 숙모님 댁에 있던, 『천일야화』의 일화들을 그려 넣은 접시들을 가리킨다(「스완」, 〈꽁브레〉).
103) 앙뚜완느 갈랑(1646~1715)이 총 12권으로 번역한 아라비아 이야기의 제목은 『천일야(千一夜)』였고, 마르드뤼스(1869~1949)의 번역본(1899~1904)에 부여되었던 제목은 『천야(千夜) 그리고 일야(一夜)의 서(書)』였다. 쟝 미이 교수 및 따디에 교수의 판본(1987, 1988)에서는 그 두 판본을 구분하여 표기하였으나, 끌라라 교수의 판본(1954)에 준하여 옮긴다. 어투로 보아 주인공이 제목의 차이를 염두에 두지 않았을 듯하다.
104) 예를 들어, 쉐헤라쟈드가 혼인 첫날 밤에 군주 샤리아르와 동침하는 장면을 갈랑의 판본에서는 이렇게 서술하고 있다. "술탄은 동방 군주들의 습속에 따라 높은 침상에 쉐헤라쟈드와 함께 누웠고…" 반면, 마르드뤼스 판본에는 그 부분의 묘사가 이러하다. "그러자 왕이 일어나 처녀 샤라쟈드를 취하여 그녀의 처녀성을 빼앗은 다음…"
105) 프루스트가 소년 시절에 특히 『메로베 왕조 시절 야화』(1840) 및 『노르망디인들의 잉글랜드 정복 이야기』(1825)를 애독하였다고 한다.
106) 메로베 왕조의 두 번째 군주 메로베(412경~457)를, 그가 프랑크족임을 감안하여, 오귀스땡 띠에리는 메로비그(Merowig, '탁월한 전사'를 뜻한다고 한다.)라고 표기하지만, 정작 도이칠란트 사람들은 메로베히(Merowech)로 표기한다. 한편 띠에리의 『메로베 왕조 시절 야화』 제3화에 이야기된 '메로비그'는, 제8대 왕 힐

삐릭 1세(힐페리히, 539~584)의 둘째 아들을 가리킨다. 하지만 작가가 인용한 구절 끝에 '매달려 있는' 메로베는 왕조의 제 2대 군주를 가리키며, 그 구절은 고띠에라는 사제가 『프랑스 역사』를 운문(12음절)으로 지어 초등학생들로 하여금 외우게 하였는데, 문제의 구절을 아나똘 프랑스가 자기의 소설 『내 친구의 책』 (1885) 속에 다음과 같이 변형시켜 인용하였다고 한다. "Clodionprend Cambraipuisrègne Mérovée…(끌로디온이 깡브레를 점령하고 그런 다음 메로베가 다스리니…)"(2부, 〈새로운 사랑들〉, 7장.)

107) 까롤랭지앵(Les Carolingiens)은 프랑스의 두 번째 왕조의 제 2대 왕(742~814, 800년에 서로마 제국 황제로 등극) 카롤루스 마그누스(즉 샤를르마뉴, 도이칠란트어로는 Karl der Grosse)에서 기원한 명칭이다. 따라서 '까를로뱅지앵' 이라고 칭할 이유가 없고 또한 오늘날에도 그 명칭이 통용되지 않지만, 미슐레는 그의 『프랑스 역사』(1833~1844, 1855~1867)에서 그 명칭을 사용하였다. 물론 오귀스땡 띠에리 역시 그 명칭 대신 '까롤랭지앵' 이나 카롤링스(Karolings)를 사용하였다(『프랑스 역사에 관한 편지』, 1851, 〈편지, 12〉)

108) '넥타르' 는 신들의 음료를 가리키던 옛 그리스어이다. 고대 그리스어의 'K' 가 라틴어에서 'c' 로 사용되면서 변형된 것이다. 특히 르꽁뜨 드 릴르(1818~1898)가, 헤시오도스의 『신통계보』를 프랑스어로 번역하면서, 그리스의 신들이나 인물들의 명칭을 그리스식으로 표기하였다(『태고의 노래들』에서도 같은 현상이 발견된다).

109) 과학과 예술의 결합을 추구하면서 '객관적인 시' 를 주장하였다는 르꽁뜨 드 릴르가, 특히 '서정적 분출' 을 배척하였다는 점 때문에, 그 시의 '서정성' 으로 유명했던 라마르띤느의 이름을 들으면 블록이 조소를 금치 못하였다는 말일 듯하다. 즉, 'nectar' 의 'c' 대신 'k' 를 사용하는 사실 자체가 곧 르꽁뜨 드 릴르를 상징한다는 말일 듯하다.

110) '윌리쓰' 는, '오뒷세우스' 가 고대 로마인들에 의해 울릭세스(Ulixes)로 호칭되다가, 어느 때부터인가 울리쎄스(Ulysses)로 변형된 후(고전 라틴어에서는 잘못된 철자로 간주된다), 다시 프랑스인들에 의해 그러한 형태로 사용되는 호칭이다. 따라서 『오뒷세이아』라는 작품에는 - 프랑스인들은 『오디쎄(Odyssée)』라고 한다 - '윌리쓰' ('오뒷세우스' 나 기타 다른 형태가 아닌)라는 형태의 명칭이 필수적이라는 것이 할머니의 생각이었다는 말이다. '미네르브' 또한, '미네르바' 라는 고대 로마인들의 호칭이 프랑스식으로 변형된 것이다. 물론 '미네르바' 가 『오뒷

세이아』에 등장할 리 만무하나, 그 여신이 아테나(Athēna)와 동일시되어, 프루스트 이전에 번역된 『오뒷세이아』에서 아테나 대신 미네르바가 프랑스식 형태 '미네르브'로 등장하였을 듯하다. 특히 훼늘롱이 1699년에 출간한 『텔레마코스의 모험』이 널리 읽혔고, 그 작품 속에서 오뒷세우스의 아들 텔레마코스를 보호하고 인도하는 여신 '아테나'가 '미네르브(미네르바)'로 호칭되었던 것의 영향일 듯도 하다. 어하튼 프루스트 자신도, 당연히 '아테나'로 표기해야 할 경우에 '미네르브'로 표기한 예가 자주 눈에 띈다.

111) '세례'라는 예수교 의식을 가리키는 단어를 말한다.

112) 갈랑을 비롯하여 프랑스인들이 이슬람 군주를(마호멧의 계승자) 가리키는데 사용하는 깔리프(calife)의 아랍어 형태는 칼리파(Khalifa)인지라, 마르드뤼스가 'Khalifat' 형태를 사용한 듯하다. 한편 대기 중에 살며 인간에게 도움을 주기도 하고 해를 끼치기도 하는 정령을 아랍어로는 진(djinn)이라고 하는데, 갈랑이 그 단어를 개인이나 집단의 운명에 개입하는 존재들(ange, daimon, esprit 등)을 지칭하는 '줴니(génie)'로 번역한 반면, 마르드뤼스는 그 아랍어의 음가에 입각하여 'genni'라 한 듯하다. 그는 또한 그 단어 대신 아랍어 '에프리트(efrit)'를 사용하기도 하며, '줴니'의 암컷을 '줴니아(gennia)'로 표기하기도 한다.

113) 앙뚜완느 갈랑이 쉐헤라쟈드(Scheherazade) 및 디나르쟈드(Dinarzade)라 표기한 인물들을, 마르드뤼스는 각각 샤라쟈드(Schahrazade)와 도니아쟈드(Doniazade)로 표기하였다. 한편 'Shéhérazade'라는 프루스트의 철자법은 갈랑의 철자법(Scheherazade)을 기억에 의존해 적은 데 기인한 듯하다.

114) 어떤 '숨겨진 여인'이란 말인가? 조금은 느닷없어 보이는 언급이며, 뒤이어 이 단락 끝까지 계속되는 술회 또한 모호하다.

115) coléus(coleus). 프랑스어 사전에는 '열대 지방 원산의 꿀풀과에 속하는 쌍자엽 식물'이라고만 설명되어 있을 뿐, 그 단어의 어원도, 그것이 프랑스에서 사용되기 시작한 시기도 명시되어 있지 않다. 하지만 프랑스에서는 흔히 꽃집에서 작은 화분에 심어 파는 초본과 식물인데, 잎의 색깔이 다양하고 화려하여 관상용으로 키우며, 잎의 표면이나 형태는 박하의 잎을 연상시킨다. 한편 콜레우쓰(coleus)는 '가죽 주머니'를 뜻하며, couille(couillon)의 어원인 라틴어이다.

116) 부자연스러운 문장이지만 그대로 옮긴다.

117) 'la figure double et légère'를 직역한 것이다. 어떤 얼굴인지 모르겠다.

118) 비비안느(Viviane)는 마법사 메를랭(Merlin)을 유혹하여 가둔 매력적인 요정이

기도 하고, 어린 랑쓸로(Lancelot)를 길러 이상적인 기사로 만드는 신비한 여인 즉 호수의 귀부인(Dame du Lac)이기도 하다. 그녀에 관한 이야기가 브로셀리앙 드 숲(브르따뉴)을 배경으로 하여, 12~13세기 기사도 소설들 속에 펼쳐진다. 한편 '장화 신은 고양이' 는, 샤를르 뻬로의 옛날 이야기 중 하나인 〈장화 신은 고양이〉(1697)의 주인공으로, 용의주도하고 과감하며 모략꾼의 면모도 가지고 있다.

119) Prothyraïa. 원래는 '문을 지키는 여인' 을 뜻하는 고대 그리스어의 보통명사이며, 여신 아르테미스를 지칭하였다고 한다.(『오르페우스 찬가』, 1장에서 노래한 것이다. 차후로는 『오르페우스』, 1, 2, 3… 등으로 각 장을 표시한다).

120) 원전의 'le désir éthéré(하늘의 정기 가득한 욕망, 지극히 순수한 욕망)' 를 『오르페우스』 4장(Parfum d'Aithèr)에 입각하여 옮긴다. '아이떼르' 는, 고대 그리스인들이 상상하던 하늘에 가득한 정기(혹은 영기)를 가리키던 보통명사이다.

121) 『오르페우스』, 15. '향신료들' 은 'aromates' 를 옮긴 것이다. 15장 노래의 제목이 '헤라의 향기, aromates' 라 되어 있는데, 르꽁뜨 드 릴르의 번역본밖에 접할 수 없어, aromates가 정확히 어떤 의미인지 밝히지 못하였다.

122) 『오르페우스』, 20. 이미 앞에 언급된 '프로튀라이아' 나 '아이떼르' 등 보통명사에 그리스식 명칭을 부여하여 그것들이 신격화되었음을 나타내었는데, 여기에서는 프랑스어 보통명사(nuages)를 사용하였다. 르꽁뜨 드 릴르가 임의로 그렇게 옮겼을 듯한데, 이 '찬가' 가 일종의 기도문이라는 점을 감안하면 매우 이상하다. 구름(구름떼)을 가리키는 그리스식 명칭(네포스)을 부여했어야 하지 않겠는가?

123) 『오르페우스』, 32. 만나(manna)가 일반적으로는 야훼가 히브리인들에게 보낸 기적적인 양식(「출애굽기」, 16장)으로 알려져 있으나, 고대 그리스어에서는 '향료 알갱이' 를 의미하였다고 한다. '니케' 는 승리의 여신(빅토리아)을 가리킨다.

124) 『오르페우스』, 21. 향연(香煙)은 'encencs' 을 옮긴 것이다. 이 장에서도 르꽁뜨 드 릴르가 '바다' 라는 뜻밖의 단어를 사용하였다. '오케아노스' 라는 명칭이 있지 않은가?

125) 'Hymnes orphiques' 를 단순히 옮긴 것인데, 내용을 자세히 검토해 보면 오르페우스교의 기도문이 아닐까 하는 생각이 든다. 오르페우스교가 만유의 끊임없는 변형 내지 윤회를 설하였다니 말이다.

126) 이 작품에 등장시킨 신들의 수효는 여든이 넘는데, '향신료들' 및 '향연(香煙)', '만나' 등 복합적인 명칭들을 제외한 향기들의 수효는 '안식향', '사프란', '미르라', '양귀비' 등 넷뿐이다.

127) Protogonos. '태초의 형태' 혹은 '최초로 태어난 자'를 뜻하는 보통명사이며, 그를 가리켜 창조의 신이라 칭하기도 한다. 『오르페우스』, 16. 프루스트가 라틴식 명칭(Neptune, Neptunus)으로 쓴 것을 바로잡는다.

128) 『오르페우스』, 16. 프루스트가 라틴식 명칭(Neptune, Neptunus)으로 쓴 것을 바로잡는다.

129) 『오르페우스』, 22. 폰토스(바다의 물결)와 가이아(대지) 사이에서 태어났으며 '아름다운 딸들 네레이스들'의 아버지이다.

130) 『오르페우스』, 34. 제우스와 관계하여 아폴론과 아르테미스를 낳았다.

131) 『오르페우스』, 59. 사법, 복수, 처벌 등을 담당하는 여신이다.

132) 『오르페우스』, 76. 우라노스와 가이아 사이에서 태어났고, 법을 관장하는 여신이다. 순결한 처녀로 칭송하고 있다.

133) 『오르페우스 찬가』에 키르케는 언급되지 않았다. 그녀는 오뒷세우스의 부하들 일부를 돼지나, 사자, 개 등으로 변신시켰던, 그리고 오뒷세우스와 관계하여 자식들을 낳은 마녀이다.

134) 『오르페우스』, 73. 기억의 여신 므네모쒸네와 제우스 사이에서 태어난 아홉 명의 딸들을 가리키며, 시인들에게 영감을 준다고 한다. 그 아홉 딸들의 이름이 모두 제시되어 있다.

135) 『오르페우스』, 75. '에오스'는 곧 '여명'이다.

136) 『오르페우스』, 74.

137) 프루스트가 낮(Jour)이라고 한 것을 '헬리오스'로 바로잡는다(『오르페우스』, 7.)

138) 『오르페우스』, 60. '정의감' 내지 '정의'를 뜻하는 보통명사이다.

139) 『오르페우스』, 50. 암피에테스는 '매년 다시 돌아오는'이라는 뜻을 가진 형용사이며, 르꽁뜨 드 릴르가 'Bakkhos Amphiétès'라는 형태로 썼기 때문에 프루스트가 정작 박코스(즉 박쿠스)는 빼놓은 채 '암피에테스'라는 형용사를 주어로 삼은 모양이다. 한편 『오르페우스 찬가』의 내용을 보면, 박코스가 축제에 참가하는 것이 삼년 주기였던 것 같다.

140) 『오르페우스』, 25.

141) 『오르페우스』, 5. 프루스트가 작은 따옴표('') 속에 넣어 인용한 부분은 원문을 조금 변형시켜 자기의 문장에 끼워넣은 것이다. 한편 오르기오판테스는 '박코스 축제에 사람들을 입문시키는 역할을 맡은 이'를 가리키는 보통명사이다.

142) 쥐뻬앵과 게르망뜨 대공 부인을 위하여 미르라를 따로 비축해 두었다는 말이 어떠한 사실들을 염두에 두고 한 것인지 선뜻 단정하기 어렵다. 한편 '미르라'를 중국인들과 일본인들은 몰약(沒藥)이라 옮기고, 『구약』의 「아가」에서는 유향(乳香)이라 옮기기도 한다. 또한 「아가」에는 그것이 관능을 촉진하는 향기처럼 언급되어 있다(「아가」, 1장, 14절).
143) 논리적으로 이상한 말이나 그대로 옮긴다.
144) …j'aurai moins besoin de lui라는, 문법적으로 성립되지 않는('lui'가 누구를 가리키는지 분명치 않다) 구절을 의역한다.
145) 『아달리야』의 2막 9장은, 요아스가 친조모 아달리야의 손아귀를 벗어나 예루살렘 사원에서 무사히 성장하도록 해 준 신에 대한 합창단의 찬양으로 구성되어 있다. 그런데 그 합창단의 소녀 하나가, 숱한 위험과 장애물과 죄인들로 세상이 뒤덮이게 한 신을 나무라는 투로 아래에 인용한 구절들을 노래하였고, '같은 합창들'이란, 찬양으로 일관된 합창들을 가리킨다. 또한 신의 그러한 '실수'를 지적한 사람은 물론 라씬느가 아니라 합창단의 소녀이다.
146) 『아달리야』, 2막, 9장.
147) 『아달리야』, 2막, 9장.
148) 『아달리야』, 4막, 2장. 대제사장 예호야다가 진정한 왕위 계승자인 요아스에게 왕도에 관한 신의 분부를 상기하느냐고 묻자, 요아스가 자신이 기억하고 있던 바를 외워 대답하는데("현명한 왕은 … 부와 황금을 의지처로 삼지 않으며 …", 「신명기」), 프루스트가 그 구절을 조금 변형시킨 것이다.
149) 『아달리야』, 2막, 9장. 신의 실수를 지적한 그 소녀가 한 말이다.
150) 대제사장 예호야다의 아내이며 요아스의 고모인 요사벳이, 유모의 품에 피투성이가 되어 안겨 있던 요아스를 구출하던 순간을 회상하면서 하는 말은 이러하다. "아직도 두려웠음인지, 혹은 나를 애무하기 위함이었는지, / 그의 순결한 두 팔이 나를 포옹하는 것이 느껴졌도다."(『아달리야』, 1막, 2장). 프루스트가 '나'를 '그'로 바꾼 것이다.
151) 요아스의 탁월한 천품으로 인하여 이 세상의 그 무엇도 그를 변질시키지 못한다는, 합창단 소녀의 찬양("그리하여 못된 자의 전염성 강한 접근도 / 그의 순결을 전혀 변질시키지 못하도다." 『아달리야』, 2막, 9장)을 프루스트가 변형시킨 것이다.
152) 합창단의 소녀 하나가 불경한 사람들이 하는 말이라며 인용한 것이다(『아달리

야』, 2막 9장).

153) 유다 왕국의 여왕 아달리야의 조정을 두고 탄식하는, 에호야다의 딸 쌀로미트의 말은 이러하다. "애석하도다! 권세와 폭력 이외에 다른 법 없고, / 명예와 관직이 / 맹목적이고 비천한 복종의 대가인 궁정에서, / 나의 자매여, 구슬픈 순결함을 위해서는 / 누가 언성을 높이려 하겠는가?"(『아달리야』, 3막, 8장). 프루스트가 변형시켜 인용한 것이다.

154) 드가(Degas, 1834~1917)가, 연습중인 혹은 분장실에 있는 무희들의 순간적인 동작을 첨예한 시선으로 포착하여 화폭에 담곤 하던 사실을 염두에 둔 언급일 듯하다. 즉, 그 종업원이 니씸 베르나르 씨의 눈에 띄기 전에는 그 누구의 시선도 끌지 못하였다는 말일 듯하다.

155) 'la cérémonie racinienne'를 옮긴 것인데, 그 '의식'이 무엇을 가리키는지 선뜻 단언할 수는 없으나, 짐작하거니와 『에스테르』(3막, 9장)와 『아달리야』(2막, 9장)에서, 이스라엘 소녀들로 구성된 합창단이, 에스테르 및 이스라엘 백성들을 구원한(『에스테르』) 그리고 합법적인 왕위 계승자 요아스를 온갖 위험으로부터 보호한(『아달리야』) 신의 영광을 찬양하며, 그 찬양이 사실상 그 두 작품의 환희 가득한 대단원을 이루는데, '의식'이 그 찬양을 가리키는 것일 듯하다.

156) 니씸 베르나르 씨의 눈에는, 그 어린 종업원이, 두 작품에 등장하는 '합창단'의 순결한 이스라엘 소녀로 보였다는 말일 듯하다.

157) 호텔업이나 요식업 분야에서 사용하는 'rang'을 풀어 옮긴 것이다. 대형 식당에서 일단의 식탁들(약 20개)을 가리키는 단위이며, 그것들의 총 책임자를 'chef de rang'이라고 한다.

158) 으젠느 스크리브(1791~1861)가 대본을 쓰고 쟈끄 레비(1799~1862, 일명 할레비)가 작곡한 오페라 『유대 여인』(1835년 초연)의 합창(2막 1장)이라고 한다.

159) 오펜바하의 오페레타 『산적들』(1869) 중의 한 구절이라고 한다. '사자'로 옮긴 'courrier' 대신 프랑수와즈는 '심부름꾼'을 뜻하는 'coursier'를 사용하였을 것이라는 말일 듯하다.

160) 쎌레스뜨 알바레(1891~1984)는 1913년, 프루스트가 자주 사용하던 택시 운전사였던 오딜롱 알바레(1881~1960)와 결혼하였고, 1914년부터 프루스트가 타계할 때까지 그를 돌본 가정부였으며, 1973년 프루스트에 관한 회고록을 출간하였다. (죠르주 벨몽이라는 사람이 그녀로부터 채록하여 『프루스트 씨』라는 제목으로, 또한 그녀의 이름으로 출간한 것이다.) 세 살 위 언니인 마리 지네스뜨는 양친

타계 후, 1918년에 동생 곁으로 와서 평생 독신으로 살았다고 한다. '마리 지네스뜨 아가씨(Mlle Marie Gineste)'라고 한 것은 그 때문이다. 한편 '매우'라는 말을 세 번 연속적으로 사용한 것이 조금 어색하기는 하나, 작가의 뜻일 듯하여 그대로 옮긴다.

161) 쎌레스뜨 알바레의 고향 오베르뉴 지역이다.
162) 어치의 도가머리(이마의 털이 일시적으로 기립하는 경우도 있다)를 염두에 둔 언급일 듯하다.
163) 발랄하고 꾀바른 아이들을 가리키며, 그러한 소녀는 diablette라고도 한다.
164) 무슨 말을 하려는 것인지 선뜻 짐작되지 않는다.
165) ploumissou. 어떤 사전에서도 그 용례를 발견하지 못하였는데, 형태나 음가(音價)로 보아 전원적인 토속어일 듯하다. 쎌레스뜨(알바레)의 모친이 어린 시절에 그녀를 그렇게 불렀다고 하며, 영국인들 중 'dickybird(작은 새)'로 옮기는 이도 있다. 합당한 번역으로 여겨진다.
166) Saint-Léger Léger(1887~1975, 필명 Saint-John Perse). 난해하기로 정평 있는 작품들을 쓴 사람이다. 그의 작품들이 모호한 것은 사실인데, 주인공이 어떠한 측면에서 '감탄할만하다'고 여기는지 모르겠다. 빈정거림일까?
167) 프루스트 자신이 던지고 싶었을 질문 아닌지 모르겠다. 예를 들면 이러한 '작품'도 있다. "그대 화분 속에 심었노라, 그대의 염소 가죽 정장에 머물던 자주색 씨앗을. / 그것이 결코 싹트지 않았노라."(〈씨앗〉, 『찬사들』, 1910). 말라르메의 작품들도 같은 논평을 피할 수 없을 것이다.
168)   리 프뤼돔므(Sully Prudhomme, 1839~1907)의 시집 『내면의 삶』(1865-1866) 중 한 구절이라고 한다("이 지상에서는 모든 라일락들 죽나니, / 새들의 모든 노래들 짧으니, / 나 떠나지 않는 여름들 꿈꾸나니 / 영원히…").
169) 'la transition'을 직역한다. 그 수수께끼 같은 시를 이해하는데 필요한 중간과정이란 말인가? 즉 훈련 내지 동화(同化)되는 과정이란 말인가? 모호하며 동시에 빈정거림이 느껴지는 말이다.
170) 'leur pays malsain'을 옮긴 것이다. 그녀들의 고향이 무엇에 '유해하다'는 말인가? 섣불리 추측하기는 어려우나, 야유적인 반어법처럼 들리며, 이어지는 세 문장이 그러한 인상을 뒷받침해 준다.
171) '쎌레스뜨'는 '천상의 존재'를 의미한다.
172) 플라우투스의 작품이나 몰리에르의 작품(『암피트뤼온』)에서 테바이의 총사령

관 암피트뤼온이 맡은 역은, 그의 아내 알크메네에 연정을 품은 유피테르 때문에 오쟁이를 지게 되는 역이다. 그 두 작품에서는 암피트뤼온의 시종 쏘시아에게, 쏘시아의 모습으로 변신한 메르쿠리우스가 주먹다짐을 가한다. 프루스트의 기억이 명확하지 못하였던 것 같다.

173) 몰리에르의 작품에 등장하는 스가나렐 같은 인물, 즉 자신이 오쟁이를 지게 되지 않을까 하는 피해망상증에 걸린 인물을 연상시키는 주인공의 희극적인 면모이다(몰리에르, 『스가나렐, 혹은 뻐꾸기 망상』. '뻐꾸기'는 오쟁이 진 사람을 가리킨다.

174) 이 단락의 두 번째 문장에서 이미 언급한 사실이다. 또한 주인공이 처음 발백에 체류하던 시절에도 발백과 동씨에르 사이를 연결하는 지역 철도가 있었다. 뿐만 아니라, 빠리를 출발한 기차가 동씨에르를 경유하였다는 언급은 없었다(『소녀들』). 주인공의 기억이 명료하지 못한 듯하다.

175) La Revue des Deux-Mondes. 예술, 문학, 역사, 철학 등에 관한 글을 주로 게재하던 잡지이다(1829년 창간).

176) 앞에서는 '다음 다음 날'이라 하였다.

177) 「게르망뜨」, 2부 2장.

178) 역자가 덧붙인 말이다.

179) 역자가 덧붙인 말이다.

180) lyra. 라틴어로는 '리라'라고 한다. 고대 그리스의 현악기로, 4현, 7현, 10현 등으로 이루어진 악기이며, 아폴론의 상징이기도 하다.

181) '극적 장면'이라 옮길 수도 있는 말이다(situation).

182) 「게르망뜨」, 1부. 쥐삐앵의 '딸'이 아니라 '질녀'였다. 프루스트가 자주 혼동하였으며, 특히 「소돔」편에서는 서술상의 혼동이 여러 측면에서 자주 발견되는데, 작가의 건강 상태와 연관된 현상인 것 같다.

183) 의미가 매우 모호하나 그대로 옮긴다.

184) 앞에서 이미 언급한 그대로 옮긴다. 하지만 '깃에 수놓은 뤼라 문양'이 그 거리에서 보였단 말인가? 물론 직역하여 '뤼라들을 휴대하였을 뿐(qui ne portait que des lyres)'이라고도 할 수 있겠으나, 있음직하지 않은 일이라 앞의 언급에 일치시킨다.

185) 목동이었던 소년 다윗이 필리스티니족 장수 골리앗을 돌팔매질로 죽였다는 것은 널리 알려진 이야기이다(「사무엘(상)」, 17장, 48~51절).